KB166153

태백산

조정래 대하소설

태백산맥

7

제3부 분단과 전쟁

차례

태백산맥 제3부 분단과 전쟁

7권

14

살아서 돌아온 그들

안창민 부대가 군 전역을 장악한 것은 경찰병력이 떠난 다음날이었다. 아직 인민군은 진주하지 않은 상태였다. 인민군은 광주 쪽에서 올 거라고도 했고, 순천 쪽에서 올 거라고도 했다. 인민군이 어느 쪽에서 오든 간에 안창민네의 군당은 도당의 지령에 따라 현실적인 당조직을 신속하게 이루어나갔다. 각 읍·면단위마다 인민위원회를 주축으로 해서 여성동맹위원회와 청년동맹위원회 그리고 농민위원회를 결성시켰다. 그러나 안창민이 당일로 한 일은 전단 배포였다.

보성군 전체 인민 여러분께 알립니다.

친애하는 보성군 인민 여러분, 노동자 농민이 주인이 되는 인민해방의 날은 마침내 오고야 말았습니다. 이 영광스러운 날을 얼마나 기다리고 기다렸던 것입니까. 이제 우리 인민은 완전히 해방되었습니다. 미제국주의 괴뢰정권인 이승만 도당의 압제로부터 해방되었으며, 지주와 자본가들의 착취로부터 해방되었습니다. 인민 여러분의 앞날에는 해방의 자유를 마음껏 누리며 복되고 영광스럽게 살 길이 환하게 열려 있습니다.

그러나 인민 여러분, 우리는 해방투쟁을 다 완수한 것이 아닙니다. 지금도 인민해방전쟁은 계속되고 있습니다. 각 전선에서는 우리의 자랑스러운 인민군 전사들이 고귀한 피를 흘려가며 해방전쟁을 수행하고 있습니다. 전사들이 고귀한 피를 흘려 찾은 해방된 땅에서 우리는 어떻게 해야 하겠습니까. 완전한 해방을 찾는 그날까지 우리는 몸과 마음을 하나로 뭉쳐야 합니다. 그리고 영광된 승리를 위하여 모든 것을 지원할 준비를 갖추어야 합니다.

친애하는 인민 여러분, 첫째로 질서를 지켜주십시오. 개인적인 원한이나 감정으로 사사로이 보복행위를 저지르거나 인명피해를 내는 일은 절대로 용서가 안 된다는 것을 분명히 밝힙니다. 조선민주주의인민공화국의 법에 따라 모든 것을 당이 공정하게 처리할 것입니다. 둘째로 당사업을 적극적으로 벌이기 위해 여러 조직을 결성함에 있어서 인민 여러분들께서 자발적이고 열성적으로 참가하여 주시기 바랍니다. 끝으로 알려드릴 것은, 당조직을 회복하는 대로 최대한 빠른 시일 안에 이승만 도당이 악질적으로 자행한 농지개혁을 전면 무효화하고, 공화국의 법에 따라 무상몰수 무상분배로 전면 새로 실시할 것임을 알려드리는 바입니다.

그러나 자신들이 읍내로 들어오기 전에 벌써 보복행위가 한바탕 회오리를 일으키고 지나갔다는 것을 안창민은 뒤늦게 알게 되었다. 그건 보도연맹의 예비검속에서 피해를 입은 가족들이 뭉쳐 경찰 가족이나 청년단 가족들에게 자행한 보복이었다. 하루의 치안 공백이 생기면서 발생한 어찌할 수 없는 사건이었다.

경찰이 읍내를 빠져나간 것을 확인한 예비검속 피해자 가족들은 괭이며 삽을 들고 뱀골재 산골짜기로 내달았다. 시체나마 찾기를 애원했으나 그 뜻을 이루지 못하고 가슴 쥐어뜯으며 숨죽이고 있었던 그들로서는 너무 당연한 일이었다. 그들은 새롭게 복받치는 서러움으로 눈물 쏟으며 서로 다투어 흙을 파헤치기 시작했다. 그런데 흙을 얼마 파내지 않아 그들을 주춤 물러서게 한 것은 속을 뒤집히게 하고, 숨을 막히게 하는 지독스러운 냄새였다. 그것이 무슨 냄새인지 그들은 금방 알았고, 그들의 눈빛은 그때부터 달라지기 시작했다. 그리고 더 빠르게 흙을 파내려갔다. 시체 썩는 냄새는 점점 더 심하게 진동하고, 한 자 남짓 흙을 파내서 시체들이 드러나기 시작했다. 팔이 뒤로 묶여 엎어진 시체들은 하나씩 들어올릴 수가 없었다. 그들은 그때서야 시체들이 줄줄이 엮어져 있는 것을 알았다. 그들의 눈빛은 다시 또 달라졌다. 엮어진 끈을 칼로 끊어서 시체를 하나씩 들어내야 했다. 그러나 삼끈이나 칼로 끊어졌지 전화줄은 칼로 끊기가 어려웠다. 그들의 눈빛은 한층 더 달라졌다. 작두나 펜치로 전화줄을 끊어 시체를 들어냈다. 시체를 하나씩 들어내 산비탈에 즐비하게 눕히고 있는 그들의 눈빛은 이미 사람의 눈이 아니었다. 한여름의 아흐레 동안에 총 맞아 죽은 시체들은 썩을 만큼 썩어 얼굴의 형체를 알아볼 수가 없었던 것이다. 시체를 다 끌어내고 난 사람들은 여자고 남자고 소리내 우는 사람이 없었다. 그들은 슬픔과 분노로 굳어지고 일그러진 얼굴로 시체들 사이를 정신없이 허둥거리고 다녔다. 그러는 사람들의 수는 즐비하게 누운 시체들보다 배 이상 불어나 있었다. 산골짜기 비탈이 사람들로 뒤덮인 형국이었다. 얼굴의 형체를 알아볼 수 없는 시체들은 입성마저도 비슷비슷한 삼베옷들이었다. 여기저기서 통곡이 터지기 시작했다. 그나마 시체를 빨리 찾아낸 사람들이었다. 시체들은 옷이 벗겨지기도 했고, 뒤집혀지기도 했다. 그때마다 썩은 살들이 옷에 묻어나고, 뭉그러지고는 했다. 신체의 특성으로는 시체를 찾아낼 수 없게 된 여자들은 눈물 어린 눈들을 씻고 또 씻어가며 남자시체들의 옷을 유심히 살피기 시작했다. 자기네들이 지은 옷의 박음질로 시체를 식별하려는 것이었다. 자기의 바느질이나, 손수 만든 아래속옷의 끈 같은 것은 자기 눈으로 알아볼 수 있었던 것이다. 그러나 끝내 주인을 만나지 못한 시체가 남녀 30여 구였다. 남·여를 구분해서 합장할 도리밖에 없는 일이었다.

"우리가 이러고 있을 일이 아니요. 시상이 달버졌는디 우리도 우리 웬수럴 갚읍시다!"

누군가가 부르짖었다.

"맞소! 이 억울허고 분통헌 웬수럴 갚으로 갑시다!"

누군가 따라서 외쳤다. 여러 갈래로 퍼지고 있던 통곡과 울음소리가 뚝 멎었다. 산골짜기에 섬뜩한 고요가 밀려들었다. 한여름 땡볕 속에 시체들이 내뿜는 지독스런 냄새와 쉬파리들 나는 소리가 갑자기 크게 들렸다.

"갑시다! 우리가 당헌 만치 갚어야 허요."

곡괭이가 하늘로 솟았다.

그들은 시체를 파냈던 연장들을 손에 손에 들고 읍내로 몰려갔다. 그리고 네댓 명씩 갈라져 경찰들의 집과 청년단원들의 집을 덮쳤다. 눈에 파란 불이 돋은 그들은 곡괭이로 찍고, 삽으로 내리쳤다. 그들이 연장을 휘두를 때마다 사람이 고꾸라지고, 피가 튕겨올랐다. 더 죽일 사람이 없어지면 그들은 살림살이를 산산이 때려부쉈다.

그때까지 미적거리고 있던 경찰 가족은 물론이고 아예 피신할 생각을 하지 않았던 청년단원 가족들은 꼼짝없이 맞아죽고 말았다. 염상구의 어머니 호산댁이 그 위기를 아슬아슬하게 모면한 것은 아들이 집을 떠나버려 마음 놓고 쌀을 퍼가지고 큰아들네로 갔기 때문이었다.

안창민은 그 끔찍한 보복행위를 어떻게 다루어야 할지 난감해져 있었다. 보성과 조성에서도 같은 일이 벌어져 있었다. 그러고 보면 예비검속이란 학살이 자행됐던 곳마다 똑같은 일이 벌어졌거나, 벌어지리라는 것을 유추하기는 어렵지 않았다. 괴로운 악순환이 아닐 수 없었다. 우선 급한 것은 앞으로라도 그런 무법행위가 일어나지 못하도록 강력하게 단속하는 것이었다.

전단을 신속하게 뿌린 만큼 그 효과도 빠르게 나타났다. 젊은 층들이 인민위원회로 몰려들었으며, 모여앉은 사람들마다 새로 실시될 농지개혁을 화제로 삼았다. 여순사건 때 혼쫄이 난 지주나 부자들은 전쟁이 벌어지자 제각기 피신할 곳을 물색해 두고 전황의 변화에 신경을 곤두세우고 있었으므로 몸을 숨길 시간 여유가 넉넉해 다 어디론가 자취를 감추고 없었다. 또한 그동안의 편파적 정부정책에 반감을 품었거나 고쳐질 가망이 없는 사회현상에 반발을 하면서도 숨을 죽이고 있던 젊은 층들은 즉각적인 행동으로 나서기 시작했다. 그리고 농지개혁에 억울함과 불만감을 가지고 있었던 거의 모든 소작인들은 새로운 기대감으로 푸르러가고 있는 논들을 바라보게 되었다.

그러나 그런 변화와는 다르게 안창민네가 들어오게 되어 벌교에서, 아니 보성군 안에서 머리꼭지가 하늘에 닿도록 펄펄 뛸 만큼 제일 기쁜 사람이 하나 있었다. 강동기의 아내 남양댁이었다. 그동안 살았는지 죽었는지 소식 한 조각 없던 남편이 돌아왔던 것이다. 그리도 까맣게 소식이 없던 남편이 산사람이 되어 돌아올 줄은 남양댁은 꿈에도 생각하지 못했던 일이었다. 깡마르고 검게 탄 얼굴에, 오래된 땀내가 진동하는 다 헐어빠진 누더기를 걸치고, 긴 총을 멘 남편을 처음 대했을 때 남양댁은 허깨비를 보듯 멍하니 서 있기만 했다.

"나시, 나!"

남편이 이빨을 드러내고 웃으며 다가섰을 때에야 남양댁은 울음이 울컥 솟는 것을 느꼈다.

"워메! 참말로 길자 아베구만이라잉."

그녀는 터져나오는 울음을 두 손바닥에 받았다.

"그간 고상이 많었제."

남편이 어깨를 감싸잡았다. 얼굴은 많이도 상했는데도 어깨를 감싸는 힘은 전보다 훨씬 강하게 느껴졌다.

"지야…… 지야 무신……."

지야 무신 고상이간디라, 을매나 고상허고 사셨소, 하는 말이 울음에 범벅되어 지워지고 있었다.

"아그넌 탈 읎이 큰가?"

"야아……."

주체할 수 없이 솟는 눈물로 남편의 모습마저 볼 수가 없었다. 그동안 혼자서만 애달파해온 걱정과 불안이 한꺼번에 눈물로 풀리고 있었다.

"고만 울소. 죽어 못 돌아온 집안에 미안시런 일이시."

남편이 어깨를 감쌌던 팔을 풀며 말했다. 남양댁은 무거운 느낌의 그 말이 삼동의 찬물처럼 가슴에 끼얹어지는 것을 느꼈다. 살아돌아온 남편을 놓고 눈물바람을 하는 것은 남편을 잃은 여자 앞에서는 배부른 호사일 것이 분명했다. 유 서방은 워찌 됐을꼬, 하는 생각과 함께 남양댁은 울음을 잡을 수 있었다.

"유 서방은 워찌 되얐소?"

남양댁은 얼굴을 훔치며 생각나는 대로 물었다. 이웃으로 관심 쓸 사람이 우선 유 서방이었다.

"유 서방⋯⋯ 죽었네."

담배쌈지를 꺼내는 강동기의 목소리가 퉁명스러웠다.

"워메, 으짤끄나! 고것이 은제다요?"

남편을 그리도 원망해 쌓던 샘골댁의 생각에 남양댁은 그만 절로 낙담이 되었다. 샘골댁은 그 누구보다 좋은 끝을 보았어야 했을 사람이었다.

"정월에."

"거그가 워디요?"

"산이제 워째, 딴말 쌔고 쌨는디 고런 말 그만 묻소. 나 찬물이나 한 그럭 주소."

강동기의 말에 역정이 묻어났다. 남양댁은 속이 찔끔해져서 부리나케 부엌으로 돌아섰다. 그런 말을 곱씹고 싶어하지 않는 남편의 마음을 익히 헤아릴 수 있었던 것이다. 따라서 어떻게 산사람이 되었는가에 대해서도 묻지 않기로 마음을 정했다. 굳이 묻지 않더라도 그때의 정황으로 보아 얼마든지 그럴 수 있는 일이었던 것이다.

"야속허니, 워째 소식 한 가닥 읎었습디여?"

남양댁은 물사발을 내밀며 말했다. 그녀는 그때서야 비로소 남편의 얼굴을 제대로 바라보았다.

"몰르먼 약인디 공연시 알았다가 병 된께 그랬제."

"병언 무신 병이어라. 살었는지 죽었는지 몰르고 속 태우는 것이 병이제라."

"하나만 알고 둘은 몰르는 소리 말소. 순사놈덜 닦달에 몰름서 몰른다는 것허고 암스로 몰른다고 잡아띠는 것허고는 생판 달븐 것잉께. 그라고 암스로 속 태우는 것이 훨썩 더 병 되는 것잉께로."

남양댁은 남편의 말이 맞다 싶었다. 그러나 야속하고 서운한 마음이 다 가시지는 않았다.

"그려도 암스로 속 태우는 것이 나슨 대목도 있제라."

"글씨, 산 넘어댕김스로 멀찍허니서라도 자네가 무사허니 사는 것 나가 알었으먼 되얐제."

남양댁은 그만 가슴이 철렁했다. 식지 않은 인두를 잘못 잡은 것처럼 허출세와의 관계가 가슴을 지짐질하고 들었던 것이다. 그 일은 누구에게도 발설하지 않았는데도 남편의 앞에 서자 어찌할 도리 없이 마음이 조여들었다. 남편에게 일러바쳐 자신이 당한 만큼 앙갚음을 하게 할 수 없는 것이 그 일이었다. 그놈이 그 짓을 하고 나서 쌀 한 됫박 값씩만 놓고 갔더라도 기막힘이 그렇게 사무치지는 않았을지 몰랐다. 쌀 한 홉 값에 불과한 10원짜리를 던지고 갈 때마다 그것을 찢어대며 갚을 길 없는 분함으로 혼자 얼마나 울었던가. 이제 남편네 세상이 되었는데도 자신이 당한 분한 일을 앙갚음할 수 없다는 것이 남양댁은 너무 원통했다.

같은 시간에 하대치는 텅 빈 소화네의 먼지만 자욱하게 내려앉은 마루에 걸터앉아 있었다. 총을 두 다리 사이에 세워 왼손으로 잡고 집 안 여기저기를 살피고 있는 그의 얼굴에는 수염이 더부룩한 채 약간 야위어 있었다. 그러나 작고 바라진 체구는 여전히 단단하고 억세게 보였다. 그가 총을 마루에 뉘어놓거나 기둥에 따로 세워놓지 않은 것은 산생활에서 몸에 밴 습관이었다.

하대치는 익숙한 솜씨로 담배를 말아 불을 붙였다. 그리고 연기를 푸우 소리나게 내뿜으며 몸을 일으켰다.

“이 무당 동무가 을매나 멀리 삼십육계럴 쳤뿌렀간디 이적지 안 오고 이런다냐. 새끼덜 델꼬 무신 일이야 읎겄제.”

하대치는 말상대라도 있는 것 같은 목소리로 말하며 토방을 내려섰다. 그리고 고개를 돌려 다시 집 안을 둘러보았다. 무당이 거처하기로는 과만하다, 생각하며 집 안을 더듬어나가던 그의 눈길이 한곳에 멎었다. 먼지가 두껍게 덮인 마루 끝에 자신이 앉았던 자리가 선명하게 새겨져 있었다. 그는 다시 토방으로 올라섰다. 마루 위에 자신이 왔다 간다는 무슨 표지를 남기고 싶은 충동을 느꼈던 것이다. 그는 먼지 낀 마루를 왼쪽에서 오른쪽으로 훑어보며 잠시 생각했다. 먼저 마누라의 무던한 둥글넓적한 얼굴이 떠오르고 그리고 두 아들의 얼굴이 겹쳐져 떠올랐다. 콧등에 매운 바람 한 올이 엉키는 것을 느꼈다. 그 바람을 쫓기라도 하듯 그는 한쪽 눈을 찡그려붙이며 담배를 깊게 빨았다. 그리고 오른손 검지손가락을 곧게 펴서 몸을 구부렸다.

길남아 종남아 아부지가 왔다 인민공화국 만세다.

하대치는 허리를 폈다. 한 자, 한 자, 다시 읽어보았다. 고개를 갸웃했다. 무언가 딱 맞아떨어지지 않는 기분이었다. 샅바를 양껏 잡지 않고 몸을 일으킨 기분이었고, 숟가락을 놓았는데 트림이 솟기지 않는 기분이었고, 불두덩뼈가 서로 부딪쳐 뻐근해지기도 전에 물을 싸질러버린 기분이었다. 그 끝머리에 무언가를 적어야 딱 끝막음이 될 것 같았다. 꽁초가 된 담배를 빨며 그는 다시 읽어보았다. 그렇지! 그의 머리에 번쩍 떠오르는 것이 있었다. 그는 오른손바닥에 침을 두어 번 튀겨 손가락을 비비고는 다시 검지손가락을 쭉 폈다. 그리고 글씨를 쓰기 시작했다. 첫 자가 河였고, 두 번째가 大였고, 세 번째가 治였다. 그는 허리를 펴고 전부를 다시 읽어보았다.

길남아 종남아 아부지가 왔다 인민공화국 만세다 河大治.

그는 씨익 웃고 있었다. 비로소 제대로 꽉 짜인 기분이었던 것이다. 이름을 써야 할 일이 별로 없었지만 어쩌다 쓰게 되면 그는 꼭꼭 한자로 썼다. 한자로 쓰면서 큰 大, 다스릴 治의 뜻을 가슴에 새기고는 했다.

하대치는 만족스러운 기분으로 소화네의 울을 벗어났다. 이지숙에게 말을 들어 몸을 피했다는 것은 진작 알고 있었고, 벌써 돌아왔을 것 같지 않았으면서도 행여나 하는 마음으로 발걸음을 했던 것이다.

길 양쪽에 늘어선 잎 무성한 벚나무에서 매미들이 소낙비울음을 울어대고 있었다. 진한 그늘이 드리워진 데다 매미소리까지 어우러져 한결 시원한 느낌인 길을 걸어내리며 하대치는 멀리 펼쳐진 중도들판에 눈길을 보내고 있었다. 현 부자놈이나, 그놈하고 항꾼에 활 쏘고 기생놀이 허니라고 댕기든 다른 부자놈들이나 요 길이 시원허고 기분 삼삼혔겄지만 나 기분은 느그놈덜허고는 반대로 좆겉으고 쓰디쓰다. 하대치는 길바닥에 침을 뱉었다. 그는 지금 산에서 죽어 돌아오지 못한 많은 동지들을 생각하고 있었다. 투쟁과정에서 목숨을 부지하자고 어느 때 한번 몸을 사리거나 비겁하게 군 일은 없었다. 그러나 역시 살아 있다는 것은 앞서 죽어간 동지들에게는 죄스럽고 면목 없는 일이었다. 오늘과 같은 날을 보려고 그들은 산중에서 굶어가면서 투쟁했고, 얼어가면서 투쟁했고, 그러다가 결국 죽어간 것이다. 살아서 돌아온 동지들보다 죽어서 돌아오지 못한 동지들이 몇 갑절 더 많았다. 그 가족들에게 남겨진 슬픔을 생각하면, 승리의 기쁨이란 승리의 울음이라고 했던 안창민의 말이 맞았다. 다 항꾼에 살아와서 저 들판에서 난 쌀로 밥해묵음서 항꾼에 웃었어야 허는디……. 하대치는 눈길을 떨어뜨리며 총을 바짝 당겨멨다.

보성군에 주둔할 인민군 2개 소대병력은 사흘이 지나 모습을 드러냈다. 광주와 목포를 같은 날인 23일에 점령한 인민군 주력부대는 그때 이미 곡성을 거쳐 구례에 이르러 섬진강을 끼고 하동 쪽으로 집결하고 있었다. 중동부전선에서 밀고 내려오는 주력과 경남북을 협공하기 위해서였다.

인민군이 도착했을 때는 보성군 각 읍면에 이미 인민위원회가 조직을 갖추고 있었다. 염상진이 도당 조직부장으로 벌교에 나타난 것도 같은 날이었다. 남국민학교에서 베풀어질 식에 참석하기 위해서였다. 그는 말끔하게 면도를 한 얼굴에 깨끗한 옷차림을 하고 있었다. 볼이 약간 팬 듯한 인물은 한결 준수해 보였고, 체구는 더욱 건장하게 보였다.

남국민학교 운동장에서 조선인민해방군 환영대회 및 보성군 전 읍면 인민위원회 발족식이 열렸다. 각 읍면에서 모여든 조직원들에다 구경꾼들까지 합쳐져 넓은 운동장은 발 디딜 틈도 없을 지경이었다. 읍면별로 구분해서 줄을 서 있었는데, 벌교읍 조직원들 속에는 안창민네의 소작인이었던 다섯 사람은 물론이었고, 들몰의 김종연·서인출·유동수가 들어 있었고, 회정리 3구의 김복동·마삼수 그리고 지삼봉도 눈에 띄었다.

"저 열 밖에 둘러선 사람들, 동원된 것이오?"

염상진이 안창민에게 낮게 물었다.

"아닙니다."

안창민이 앞을 바라본 채 대답했다. 염상진은 보일 듯 말 듯 고개를 끄덕였다. 전혀 동원 없이 사람들이 그만큼 모였다면 일단 만족이었다. 그러나 벌교 인구가 5만을 넘고, 한 가구를 5인 가족으로 잡으면 성인은 2만이고, 그 수에 비하면 결코 많이 모인 것도 아니라고 그는 계산하고 있었다. 물론 운동장에 나온 사람들만이 지지자일 리는 없었다. 일손이 바쁜 농사철인 데다가, 참석 권유도 하지 않은 상태라면. 그러나 전체 인민의 절대적 지지와 호응을 얻기 위해서 앞으로 해야 할 일이 너무나 많았다. 그건 어쩌면 유격투쟁보다 더 어려울지 모른다고 생각했다. 이승만 정권에 실망한 인민들의 기대는 그만큼 클 것이기 때문이었다.

조선인민공화국 만세, 인민해방군 만세, 인민해방 만세를 삼창하는 것으로 식이 끝났다.

"대장님, 대장님!"

간부들과 함께 교문 쪽으로 걷고 있던 염상진은 설마 하면서도 고개가 돌아갔다.

"대장님, 안녕허신게라."

뛰어오던 앳된 얼굴의 젊은이가 우뚝 멈춰서며 거수경례를 했다.

"아아, 천점바구 동무!"

염상진의 목소리는 반가워하는 얼굴만큼 컸다.

"대장님, 몸은, 몸은 성허신게라?"

얼굴이 상기된 천점바구는 말을 더듬었다. 염상진 대장님이 자기를 한눈에 알아보고 그렇게 반가워해 주는 것에 그의 감정은 출렁거리고 있었다.

"나는 괜찮소. 천 동무는 어떻소. 동상은 다 나았소?"

염상진은 밝게 웃으며 분명한 존대를 썼다.

"야아, 땀나먼 쪼깐 근지럽기는 혀도 다 나았구만이라."

"이젠 신발을 벗고 자도 괜찮으니까 날마다 발을 깨끗하게 씻고 자도록 하시오. 그리고 쑥 말려둔 게 있을 테니 날마다 한 주먹씩 태워 그 연기를 쐬도록 하시오. 그래야 겨울이 돼도 도지질 않소."

"알겄구만이라. 근디, 대장님이 우리 집에를 잠 가셨으면 쓰겄는디요."

천점바구는 눈치를 살폈다.

"천 동무 집에?"

"야아, 쩌어…… 생간얼 잡수시게라."

천점바구는 머뭇거리며 말했다.

"생간?"

"야아, 오늘 소럴 잡는디 아부지가 대장님 잡수시게 헐라고 손 안 대고 딱 모셔놓겄다고 혔구만이라."

"이걸 어쩐다, 그럴 시간이 없는데……."

염상진은 난감해진 얼굴로 중얼거리며 시계를 들여다보았다.

"대장님, 아무리 바뻐도 시간 쪼깐 쪼개내서 얼렁 댕게오시제라. 소는 모레 잡을 날인디 대장님 오신다는 소식 듣고 아부지헌테 역부러 졸라서 오늘 잡기로 헌 것인디요. 생간은 남자한테 영판 좋다는디요."

천점바구는 울상이 된 얼굴로 염상진을 쳐다보며 말하고 있었다. 염상진은 가슴이 뭉클해지는 것을 느꼈다. 그러나 바로 간부회의를 해야 하고, 그것이 끝나는 대로 장흥군으로 넘어가야 했다.

"천 동무, 대장님이 바쁘셔서 거기까지 가실 시간이 없으니까 천 동무가 핑 가서 가져오는 것이 어떻겠소?"

옆에서 웃고 있던 안창민의 말이었다.

"야아, 맛은 쪼깐 덜혀도, 그리 허제라."

천점바구의 얼굴이 금방 밝아졌다. 그리고 "핑허니 댕게오겄구만요" 하고는 뛰기 시작했다. 아아…… 저 어린 나이에 살아남다니. 염상진은 멀어져가는 천점바구의 모습을 지켜보며 가슴이 저려오고 있었다.

"거 아조 보기 됴은 감동적 장면입니다레."

귀에 선 억양의 인민군 장교 말이었다.

"저 전사가 우리 군당에서 나이가 제일 어린데, 소원이 부장 동무 같은 사람이 되는 것이랍니다. 그래서 부장 동무의 직책이 어떻게 바뀌든 간에 저 전사는 옛날 그대로 '대장님'이지요."

안창민의 설명이었다.

"하, 기래요? 기렇게 존경받는 부장 동무가 부럽구만요."

인민군 장교가 염상진을 보며 고개를 끄덕였다.

회의를 끝낸 염상진은 간부들과 둘러앉아 참기름 친 소금에 생간을 찍어먹고 거리가 가까운 어머니부터 뵙기로 했다.

"아이고 이 사람아, 몸이나 성허신가. 자네럴 이리 보게 되니 상구가 또 떠나뿔지 안 혔는가. 이내 팔자가 워찌 이 모냥인지, 기가 맥혀 못살겄네웨."

큰절을 받고 난 어머니의 눈물 뿌리는 탄식 앞에서 염상진은 할 말을 잃고 있었다. 열 손가락 깨물어 아프지 않은 손가락 없는 모성 앞에서 혁명의 논리나 해방의 당위성 같은 것은 허황한 말로 탈색될 뿐이었다. 그동안에 많이 늙어버린 어머니의 모습 앞에서 염상진은 큰아들로서의 자책을 느꼈다. 혁명은 자기의 선택이었지만, 효도는 핏줄의 의무였다. 혁명의 의미 아래 짓눌려 깔려 있던 죄스러움이 쓰라리게 확대되고 있었다.

"어무님, 불효를 용서하십시요."

염상진은 고개를 들지 못하고 말했다.

"아니시, 아니여, 나헌테 효도허란 것이 아니여. 성제간에 서로 원수맹키로 살덜 말고 옛적에 커날 때맹키로 서로 얼굴 맞대허고 사는 것 보고 죽는 것이 이 에미 소원이란 말시. 어이웨, 자네가 성인께로 상구 미워허덜 말소. 사람 나고 돈 났디끼 핏줄이 먼첨이제 사상이 먼첨이드랑가. 워쩌겄어?"

"알겠습니다. 제가 상구를 미워할 리가 있나요, 동생인데."

염상진은 괴로움을 씹으며 대답했다. 그러면서, 해방이 되어 상구가 돌아오자마자 손을 쓰지 못했던 오래된 후회를 다시 하고 있었다.

"하먼, 하먼, 그래야제. 나가 배운 것 암것도 읎이 무식허네마는 시상 돌아가는 판세럴 워찌 몰르겄는가. 성제간에 그리 척지고 살게 된 것도 다 이 시상이 잘못 돌아가는 죄제. 그려도 상구 고것이 영판 못돼묵은 물건은 아니여. 어쩔 때넌 인정머리도 있고 말시……."

이 에미헌테도 헌다고 허니께, 하는 말꼬리를 호산댁은 삼켜버렸다. 그건 효도를 못 하고 있다고 생각하는 큰아들의 가슴을 긁는 말일 뿐이었던 것이다.

"어무님, 아무 걱정하지 마십시요. 저어, 오늘은 너무 바빠 이만 뵙고, 또 뵙도록 하겠습니다."

"어이, 어이, 자네야 인자 나 혼자 자석이 아닌께로."

호산댁은 아쉽고 서운한 마음을 전혀 내색하지 않으며 먼저 일어섰다.

"인자 워디로 가는고?"

호산댁이 사립 앞에 멈춰서며 물었다.

"아이들 잠깐 보고 장흥으로 갈 겁니다."

"잉, 아그덜? 쪼깐 기둘리소."

호산댁은 얼른 돌아서서 삼베치마를 걷어올리며, 그려도 에미라고 나럴 먼첨 보로 왔구먼, 생각하며 새로운 눈물이 솟기는 걸 느끼면서 속곳에 달린 주머니에 손을 넣었다.

"요것 을매 안 되는디, 아그덜 과자라도 사갖고 들어가."

호산댁이 꾸깃꾸깃한 돈을 내밀었다.

"어무님, 저한테도 있습니다."

염상진이 난감한 얼굴로 주춤 물러섰다.

"아니시, 받어. 산에서 내레온 지 을매나 됐다고."

"아닙니다, 정말 있어요. 그건 어무님 용돈이나 쓰세요."

"아니랑께, 이 에미 맘잉께 싸게 받어."

허리가 굽은 호산댁은 어느새 키 큰 아들에게 매달리듯 해서 바지주머니에 돈을 쑤셔넣고 있었고, 그런 어머니를 내려다보며 염상진의 얼굴은 울 것처럼 일그러지고 있었다.

"아그덜 눈 빠지는디 싸게 가부아. 고상 끝났다고 맘 풀어놓덜 말고 밥 제때제때 챙게묵고. 산에서 곯은 몸잉께로."

굽은 허리를 펼 수 있는 대로 펴려는 듯 호산댁은 목을 늘여빼 아들을 올려다보며 말하고 있었다. 그 감감한 눈길에는 눈물이 묻어 있었다.

"예, 어무님도 진지 많이 드세요."

염상진은 큰 키를 반으로 접었다.

골목어귀에서 어머님한테 다시 인사를 보낸 염상진은 빨리 걷기 시작했다. 어무님, 제가 어찌 당신의 괴로운 심정을 모르겠습니까. 두 자식 사이에서 차마 못 당할 고초시지요. 자식으로만 친다면 저희 두 놈이 모두 천하에 불효자식들입니다. 핏줄이 먼저지 사상이 먼저가 아니라는 말씀, 옳습니다. 어무님 생각을 제가 어찌 감히 원시혈연주의니 원시감상주의라고 비판할 수 있겠습니까. 제 어무님이 왜 막심 고리키의 '어머니'가 아닌가를 어찌 따질 수가 있겠습니까. 아닙니다. 고리키의 '어머니'는 다행히도 아들이 하나지 둘이 아니로군요. 그 어머니에게 우리처럼 딴생각을 가진 아들이 둘이었다면 그 어머니는 어떻게 했을지 궁금하군요. 이건 전에 생각하지 못했던 문제였는데, 참으로 궁금하군요. 고리키도 이것까진 생각하지 못했는지도 모릅니다. 생각했더라도 소설로 쓰기가 난감하고 어려워서 일부러 피했는지도 모르겠군요. 어무님, 어무님은 스스로 배운 것 없이 무식하다고 하시면서도 아실 것은 다 알고 계시지 않습니까. 저와 상구가 서로 다른 입장에 서게 된 것이 세상이 잘못 돌아가서 그런 거라고 말입니다. 어무님, 세상이치의 옳고 그른 것을 아는 것은 배움의 유무식으로 하는 것이 아닙니다. 생활을 겪어나가면서 보고 느끼고 깨닫는 것, 그것으로 충분하고 그것이 또 진짭니다. 그러고 보니 어무님은 조직행동이나 집단행동만 안 하셨을 뿐이지 고리키의 '어머니'나 다르실 것이 없습니다. 아니, 제가 부탁을 드리지 않아서 그렇지 부탁만 드리면 어떤 위험을 무릅쓰고라도 삐라도 뿌리실 것이고, 몇백 리 밖에까지라도 선을 대시겠지요. 따지기 좋아하는 사람들은 그것이 본능적 모성의 행위이지 혁명의식을 자각한 이성적 행위가 아니지 않느냐고 비판할 겁니다. 그러나 고리키의 '어머니'가 그렇게 의식화되는 것도 모성으로부터 시작하고 있습니다. 어무님, 혁명에 몸 바친다고 해서 불효가 상쇄되거나 변명되지 않는다는 것을 잘 압니다. 그것이 사람 사는 다양함이고, 사람으로서 지켜야 할 서로 다른 도리의 몫이 아니겠습니까. 혁명이 인간생존을 위한 미덕이라면, 효도는 인간윤리를 위한 미덕입니다. 그것이 사람을 사람이게 하는 당연한 도리지 어찌 유교만의 잔재겠습니까. 혁명사회도 인간다운 윤리의 바탕 위에서 존재합니다. 어무님, 조금만 더 참으십시오. 혁명이 목전에 와 있습니다. 혁명이 완수되면 그동안 못한 효도를 다하겠습니다. 어무님…….

염상진은 자애병원 앞을 지나고 있음을 느꼈다. 어떻게 할까 잠시 망설였다. 시계를 보았다. 여유가 없었다. 전 원장은 다음에 만날 수밖에 없었다.

극장 앞에 이르러 염상진은 과자방을 찾았다. 과자방은 일정시대 그대로 극장 옆 세 번째 집이었다.

과자를 고른 염상진은 바지주머니에서 돈을 꺼냈다. 꼬깃꼬깃 구겨진 돈 위에 주름살이 거미줄처럼 엉킨 어머니의 얼굴이 겹쳐졌다. 염상진은 그 돈을 주머니에 도로 집어넣었다. 그리고 다른 돈을 꺼냈다.

15

김범준의 귀향

서울 거리에는 인민군의 진격을 알리는 벽보가 날마다 바뀌어 붙고 있었다. 벽보에 남쪽의 지명들이 나올수록 서울의 식량난은 심각해져 가고 있었다. 춘궁기만이 아니라 추궁기라는 것도 있는 이 땅에 계절적으로 쌀이 바닥나기 시작할 때가 되었는 데다가, 전쟁으로 인한 기존 시장의 파괴와 양쪽의 군량미 확보로 이 땅은 추궁기를 좀더 빨리 맞고 있었다. 그런 상황 속에서 생산경제가 아니라 소비경제 위주인 서울의 형편은 더 나쁠 수밖에 없었다. 거기다가 의용군 모집까지 겹쳐져 우익은 물론이고 우익성향의 사람들에게 서울은 한 달 전과는 정반대의 지옥일 수밖에 없었다. 좌익이나 그 동조자들에게는 의용군은 '모집'이었고, 우익이나 그 동조자들에게는 '강제징집'이었다.

하나의 사실이 서는 입장에 따라 판이하게 달라지는 현실을 보며 김범우는 제3의 입장이 있을 수 없다는 이학송의 말을 되짚고는 했다. 의용군에 기세 좋게 자원하는 사람이 있는가 하면 기를 쓰고 피하는 사람들도 있었다. 하숙생들도 두 쪽으로 갈라졌다. 일곱 명 중에서 세 명이 자원해 떠났고, 나머지 네 명 중에서 한 명은 어딘가로 가버리고, 다른 세 명은 다락방 신세를 지고 있었다. 그들은 서로 헤어지기 전에 역사니 반역사니, 인민해방이니 기회주의니, 정의니 불의니, 짧은 지식들을 동원해 가며 격렬하게 논쟁을 벌였다. 그리고 세 학생은 자신들이 옳다고 생각한 길을 기운차게 떠나갔다. 김범우는 그들의 주저 없는 행동에 신선감을 느끼면서도 그들이 떠나는 모습을 우울하게 지켜보았다. 너희들이 만약 죽게 된다 하더라도 전쟁의 결과가 너희들의 선택과 죽음을 빛나게 할 수 있도록 되었으면 좋겠구나. 너희들의 죽음이 소모가 되고 무의미한 것이 되면 얼마나 기막힌 노릇이냐. 너희들이 의용군으로 나가야 한다는 사실이 무엇이냐. 그만큼 병력손실이 크다는 것이고, 전쟁수행이 용이하지 않다는 증거가 아니냐. 그것은 무엇 때문이겠느냐. 미국이 참전을 했기 때문이다.

김범우는 자신도 어떤 결정을 내려야 할 시기가 나날이 임박하고 있음을 의식하고 있었다. 《해방일보》 건은 더 이상 미룰 수가 없는 형편이었다. 오늘 이학송이 오기로 되어 있었다. 이학송은, 자신이 허리를 많이 다쳤다는 이유를 꾸며대 신문사 근무날짜를 8월 1일쯤으로 미루어두었던 것이다. 그런데 자신은 마음을 결정하지 못한 채로 그 기간을 다 까먹게 되고 말았다.

김범우는 손승호가 전주로 근무지를 옮기게 된 것에 관심을 쓰고 있었다. 점령지가 넓어짐에 따라 선전활동의 균형을 잡기 위한 당의 정책으로 이동하는 것이라 했다. 손승호는 시를 쓰고자 했던 능력과 남보다 책을 많이 읽은 박식을 동원해서 날마다 선전문 쓰기에 열성이었다. 그는 스물여섯 살 시퍼런 나이에 지리산에서 투쟁을 하다가 총살당해 죽어간 시인 유진오를 흠모하고 있었다. 고난에 찬 민족의 운명 앞에서 시 쓰는 일보다 먼저 행동이 필요하므로 붓을 꺾는다는 내용의 말을 남기고 행동투쟁에 나선 그의 결연성에 손승호는 열등감을 느끼는 것 같았고, 그 열등감은 힘으로 변하는 것 같았다. 손승호가 그렇게 된 데에는 이학송의 영향도 무시할 수가 없었다. 지리산문화공작대사건의 재판인 군법회의를 기자의 자격으로 방청했었다는 이학송은 그 달변으로, 일곱의 피고를 상대로 한 사람 앞에 1분씩도 안 걸린 사실심리에 대해서, 잇따라 내려진 사형언도에 대해서, 사형언도를 눈썹 하나 까딱하지 않고 듣고 있던 유진오의 태도에 대해서, 그리고 김지회의 애인으로 붉은 스웨터를 입고 지리산과 덕유산을 누벼 '붉은 스웨터의 여두목'이라는 별명을 가진 스무 살 조경순이 함께 재판을 받은 것에 대해서 실감나게 엮어내렸던 것이다.

손승호의 근무처가 결정되기 전에 김범우는, 기왕 일을 시작하려면 가족들도 생각하고 해서 고향으로 내려가는 것이 더 의미가 있지 않겠느냐고 권했었다. 그런데 손승호는 "염 선배 보기도 그렇고……" 하는 끝이 흐린 말로 고개를 저었던 것이다. 그때 손승호가 내려가면 일단 같이 내려갈 작정을 했었다. 그런데 손승호의 고집이 발동했고, 마음을 정하지 못한 자신은 전황벽보를 보거나 날로 심해지는 비행기의 폭음을 들으며 하루하루를 괴롭게 죽였던 것이다.

땅거미가 내릴 즈음에 이학송이 왔다. 그의 손에는 소주병이 들려 있었다.

"어서 오십시오. 전쟁통에 무슨 술입니까?"

벌써 목이 간질거리면서도 김범우는 엇지르는 소리를 했다.

"술 마시는 건 반동행위가 아닐까?" 이학송은 눈을 찡긋해 보이고는 "손 형은 아직 안 왔나 보네?" 하며 마루로 올라섰다.

"올 때가 됐습니다. 술은 어디서 용케 구하셨군요."

"돈이 없어 탈이지, 다 사람 사는 세상 아뇨?"

이학송은 방바닥에 몸을 부렸다.

"뭐 새로운 소식 없습니까?"

"매일 새로운 소식투성이라면 투성이고, 그게 그 소식이라면 그런 것이 전시소식 아니겠소? 그런데, 한 가지 좋지 않은 소식이 있소. 미 지상군이 마침내 병력을 완비하고 경남 일대를 발판으로 총반격을 개시할 거라는 소식이오."

이학송의 목소리가 무거웠다.

"글쎄요, 그거야말로 벌써부터 예상돼 왔던 새로울 것 없는 소식 아닌가요?"

무슨 새삼스러운 소리냐는 듯 김범우는 이학송을 물끄러미 바라보았다.

"그렇긴 하지만 예상과 현실은 그 감이 다른 법인데, 그 정보가 구체적으로 확인되면서부터 경상도 일원의 점령이 늦어진 작전차질에 대한 책임을 따지는 비판이 일고 있는 눈치요. 그리고 공격을 가세시키고 있는 모양이고."

"책임을 따지는 비판이라니, 좀 단순한 것 같군요. 작전차질을 안 일으켜 부산까지 다 점령했다고 해서 전쟁에 완전히 이긴 걸까요? 그렇다고 일단 개입하기 시작한 미군이 전쟁을 포기했을까요? 그들은 거점을 제주도로 옮겨 반격을 가할 것이고, 제주도를 뺏기면 오끼나와로 옮겨 반격을 가할 겁니다. 쏘련과 대치하는 상태에서 이 땅에서 물러가는 것은 곧 쏘련한테 패배하는 것이고, 세계적으로 망신을 당해 영향력을 잃는 계기가 될 판인데, 물자 많고 직업군인 많은 미국이 그렇게 간단하게 손을 뗄 것 같습니까? 만약 그렇게 생각했다면 계산착오도 너무 큰 계산착오지요."

"미국이 간단하지 않은 적인 것만은 사실이오."

이학송이 쩝쩝 입맛을 다셨다.

손승호가 땀에 찬 후줄근한 모습으로 돌아왔다. 주인아주머니한테 부탁해서 풋고추와 된장을 술안주로 얻어 술자리를 폈다. 달랑 한 병인 소주와 볼품없는 안주였지만 그렇게 모여 앉은 것도 꽤나 오랜만이었다.

"자아, 한잔씩 합시다."

이학송을 따라 김범우와 손승호도 술잔을 들었다.

"술맛은 여전하군." 이학송은 소주의 독기를 콧등에 잡히는 주름살로 드러내며 풋고추를 된장에 찍어 한 입 씹고는, "그래, 김 형은 어찌기로 했소?" 하며 김범우에게 눈길을 돌렸다.

김범우는 반쯤 남은 술을 입에다 털어넣었다. 그리고 입 안에 그대로 머금고 있었다. 소주의 독기가 혀며 입천장이며를 짜릿짜릿하게 자극해 왔다. 무슨 대답이든 해야 할 시간이 닥쳐와 있었다. 소주의 독기 같은 괴로움이 가슴을 아리게 하고 있었다. 김범우는 소주를 목으로 넘겼다.

"이 선배님한테는 죄송하지만, 손 형을 따라 일단 서울을 떠날까 합니다."

김범우의 말은 힘이 들었다. 손승호의 눈길이 빠르게 김범우의 얼굴을 훑었고 이학송은 소주잔만 내려다보고 있었다. 세 사람은 한참 동안을 굳은 듯이 앉아 있었다.

"김 형 생각이 그렇다면…… 어쩔 수가 없는 일이오." 더디게 말을 한 이학송은 술잔을 비우고는, "어쩌면 긴 안목으로 볼 때 김 형의 판단이 옳을는지도 모를 일이오. 김 형의 판단대로 만약 이 전쟁이 여순사건과 같은 좌절을 가져오게 된다면 그 목적과는 별개로 우리 민족은 많은 상처만 입은 채 비극은 더 깊어질 게 틀림없소. 미국은 손실을 당한 만큼 권리를 행사하려고 할 테니 말이오. 그때는 이번 전쟁행위의 문제점이 비판될 거고, 김 형은 지금의 괴로움에서 벗어나게 될 거요." 가라앉은 소리로 신중하게 말했다.

"왜 기회주의라고 욕하지 않으십니까?"

김범우가 방바닥에 시선을 떨어뜨린 채 말했다.

"그게 무슨 소리요. 김 형이 기회주의라면 손 형이나 나는 뭐요? 기회주의란 그런 게 아니잖소? 지난번에도 말했지만 기회주의란 중도를 표방하면서 그때그때 힘이 강한 쪽으로만 쏠리는 것인데, 김 형은 이미 기회주의자가 될 자격을 잃었소. 그리고 생각을 무시해 버리고 행동의 여부만으로 그런 기준을 삼는 것도 유치하고 경솔한 짓이오. 한 가지 분명한 것은, 김 형의 판단이 옳아, 김 형이 지금의 괴로움을 벗게 된다면 그때는 손 형이나 내가 괴로움을 당하게 될 거라는 사실이오."

"선배님 입장을 난처하게 해드려서……."

"아니오, 내가 함께 일하고 싶은 욕심이었지, 신문사에는 병세가 악화되어 근무할 가망이 없다고 하면 그만일 게요."

이학송은 선선하게 말했지만 김범우는 그 말을 그대로 곧이듣지는 않았다. 미안하고 면목이 없었다.

"손 형은 왜 말이 없소?"

이학송이 손승호에게 잔을 건넸고, 손승호는 쓴 것인지 떫은 것인지 모를 어색스러운 웃음이 밴 얼굴을 들었다.

"손 형하고 함께 떠나자면 통행증이 있어야 할 텐데, 손 형이 어떻게 좀 할 수 없겠소? 그쪽은 나보다 손 형이 더 가까운데."

이학송이 술을 따르며 물었다.

"장담할 수 없지만 알아봐야죠."

"통행증이 없이 떠났다간 엉뚱하게 의용군 전사가 될지도 모르오.” 이학송이 김범우를 보며 웃었고, “전사가 되면 학병 때 전투경험이 발휘될 테니 일당백이지요 뭐.” 손승호의 말이었다.

이학송이 소리 내서 웃었고, 김범우는 그 말에 든 가시를 느꼈다.

“공화국 첫 월급을 받은 기분이 어떻소?”

이학송이 말을 바꾸었다.

“물으나마나 엉망이죠 뭐.”

손승호가 퉁명스럽게 대꾸했다.

“아니, 그게 무슨 소리요?”

이학송이 놀라는 얼굴이 되었고, 그 의외의 반응에 김범우도 손승호를 쳐다보았다.

“봉급 차이 나는 것에 대해 물으신 것 아닙니까?”

대답이 빗나간 것을 알고 손승호가 이학송에게 물었다.

“손 형도 봉급 차이 때문에 기분이 썩 좋지 않았던 모양이군요.”

이학송은 고개를 끄덕이면서 웃었다. 김범우는 무슨 말인지 알아들을 수가 없었다.

“똑같이 일하고 그런 차이 나는 봉급을 받았는데 세상에 기분 나쁘지 않을 사람이 어디 있습니까. 한두 푼도 아니고 5할이나 차이가 나니, 이건 돈문제 이전에 인격적 모독을 느끼고, 사회주의 평등이라는 것 자체에 회의를 느낍니다. 남쪽사람들에 대한 그런 차별대우가 바로 봉건계급사회의 부활이지 어떻게 계급 없는 사회주의 사회입니까.”

손승호의 강경한 어조에 열기가 묻어나고 있었다. 김범우는 그때서야 말의 내용을 파악하며 놀라고 있었다. 그런 일을 당하고도 내색 하나 하지 않은 손승호의 심중을 이해할 수 있었다.

"이거 야단났소. 손 형 같은 사람까지 그리 생각하고 있으니, 그 선전 부족에 손 형도 책임이 있는 것 아뇨?"

이학송이 입을 꾹 다물며 웃었다.

"무슨 말씀인가요?"

"그 봉급 차이에 대해 우리 신문사에서도 손 형이 말하는 것과 똑같은 이유로 비판 아닌 불만이 조성되었소. 나도 예외가 아니었고. 그런데 그게 당의 사전설명 부족에서 생긴 오해였던 거요. 결론부터 말해 봉급 차이는 차별대우도 계급조장도 아니고, 사회주의의 과학적 계산에 입각해 나온 결과였소. 그게 무슨 말인가 하면, 북쪽사람들의 경우는 완전히 타향살이를 하고 있는 형편인데, 그러자니 방도 셋방이요, 밥도 끼니때마다 비싼 매식이요, 심지어 빨래 하나 하는 것까지 돈 드는 손을 빌려야 될 형편이 아니냐 그 말이오. 객관적으로 소비가 많을 수밖에 없는 사람들에게 출장비로 봉급의 5할을 더 지급해서 균형을 맞추는 것, 그것이 과학적이고 타당한 것 아니겠소? 물론 남쪽사람 중에도 손 형 같은 예외도 있지만, 일반원칙에서 예외가 제외되는 건 당연한 일이고. 어찌, 그 원칙이 이해가 되오?"

"글쎄요, 듣고 보니 그럴 법도 하다는 생각이 드는군요. 그런데 왜 그런 내용에 대한 사전설명이 없었을까요."

"그게 바로 문제요. 당에서는 너무 당연한 문제니까 설명할 필요를 느끼지 않은 것이오. 오해로 생긴 물의가 보고되고 있을 테니 뒤늦게 설명하게 될 거요. 그런 인식의 차이에서 오는 시행착오나 오해가 그동안에 어디 한두 가지였소. 그 대표적인 예가 인민재판 아니겠소? 김팔봉의 인민재판을 놓고 김 형이 비판하고 예측했던 바가 그대로 맞아떨어지고 있잖소. 여론을 들어보면 그런 식의 처형방법을 좋아하는 사람들이 거의 없는 형편이니, 김 형 판단대로 당은 시범적인 일을 한다고 해놓고 오히려 얻은 것보다 잃은 게 더 많게 되고 말았소."

"말이 나왔으니 하는 말인데, 그런 식의 시행착오는 북쪽사람들이 갖는 우월감에 근본적 원인이 있다고 생각합니다. 그 사람들은 '우리가 너희들을 해방시켜 주었다' 하는 식으로 노골적인 태도를 보이는데, 그런 사고방식이 내부로는 위화감을 조성시키고, 외부로는 일방적인 시책 실시로 나타난다고 봅니다. 신문사에는 그런 분위기가 없습니까?"

손승호는 영 언짢은 얼굴이었다.

"왜 없겠소. 기자들 사이에서도 그 점이 아주 미묘하게 작용해서 신경을 자극하는데, 어차피 사람이니까 그런 우월감이나 과시욕구가 없을 수 없는 일이지만, 좀 심한 것은 문제가 아닐 수 없소. 분야마다 그 문제가 갈등을 일으키고 있는 것 같은데, 그건 혁명이나 해방이라는 근본정신에 위배되는 행위고, 시급히 비판 수정돼야 할 문제요."

"제가 보기엔 당의 지령이나 지시로 해결될 문제가 아니라고 생각합니다."

"무슨 뜻이오?"

"당이 애당초 그런 예방교육이나 지시를 안 했을 리가 없잖습니까? 그런데도 그런 현상이 벌어지는 건 우리 전체의 자질이나 수준에 문제가 있는 거지요."

"아주 예리하게 보는 것인데, 하여튼 인간은 상대적 감정의 동물이니까 받아들이는 쪽에도 다소의 문제는 있을 것이고, 앞으로 좋아질 것을 믿고 토론을 통해서 시정발언을 적극적으로 하고 해서 고쳐지도록 서로 노력합시다."

이학송이 시계를 들여다보았다.

"한 가지만 여쭤보겠는데요, 해방일보가 폐간되고 딴 신문이 나온다는 말이 있는데 사실입니까?"

손승호가 다급하게 물었다.

"그건 또 무슨 소리요?"

이학송은 알 수 없다는 표정을 지었다.

"해방일보는 진작에 없어져버린 남로당 기관지를 복간시킨 것에 불과해 아무 의미가 없으니까 로동신문으로 바꿀 거라는 말이던데요."

"아, 그 말이요? 그런 소문이 조심스럽게 돌고 있긴 한데, 우리로선 말하기 곤란한 저 최상부층과 직결된 문제 아니겠소? 그 문제에 대해선 아는 것도 없고, 말하고 싶지도 않소."

이학송은 잘라 말했다.

"무슨 뜻인지 알겠습니다."

손승호도 입을 다물었다.

김범우는 직감적으로 박과 김, 두 사람을 떠올렸다. 권력구조 속에서 정점을 향한 갈등이나 마찰이 발생하는 것은 지극히 자연스러운 현상이었다. 그러나 전쟁이 수행되는 속에서도 그것이 병행되고 있다는 사실에 김범우는 권력을 향한 인간의 치열성을 다시 느낄 수밖에 없었다.

"떠나기 전에 한 번 더 보도록 합시다. 참 김 형, 김팔봉의 인민재판이 있고 며칠 뒤에 서울 이남에서는 인민재판을 하지 말라는 지시를 당중앙이 내렸소."

이학송이 자리를 털고 일어섰다.

"그래요? 그것참 잘했군요."

김범우가 고개를 끄덕거렸다.

최서학이 배속된 의용군부대는 미군기들의 폭격을 피해 거의 밤에만 이동하고 있었다. 날이 어두워지면서 시작되는 행군은 다음날 해가 뜰 무렵까지 줄기차게 계속되었다. 그 야간행군은 여러 가지 군사적 이득을 보고 있었다. 미군기들의 공격을 피할 수 있어서 좋고, 덥지 않아서 행군 효과가 나서 좋고, 야간전투에 대비한 훈련이 되어서 좋다는 것이었다. 인민군 장교의 그런 말을 들으며 최서학은 이를 갈았다. 그는 행군을 하면서 비행기들이 색색의 불을 반짝이며 그냥 지나쳐갈 때마다 아무도 모르게 발을 굴렀다. 마음

같아서는 불을 켜서 공격지점을 알려주고 싶었고, 고래고래 소리를 질러 비행기의 방향을 돌리고도 싶었다.

부대는 전주를 지나고 있었다. 그것을 확인하자 최서학의 결심은 더욱 굳어졌다. 부대가 전주를 지나면 그 진로는 광주 쪽이 될 것이 분명했다. 자기네 부대가 구례를 통해 경상도로 치고 들어갈 괴뢰군 어느 사단에 투입될 거라는 예측을 하기에는 어려울 것이 없었다. 신설동 훈련소를 떠날 때 게시판에 나붙은 벽보에서 최전선이 어디인가 알 수 있었던 것이다.

최서학은 부대가 서울을 출발할 때부터 그 이동방향에 온통 신경을 곤두세우고 있어서 아무리 야간행군을 한다고 해도 경유지를 알아내는 것은 별로 어려운 일이 아니었다. 부대가 대전을 지날 때까지만 해도 그는 부대의 진로가 어디로 잡힐지 짐작하지 못했다. 곧장 내려가면 전라도였고, 왼쪽으로 방향이 틀리면 경상도였다. 제발 전라도 쪽으로 가기를 그는 간절하게 빌었다. 초조감으로 남모르는 진땀을 흘리며 몇 시간인가를 걷다 보니 논산이 확인되었다. 그때서야 그는 소리 없는 기쁨의 탄성을 질렀다. 일이 계획대로 풀려가고 있었다. 그가 피해 있다 발각되어 내무서로 끌려가고, 반동으로 취급되는 것을 모면하기 위해 의용군에 지원하겠다고 해서 필동 일신국민학교 운동장으로 끌려간 다음부터 줄기차게 생각한 단 한 가지 문제는 탈출이었다. 괴뢰군놈들을 위해 싸우다니, 그건 농담으로도 통하지 않을 치가 떨리는 일이었다.

아버지가 염상진에게 죽지 않았더라도 최서학은 공산주의를 아예 인정할 수가 없었다. 남다른 선민의식과 우월의식을 가진 그로서는 공산주의나 사회주의 논리 자체를 도전적인 것으로 받아들여 거부하고 혐오했다. 겨울이면 으레 머슴이 학교까지 업고 다녔고, 공부는 줄곧 1등만 해온 그로서는 인간은 평등하며, 평등해야 한다는 논리가 도대체 허무맹랑하고 가당찮았던 것이다. 그가 확실하게 알고 있는 바로는 인간은 태어날 때부터 그 종류가 다르고, 그러므로 능력도 달라 절대로 평등할 수가 없게 되어 있다는 점이었다.

전쟁이 터지자 그는 서두른다고 서둘러 당숙집으로 달려갔다. 그러나 최익승은 이미 떠나고 집은 텅 비어 있었다. 그는 절망감에 사로잡혀 댓돌 위에 털퍽 주저앉았다. 죽었다는 생각뿐이었다. 그러나 냉정한 그는 이내 감정을 수습했다. 만일을 모를 일이었으므로 한강으로 달려나갔다. 사람들을 헤집고 다녔지만 당숙은 보이지 않았다. 눈을 부릅뜨고 두 번, 세 번 찾았지만 당숙은 없었다. 그는 아까보다 더 큰 절망감으로 모래밭에 주저앉았다. 나마저 괴뢰군놈들 손에 죽어야 하다니……. 그는 주먹으로 모래밭을 치고 또 치며 까마득하게 넓은 강물을 저주스럽게 노려보고 있었다. 운동을 잘하는 것을 천한 것으로 경멸한 까닭에 그는 수영도 할 줄을 몰랐다. 그는 그때서야 양효석을 부러운 마음으로 떠올렸다. 포목장수 아들인 데다가 공부도 못하고 주먹이나 쓰는 양효석은 언제나 그의 밥이었다. 통학열차에서 알아주는 주먹인 양효석을 가문의 능력과 자신의 실력으로 밥을 삼을 수 있다는 것에 그는 쾌락과 통쾌함을 느꼈던 것이다. 그 쾌락과 통쾌함은 양효석을 향해 경멸과 멸시로 변해 날아갔다. 양효석이 아버지의 원수를 갚기 위해 육사에 지망했을 때 그의 경멸감이나 멸시는 극에 달했다. 돌대가리 주먹패다운 결정이었기 때문이다. 자신의 법관 선택과 비교하며 그는 자만스럽게 웃었다. 그런데 건널 수 없는 한강을 앞에 두고 양효석을 부러워하게 된 것이다. 전시에 가장 안전한 것은 군인이라는 말과 함께 이미 한강을 건너갔을 양효석을 생각하며 그의 결정이 현명하게 여겨지는 것이었다. 그러나 그는 그 생각도 오래하지 않았다. 양효석 같은 존재를 잠시나마 인정한다는 것 자체가 불쾌하고 자존심의 훼손이었던 것이다. 이대로 죽을 수 없다는 다짐으로 그는 모래밭을 박차고 일어났다. 다시 하숙집으로 돌아가서 몸을 숨겨달라고 부탁했다. 같은 처지가 된 하숙생이 하나가 더 있었다. 부엌 위 다락방에 숨으라는 것을 마다하고 대청마루 밑을 파내고 숨었다. 다락방에 비하면 완전에 가까운 은신처였다. 하루내내 쪼그리고 앉아서 지내다가 밤이 깊으면 나오고는 했다. 그날도 밤이 깊어서야 나와 소변을 보고, 대청에 앉아 자두 몇 개를 먹고 있는데 내무서원들이 담을 뛰어넘어 들이닥쳤던 것이다. 둘이 다 꼼짝없이 잡히고 말았다. 며칠간의 훈련을 받으며 아무리 생각해 보아도 어째서 잡히게 되었는지 알 수가 없었다. 누군가의 밀고가 아니면, 밤에 드나드는 것이 탐지된 것으로 생각할 수밖에 없었다.

최서학은 누구보다도 훈련을 열심히 받았다. 자신의 계획을 감추기 위해서도 그랬고, 의용군들의 분위기 때문에도 그랬다. 함께 훈련을 받고 있는 수백 명의 사람들 중에 자원한 자들이 의외로 많았던 것이다. 그들은 대부분 용산이나 영등포 쪽의 철공장이나 방직공장을 다니던 노동자들이었고, 인쇄공들도 꽤나 끼여 있었다. 그리고 동대문 밖이나 자하문 밖에서 온 농사꾼들도 상당수였다. 그들이 자원한 것은 그렇다 치더라도 엉뚱하게 선생이 있는가 하면, 회사원이 있었고, 잡지사 기자도 있었다. 조심스럽게 물어본 그들의 자원 이유도 가지각색이었다. 선생은 '양키새끼들 꼴보기 싫어서'였고, 회사원은 '이승만과 공무원새끼들 쳐없애기 위해서'였고, 잡지사 기자는 '가망없는 남한사회에 환멸을 느껴서'였다. 최서학은 그들을 향해 미친 새끼들이라고 속으로 욕을 퍼부어댔다. 그러나 생각보다도 많은 자원자들에 마음이 켕기지 않을 수 없었다. 그들은 모두 자신의 적이었다. 자신은 적들에게 에워싸여 있었다. 그래서 그는 자신도 자원을 한 척하는 일부터 했다.

최서학은 변소에 앉았거나 잠자리에 누워서는 이 세상이 어찌 될 것인가를 심각하게 걱정했다. 지금까지 되어온 형편으로 보아서는 빨갱이놈들 세상이 될 것이 거의 틀림없었다. 그건 도저히 안 될 일이었다. 아버지를 죽였다는 감정을 냉정하게 배제하더라도, 사람 같지 않은 무식한 노동자나 농민이란 것들이 꺼떡대고 설쳐대는 세상이 된다는 것은 가당치도 않은 일이었다. 그따위 세상에서 사는 것은 차라리 죽느니만 못한 일이었다. 세상이 망조가 들지 않고서야 어찌 거친 일이나 하는 노동자가 우쭐거리고, 땅이나 파먹는 농사꾼들이 나대는 것인가. 그것들이 허파에 바람 든 것은 모두 공산당놈들이 사탕발림을 했기 때문이다. 악질 빨갱이 염상진 같은 놈들이 빨간 물을 먹인 것이다. 서울만 보더라도 사대문 밖에 사는 것들이 어디 사람인가. 안국동까지를 경계로 해서 종로로만 나가도 벌써 사람의 격과 질이 달라지는데, 사대문 밖에 사는 것들이야 짐승이나 다를 게 무엇인가. 그런데 그것들이 사대문 안을 감히 넘보고 제놈들 세상을 만들겠다고 설치고 나서서 빨갱이 군대에 자원들을 하고 나선 것이다. 그리고 괴뢰군놈들이나 내무서놈들도 효자동에서부터 시작해 팔판동 가회동을 거쳐 혜화동까지 집집마다 뒤지고 엎어 사람들을 잡아가고 물건들을 탈취하며 쑥밭을 만들지 않았는가. 반동 착취계급들의 동네라고 떠들어대면서. 불한당 강도 같은 놈들, 능력 있는 사람들이 능력 있는 만큼 당연히 누리는 것이지 그게 어디 착취란 말이냐. 이번 전쟁은 귀한 피와 천한 피의 싸움이었고, 양반과 상것들과의 싸움이었다. 이번 전쟁에서 지면 양반들은 상것들의 발밑에 깔려야 한다. 어찌 그런 일이 있을 수 있는가. 무슨 수를 써서라도 이겨야 한다. 아직도 희망은 있다. 미국이 있기 때문이다. 양반의 나라 미국이 우리 편인 것이다. 믿을 건 미국밖에 없다. 제공권은 벌써부터 미국이 장악했다. 세계 최강국인 미국이 우리 편인 한 아직 희망은 있다. 미국이여, 폭탄을 더 많이많이 떨어뜨려라. 공산당 괴뢰군들의 씨를 말려라. 최서학은 아무도 모르게 이를 앙다물며 전율하고, 흥분했다.

부대는 마침내 곡성 근방을 지나고 있었다. 최서학은 온몸의 피가 얼어붙는 긴장을 느꼈다. 다지고 다져왔던 탈출계획을 실행할

지점에 다다라 있었다. 그 근방에서 집까지는 얼마 멀지도 않았다. 지리야 익숙하지 않지만 고향땅이니까 그만큼 안심도 되었다.

최서학은 혁대를 조이며 숨을 들이켰다. 총에 맞아 죽는 것을 생각해 보았다. 숨이 막히고 암울해졌다. 그는 고개를 젖혀 하늘을 보았다. 그리고 숨을 토해냈다. 죽기 아니면 살기라는 말이 바로 이런 것이구나 하는 실감으로 그는 몸을 부르르 떨었다. 길은 단 하나, 그것밖에 없었다. 죽기 아니면 살기로 도망치는 길밖에 없었다. 그 다음은 아무것도 생각할 필요가 없었다.

부대는 야산 옆을 지나고 있었다. 산에는 나무가 꽤 많았다. 최서학은 눈을 질끈 감았다가 떴다. 그리고 총을 내던지며 산으로 뛰기 시작했다.

"도망간다, 도망!"

"저기, 저놈 잡아라!"

이런 외침이 어둠 속에 퍼졌고, 웅성거림이 일어나며 대열이 흔들렸다.

"모두 제자리에 앉어, 앉어! 안 앉으면 쏜다!"

날카로운 외침이 터지며 따앙! 총소리가 어둠을 찢었고, 따꿍 하고 메아리가 울렸다.

"어디냐, 어디!"

"어드메야, 빨랑 좇으라우!"

"바로 저쪽으로 튀었어요."

네 개의 그림자가 산으로 뛰어갔다. 그들의 모습이 사라지고 대열은 죽은 듯이 어둠 속에 쪼그려앉아 있었다. 풀벌레소리가 가녀리게 울리고, 어둠 속에 산들의 모습만 어슴푸레하면서도 묵직하게 드러나 있었다. 여러 개의 총소리가 산속에서 울려왔다. 난사하는 총소리였다. 메아리가 겹메아리가 되면서 어지럽게 뒤엉키고 있었다. 얼마가 지나 네 개의 그림자가 산속에서 나타났다.

"어드케 돼서?"

"사살했습니다."

"돼서, 출발하자요."

대열은 다시 어둠 속을 빠른 속도로 헤쳐나가기 시작했다. 왼쪽 멀리 희번하게 강줄기가 나타났다. 섬진강이었다.

진주 시내가 불타고 있었다. 8월의 지글지글 끓어대는 폭염 속에 진주 시내는 불바다를 이루고 있었다. 시민 소개령이 내려지면서 비행기들은 무차별 폭격을 감행했다. 검은 연기를 토하며 불길은 제멋대로 타오르면서, 다시 그 연기를 타고 너훌거리며 아무 데로나 번져나가고 있었다. 그런데 새로운 폭탄은 계속 불기둥을 세우며 터져 또다른 불터를 만들어가고 있었다. 길거리에는 시체들이 나둥그러져 있었다. 머리가 깨져 골이 허옇게 터져나온 국군의 시체도 있었고, 거멓게 탄 민간인의 시체가 있는가 하면, 등이 피범벅이 된 소녀의 시체도 있었다.

그 무차별 폭격은 하동 쪽에서 진격해 오는 인민군을 저지하고, 국군의 퇴로를 열기 위한 이중목적으로 실시되고 있었다. 진주를 뒤에 두고 하동 쪽으로 사오십 리 전방에 포진했던 국군은 인민군의 박격포공격에 치명타를 입기 시작하면서 전선이 무너지게 되었다. 국군이 뒷걸음질을 치게 된 것은 인민군의 정확한 박격포공격 때문만이 아니었다. 전투경험이 없는 신병들이 태반이어서 박격포공격을 당해 옆사람이 퍽퍽 죽어 넘어지게 되고, 적의 총탄이 휙휙 날아들게 되자 총을 제대로 쏘지 못하고 머리부터 처박았던 것이다.

"이새끼들아, 대가리 들어, 대가리! 살고 잡으면 대가리 들고 한 방이라도 더 쏴!"

양효석은 소대원들의 엉덩이를 걷어차며 이리 뛰고 저리 뛰고 하지 않을 수가 없었다. 그러다가 그만 무릎을 삐어 신음을 하며 주저앉게 되었다.

희생자만 속출하는 가망 없는 전투라서 결국 후퇴명령이 떨어졌다. 어물거리며 희생자만 내고 있다가 포위라도 당해 몰살하는 것보다는 현명한 일이라고 양효석은 생각했다. 후퇴를 하는데도 적의 박격포는 계속 날아와 터지며 목숨을 앗아갔다. 양효석은, 괴뢰군의 박격포 쏘는 기술이 귀신같다는, 진작에 들은 말을 실제로 겪고 있는 참이었다. 그는 분통이 터져 견딜 수가 없었다. 수류탄은 물론이고 소총의 사정거리 밖에서 박격포를 갈겨대 이쪽을 쑥밭을 만들고 있으니, 그렇게 당하기만 하다가는 후퇴를 하는 동안에 아군은 괴멸될 판이었다. 사령부에서도 그런 판단을 내린 것이 분명했다. 진주 시내 가까이까지 밀리게 되었을 즈음 비행기들이 나타났던 것이다.

비행기들의 맹폭 덕분에 퇴로를 확보하게 된 국군은 동쪽으로 뻗은 국도를 따라 후퇴를 서두르고 있었다. 양효석은 다리를 절룩여가며 열셋의 부하를 잃어버린 소대 옆을 따라 걷고 있었다. 사병 열셋이면 소대병력이 3분의 1이나 없어져버린 것이다. 양효석은 공산당에 대한 증오심이나 복수심과는 별개로 사람을 인정사정없이 잡아먹는 전쟁이라는 것 자체에 무서움을 느꼈다. 묻어주고 어쩌고 할 틈도 없이 적진에 버려두고 온 부하들이 다 자기처럼 공산당에 복수심을 품고 있다고 할 수는 없었다. 거의가 좋을 것도 싫을 것도 없는 사람들로 보아야 했다. 그런 사람들이 전쟁판에 끌려나와 그리도 허망하게 죽어가고 있었다. 전쟁은 주먹자랑하는 싸움은 확실히 아니었고, 동그란 표적을 놓고 하는 총쏘기연습도 아니었고, 그저 앞뒤 가리지 않고 사람 많이 죽이기 시합이었다. 그런데 그 끔찍한 전쟁을 일으킨 것이 북괴공산당이었다. 그것들은 역시 악질이었다. 한 놈도 남기지 말고 다 없애야 할 종자들이었다. 양효석은 이렇게 후퇴를 하고 있다는 사실에 굴욕을 느끼며 새로운 각오로 주먹을 말아쥐었다.

"인자 안 따라오지러? 꼭 죽는 줄 알았더마는 나가 이리 살아서 걸어가네."

"허, 말 한분 요상허시? 행에 귀신이 아닌가 귀도 잡아뜯어보고 부자지도 훑어보고 그러씨요."

"그리 수고 안 해도 형씨 말이 제대로 들리니께네 살았는 것은 틀림없소. 그란데 보소, 글마덜 거 우짠 일로 박격포를 그리도 잘 쏘는교? 꼭 박격포탄에 눈깔 달린 것맹쿠로 백발백중 아니등교."

"형씨도 참 깝깝허요. 소금 안 친 싱건 말이 되겄제만, 날이 날마닥 쎄 빠지고 좆 빠지게 연습을 혔응께 그리 된 것 아니겄소."

"맞소, 전쟁 일으킬라꼬 밤낮없이 연습해서 그리 됐겠지러."

"모리는 소리 마소. 박격포부대는 모두가 모택동의 팔로군 출신으로, 글마덜 포 쏘는 기술이 구신 잡아묵게 기맥혀 깔판도 안 받치고 백발백중시킨다카는 소문 듣지도 몬했능교."

다른 목소리가 끼어들었다.

"그래예? 그라먼 우리는 백전백패, 내 제삿날도 코앞이네."

"우리야 다 집 떠날 적에 사잣밥 받아논 신세들잉께 겁묵을 것 없소. 워쨌거나 요 질로 가먼 워디로 가요?"

"마산 아닌교."

"당아 멀었소?"

"잊어뿔고 걸으이소."

말이 끊겼다. 부하들의 말에 귀를 기울이고 걷던 양효석은 문득 적막감을 느꼈다. 그리고 오른쪽 무릎의 시큰거리면서 잡아당기는 통증이 다시 느껴졌다. 그렇다고 다시 무슨 이야기를 하라고 할 수도 없었다. 작전보행 중 잡담은 금지사항이었다.

빤히 뚫린 길 위에 눈이 따갑도록 8월의 햇살이 꽂혀내리고 있었다. 먼 폭음을 끌며 비행기 편대가 날아가고 있었다. 병사들은 일제히 폭음을 따라 고개를 돌렸다. 네 대의 비행기가 흰 몸체를 제각기 햇빛에 번쩍거리며 동쪽으로 멀어지고 있었다. 유엔군은 마산·왜관·영덕을 잇는 방위선인 워커라인을 구축해 놓고 있었다.

"선생님, 다 됐습니다."

전 원장이 마지막 반창고를 붙이고 허리를 펴며 말했다.

"더운데 수고하시었소."

이마의 땀을 손등으로 훔치며 서민영은 느리게 몸을 일으켰다. 괭이로 찍힌 발등에 쑥가루를 뿌려놓았는데 날씨 탓인지 덧나서 결국 병원을 찾아오게 된 것이다.

"선생님한테 안창민이란 사람이 찾아갔더라는 소문을 들었는데요."

전 원장이 서민영을 마주 보게 의자를 끌어다 앉으며 물었다.

"얼마 전에 그랬지요. 저를 보고 협조를 해달라는 것이었는데, 자기네가 너무 젊고 하니까 나이가 좀 든 사람을 내세워 사람들에게 신뢰감을 주고 호응을 넓히자는 뜻은 아는데, 원장님도 아시다시피 제가 워낙 정치 같은 것하고는 멀리 있는 사람이라 거절을 했지요."

"입장이 곤궁하셨겠습니다."

"사실이지요. 이런저런 말이 오가긴 했습니다만, 그러나 안창민이란 사람이 제 제자인 데다가 귀를 가진 사람이라 물러선 거지요."

"염상진이란 사람이 그대로 맡고 있었다면 어떻게 됐겠습니까?"

"저를 지목한 것은 그 사람들이 미리 의논한 것일 텐데, 염상진이란 사람도 결국 제 말을 이해했을 겁니다. 안창민이란 사람이 몸집이 좀 빈약해 보여서 그렇지 어느 면에서는 염상진이란 사람보다 날카롭고 고집스러운 데가 있기도 합니다."

"예, 안경 낀 그 눈이 예사 사람으로는 안 보이더군요. 더 두고 봐야겠지만 지금까지 하는 일은 어떻게 보십니까?"

"글쎄요, 상할 만한 사람들 거의가 미리 피한 탓도 있지만 우선 사람 죽는 일이 안 생기니까 살 것 같군요. 다른 지방들은 어떤지 모르지만 여긴 여순사건을 치른 데다 피할 여유들이 있어서 끔찍한 일 또 안 보게 된 거지요. 안창민이란 사람한테도 죄 있는 인명이라도 귀히 여길 줄 알아야 한다는 말을 여러 번 당부했지요."

"선생님, 그러나 경찰이 예비검속 같은 일을 저질러가지고는 그런 당부가 효과가 날 수가 없습니다. 권 서장이 무슨 생각으로 저만 살려줬는지 모르지만, 권 서장이 아니고 다른 사람이었으면 저는 영락없이 죽었을 겁니다. 그랬을 때 제 아내나 자식이 보복감정을 갖거나 원한을 품는 것은 당연한 일 아니겠습니까. 그 사태가 벌어지고 지방마다 자자하게 일어난 원성이 그대로 보복으로 이어진 것 아닙니까?"

전 원장의 얼굴에 보기 드물게 핏기가 돋아올라 있었다. 그는 자기만 살아나고 간호원이 죽은 것을 생각하면 언제나 열이 솟았다.

"그렇지요. 그런 앞뒤가 없는 정치적 악순환이 무고한 대중들만 제물로 삼아 희생시키고 있습니다. 말로는 대중을 위한다는 정치가, 참으로 큰일은 큰일입니다."

서민영이 한숨을 길게 쉬었다.

"저는 정치고 사상이고 아는 것이 없습니다만 이번 일을 겪고 나서 그나마 이승만 정권에 정이 다 떨어지고 말았습니다. 그렇다고 쏘련 무기로 무장을 하고 인민해방인가 뭔가를 하겠다고 나선 김일성 정권도 신용할 수가 없습니다. 미국식 정권, 쏘련식 정권을 하나씩 쥐고 서로 자기 주장만 옳다고 내세우며 아무 죄 없는 사람들이나 전쟁에 끌어내다 죽이고 있는 두 사람을 어떻게 믿겠습니까. 요즘 같아서는 도무지 살맛이 나지 않습니다."

"저도 마찬가집니다. 아무 데도 몸 둘 데가 있어야지요. 그만 일어나겠습니다."

서민영이 걸터앉았던 진찰대에서 내려섰다.

"물 묻히지 마시고, 이틀 뒤에 다시 오셔야 합니다."

"그러지요."

전 원장은 감정이 흔들린 것을 쑥스럽게 생각하며, 다리를 절룩거리는 서민영의 뒷모습을 지켜보고 있었다.

그는 그날 밤에 요행히 총을 빗맞아 살아난 것이라고 말해 오고 있었다.

제재소 가까이에 이른 서민영은 자기도 모르게 걸음을 멈추어 섰다. 열네댓 발짝 앞에서 인민군 두 명이 걸어오고 있는데, 그 둘레를 열 명 남짓한 사내아이들이 뭐라고 떠들어대며 따라오고 있었다. 그런데 앞을 보는 게 아니라 두 인민군을 올려다보며 중구난방 걷고 있는 아이들의 발에 치료한 발등을 밟힐 것만 같은 위험스러움에 서민영의 걸음은 저절로 멈춰졌던 것이다. 서민영의 눈길은 자연히 앞에서 다가오고 있는 두 인민군에게 머물렀다. 한 사람은 키가 컸고, 한 발짝쯤 뒤처져 옆을 따르고 있는 따발총 멘 사람은 보통 키였다. 아이들의 눈길이 쏠리고 있는 것은 키 큰 사람이었다. 그의 복색은 한눈에 보아도 달랐다. 사병 것과는 질이 다른 옷감에, 어깨에 붙은 넓고 붉은 견장, 어깨에서 허리로 대각선을 긋고 있는 가죽띠, 권총에 바지를 타고 내린 붉은 줄, 윤기 도는 가죽장화가 인민군 고급군관임을 나타내고 있었다. 아이들 눈에는 그 색다른 차림이 신기했던 것이고, 인민군 군관은 아이들이 따라붙고 있는 것을 개의치 않는 눈치였다. 군관이 네댓 발짝 앞까지 가까워지고, 서민영이, 아니 저 사람이…… 하고 생각했을 때 서민영의 눈길을 의식했던지 군관의 얼굴이 서민영 쪽으로 돌려지면서 두 사람의 눈길이 마주쳤다.

"아니, 정말 자네가?"

서민영의 입에서 터져나온 소리였고, 절도 있게 옮겨지고 있던 군관의 걸음이 뚝 멈춰졌다.

"아니, 이게 누구십니까! 서민영 선배님 아니십니까?"

군관이 감격 어린 소리와 함께 서민영 앞으로 급히 다가왔다.

"아, 자네가 맞군, 범준이 자네가 맞아."

서민영의 목소리가 떨려나오며 두 사람은 손을 맞잡았다. 인민군 군관은 김범우의 형 김범준이었다.

"선배님, 이게 얼마 만입니까."

반가움이 넘쳐나는 얼굴로 김범준은 서민영의 팔을 흔들어댔다. 나이가 말하는 무게 잡힌 준수함이 다를 뿐 그의 얼굴에서는 동생 김범우를 첫눈에 느낄 수 있었다.

"자네가 살아 있었다니, 도무지 믿어지지가 않는 일이구먼."

서민영은 반가움으로 목메이면서, 한편으로는 그가 이런 모습으로 나타나게 된 경위를 빠르게 유추해 보고 있었다.

"다 죽은 줄 알고 있었겠지요. 무리가 아닙니다. 중국생활을 작년에야 마쳤으니까 어쩔 도리가 없었지요."

"그래, 어디서 오는 길인가?"

"광주에서 일을 대략 정리하느라고 좀 늦었습니다."

"그래, 나하고 길게 끌 시간이 없네. 어서 가서 부친을 뵙게. 자네 생사를 몰라 부친께서 상심이 크셨네."

"어머님께 말씀 들었습니다."

"어머님은 뵀던가?"

"미리 연락을 드렸더니 광주까지 오시지 않았습니까."

"서울인들 안 가셨을라고. 어서 가보게. 우리야 또 만나면 되지."

"그럼, 다시 뵙기로 하겠습니다."

김범준은 서민영의 모습을 다시 훑어보며 무슨 말을 할 듯하다가 엷은 웃음을 떠올리고는 그냥 돌아섰다. 그 웃는 모습이 어쩌면 그렇게 김범우와 흡사할까 생각하며 서민영은 그의 군인다운 몸집과 걸음걸이를 물끄러미 바라보고 있었다. 그가 인민군 고급 군관이 되어 돌아온 사실이 의식을 복잡하게 만들고 있었다. 그의 모습은 일제시대로부터 지금까지 복잡하게 얽힌 이 민족 역사현실의 축도 같았다.

김범준은 오른쪽으로 돌아 횡계다리로 접어들었다. 집이 똑바로 건너다보였다. 긴 떠돎 속에서 꿈에 나타나곤 했던 변함없는 그 모습을 보자 아버지의 모습과 목소리가 함께 떠올랐다. "이 애비가 못하고 있는 독립 일을 너가 하겠다고 나섰는데 어찌 막기야 하랴만……." 아버지는 자식이 겪을 고생을 아파했지만 말로 드러내지 않고 가슴에 묻었다. 긴 세월 저편의 기억이었다. 그때의 모습에서 아버지가 얼마나 더 늙으셨을까를 그는 상상할 수가 없었다.

김범준은 횡계다리 위에서 걸음을 멈추었다. 그리고 고읍 들녘을 멀리 바라보았다. 황해룡 동지와 함께 물 젖은 옷으로 도망치던 기억이 선연하게 떠올랐다. 그때 마침 밀물이어서 포구로 뛰어들어 다리 밑에 몸을 잠그고 있다가 들녘 가운데로 난 개울을 타고 벌교를 빠져나갔던 것이다. 언제나 긴긴 포구의 갯내음은 고향의 냄새였고, 산으로 에워싸인 고읍 들녘은 고향의 모습이었다.

김범준은 걸음을 옮기기 시작했다. 어디서 떨어졌는지 뒤따르던 아이들의 모습이 보이지 않았다. 마주 오던 서너 사람이 그를 흘끔거리며 비켜서듯 하는 몸짓으로 지나쳐갔다.

김범준은 고샅으로 들어서기 전에 잠깐 걸음을 멈추고 복장을 단속했다. 옆에 선 병사도 따라서 자신의 옷차림을 살폈다. 고샅을 ㄱ자로 꺾어돌면 바로 집이었다. 그는 가슴 가득 숨을 들이켜며 걸음을 떼어놓았다.

예전 그대로인 돌 섞인 흙담을 지나는데 지짐이 부치는 기름냄새가 진하게 풍겨왔다. 김범준은 무심결에 코를 벌름거렸다. 명절의 냄새였고, 어머니의 냄새였다. 김범준은 활짝 열려 있는 대문을 들어섰다. 대문이 두 쪽 다 있는 대로 열려 있는 것이 자신을 기다리고 계신 아버지의 마음 같았다.

“인자 오시는가, 어여 오시게.”

기쁨이 넘치는 얼굴로 이씨가 큰아들을 향해 빠른 걸음을 옮겼다.

“그간 안녕하셨는지요.”

“하먼, 어여 오르시게, 아부님이 기운 파허시겄네.”

이씨는 정겨움이 넘치는 눈길로 아들을 올려다보며 손을 끌었다.

“어머님, 저런 것 준비하시지 말라고 말씀드렸는데요.”

김범준의 눈길이 안채 쪽으로 옮겨갔다.

“걱정 마소. 미리 말 듣고 암것도 장만 안 했네. 다 아부님 허락받고 헌 일인께 맘 놓소.”

“예에, 저 전사를 편히 좀 쉬게 해주십시오.”

김범준은 어머니에게 말하고 고개를 돌려, “박 동무, 여기가 우리 집이오. 땀부터 씻고 편히 쉬시오.”

그는 옆에 선 병사에게 말했다.

“알갔습네다.”

스무서너 살 먹어 보이는 병사가 부동자세 상태에서 다시 몸에 힘을 넣으며 대답했다.

김범준은 권총을 풀어 모자와 함께 기둥 옆에 놓았다. 그리고 장화를 벗고 대청마루로 올라섰다. 이씨가 방문에 쳐진 발을 받쳐올리고 서 있었다. 허리를 약간 구부리고 방 안으로 들어선 김범준은 고개를 드는 순간 멈칫하고 말았다. 하마터면 아니, 아버님! 하는 소리가 입 밖으로 나올 뻔했다. 아랫목에 앉아 계신 아버지는 어머니의 모습에 빗대어 상상했던 아버지가 아니었다. 아버지는 너무나 늙고 쇠진해 있었다. 그는 가슴에 커다란 멍울이 잡히는 것을 느꼈다.

"아버님, 제가 왔습니다. 범준입니다."

그의 목소리가 메었다.

"그래……."

큰아들을 올려다보고 있는 김사용의 저승꽃 핀 얼굴이 잔물결로 경련하고 있었고, 입술이 안 보이도록 입은 꾹 다물려 있었다.

"아버님, 절 받으십시오."

김범준이 큰절을 올렸다. 그의 엎드림은 다른 사람들의 큰절보다 갑절은 길었다.

"아버님, 너무 늦게 돌아온 불효를 용서하십시오."

"그래, 청년으로 떠난 몸이 장년이 되어 돌아왔구나. 앉거라."

어감이 느껴지지 않는 김사용의 말이었다.

"예에, 아버님 건강이 좋아 보이질 않습니다."

김범준이 무릎 꿇어 앉으며 조심스럽게 말했다. 아버지를 바라보는 그의 안타까운 눈길에 물기가 서려 있었다.

"걱정 말어라, 너를 다시 보도록끔 오래 산 나이가 아니냐."

김사용이 고개를 끄덕이며 초췌한 얼굴에 웃음을 담았다.

"제가 장자로서 뵐 면목이 없습니다."

"아니다, 그리 생각할 것 없다. 니가 헛일하고 다닌 것도 아니고, 이리 살어서 만내게 된 것으로 다 족허게 풀린 거이다."

김사용이 긴 담뱃대로 담배함을 끌어당겼다.

"아버님, 제가 하겠습니다."

김범준은 민첩하게 몸을 움직여 담배함을 잡았다. 그리고 담뱃대 끝부분을 담배함에 걸쳐놓고 실담배를 털어가며 담배통에 조심스럽게 담기 시작했다. 김사용은 담뱃대를 잡고 앉아 큰아들의 손놀림을 지그시 바라보고 있었다. 그 눈길은 끝없이 아슴했고, 흐뭇해하는 웃음이 그윽하게 퍼져흐르고 있었다. 이씨는 남편과 큰아들의 모습을 번갈아 보다가 옷고름 끝을 눈으로 가져갔다. 김범준은 손끝에 신경을 모아 담배가 담기는 감도를 조절하고 있었다. 담배를 무작정 꽁꽁 눌러대면 불이 잘 붙지 않으면서 연기가 빨리지 않았고, 그렇다고 헤풀하게 담으면 담배가 마디지 않으면서 헛바람이 새게 되었다. 담배가 눌리지도 않고 부풀지도 않게 담아 연기가 숨길에 따라 부드럽고 넉넉하게 빨리도록 담배를 담는 것은 그리 쉬운 일이 아니었다. 어렸을 때 할아버지의 담배통에 담배를 담아드리곤 했는데, 그때마다 할아버지는 물부리를 물고 앉아 담배를 담아감에 따라 바람을 빨아들여보고 내뿜어보고 하시며 담배가 제대로 담기도록 조정하고 거들었던 것이다. 그래서 할아버지 마음에 들면 엿이 한 가락이었고, 안 들면 담배통으로 맞는 꿀밤이 한 대였다.

"인냐, 쪼깐만, 쪼깐만 더 눌르그라."

갑작스러운 말에 김범준은 문득 손놀림을 멈추었다. 그건 분명 어렸을 적의 할아버지 음성이었다. 그는 반사적으로 아버지 쪽으로 고개를 돌렸다. 아버지는 눈을 지그시 내려감은 채 물부리를 입에 물고 있었다. 그 모습은 흡사 할아버지였다.

"예, 아버님, 이제 어떠십니까?"

김범준은 손가락 끝에다 힘을 모아 담배를 조심스럽게 누르며 여쭈었다.

"그려, 쪼오깐만 더 눌르그라."

김범준은 아버지의 그 진한 고향말이 그렇게 정겨울 수가 없었다.

"인냐, 되얐다, 되얐다."

김범준은 할아버지의 담배통에 불을 붙이던 그때의 기분으로 성냥을 그었다.

"아버님, 빠십시오."

아버지는 두 볼이 움푹움푹 패도록 물부리를 빨았고, 담배연기는 그때마다 시원스레 뿜어져나왔다.

김범준은 다시 자세를 고쳐잡았다. 김사용은 무슨 생각인가를 하는 얼굴로 한동안 담배만 빨고 있었다. 그러다가 천천히 고개를 들었다.

"범준아, 니는 일찍허니부터 남들이 다 피하는 고생길을 솔선해서 걸은 사람이다. 그 작심은 장하고 장한 것이었는디, 니가 시방 허고 있는 작심도 장한 것으로 생각해야 허겄냐?"

김범준은 아버지를 바라보고 있다가 일단 고개를 숙였다. 이미 예상하고 있었던 말이었다.

"이 사람아, 워쩔라고 요런 모냥을 허고 왔능가. 아부님 맘이 워쩌시겄어."

광주에서 어머니가 한 이런 말이 아니었어도 아버지를 뵙게 되면 한차례 꼭 거쳐야 될 과정으로 생각했던 일이었다.

"예, 남자 한평생을 거는 일이라서 제 나름대로 심사숙고해서 결정한 것입니다. 사상의 선택이라는 것은 일제치하의 독립운동과 달라서 절대적으로 옳다고 할 수가 없고, 입장과 관점에 따라 그 가치가 달라지게 되어 있습니다. 그러나 어떤 것이 더 인간을 위해 정의로운 것인지, 어떤 것이 더 인간의 삶을 인간답게 개혁하는 힘인 것인지, 어떤 것이 더 인간의 역사발전을 도모하는 필연법칙인 것인지는 자명하게 판가름나 있습니다. 제가 택한 것이 바로 그것입니다. 아버님께서 납득이 곤란하시더라도 그 점만큼은 접어주셨으면 합니다."

김범준의 태도는 아까 담배통에 담배를 넣던 모습이 아니었다. 두 어깨의 붉은 견장이 제 빛을 발하도록 그의 눈빛은 강렬했고, 얼굴에는 신념에 찬 힘이 서려 있었다. 김사용은 아들의 모습에서 염상진을 보고 있었다. 그는 이런저런 말이 많으면서도 굳이 하고 싶지가 않았다. 아들이 주장하는 논리를 이길 도리가 없는 일이었고, 그보다는 이제 자신은 이 세상의 변두리로 밀려나 있는 그림자 일 뿐이라는 고단한 생각이 더 컸다.

"그래, 맡은 일은 무엇이냐?"

"전남 서남지구 사령관입니다."

"그래, 누가 더 옳은지는 세월이 지내가봐야 알 일이고, 지금은 서로 총을 맞댄 어지러운 세상이다. 사람이 권세를 지녔을 적에 그것을 여러 사람을 위해 쓰면 겸손해지고, 자기를 위해 쓰면 교만해지는 법이니라. 실인심하지 않도록 하거라."

"명심하겠습니다."

인민위원회는 물론 여성동맹위원회와 청년동맹위원회도 모든 마을까지 그 조직을 갖추고 정상활동을 펼쳐나갔다. 인민위원회는 일반행정 업무를 집행하는 한편으로 농지현황 파악을 서두르고 있었고, 여맹은 여자와 소년층을 대상으로 노래를 가르치는 등 문화선전 활동에 주력하고 있었고, 민청은 여맹과 협조하는 한편 내무서를 중심으로 치안확보를 해나가고 있었다. 특히 여맹은 위원장 이지숙의 조직적이고 열성적인 지도 아래 활동성과가 두드러지고 있었다.

염상진은 군당위원장으로 복귀했다. 도당 전체에 개편이 있었던 것이다.

"우리 군당은 지하조직이 다 드러나서 군당조직이 곧 야산대고, 또 규모가 크지 않은 군당이니까 별문제가 없어요. 그러나 지하조직이 살아 있는 상태에서 야산대 활동을 병행했던 광주나 목포 같은 큰 도시에서는 인사조직이 삼중으로 겹치는 결과가 됐소. 야산대는 야산대대로 조직을 짰고, 지하조직은 지하조직대로 그랬고, 당중앙은 당중앙대로 조직을 짰던 것이오. 이건 우리의 전체적인 조직이 파괴되면서 야기될 수밖에 없었던 어쩔 수 없는 일이었소. 조직은 통일성 있게 정비되어야 하는 것이고, 결국 당중앙의 결정에 따르는 원칙하에 재정비가 이루어진 것이오. 그래서 김선우 도당위원장은 부위원장으로 자리가 바뀌고, 위원장은 박영발 동무가 맡게 된 것이오."

염상진이 안창민에게 설명했다.

"그거야 어쩔 수 없는 일이겠지요. 박영발 위원장은 어떤 분인가요."

안창민은 당연하다는 반응을 보이며 물었다.

"고향이 경상도로, 일제 때부터 철도노조를 기반으로 투쟁한 분이오. 불법화 이후 월북해서 모스크바 대학 단기 2년을 졸업했소. 이번에 전북도당위원장을 맡은 방준표 동무와 고향부터 모스크바 대학 졸업까지 그 경력이 똑같소. 한 가지 다른 점이 있다면 박영발 위원장이 일제 때 고문을 당해 보행에 지장이 될 정도로 두 다리가 불편하다는 점이오."

"투쟁경력이 혁혁한 분들이군요."

안창민이 무슨 생각이 담긴 어조로 고개를 주억거렸다.

도당은 안창민에게 군당부위원장의 지령을 내리고 있었다.

염상진이 군당위원장으로 되돌아와 첫 번째로 맞이하게 된 것이 소화의 일이었다.

"……긍께로 위원장님께서 워찌 잠……."

풀기 싱그럽게 살아오르는 모시 치마저고리를 받쳐입은 소화는 부끄러움으로 얼굴을 온통 꽃빛으로 물들이며 간신히 말을 마쳤다. 염상진은 그런 소화를 웃음 어린 얼굴로 바라보며, 저 모습에 정하섭이 반한 게 아닌가, 하는 생각을 하고 있었다. 그동안 말로만 들어왔던 저 젊은 무당은 광주의 도당에서 일하고 있는 정하섭을 어떻게 손을 써서 벌교로 옮기게 해달라는 부탁을 한 것이다. 전쟁을 수행하고 있는 상황 속에서 당업무와 아무 상관도 없이 지극히 개인적인 필요에 지나지 않은 그런 부탁이란 용납될 수도 없었고, 그 태도 자체가 문제시되는 것이었다. 그런데 염상진은 처음부터 호의를 가지고 그 여자를 대했고, 부탁을 다 듣고 나서도 그 호의에는 변함이 없었다. 그리고 그 여자로서는 그런 부탁을 할 만하다고까지 생각했다. 왜냐하면 그 여자가 그동안 수행한 여러 가지 동지적 공적을 잘 알기 때문이었다.

"만약 그 부탁이 이루어지지 않으면 어쩌시겠습니까?"

염상진이 조용히 웃으며 물었다.

"위원장님…… 지가 가진 딱 한 가지 소원인디요……."

소화의 얼굴이 절박하게 변했다.

"그리 애타하지 마십시오. 일이란 쉽게 해결하는 방법을 찾아야 합니다. 정 동무가 내려오는 것만 생각지 마시고, 소화 동무가 올라가는 것을 생각하십시오."

소화의 얼굴이 금방 바람 탄 지전처럼 피어났다. 그러나 이내 시무룩해졌다.

"지도 여맹에 맡은 일이 있는디요."

소화의 목소리에 맥이 빠지고 있었다.

"그건 염려 마세요. 내가 이지숙 동무한테 부탁할 테니 소화 동무는 광주에 가서도 여맹에 가입해 여기서처럼 활동하면 당사업에는 아무 차질이 생기지 않습니다."

"고맙구만이라, 고맙구만이라."

손을 앞으로 모아잡은 소화는 두 번, 세 번 허리를 굽혔다. 기쁨과 부끄러움으로 달아오른 그녀의 얼굴은 모시옷에 받쳐져 한결 더 청초하면서도 화사했고, 손을 모아잡아 더 좁아진 어깨로 허리를 나긋나긋이 굽히고 있는 그녀는 마치도 무슨 춤동작을 하고 있는 듯싶었다. 염상진은 고운 여자라고 생각했다. 그런데, 우리가 추구하는 세상이 왔을 때 저 여자가 과연 무당일을 완전히 버릴 수 있을까, 하는 생각을 했다. 염상진은 그 전망에 확신이 서지 않았다. 백정이나 그 아들, 대장장이와 무당의 아들 같은 기본출들이 투쟁에 나서는 것은 흔한 일이었지만 무당이 직접 조직에 낀 것은 처음 보는 일이었다.

소화는 사무실을 나오며, 그 똑똑한 이지숙 선생이 어찌 그 생각을 못 해냈는지 모르겠다는 생각을 했다. 해남으로 피했다가 돌아왔을 때 정하섭이 이미 와 있을 줄 알았었다. 그런데 들몰댁의 남편 하대치도, 이지숙의 연인 안창민도 와 있었는데 정하섭의 모습은 보이지 않았다. 거기다가 들몰댁이 아이들을 데리고 집으로 돌아가게 되자 혼자인 외로움과 함께 정하섭에 대한 그리움은 더 절절해졌다. 이지숙의 권유에 따라 여맹에 가입했지만 도무지 일에 신명이 붙지 않았다. 어디에 있는지만이라도 알아야겠기에 이지숙에게 부탁을 했다. 거처라도 알면 좀 나을 것 같았던 마음이 광주에 있다는 것을 알게 되자 더 질정 없이 흔들리기 시작했다. 밤마다 마음은 석거리재를 넘고, 화순을 한달음에 지나 무등산 자락을 헤매고 있었다. 도저히 견딜 수가 없었다. 차라리 가죽혁대로 고문을 당하는 아픔이 나을 것 같은 고통이었다. 피해다녀야 했을 때는 걱정 속에서도 달았던 그리움이, 거처를 알면서도 만날 수 없는 형편에는 쓰라린 고통이 되었다. 견디다 못해 이지숙에게 마음을 열지 않을 수 없었다. "걱정하지 말아요. 나도 따로 부탁할 테니까, 소화 동무가 직접 위원장님을 찾아 부탁을 드리세요. 위원장님은 그런 걸 충분히 이해하실 분인 데다가, 소화 동무는 그런 청을 해도 괜찮을 만큼 그동안 열성적으로 투쟁을 했어요." 이지숙이 망설임 없이 한 말이었다. 이지숙이 그 쉬운 생각을 못 해낸 것이 아니라 이지숙도 역시 여자라고 생각했다. 벌이 꽃을 찾듯이 남자가 여자에게로 오는 것이지 여자가 함부로 남자를 찾아가는 법이 아니었던 것이다.

염상진에게 두 번째 닥친 것은 살인사건이었다. 강동기의 출현으로 김복동·마삼수·지삼봉은 아주 자연스럽게 민청에 가입하게 되었다. 그런데 지삼봉이가 주인 이춘삼을 타살한 것이다.

지삼봉은 안창민네가 다시 읍내를 차지하고 돌아올 때까지 이춘삼의 집에서 머슴살이를 하고 있었다. 그는 어찌할 수 없어 머슴살이를 계속하기는 했지만 지난 농지개혁 때 제외되어 아무런 혜택도 못 받게 되자 다른 머슴들처럼 주인에게 불만을 품게 되었다. 그러다가 세상이 바뀌고 민청에 가입한 그는 머슴살이를 때려치우기로 작심했다. 그는 주인에게 그 뜻을 알리고, 그동안 장리변으로 불려나가기로 해서 묵혀두었던 새경을 모두 돌려달라고 했다. 그런데 주인은 쌀이 다 장리로 나가 있다는 이유로 그의 말을 들어주지 않았다. 그런 주인 이춘삼의 태도는 독 오른 종기 꼬집는 격이었고, 성난 개 꼬리 밟는 격이었다. 성질이 폭발한 지삼봉은 마루로 뛰어올라 주인을 쌀가마니 내던지듯 멱살을 틀어잡고 허리치기를 해버렸던 것이다. 마루에서 마당으로 패대기쳐진 이춘삼은 괴상한 소리를 꽥 질러대고는 그만이었다. 목뼈가 부러져 죽어버린 것이었다.

염상진은 지삼봉을 일단 잡아들였다. 그리고 사건 경위를 상세하게 적고, 지삼봉은 살인을 한 범인이므로 어디까지나 법으로 다스리게 될 것이며, 그 누구를 막론하고 개인적 감정으로 보복행위를 하는 자는 법에 따라 처벌할 것이니 자중하고, 어떤 문제가 있으면 인민위원회나 내무서에 먼저 알려야 한다는 말을 뒤에 달아 그 전단을 배포시켰다.

상부에서 촉구하고 있는 질서유지가 하부에서 제대로 실행되지 않는 것에 대해 염상진은 고심했다. 누적된 감정이 폭발해서 크고 작은 사적 보복행위가 사방에서 일어나고 있었다. 오랜 세월 동안 쌓여온 감정의 심도를 감안한다 하더라도 그런 행위는 분명 인민이 해방의 의미를 잘못 인식해서 벌어지는 사태였다. 염상진이 첫 번째 발생한 살인사건에 신경 쓰는 것은 그 일을 민청원이 저질렀기 때문이었다. 인민에 대한 조직원들의 사소한 횡포도 근절시켜야 하는 형편에 살인을 저질렀다는 것은 심각한 일이 아닐 수 없었다. 인민해방투쟁은 인민의 절대적인 지지로 성취되고, 인민의 절대적인 지지는 조직원들의 신념에 찬 헌신적 봉사와 모범적 실천으로부터 생성되는 것이었다. 당이 반동을 가차 없이 처단하는 것도 어디까지나 인민의 뜻에 따라, 인민의 행위를 대신하는 것이었다. 그런데 민청원이 살인을 저질렀다는 것은 그런 근본적 원칙에 위배되는 반인민적 반당적 몰지각이 아닐 수 없었다. 살인을 하게 된 동기와 우발성은 충분히 인정이 되었다. 그러나 그것이 살인을 합법화시킬 수는 없었다. 그런 식으로 살인을 하자면 살아남을 사람은 아무도 없을 터였다.

염상진은 혼자 이틀 동안을 고심했다. 그러나 마땅한 해결방안이 떠오르지 않았다. 어차피 간부회의를 거쳐 해결해야 할 문제였으므로 회의부터 소집하기로 했다.

염상진이 세 번째 겪은 일은 어느 여자 노인네와의 만남이었다.

"나넌 감골댁이라고 허는디, 요리 말허먼 몰르시겄제라이? 나가 누군고 허니, 고두만이 엄씨요, 엄씨."

그때서야 염상진은 앞에 선 노인네의 신원을 알아차릴 수 있었다.

"아, 그러시군요. 어서 이리 좀 앉으시지요."

고두만이가 투쟁 중에 죽었다는 사실이 상기되면서 염상진은 노인네에게 무릎이 꿇리는 기분을 또 느꼈다. 전사자 가족을 대할 때마다 변하지 않는 똑같은 심정이었다.

"지가 진작에 인사럴 왔어야 허는디, 대장님이 다시 오셨다는 이약얼 어지께사 들었구만이라."

감골댁은 마른침을 삼키며 손등으로 이마의 땀을 밀었다.

"여기 있습니다, 부채."

염상진은 얼른 부채를 내밀며, 며느리가 애를 낳은 것이라고 생각했다.

"두만이야 지 명이 짧어 죽었어도 대장님 은공으로 새끼럴 언었응께 나가 머럴 더 바랄 것이요. 그 하늘 겉은 고마운 은공 땀세 요리 찾아왔구만이라."

"그래, 어떤 손자를 보셨습니까?"

염상진은 느낌이 좋은 쪽으로 기울면서도 묻지 않을 수가 없었다.

"꼬치제라, 꼬치!"

당연하지 않느냐는 듯 감골댁의 목청은 높고 기운찼다.

"아이고 참 잘됐습니다, 잘됐습니다."

염상진의 얼굴이 목소리만큼 밝았다.

"워따, 대장님할라 그리 좋아라 혀주신께로 요 늙은것 맴이 또한 분 좋아뿌요. 금메, 대장님이 아니셨드람사 우리 집안 꼬라지가 워찌 되얐을 것이요. 대가 끊어져뿌렀을 것인디, 그 생각만 하면 지끔도 아실아실허고 통게통게 허당께라."

"예 그러시겠지요, 아들손자라서 참말 다행입니다."

"아니구만이라, 당연지사제라. 대장님이 씨 보존허는 기맥히게 존 방도할라 그리 세세허게 갤차줌서 맘 쓰셨는디 워찌 아덜이 안 나오겄는게라."

"아이구 뭐……."

염상진은 그때 생각이 나서 쑥스럽게 웃었다.

"대장님 은공이 하늘이시요."

"아닙니다. 제가 혼자서 한 일도 아닌걸요."

"야아, 지가 은혜 갚어야 헐 분이 시 분 더 기시는 것 다 알제라. 손 선상님허고 김 선상님이야 안 기신께 으짤 수가 없고, 그 군인 대장님얼 요분참에 못 만낸 것이 원통하고 절통허구만이라."

"그 사람이 언제 또 왔었습니까?"

염상진이 관심을 드러냈다.

"긍께, 머시냐, 7월 중순이 쪼깐 지내 왔드라는디, 워치케나 번개 치대끼 다급허게 왔다 갔는지 지도 떠난 담에사 그 소문얼 들었당께라. 워치케나 서운허든지……."

인자 영영 못 만내면 워쩌제라? 하는 말을 감골댁은 꿀떡 삼켰다. 염상진은 김범우와 손승호를 생각했다. 서울에서 어떻게들 하고 있는지 궁금하고도 염려스러웠다.

"대장님, 손지럴 메누리헌테 안기고 항꾼에 와서, 손지럴 대장님헌테 귀경시키고 메누리가 인사 올리게 허는 것이 도린디, 요놈에 날이 요리 푹푹 쪄대니 물탱이 겉은 손지 더우믹일까 무서바 못 딜꼬 왔구만이라."

"그러믄요, 잘하셨습니다."

"찬 바람 일면 딜꼬 오기로 허고, 대장님, 요것 지 맴 표식잉께 받어두시씨요."

감골댁이 부끄러운 듯 내민 것은 달걀 한 꾸러미였다.

"아이고, 아닙니다. 가져가셔서 할머니나 잡수세요. 아니, 젖 잘 나와 손자 건강하게 키우도록 며느리 해먹이세요."

염상진은 두 손을 저었다.

"음마, 보잘 것이 읎어서 그러신다요, 시방?"

감골댁의 얼굴이 금방 싸늘하게 변했다.

"그럴 리가 있나요, 마음만으로도 받은 것이나 똑같습니다. 제가 이 자리에 앉아서 민폐 끼치지 마라, 못된 일 하지 마라, 하면서 이런 걸 받아서야 되겠습니까? 인민군들이 물을 얻어먹는 것 말고는 아무것도 그냥 받아먹지 않는다는 건 할머니도 잘 아시잖아요."

"고것이 워쩌크름 똑겉으다요. 손바닥허고 손등허고 한 치가 못되게 가차와도 손바닥은 손바닥이고, 손등은 손등이제, 고것이 같으요? 민폐 막는 것허고 사람 정리 표식허고럴 구별 못허고 똑겉이 보는 것이 공산당 시상인갑는디, 고런 시상얼 각다분허고 팍팍혀서 워찌 살겄소. 나넌 공산당 시상이 고런 시상인지 몰랐소. 사람덜한테 그리 말허제라."

"아닙니다, 그런 뜻이 아닙니다. 그 계란 이리 주세요."

염상진은 곤혹스러운 웃음을 지으며 달걀꾸러미를 받아들었다.

"하먼이라, 그래야제라."

감골댁이 흡족하게 웃었다.

"잘 먹겠습니다."

"찬 바람 사르르 일면 손지 델꼬 오겄구만이라."

감골댁의 작별인사였다.

16

양쪽을 다 미워하는 아이

8월의 땡볕 아래 들녘의 초록빛은 날로 짙어져가 두꺼운 융단의 질감을 드러냈고, 줄기줄기 이어져나가고 있는 산들도 진한 초록빛 치장으로 그 모습이 겨울산에 비해 한결 부드럽고 포근해 보였다. 햇빛을 받아마셔 나날이 초록빛으로 살쪄가는 모든 곡식의 잎이나 나뭇잎들마저 한낮의 땡볕 아래서는 후줄근하게 맥을 놓았다. 그런데 땡볕이 더 뜨거워지게 풀무질이라도 하듯이 지치지 않고 기세를 높이기만 하는 것이 있었다. 매미떼였다. 매미들은 초록빛 숲그늘 속에서 땡볕의 빛줄기들로 베짜기라도 하듯 신명나는 떼울음을 목청껏 뽑아대고 있었다. 개구리들의 떼울음이 여름밤을 장식하는 자연의 노래라면 매미들의 떼울음은 여름낮을 장식하는 노래였다. 개구리들의 떼울음이 어둠 속에서 바글바글 끓어넘치면 농부들은 매캐한 모깃불연기 속에서 풍년을 이야기하고는 했다. 개구리 번창은 제비가 새끼들을 많이 까는 것과 함께 반가움이 아닐 수 없었다. 그것들이 번창하는 만큼 해충의 피해가 줄어드는 까닭이었다. 한낮의 땡볕 아래서 오히려 생기 돋아나는 생명이 매미라면 또 그만큼 싱싱한 몸짓을 무수한 빛의 반짝거림으로 그려내는 것이 미루나무였다. 다른 나뭇잎들이 모두 풀 죽어 꼼짝을 하지 않는데도 미루나뭇잎들은 깨소금 쏟아지게 재미있는 이야기를 끝없이 하는 것처럼 수도 없이 많은 빛가루들을 반짝반짝 쏟아내고 있었다. "바람도 한점 읎는디 워째 저 키다리나무넌 혼자서만 이파리럴 살랑살랑 떨어내쌓고 그런당가?" 예닐곱 살 먹은 아이들은 눈을 가늘게 뜨고 반짝거리는 미루나뭇잎들을 바라보며 자기네보다 서너 살쯤 더 먹은 형제간이나 이웃아이들에게 묻고는 했다. "금메…… 즈그 맘때로 허니라고 그렇겄제 머……." 언제나 엉거주춤하고 막연한 대꾸일 뿐이었다. "저것들이 풍이 들어 쳇머리 흔드니라고 그러는 거이다." 할머니나 어머니의 대답이었다. 사람은 늙어서야 풍이 드는데 미루나무는 작아서부터 풍이 들어버리는 것일까? 할머니나 어머니의 대답도 아이들의 마음을 시원하게 풀어주지 못했다. 아이들은 그 의문을 풀지 못한 채 나이를 먹어갔고, 미루나무는 으레 그러는 것이라 여기게 되었고, 그 다음부터는 미루나뭇잎들의 반짝거림을 건성으로 보아넘기고 말았다. 다른 나뭇잎들과 달리 미루나뭇잎은 광택이 나면서도 감나뭇잎이나 동백나뭇잎처럼 두껍지 않고 얇고 가벼운 데다 줄기와 잎을 잇는 마디가 길고 연한데, 특히 잎 가까운 부분의 연하기가 아이의 속살 같아 미세한 바람에도 민감하게 반응을 보이는 것이었다. 그래서 수많은 잎들은 제각기 팔랑거리는 것이고, 그때마다 윤기나는 이파리들은 햇살을 되쏘아내고 있었다. 나이 몇 살 더 먹었다 하나 아이들은 이런 까닭을 알 도리가 없었고, 어른들도 미루나무가 생계에 직결된 벼나 보리가 아닌 이상 잎이 방정맞게 까불어대는 까닭을 굳이 캐려 하지 않고 무심하게 보아넘겼던 것이다.

"야! 인자 해거름이 다 되얐응께로 전쟁놀이 한바탕 허자."

한 아이가 풋감꼭지를 팽개치며 당차게 몸을 일으켰다.

"그려, 그려, 한바탕 오지게 허자!"

나머지 다섯 중에 세 아이가 팔을 뻗쳐올리며 좋아라 했고, 다른 두 아이는 시무룩한 채 눈알만 느리게 굴렸다.

"야, 느그 둘이는 워째 똥 집어묵은 상호냐? 안 허겄다 그것이여!"

처음의 아이가 두 팔을 허리에 척 올리며 소리쳤다.

"아니여, 아녀. 전쟁놀이가 재미진디 혀야제." 머리에 버짐이 핀 아이가 움츠러들며 빠르게 말했고, "우리 둘이넌 맨날맨날 지기만 허는 국방군만 시킴스로……." 윗도리를 걸치지 않은 아이가 얼버무리며 입술을 내밀었다.

"그려서, 못허겄다 그것이여?"

처음의 아이가 두 아이 앞으로 바짝 다가섰다. 허리에 올려진 팔이 곧 날아갈 것 같은 기세였다.

"아녀, 아녀. 나넌 아녀." 머리에 버짐이 핀 아이가 눈을 치뜬 채 고개를 웅크려박았고, "딱 한 분만이라도 인민군을 시켜도라 그것이제.” 윗도리를 입지 않은 아이가 불만을 씹듯이 입 안에서 맴도는 말을 했다.

“하 씨발눔, 놀이에 끼주는 것만도 고마와라 안 허고 바래는 것도 많네. 니가 인민군이 되고 잡을라면 느그 아부지가 그런 드런 행투럴 허지 말었어야제. 니 아조 우리 놀이에서 싹 빠지고 잡냐? 니 혼자서만 놀게 우리가 싹 돌려놔뿔끄나?”

처음의 아이가 노려보고 있었다.

“아녀, 나가 잘못혔어.”

윗몸을 드러낸 아이의 얼굴이 구겨지며 고개가 떨구어졌다. 숨을 크게 들이켰다가 내뿜는 데 따라 갈비뼈들이 더 선명하게 드러났다가 제 모습으로 돌아갔다.

“느그 둘이는 국방군.” 처음의 아이는 팔을 뻗치며 결정을 내렸고, “느그 셋이서 제비뽑기!” 고개를 돌리고 다른 세 아이들에게 말했다. 세 아이는 서로 국방군을 안 뽑을 자신이 있다는 듯 눈을 빛내며 고개들을 끄덕였다.

처음의 아이는 아이들한테서 서너 발짝 옮겨 등을 돌리고 쪼그려앉았다. 그리고 나뭇가지를 집어들어 당산나무 그늘이 짙게 드리운 땅바닥에다 제비뽑기판을 그리기 시작했다. 제비뽑기를 할 세 아이는 제각기 반 주먹 쥐듯 오그린 네 손가락의 두 번째 마디에 침을 칙칙 칠해보거나, 두 손바닥을 엇잡아 그것을 다시 안쪽으로 한 바퀴 돌려 만들어낸 손사진기를 한쪽 눈 찡그려붙이고 들여다보며 점치기에 여념이 없었다. 그 옆에서 다른 두 아이는 풀이 죽은 채 한 아이는 개미들을 발로 잉끄려대고 있었고, 다른 아이는 강아지풀 줄기를 뽑아 자근자근 씹어대고 있었다.

개미를 밟아죽이고 있는 머리에 버짐 핀 아이는 마름 허출세의 막내아들 수돌이었고, 강아지풀 줄기를 씹어대며 갈비뼈가 심하게 드러났다 가라앉았다 하도록 거친 숨을 쉬고 있는 것은 노덕보의 아들 창성이었다. 그리고 제비뽑기판을 그리고 있는 것은 김복동의 아들 용국이었다. 허출세는 지주의 착취를 도왔을 뿐만 아니라 악질적으로 중간착취를 일삼은 행위 때문에 벌써 붙들려들어가 있었다. 서인출네 마름 오동평이도 같은 혐의를 벗어날 수 없었고, 군내의 마름들은 그 반동성을 조사받지 않을 수가 없었다. 노덕보는 서운상을 상대로 한 소작권 찾기가 가망이 없어 보이자 좌익한 작인들의 소작을 뺏는 기회를 틈타 동료들에게 등을 돌리고 뒷손을 써 딴 소작을 얻어부친 파렴치행위 때문에 동네사람들 앞에서 톡톡히 망신을 당해야 했다. 뒷손을 쓰게 된 경위를 낱낱이 까발려야 했던 그 일은 동네사람들 말로 하자면 '똥바가지 뒤집어쓴 망신'이었고, 강동기의 말로 하자면 '자아비판'이었다. 노덕보가 당한 망신은 회정리 3구의 당산나무 아래서 벌어진 최초의 자아비판이기도 했다. 노덕보가 망신을 무릅써가며 자신이 남모르게 저지른 비행을 거짓말하지 않고 다 털어놓았던 것은 그렇게 해야만 잡혀 들어가는 것을 면할 수 있었기 때문이다. 노덕보는 옷을 하나씩 벗어나가 마침내 발가숭이가 되는 것 같은 그 곤욕을 치른 다음 분명 잡혀 들어가지 않았다. 그러나 본인과 아내는 물론이고 아이들까지 기죽고 주눅이 들게 되었다. 그의 아들 창성이는 용국이가 빼기는 꼴을 대할 때마다 뇌꼴스러워서 견딜 수가 없었다. 개자석, 심으로 헌다면 식은 죽 묵긴디, 즈그 아부지가 인민위원회에 나댕긴다고…… 창성이는 붉은 완장을 두른 용국이의 아버지를 떠올리며 분함을 씹었고, 먹고살려고 그랬다지만 남부끄러운 짓 한 아버지가 원망스러웠다.

"우와, 인배가 국방군이다아!"

제비뽑기 한 두 아이가 한꺼번에 소리쳤고, 다른 한 아이는 "피이—" 하며 눈을 흘기고 돌아섰다.

"우리 셋이는 영용한 인민소년돌격대다! 느그 셋이는 반동 국방군이다. 지금부텀 요 당산나무 뺏기 쌈얼 시작헌다. 시작은 쩌그 양쪽 밭두렁서부텀이다." 용국이의 지시에 따라 두 패로 갈라진 아이들은 당산나무의 그늘을 벗어나 햇빛 속으로 나섰다.

"자앙백산 줄기줄기 피어어린 자우욱……."

인민소년돌격대 쪽에서는 여맹을 통해서 배운 노래를 기운차게 불러대고 있었다. 그런데 국방군 쪽 세 아이는 맥 빠진 걸음을 옮겨놓고 있을 뿐이었다. 곧이어 국민학교 삼사 학년짜리들의 전쟁놀이가 시작되었다. 그들이 입으로 땅! 땅! 총소리를 내며 목화밭에 몸을 숨기고, 밭고랑을 기고 하며 열을 올리고 있을 때 한 무리의 사람들이 동네 어귀로 접어들고 있었다. 긴 그림자들을 끌며 걷고 있는 그들이 산역을 마치고 돌아오는 길이라는 것을 누구나 한눈에 알 수 있었다. 그들 사이에 새 삼베의 누른빛이 유난히 눈에 띄는 상복을 입은 사람들이 끼여 있는 데다, 남자들은 땅 파는 연장을 들었고 여자들은 함지박이나 소쿠리 같은 것을 이고 있었다.

그들은 정현동 사장의 살해사건에 연루된 사람들과 그 가족들이었다. 5년 형을 언도받고 징역살이를 하던 열한 명 중에서 아홉이 돌아온 것은 며칠 전이었다. 그건 온 동네가 깜짝 놀랄 만한 뜻밖이고도 큰일이었다. 동네사람들은 삽시간에 모여들어 그들을 에워쌌다.

"긍께 머시냐, 인민군헌테 밀래갖고 후퇴럴 험스로 감옥소 안에서 총질이 시작되얐는디, 좌익 헌 사람덜이 갇힌 감방에다 대고 총알얼 막 쏴질러뿌렀구만이라. 근디, 우리 겉은 일반 죄수가 갇히는 방이 모지래는 통에 박샌허고 조샌이 좌익 헌 사람덜 방에 섞이는 바람에 변통이 생기고 말았당께요."

살아돌아오지 못한 두 사람 집에서 곡성이 터져올랐고, 다른 아홉 집에서는 살아돌아온 기쁨을 애써 감추어야 했다. 다음날로 두 집의 가족들은 시체를 찾으러 목포로 떠났다. 아홉 중에서 세 사람이 대표로 뽑혀 함께 나섰다. 그러나 시체는 운구할 수가 없었다. 총을 맞고 죽은 데다 날씨가 더워 시신은 너무 험하게 상해 있었다. 화장을 해서 뼈를 거둘 수밖에 없었다. 그들은 그 뼈를 묻고 돌아오는 길이었다. 들몰의 김종연네나 그곳의 김복동네가 그러했듯이 그들 아홉도 아무런 이의 없이 붉은 완장을 차게 되었다.

그림자도 슬픔에 젖은 듯 그들의 뒤에 길게 끌리며 고샅으로 사라진 다음 마을단위 인민위원회에서 집집마다 새로운 통보가 전해졌다.

"내일 아침 10시에 남국민핵교 마당에서 인민재판이 열린께로 짬내서 나가보도록 허씨요."

"인민재판이어라? 인공 허고 첨 열리는 것이제라?"

"그러제라."

"근디, 재판받을 사람이 누구다요?"

"금메, 다 셋이라는디, 둘언 몰르겄고, 남치기 하나가 삼봉이랍디다."

"워메! 글먼 삼봉이럴 쥑인다 그 말이요?"

"고것이야 나가 워찌 알겄소. 재판이 열려봐야 알 일이제."

"아, 재작년 10월에 인민재판허는 것 보고도 그리 태평헌 소리 허고 앉었소? 그때 봉림 김 부자 말고 살아난 사람이 워디 또 있습디여?"

"그때 죽은 것덜이야 다 죽을 만헌 제겐덜 아니였습디여? 김 부자가 살아났대끼 삼봉이도 살아날란지 워찌 알 것이요."

"지발 존 일 헌다고 삼봉이는 살아났으면 쓰겄소. 잘못이야 모타진 새경 한 파수에 안 내줄라고 헌 이춘삼이가 잘못혔제 삼봉이가 잘못헌 것이 머시가 있소. 삼봉이 잘못이 있다면 기운이 너무 씨서 이춘삼이럴 패대기친 것뿐이제라. 죽이잔 것도 아니겄고, 벌떡증 일어나는 성질 못 참아 딱 한 분 패대기친 것인디, 죽기야 이춘삼이 지놈 맘때로 혀뿐 것 아니겄소. 사람이 그리 허망허니 뒤진다면야 누가 씨판 아니라 씨름판이라도 지대로 벌리겄소. 이춘삼이가 행투 고약시럽고 느자구없이 헝께 귀신이 딱 종그고 있다가 삼봉이가 패대기럴 치자 옳다꾸나 이춘삼이 숨통에 찰싹 달라붙어 뿐 것 아니겄소."

"금메 그 말 한분 찰방지게 아구가 맞기는 허요. 근디, 서운상이란 사람맹키로 빙신이나 되얐으면 또 몰르겄는디, 아조 죽어뿌렀시니 영 고약허덜 않소."

"삼봉이 그 심덕허고, 장개도 한분 못 가보고 죽기넌 너무 시퍼렇고 억울헌 나인디. 같은 편인디 워찌 잠 살려내는 쪽으로 안 허겄는게라?"

"금메 말이요, 그리만 됨사 을매나 좋겄소. 군당위원장님이 원체로 엄허고 강단져논께로 워찌 될란지……."

"그럼스로도 인정이 있다고 안 그럽디여?"

"긍께 그 대목얼 믿고 일이 잘 풀리기럴 바래야제라. 낼 꼭 나와야 허요잉?"

"하먼이라, 삼봉이가 걸린 일인디 우리 동네사람덜이 싹 다 나가야제라."

회정리 3구 사람들은 거의가 지삼봉의 일을 걱정했다.

일찍 떠오른 8월의 해는 오전 9시쯤에는 벌써 불볕으로 변하고 있었다. 남국민학교 운동장으로 사람들이 꾸역꾸역 밀려들고 있었다. 운동장가를 빙 둘러가며 무성한 잎을 드리우고 있는 플라타너스 나무 그늘 아래는 발 디딜 틈이 없이 사람으로 차 있었고, 그늘 차지를 못하게 된 사람들은 조회대 앞에서부터 자리를 만들어가고 있었다. 밀려드는 사람들이 많은 만큼 제각기 떠들어대는 왁자

지껄한 소리들이 운동장을 부풀리고 있었다.

"와따메, 머 묵자고 날 더운디 저리 꼬약꼬약 밀어닥치는지 몰르겄네?" 일찌감치 그늘을 차지하고 앉아 담배를 말던 한 남자가 교문 쪽을 쳐다보며 말했다. "넘 말 허고 앉었네. 자네넌 멀 묵자고 나앉었능가?" "허 그 사람 벽창호시. 나야 그늘 차지나 혔응께 귀경을 지대로 헐 참이제만 인자 들오는 사람덜이야 땡볕에 푹푹 익을 참인디, 워쩔 심판이냐 그것이네." "자네 말허는 뽄새가 똑 못된 지주놈 심뽀로시." "거 먼 소리여?" "아, 그늘 차지혔으먼 가만이나 있을 일이제 워째 넘 복장 긁는 소리만 허냔 말이시. 저 사람덜도 다 속에 맺히고 꾀인 것이 있는디다가, 참말로 인공시상이 지대로 터 잡은 것 보자고 나오는 것인디, 떡허니 그늘 차지허고 앉어서 허는 자네 소리 들으먼 에진간히 좋아라 허겄네. 자네 심뽀라는 것이, 괴기반찬에 쌀밥 배 터지게 묵고 나서 개떡 묵는 작인보고, 고것을 무신 맛으로 묵냐고 허는 못된 지주놈 심뽀허고 같으다 그것이네." "워따, 사람얼 비혀도 워찌 그리 못된 디다가 비허고 긍가? 사람이 무참혀서 워찌 고개 들겄능가?" "긍께로 말 씸벅씸벅 허덜 말어." "아이고 알겄네. 근디 말이시, 참말로 인자 인공시상이 지대로 터럴 잡을랑가?" "경상도 부산꺼지 뺏을 날이 낼모레고, 농지개혁도 금방 새로 실시헌다고 허니께 그리 된 것으로 봐야 안 허겄능가." "그리 되먼 피난 간 지주고 유지덜언 다 워찌 되는고?" "되갚음 당해야제 워째." "사람덜이 저리 몰키는 것도 인공시상에 바래는 것이 많기 땀세 그러는 것인디, 근디, 차등 없는 공평헌 시상얼 참말로 끈허게 맹글어나갈랑가?" "믿어야제. 그간에 염상진이란 사람이 해온 것을 보면 믿어도 손해날 것이야 머 있겄다고." "그리만 됨사 우리 농새꾼들이야 머럴 더 바래겄어. 식구수에 따라 공평허게 농토 배당받고, 지 논에 지 농새지어 지 새끼덜 배 뜨시게 믹이고 갤치는 시상만 된다면야 무신 소원이 또 있겄어." "고런 미꼬미가 커간께로 날이 지내갈수록 사람덜 맴이 인공 쪽으로 열리는 것 아니겄능가."

"재판받을 사람이 누구누군지 누가 아요?" 운동장 가운데서 손차양을 만들고 선 중년남자가 광고라도 하듯 큰 소리를 질렀다. "음마, 활동사진 볼라고 자리 잡고 앉어서 그 이약허라는 것맹키로 싱건 소리시?" 어느 여자의 야물딱진 목소리였다. 사람들의 웃음이 터져나왔다. "와따, 말에 고물 묻을 성불러 그리 초라니방정으로 말얼 받는다냐? 뉘집 메누린지 몰라도 시엄씨 콧뚜레 열 분도 뀌겄다." "아이고메 뉘집 남정넨지 몰라도 지집 가심에 불화로 시무 개는 올렸겄다." 다시 웃음소리가 뒤따랐다. "에이 재수대가리 없이, 그 주딩이 방정맞기는…… 백여시가 따로 없네." 남자가 혀를 차대며 자리를 옮겼고, "하이고 워짤끄나, 저리 눈치코치도 없음시로 그려도 남자꼭지라고 여자 무시허고 헛방구 뀔지는 아네. 저런 삼시랑이 인공시상이 멋이고, 인민재판이 먼지나 알고 여그 나왔는지 몰르겄네." 여자는 한 치도 지지 않고 대거리를 해댔다. "히히히, 여수댁 입심에 저 남정네가 잘못 낚인 것이제. 하여튼지 간에 입심만으로 허자면 자네야 영축없이 여맹위원장깜이랑께로." 옆에

선 여자가 어깨를 들썩이며 웃었다. "요봇씨요, 인자 입덜 봉허씨요. 시작허요." 어느 남자의 목소리였다.

운동장에 모인 사람들은 인민위원회 발족식 때보다도 훨씬 많았다. 그 사람들 틈에 송경희도 섞여 있었다. 그녀는 천 리 길을 걸어오며 쌓인 굶주림과 노독으로 집에 도착하자마자 열흘이 넘게 앓아누워 있다가 일부러 몸을 일으킨 것이다. 어떤 꼴들을 하는지 똑똑히 보아둘 작정이었다. 그런데 막상 운동장에 나와 차츰 기가 질리고 있었다. 시간이 흐를수록 몰려드는 사람들이 너무나 많았던 것이다. 그녀는 어떤 구체적인 두려움과 공포를 느끼고 있었다. 그건 인공치하라는 달라진 체제에 대한 느낌이 아니라 바로 자신을 에워싸고 있는 사람들한테서 느끼는 감정이었다. 사람들 사이를 흐르고 있는 기분은 자기와는 정반대였던 것이다. 무식하고 무지렁이인 줄만 알았던 그들은 속으로는 겉과 전혀 다른 딴생각을 품고 있었다는 결론이었다. 그 확인 앞에서 두려움과 공포는 절망이 되었다. 그전과 같은 세상은 다시 안 올지도 모른다…… 이 절망감을 그녀는 감당하기가 어려웠다.

"친애하는 벌교인민 여러분! 위대한 당과 인민의 이름으로 지금부터 반동분자와 해당분자에 대한 인민재판을 시작하겠습니다. 재판을 받을 반동분자는 자칭 멸공단 단장이었던 윤태주, 그리고 청년단 단원이었던 오칠성 둘이며, 해당분자로 지삼봉 하나입니다. 그럼 첫 번째로 인민위원장 동무의 발언이 있겠습니다."

마이크를 타고 나오는 이지숙의 목소리는 카랑카랑하게 운동장

전체로 울려퍼지고 있었다. 조회대 앞에는 세 사람이 각기 팔이 뒤로 묶인 채 세워져 있었다.

인민위원장으로 조회대에 오른 사람은 남국민학교 교감이었다. 그는 서민영 다음에 교섭이 이루어져 위원장을 맡게 된 것이다. 읍민들이 갖는 신망도는 서민영에 미치지 못했지만 사회개혁의지를 가지고 교육자의 품위를 지킨 점이 그를 필요로 했던 것이다. 하대치는 부위원장 자리를 지키고 있었다.

"에에, 친애하는 인민 여러분, 지금은 혁명의 깃발이 삼천리 방방곡곡에서 펄럭이고, 따라서 삼천만 동포의 가슴마다에도 혁명의 열기가 끓어넘치고 있습니다. 인민이 주인이 되고, 인민이 세우는 인민의 나라를 위해 혁명을 수행하고 있는 이 시기야말로 혁명을 방해하는 모든 것을 가차 없이 없애야 하는 중대한 때입니다. 그런 견지에서 볼 때에, 멸공단이란 테러 단체를 만들어 혁명전사의 가족들에게 사적 보복행위를 자행하여 인명살해까지 범한 윤태주의 반동행위는 절대로 용서받을 수가 없습니다. 그 다음, 인민을 탄압하고 괴롭힌 경찰의 앞잡이로 혁명사업을 방해하고 인민생활을 갈취하는 파렴치행위를 일삼아온 청년단에서 행동대로 날뛴 오칠성의 반동적 죄과도 절대 용서될 수가 없습니다. 끝으로, 혁명은 무질서를 자행하는 것이 아니고 또한 사적 감정을 푸는 것이 아니라는 것을 미리미리 선전했음에도 불구하고 타의 모범이 되어야 할 민청원의 입장에서 사적인 이유로 살인을 저질러 당이 정한 신성한 규율을 파괴한 지삼봉의 해당행위도 그냥 용서될 수 없는 중대사입니다. 혁명의 올바르고 빠른 성취를 위해서는 이런 반당적 반동적 행위자들은 가차 없이 처단해야 된다는 것을 당과 인민 앞에서 주장하는 바이올습니다."

인민위원장이 이마의 땀을 훔치며 조회대를 내려갔다. 운동장에 빽빽하게 찬 사람들은 모두가 죽은 듯이 조용했다. 운동장 가득 햇빛만 쏟아져내리고 있었다.

"두 번째로, 군당부위원장 동무의 발언이 있겠습니다."

안창민이 조회대로 올라왔다. 그는 사람들을 왼쪽에서 오른쪽으로 휘둘러보고 나서 안경을 밀어올렸다.

"친애하는 인민 여러분, 지금 우리는 여기에 무엇하려고 모였습니까? 여러분은 무엇을 구경하려고 나왔습니까? 아닙니다. 우리는 혁명을 하기 위해, 해방되기 위해 여기 이렇게 햇볕 아래 모여 있는 것입니다. 혁명은 무엇입니까? 살기 좋은 새로운 세상을 만드는 것입니다. 해방은 무엇입니까? 우리를 못살게 굴었던 모든 악독한 인간들을 쳐없애고 우리가 주인이 되는 것을 말하는 것입니다. 멸공단장 윤태주와 청년단원 오칠성은 바로 그 악독한 인간들 중의 하나씩입니다. 인민을 피 흘리게 한 그들은 이제 자기들의 피를 흘려야 할 차례를 맞은 것입니다. 당과 인민의 이름으로 마땅히 처형해야 합니다. 그리고 당이 정한 규율은 엄격히 지켜져야 합니다. 혁명을 수행하는 동안에는 특히 더 그러합니다. 한 사람이 규율을 어기면 열 사람이 본받고, 열 사람이 본받아 잘못 행동하면 백 사람이 또 뒤따르게 되고, 그렇게 되면 결국 혁명은 이룩될 수 없습니다.

그러므로 민청원 지삼봉 또한 죗값을 받아 마땅할 것입니다."

말을 마친 안창민이 사람들을 휘둘러보고는 조회대를 내려갔다.

"끝으로, 군당위원장 동무의 발언이 있겠습니다."

염상진이 뚜벅뚜벅 조회대로 올라섰다. 그는 똑바로 서서 한동안 사람들을 쳐다보았다. 큰 키가 더 커 보였다.

"친애하는 인민 여러분, 여러분들께서 이렇게 많이 모이신 것은 바로 혁명을 이루고자 하는 뜻이 여러분들의 가슴속에서 저어 해만큼 타오르고 있기 때문인 것입니다. 모든 중요한 발언은 인민위원장 동무와 군당부위원장 동무가 했습니다. 저는 두 동무의 발언에 전적으로 찬동하면서, 반동분자 윤태주·오칠성 그리고 해당분자 지삼봉을 총살형에 처함에 있어서 인민 여러분들의 의견을 듣고자 합니다."

"조옿소오!"

어디선가 외침이 터져올랐다.

"좋소, 죽이씨요!"

"맞소, 죽여야쓰요오!"

외침이 이어지며 박수소리가 일어나기 시작했다.

"하먼, 윤태주 저놈은 악질이여." "오칠성놈부텀 쥑여라아." "총알 아까운디 대창으로 죽여뿌러." 이런 외침들이 여기저기서 터지고 박수소리가 물결을 이루며 빠르게 퍼져나가고 있었다.

당중앙의 지령에 따라 염상진은 가급적 인민재판을 하지 않으려고 했다. 그러나 이번의 인민재판은 민청원 지삼봉의 살인사건을 다루기 위한 불가피한 조처였다. 사람들은 누적된 계급적 원한과 군경한테 입은 여러 가지 피해를 사적으로 마음대로 풀 수 있는 것이 '인민해방'이라고 오해하는 경향이 많았고, 군내에서도 그런 행위가 벌써 몇 군데에서 벌어지고 있었다. 특히 야산투쟁에서 남편이나 자식을 잃은 가족들이 원수를 갚겠다고 나서는 것은 당에 대한 적지 않은 압력이면서, 살아남은 사람들의 입장을 더없이 곤궁하게 만드는 것이었다. 그런 상황에서 조직원이 사적 감정으로 벌인 살인을 방치할 수도, 더구나 옹호할 수도 없었다. '인민해방'은 무질서가 아니라 엄격한 질서의 진행이라는 사실을 확인시켜야 했던 것이다. 도당에서 질서회복을 계속적으로 강조하고 있었다.

송경희는 그런 사람들 속에서 이를 앙다문 채 조회대에 버티고 서 있는 염상진을 노려보며 박수를 따라서 치고 있었다. 혼자 박수를 치지 않았다가는 금방 반동으로 찍힐 것 같았던 것이다. 그녀는 억지로 박수를 치는 것만큼 염상진을 향해 증오를 내뿜고 있었다. 저 숯장수 아들놈이 감히 어디서, 저놈은 교활한 여우다. 천하고 더러운 것이 어쩌다 대가리를 잘못 타고나서 세상을 어지럽히고, 무식한 것들은 저런 교활한 놈들한테 박수나 쳐대며 이용당하고 있는 것이다. 저놈의 연극으로 귀한 사람들이 벌써 얼마나 죽어갔나. 아니, 어머니가 성일이를 멀리 피신시키지 않았더라면 동생도 윤태주처럼 또 저놈 손에 죽었을 것이 아닌가. 저 원수를 어떻게 죽여 없애나. 하느님, 저놈한테 벼락을 치십시요, 당장 벼락을 치십시요. 그녀는 아버지를 생각하고, 성일이를 생각하며 증오감으로 부들부들 떨었다. 민청원이란 것들은 성일이를 찾아내려고 벌써 서너 차례나 집뒤짐을 했던 것이다. 멀리 떠나지 않고 집 안에 숨어 있었더라면 영락없이 윤태주 꼴이 되고 말았을 것이다.

운동장의 사람들이 반으로 갈라지고 있었다. 제각기 양쪽으로 팔을 붙들린 세 사람이 서쪽으로 끌려가고 있었다.

"살려주시오, 내가 잘못했소. 우리 재산 다 기부헐 팅께 한 번만 살려주시요오."

윤태주는 고개를 뒤로 돌려 목놓아 부르짖으며 발버둥을 쳤다.

"워메에— 나가 죽일란 거이 아니였당께라아. 살려줏씨요오, 나 잠 살려줏씨요오. 나넌 원통허요오."

지삼봉이 몸부림을 쳐대며 울부짖고 있었다.

청년단원 오칠성만이 묵묵히 끌려가고 있었다.

세 사람은 아름드리 플라타너스에 하나씩 묶여졌다. 그리고 수건으로 눈이 가려졌다. 운동장은 싸늘한 침묵에 덮여 있었다. 어느 나무에선가 매미가 울어댔다. 세 사람을 향해 아홉 사람이 총을 겨누었다. 다섯은 파란 견장을 붙인 인민군이었고, 넷은 빨간 완장을 찬 민간인이었다.

"발사!"

치켜올렸던 팔을 내리치면서 외친 것은 하대치였다.

총소리들이 운동장의 침묵을 흔들었고, 세 사람의 목이 푹 꺾이면서 몸뚱이도 처져내렸다.

사람들이 말없이 교문을 빠져나가기 시작했다. 큰 물결이 흐르듯

하는 움직임이었다. 박수를 쳤던 열기가 침묵으로 바뀌어 있었다.

"거 인민군 어깨에 붙은 표식이 워째 빨건 것에서 퍼런 것으로 변했는고?"

학교가 멀어져서야 어느 남자가 옆사람에게 물었다.

"표식이 변헌 것이 아니고 사람이 서로 바꽈진 것이시."

"그려? 하먼, 그 표식이 워찌 달븐고?"

"빨건 표식언 쌈얼 전문으로 허고, 퍼런 표식은 그 뒷감당얼 전문으로 헌다등마."

"글먼 군인허고 순사허고 차인갑제?"

"어이, 말귀 한분 볽네."

두 사람 사이에는 말이 끊어졌다.

빨간 견장의 인민군들은 보위성 소속으로 전투부대원들이었고, 파란 견장의 인민군들은 내무성 소속으로 치안담당원들이었다. 그들은 기본임무에 따라 며칠 전에 교체되었던 것이다.

"근디, 거 지 머시라고 허등가, 그 사람언 영 짠허데."

먼저 말을 물었던 남자가 다시 입을 열었다.

"짠허기사 헌디 워쩔 것인가. 다 지 팔자제."

"나 맘으로는 살레줬으면 똑 좋겄드마. 머심살이허다가 인자 한 시상 볼 참이었는디."

"죽이잔 결정 내린 사람들이라고 속으로야 워째 고런 맘이 읎었겄는가. 큰일얼 해나가잔께 그리 되는 것이제."

"그 원통해험스로 발싸심허든 모냥이 눈에 선허시."

"어허, 인자 다 내붙인 옹기시. 담배나 한 대 주소."

"어쩔 셈인가?"

손승호가 햇빛 때문에 얼굴을 찡그리며 물었다.

"얼마 멀지 않다니까 찾아보고 갔으면 하는데."

김범우의 대답에 손승호는 그럴 줄 알았다는 듯 고개를 끄덕였다.

"그런데, 난 못 가는데 어쩌지?"

"알고 있네."

손승호는 어이없다는 얼굴로 김범우를 바라보았다.

"염려 말게, 내가 다 알아서 할 테니. 여기까지 오는데도 특별히 까다로운 조사는 없었잖았나."

김범우가 태연하게 웃어 보였다.

"자네 간 큰 거야 보통 이상이라는 건 알고 있지만, 너무 자만하는 거 아닐까?"

손승호가 맞바라보며 어색스러운 웃음을 그려냈다.

"물론 자네 통행증 덕이야 봤지. 허지만 이런 시골에서 뭐 똑별나게 통행증 조사가 심하겠는가? 가세."

김범우가 먼저 대문 앞에서 돌아섰다. 손승호가 무거운 얼굴로 뒤따랐다.

"자네, 단순한 안부 때문인가, 아니면 다른 이유가 있나?"

손승호는 김범우가 법일이라는 환속승을 굳이 피난지까지 찾아가려는 의중을 헤아리기가 어려웠다. 이야기를 듣자 하니 예사 중은 아니었지만, 통행증도 없는 몸으로 그 사람을 찾아나서는 데는 무슨 이유가 분명 있을 것 같았던 것이다. 논산에 가까워지면서 법일의 이야기를 꺼내고, 초행이 아닌 것처럼 집을 찾아가고 한 것이 다 미리 준비된 일임이 분명했다.

"그 묻는 말이 벌써 다른 이유가 있다고 생각하는 것 같은데?"

김범우가 고개를 돌리며 손승호를 쳐다보았다.

"그러네."

"눈치 한번 빠르군." 김범우는 고개를 끄덕이고는, "뭐랄까…… 그분이 피난을 떠난 게 의문스럽고, 무슨 생각을 하고 있는지 알고 싶기도 하고, 그러네." 김범우가 피식 웃었다.

"자네 생각의 동조자를 찾아간다고 말하는 게 더 솔직하지 않을까?"

손승호가 김범우를 빤히 쳐다보았다.

"이 사람아, 그리 야박스럽게 말하지 말게. 나도 이 선배나 자네처럼 될 수 있다면 더 말할 것 없이 행복하겠어. 난 현실을 기피하자는 게 절대 아니네."

"글쎄, 자넨……."

우그랑우과앙쾨랑…….

"엎드려!"

김범우가 외치며 손승호의 팔을 낚아챘다. 두 사람은 왼쪽 생나무 울타리 밑에 처박히듯 했다. 쇳덩어리가 맞갈리며 굴러가는 것 같은 비행기의 폭음이 바로 머리 위에서 터졌던 것이다.

"저 쌍녀러 비행기!"

손승호의 입에서 터져나온 소리였다. 저 앞에 저공비행으로 날아가고 있는 네 대의 비행기를 향해 그의 눈은 증오를 내뿜고 있었다. 김범우는 그만 푹 웃음을 터뜨렸다.

"왜 웃나!"

손승호가 얼굴을 휙 돌렸다.

"이 사람아, 자네가 욕을 하니까 영 안 어울려. 아무리 양키들이 미워도 자네 식으로 하게."

"화가 치밀면 욕도 하는 거지, 내 식이 뭐 따로 있나. 근데, 저것들 왜 저렇게 낮게 떠서 야단일까?"

"보나마나 어딜 폭격하려는 것 아니겠나? 그만 일어나세, 우리가 이런 꼴을 하고 있는 것도 비행사 입장에서 보면 사실 원시인이나 야만인 짓이거든."

김범우가 바지를 털고 일어서며 쓰게 웃었다.

"무슨 소린가?"

"아, 저 호주 비행긴가 쌕쌔긴가가 초음속 아닌가. 우리가 소리를 듣고 피했을 때는 이미 비행기는 우리 머리 위를 지나간 다음이란 말일세. 번개 칠 때는 태평치고 있다가 천둥소리 듣고 놀라 피하는 것이나 마찬가지 이치지."

"원, 무슨 저런 놈에 흉악한 비행기가 다 있어."

손승호가 경직이 풀리지 않은 얼굴로 비행기가 사라진 쪽을 노려보며 내쏘았다. 그때 연속적으로 터지는 폭음이 멀게 들려왔다.

"또 시작이군."

김범우가 담배를 빼들며 걸음을 옮기기 시작했다.

"병신 같은 놈들, 이 손바닥만 한 논산에 뭐가 있다고 대낮부터 폭격이야."

"그런 말 말게. 일정 때부터 논산 성냥 유명한 것 몰라서 하는 소린가? 그게 나무개피 끝에 조금씩 묻히면 성냥이지만 덩어리로 뭉쳐놓으면 폭약이라네. 어디 그뿐인가? 쌀창고도 많은데, 그것도 좋은 공격목표가 되겠지. 그런데, 그런 것들을 여태까지 남겨뒀을 리가 있을까? 어쩌면 인민군 수송차량이라도 어디 감춰져 있다는 정보를 받고 출동했는지도 모르지."

"그래, 양키들은 반동첩자들을 사방에 깔아놓고 추접하고 비열하게 전쟁을 하고 있는 게 틀림없어."

"추접하고 비열하게 전쟁을 한다고? 그 무슨 잠꼬대 같은 소린가? 추접하고 비열하지 않으면, 청결하고 품위 있는 전쟁이라도 있단 말인가? 전쟁이 도대체 뭔가? 일단 일어났다 하면 수단과 방법을 가리지 않고 상대방을 무찔러 이기는 게 그 목적 아닌가? 목적이 그런데 추접하지 않고, 비열하지 않고, 잔인하지 않고, 악독하지 않은 전쟁이 어디 있겠나. 전쟁에 이긴 쪽일수록 그만큼 추접하고 비열하고 잔인하고 악독한 짓 많이 했다는 거 아니겠나. 다만 인간이 교활함으로 그런 추악한 것들을 승리라는 포장지로 싸서 은폐시키고, 또 반대로 미화시키고 하는 거 아닌가. 자네 입장에서는 내 말을 거부하겠지만 말이네. 후퇴를 하면서 적지에 첩자들을 뿌리는 첩보전은 이미 오래된 작전 중의 하나고, 그걸 가지고 상대방을 평가한다는 건 그 기준부터가 잘못되었네. 만약에 말이네, 인민군이 밀리게 되면 적지에 첩자들을 안 박을까? 안 박을 리가 없고, 만약 안 박는다면 그건 양심적이고 신사적인 게 아니라 바보나 천치 같은 짓이 되겠지. 그때 적지에서 활약하는 첩자들을 자넨 뭐라고 부를 건가? 추접하고 비열한 짓을 하는 자들이라고 하겠나? 아니겠지, 사지에서 열렬한 혁명투쟁을 전개하는 영웅적 전사들이라고 할 거 아닌가. 마찬가지로 자네가 추접하고 비열하다고 매도하는 첩자들도 상대방에서는, 북한괴뢰집단을 쳐부수기 위해 용감무쌍하게 싸우는 용사들이 되는 거네. 전쟁을 놓고 내리는 판단이라는 건 다 그 모양으로 일방적인 감정의 노출이고, 그래서 아무 의미가 없는 모략 중상에 지나지 않는 것 아닌가. 역사상 뛰어나다는 명장들의 작전이라는 것도 자기들 편에서 보니까 위대한 거지 상대방 입장에서 보면 속임수가 대부분 아니던가. 전쟁 자체가 지탄되고 부정되는 것도 다 그 피할 수 없는 전쟁의 속성 때문이 아니겠어?"

"자넨 역시 나하고는 출신성분이 달라 유아건강서부터 차이가 나는 모양이군. 여기까지 와서도 지치지 않고 그렇게 말할 기운이 남아 있으니."

손승호가 맥 풀어진 소리로 말했다.

"미친 소리."

김범우는 피식 웃음을 흘렸다.

손승호의 마음에는 먹구름 같은 우울이 차 있었다. 그 우울은 논산에 이르기까지 한 겹씩 쌓여온 것이었다. 비행기의 폭격으로 긴 다리든 짧은 다리든 성한 것이 거의 없었다. 다리만 끊긴 것이 아니라 길도 수없이 파괴되어 있었다. 철도도 파괴되기는 마찬가지였다. 화물차가 몇 량이라도 세워진 역은 하나도 빠짐없이 폭격을 당해 있었다. 폭격을 당한 화물차량들은 본래의 검은 모습은 간데가 없이 벌겋게 변한 채 흉하게 찌그러지거나 철로를 벗어나 벌렁 누워 있거나 했다. 그리고 좀 규모가 큰 도시들은 이미 폭격의 피해를 엄청나게 입고 있었다. 그런데도 소리보다 빠르다는 프로펠러도 없이 괴상스럽게 생긴 비행기들은 넷씩 짝을 이루어 종횡무진 하늘을 날아다니며 폭탄을 퍼붓거나 기총소사를 해대고 있었다. 그 비행기들이 입히고 있는 피해는 전역에 걸쳐 상상보다 훨씬 심했던 것이다. 물자수송도, 병력이동도 밤에만 할 수밖에 없는 이유가 너무나 분명했다. 비행기는 제트기만이 아니었다. 큰 체구로 묵직하게 나는 B29, 국방색의 폭격기, 둔하게 생긴 수송기, 잠자리비행기라고 하는 헬리콥터, 방정맞아 보이는 정찰기, 하늘은 온갖 미국 비행기들의 전시장이었다. 날이 갈수록 우울이 쌓이는 건 그것 때문만이 아니었다. 어느 만큼 규모를 갖춘 도시를 지날 때는 전황을 확인하고는 했다. 그런데 날이 흘러도 전황은 변할 줄을 몰랐다. 그렇게도 시시각각 변하던 전황은 경상북도 일부를 남겨놓은 채 고정되어 있었다. 그건 비행기가 가하고 있는 피해를 확인하는 것보다 더 마음을 우울하게 만들었다. 김범우의 예상이 맞아들어가는 것이 아닌가 하는 불길한 생각을 떼칠 수가 없었다. 미군이 참전을 한 이상 시간을 끌면 끌수록 불리해진다는 것은 너무나 자명한 일이었다. 그는 김범우에게 전혀 내색을 하지 않은 채로 혼자서만 속앓이를 했다.

논산역 앞에 이르렀다.

"어떻게 하려는가?"

손승호가 다시 확인하듯이 물었다.

"밥때가 다 됐는데 국밥이나 한 그릇씩 먹고 보세."

김범우가 주위를 둘러보았다. 폭음이 한결 가깝게 들리면서 비행기들이 솟구치고 곤두박이는 모양들이 멀게 보였다. 그들은 국밥집을 찾아들었다.

"아주머니, 여기 국밥 주시고요, 저 비행기들이 어딜 저렇게 폭격해 대고 저럽니까?"

김범우가 물었다.

"몰르겄이유, 안직도 불 질를 공장이 남었는지 원. 닥치는 대로 폭탄 퍼부서대는 저놈에 쌕쌔기만 보면 진절머리가 나느먼유."

주인여자는 머리를 홰홰 저었다.

"저게 미국놈들 비행기란 건 알지요?"

손승호가 끼어들었다.

"고것이야 세 살 묵은 아덜도 아는 일 아닌감유."

일손을 놀리는 주인여자의 심드렁한 대꾸였다.

김범우는 손승호에게 눈짓을 했다. 그는 밥집에서 문화선전부원 노릇을 하려 하고 있었던 것이다. 손승호는 무슨 말인가를 더 하려다가 멋쩍게 웃고 말았다.

"내가 곧 뒤따라가겠네. 전주까진 얼마 남지도 않았으니까."

혹시 거기 그냥 주저앉는 건 아닌가, 하는 말을 손승호는 참아내며, "괜히 의용군에나 뽑혀나가지 않게 하게." 그가 통행증이 없는 것을 상기시켰다.

"해방전사 되는 것도 괜찮은 방법 아닌가?"

김범우의 느긋한 대꾸였고, 손승호는 먼 데로 눈길을 보냈다.

그들은 국밥을 먹고 곧 헤어졌다.

김범우는 40여 리 밖에 있다는 북소라는 마을로 걸음을 서둘렀다. 서울을 떠날 때 전주까지는 너무 장거리가 되어 통행증을 만들기 어렵다고 했다. 통행증을 발급받을 만한 그럴듯한 이유가 없었던 것이다. 한강을 헤엄쳐 건너 손승호와 합류하는 방법을 쓰기로 했다. 그 다음 검문부터는 손승호와 일행이라는 것으로 무사통과가 되었다. 역시 당중앙의 권위는 대단했고, 현지사람들로 구성된 지방 내무서들은 그런 빈구석을 가지고 있었다.

김범우는 말로만 들었던 은진미륵을 지나 큰 저수지가 있는 마을이라는 북소를 찾아가고 있었다. 들녘에는 전쟁과는 상관없이 벼들이 푸르게 자라고 있었다. 법일스님이 피난을 떠났으리라고는 예상하지 못했었다. 이해가 될 듯 말 듯 하면서 그 이유를 알아보고 싶은 마음이 강하게 일어났던 것이다. 법일스님이 이학송의 행동결정을 어떻게 생각할지 궁금했다.

길이 두 갈래로 갈라지는 길목에서 김범우는 결국 검문을 당하게 되었다. 대창을 들고 나무그늘에 앉아 있던 두 청년이 벌떡 일어나 앞을 가로막았다.

"못 보든 얼굴이구만, 누구시유?"

몸집 큰 청년이 위아래를 훑었다.

"북소로 친척을 만나러 가는 길이오."

"북소 누군디유?"

"북소사람이 아니고 논산에서 피난 온 사람이오."

"피난? 그거 반동이네?"

청년이 금방 기색을 달리하며 옆의 청년에게 눈길을 돌렸다. 김범우는 아차 싶었다.

"맞구만, 북소에 피난민은 딱 한 집인디 그 남자가 동네아덜 모아 한문도 갈치고 허는 모양으로, 위원회서 허락헌 걸 보면 반동은 아닌 것 같드먼."

"그려?" 처음의 청년이 김범우에게 고개를 돌리며, "통행증 내보이시유." 손을 내밀었다.

"아, 동무들 철저하게 근무하는 걸 보니까 내 기분이 좋소. 난 서울시당 문화선전부에서 사업하던 김범우라는 사람이오. 선전사업을 더욱 확대하기 위해 다른 동무 한 사람과 전주로 이동하는 길에 친척을 잠깐 찾아보려는 참이었소. 그런데, 통행증이 함께 끊어져 그 동무가 가지고 갔기 때문에 난 지금 없소."

근무사실을 확인할 길도 없는 것이고, 시골사람들이 통행증이 함께 끊기는지 어쩌는지 알랴 싶은 생각으로 김범우는 정말 서울 시당 문화선전부에서 일하는 사람처럼 태연하게 둘러붙였다.

"아, 그러시구먼유. 이 더위에 서울서 내려오시느라고 고생이 많으시겄이유. 미처 몰라봤구만유."

처음의 청년이 약간 기죽은 듯하며 반색을 했고, 그 옆의 청년이 그의 옆구리를 찔벅이고 있었다.

"가보시지유. 북소가 10리도 안 남었이유."

두 청년이 친근한 웃음을 보내며 길을 비켜섰다.

"고맙소. 그럼 수고들 하시오, 동무들."

김범우는 손을 들어 보이며 청년이 가리킨 길로 걸음을 옮기기 시작했다. 그는 속으로 웃었다. 자신이 무사통과가 된 것을 좋게 말하면 동지에 대해 무조건 신뢰를 보이는 시골사람들의 단순무구함이었고, 나쁘게 말하면 상부의 권위에 무조건 굴복하는 전시대적 의식을 아직 완전히 청산하지 못한 결과라고 할 수 있었다. 그러나 그들에게는 아무 잘못이 없었다. 교활한 것은 자신이었다. 자신은 그들이 지닌 그런 장단점을 미리 계산해서 역이용했던 것이다.

이름 그대로 커다란 저수지 옆에 붙어 있는 북소라는 마을에서 법일스님이 피난 들어 있는 집을 찾기는 너무 쉬웠다. 법일스님은 집에 없었고, 언젠가 한번 인사를 했던 부인이 한참 만에 알아보았다.

"야아야 석구야, 손님 이장님댁에 모시고 가그라."

부인이 평상에 앉아 있는 아이에게 일렀다. 부인의 몸에는 피난

생활의 고단함이 덕지덕지 묻어 있었다.

김범우는 아이의 뒤를 따라 비탈길을 내려갔다. 인공치하에서 '이장님댁'이라는 말이 그대로 쓰이고 있는 것이 이상스럽고도 신기하게 여겨졌다. 역시 시골이라서 그런가? 검문하던 청년의 말을 들으면 인민위원회가 분명히 결성되어 있었다.

"너 석구라고 했지? 네가 장남이냐?"

"아니요, 작은아들인디요."

바짝 마른 소년은 뒤를 돌아보지 않고 대답했다.

"몇 학년이냐?"

맨발로 걷고 있는 소년은 대답이 없었다. 못 들었나 했다.

"댕기면 2학년이오."

소년은 한참 만에 대답했다. 소년이 무슨 말을 묻는 것을 달가워하지 않는다는 처음의 느낌을 김범우는 비로소 확인할 수 있었다.

"아니, 이게 대체 어찌 된 일이오. 여기까지 찾아오시다니."

법일스님은 자신의 손을 감싸잡으며 생각보다 훨씬 반가워했다. 김범우는 그분의 엄격하면서도 냉정한 듯한 외모 속에 감추어진 정 깊은 마음을 다시 느끼고 있었다.

"건강은 어떠신지요?"

"나야 피난 와 있는 몸이니 걱정이 없지만, 김 선생은 그래 어떠시오? 대체 어디서 이리 오시는 길이요?"

법일은 상기된 얼굴로 거푸 묻고 있었다.

"서울서 내려오는 길입니다."

"갑시다, 여기는 마땅찮으니. 저쪽에 얘기 나누기 합당한 자리가 있소."

김범우는 먼저 돌아섰고, 법일은 집주인에게 인사를 하고 나왔다.

"저분이 이장이신가요?"

"예, 전에 그랬지요."

"지금도 이장님이라고 부르더군요."

"그래요, 평소에 워낙이 인심을 사고 살아서 인민위원회 사람들까지 다 그렇게 불러요. 마음에 불심을 지니고 살면 세상이 제아무리 바뀌어도 다 아무 탈 없게 되어 있는 법입니다."

김범우는 그 말이 가슴에 박히는 것을 느꼈다.

"김 선생, 덥고 목도 마르실 텐데 여기서 잠시……."

법일은 김범우를 앞서서 우물가로 내려가며 말했다. 그리고 서둘러 두레박을 우물 속으로 던져넣었다.

"제가 하겠습니다."

김범우가 황급히 다가섰다.

"아니오, 아니오. 이건 내가 하는 빈한한 손님대접이니 김 선생은 그저 가만히 계시도록 하시오."

법일은 두레박 끈을 잡은 채 김범우를 바라보았다. 그 얼굴에 잔잔한 웃음이 번지고 있었다. 김범우는 그 웃음의 뜻을 거스르고 싶지 않아 마주 웃었다.

"자아, 목부터 축이시오."

법일이 물이 찰랑찰랑 담긴 두레박을 내밀었다.

"고맙습니다."

김범우는 물을 마시기 시작했다. 숨길을 골라가며 마시고 또 마셨다. 마침 목이 마르던 참이었고, 법일스님의 빈한하나마 따뜻한 대접을 크게 받아들이고 싶었던 것이다.

"자아, 이젠 낯을 좀 씻으시오."

법일은 물을 부어줄 자세를 갖추었다. 김범우는 사양하지 않고 두레박 아래에다 두 손을 모아 바가지를 만들었다. 두레박의 물이 동이 날 때까지 낯과 목을 씻었다.

"참 시원합니다. 스님, 너무 황송해서 어쩌지요?"

"무슨 그런 말씀을, 이리 찾아주시기까지 하시고서……."

법일이 나직하게 말하며 두레박을 조심스럽게 제자리에 놓았다.

"김 선생, 예비검속 소식 들으시었소?"

법일이 비탈길을 다 올라 그의 집을 끼고 돌며 물었다.

"예, 대충 소문은 들었습니다."

"그때 순천을 떠나오지 않았더라면 우리가 영영 이리 만나지 못할 뻔했지요. 소식을 듣자니까 순천에서는 아이들까지 다 죽였다고 하더군요."

법일이 가는 한숨을 내쉬었다.

"그렇게까지 했답니까?"

"내가 마음을 결정하도록 그때 김 선생이 판단 내려주신 것, 늘 고맙게 생각하고 있어요."

"아니 그게 무슨 말씀이십니까. 제가 무슨……."

예비검속에 대한 이야기를 왜 굳이 꺼냈는지를 깨달으며 김범우는 법일 쪽으로 고개를 돌렸다. 법일은 자기가 밟은 풀을 내려다보듯 고개를 숙인 채 동산 등성이를 오르고 있었다. 그 발에 짚신을 신고 있었다.

동산 마루에 오르자 드넓은 저수지가 눈 아래 펼쳐졌다. 산들이 커다란 타원을 그리며 저수지를 에워싼 채 자기들 그림자를 물에 담그고 있었고, 산 아래로는 북소 같은 마을들이 띄엄띄엄 자리잡고 있었다.

"풍경이 참 좋습니다. 그런데, 저기 저 멀리 보이는 곳은 어딥니까?"

김범우는 왼쪽으로 아슴하게 보이는 곳을 가리켰다.

"거기가 김 선생이 거쳐오신 논산입니다."

"아, 그렇군요. 저도 혹시나 해서 여쭤본 것입니다."

"이리 앉으십시다. 옹색스런 집보담이야 여기가 더 시원하고, 편안할 겁니다."

법일은 나이 먹은 소나무 세 그루가 만드는 그늘에 앉았다. 김범우도 자리를 잡으며, 삼베옷에 짚신을 신고 꼿꼿하게 앉아 있는 법일스님과 주위 풍경들이 어울린다고 생각했다.

"저어, 이학송 선배가 지금 해방일보에 근무하고 있습니다."

"해방일보요?"

법일이 놀라움을 나타내는 것 같다가 이내 담담한 얼굴이 되며 눈길을 멀리 저수지 끝으로 보냈다.

김범우는 이학송이 행동을 결정하게 된 과정을 차근차근 이야기해 나갔다. 그러다 보니 자연히 자신의 심중도 풀려나오게 되었다.

"이 군이 그렇게 태도결정을 한 건 어찌 보면 자연스러운 귀결인지도 모르겠소. 사회주의에서 한발 더 내디딘 것이니까요."

법일은 느릿느릿 고개를 끄덕이고 있었다.

"그렇지만, 스님의 말씀대로 이 선배가 민족적 사회주의를 생각하고 있었다면 언젠가는 혼란을 겪게 될 겁니다. 공산주의는 민족보다는 계급이 우선 아닙니까. 그 차이는 결코 간단하지가 않습니다."

"그렇지요." 법일은 잔디줄기를 뽑아 입에 물고 한참을 있다가, "아마 이 군은 걸리는 것 없이 자유로운 입장이니까 그 문제는 잘 소화할지도 모를 일이요. 문제는 나처럼 종교적 입장에 선 사람들이 난감하지요. 서청에 몸을 상할 대로 상하고, 고향땅을 등지고, 모든 종교를 인정하지 않는 공산주의 앞에서 피난짐을 싸야 하는 것이 나 같은 사람의 곤궁함이고, 또한 한계겠지요. 그래서 난 애초에 사회주의 개혁사회 정도를 이상으로 삼았던 거구요."

역시 일본 유학까지 한 신식 승려의 면모를 다시금 확인하면서도 김범우는 그 명쾌함에 야릇한 저항감을 느꼈다.

"만약 공산주의 사회가 돼버리면 그땐 어쩌시겠습니까?"

법일은 김범우를 바라보며 먼저 웃음부터 지었다. 김범우는 자신의 마음을 꿰뚫고 있는 것 같아 찔끔했다.

"공산주의가 그들의 신념이라면 종교로서의 인간인식은 나의 신념이요. 난 그 사회에서 버림받겠지요. 그러나 인간이 물질만으로 해결이 안 되는 존재인 한 나와 같은 생각을 가진 사람들은 결코 버려지는 것이 아니오."

김범우는 뭐라고 대꾸할 말이 없어서 그냥 웃기만 했다.

"미군의 참전으로 전쟁이 실패할 거라는 김 선생의 예측에는 일리가 있소. 그리고 전쟁에 이기지 못하면 양쪽에서 무고한 대중들만 끌어내다가 죽인 결과밖에 안 되고, 그건 이념들을 극단적으로 앞세워 민족을 살해한 행위밖에 안 된다는 판단에도 동감이요. 허나 나야 진작에 이렇게 피해 앉아버렸지만 김 선생이 어찌해야 할지 문제로군요. 나와 또다른 입장이니 얼른 묘안이 떠오르질 않는군요."

"예, 일단 전주까지 가며 더 생각해 봐야지요."

"아부지이, 진지 잡수시씨요오, 진지."

석구가 뛰어오며 소리치고 있었다.

"가십시다, 가서 찬 없는 보리밥이나마 한술 뜨십시다."

법일이 일어섰다.

"참, 생활은 어떻게……."

김범우는 말끝을 맺지 못했다.

"아까 그 이장님이 주선해서 서당을 차리고 있으니 난리 중에 호강이지요."

말끝에 매달리는 헛웃음이 가슴을 파고드는 것을 김범우는 느꼈다. 자신이 한끼라도 밥을 축내는 것이 큰 폐가 된다는 것을 그는 그때서야 생각했다.

반찬은 다 야채 종류였지만, 가짓수가 많았고, 하나하나가 맛깔스러웠다. 부인의 솜씨와 지성이 반찬마다에 담겨 있었다. 김치에 가지나물·콩나물·깻잎찜·부추무침·호박잎찜·오이나물이 상을 채웠고, 빈대냄새가 나는 절음식인 고수무침도 놓여 있었다. 텃밭 갈이를 알뜰하게 해서 얻을 수 있는 여름 한철 반찬들이었다. 절을 떠난 법일스님과 고수무침이 묘한 슬픔을 일으켰다.

저녁을 마치고 다시 등성이로 올라갔다. 날이 어두워지는데 당산나무 아래로 아이들이 모여들고 있었다. 얼마가 지나자, 장백산 줄기줄기…… 노래가 퍼져나왔다. 야간노래학습이 시작되고 있었다. 김범우는 될 수 있는 대로 부담 없는 이야기를 하려고 신경 썼다. 정치성을 띤 이야기는 서로 힘이 들고 괴로울 뿐이었다. 모깃소리와 풀벌레소리만 깊을 뿐 어둠 속 그 어디에도 사람의 거처를 알리는 불빛은 보이지 않았다. 다만 비행기의 위협을 아랑곳하지 않는 것은 봉화였다. 짙은 어둠의 복판에서 하나씩의 점으로 찍혀 타오르는 봉홧불은 살아 있는 빛이었다. 봉화는 밤에만 오르지 않았다. 낮에는 외가닥이기도 하고 쌍가닥이기도 한 긴 연기가 꼬리를 끄는가 하면, 끊어졌다 이어지고 다시 끊어지고 하는 여러 종류의 연기를 자주 볼 수 있었다. 초음속 비행기와 봉화, 이건 이번 전쟁의 대조적인 양상의 하나였다.

김범우는 잠자리에 들며 내일 일찌감치 떠나야 되겠다고 생각했다. 방 하나에 부엌 하나를 빌려쓰고 있는 처지에 자신은 이만저만 폐를 끼치고 있는 것이 아니었다.

“전 곧 떠나야 되겠습니다.”

김범우는 아침밥상을 물리며 말했다.

"김 선생, 이리 어렵게 만났는데 하루만이라도 더 묵어가시오. 또 언제 만나게 될지도 기약이 없는데."

법일의 간곡함은 말보다는 얼굴에 더 진하게 드러나고 있었다.

"저도 그러고 싶지만 전주까지 가야 할 날짜가 너무 촉박해 있습니다. 실은 하룻밤 묵은 것도 무리를 한 겁니다."

"그러시면 내가 아이들 가르치고 올 때까지만이라도 기다려주시오. 이리 서운하게 헤어져서야 원, 어찌시겠소?"

"예, 알겠습니다."

법일이 『천자문』을 들고 바쁜 걸음을 옮기는 걸 보고 김범우는 등성이로 올라갔다.

"아니, 너 석구 아니냐."

김범우는 소나무 아래 혼자 조그맣게 쪼그리고 앉은 아이가 석구라는 것을 알아보았다. 꺾어세운 무릎에 턱을 받치고 두 팔로 다리를 감싸잡은 모양으로 앉아 있는 아이는 무척이나 작아 보였다. 자신의 아는 체에 아이는 힐끔 눈길을 올렸다가 이내 앞만 똑바로 지켜보고 있었다.

"왜, 너 야단맞았냐?"

아이는 대꾸가 없었다.

"참 똑똑하게 생겼는데, 뭘 잘못했지?"

김범우는 아이의 머리를 쓰다듬으며 옆에 앉으려는 참이었다.

"아자씨, 시끄럽게 말어요. 저 쌕쌔기새끼덜이 우리 집얼 폭격헐라고 헌당께요."

아이가 진저리 치듯 소리 질렀다.

"아니, 뭐라고?"

김범우는 그때서야 아이의 눈길이 가 있는 앞쪽으로 고개를 돌렸다. 과연 아슴하게 보이는 논산을 비행기들이 폭격하고 있었다. 비행기들은 쌀알처럼 작게 보였고, 그것들이 내쏘고 있는 파란 빨간 불꽃들이 연기와 함께 더 선명하게 보였다. 그러나 비행기 소리나 폭음은 아주 감감했다.

"염려 마라, 내 어제 보고 왔는데 느네 집은 아무렇지도 않더라."

"고것이야 어지께 일이제라."

아이의 카랑한 소리였고, 김범우는 한 방 얻어맞은 기분이었다.

"너 비행기가 폭격할 때마다 이렇게 지키냐?"

아이는 앞만 지켜본 채 고개를 끄덕였다. 그 눈이 초롱초롱했다.

"너, 비행기가 밉겠구나."

"순사나 서청사람덜맹키로 밉고 싫어요."

"서청사람들? 네가 어떻게 그런 말을 다 알지?"

김범우는 너무 놀라 아이를 빤히 쳐다보았다. 아이가 허리를 곧추세웠다.

"워째 그리 쉬운 것을 몰라라. 우리 아부지럴 죽일라고 헌 사람덜인디라."

김범우는 숨을 내쉬며 눈을 감았다가 떴다. 아이의 눈이 더 또랑또랑했다.

"넌 그럼 누가 좋으냐?"

"좋은 사람 아무도 없어라. 민청원들도 밉고 싫어요."

"왜?"

"우리 성을 죽게 팼응께요."

"민청원들이 왜?"

"노래 못 불른다고라."

"그게 무슨 소리지? 어디 차근차근 말해 봐라, 아저씨가 못 알아듣겠다."

"우리 성은 공부넌 잘혀도 노래넌 통 못 불르는디요, 민청원들이 밤마동 노래럴 갤치고 나서 한 사람씩 일어나서 노래럴 허라고 시켰는디, 노래 잘 못 불르는 성이 자꼬 틀렸구만이라. 긍께 민청원들이 화럴 냄스로 또 시키고, 성은 겁이 나서 첨보담 더 많이 틀리고, 민청원은 막 소리 질름시로 또 시키고, 성은 더 겁나서 더 많이 틀리고, 근디 민청원이 반동새끼라고 험시로 성이 틀릴 때마동 몽딩이로 패기 시작혔당께요. 그래서 성은……."

아이는 주르륵 눈물을 흘리고 있었다.

"그래, 그 사람이 나쁘다. 울지 마라, 석구야."

김범우는 아이를 감싸안았다. 방 아랫목에 아파서 누워 있던 큰아들이 떠올랐다. 법일은 그저 예사롭게 좀 아픈 모양이라고 했고, 자신도 그냥 지나치고 말았던 것이다.

"아자씨는 워떤 편인디요?"

아이가 울먹이면서 물었다.

"석구처럼 아저씨도 아무 편도 아니다."

김범우는 얼결에 말해 놓고, 하늘을 향해 허망하게 웃었다.

김범우는 불현듯 떠나야 되겠다고 생각했다. 법일을 다시 만나고, 큰아들을 새롭게 보게 되고…….

김범우는 수첩을 꺼냈다.

큰 결례인 줄 알면서 그냥 떠나는 것을 용서하십시오. 다시 뵈올 날까지 가내 평안하시길 빌겠습니다.

"석구야, 아저씬 그만 떠나야겠다. 이 편지 아부지께 드리고, 이 돈으로는 형하고 맛있는 것 사먹어라. 그리고, 그런 말 아무한테나 하면 안 된다."

"치이, 나가 바보간디."

아이가 영리한 눈빛으로 웃었다.

김범우는 아이의 손에 편지와 돈을 쥐여주고 쫓기듯이 등성이를 뛰어내려가기 시작했다.

17

무상몰수 무상분배

심재모는 타원형의 가늠구멍에 표적을 잡아넣었다. 들숨을 멈추는 순간 방아쇠를 지그시 잡아당겼다. 손가락에 1단·2단으로 이동하는 방아쇠의 움직임이 감촉되면서 총소리가 터져오르고, 탄피가 튕겨져나왔다. 총탄이 총열을 박차고 나가는 충격이 어깨를 묵직하게 떠밀었다. 그러나 그의 엎드린 자세는 견고하게 고정되어 있었다. 그는 다시 숨을 들이켰다가 멈추며 방아쇠를 잡아당겼다. 그 연속동작은 몇 초 간격으로 이루어지고 있었다. 그는 탄창까지 튕겨나와서야 몸을 일으켰다.

"표적을 가져오는 동안 다시 반복한다. 두 팔굽이 총신과 일직선상에 놓이도록 고정한다. 그리고 개머리판을 어깨홈에, 오른쪽 광대뼈 부분을 오른손 엄지손가락 밑부분에 최대한 밀착시킨다. 이 동작이 제대로 이루어지지 않으면 조준이 제대로 안 될 뿐만 아니라 총을 한 방 쏘고 나면 그 충격으로 총신이 흔들려버린다. 물론 충격으로 어깨뼈를 상하는 수도 있다. 다음, 정조준이 확인된 그 순간 방아쇠를 서서히, 천천히, 느긋하게 잡아당긴다. 이때에 물론 숨은 멈춰 적막상태를 유지해야 한다. 절대로 조준을 오래하지 말아야 한다. 숨을 오래 멈출 수 없는 데다 시야에 혼란이 오게 된다. 그리고 총이 발사되는 순간 놀라서는 안 된다. 총알은 앞으로만 나가는 것이지 뒤로 나오는 법이 없으니까 하나도 겁낼 것이 없다. 총소리가 요란한 데다가 총알이 총열을 빠져나가는 화약폭발로 어깨와 얼굴에 충격이 가해지게 되니까 누구나 처음에는 당황하고 겁을 먹게 된다. 그때 너무 놀라거나 겁을 먹게 되면 자기도 모르게 기본자세가 흐트러지게 된다. 기본자세가 흐트러진 상태로는 총을 수백 발 쏘아도 아무 소용이 없다. 조준부터 제대로 안 되는데 목적물을 명중시킬 도리가 없는 것이다."

"대위님, 표적 가져왔습니다."

하사가 숨을 헐떡이며 동그라미가 세 개 그려진 표적을 내밀었다.

"응, 수고했어."

심재모는 받아든 표적을 내려다보았다. 그의 얼굴에 엷은 웃음기가 번지고 있었다. 탄자국은 세 개의 동그라미 중에 한가운데 검은 부분에 집중되어 있었다. 쪼그려앉은 훈련병들 사이에서 우와, 화아 하는 감탄의 소리가 흘러나왔다. 심재모의 모자에 붙은 대위 계급장과, 총알을 한꺼번에 쏟아붓듯 한 그 표적과 그럴듯한 조화를 이루고 있었다. 심재모는 대위 진급과 함께 신병훈련의 책임교

관을 맡게 되었던 것이다.

"자아, 이 표적을 보면 여덟 방이 모두 명중한 셈인데, 이건 하나도 놀랄 만한 것이 못 된다. 제군들도 여기서 배운 대로 원칙을 지켜가며 침착하게 쏘기만 하면 얼마든지 이렇게 될 수 있다. 다시 반복한다. 원칙을 지키고 침착해야 한다. 그렇게만 되면 이 총은 언제나 제군들이 시키는 대로 백발백중이 될 것이고, 따라서 제군들의 하나밖에 없는 귀한 생명을 지켜줄 것이다. 총은 기계다. 기계는 부리는 사람의 솜씨에 따라 작동한다. 제군들은 제군들의 생명을 지키기 위해서 총을 제대로 다룰 수 있도록 노력해야 한다. 싸움에 이기는 것은 그 다음의 문제다. 다시 말하지만, M1소총은 소총 중에서 그 성능이 세계 제일이다. 일본이 2차대전에서 원자폭탄에 망하기 전에 바로 이 M1소총 때문에 전쟁에 지기 시작했다. 한 가지 흠이 있다면 서양인들 체격에 맞춰 만들었기 때문에 우리 동양인들에게는 다소 길고 무겁다는 것이다. 그러나 그런 것쯤은 성능이 좋다는 것으로 참고 견뎌야 한다. 제군들이 훈련받는 기간은 1주일에 불과하다. 이 기간 동안 총을 제대로 다룬다는 것은 무리다. 그러나 우리가 처한 다급한 형편으로선 어쩔 도리가 없는 일이다. 본관은 제군들이 이 짧은 기간 동안에나마 사격술을 최대한 익힐 수 있기를 간절히 바란다. 다른 화기에 의해서가 아니고 사격술 미숙으로 제군들이 생명을 잃는 것을 본관은 절대 바라지 않는다. 정신일도 하사불성이라고 했다. 훈련기간이 짧을수록 정신을 집중시키면 그만큼 효과가 날 것이다. 본관이 왜 하사관을 제치고 군이 사선에 나서겠는가! 사격솜씨를 자랑하려고 그러겠는가. 그 뜻을 제군들은 깨닫기 바란다."

심재모는 훈련병들을 둘러보며 표적종이를 접기 시작했다. 모두가 앳된 얼굴의 학도병들이었다. 총만 한 자루씩 지급되었을 뿐 교모에 교복 차림이었다. 심재모는 그들을 전선으로 떠나보낼 때마다 가슴이 쓰라리고 목이 잠겼다. 그가 확인한 제일 어린 나이가 열여섯이었다. 그는 그 학생을 따로 불러 어떻게 된 거냐고 물어보았다. 몸집마저 작은 그 학생은 태연하게 자원했다고 대답했다. 전쟁터에 나가기는 너무 어리니 집으로 돌아가라고 타일렀다. "자꼬 그카지 마이소. 빨갱이들이 우리 아부지를 죽였는기라요. 아부지 원수 갚을라 카는데 와 자꼬 가로막고 그라는교?" 눈을 똑바로 뜨고 덤비는 그 학생 앞에서 심재모는 말을 잃어버렸던 것이다. 전쟁은 그렇게 치달아가고 있었다.

심재모는 직접 사선에 나서 시범사격을 할 때마다 M1소총을 내려다보며 착잡하고도 얄궂은 심정이 되고는 했다. 일본군 전선에서는 미군의 총을 가지고 미군을 저격했고, 이제는 공산주의 군대라는 이유로 동포를 쏘아죽이게 하는 기술을 어린 학생들에게 가르치고 있는 것이다. 그건 아무에게도 드러낼 수 없는 비감이었고 괴로움이었다.

전쟁은 나날이 가망이 없어져갈 뿐이었다. 워커라인이라는 것도 언제 무너질지 모를 일이었다. 학도병들은 군복도 갈아입지 못한 채로 그 가망 없는 전선으로 실려가고 있었다. 그들이 트럭에 실려

떠날 때마다 심재모는 견디기 어려운 죄의식으로 고개를 떨구고는 했다. 어린 그들은 한마디로 소모품이었다. 1주일간의 사격훈련을 가지고 총을 제대로 다루기란 어림도 없는 일이었다. 어떤 기술이고 제대로 습득되려면 한 치 길이의 이론에다가 한 자 길이의 실습이 합해져야만 가능한 것이었다. 그런데 그들은 한 치의 이론마저 제대로 갖추지 못한 채 목숨을 내걸어야 하는 전쟁터로 떠나가고 있었다. 그건 몸뚱이로 적을 막게 하는 무모하고도 무책임한 살인작전이었다. 아무리 상황이 급박하다 해도 그런 소모전은 있을 수 없는 일이었다. 한 생명을 군인이란 이름을 붙여 전쟁터에 내보낼 때는 최소한 자기방어는 할 수 있도록 총기조작기술을 습득시켜 주어야 할 책임이 상부에는 있었다. 적이 기습을 감행했으므로 어쩔 수 없다, 그건 책임전가의 변명이고, 책임회피의 기만에 지나지 않았다. 적의 기습에 대비하지 못한 것부터 책임으로 따져져야 할 일이었다. 그리고 전쟁이 도발되고 나서 즉각적으로 대비하지 못해서 훈련기간을 다 까먹어버린 책임도 추궁되어야 했다. 그러나 그런 책임을 지는 사람은 아무도 없이 총도 제대로 쏠 줄 모르는 학생들은 '아아 이슬같이 죽겠노라' 목청을 뽑아가며 전쟁터로 실려가고 있었다. 그리고 그들은 고급장교들의 입을 통해서 '애국충정에 불타는 용맹스러운 학도병 제군들'로 그럴듯하게 미화되고 있었다. 심재모는 혼자 가슴을 앓았을 뿐 어디다 대고 항의할 수도, 따질 수도 없었다. 자신은 결국 명령만 따르는 하수인에 불과했고, 공범자에 지나지 않았다.

부대 어디에도 마음을 붙일 데가 없으면서도 심재모는 시내에 발길을 하지 않았다. 부산이라는 도시는 이모저모로 난장판을 이루고 있었다. 발 빠른 서울 피난민들이 우굴거렸고, 각 도에서 몸을 피해 몰려든 관공서원들이나 경찰들이 넘쳐나고 있었고, 미군들이 껌을 질겅거리거나 여자들을 희롱해 대며 패거리 지어 활보하고 있었고, 부두에는 흉측하게 큰 군함만이 보일 뿐이었고, 모든 것이 마음만 어수선하게 만들었다. 다른 장교들은 여자 끼고 즐기는 양주맛의 기막힘을 떠들어댔지만 심재모는 그것에도 흥미가 없었다. "조니워카 한 병 값이 아다라시 셋을 꿰차는 돈하고 맞먹으니 그게 좀 문제라니까." 장교들의 술값타령이었다. 전쟁통이니 여자 값은 당연히 헐값일 것이고, 양주는 뒷거래되는 것일 테니 비쌀 것 또한 당연했다. 언젠가 술집골목을 따라갔다가 너무 놀란 적이 있었다. 광복동 뒷골목이었는데, 그 요란한 치장과 버글거리는 사람들이 전혀 전쟁을 느낄 수 없게 했다. "장교님, 순진하셔. 여긴 후방이라구요, 후방. 그리고 이런 술집 없으면 우린 굶어죽으란 말예요?" 스무 살도 미처 안 되어 보이는 아가씨의 야무진 서울말이었다. 심재모는 굶어죽어서는 안 된다고 그 아가씨의 말을 수긍했다. 그러나 그때처럼 서울말씨가 천박하고 더럽게 느껴진 적도 없었다.

심재모는 어쩌다가 시내를 나가게 되면 자신도 모르게 젊은 여자들을 훔쳐보고는 했다. 행여 순덕이가 있지 않을까 해서였다. 그러나 그건 막연한 기대였을 뿐이었다. 설령 순덕이가 자신이 가르쳐준 대로 고향길을 찾아가다가 부산에서 발이 묶였다 해도 그 많은 사람들 중에서 그녀를 찾아낸다는 것은 거의 불가능한 일이었다.

심재모는 동료장교들과 모여앉는 것도 꺼렸다. 그들이 시내에서 물고 오는 소식이라는 것도 하나같이 비위에 거슬리는 것들뿐이었다.

"워커라인이 곧 무너질 거라는 소문이 쫘악 깔렸다네."

"맞어요, 나한테도 그게 사실이냐고 묻습디다."

"그래 뭐랬어?"

"뭐라긴 뭐라겠어요, 나도 모르는 일인데. 대민선전 겸해, 괴뢰군들이 일부러 퍼뜨리는 소문이니 아무 염려 말라고 했죠. 이 말밖에 더 하겠습니까?"

"잘했어, 그 수밖에 없지."

"그런데, 워커라인이 무너져 적이 낙동강을 건넜다 하면 부산도 끝장이라면서 어떤 부자들은 벌써 제주도 피난을 떠났다던데요?"

"그래도 제주도는 좀 낫군. 일본땅 대마도로 떠날려고 배에 발동을 걸어놓고 있는 사람들도 많다더군."

"예, 그 소문도 들었습니다. 돈 있는 사람들도 그렇지만, 거 밀다원인가 뭔가 하는 다방에 몰려드는 예술가란 사람들도 그런 계획을 세우고 있다더군요."

"예술가? 그것들 거 영 싸가지없네. 뭘 좀 생각할 줄 안다는 것들이 왜 그 모양이야?"

"뭘 좀 생각할 줄 아니까 그런 머릴 돌리는 것 아닙니까? 원래 예술 한다는 사람들이 머린 좋지만 무슨 용기가 있습니까? 우선 살고 보자는 생각이죠."

"아니, 그게 말이 되나. 사람이라는 게 최소한도의 의리는 있어야지. 돈 있는 놈들 도망가고, 대가리 좀 돌리는 놈들 내빼고, 그럼 우리 같은 놈들은 맥 빠져서 무슨 수로 싸우고, 또 그런 형편없는 작자들을 위해 우리가 피 흘려 싸우다가 죽어갈 이유가 뭔가! 이건 순 개판 세상이라니까."

"그게 군인팔자 아닙니까?"

"내 참 드러워서. 근데, 미군은 도대체 어떻게 된 거야. 참전을 했으면 시원하게 할 것이지 왜 엉거주춤이야. 거 정보대에 친구 있다면서 좀 안 알아봤어?"

"물어보기야 했죠. 뭐, 국회에서 결정하느라고 시간이 걸려 그렇지 오긴 올 거라고 하더군요."

"이런 참, 올라면 빨리 와서 밀어붙여야지 부산까지 다 뺏긴 다음에 오면 무슨 소용이 있나. 괴뢰군놈들한테 땅을 거의 다 뺏겨버린 판국에 육탄전으로 투입시킬 우리 병력에도 한계가 있는 것이고, 지금 형편으로 딱 한 가지 방법은 미국이 대대적으로 화력을 동원해 적진을 쑥밭으로 만들어놓고 밀어붙이는 수밖에 없어. 여기 부산을 향해 총공세를 취하고 있는 적에 비해 우린 병력도 사기도 비교가 안 되는 판에 지금 같은 미국의 야포 가지고는 어림없어. 어쨌든 미군이 증강돼야 해. 그렇지 않고선 이 전쟁은 가망이 없어."

심재모는 이런 말들을 아예 듣고 싶지가 않았다. 그런 말들을 듣다 보면 신경소모만 커졌고, 환멸만 깊어질 뿐이었다.

현오봉은 진해 해군사관학교에서 단기 지휘관교육을 마치고 소위로 임관하자마자 낙동강 전선으로 투입되었다. 양효석과 진작 헤어지게 된 현오봉은 마음을 새롭게 가다듬었다. 육사를 지망하지 않았더라도 어차피 전쟁이 터져 누구나 군대에 끌려나오지 않을 수 없는 판이 되었으니 장교 노릇을 똑바로 해보자는 작심이었다. 그렇게 마음을 다잡고 나자 그는 새롭게 솟는 기운을 느꼈다. 그의 큰 허우대와 남다른 뚝심은 군복과 제격으로 어울려들었다.

그러나 전선에 투입되어 소대를 인계받고 나자 현오봉은 전신이 옥조여드는 압박감에 짓눌려야 했다. 머리는 머리대로 욱신거리는 것 같고, 목은 목대로 무엇이 걸린 듯 답답했고, 가슴은 가슴대로 벌떡거리고 푸들거렸고, 팔다리는 팔다리대로 찌릿거리며 굳어지는 것 같은 그 이상야릇한 증상은 딱히 무서움증이나 공포감 때문이라고만 할 수가 없었다. 그건 훈련장과 전장의 현격한 차이에서 오는 충격과 혼란까지 겹쳐진 결과였다.

소대를 인계받기 전에 벌써 현오봉을 질겁하게 만든 것은 아무데나 나둥그러져 있는 시체들과 무더위 속에 진동하고 있는 송장 썩는 냄새였다. 거무튀튀하게 변색되어 썩어가고 있는 시체들의 눈과 코에 구더기가 드글거리고 있는 것도 끔찍했지만, 거기서 퍼져 나오고 있는 냄새의 지독함이란 형용할 수가 없을 지경이었다. 그 진하면서도 독한 냄새는 끈적끈적하고 진득진득한 느낌으로 국숫

발처럼 코로 빨려들어 속을 여지없이 뒤집어 묽은 침과 함께 생목이 치밀게 만들었고, 조금 더 지나면 머리까지 어질어질하게 흔들었다. 땡볕으로 타고 있는 전쟁터에서 현오봉을 제일 먼저 맞은 건 적군이 아니라 아군들의 시체가 썩는 냄새였다.

송장 썩는 냄새에 코가 차츰 마비되어 가며 현오봉이 두 번째로 충격을 받은 것은 상상 외로 궁지에 몰려 있는 전세를 파악하고서였다. 참호를 깊이 파고 철저한 수비로만 형성되어 있는 전선에서는 총도 제대로 쏠 줄 모르는 졸병들이 밤마다 허망하게 죽어가고 있었다. 적들은 대개 밤을 이용해 강을 건너 공격을 감행해 왔다. 그때마다 조명탄이 터져오르며 제2선에 배치되어 있는 미군의 포가 집중사격을 가해 적들의 공격을 차단하고는 했다.

"현 소위가 소대장으로서 할 일은 다음 세 가지요. 첫째, 야간경계를 철저히 수행할 것. 둘째, 전투 시 사격을 철저히 하게 할 것. 셋째, 무전병을 철저히 보호하고 항시 옆에 둘 것. 그리고, 손상된 참호는 그때그때 원상복구시키도록 하시오. 현 저지선이 무너지는 날에는 우린 끝장이오. 1,600킬로미터에 걸친 워커라인을 따라 구축된 참호가 우리 무덤이라는 각오로 싸우지 않으면 안 되게 돼 있소. 잘 부탁하오, 현 소위."

중대장의 다짐이었다.

예고 없는 적의 야간공격 때문에 밤잠은 거의 잘 수가 없었고, 전투경험이 없어 겁을 집어먹고 머리를 쑤셔박는 부하들의 엉덩이를 선임하사와 함께 걷어차고 다니며 고함을 질러야 했고, 미군의 포격지원을 신속히 받기 위해서는 무전병의 보호가 우선일 수밖에 없었다. 그 불안하고도 위태로운 방어작전은 그런대로 효과를 얻어 하루하루를 지탱해 나가고 있는 형편이었다. 이쪽의 인명피해는 주로 적의 박격포공격으로 발생하고 있었다. 명중률이 높은 적의 박격포공격의 피해를 줄이기 위해서는 참호를 튼튼하게 구축하는 도리밖에 없었다.

현오봉은 밤만 되면 오히려 눈이 말똥말똥해졌다. 전투에 자신이 없는 긴장감 탓이었다. 잠을 잔다는 것은 죽음이었고, 죽는다는 것은 그 지독스러운 냄새 풍기며 구더기들에게 파먹히는 것이었다. 그 끔찍스러운 연상 앞에서 잠이 올 리가 없었다. 적은 어둠을 은폐 삼아 도강을 시도했지만 그때마다 조명탄 불빛 아래 집중포화를 당했다. 조명탄 불빛으로 어둠이 걷히고 말면 은폐물이라고는 없는 적은 공격을 중단할 수밖에 없었고, 그들이 입는 피해도 적지 않았다. 그 위치가 조금씩 변동될 뿐 긴 흐름을 짓고 있는 낙동강변에서는 매일 밤 조명탄이 터져오르고, 폭탄이 작열하고, 수많은 총소리가 뒤엉키고, 사람이 죽어가고, 강이 찢기고, 농토가 망쳐지고, 산들이 폭음을 받아 큰 울음을 길게 울었다. 서로가 소모전이기는 마찬가지였고, 낙동강은 날마다 심하게 피로 물들어가며 피비린내를 풍겼고, 해질녘이면 수백 마리씩 뭉쳐진 까마귀떼가 노을빛 적셔진 강을 따라 검은 바람을 일으켰다.

"너희들 정신 똑똑히 차리고 내 말 들어. 적이 아무리 많은 수로 공격을 해와도 하나도 겁먹을 게 없다. 왜냐면 우린 참호 속에 몸을 감추고 있어서 절대 위험하지 않기 때문이다. 얼굴을 반쪽만 내놓고 총을 쏘는 건데, 적들이 조준도 하지 않고 갈겨대는 총알에 절대로 맞을 염려가 없다. 너희들이 겁먹어 총을 안 쏘고 있으면 어떻게 되는지 알겠나! 총탄의 장애가 없어진 적들이 신바람나게 돌격해 와 이 참호 속으로 뛰어들게 된다. 그러면 어떻게 되지? 육박전이 벌어진다, 육박전이. 육박전이 벌어져 살아날 자신이 있는 사람 어디 손 들어봐! 없지? 육박전하면서 찔려죽기 전에 총을 열심히 갈겨대라 그 말이다. 몸이 노출된 것도 아니고, 공격을 저지하기 위한 대각선사격일 뿐인데 그게 얼마나 쉬운 일이냔 말야. 미군의 지원폭격만 믿어선 안 돼. 포사격엔 구멍이 많아. 내 말 알아듣겠나!"

"네에엣!"

"어허, 원기 부족. 알아듣겠나!"

"예에엣!"

"그래, 우리 다 같이 살아서 고향에 가도록 하자."

현오봉은 수시로 정신교육을 시켰다. 그리고 참호보수 같은 것도 손수 나서서 부하들의 사기를 북돋우려고 노력했다. 부하들에게 시키는 정신교육은 부하들을 위한 것만이 아니었다. 말을 하다 보면 스스로의 가슴에 자리 잡고 있는 불안감 같은 것이 가라앉으며 지휘관으로서의 자신감이나 책임감 같은 것을 확인할 수 있었다. 그건 소학교 때 신체검사를 받으며 그동안 키가 컸고, 몸무게가 늘어난 것을 확인하면서 느끼는 뿌듯한 기분 같은 것이었다.

"귀관들은 직접 부하들을 지휘하며 실전을 겪어나갈 때마다 참다운 장교가 돼갈 것이다. 군인에게 최고의 스승은 실전밖에 없다."

현오봉은 임관하던 날의 훈시를 떠올리고는 했다.

밤낮을 바꾸어 사는 그는 낮잠에서 깨어나다가 문득 양효석을 생각하고는 했다. 그도 이 전선 어딘가에 배치되어 있겠지, 하는 생각으로 먼 하늘을 바라보았다. 달리는 통학열차의 지붕을 끝에서 끝까지 뛰는 독기와 오기를 가진 그는 역시 군인이 아주 잘 어울린다는 생각을 하면서.

소화와 정하섭의 광주생활은 열하루로 끝나게 되었다. 정하섭이 평양으로 떠나게 된 것이다. 그 갑작스러움에 소화는 그저 모든 말이 꿈속에서 듣는 것 같기만 했다. 시간이 지나도 전혀 실감이 나지 않는 것은 그가 가는 곳이 서울이 아니라 엉뚱하게도 평양인 탓이었다. 소화의 의식 속에서는 서울도 까마득하게 먼 곳이었고, 더욱이 평양은 서울보다 더 멀기만 할 뿐만 아니라 오갈 수도 없는 곳으로 되어 있었다.

"왜 가느냐고 물어야 할 것 아니요?"

문득 놀라움을 드러냈다가 이내 평온해진 눈으로 고개를 약간 수그리고 앉은 소화에게 정하섭이 말했다.

소화가 고개를 들었다. 정하섭을 바라보았다. 그 그윽하고 깊은 눈길에 물기가 젖어 있었다. 곱고 단아한 얼굴에 슬픈 빛이 서렸고, 윤곽 뚜렷한 도도록한 입술에 울음이 물려 있었다. 말 끝내시기 무섭게 여쭙고 싶은 맘 불길 같아도 제가 무엇이길래, 제가 무슨 자격 가졌다고 그리합니까. 말씀해 주시면 고마웁게 듣고, 말씀 아니 하시면 피치 못할 걸음이라 짐작하고 헤아릴 밖에요.

“중간간부 양성을 위한 전문교육이 실시되어 각 도당에서 젊은 당원들이 뽑혀가는 것이오.”

소화는 정하섭을 바라본 채로 가만가만 고개를 끄덕였다. 헤어져야 하는 서러움 위에 장한 남자라는 우러름이 얹혔다.

“이제 얼마나 걸리느냐고 물어야 되지 않소?”

소화가 웃음을 지었다. 그 웃음에 슬픈 기색이 더 진하게 드러났다.

“석 달 예정이요.”

소화는 고개를 수그렸다. 묻고 싶은 말, 하고 싶은 말은 많았다. 가지 않을 수 없느냐고, 따라가면 안 되느냐고, 데리고 가달라고, 여기서처럼 살면 될 거 아니냐고. 이것도 저것도 안 된다고 하면 억지를 쓰고 매달리고 싶었다. 그러나 그런 것들은 다 가슴속에다 묻어야 하는 욕심의 불씨였다. 그는 언제까지나 가다가 머무는 구름이어야 했고, 머물다 떠나는 구름이어야 했다. 그가 평생을 옆에 머무는 바위이기를 욕심 부리게 되면 그때부터 가슴에 끝없이 깊은 업보의 샘을 파는 것이었다. 욕심은 마음의 눈을 어둡게 하고, 어두워진 마음의 눈은 헤어날 길 없는 고통의 수렁을 만드는 법이었다. 떠나야 할 때면 보내고, 돌아오면 맞는 순조로움 속에서 아쉬운 것만큼 그리워하고, 안타까운 것만큼 기다리면서 병이 되지 않는 인연을, 가시가 되지 않는 인연을 소중하게 간직하리라 했다.

미숫가루를 만들고, 오징어를 구하고, 속옷을 빨고, 길 떠날 채비를 하면서 이틀이 정신없이 지나갔다. 짐을 다 챙겨놓은 소화는 이른 저녁밥을 서둘렀다. 정하섭이 일찍 돌아오마고 했던 것이다. 반찬을 만들면서 소화는 자꾸만 손이 헛짚이고 헛놓였다. 육포를 구하지 못한 것이 한사코 마음에 걸렸고, 미숫가루에 참깨를 좀 더 넣지 못한 것이 자꾸만 마음에 쓰였다. 그리고 가슴에서는 서럽고 슬픈 바람이 일어 마음이 줄곧 설렁거리고 흔들렸다. 아무리 참으려 했지만 눈물은 가슴벽을 줄줄이 타내리다 못해 반찬그릇에고 솥뚜껑에고 뚝뚝 떨어졌다. 전에 없이 사무쳐오는 골 깊은 서러움이고 쓰라림이었다. 그동안 불시에 왔다가 불시에 떠나는 이별을 여러 차례 했으면서도 그렇게 마음에 소용돌이친 일은 없었다. 어쩌면 평양이라는 그 먼 거리감이 자아내는 동요인지도 몰랐다.

정하섭이 돌아와 손발을 씻자마자 소화는 밥상을 들여갔다.

"자아, 오늘만은 함께 먹읍시다."

상을 놓고 허리를 펴는 소화에게 정하섭이 말했다.

"아니구만요."

소화의 대답은 전과 다름이 없었다.

"그럼 나도 안 먹겠소. 오늘만은 나도 고집을 꺾지 않겠소."

정하섭은 밥상 앞에서 물러나앉으며 소화를 올려다보았다. 서로 눈길이 마주쳤다. 소화는 얼른 고개를 돌렸다. 울었구나, 정하섭은 그때서야 소화가 눈길을 피해온 까닭을 알았다. 정도 많고 눈물도 많은 여자, 그래서 좌익도 된 여자…… 그는 슬픈 정이 가슴을 뒤덮어오는 것을 느꼈다.

"어서 밥을 가져오시오, 나 밥 굶기지 않으려거든."

정하섭은 오늘만은 꼭 겸상을 하리라는 마음을 더 굳혔다. 떠나야 할 먼 길을 앞에 둔 감상 탓이기도 했고, 그녀의 마음에 대등감을 확실하게 심어주고 싶은 마음도 있었다.

"밥 얹힐 것인디요……."

소화의 목소리가 기어들었다.

"얹힐 때 얹히더라도 어서 가져오시오."

"참말로 그러시지 말고……."

"됐소, 나도 밥 안 먹겠소."

정하섭은 더 뒤로 물러나앉았다.

소화는 어쩔 수 없이 방을 나섰다. 그의 완강한 태도가 정말 밥을 먹지 않을 기세였다. 그를 밥 먹게 하기 위해서라도 겸상을 하지 않을 수가 없는 일이었다. 그의 그런 마음씀이 그가 자신을 깊게 가졌을 때의 뜨거움으로 덮여오는 것을 소화는 느끼고 있었다. 그분도 헤어짐을 서운해하고 있지 않은가, 그렇다 해도 겸상을 하려 하다니, 서로 지체가 같은 양반집에서도 여자하고 겸상을 하는 일은 없었다. 그런데 나 같은 여자하고……. 그분은 공산주의를 해서 사람이 다른 것일까, 나 같은 것을 차등 두지 않는 그분은 진짜 사람다운 사람이 아닌가. 소화는 전부터 겸상을 권해왔던 정하섭의 마음을 되새기며 세상 사는 의미를 새롭게 느끼고 있었다.

소화는 떨리는 손으로 밥그릇을 상에 놓았다.

"됐소. 이젠 편안하게 앉으시요. 그래야 얹히지 않으니까요."

정하섭은 소화를 건너다보며 빙그레 웃었다. 그러나 소화는 고개를 푹 숙이고 있었다.

"서로 좋아하는 사람끼리 마주 앉아 밥을 먹는 것은 너무나 당연하고 자연스러운 일이요. 조금도 신경 쓰지 말고 편안한 마음으로 먹도록 하시오. 자아, 어서 먹읍시다."

정하섭은 숟가락을 들었다. 소화도 숨을 들이켜며 숟가락을 들었다. 숟가락의 무게가 솥뚜껑만큼 무겁게 느껴졌다. 말을 낮춰서 하라는데도 안 하면서 겸상은 기어코 시키는구만, 소화는 힘들게 밥을 떠 넣으며 생각했다. 정하섭은 이부자리 속에서는 말을 낮추다가도 날이 밝으면 꼭꼭 존대를 썼다. 그건 아무리 나이 어리거나 하급직을 맡은 사람이라 하더라도 말을 낮출 수 없게 되어 있는 당규에 따른 언어습관이었다.

"내가 내일 떠나면 다시 벌교로 돌아가도록 하시오. 연락을 해두었소."

정하섭이 나직하게 말했다.

"야아……."

"군당위원장님도 한번 찾아뵙도록 하시오."

"야아……."

"자아, 반찬 골고루 먹어요."

"엄니!"

소화는 소스라치며 고개를 쳐들었다. 바로 눈앞에 정하섭의 얼굴이 더없이 부드럽게 웃고 있었다. 아아, 저 사람이 내 남편이라면! 불현듯 떠오른 생각이었고, 다음 순간 소화는 가슴이 컥 막히는 것을 느꼈다. 너무나 어림없고 가당찮은 욕심이라는 자각이 내던지는 절망감이 가슴을 쳤던 것이다. 그분은 반찬을 골고루 먹으라는 말과 함께 고기반찬을 자신의 숟가락 위에 불쑥 놓았던 것이다. 그 갑작스러운 행동과 푸근하고도 넉넉하게 웃고 있는 얼굴, 그래서 그런 느닷없는 생각이 솟구쳤던 것이다.

"뭘 그리 놀라고 그러는 거요. 그러다간 정말 얹히겠으니 마음 편하게 갖고 천천히 먹어요."

어쩌자고 그러십니까, 어쩌자고…… 소화는 목이 온통 울음으로 가득 차 밥을 넘기기는커녕 숨을 쉬기조차 어려웠다.

소화는 어둠살이 퍼지자 몸을 씻기 시작했다. 찬물을 끼얹고 또 끼얹었다. 그래도 이별의 서러움으로 타는 가슴의 불은 꺼지지 않았다. 그녀는 몸을 문지르다 말고 젖무덤을 한 손에 하나씩 꼬옥 움켜잡았다. 그 팽팽한 탄력이 손아름을 넘쳐났다. 남자를 보게 되면서 자신의 몸 부분부분은 자신의 감각으로도 놀라울 만큼 다급하게 변해갔다. 한차례씩의 봄비가 스칠 때마다 싱그럽게 돋아오르는 풀이거나 탐스럽게 벙그는 꽃봉오리처럼. 그 변화 중에서도 유독 눈에 띄는 것이 젖무덤이었다. 부끄러울 정도로 골을 깊이 파며 팽팽하게 부풀어올랐던 것이다. 젖무덤이 커지는 것만큼 젖꽃판도 진한 동그라미를 그리며 돋아올랐고, 젖꼭지도 앞장서서 도드라졌다. 그의 손길이 머물고 입술이 스칠 때마다 그것들은 봄비를 맞은 풀잎이었고, 꽃망울이었다. 그의 입맞춤으로 오랜 잠에서 놀라 깨어난 입술이 매번 새로운 감촉들로 반짝이는 불꽃등을 달게 되고, 팔다리도 춤사위를 그려낼 때와는 그 힘 맺히고 풀리는 마디가 또다른 것을 익혀갔지만, 그런 것은 젖무덤의 변화처럼 겉으로 드러나지 않아 다행이었다. 그러나 겉으로 드러나지 않으면서도 정작 젖무덤보다 더 심하게 변한 데가 있었다. 그곳 샘이었다. 깊이 감추어진 채 비어 있는 샘은 바로 가슴의 허전함인지도 몰랐다. 샘이 가득 차오면 가슴의 허전함도 어느새 사라지고, 샘의 가득함만큼 채워지고는 했던 가슴의 벅차오름. 소화는 그런 생각이 부끄러워져 어둠 속을 빠르게 둘러보았다.

정하섭은 아직 찬물의 냉기를 체취처럼 머금고 있는 소화의 알몸을 소중스럽게 더듬어내렸다. 자신의 입술이 닿고, 손길이 스치는 부분마다 상그러운 냉기가 사라지면서 뜨거움이 돋아오르며 싸아한 들꽃냄새가 퍼지는 것을 느끼고 있었다. 그녀는 하얀 꽃에서 붉은 꽃으로 변하고 있었다. 그는 버릇처럼 그녀의 몸에 멍자국이 남아 있는지를 확인하고 있었다. 그녀의 몸이 처음처럼 말끔하다는 것을 확인하고는 그는 다시 안도했다. 그녀의 몸에 추상의 무늬로 박혀 있던 그 많은 멍자국들이 그녀의 몸을 떠나간 것을 이미 몇 달 전에 확인했으면서도 그는 그녀의 알몸을 대할 때마다 그 확인을 다시 하고는 했다. 그는 아직도 그때의 충격과 죄의식에서 벗어나지 못하고 있었다. 그의 입술이 젖꽃판 위에 머물고, 손이 불두덩 위에 이르렀을 때 소화는 붉게 타는 모란이었다. 그는 그 꽃에 앉은 벌이고자 했고, 모란은 여느 때 없이 대담하게 꽃술을 열어 벌침을 받아들였다.

"아, 음…… 으음……."

소화는 정하섭을 끌어안으며 입술을 물었다. 가지 마시씨요, 갈라면 딜고 가시씨요. 그녀는 몸뜨거움의 신음이 아닌 이 말을 참아내고 있었다. 소화의 격렬함에 실려 정하섭도 피와 넋을 아낌없이 태워올렸다.

땀으로 목욕한 두 몸이 죽은 듯이 엉켜 있었다. 모기 나는 소리가 어렴풋한 어둠 속에서 유난히 크게 들렸다.

"소화……."

이윽고 정하섭이 소화를 불렀다.

"야아……."

"나 한 가지 궁금한 게 있어."

"……."

"우리가 이러기를 벌써 얼마나 했는데 어찌 임신이 안 됐는지 모르겠어."

소화는 가슴이 철렁했다. 그리고 눈물이 왈칵 솟아올랐다. 아이를 잃은 서러움과, 그런 데까지 마음 쓰는 고마움이 한 덩어리로 엉켰다. 그러나 기왕 감추어온 일이었다.

"다 신령님 뜻이제라."

소화는 정하섭의 가슴으로 파고들며 말했다. 정하섭이 소화를 새롭게 감싸안았다. 그러면서 그는 소리 없이 웃었다. 공산주의자와 공산당 조직에 가담한 무당도 기묘했고, 그 대화 또한 기묘했던 것이다. 소화에게 있어서 그 대답은 일반인들에게 '팔자'나 '운수소관'이란 말처럼 폭넓고 함축적이었다.

그 애기가 무사허니 이 시상에 나왔드라도 나가 아부지가 누군지 몰랐디끼 갸도 아부지럴 몰랐겄제라. 소화는 목이 막혀오는 울음을 씹었다.

정하섭은 다음날 새벽안개를 밟고 떠났다. 소화는 닦아도 닦아도 앞을 가리는 눈물 속으로 정하섭을 떠나보냈다. 그러면서 새벽녘에 꾼 꿈에서 놓여나지 못하고 있었다.

벌교로 돌아오자마자 소화가 직감한 것은 달라진 분위기였다. 자신이 떠날 때만 해도 전과는 달랐던 분위기가 한결 더 달라져 있었던 것이다. 어딘가 생기가 돌고 술렁거리는 것이 마치 추석 대목이라도 맞고 있는 기분이었다. 소화는 들몰댁을 찾아가서야 그 연유를 알게 되었다.

"모레가 해방된 날 아닌게라. 그날 잔치 겸해서 농지개혁을 싹 다 새시로 헌다니께 사람덜이 그리 좋아라 웃어쌓고 신바람이 나는 것이제라."

들몰댁도 벙글거리며 말했다.

소화는 들몰댁의 그 벙글거림이 새로 실시되는 농지개혁을 반겨서만이 아니라고 생각했다. 그것에 앞서 남편과 다시 생활을 꾸리게 된 것이 그녀 얼굴에 웃음꽃을 피우게 된 것이라 싶었다. 들몰댁은 얼굴을 타고나기를 편안하고 무던하게 타고났지만 전에는 그 얼굴에 화색도 웃음기도 없이 어딘지 모르게 근심이 서려 있었다. 그런데 남편과 함께 살게 되면서 들몰댁의 얼굴에는 금방 웃음기가 감돌며 화색이 돋아오르고 온몸에서 생기를 풍기게 되었다. 소화는 들몰댁의 그런 변화를 누구보다도 빨리 감지했고, 그 기쁨이 얼마나 클 것인지 속 깊게 이해할 수 있었다.

"만내자 또 이별이구만이라. 쪼깐 덜 똑똑혔으면 좋았을 것인디."

들몰댁이 측은한 눈길로 소화를 보며 말했다.

"아니구만요, 석 달 기둘리는 것이야 금방이고, 남자야 똑똑헌 것이 질이제라."

소화는 무심결에 말을 해놓고 그만 민망해서 얼굴이 화끈거렸다. 감추어야 할 처지에 꼭 결혼이라도 한 것처럼 말을 해버린 것이다.

"서울이라도 땅띰허기가 에로운디 평양이란께 더 땅띰이 안 되느만이라. 가찹기라도 혀야 근심이 덜 되고, 맴도 덜 추울 것인디……."

들몰댁의 말에 소화는 가슴이 찡 울리며, 어둠이 덜 걷힌 안개 속으로 사라지던 정하섭의 모습이 눈앞에 어른거렸다.

"염상진 위원장님 안식구는 인자 여맹에서 일허는가요?"

소화는 이야기를 바꾸었다.

"아니구만요. 여맹위원장 동무도 애럴 쓰다가 인자 맘얼 닫은 상싶구만이라."

"고집이 아조 씬 분이구만이라."

소화는 미심쩍은 얼굴로 보일 듯 말 듯 고개를 갸웃거렸다. 그 이유가 무엇일까, 남편을 사랑하지 않아서 그럴까, 좌익이라는 것이 싫어서 그럴까, 아니면 다른 무슨 이유가 있을까. 자신의 경우를 생각하면 그 여자의 태도는 이해할 수가 없었다.

이지숙은 여맹의 조직계획을 세우면서 당원이나 유격대원 아내들을 1차대상자로 삼았다. 그건 의무가 아니라 우대의 뜻이 앞선 조처였다. 그래서 소화까지도 그 대상에 들어 있었고, 소화는 당연한 것으로 알고 여맹에 가입하게 되었다. 그런데 그 뜻을 거부한 여자가 둘이 있었다. 염상진의 아내 죽산댁과 산에서 죽은 유 서방의 아내 샘골댁이었다. 이지숙은 샘골댁에 대해서는 자유의사에 맡겼으나 죽산댁이 그러는 것은 그냥 넘길 수가 없었다. 군당위원장에 대한 예우로라도 직접 찾아가서 이유를 알아보고, 경우에 따라서 다시 권유할 필요를 느꼈던 것이다.

"여맹에 가입하시지 않겠다는 통보를 하셨는데, 무슨 특별한 까닭이라도 있어서 그러시는 건지 알아볼까 해서 이렇게 찾아뵙습니다."

이지숙은 예의를 갖추어 말했다.

"들고, 안 들고는 맘대로 허라등마 인자 와서는 까탈을 부리는 것이다요 시방? 잡녀러 순사놈덜맹키로?"

죽산댁은 첫마디부터 엇지게 나왔다. 죽산댁의 성품에 대해 대충 알고 있는 이지숙은 웃기부터 했다. 그 독기 어린 파견대장 백남식의 팔뚝을 물어뜯은 일이 벌어졌을 때 자신은 통쾌함을 느낀 반면 속으로는 혀를 내둘렀던 것이다.

"아닙니다. 억지로 가입하시라는 게 아니라 혹시 무슨 불편스러운 일이나 난처한 일 같은 게 있어서 그러시는 게 아닌가 싶어 찾아뵌 겁니다."

"그렇다면 콩이야 팥이야 더 말헐 것 없소. 나 불편시런 것도 난처헌 것도 하나또 없응께로."

죽산댁은 상대방을 전혀 생각하지 않는 태도로 마구 무질러댔다.

"네에, 알겠습니다. 그런데, 그런 일이 없다 하더라도 가입을 안 하시는 어떤 이유는 있으실 텐데요. 그게 무엇인지 궁금한데요."

"와따, 시집도 안 갔음스로 애기 스요? 벨것이 다 궁금허게. 고런 짓거리 허기 싫은께 싫은 것이제."

이지숙은 또 웃음 지었다.

"뭐 특별히 힘들게 나서서 하실 일은 없습니다. 좀 힘든 일은 젊은 층에서 다 맡아 할 테니까요. 군당위원장 부인께서 가입을 안 하시면 보기에 좀 이상한 점도 없지 않습니다. 그러니까……."

"시끄럽소, 바로 그래서 나가 가입얼 안 허는 것이요."

"무슨 말씀이신지?……."

"아, 군당위원장인지 먼지 허는 예펜넨께로 나가 가입얼 안 헌다 그 말이요."

"글쎄, 그 이유가 뭐냐 그거지요."

"허 참, 똑똑허다고 소문났등마 헛소문인갑네? 척 허면 삼천리일 그 쉰 말얼 워째 못 알아묵고 그까? 남정네가 좌익에 미쳐 쫄짜도 아니고 군에서 질로 높은 자리에 앉어 설레발을 치는디 예펜네 할라 항꾼에 미쳐돌아가부렀으면 요눔에 염가 집구석이 워치케 되얐겄소. 순사놈덜이나 청년단놈덜이 나보고 '진돗개'라고 헌다는 디, 나가 진돗개맹키로 독허게 안 나댔드라면 이적지 두 새끼덜 보존험시로 살아졌을 상싶으요? 나가 타고나기럴 몸집도 크담허게, 얼굴도 이쁜 디 없이 타고났어도 넘덜 아는 부끄럼 다 알고 얌전헌 것이 먼지 다 아는, 나도 여잔디, 멀라고 미친년맹키로 남정네덜 물어뜯고 뎀비고 독 부리고 혔겄소. 다 두 새끼 델꼬 살아나보겄다고 헌 드런 발싸심 아니었겄소. 나 씨리고 아픈 속 누가 알겄소."

말을 하다 보니 서러워져 죽산댁은 눈물을 찍어냈다. 이지숙도 가슴이 울려 먹먹하고 코허리가 매웠다. 남편의 혁명투쟁 뒤에서 벌어진 아내의 처절한 생존투쟁이 아닐 수 없었다.

"무슨 말씀이신지 이제 확실하게 알았습니다. 그간에 겪으신 고생이 너무나 크셨습니다. 이젠 그 고생에 보상을 받을 때가 온 것입니다. 그러니……."

"아이고메, 그 앞짜른 소리 허덜 마씨요. 고런 소리 듣고 산 것이 폴세 10년이 넘고, 인자 씬물이 나요. 안직 쌈에 이기지도 안 혔음스롱 무신 큰소리가 큰소리요."

죽산댁이 눈을 매섭게 뜨고 힐난했다.

"아니, 무슨 말씀을 그렇게 하십니까? 전쟁은 다 이긴 거나 마찬가집니다. 경상도 쪽만 손바닥만 하게 남았는데, 그까짓 거야 며칠 안으로 다 해방시키게 돼 있습니다. 재작년 10월과는 분명히 다르다는 걸 아셔야 합니다."

이지숙은 정색을 하고 말했다.

"알겠소, 투전판이야 자리럴 털고 일어나야 누가 땄는지 아는 법이고, 쌈이야 끝나봐야 누가 이겼는지 아는 법잉께, 깨끔허니 이겨갖고 와서 큰소리럴 쳐도 치든지, 여맹에 가입허라고 권해도 권허든지 허씨요. 그때넌 여맹에 가입만 허는 거이 아니라 위원장놀이라도 요러타께 헐 수 있응께로."

이지숙은 말문이 막히고 말았다. 만에 하나까지의 위험도 경계하는 죽산댁의 태도에서 자식을 지키고자 하는 모성의 철저성과 그녀 나름대로 갖춘 삶의 슬기를 인정하지 않을 수 없었다. 염상진 위원장이 아내를 잘 둔 것인지, 잘못 둔 것인지 언뜻 구분이 안 되는 채로 발길을 돌릴 수밖에 없었다.

죽산댁의 여맹가입 거부는 여자들 사이에서 자연히 말질이 안 될 수 없었다. 이지숙은 여자들의 이런저런 말질을 막아가며, 염상진을 통해서 다시 권유를 하게 할까 하는 생각을 했다. 좋은 방책이 없어서 결국 안창민에게 의논했다. 빙긋이 웃으며 이야기를 다 듣고 난 안창민은, "그분이 그렇게 생각하고 있으면 별수 없는 일이오. 위원장께 말씀드려도 마땅한 방법이 없을 것 같소. 어쩌면 위원장 동무가 벌써 설득을 해봤는지도 모를 일이고요." 이지숙도 웃을 수밖에 없었다.

"참말로, 그 사람덜 일 한분 장작 쪼개디끼 씨언씨언허게 혀뿌네이." "금메 누가 아니드랑가. 인민얼 위해싼다고는 혀도 뜨광허니 생각혔등마 일허는 것 봉께로 쌈박쌈박헌 것이 똑 홍어맛이시." "자네넌 홍어맛인가? 나넌 조청맛이시. 요리도 간딴허고 재까닥 되는 일얼 갖고 이승만이 시상에서는 워찌 그리 똥 싸서 지지뭉기는 꼴혔는고잉." "아, 몰라서 고런 소리 혀? 그 영감탕구가 노망들게 늙어빠진디다가, 그 나이에 권세 누릴 욕심으로 지주고 부자놈덜헌테 부자지릴 잽혀 옴지락딸싹 못혔응께 그렇제." "워따, 저 주딩이 한분 거얼다." "긍께로 그 영감탕구가 권세 지대로 못 누리고 보따리 짐 싸짊어지고 그 나이에 서울서 쫓겨나고, 그것도 모지래서 대전서 대구로 쫓겨가는 것이야 당연지사제." "와따메, 늙은 붕알에 요령소리 부산허겄다." "워메, 염병헌다." "말이야 바른말이제 그 영감탕구 꼬라지가 그리된 것을 그 많고 많은 작인덜 중에 속 아퍼허는 사람이 워디 하나라도 있겄어?" "하먼, 3년 묵은 체 내린 것맨치로 다 씨언허게 생각허제." "긍께로 백성 중헌 줄 알고 실인심허덜 말았어야 허는 것이여. 아그덜도 아는 그 뻔헌 이치럴 안 지킨께 그 꼬라지 됐제." "좌우당간 이승만이야 똥줄이 타든 붕알에서 요령소리가 쉴 날이 없든 간에 우린 살판났응께로 지화자 얼씨구나다!" "하먼, 하먼, 누가 권세럴 잡든지 간에 우리 위허고 떠받들어주기만 허먼 그 사람이 질이제." "아이고메, 농지개혁이 새시로 딱 되야갖고 새끼덜 배 안 곯리고 살먼 을매나 좋으까이." "긍께 말이여, 우리가 바래는 것이 호의호식허자는 것도 아니겄고, 내 손으로 진 농새로 새끼들 안 굶기고, 무명옷이라도 제철에 해입히는 것 아니겄어." "고런 시상이 인자 왔응께로 한판 살아보는 것이시." "살다 봉께로 고런 시상이 오기는 오네이."

여자들의 입모음이었다.

"무상몰수에 무상분배라면 애초에 우리가 원허든 것맨치로 되는 것이제?" "어이 그러시. 꽁짜로 뺏어 꽁짜로 노놔준당께 고것이 을매나 공평헌 법인가." "이 사람아 말얼 똑바라지게 허자면 고것도 공평헌 것이 아니여. 지주놈덜이 대대손손 우리 뜯어묵은 것 할라 치자면 그놈덜이 논 말고 따로 챙게논 재산도 싹 다 뺏어 우리헌테 골고로 노놔줘야 공평헌 것이 되제." "어허, 자네 고런 심뽀나 지주놈덜 심뽀나 달븐 것이 머시여. 지주덜이 따로 챙긴 재산이야 압수혀서 쓸 구녕이 한둘이겄어?" "잉, 그 생각이 옳네. 잊어뿔건 잊어뿔고, 덮을 거는 덮고 혀야지 공연시 감정으로 나갔다가는 될 일도 안 되는 법잉께." "말 듣기로는 이북서는 토지개혁을 혔다등마 워째 여그서넌 농지개혁이여? 농지개혁이야 이승만 정권이 지주놈덜 편드니라고 닭다리 빼고, 대가리 빼고, 똥집 빼고 헌, 순 악질적인 법 아니등감? 과수원 빼고, 위토 빼고, 염전 빼고, 핵교재산 빼고, 그러다 봉께 우리 차지가 을매나 쫄어뿌렀냐 말이여." "글안해도 가실 닥치기 전에 급헌 불부텀 꺼야 헌께 농지개혁얼 허고, 그 담에 또 혀서 이북식으로 똑겉이 맹근다데." "하면, 그래야제." "워쨌거나 요리도 빨르게 농지개혁 새로 허는 것만도 할애비시." "그렇기야 허제라. 근디 새로 허면 전답이 을매썩이나 돌아올랑고?" "혀봐야 알 일이겄제만, 배 가차이나 안 되겄다고?" "그리만 됨사 살판나제." "하면, 세금을 내고도 새끼덜 배 안 곯리고 살아질 것잉께." "그놈에 세금은 을매나 될랑고?" "고것이야 차차 알게 되겄제. 인민얼 위헌다니께 전보담이야 덜허덜 않겄다고?" "워쨌그나 기운 잠 피고 살 만허겄제."

남자들이 나누는 이야기였다.

동네마다, 읍면마다 그 이야기로 분위기는 들뜨고 술렁거렸다.

마침내 8월 15일이 되었다. 남국민학교 운동장에는 여느 때 없이 많은 사람들이 몰려들었다. 운동장에 넘치는 활기도 예전에 볼 수 없었던 것이다. 사람들은 발이 밟혀도 웃었고, 서로 부딪쳐도 마주 보며 웃었다.

8·15해방 경축식이 시작되었다. 의례적인 식순이 끝나고 제일 먼저 조회대에 오른 사람은 염상진이었다.

"친애하는 인민 여러분, 오늘은 우리가 일본 군국주의자들에게 억압당하고 착취당하고 살해당하면서 36년이란 긴 세월을 피눈물 흘리며 살아온 고통에서 벗어나 해방된 날입니다. 인민 여러분들께서 직접 겪어서 생생하게 아시다시피 그때 우리는 일본놈들의 악독한 총칼 앞에 억압당하면서 얼마나 배고프게 살았고, 얼마나 고생스럽게 살았습니까. 쌀을 빼앗기고, 농토를 빼앗기고, 목숨까지 빼앗긴 것이 그 세월입니다. 우리의 부모형제들은 독립투쟁을 하다 죽어갔고, 징용에 끌려가 죽어갔고, 고향을 쫓겨나 타관에서 죽어갔고, 군대에 끌려가 죽어갔고, 정신대로 끌려가 죽어갔으며, 그 이외에도 일본놈들의 손에 죽어간 동포는 수없이 많습니다. 인민 여러분! 오늘 우리는 왜 이 자리에 모였습니까. 일본놈들이 우리 동포들한테 저지른 그 악독한 일들을 잊지 말자고 모인 것입니다. 우리가 일본놈들한테 당한 그 많은 기막힌 일들을 영영 잊지 말자고 이렇게 모인 것입니다. 그 일들을 잊지 말고, 다시는 그런 일을 당하지 말자고 다 같이 작심하기 위하여 지금 우리는 이렇게 모여 있는 것입니다. 그런데 여러분, 일정치하에서 일본놈들보다 더 나쁜 놈들이 있었습니다. 인민 여러분, 그놈들이 대체 누굽니까! 어디, 아는 분 대답해 보십시오."

염상진은 청중을 향해 허리를 굽혔고, "친일파요오" "순사질해 묵은 놈들이오" 하는 외침이 서너 군데에서 솟았다.

"그렇습니다. 일본놈들에게 붙어먹은 친일파·민족반역자놈들이 바로 일본놈들보다 더 악독하고 나쁜 놈들입니다. 여러분, 다시 말합니다. 일본놈들보다 더 나쁜 놈들은 친일파·민족반역자들입니다. 그럼 여러분, 우리 다 같이 이 운동장이 떠나가게 큰 소리로 외쳐봅시다. 처단하자 친일파 민족반역자!"

염상진은 주먹으로 하늘을 쳐올리며 부르짖었다.

"처단하자 친일파 민족반역자아!"

사람들이 소리를 합쳐 외쳤다.

"미처 준비가 안 돼 그러는지 안 하시는 분도 있습니다. 다 같이 힘차게 다시 한 번 하겠습니다. 처단하자 친일파 민족반역자!"

염상진이 다시 팔을 치뻗어올렸다. 안창민은 꾹 다문 입술에 엷은 웃음을 담고 그런 염상진을 올려다보고 있었다.

"처단하자 친일파 민족반역자아!"

사람들의 외침이 아까보다 훨씬 크고 우렁차게 터져올랐다.

"예에, 잘들 하셨습니다. 다 같이 박수를 쳐서 우리의 뜻을 돌덩이처럼 단단하게 하나로 뭉칩시다아!"

염상진의 박수를 따라 조회대 앞에서부터 박수가 일어나기 시작했다. 박수소리는 파도를 일으키며 사람들이 빽빽하게 찬 운동장에 퍼져나가고 있었다. 마침내 운동장은 박수의 바다가 되었고, 그 소리의 파도는 운동장을 넘쳐나 사방으로 퍼져나가고 있었다. 사람들의 얼굴은 점점 상기되어 오르고, 박수소리는 더욱 거세게 물이랑을 이루고 있었다. 한참을 계속된 박수는 염상진이 팔을 들어 올리는 것을 신호로 서서히 잦아들어갔다.

"친애하는 인민 여러분, 일본놈들에게 나라를 팔아먹고, 동포를 팔아먹은 그 친일파·민족반역자들은 해방이 되자마자 틀림없이 처단되어야 했습니다. 그런데 여러분들이 너무 잘 아시다시피 이 남조선에서는 어떻게 됐습니까! 그놈들은 다시 권력을 잡았고, 일정 때보다 높은 자리에서 떵떵거리며 인민을 탄압하고 착취하기 시작했습니다. 그놈들은 미국놈들의 등에 업히고, 이승만과 한 덩어리가 되어 일본놈들이 했던 것과 똑같이 인민 여러분들을 짓밟고 못살게 굴었습니다. 바로 그 탄압과 착취에서 인민 여러분들을 해방시키기 위하여 지금 해방전쟁이 수행되고 있습니다. 여러분, 이제 승리는 바로 눈앞에 와 있습니다. 우리의 완전한 승리는 며칠 남지 않았습니다. 그리하여 우리의 위대한 공화국은 해방된 땅에서부터 토지개혁을 완전히 새로 시작하기로 했습니다."

염상진이 잠시 말을 멈추었고, 사람들이 "와아—" 함성을 지르며 박수를 치기 시작했다. 그 박수소리도 한참이나 계속되면서 "와아, 와아" 함성이 연거푸 일어나고 있었다.

"인민 여러분, 인민의 편이 아닌 이승만 일당이 인민을 속이고 인민을 무시하면서 실시한 유상몰수에 유상분배인 농지개혁을 완전히 무효로 하고, 무상몰수에 무상분배의 원칙에 따라 토지개혁을 당장 오늘부터 실시하여 조국해방의 날을 인민해방의 날로 다시 장악할 것입니다."

"조옿소오—."

"최고요오—."

"만만세요오—."

"우와아—."

사람들이 목청 돋우어 환영의 소리를 외치고, 기쁨에 넘치는 함성을 다시 일어나기 시작한 박수소리가 떠받쳐올리고 있었다.

염상진은 사람들의 환호가 가라앉기를 기다려 다시 입을 열었다.

"그리고 한 가지 더 알려드릴 사실이 있습니다. 오늘을 기념하기 위하여 공화국은 현재 갇혀 있는 반동들 중에서 악질적인 일부만을 제외하고 나머지는 전면 석방시키는 혜택을 베풀었습니다. 이는 회개의 기회를 주어 혁명대열에 동참시키고자 함이니, 이런 당의 뜻을 인민 여러분들께서는 십분 이해하고 그들을 받아들여 혁명사업에 더욱 매진해 주실 것을 당부하는 바입니다."

흥분된 분위기에 너무 갑작스러운 말이어서 그런지, 아니면 자기들과는 별 상관이 없는 일이어서 그런지 사람들의 반응은 그저 덤덤할 뿐이었다.

조회대를 내려온 염상진의 가슴에는 아까의 그 뜨거운 환호와 호응이 그대로 옮겨져 감격의 바다로 출렁거렸다. 그러나 그는 의식까지 뜨거워진 것은 아니었다. 사람들의 저렇듯 열렬한 환호가 바로 공산주의나 공산당에 대한 지지와 신뢰가 아니라는 사실을 그는 냉정하고 분명하게 구분 짓고 있었다. 그들은 마침내 자기네 땅을 갖게 되었다는 사실에 대해서만 환호하고 있을 뿐이었다. 그들은 대대로 땅이 없이 착취당하며 살아왔고, 생존의 위협 속에서 자기 땅 갖기를 욕망으로 품었고, 그들을 억누르는 힘은 언제나 그들의 욕망보다 컸고, 그럴수록 그들의 욕심은 열망으로 변해가는 모순의 상승작용에 억압당해 오다가 마침내 그것이 허물어지게 되자 그들은 본능적 1차감정을 저리도 미친 듯이 폭발시키고 있는 것이었다. 자신의 가슴이 감격으로 출렁거리는 것은 아버지의 열망을 함께 겪어온 같은 계급으로서의 동감일 뿐이었다. 공산주의는 정치이념이었고, 그들이 갖기를 원한 땅은 생존수단이었다. 그들이 공유하는 땅에 대한 열망은 어떤 동력의 덩어리일 수는 있어도 분명 이념은 아니었다. 그들은 이제 2차감정에 도달하기 위한 이념적 교육과 훈련을 거쳐야 하는 것이고, 그 다음에 폭발하는 환호와 호응이 비로소 공산주의와 당에 대한 지지나 신뢰가 되는 것이었다.

"참으로 대단한 반응입니다. 생각보다 훨씬 뜨거운 열깁니다."

안창민의 감격적인 목소리였다.

"허나, 저게 바로 당에 대한 지지는 아니오."

"예?"

안창민은 후딱 염상진을 쳐다보았다. 그리고 염상진의 무게잡힌 엄격한 얼굴에 담긴 의미를 직감적으로 파악했다.

"그렇지요, 지금부터 혁명적 의식을 갖추어야지요."

그런데 천점바구가 예상 못한 일을 저지른 것은 오후였다. 염상진은 25명을 12시 정각에 석방시켰다. 거기에 마름 오동평도 끼여 있었다. 그리고 서너 시간이 지나서 천점바구가 자기네 동네사람 넷에게 따발총을 갈겨댔던 것이다. 염상진은 그 돌발사건에 아연했지만, 잡혀온 천점바구의 말을 듣고는 더욱 놀라지 않을 수 없었다.

"고것은 지가 허고 잡아 헌 일이 아니구만이라, 긍께, 지가 살아 돌아온 후로 우리 동네서 항꾼에 입산혔든 동지덜 식구덜이 지만 보면, 우리 아덜 원수 갚아도라, 우리 냄편 원수 갚아도라, 해쌓는디다가, 니넌 요리 살었응께 을매나 좋냐, 요리 새 시상 봉께로 을매나 좋냐, 자꼬 말얼 씹혔구만이라. 글안해도 지 혼자만 살아온 것이 죽은 동지덜헌테 죄시럽고 미안시러바 똑 죽겄는디 고런 소리 자꼬 듣다 봉께, 워째 우리 아덜 죽이고 니만 살아왔냐, 워째 우리 냄편 죽이고 니만 살아왔냐, 허는 원망으로 딛기기 시작허고, 글다 봉께 지가 참말로 동지덜헌테 모진 죄 진 것맹키로 맘이 멕히는 것이, 밤마동 죽은 동지덜 꿈을 꾸게 됐구만요. 근디, 오늘 그 사람덜이 풀려나서 동네로 온께로, 저것덜이 우리 아덜 원수고 우리 냄편 원순디 워째 풀어주냐고, 저것덜헌테 우리 을매나 징허고 모질게 당허고 산지 아냐고, 지보고 원수 갚아도람시로 동지덜 식구덜이 지럴 둘러쌌구만이라. 그려서 헐수할수읎이 동지덜 원수 갚고, 식구덜 한 풀어준 것이구만이라. 위원장님, 인자 지가 죽을 차례구만이라."

천점바구는 고개를 떨구었다.

염상진은 기가 막혀 어린 천점바구를 멍하니 바라보고만 있었다. 열일곱, 아니 산에서 죽을 고비를 수없이 넘기며 설을 쇴으니까 열여덟인 천점바구. 그가 이미 죽을 각오를 하고 그런 일을 저질렀으므로 할 말이 아무것도 없었던 것이다. 어린 그가 유가족들에게 얼마나 정신적 부담을 느꼈으면 그렇게 죽기를 각오했을까 싶었다. 천점바구가 지닌 꿈을 생각하면 그 정황이 더 분명하게 이해되었다. 그가 간직한 꿈은 첫 번째가 당원이 되는 것이었고, 두 번째가 염상진 자신처럼 되는 것이라고 했다.

사실 천점바구만 그런 상황에 봉착한 것은 아니었다. 살아서 돌아온 사람들은 모두가 유가족들에게 미안하고 면목이 없었다. 그런데 유가족들은 남편이나 자식을 잃은 감정과, 그동안에 자신들이 겪은 고초를 직접 나서서 풀려고 했다. 화순의 내무서가 부서진 것이 그 대표적인 예였다. 내무서에 잡혀 있는 형사와 청년단원들을 내놓으라고 유족들이 외쳐대며 성문을 부수듯 통나무들로 내무서를 밀어붙인 것이다. 결국 인민군들도 어쩌지 못하고 반동들을 분노한 유가족들 손에 넘겨주고 말았다. 그런 비슷한 일은 순천에서도, 장흥에서도 벌어졌다. 도당은 그런 행위를 제지하도록 긴급지시를 내렸다. 그러자 유가족들은 살아 돌아온 사람들에게 매달리기 시작했다. 그들의 그런 요구나 압력이 자신에게보다는 아래 직급의 동지들에게 더 심하게 작용했으리라는 것을 염상진은 새롭게 깨닫고 있었다.

염상진은, 현장에 나갔다가 천점바구를 체포하지 않고 그냥 돌아와버린 두 인민군을 불렀다.

"우리도 어드케 할 수가 없었시요. 천 동무래 빨치산투쟁을 한 위대한 전사 아니갔시요?"

한 명이 눈을 껌벅거리며 되물었다.

"그자들이 반동인 건 틀림없구, 천 동무래 그리 하는 일을 우리야 못 본 척할 수밖에 없디요."

다른 한 명의 대꾸였다.

그들의 당연하지 않느냐는 반응에 염상진은, 그게 당의 지시를 어기는 게 아니냐는 원칙론을 내세울 수가 없었다. 그들은 나이에 어울리지 않게 지방적 특수성을 이해한다는 태도였던 것이다.

야산투쟁의 생존자 천점바구, 그가 민청원 지삼봉과 같은 비중일 수는 없었다. 그러나 그는 당의 특별조처를 어기고 네 사람이나 죽인 것이다. 염상진은 괴로움을 씹었다.

"천 동무, 일단 유치장에 들어가야 되겠소. 허나, 너무 상심하진 마시오."

염상진의 무거운 목소리였다.

며칠이 지나 염상진은 이런저런 소식을 듣게 되었다. 광주에서도, 영암에서도 똑같은 사건이 벌어졌다는 것이었다. 광주에서는 대로상에서 일곱 명이 총 맞아 죽었고, 영암군 금정면에서는 열대여섯 명이 죽었다고 했다. 염상진은 그 해결책을 도당에 묻기로 했다. 동질의 범법자가 많아져 천점바구를 구해낼 명분은 그만큼 커졌던 것이다.

허벅지에 총상을 입은 최서학은 완전한 거지꼴이 되어 송광사 가까이 와 있었다. 그가 입은 인민군복은 때가 끼고 땀에 절어 남루한 데다가 퀴퀴하고도 찝찔한 냄새를 풍기고 있었다. 그러나 그는 그 옷을 악착같이 입고 있었다. 그 더럽고 냄새 나는 옷은 자신을 안전하게 보호해 주는 유일무이한 무기였고, 보증서였다.

어둠 속에서 난사해 대는 총알에 최서학은 오른쪽 허벅지에 총상을 입게 되었다. 그러나 총알을 아슬아슬하게 피해 치명상은 면할 수 있었다. 총알은 허벅지를 스치고 지나갔던 것이다. 그런데 치명적인 관통상을 면했다는 것뿐 총알이 생살을 쥐어뜯어 파헤쳐놓은 상처에서 피가 안 흐를 리 없었고, 통증이 안 생길 리 없었다. 총알이 파헤쳐놓은 상처의 폭과 깊이는 손가락 하나가 충분히 들어갈 만했다.

총 대신 지팡이를 짚고 민가에 접근할 때까지만 해도 최서학은 자신의 입장을 어떻게 정당화시켜야 할지 모르고 있었다. 곧이곧대로 도망치다가 다쳤다고 할 수도 없었고, 갈아입을 옷이 없는데 인민군복을 벗어던질 수도 없는 노릇이었다. 그렇다고 견디기 어렵게 계속되는 다리의 통증에다가 배고픔까지 겹친 형편에 민가를 보고도 안 들어갈 수는 없는 일이었다. 닥치는 대로 대처하리라 생각하며 최서학은 민가로 들어섰다.

"워메, 인민군 아니당가요?" 주인여자는 놀라기부터 했고, "근디, 워쩌다가 요리 다치셨는게라?" 동여맨 허벅지에 눈길을 모으며 아주 안쓰러운 표정을 지었다.

그때 최서학의 머리를 번뜩 스치는 생각이 있었다. 그래, 의용군으로 나갔다가 부상당한 것으로 하자! 적의라고는 찾아볼 수 없는 여자의 태도에서 얻은 답이었다.

"예, 의용군에 나갔다가 다쳤습니다."

"음마, 말씨가 우리 전라돈디? 집이 워디시랑가요?"

주인여자는 최서학의 억양을 금방 식별하며 반색을 했다.

"벌곤디요."

최서학도 서울말 흉내를 그만두었다.

"워쩌끄나, 벌교면 당아당아 멀었는디 그 다리럴 허고 원제 가시겄소. 존 일 헐라다가 고상이 영판 많으시요이. 얼렁 욜로 앉으씨요."

여자는 평상에 앉기를 권했고, 최서학의 귀에는 '좋은 일'이라는 말이 걸려들었다. 의용군을 자원한 자들이나 눈앞의 여자나 똑같은 부류였던 것이다. 이것들이 이거 빨갱이놈들이 무슨 천국이나 만들어줄 줄 알고 이 모양이야. 최서학은 속이 뒤집혔지만 아무 내색도 하지 않고 평상에 가 앉았다.

"아짐씨, 혹시 밥……."

최서학의 말은 여기서 끊어지고 말았다. 생전 처음 해보는 구걸이었던 것이다.

"글안해도 밥얼 채릴라든 참이었구만이라. 쌩보리밥에 찬도 없제만 한술 떠야제라. 다 누구 땜세 허는 고상인디."

주인여자는 활갯짓을 하며 부엌으로 들어갔다. 최서학은 여자의 말마디마다 신경에 거슬렸다. 그러나 인민군복의 덕을 보게 된 것을 큰 다행으로 여겼다.

주인여자가 소반을 내왔다. 꽁보리밥 한 그릇, 국물이 많은 풋김치, 된장에 풋고추 서너 개가 밥상에 놓인 전부였다. 쌀알이라고는 찾아볼 수 없는 보리밥은 식어서 그 색깔이 더 거무튀튀하게 변했고, 뚝뚝해 보였다. 속이 쓰리게 배가 고프면서도 최서학은 숟가락 들기를 주저했다. 그 밥이 넘어갈 것 같지가 않았던 것이다. 그런 꽁보리밥은 여지껏 구경거리였을 뿐 먹어본 적이 없었다.

"워째 그요? 찬이 읎어서라?"

주인여자의 말이었다.

"아니구만요, 목이 말라서……."

최서학은 정신을 다잡으며 얼른 둘러붙였다.

"잉, 급허니 챙기니라고 물사발 놓는 것을 잊어뿌렀소. 보리밥이야 물에 몰아서 꼬치럴 찍어묵어야 지맛이 나제라."

여자는 다시 부엌으로 바쁜 걸음을 쳤다.

최서학은 여자의 말마따나 찬물에다가 보리밥을 말아서 입에 떠넣었다.

“말허는 것이나 생김생김얼 봉께로 식자든 부잣집 되련님 겉은디, 워찌 생각허고 인민군얼 나갔습디여?”

최서학은 여자의 어조가 묘하게 뒤틀리고 있음을 느꼈다.

“그거야 당연하지 않소? 모든 사람이 위아래 없이 공평하게 사는 세상을 만든다는 것이 얼마나 좋은 일이오.”

최서학은 여자를 똑바로 쳐다보며 말씨까지 다시 바꾸고 있었다.

“참말로 장허시요이. 있는 사람덜이 다 맘이 꾀인 것이 아니랑께라. 그리 맘 쓰는 사람덜이 작아서 그렇제라.”

주인여자는 흐뭇한 얼굴로 최서학을 바라보았다. 최서학은 거칠고 뚝뚝한 보리밥을 씹어대며 자신을 위장하는 방법을 완벽하게 터득하고 있었다.

“어디 가까운 데 병원이 없을까요?”

“병원이야 광주나 순천 겉은 큰 도회지에나 있제 요런 촌구석지에 워디 있간디라.”

“이 동네에 한약방은 있습니까?”

“한약방도 담 마실에나 가야 있구만요. 다리럴 워쩌큼 다쳤는디라?”

“총을 맞었어요.”

“워메, 근디 워찌 걸으시요?”

여자가 눈을 휘둥그렇게 떴다.

“정통으로 맞은 게 아니라 스치고 지나갔어요.”

"워메 아즘찮이요. 맘얼 곱게 쓴께 부처님이고 신령님이고 보살폈는게비요. 근디, 총 맞은 디는 늙은 호박속얼 붙이는 것이 효험이 있는디, 붙여디릴께라?"

"아니 괜찮아요, 병원이 없으면 한약방이라도 찾아가봐야죠."

최서학은 손을 내둘렀다. 호박속을 붙이다니, 그런 야만적인 짓은 할 수가 없었다.

"참말로 인민군덜언 영판 좋습디다이. 많이는 안 줘어봤어도, 물 한 그럭 얻어묵고도 고맙다고 허고, 밥 한 그럭얼 얻어묵으면 꼭 돈얼 낼라고 허고, 돈얼 안 받겄다고 허면 마당얼 씰든지, 물얼 질러오든지 혀서 꼭 그 값얼 헐라고 허고 말이요이."

여자는 평상 끝에 걸터앉으며 색다른 호감을 드러냈다.

"그럼요, 인민을 위하는 인민의 군대니까요."

최서학은 속에 없는 소리를 마지못해 하고 있었다. 그러나 신설동에서 훈련을 받는 동안 밤시간을 이용한 사상학습을 통해 되풀이해서 강조된 인민군 수칙과 규율에 대해서는 반발할 아무런 건덕지가 없었던 것이다.

인민군은 인민을 위한 인민의 군대다. 언제나 인민에게 친절하고 겸손해야 한다. 그래야 인민의 지지가 우러나오고 신임을 받게 된다. 밥을 얻어먹고 돈이 모자라면 반찬 값이라도 내야 한다. 그 돈도 없으면 청소 같은 것이라도 해서 노력으로 보답해야 한다. 인민은 물고기에게 물과 같은 것이고, 모든 동물에게 공기와 같은 것이다.

인민군에서는 어떠한 경우에도 절대로 구타가 있을 수 없다. 위반사항은 규율에 따라 처리한다. 군관이나 하사관은 언제나 전사에게 존대를 쓴다. 전사는 군관의 명령에 절대복종하며, 군관은 어떠한 경우에도 사적인 일을 전사에게 시킬 수 없다.

대충 그런 것들이었는데, 최서학은 건성으로 들어넘기면서도 수긍하지 않을 수가 없었다.

인민군복은 그 뒤로도 밥을 얻어먹거나 잠자리를 구하는 데 더없이 좋은 무기였고, 수시로 만나는 검문소를 무사통과할 수 있는 기막힌 통행증이었다. 그러나 최서학은 병원을 찾아 광주로 나갈 수는 없었다. 부상을 입고 귀가조처를 받았다는 말이 촌에서는 통할 수 있어도 광주 같은 데서는 통할 것 같지가 않았던 것이다. 군대에는 의무병과 의무대가 따르게 마련이었고, 별로 대수롭지도 않은 부상으로 귀가조처를 한다는 것은 상식적으로 납득이 안 되는 일이었다.

최서학은 한방치료를 받아가며 날마다 집을 향해 조금씩 걷고 있었다. 그런데 한방치료는 아무런 효과도 나타내지 못했다. 상처는 갈수록 부어오르며 통증은 심해졌다. 묽은 고름이 질질 흘러내리면서 고약한 냄새를 풍겨댔다. 약이 시원찮은 데다 날씨까지 더워 상처가 덧나고 있는 것이 분명했다. 낮에 걸을 때는 그나마 견뎌낼 수 있었지만 밤에는 통증이 더 심해지고 열까지 올라 그는 이를 맞갈며 고통을 당해야 했다.

송광사 언저리까지 왔다 해도 집까지는 아직 3분의 1이 남아 있었다. 최서학은 남은 길을 걸어갈 자신이 없어서 길가의 나무그늘에 피그르 쓰러지듯 몸을 부렸다. 퉁퉁 부어오른 오른쪽 허벅지의 아픔은 나날이 살 속 깊이 파고드는 것처럼 심해지고 있었다. 집에까지 걸어갈 것 같지 않은 절망감은 허벅지의 아픔 때문만이 아니었다. 집에 가까워질수록 그의 의식 속에서 확대되고 있는 사람이 있었다. 염상진이었다. 그가 자신의 거짓말에 속아넘어갈 것 같지가 않았고, 무엇보다도 자신이 한 멸공단 활동을 용서할 것 같지가 않았던 것이다. 병원 전 원장의 얼굴과 염상진의 얼굴이 자꾸 엇갈리고 있었다. 전 원장은 절박하게 필요한 존재였고, 염상진은 절대로 만나지 말아야 할 존재였다. 그는 염상진을 피하면서 전 원장의 치료를 받을 수 있는 방법이 무엇인지 골똘하게 생각을 모았다.

"인자 쌈은 다 이게뿐 쌈이나 마찬가지시. 이승만이가 어지께 부산으로 도망질쳤당께 남치기 밀어붙이는 것이야 눠서 콩떡 묵기 아니겄어?"

"하먼, 콩떡이야 떡고물이나 떨어지제."

"부산꺼지 뺏기먼 그때넌 이승만이넌 워쩔랑고?"

"또 미국으로 뽕빠지게 내빼겄제, 워째."

"또 괴기덜 환영받겄네이. 근디 그 연설헐 디가 읎어서 섭혀 으쩌까?"

"예끼 이 사람아!"

두 남자가 껄껄대고 웃으면서 지나갔다. 최서학은 몸과 마음이 한꺼번에 무너져내리는 절망에 부딪쳤다. 정부가 끝내 대구에서 부산까지 밀리고 만 것이다. 전쟁은 정말 가망 없이 되고 있었다.

전쟁에 지고 말면 우리 같은 사람들은 어찌 되는 것인가…… 최서학은 눈앞이 캄캄한 참담함에 빠져들었다. 미국은 도대체 무엇을 하고 있는가. 공중에서 폭탄만 떨어뜨리지 말고 육군을 투입해얄 것이 아닌가. 아니, 육군 투입에 무슨 문제가 있으면 폭탄이라도 몇십 배 더 늘려 빨갱이들을 가루로 만들어얄 것 아닌가. 미국은 도대체 싸우려는 것인가, 말려는 것인가. 그는 이빨을 뿌드득 갈며 손에 잡히는 대로 돌멩이를 집어들어 논으로 내던졌다. 개구리며 메뚜기가 놀라서 뛰었다. 그는 벌떡거리는 속을 진정하지 못한 채 어제가 18일이라는 것을 가까스로 계산해 내고 있었다.

18

워메, 논두렁 콩알꺼지 시고, 울안 감나무 감꺼지 시는 저런 법은 워디서 나온 법이드랑가!

외서댁이 장흥에서 돌아왔다.

"나가 아무리 생각허고 또 생각혀도 그대로는 못 있겄드란 말이시. 아무 일도 없었든 사람덜도 나서는 판인디 나가 그냥 발 묶고 앉었자니께 나 땀세 그리 허망허고 원통허게 죽어뿐 냄편헌테 죄 짓는 일이 따로 없드랑께. 그려서 기왕지사 나설라먼 벌교에서 나서자 허고 이리 온 것이로구만."

외서댁이 동서 남양댁에게 밝힌 돌아온 이유였다. 그녀는 여맹에 가입할 것을 마음 굳히고 있었다.

"성님, 아조 잘 생각하셨소. 길자 큰아부지도 저시상에서 참말로 좋아라고 허시겄소."

이미 여맹에 가입해 활동하고 있는 남양댁은 더없이 반색을 했다.

"나가 이래저래 진 죄가 많은디 그리라도 허먼 죄닦음이 될라는

지 몰르겄네."

"성님도 자꼬 죄졌다고 생각허덜 마씨요. 고것이 워디 여자맘으로 헌 일입디여? 시국 시끌시끌헌 통에 억지춘향이로 당헌 일이제라."

남양댁은 이 말을 동서에게보다는 먼저 스스로에게 하고 있었다. 그녀는 허출세가 잡혀 들어간 다음부터 어떻게 하면 자신이 당한 일을 보복할 수 있을까를 생각하지 않은 날이 없었다. 다른 죄 같았으면 진작에 여맹에 보고해서 마름으로 진 죄에다가 하나를 더 씌웠을 것이다. 그런데 그 일만은 자신이 부정한 여자로 드러나게 되어 있어서 혼자 속만 앓아오고 있었다. 그 문제를 자꾸 생각하다 보니 한 가지 의문이 생기게 되었다. 자기와 똑같은 처지에 있었던 장흥댁이나 목골댁은 괜찮았을까 하는 점이었다. 장흥댁은 나이가 몇 살 위인 데다가 그즈음 시아버지상을 당해 있던 처지여서 그래도 의심이 덜했다. 그러나 목골댁의 경우에는 자기와 동갑내기였고 허출세가 거리낄 것이 없기는 자기와 마찬가지였다. 목골댁도 나처럼 혼자 분을 씹고 있는 게 아닐까. 생김생김이야 내가 목골댁보다 나니까 나만 건드린 게 아닐까. 아니지, 열 계집 싫어하는 남자가 없다고 했는데. 그녀의 머릿속은 복잡하기만 했다.

"죄진 맘이란 것이 손에 묻은 꺼멍 씻대끼 되는 일이 아닝께 맘고상이 되는 법이제."

외서댁이 한숨을 내쉬었다. 남양댁은 동서의 심정을 충분히 이해할 수 있었다. 보냈던 아들을 다시 맡은 이상 남편에 대한 죄스러움은 평생 마음에서 떠날 날이 없을 터였다.

남양댁은 외서댁을 데리고 여맹위원장 이지숙을 찾아갔다. 이지숙은 외서댁을 금방 알아보았다.

"강동식 동무는 훌륭한 혁명전사였습니다. 그리고 부인께서 당한 고초도 얼마나 괴로운 것이었는지 잘 압니다. 강 동무만이 아니라 부인께서도 혁명투쟁을 하신 것이었습니다. 이제 다시 여맹에 가입하시겠다니 열렬히 환영합니다. 함께 혁명사업에 매진하십시다. 그럼 강 동무도 저승에서 기뻐할 겁니다."

이지숙은 외서댁의 손을 맞잡고 감격 어린 목소리로 말했다. 외서댁의 얼굴은 평소와는 달랐고, 눈에 눈물이 번지고 있었다.

"위원장 동무, 한 가지 여쭐 말씸이 있는디요."

동서의 일이 끝나기를 기다려 남양댁은 조심스럽게 입을 열었다.

"네에, 무슨 말씀이신데요."

이지숙은 언제나처럼 사무적인 태도에다가 친절함이 조화된 그녀 특유의 모습으로 남양댁에게 눈길을 돌렸다.

"저어…… 다른 것이 아니고라, 죄인얼 다루는 디는 꼭 인민재판으로 혀야 허는게라?"

"아니, 그렇지 않아요. 무슨 비밀을 지켜야 할 필요가 있거나, 또는 피해자, 그러니까 손해를 본 사람의 곤란한 입장을 보호하기 위해서는 인민재판과 달리 공개하지 않는 재판도 있어요."

상대방의 질문 의도를 재빠르게 간파한 이지숙은 두 번의 질문이 필요하지 않도록 대답했다.

"옳여! 그런 재판도 있구만이라. 잘 알았구만요."

이지숙은 남양댁의 입술에 순간적으로 힘이 모아지는 것을 놓치지 않고 있었다. 그러나 무슨 일이 있느냐고 묻지는 않았다. 외서댁 때문이었다. 아무리 동서지간이라 하더라도 감추어야 할 일은 분명 있을 것이고, 어쩌면 가까운 사이라서 더욱 감출 필요가 있는 일이 있을 수 있었다. 역시 남양댁은 더 이상 말을 꺼내지 않고 돌아갔다.

남양댁은 목골댁을 찾아갔다. 이런저런 이야기를 하다가 허출세에 대한 말을 불쑥 꺼냈다.

"영 요상허데, 허출세가 아무 벌도 안 받고 그냥 풀려난다고 허드랑께."

"머시여? 허출세 그 문딩이가?" 목골댁은 소스라치게 놀라더니, "으쩔끄나, 고놈이 바로 인민재판감인디……." 그녀는 혼잣말을 하며 고개며, 어깨며, 팔을 맥 빠지게 늘어뜨려버리는 것이었다.

상대방의 눈치만 지키고 있던 남양댁은 마침내 무릎을 쳤다. 더 볼 것이 없는 일이었다.

"자네도 그놈헌테 당혔제!"

남양댁은 목골댁 앞으로 얼굴을 바짝 디밀며 낮고 빠르게 말했다.

"허먼, 자네도 당했단 것이여?"

목골댁의 맥 빠진 소리였고, 남양댁은 힘 있게 고개를 끄덕였다.

"워째 근디 자네넌 기운이 그리 펄펄혀?"

눈물이 크렁해진 목골댁의 말이었다.

"자네도 기운 내소. 그놈이 그냥 풀려난다는 것은 자네가 워쩐가 보자 허고 나가 꾸민 그짓말이시. 인자 우리가 서로 당헌 것을 툭 터놓고 알었응께, 남치기야 그놈헌테 되갚음허는 일만 남었네. 존 방도가 있응께 기운 채리고 나 말 듣소."

남양댁은 벌떡 일어서더니 두 손으로 치맛말기를 야무지게 끌어올리고는 다시 자리를 잡았다.

"긍께로 말이시, 나가 여맹위원장을 만내서……."

남양댁은 이지숙에게 묻고 들은 이야기를 했고, 그러니 이지숙이를 통해 둘이서 당한 일을 다 털어놓고 허출세의 죄를 따지게 하자고 했다.

"근디, 발 없는 말이 천 리 가드라고 그 소문이 나불면 우리 신세가 워찌 되겄어. 그놈헌테 원수갚음 혔다 혀도 우리 신세가 쪽박신세 되야불먼 고것이 멋이겄어."

목골댁은 울상이 되어 고개를 저었다.

"위원장 동무가 을매나 딴딴허고 찰방진 여자라고 고런 실답잖은 소문 내겄어? 위원장 동무럴 믿소."

"금메, 위원장 동무야 민제만 그 일얼 워디 혼자 허는 일이겄어? 아무리 인민재판이 아니라고 혀도 말이 입에서 입으로 왔다리 갔다리 허다 보먼 소문나는 법이제."

"그려, 자네 말도 틀린 말이 아니시. 긍께 우리찌리 요리 말방아 찧어싸도 아무 소양읎는 일이고, 위원장 동무 만내갖고 우리 이약허기 전에 소문이 날랑가, 안 날랑가, 고것부텀 세세허게 알아보는 것이 워쩌겄는가?"

"금메……."

목골댁은 남양댁에게 이끌려 이지숙을 만나러 갔다.

"쩌어…… 인민재판 아닌 재판을 허먼 손해본 사람이 당헌 일이 소문이 나는지, 안 나는지럴 알았으먼 쓰겄는디요."

남양댁은 힘이 들게 말을 했고, 그 옆에 목골댁은 무슨 잘못이라도 한 것처럼 고개를 숙이고 앉아 있었다. 그들의 그런 표나는 태도에서, 두 사람이 한 사건의 피해자이며, 그 사건은 표면화되었을 경우 오히려 피해자에게 또다른 피해를 입히게 되고, 여자 피해자의 경우 그런 사건이란 십중팔구 성문제라는 것을 이지숙은 판단내리고 있었다. 만약 자신의 판단이 맞는다면 그 사건이야말로 여성의 인권보호를 위해서 자신이 도맡고 나서서 해결해야 할 문제라고 이지숙은 생각했다.

"분명하게 약속하겠어요. 소문이 나서는 안 되는 일로 억울한 손해를 당했는데, 재판을 하다가 소문이 나서 또 손해를 보게 하는 일은 절대로 없어요."

이지숙은 단호한 태도로 말했다.

남양댁은 밝은 얼굴로 목골댁을 쳐다보았고, 목골댁은 약간 멍한 듯한 표정으로 이지숙을 바라보고 있었다.

"아무 걱정할 것 없어요. 지금 여기서 하는 얘기는 죽을 때까지 비밀이에요. 언제, 누구한테, 무슨 일로, 어떻게, 어떤 일을 당했는지, 있었던 그대로만 차근차근 얘기하도록 하세요."

이지숙은 종이를 끌어당기고, 만년필 뚜껑을 돌렸다.

남양댁은 허출세에게 당한 일을 부끄러움으로 고개를 푹 숙인 채 그러나 하나도 틀리지 않게 또록또록하게 말해 나갔다. 남양댁의 진술이 끝나고 목골댁이 시작했다. 남양댁이 먼저 자세하게 이야기해서 목골댁은 한결 수월했다.

"중간착취만이 아니라 강간까지 하다니, 이 작자는 완전무결한 반동분자로군!"

이지숙은 책상을 치듯이 만년필을 소리나게 놓으며 말했다. 그 목소리는 격앙되어 있었다.

"됐습니다. 이제 아무 걱정 말고 돌아가세요. 곧 일을 해결하도록 하겠어요. 물론 그런 일이 없었던 것만은 못하지만, 그 일은 강제로 당한 거니까 두 분의 잘못은 없어요. 더구나 두 분은 그 일을 그냥 덮어버리지 않고 이렇게 고발을 해 악질반동분자를 색출해 내게 했어요. 오늘부터는 남편들도 편안한 마음으로 대하도록 하세요."

이지숙은 다정하게 말했다.

"위원장 동무, 고맙구만이라."

남양댁이 허리를 깊이 숙였다.

"아즘찮이 아즘찮이 또 아즘찮이구만이라."

목골댁도 허리를 깊이 꺾었다.

이지숙은 당장 염상진과 안창민에게 극비사항이라는 단서를 붙여 사건보고를 했다. 그리고 수사허락을 받아 허출세를 직접 심문했다. 허출세는 처음에 부인을 하다가 이지숙의 날카로운 추궁과 단호한 태도에 밀려 남양댁과 목골댁이 진술한 사실 전부를 시인했다.

다음날 군당위원장·부위원장·인민위원장·부위원장·여맹위원장 다섯 간부와 피고 허출세가 앉은 재판이 열렸다. 그동안 조사된 피고의 중간착취행위와 강간행위에 대한 사실심리가 진행되었다. 허출세는 더듬거리고, 당황하고, 떨어대며 한 대목씩 확인하는 사실들을 거의 다 시인했다.

허출세는 그날로 방죽 위에서 총살을 당했다. 팔을 뒤로 묶인 시체는 방죽의 비탈을 데굴데굴 굴러내려 8월의 무성한 갈대숲으로 묻혀들었다. 그의 죽음이 회정리 3구에 알려졌지만 대부분의 사람들은 별로 놀라지도 않았고, 별로 딱해하지도 않았다. 남양댁과 목골댁도 그런 사람들 사이에 섞여 아무 표를 내지 않고 있었다. 그러나 속으로는 그 정신 못 차리게 빠른 일처리에 놀라고 있었다.

김범우는 전주로 들어서면서 결국 심문에 걸리고 말았다. 역시 도시답게 거짓말이 통하지 않았던 것이다. 내무서에 끌려가 갇혔다. 그는 갇히기 전의 간단한 조사에서 '시당 문화선전부 손승호'를 되풀이했다.

더위에 지쳐 졸다가 '김범우'를 외쳐대는 소리에 눈을 떴다. 그는 밖으로 끌려나갔다.

"으째서 거짓말을 혀! 시당에는 눈 씻고 찾어도 손승호란 사람이 없어."

다소 어감의 차이가 나는 전라도말이 감정을 묻혀내고 있었다.

"그럴 리가 없는데요……."

"허는 짓거리가 영 수상혀. 거그 앉어!" 성난 목소리를 따라 걸상에 앉던 김범우의 머리에 문득 떠오르는 생각이 있었다.

"저어 죄송하지만 도당에 한 번 더 알아봐주십시오."

"아니, 누구럴 놀리자는 거여, 시방!"

상대방이 버럭 소리를 질렀다.

"무슨 말을 그리 하십니까. 인민을 위한다는 세상에서 인민을 이렇게 막 대해도 되는 겁니까? 수상하게만 볼려고 할 것이 아니라 인민의 한 사람이 자기 신분을 증명할 수 있도록 최소한의 협조를 하는 것이 진정 인민을 위한 세상이 아니겠습니까?"

김범우는 상대방을 쳐다보며 진중한 어조로 말했다. 그는 일부러 '인민'이란 말을 많이 썼다. 상대방은 표정을 바꾸며 잠시 생각하는 것 같았다.

"좋소, 들어가 기둘리시오."

상대방의 말이 존칭으로 바뀌었다.

손승호가 나타나기까지는 두 시간이 걸렸다. 김범우는 땀이 범벅인 손승호를 보고 웃었고, 손승호는 그런 김범우를 보며 어이없어했다.

손승호의 노력은 허사였다. 당원이 아닌 그의 힘은 철창문을 열 수가 없었고, 오히려 통행증 없는 사람을 불법동행시킨 사실로 입장이 난처해져 있었다. 다른 의심을 받지 않고 기껏 풀려나는 길이 의용군으로 나가는 것이었다. 손승호의 애달아하는 모습을 차마 볼 수 없는 채 이틀이 지나가고 있었다. 김범우는 더위에 눌려 벽에 등을 기대고 죽은 듯이 앉아 있다가 옆사람들이 가만가만 주고받는 소리에 문득 귀가 열렸다. '박두병이가' 어쩌고 하는 소리가 언뜻 스친 것 같았다. 그는 신경을 곤두세웠다. 그러나 더는 '박두병'이라는 이름은 그들의 입에 오르지 않고 이야기가 끝났다. 그런데 그들이 나눈 이야기 내용은 자기들이 무사히 풀려나는 데 도움이 될 만한 사람들의 이름을 늘어놓고 있었던 것이다. 김범우는 어떤 느낌에 이끌리며 등을 벽에서 뗐다.

"저어, 실례합니다. 아까 혹시 박두병이란 사람 이름을 말씀하셨는지요?"

자신이 잘못 들었을 거라고 생각하면서도 김범우는 그냥 지나칠 수가 없었던 것이다.

"예에…… 그러기는 했는디요……."

한 남자의 경계하는 대답에 김범우의 가슴은 쿵 울렸다.

"그 사람이 지금 무슨 일을 합니까?"

"으째 그러신디요?"

남자는 더욱 경계하는 빛을 드러냈다.

"예, 친군데 그간 소식이 끊겼습니다."

"도당 조직부장이구만요."

아, 그랬었구나! 막연했던 예감의 적중 앞에서 김범우의 감정은 그저 담담했다. 편지 왕래가 있다가 그의 답장이 연거푸 중단되었을 때 김범우가 생각한 것은 두 가지였다. 서울이나 어딘가로 이사를 간 것하고, 좌익활동에 따른 잠적이었다. 그는 농민을 곧 이데올로기의 덩어리라고 생각했고, 그들이 온몸으로 표현하는 그 어떤 말을 자신이 '생체언어'라고 이름 지었을 때 그리도 흡족해하던 박두병은 결국 좌익의 길을 택한 것이었다.

"도당 조직부장 박두병이란 사람을 찾아가 내 형편을 알리게."

김범우가 면회 온 손승호에게 한 말이었다.

박두병이 나타난 것은 한 시간이 미처 못 되어서였다.

"역시 자네가 맞군!"

코가 큰 박두병은 김범우를 얼싸안았다. 그를 맞안은 김범우의 의식 속에서는 하와이의 포로수용소가 보이고, 해변의 파도소리가 들리고 있었다.

"무슨 반동질을 하다가 해필 전주에 와서 잽히고 이런가?"

내무서를 나서며 박두병이 사람 좋게 웃었다.

"미제국주의자 스파이 노릇 했네."

김범우가 그의 어깨를 툭 쳤고, 둘이는 마주 보며 소리 내어 웃었다. 그 웃음의 의미는 둘만이 아는 것이었다.

세 사람은 가까운 얼음과자집으로 들어갔다. 김범우가 손승호를 소개했다.

"아까 우리끼리 인사 다 했네."

박두병이 손승호에게 친근한 웃음을 보내며 말했다.

팥이 박힌 얼음과자가 커다란 접시 가득 나왔다.

"염천에 죄수 노릇 하니라고 고생했으니 자네 많이 묵소."

박두병이 김범우 앞으로 접시를 조금 밀어놓았다.

"난 담배가 더 급하네."

김범우가 박두병에게 손을 내밀었다.

"자네, 우리 손 형한테 잠깐 듣자 하니 회색적 사상에 젖어 있던데, 나한테 교육 좀 받아야 되겠네."

박두병이 담배를 건네며 말했다.

"벌써 내통했나?" 김범우는 다급하게 담배를 빼들어 불을 붙이고는, "교육하는 건 좋은데 효과가 날지 모르겠네." 말과 함께 담배연기가 흩어져나왔다.

"효과가 안 나면 내 입장이 곤란해져."

박두병은 여전히 웃으면서 부드럽게 말하고 있었지만 그 말 자체가 벌써 '교육'이라는 것을 김범우는 알아차리고 있었다.

"자네가 아무래도 불량학생을 맡은 게 아닌지 모르겠네."

"아닐세, 자질이야 우수하니까 별로 걱정 안 하네. 오늘 밤은 우리 집에서 묵도록 하게."

손승호는 두 사람의 이야기 밖에서 얼음과자만 으석으석 씹어먹고 있었다.

두 시간 뒤에 다시 만나기로 하고 박두병과 헤어졌다.

"난 정말 자네가 의용군으로 나가는 줄 알았네. 참 천만다행이네."

손승호가 새삼스러운 듯 고개를 저었다.

"자네 반동적 발언 막 하는군. 역시 비당원은 어쩔 수 없다니까."

"참 사람, 배짱 한번 소가죽이네. 계속 농담이 나오니 원."

손승호가 픽 웃고 말았다.

박두병의 집에는 저녁상이 걸직하게 차려져 있었다.

"술부터 한잔 하겠나?"

박두병이 술주전자를 들어올렸다.

"괜히 입맛만 버리는 것 아닌가?"

김범우가 술사발을 들었다.

"염려 말게. 자네 주량을 알아 좀 넉넉하게 준비했네."

"넉넉하다면 이게 인공이 되고 나서 처음 마시는 술이 되겠군. 전시인데도 여긴 술을 맘대로 담게 하나?"

"아니시, 대폭 통제되고 있네. 허나 사람이 사는 데는 필요한 건 최소한이나마 갖추어야 허니까 그 범위 내에서 생산허는 거지. 그래 술도가들이 못살겄다고 죽는 소리네."

"별수 없지, 더 급한 게 군량미니까."

술을 주고받으며 서로가 지나온 이야기를 했다. 김범우에 비해 박두병의 이야기는 너무 짧았다.

"난 전주로 돌아오자마자 바로 좌익활동을 시작했네. 그 길말고는 다른 길이 보이지 않았어. 불법화의 탄압으로 지하활동을 할 수밖에 없었고, 여순병란 이후로는 고생을 좀 했지. 그 투쟁기간 동안 양키들의 덕을 톡톡히 본 셈이네. OSS훈련을 받은 경험이 많은 도움이 됐으니까 말이시."

박두병이 말한 지나온 이야기의 전부였다.

이야기가 현실문제로 바뀌면서 김범우는 박두병이가 이학송이나 손승호와 다르게 도당의 고급간부로서 염상진과 똑같은 골수 공산주의자라는 사실을 전제해야 했다. 그는 오로지 자신이 신봉하는 이데올로기의 현실구축을 위해 매진하는 열렬한 당원이었고, 전쟁의 필승을 확신하고 있는 행복한 공산주의자였다. 그래서 그는 전혀 토론의 상대자일 수가 없었고, 자신의 생각 같은 것은 절대 용납되지 않을 것이라는 판단이 들어 김범우는 그의 말만 듣는 입장을 취했다. 그러면서 김범우는 자신이 서울에서보다 더 좁은 울타리 안에 갇힌 것을 깨달았다.

"아까 낮에 '교육'이라는 말을 했는데, 내가 어찌 감히 자넬 교육시키겠는가. 내 능력도 모자랄 뿐만 아니라 자넨 이미 교육으로 어떤 생각이 달라질 사람이 아니시. 자네가 어떤 생각을 갖고 있든, 근본적으로 양키들을 거부한다는 것이 확실한 이상 그 외의 생각은 약간씩 차이가 있는 것뿐이니까 난 그런 걸 개의치 않네. 자네가 분명히 알아둘 것은 지금 자네는 공화국의 정치현실 속에 있다는 점이시. 그것도 안정상태가 아니라 전쟁 중인 현실이네. 전쟁이란 비상상황 속에서 모든 사람들이 그렇듯이 자네도 조직의 통제 아래 권리주장은 유보하고 의무수행을 해야 할 뿐이네. 의무수행의 거부는 체제의 부정이고, 체제부정의 결과가 어떻게 되는지 정도는 자네가 너무 잘 알겠지. 자네가 의무수행을 긍정하는 경우 당이 자네한테 부여한 선택권은 두 가지네. 첫째는 손 형과 함께 도당 문화선전부에서 일하는 것이고, 둘째는 의용군으로 나가 참전하는 것일세. 내가 현재로서 자네한테 베풀 수 있는 우정을 굳이 따지자면, 그 두 가지 선택권이나마 마련했다는 것이네. 그리고 이런 얘기는 사석에서 허는 것이고. 자네가 어떤 생각을 가지고 있다면 그건 혼자서 얼마든지 허게. 조금씩 다른 생각의 차이란 인간이 갖는 특성이니까. 그 결정은 내일 아침까지시."

김범우는 의미 모를 웃음을 얼굴에 담은 채 고개를 보일 듯 말 듯 끄덕이고만 있었다. 손승호도 말이 없었다.

그만그만한 나이의 아이들이 햇볕 따가운 줄도 모르고 뻘밭에서 복작거리고 있었다. 8월 중순이 지나면서 더위는 완연하게 한풀 꺾여들었고, 아침저녁으로는 바람끝이 스산하게 감겼다. 이즈음부터는 논의 메뚜기도 개구리도, 개울의 미꾸라지도 붕어도 속살이 오르며 윤기가 돌기 시작하는 것처럼 뻘밭의 꽃게도 속이 여물어갔다. 한여름 꽃게가 속이 부실한 채로 간장의 짠맛에 곁들여 식어빠진 꽁보리밥을 넘기기 위한 반찬이라면 이즈음부터의 꽃게는 속이 알차서 씹는 맛과 함께 그 고소함이 제격을 갖춘 반찬 노릇을 했다. 그래서 여름을 나느라고 잃은 입맛을 돌리거나, 바뀌는 계절의 입맛을 돋우기 위해 사람들은 꽃게장을 즐겼다.

"어허, 꽃게장을 좀 묵었으면 좋겄다."

염상진은 구두를 신고 일어서며 무심코 말했다.

"아부지, 지가 꽃게 잡아올라요."

마루에 서 있던 광조가 신바람나게 말했다.

"우리 광조가?" 염상진이 아들에게로 고개를 돌렸고, "광조가 꽃게를 잡을 줄 아는가?" 정겨운 눈길로 물었다.

"하먼이라, 지도 인자 학생인디요."

광조는 걸핏하면 쓰기 좋아하는 그 말을 또 썼다.

"그래도 뻘밭이라 어려울 건디?"

"아니어라, 전에도 잡아봤당께요."

"그랬어? 화아, 우리 광조가 아주 용감허고 장하구나, 광조가 꽃게를 잡아다가 장을 담구먼 더 맛나겄다."

"하먼이라, 지가 많이많이 잡아오겄구만요."

"그래, 뻘밭에서 조심혀야지."

염상진은 아들의 뒷머리를 위아래로 빠르게 서너 번 쓸어주었다. 광조의 얼굴에 만족스러움이 환하게 피어났다.

"아부지, 댕게오시씨오."

사립까지 따라나온 광조는 아버지 앞에 허리를 깊이 숙였다가 펴서는 고개를 뒤로 발딱 젖혀 키가 큰 아버지의 얼굴을 눈이 부신 듯이 올려다보았다.

"온냐, 싸우지 말고 잘 놀거라."

아버지가 내려다보고 웃었고, 광조도 따라 웃으며 고개를 끄덕였다. 매일 아침 하는 인사였다. 광조는 그 인사하기를 즐겼다.

광조는 누나를 볶아쳐서 단지를 들고 나섰다. 광조는 단지 하나 가득 꽃게를 잡을 참이었다. 아버지가 좋아하는 것이면 무엇이든 하고 싶은 게 광조의 마음이었다.

광조가 게구멍을 엇지게 찔러대고 누나 덕순이가 게를 덮쳐 단지에 넣고 하면서 한나절이 다 되도록 뻘밭을 헤집고 있었다. 단지 속은 바글거리는 꽃게들로 거의 차오르고 있었다. 덕순이는 어느만큼 지쳐 있었지만 동생이 기를 써대는 바람에 차마 그만 가자는 말을 꺼내지 못하고 있었다.

새 게구멍을 겨냥해 막 작대기를 찔러넣으려던 광조는 누군가가 엉덩이를 사정없이 부딪쳐오는 바람에 그대로 뻘바닥에 철퍽 엎어지고 말았다.

"워메 광조야!"

덕순이가 놀라 소리쳤고, 광조는 약간 버르적거리는 듯하다가 발딱 몸을 일으켰다. 옷을 입지 않은 윗몸 가슴패기며 배는 말할 것도 없었고, 이마며 코끝에도 뻘이 묻어 있었다. 그 옆에서 한 아이가 꽃게를 덮쳐가지고 몸을 일으키고 있었다. 바로 그 아이가 달아나는 꽃게를 쫓다가 광조의 엉덩이를 들이받은 것이었다.

"야 이새끼야! 워째 가만있는 사람얼 치고 지랄이여!"

두 주먹을 부르쥔 광조가 그 아이를 향해 야무지게 소리를 질렀다.

"쥐방울만 헌 새끼가 어따 대고 욕이여, 카악 그냥!"

그 아이는 잘못한 기색 하나 없이 오히려 광조에게 겁을 먹이려 했다. 그 아이는 광조보다 서너 살은 더 먹어 보였고, 키도 목이 하나가 더 붙어 있는 것만큼 컸다.

"니가 겁믹이면 워쩔래 새끼야, 잘못혔다고 빌기는새로."

광조는 조금도 겁먹지 않고 대들었다.

"요 새끼럴 한주먹에 카악 그냥!"

상대방은 곧 내지를 것처럼 주먹을 치켜들며 한 걸음 다가들었고, 덕순이는 그 앞을 가로막고 서며 카랑하게 내쏘았다.

"왜 이려 왜. 지가 잘못혔음시로."

"야이 쌍놈에 새끼야, 니 울아부지가 누군지 알고 까불어?"

광조가 내뱉은 말이었다.

"아이고메 과앙조야아……."

덕순이가 동생을 돌아다보며 얼굴을 찡그렸다.

"그려, 느가부지가 누구냐! 똥 친 작대기 된 순사냐, 군인이냐. 저 코딱지만 헌 새끼럴 그냥……."

덕순이가 가로막는 바람에 주춤해졌던 아이는 다시 주먹을 치켜올렸다.

"울아부지가 군당위원장이다, 워쩔래. 나럴 싸게 때레바라."

광조가 기세 좋게 내쏘았다.

"머시여?……."

아이는 금방 기가 꺾이며 주먹을 슬그머니 내려뜨렸다.

"광조야, 니 그런 말허면 아부지헌테 혼날 것 몰르냐?"

덕순이의 얼굴이 아까보다 더 찡그려졌다.

"저새끼가 지가 잘못해 놓고 나럴 팰라고 헌께 그랬제 워째."

광조는 누나한테 눈을 흘기며 입술을 쑥 내밀었다. 그 아이는 벌써 어딘가로 모습을 감추어 보이지 않았다.

"광조야, 인자 가자."

덕순이가 단지를 내려다보며 지친 얼굴로 말했다.

"그려, 그새끼 땀세 매가리 빠져뿌렀응께로."

광조가 뻘이 묻은 작대기를 포구의 바닷물로 던졌다.

"니 뻘 씻고 가야제."

방죽 위로 올라온 덕순이가 동생을 보고 말했고, 광조는 방죽의 반대편 비탈로 내려가는 누나의 뒤를 말없이 따랐다. 얼떨결에 아버지 이야기를 입 밖에 내고 말았던 것인데, 광조의 기분은 영 찜찜했다.

봇도랑가에 앉아 덕순이는 동생의 얼굴과 가슴에 묻은 뻘을 씻겨나갔다. 광조는 얌전하게 참고 있었다.

둘이서 철길을 넘어설 즈음에 포구 쪽에서 불어오는 눅진하고 묵직한 바람이 방죽을 핥고 지나가고, 하늘이 어두워지는 듯싶었다.

"비가 올랑갑다."

덕순이가 흩날리는 머리칼을 쓸어올리며 선수머리 쪽으로 고개를 돌렸다. 과연 바다 쪽에서 먹장구름이 낮게 밀려들고 있어서 선수머리 하늘은 벌써 뿌옇게 빗발을 머금고 있었다.

"싸게 가자, 그 단지 이리 도라."

"싫여."

광조는 더 세게 단지를 가슴에 품었다. 덕순이는 그런 동생의 마음을 헤아려 더 탓하지 않고 걸음을 빨리했다.

소화다리에 다다르기도 전에 빗방울이 후둑후둑 떨어지기 시작했다. 한바탕 퍼부을 소나기였다. 뛰어야 했다.

"인자 단지 이리 도라."

"싫여!"

"워메, 니 고집통머리넌 누구 탁했냐."

"아부지."

거침없이 말하는 동생을 어이없이 쳐다보던 덕순이는 헛웃음을 흘리고 말았다. 비는 뛰는 것보다 훨씬 빠르게 앞을 가로막았다.

"광조야, 쪼깐 기둘려라, 쪼깐."

덕순이는 뛰고 있는 동생에게 소리치며 방죽의 비탈을 내려뛰었다. 방죽과 봇도랑 사이의 작은 터에 누군가가 토란밭을 일구어놓았던 것이다. 덕순이는 제일 큰 것으로 골라서 토란잎 두 개를 줄기째 뜯어냈다.

"요것 써라. 우산이다."

덕순이는 동생에게 넓적하고 윤기나는 토란잎 하나를 내밀었다.

"잉, 우리 누나 질이여."

광조가 토란잎을 받으며 씨익 웃었다.

둘이는 토란잎우산을 하나씩 받고 비가 거칠게 쏟아지기 시작하는 방죽을 종종거리며 뛰었다.

"광조야, 비가 너무 억씨게 온다. 쪼깐 피했다가 가자."

소화다리를 지나며 덕순이가 숨 가쁘게 말했다. 거기서부터 집들이 줄지어 선 데다가, 큰길가의 집들은 대개 담이 없어서 잠깐 비를 피할 처마가 많았던 것이다.

둘이는 어느 집 처마 아래로 들어섰다. 토란잎우산을 받았다고 하지만 몸은 둘 다 쪼르륵 젖어 있었다.

"심드는디 단지 놓고 앉자."

덕순이는 동생이 꼭 끼고 있는 단지를 받아 조심스럽게 발치에 놓고 웅크리고 앉았다. 광조도 누나 옆에 쪼그리고 앉았다. 처마에서 떨어지는 낙숫물로 물방울이 튀어올라 둘이는 토란잎으로 앞을 가렸다.

"누나넌 이 시상에서 질로 존 사람이 누구여?"

광조가 불쑥 물었다.

"금메…… 니넌?"

"아부지!"

덕순이는 으레 그럴 줄 알고 있어서 피식 웃었다.

"나넌 후제 커서 아부지맹키로 훌륭헌 사람이 될 것이여."

"금메……."

덕순이는 낙숫물이 떨어지면서 끝없이 생겨나고 없어지고 하는 반쪽 동그라미인 투명한 물거품을 물끄러미 바라보며 더는 말이 없었다.

"금메가 머시여. 누나 맘으로는 아부지가 안 훌륭허다 그것이여?"

"금메…… 고상을 너무 허고, 위험시롭고 헌께 걱정인 것이제. 아부지가 장허고 훌륭헌 것이야 누가 몰르간디."

"장허고 훌륭한 것만 생각허면 되제 고생허고 위험한 것은 멀라고 생각허고 그러는겨."

"광조야, 엄니나, 니나, 나나 아부지 땀에 을매나 애타고 그랬냐. 그렁께 아부지맹키로 말고, 딴 일 혀서 훌륭하게 될 수도 있능겨. 알겄어?"

덕순이는 걱정스러운 얼굴로 동생의 손을 잡으며 말했다.

"누나넌 지집앤께 그런 말 허는겨. 나넌 꼬치 달린 사내새끼여!"

광조는 누나의 손을 홱 뿌리치며 일어섰다. 굵은 빗방울들이 쏟아져내리는 소리만 왁자하게 퍼지고 있었다.

9월과 더불어 그 일은 시작되었다. 그 일은 누구나 생전 처음 당하는 일이었다. 그 희한한 일에 사람들은 어리둥절했다. 그리고 당황했다. 그래도 그 일은 계속되었다. 아무도 그 일을 이해하지 못했다. 사람들은 끼리끼리 모여 불평을 하기 시작했다. 그래도 여전히 그 일은 계속되어 집 안을 벗어나 논밭으로 번져나갔다. 사람들의 불평은 더욱 커져가고 있었다.

농민의 흥분과 기대 속에 논밭의 분배는 신속하게 이루어졌다. 장터거리의 상인들이 처음으로 농사꾼을 부러워할 만큼 농지분배는 공평하고 정확했다. 사람들이 그 흥분에 취해서 두어 달 남짓 뒤에 거둬들일 논밭곡식을 셈하고 있을 때, 그 희한한 일은 시작되었다.

각 가구당 재산조사와 농산물 수확량조사가 그것이었다. 조사는 푸른 견장을 단 인민군 한 명씩과 여맹원이나 민청원 네댓 명씩이 한 조를 이루어 나왔다. '큰애기'라는 별명이 붙은 것처럼 인민군은 평소와 다름없이 공손하게 예의를 지켰고, 다른 사람들도 자기들이 무엇을 조사하러 나왔는지 자세하고 친절하게 설명했다. 일정시대부터 '조사'에는 넌더리가 나고 공포감을 가지고 있는 사람들이었지만 농지분배로 기분이 흔쾌해져 있던 사람들은 조사원들을 아무 거부감 없이 대할 수 있었다. 그런데 조사가 시작되면서 사람들은 어리둥절하고, 당황하기 시작했다.

조사원들은 돼지의 수를 세었고, 닭의 수를 세었으며, 감나무의 감 숫자를 헤아렸고, 텃밭의 고추 수를 따졌다. 그리고 울타리에 매달린 익은 호박의 수까지 장부에 적었다.

그 일을 끝내고 논밭으로 나간 조사원들은 수수밭에서 수수목 하나에 달린 수수알을 일일이 센 다음 밭 전체의 수수대 수에다가 그 수를 곱셈했다. 수수밭에서는 그렇다 하더라도 조밭에서 깨알보다도 더 작은 조알들을 일부러 종이 위에 털어 그것을 하나하나 세는 것을 보고 사람들은 벌린 입을 다물지 못하고 말았다. 물론 논에서의 계산법도 마찬가지였고, 논두렁에 심은 콩이나, 밭가장자리나 무명밭 사이사이에 심은 고추가 제외될 리가 없었다. 2할 5부의 세금은 그 조사에 의해서 징수될 계획이었다.

"요것이 대체 머럴 허는 짓거리들이여. 숭악하고 숭악헌 일정 때도 그리 수만 가지럴 공출당험시로 피 뽈렸어도 달구새끼 대갱이 시고, 돼지새끼 마릿수 시지는 안 혔다 그것이여." "긍께 말이시, 인민얼 위헌다고 그리 해쌓등마 알고 봉께로 똥구녕으로 호박씨 깐단께. 지아무리 지독시런 지주라고 혀도 평띠기로 소출얼 정했제 은제 나락 모강댕이 하나 꼬나잡고 알갱이럴 시는 일은 꿈에라도 있었간디?" "워디 고것뿐인감? 시상에서 질로 숭악헌 지주라도 논두렁 콩이고 밭머리 꼬치는 눈 한분 깜짝 안 혔다 그것이여." "농지 공평허게 노놔줬응께로 세세허게 조사혀서 세금 야물딱지게 매기겄다는 것이야 당연한 일이라고 쳐. 허나, 또록또록허게 생긴 나락모가지고 수시모가지 골라잡어 시갖고 몽창 세금 몰아때레뿔먼 쭉징이, 묵은 것, 병든 것, 덜 달린 것은 워쩌라는 것이여." "허고 말이시, 농지럴 줬으먼 농지에서 난 소출이나 세금으로 거둬갈 일이제 워째 농지허고는 아무런 연관도 없이 우리가 죽을 둥 살 둥 키운 돼지나 닭꺼지 손대냐 그것이여." "좌우당간에 이놈에 시상이 믿을 놈 하나또 없는 시상이랑께. 이놈이고 저놈이고 다 우리 농새꾼 눈 속이고 등까죽 벳길라고 뎀비는 판굿뿐이랑께." "항, 다 도적놈덜이여." "옳여, 믿기넌 지랄 누구럴 믿겄어." "참말로 각다분허고 가심 내레앉을 일이랑께로."

마을마다, 사람들이 모여앉는 장소마다 불평들이 노골적으로 드러나기 시작했다. 그 불만이 형성하고 있는 공감대는 농지분배를 통해서 갖게 된 호감이나 신뢰감을 빠른 속도로 식히고 허물어갔다. 사람들의 얼굴에는 냉기가 돌기 시작했고, 어떤 집회에 나가는 태도도 그전하고는 사뭇 달라져 있었다.

이런 반응과 변화에 대해서 누구보다 먼저 문제를 제기한 것은 이지숙이었다.

"이러한 사태의 급변은 좌시할 수 없는 중대문제라고 판단됩니다.

우리 군당의 실태를 신속히 보고하고, 당이 전반적인 대응책을 하루라도 빨리 마련할 것을 촉구해야 될 국면에 와 있다고 봅니다."

"이 동무의 발언은 시기적절하고 중요한 점을 지적하고 있소. 나도 인민들이 갖는 불만에 대해서 관심을 집중시키고 있소. 그 정도에 대해서 구체적인 조사부터 실시했으면 좋겠소."

염상진이 신중하게 말했다.

"네, 제가 여맹을 통해서 군 전역에 걸쳐 5일 동안 조사한 자료를 분석 종합한 통계가 여기 있습니다."

이지숙이 옆에 놓인 공책을 펼쳐서 염상진 앞으로 밀어놓았다.

"세 사람이 회람하는 것보다 시간절약을 위해서 이 동무가 발표를 하는 게 좋겠소."

염상진 옆에는 안창민과 하대치가 앉아 있었다.

"알겠습니다. 이번 조사는 첫째 비밀리에, 둘째 일반여론으로, 셋째 자료의 객관성을 확보하기 위해 조사장소·대상인원·성별구분을 명기했음을 미리 밝힙니다. 조사방법으로는 첫째 군 전체의 이(里)단위를 기초로 했으며, 둘째 남·여로 구분 실시하여 그 결과를 종합했습니다. 여기까지가 첫 번째 조사이며, 두 번째 조사는 전 여맹원들을 상대로 이번 시책에 대한 의견을 무기명으로 조사한 것입니다. 그런데 첫 번째 조사결과는 놀랍게도 100퍼센트 불만을 나타내고 있습니다. 그 구체적인 불만요인은 다음 세 가지로 요약됩니다. 첫째, 조사대상의 범위문제로서, 집 안의 가축이나 기타 농작물에 대한 조삽니다. 둘째, 조사방법상의 문제로서, 정확한 산출을 위한 난알 세기가 몰인정한 행위로, 또 자기네들에게 실질적 피해를 입히는 행위로 받아들여지고 있는 점입니다. 셋째, 앞의 두 가지가 일제 때도, 그 어떤 지주도 한 일이 아니라는 사실과 비교 대조하고 있습니다. 그리고 두 번째의 여맹원을 상대로 한 조사결과 역시 90퍼센트가 부정적인 반응을 보이고 있습니다. 긍정적 반응을 보인 10퍼센트에 대해서는 여맹원의 구성이 농가부녀자들만이 아니라는 점과 그 대상이 '여맹원'이라는 사실이 참조되어야 할 것입니다. 세부적인 내용은 직접 확인해 주시고, 이상으로 보고 마칩니다."

한동안 아무도 말이 없었다.

"내가 뭐랬어요. 그게 다 지지가 아니라고 하잖았소?"

염상진이 무거운 어조로 말하며 안창민을 보았다.

"예, 그렇구만요."

두 사람 사이를 빠르게 움직이고 있는 이지숙의 눈빛은 예리했고, 하대치는 입을 꾹 다문 채 묵묵히 앉아 있었다.

"이 동무, 솔선하시느라고 수고가 많으셨소. 그런데, 그 조사결과를 내고 나서 이 동무의 생각이 없지 않았을 텐데, 이 동무는 당책에 어떤 하자가 있다고 생각하시오? 기탄없이 의견을 말해 보시오."

염상진의 말이었다.

"정식 토의 발언입니까?"

이지숙은 발언의 성격을 분명히 하고자 했다. 사견으로서의 당책에 대한 언급은 극히 주의를 요했기 때문이었다.

"그렇소. 군당 전체회의를 소집하기 전에 먼저 기초토의를 하고자 하오."

"알겠습니다." 이지숙은 자리를 고쳐 앉고는, "이번 당책은 하나의 정책으로서 하등의 하자도 없다고 생각합니다. 그러나 그 시행에 있어서 다소의 문제점을 내포하고 있음을 발견하게 됩니다. 무엇보다 중요한 것은 남조선 농업인민의 절대다수를 차지하고 있는 소작인민들의 전반적인 실태, 즉 의식실태와 생활실태의 정확한 파악이 당책시행에 선행되었어야 한다는 점을 지적하고자 합니다. 그들의 의식실태는 오랜 착취에 의해 피해망상상태에 있으며, 생활실태는 기아 직전의 상태에 빠져 있으므로 그들은 본능적인 자기보호의식으로 무장되어 있음과 동시에 어떤 것이든 혜택이 오기만을 기다린다는 점을 간과해서는 안 됩니다. 그 근본적인 실태를 파악한 다음, 그들이 가지고 있는 병적 의식을 단계적 교육을 통해 시정해 나가면서, 그들이 건전하고 건강한 혁명인민의식을 갖춤에 따라 당책도 단계적으로 실시되었어야 한다는 점을 또한 지적하고자 합니다. 그러나 이상의 지적이 이미 경과된 문제점일 뿐인 현시점에서, 팽배해 있는 인민들의 불만을 극소화시키는 방안이 무엇인지를 찾아내서 대처하지 않으면 안 될 줄로 압니다." 이마로 흘러내린 서너 올의 머리칼을 쓸어올리며 그녀는 말을 마쳤다.

"옳은 말이오. 그러나 당에서도 그 점을 고려하지 않았을 리가 없고…… 단계적 시행을 못 하게 된 건 전쟁수행 때문에 불가피했을 거라고 판단되오."

침통한 얼굴의 염상진의 말이었다.

"이 문제점에 대해서 심각하게 생각하지 않는 지방당 간부들은 아마 없을 것 같습니다. 벌써 보성·조성에서도 문제제기를 해오지 않았습니까. 당이 처하고 있는 상황이야 더 말할 것이 없습니다만, 그렇다고 인민의 절대다수를 차지하고 있는 농업인민들의 전적인 불만도 외면할 수는 없는 일 아닙니까. 이 경우가 적합한 비교가 될지는 모르겠습니다만 모택동 동지의 홍군이 해방구를 만들어가며 5만 리 대장정을 하면서도 해방구에서 전혀 세금을 걷지 않은 이유가 어디 있겠습니까. 현시점에서 방법개선은 불가피합니다. 지방당에서 현지실정과 그에 따른 구체적 개선방안을 제시하여 당에 보고하는 것이 시급한 일입니다."

안창민의 말이었다.

"사실이오, 인민을 탓할 단계가 아니오. 그런데, 그 개선방안이라는 것이 또 문제 아니겠소?"

염상진이 담배를 피워물었다.

"제 소견으로는 세금징수에 다소의 차질이 생기더라도, 첫째 집안의 것에 대해서는 그 범위에서 제외시켰으면 합니다. 둘째 낟알세기의 통계방법은 반드시 고쳐져야 합니다. 그 방법이 정확하다는 보장이 없을뿐더러, 설령 정확해서 인민들에게 결과적으로 이익이 된다 하더라도 그 방법은 반감을 사게 되어 있습니다. 우리 사회는 오랫동안 '후한 인심'을 미덕으로 삼아왔습니다. 그런데 갑자기 그런 계산법이 통할 리가 있겠습니까? 그건 심정적으로 도저히 용납이 안 되는 일입니다. 당이 인민을 착취하자는 목적으로 그 계산법을 사용한 것이 분명히 아니면서 왜 반감과 오해를 사는 겁니까. 그 두 가지 때문에 이 땅의 유사 이래 처음인 무상몰수 무상분배의 혁명적 농지분배와 그에 따른 2할 5부에 지나지 않은 세금의 빛이 완전히 가려지고 있는 것 아닙니까."

이지숙의 얼굴이 붉게 물들어 있었다.

"이 동무의 의견에 전적으로 동감이오. 곧 군 전체회의를 열도록 합시다."

염상진이 손으로 머리를 받치며 말했다.

그러나 문제는 그것만이 아니었다. 당중앙은 8월 18일을 기해 농업생산물에 대한 현물세를 2할 5부로 결정했고, 그 수거 시기를 늦가을인 추수 직후로 잡았다. 그러나 전선의 교착상태가 길어짐에 따라 군량미 확보를 위해 그 시기를 앞당기지 않을 수 없었다. 급한 상황에 대처하느라고 그 일은 어찌할 수 없이 강제성을 띠지 않을 수 없었고, 농촌에서는 고질적인 추궁기가 시작되는 시기라서 농민들은 얼마 남지 않은 곡식을 감추는 일이 벌어지게 되었다. 그 감추고 찾아내고 하는 조기공출은 인민들과의 사이에서 야기된 첫 번째 갈등이었다. 그리고 두 번째 갈등이 인민군 모병이었다. 그것 또한 전선의 교착상태에 따른 피할 수 없는 일이었지만, 인민의 불만요소인 것만은 부정할 수가 없었다. 거기다가 세금원 조사방법에 대한 불만까지 겹쳐지고 있었다. 염상진은 머리 무거운 괴로움을 떼칠 수가 없었다.

19

고구마똥

김범우는 광한루에 앉아 땀을 식히고 있었다. 나무숲 우거진 광한루 주변에 매미소리만 자욱할 뿐 춘향이와 이 도령의 사랑은 자취가 묘연했다. 〈춘향전〉은 어렸을 때부터 그 줄거리를 환히 알고 있었다. 그런데 그것이 몇 살 때, 누구한테 들은 이야기인지는 전혀 기억이 없었다. 그리고 그 이야기가 실화인지 전설인지 소설인지 명확하게 구분도 되지 않았다. 누군가가 분명히 꾸며낸 이야기인 소설이라는 것을 알면서도 어떤 때는 실화 같기도 했고, 또 어떤 때는 소리를 귀동냥하는 것으로 족했을 뿐 소설로서 〈춘향전〉을 읽을 생각은 하지 않았었다.

만약 전쟁에 이겨 체제가 바뀌면 〈춘향전〉은 어떻게 될까. 혁명적 작품으로 우대를 받을까, 아니면 반혁명적 작품으로 천대를 받을까. 글쎄……, 사또의 아들 이몽룡과 기생의 딸 춘향이가 계급차별 없이 사랑을 나누는 대목까지는 가히 혁명적이라고 할 수 있는데, 이몽룡이 암행어사가 돼가지고 춘향이를 구해내는 것으로 이야기가 끝나는 것이 문제 아닌가. 춘향이가 이몽룡의 정실부인이 된다고 가정하더라도 그건 계급상승이지 계급혁명이 아니니 말야. 계급혁명이 되려면 그 이야기가 어떻게 꾸며져야 하나…… 이몽룡이가 사또 자제라는 신분을 내던지고…… 춘향이와 결혼을 하고…… 그리고…… 아이고, 골치 아프다. 이건 내 소관이 아니고 손승호의 소관이다. 내가 무슨 소설가라고, 주제넘게. 참, 모든 작품에 대한 올바른 이해는 그 작품들이 씌어진 시대적 특성과 사회적 상황을 충분히 고려하고 참고해서 파악해야 한다고 손승호가 말했었지. 그 기준으로 본다면 가만있자, 〈춘향전〉은 어떻게 되나. 양반이면 그 아랫계급 누구든 가릴 것 없이 사형(私刑)을 가할 수 있었던 어이없는 봉건사회 속에서 〈춘향전〉이란 소설은 나온 것 아닌가. 그렇다면 그건 역시 혁명적인 작품이 아닐 수 없다. 그 시절에 그런 이야기 줄거리를 엮어낸 사람은 어떤 사람이었을까. 분명 양반은 아니었을 것이고, 계급제도를 증오한 가난한 농민의 자식이었을까, 아니면 더 천한 신분의 자식, 그래 기생의 자식이었을지도 모른다. 그 사람은 이야기를 다 꾸며내고 고이 살아남았을까. 어쩌면 죽었거나, 미리 어디론가 줄행랑을 쳤을지도 모르지. 그 이야기를 누가 지었는지 이름이 없는 걸 보면 그럴 가능성이 커. 이야기를 그리 재미나게 엮어낸 재주나, 계급제도의 모순에 대해 남들보다 앞선 생각을 가진 그 사람은 어쨌거나 예사 사람이 아니야.

"도당으로는 은제 가실랑가요?"

옆에 앉아 있던 남원인민위원회 선전과장이 말을 걸어왔다. 그 어감이 벌교 쪽과는 사뭇 달랐다. 벌교 쪽 말이 억세면서 탄력이 있는 데 비해 전주·남원 쪽 말은 부드러우면서 묘한 가락을 타고 있었다.

"예, 두어 군데 더 들러 갈 예정입니다."

김범우는 꽁초를 입으로 가져가다가 불이 꺼진 것을 알고 아래로 던져버렸다.

"그 시행이 하로라도 빨르게 될 수 있었으면 좋겄구만요. 인민은 물이고 당은 괴기라는디 이리 인심이 돌아서서야 워찌 혁명이 되겄는가요?"

"예, 이렇게 실태조사를 나서고 있으니 무슨 조처가 이루어지겠지요. 그전까지는 도당의 지시대로, 당이 해를 입히고 있는 것이 아니라는 점을 적극적으로 선전해서 인민들을 이해시키기 바랍니다. 중앙당의 어떤 새로운 조처에 앞서 인민들이 논리적 설명을 듣고 이해해서 감정적 오해를 푸는 것이 더 급선뭅니다."

김범우는 새 담배에 불을 붙였다.

"그것이사 다 알제마는 인민덜이 맘얼 딱 닫아걸고 이해럴 안 헐라고 헝께 탈 아닌가요."

"꼭 그렇게 생각할 일만은 아닙니다. 그동안 여맹원이나 민청원들은 물론이고 인민군들까지, 왜들 이렇게 야박하게 난리를 치느냐는, 인민들의 항의나 불평에 대해 논리적인 설명이나 설득을 하지 못하고 그저, 위에서 시키는 일이니까 우리도 어쩔 수 없다, 는 식으로 대응해 온 것이 문젭니다. 물론 그에 앞서 조직원들에게 충분한 교육을 시키지 못한 게 또한 문제겠지요. 그런 중첩된 문제 해결을 지금부터 시작하는 거니까 최단시간 내에 최대효과가 날 수 있도록 최선을 다해주시기 바랍니다. 그 방법 외에는 다른 방법이 없지 않습니까?"

김범우는 열성당원처럼 신념에 찬 어투로 말했다.

"그렇기는 허구만요, 근디……" 선전과장은 담배에 불을 붙이고는, "워째 후닥닥 끝장을 내뿔지 못허고 저리 껄쩍지근허니 날만 보내고 있을께라?" 전세에 대해 근심의 빛을 드러냈다.

"글쎄요. 적도 최후의 저항을 하기 때문이 아니겠습니까. 곧 우리 인민군의 승리로 결말이 날 테니까 우린 후방사업에나 열중하도록 합시다. 구경 잘했으니 이만 일어나도록 하지요."

말이 길어지는 것이 싫어서 김범우는 일방적으로 말을 정리하고 일어섰다. 어색한 얼굴로 선전과장도 따라 일어났다. 교착상태에 빠진 전세에 대해서 조직원들은 거의가 조심스럽게 염려를 나타내고는 했다. 간부직으로 올라갈수록 그 우려의 도는 심해지고 있었다. 생각의 폭과 깊이가 넓고 깊은 만큼 그들은 날을 소모하는 것이 자신들에게 불리해진다는 사실을 정확하게 파악하고 있었다. 낙동강 연변에서 정지해 버린 전선은 아무런 변화도 없는 채 한 달 가까운 날들을 허비하며 9월로 접어들게 되었다. 간부들 사이에 불안한 기색이 드러난 것도 그즈음부터였다. 김범우는 자신의 예상이 들어맞아가고 있는 것만 같아 우울했고, 어느 누구하고도 전세에 관해서는 이야기를 나누고 싶지가 않았던 것이다. 이야기를 하다 보면 으레 미국에 대한 혐오감만 커질 뿐이었고 아무런 해결책이라고는 없었던 것이다.

"가실 질이 먼디 요것 잠 지니시제라."

선전과장이 종이에 싼 것을 내밀었다.

"아니, 이게 뭡니까?"

"햇고구마가 나와서 잠 샀구만요."

"이거 폐가 아닙니까."

"민폐라면 몰라도 요것이야 우리찌리 나누는 정인디요. 남원땅에 오셨으면 소리라도 한 자락 들으시고 뜨시게 혀야 허는디, 워낙에 전쟁통이라 논께 손님대접이 그리 안 되느만요."

선전과장이 정말 미안한 얼굴로 말했다. 소리의 고장에 사는 사람다운 말이었고, 인심이었다. 그가 굳이 광한루를 구경시키려고 했던 이유를 알 것 같았다.

"별말씀 다 하십니다. 그럼, 고맙게 먹겠습니다."

김범우는 종이쌈을 받아들며 웃었다.

"전쟁에 이기고 시상이 편안해지면 꼭 한분 새로 만내십시다. 오늘 못 들으신 남원소리 곱쟁이로 대접헐랑게요."

"그러지요. 그럼 안녕히 계십시오."

"예, 먼 질 무사허니 댕게 가시씨요."

김범우는 종이쌈을 꼭 들고 걷기 시작했다. 선전과장의 마음처럼 고구마의 온기가 손바닥에 느껴져왔다. 그럴 날이 오기는 와야 할 텐데…… 김범우는 마음이 무거워지는 것을 느꼈다.

남원으로 출장을 나온 것은 재산조사에 따른 농민들의 불만실태를 도당이 직접 파악하기 위해서였다. 세금징수를 위한 재산조사와 그것에 전면적으로 불만을 나타낸 농민들과의 문제는 하나의 새로운 정책을 시행하는 것이 얼마나 어려운 것인지를 보여주는 좋은 본보기였다. 당은 인민에게 세금을 부과하는 데 있어서 주먹구구식으로 재산조사를 해서 인민에게 피해를 입혀서도 안 되고, 그렇다고 나라 재정에 피해가 생기게 해서도 안 되기 때문에 세금원을 정확하게 파악할 목적으로 과학적인 조사방법을 동원한 것이 낟알세기였다. 그리고 공산주의 국가에서 규정하는 재산의 범위가 각 개인이 생산해 낸 일체의 소유물인 것은 당연한 일이었다. 그 조건 아래서 농지를 무상으로 분배받아 자작농으로 독립한 농민들은 2할 5푼의 세금만 빼면 그만이었다. 그렇게 되면 전과 다르게 가축까지 다 세금원으로 계산했다 하더라도 세금은 3할 미만에 불과할 뿐이었다. 그러나 전에는, 지역에 따라 약간씩의 차이는 있었지만, 거의가 반타작인 5할을 소작료로 지주에게 바치고, 세금은 또 따로 내게 되어 있었다. 새 법에 따르면 전에 비해 배 이상의 이익을 보게 되어 있었는데도 불구하고 농민들은 거칠게 반발을 보이고 있었다. 완벽한 홍보·계몽을 통한 이해·납득의 과정 없이 시행됨으로써 농민들은 재산의 범위와 조사의 방법에 대해 감정적인 반발을 하고 나선 것이다. 일본의 지배에서 간신히 벗어나서 딴 나라의 지배나 간섭에 대해서는 무조건 몸서리치며 거부하도록 민족감정이 고조되어 있는 상황 속에서 아무런 이유 설명도 없이 반탁에서 찬탁으로 갑자기 태도를 변경함으로써 민중의 오해를 사서 막대한 지지를 잃었던 경우와 똑같았다. 농민들은 자기들이 어엿한 자작농이 되었다는 사실은 깨닫지 않고, 소작인 시절에 지주한테도 간섭받지 않았던 논두렁의 콩을 세는 것에 정나미 떨어져 하고, 열을 올렸다. 지주들이 논두렁의 콩이나 밭고랑의 고추를 못 본 체하고 넘긴 작은 혜택은 결코 소작인들을 위해서가 아니었다. 고양이도 쥐를 막다른 길로 몰지 않는다는 것처럼 그건 소작인들의 숨통을 미리 틔워버리는 지주들의 교활한 지배방법이었다. 소작인들에게 자기들을 괴롭히는 악질의 표본과 기준은 지주들이었고, 그들이 심정적 좌익이 될 수밖에 없었던 것은 지주에 대한 반감과 좌익의 선전활동에 따른 기대 때문이었다. 그런데 지주들도 하지 않은 짓을 좌익이 하자 그들은 자초지종을 따질 겨를이 없이 감정적 반발을 일으키게 된 것이다. 기대만으로 가득 찼던 농민들과, 전시상황의 급박함 속에서 정책시행의 선전활동을 제대로 못한 당과의 사이에서 벌어지고 있는 괴리 현상을 김범우는 괴로운 심정으로 겪어내고 있는 참이었다. 그가 맡은 임무는 각 지방의 불만실태를 조사함과 아울러 문화선전부를 통해서 효과적으로 요령 있게 설명하는 방법을 전달 주입하는 것이었다. 손승호도 물론 같은 임무를 띠고 다른 지방을 출장 중이었다.

김범우는 박두병을 상대로 이학송과 나누던 식의 이야기는 할 수가 없었다. 이학송은 행동을 스스로 결정하긴 했지만 당원이 아니었다. 그러나 박두병은 지하투쟁까지 감행한 열렬한 공산주의자였고 당간부였다. 그에게 전쟁에 대한 회의론 같은 것이 용납될 리가 없었다. 그의 입장에서는 당연한 것이었고, 그가 만약 회의론에 동조한다면 그는 당간부의 자격이 없는 것이었다. 그의 입장에서는 오로지 전쟁에 이길 수 있도록 최선을 다하는 것만이 임무고 미덕일 수 있었다. 그래서 그를 대하는 데 옛날의 우정과 현재의 임무를 분명히 구분 짓고 있었다. 그도 역시 마찬가지였다. 공석에서는 '김 동무'였고, 사석에서는 '김 형'으로 바뀌는 호칭이 그의 마음을 명백하게 드러내고 있었다. 그는 공적으로 일을 지시하면서도 입당 같은 것에 대해서는 입도 떼지 않았다.

김범우는 일단 일할 자리를 정하게 되자 스스로의 태도를 확실하게 했다. 어쩔 수 없으니까 하는 식의 수동성을 버리고 맡은 일을 적극적으로 해내기로 마음먹었다. 그것이 자신의 성격에도 맞았고, 역사의 정당한 흐름을 따라가는 바른 태도라고 생각했던 것이다. 결과에 대한 불안스러운 예측은 어디까지나 개인적인 생각일 뿐이었다.

"자넨 참 알다가도 모를 사람이야. 그렇게 가시 박힌 소리만 해대며 사람 복장을 쑤셔댈 때는 언제고, 또 이렇게 일을 열성으로 해대는 건 뭐고……."

손승호의 얄궂은 표정의 말이었다.

"글쎄…… 내가 이해하기 곤란한 사람이 아니라 염 선배나 자네가 내 진의를 잘못 파악한 게 아닐까. 염 선배는 나를 감상적 민족주의자로 곡해했고, 자넨 나를 기회주의자로 매도하지 않았나? 다 생각의 차이에서 빚어지는 일이지."

김범우는 담담하게 대꾸했다.

"미안하네, 자네 생각이 너무 깊어서 그래."

"그건 또 무슨 소리야. 뭔가 좀 생각할 줄 안다는 사람들이 우리 민족문제를 생각하면서 미국이란 존재를 너무 가볍게, 너무 소홀하게 취급하는 걸 난 도무지 이해할 수가 없네. 미국이란 존재의 속성과 그 영향력을 조금만 관심 있게 살펴보면 내 생각이나 태도가 금방 이해될 거네. 미국은 절대 간단한 나라가 아니고, 이학송 선배 말을 흉내내자면, 미국은 우리 민족문제를 해결하는 데 있어서 두고두고 풀어야 할 숙제가 될걸세."

"그래, 반민특위의 불법해체를 놓고 이 선배가 그런 식으로 말했었지."

"역시 기억력 좋군."

"중요한 말이었으니까. 헌데, 미국이 그렇게도 문젤까? 자네가 너무 과대평가하는 건 아닐까?"

"그랬으면 좋겠네만 그렇지가 않으니 문제네. 미군과 쏘련군이 이 땅에서 철군을 했는데 그 차이가 뭔 줄 아나? 쏘련군은 그냥 다 물러갔는데 미군은 500명의 군사고문단을 남겼다는 사실이네. 그거야 알 만한 사람들은 다 아는 사실이었는데 시간이 흘러가면서 흐지부지 잊어버리게 되지 않았나. 그런데 그 군사고문단의 구성이나 의미는 무엇인가. 그들은 거의가 장교들로 이루어졌고, 미국은 남쪽땅은 결코 포기하지 않는다는 표시였네. 유사시에 그 장교들 밑에 사병들만 갖다붙이면 그대로 전투병력이 되는 것 아니겠나? 그리고 실제로, 미국은 며칠 만에 전쟁에 개입했었지? 문제는, 미국을 과대평가가 아니라 과소평가한 데 있는 것이네. 적을 과대평가해서 패하는 것이나 과소평가해서 패하는 것이나 똑같은 어리석음이라고 케케묵은 손자병법에서 말하고 있지 않던가? 보게, 며칠 전에 조국통일민주주의전선 중앙위원회에서 유엔을 상대로 조선인민의 성명서를 냈는데, 열다섯 살 이상의 조선인민 중에서 1,330만 명이 서명한 압도적 다수의 인민의 의지를 중시하고 유엔은 그 헌장에 입각해서 조선에 대한 미국의 무력간섭을 즉각 중지하고 조선으로부터 외국군대를 철거시킬 방안을 강구하라는 게 그 내용인데, 자네 생각엔 그게 실현될 것 같은가?"

"글쎄……."

"이제 와서 그런 소리 해봤자 어림도 없는 소리네. 미국이란 나라가 그런 성명서 하나로 물러날 것 같았으면 애초에 전쟁에 뛰어들지 않았을 거네. 그리고 유엔이라는 것이 미국의 이익을 도모하기 위해서 미국의 힘으로 만들어져 미국의 손아귀에 들어 있는 것이야 세상이 다 아는 일 아닌가. 물론 당에서 그런 성명서를 낸 건 미국이 물러갈 것을 기대해서라기보다 남의 민족문제에 무력행위를 자행하고 있는 미국의 만행을 세계여론에 알리자는 목적이 더 크겠지만 말야."

"어쨌든 전선이 너무 오래 교착상태에 빠져 있으니…… 미국이 문제는 문제야."

손승호는 침울하게 고개를 끄덕였다.

김범우는 자신이 마음의 안정을 얻은 데는 손승호가 옆에 있기 때문임을 잘 알고 있었다. 역사의 물줄기를 따라 흐르는 데 서로는 부담이 없고 짐이 되지 않는 그야말로 좋은 동무였던 것이다.

김범우는 걸음을 옮기면서 조심해서 종이를 펼쳤다. 짙은 자주색 껍질에 싸인 고구마 네댓 개가 키를 맞대고 누워 있었다. 그 눈에 익은 생김새에서 뭉클 슬픔이 느껴졌다. 고구마는 쑥떡·개떡과 함께 가난한 사람들의 목숨줄을 이어주는 농가음식이었다. 가난한 사람들은 양식이 떨어지는 겨울 막바지에 이르면 어른 아이 할 것 없이 고구마 한 개씩으로 하루살이를 해냈다. '고흥놈들 고구마똥'이라는 말이 있었다. 섬이나 다름없는 고흥은 밭이 태반인 데다 땅이 거칠어 생명력이 강한 고구마농사가 자연히 성행했다. 세끼를 고구마만 먹다 보면 그 똥도 '고구마똥'이 될 수밖에 없었다. 곡식 없이 겨울나기를 해야 하는 고달픈 삶을 일컫는 말이었다.

김범우는 고구마 하나를 집어 뭉텅 베물었다. 고구마는 어디까지나 간식이어야 했다. 농지가 고르게 나누어지면 그렇게 될 수 있었다. 농지를 고르게 나누어갖고자 하는 농민들의 욕구를 이번에 실감 있게 목격할 수 있었다. 자신이 전주에 도착했을 때 무상몰수 무상분배의 농지개혁이 한창 추진되고 있었다. 그 신속함에 놀라자, "놀랄 것 없네. 당에서 일을 추진하기 전에 벌써 농민들이 자발적으로 나서서 일을 하기 시작했네. 내가 옛날에 뭐라던가. 농민들은 몸으로 느끼고 몸으로 말한다고 하지 않던가? 정확한 기회 포착에, 신속한 행동개시네." 박두병의 말이었다. "참 기막힌 생체 언어의 표현이군. 농지개혁을 새로 안 하려고 했다간 큰일나겠군." "그거야 두말할 것도 없는 일이지. 당장에 이승만 정권 꼴 나는 거네." "당연하지. 사람에게 생계문제보다 더 중요한 문제는 없고, 이데올로기라는 것도 결국 그 해결책이니까." "우리 인민군이 해방시키는 날짜에 따라 지방마다 약간씩 시간차만 있을 뿐 어디서나 농민들이 자발적으로 일어나기는 마찬가지네." 그렇게 시작된 새로운 농지개혁이 상호이해의 불충분으로 말썽을 빚고 있었다. 김범우는 하루라도 빨리 그 오해가 해소되기를 바랐다. 자신의 노력이 그 일에 보탬이 되어야 한다고 생각하며 그는 우물거리고 있던 고구마를 꿀떡 삼켰다. 그리고 걸음을 더 빨리하기 시작했다.

율어지서장 이근술이 체포되었다. 몸을 숨긴 지 47일 만의 일이었다. 그가 잡혔다는 소식은 좁은 율어면을 삽시간에 휘돌았다. 소문이 샛바람 탄 불 번지듯 한 것은, 다른 경찰들처럼 벌써 오래전에 먼 데로 떠났으리라고 생각했던 그가 면내에 숨어 있었다는 놀라움 때문이었고, 다음은 그가 죽게 되리라는 다급함 때문이었다.

"근디, 이적지 잘 피해 있다가 워찌 잽히고 말었능고?"

"이, 윤샌집 헛간서 나무고 짚북데미고 오만 잡동사니럴 싸올레 갖고 담허고, 사이에 눌 자리럴 맹글어 피해 있었는디, 아 금메 방정맞은 두 아새끼가 숨바꼭질인가 대갱이 숨키는 놀인가에 미쳐선 즈그덜 몸띵이 숨킬라고 해필허고 그 잡동사니럴 허물어댔다고 안 허요."

"워메, 문딩이! 저것얼 으짤끄나! 그려서?"

"썩을 놈에 새끼덜. 긍께 워찌 되얐을 것이요. 잡동사니가 허물어짐스로 삐쩍 몰른 얼굴에 머리크락허고 쉬염이 질게 난 지서장이 뿔쑥 솟긴 것이제. 그래논께 간 떨어지게 놀랜 두 아새끼가 고삳으로 날고 뜀스로 귀신이야, 도깨비야, 소리소리 질러뿌렀제라."

"염병헌다, 염병헌다! 뉘집 삼시랑덜이 그리 방정맞을끄나."

입에서 입으로 전해진 이근술이 잡히게 된 경위였다.

"근디, 지서장은 워째서 미리 안 피허고 혼자서 뒤처졌을꼬?"

"그럴 만헌 무신 사단이 있었겄제. 고런 것 따지는 것이야 다 새날아간 소리고, 시방 다급헌 것은 지서장이 워찌 되느냐 허는 것 아니겄어?"

"워찌 되기넌 워찌 돼라. 그 맘 존 지서장이 무신 죄가 있다고."

"그리 태평시럽게만 생각헐 일이 아니여. 지서장이 아무리 맘이 좋고, 면민덜얼 위혔어도 지끔은 전시인디다가 지서장은 경찰이란 말이시."

"지아무리 사람 목심이 포리 목심이고, 순사치고 악질 아닌 것이 없지마는, 죄도 지각각 순사질도 지각각인 것이 지서장 두고 허는 말 아니겄소? 순사질해 묵었다는 것만 갖고 지서장 겉은 사람 죽이면 인공시상도 워디 사람 살 시상이겄소?"

"고것이 말로만 되는 일이 아니시. 무신 방도가 있어야 헐 일이제."

"방도야 무신 방도가 따로 있겄소. 지서장 덕에 살아난 보도연맹 사람덜이 시물대여섯이나 있겄다, 우리 면민덜이 나서겄다 허먼 워찌 죽이겄소?"

"잉, 고것 참 좋고 존 방도시."

다시 이근술을 염려하는 말들이 입에서 입으로 전해지며 마음들이 모아지고 있을 때 그의 배려로 예비검속에서 죽음을 면하게 된 스물일곱 사람은 이미 한 덩어리로 뭉쳐져 있었다. 그리고 그들은 곧 행동으로 나서기 시작했다. 이근술이 갇힌 분주소로 몰려가 구명운동을 펴는 한편 이웃들에게 도움을 청했다. 면민들은 하루 만에 구명운동에 한 덩어리가 되어 나섰다.

그 사건은 곧 염상진에게 보고되었다. 보고서를 읽어 내려가던 염상진은 깜짝 놀랐다. 군내에서 유일하게 예비검속이라는 만행을 저지르지 않은 율어지서장이 바로 율어에 여태껏 숨어 있었다니! 군당으로 되돌아와서 율어의 소식을 들었을 때, 아, 그런 경찰관도 있었나! 하는 놀라움과 감동을 느꼈던 것이다. 그런데 그 사람이 어째서 혼자 숨어 있었단 말인가. 염상진이 직감적으로 가진 의문이었다. 의문은 직감적이었지만 해답은 직감적이지 못했다.

예비검속에서 살아난 사람들은 물론이고 면인민들까지 구명운동에 나서고 있다는 대목을 염상진은 몇 번이고 읽었다. 그들이 구명운동에 나서지 않았더라도 스물일곱 사람이나 살려준 그를 표창은 못할지라도 죽일 하등의 이유가 없다고 염상진은 생각하고 있었다. 그러나 그가 왜 피신을 하지 않고 혼자 숨어 있었는가가 가시로 걸렸다. 혹시 어떤 목적을 가진 은신은 아니었을까 하는 의혹이고, 염려였다. 만약 그가 어떤 목적을 위해 은신했고, 활동을 했다면 그 사실 때문에 살려줄 수가 없게 될 수도 있었다. 염상진은 그런 일이 없기를 바라고 있는 자신을 발견하고 있었다. 면인민들을 위해서도 사건처리를 서두르지 않을 수가 없었다. 심정적으로도 이근술이란 색다른 사람을 빨리 만나보고 싶었다. 염상진은 안창민을 불러 보고서를 건네주고 담배에 불을 붙였다.

염상진은 담배를 깊이 피우며 김범준을 생각하고 있었다. 김범준은 순천에 주둔하면서 관할지역을 주기적으로 돌고 있었다. 그런데 마침 보성군을 거쳐 고흥군으로 가는 길에 집에 머물고 있었다. 염상진은 그에게 율어 동행을 청하면 어떨까 하는 마음이 생겼다. 그에게 동행을 청할 만한 희귀한 사건이라는 생각이 들었던 것이다. 겉으로는 희귀한 사건을 목격시키고 그 처리에 대한 의견을 듣겠다는 것이었지만, 속으로는 그와 함께 보내는 시간을 한 번이라도 더 갖고 싶은 욕심이 작용하고 있었다. 그와의 첫 대면 이후 서로가 바빠 좀 긴 이야기를 나눌 기회를 갖지 못했던 것이다. 첫 대면한 김범준은 역시 소년시절부터 흠모해 왔던 대상으로서 부족감이 없는 면모를 갖추고 있었다. 준수하면서도 예리한 얼굴에는 사십객의 혁명가다운 중량감과 원숙감이 담겨 있었다. 만주 그 어느 곳에선가 죽은 줄만 알았던 그가 인민군관이 되어 해방전쟁을 통해 나타나리라고는 상상조차 못했던 일이었다. 공산주의자로서 항

일빨치산투쟁을 했다는 사실 앞에서 염상진은 그저 온몸이 조여드는 위축감을 느꼈을 뿐이었다. 그 투쟁경력이야말로 아무 사족이 필요 없는 골수요 정통이었던 것이다. "저는 범우 친굽니다. 소학교 때부터 존경하고 있었습니다." 염상진은 자신의 마음을 솔직하게 나타내는 것으로 첫인사를 삼았다. "아, 범우 친구요?" 김범준은 반색을 하며 손을 잡았고, "부끄럽소, 완전한 독립을 쟁취하지도 못했는데" 하며 쓸쓸한 느낌의 웃음을 얼핏 지었다. 김범준은 동생 범우의 사상적 동향을 알고자 했다. 염상진은 간략하게 설명했다. "민족의 발견…… 그 말 한번 재미있군. 반민족세력을 제거한다는 전제 아래 열강의 틈바구니에서 살아남기 위해 이념투쟁에 앞서 민족의 단합을 꾀하자는 뜻이라니, 현실성은 약해도 논리성은 강하군. 민족은 백번 강조되고 확인되어도 지나치지 않으니까." 김범준은 혼잣말을 하듯 느릿느릿 말했다. 첫 대면은 그것으로 끝났다.

"이거…… 다 읽었습니다."

"아, 그래요 어찌 생각하시오?"

염상진은 담배를 끄며 안창민을 응시했다.

"글쎄요…… 면인민들의 뜻은 그렇다 하더라도 일단 조사를 면밀히 해야 될 것 같습니다. 경찰이 집단후퇴를 했는데 왜 혼자 떨어졌는지 의문이고, 그게 어떤 임무수행을 위해서가 아닌가도 의심스럽습니다."

안창민의 예리함에 염상진은 고개를 끄덕였다.

"혹시 아는 사람은 아니오?"

"얼굴을 본 적은 없고, 마음씨가 좋다는 소문은 투쟁 중에 얼핏 들었습니다."

"만약 숨어 있었던 것에 아무 혐의가 없으면 어쩨야 되겠소?"

"글쎄요, 스물일곱이나 되는 목숨을 살려낸 사람 아닙니까?"

"알겠소, 내 생각과도 일치하고 있소. 곧 율어로 넘어가야겠는데, 안 동무 일은 어떻소?"

"별로 급한 일은 없습니다."

"그럼 같이 갑시다."

"예, 준비하지요."

안창민이 일어섰다. 염상진은 전화기 발신손잡이를 돌려댔다.

염상진은 김범준에게 사건내용을 간추려 말하고, 가능하면 동행하기를 원했다.

"그것참 드문 경찰관이오. 시간이 전부 얼마나 걸리게 되겠소?"

"왕복 소요시간이 두 시간 정도, 조사에 한 시간 정도 해서, 세 시간이면 되겠습니다."

"그럼 가보도록 합시다. 나 곧 나가겠소."

"예, 시간절약을 위해서 횡계다리목으로 나오시면 되겠습니다."

"그게 좋겠소."

염상진은 기분이 더 없이 좋았다. 김범준 같은 혁명투사와 함께 걷는다는 사실만으로도 가슴 벅차는 일이었다. 그는 과묵한 인상이었고, 말을 하면서도 자신의 말을 되새겨 생각하는 것처럼 보였다. 그래서 더 무게를 느끼게 했고, 궁금한 것이 수없이 많으면서도 함부로 물을 수가 없었다. 김범우의 생각에 대해서도 자신은 일찌감치 환상주의자나 감상적 민족주의자로 단정 내려 무가치한 것으로 치지도외하고 말았는데 그는 색다른 판단을 내리고 있었다. '민족은 백번 강조되고 확인되어도 지나치지 않으니까' 했던 말의 의미를 어떻게 해득해야 좋을지 알 수가 없었다. 계급성 속에 민족을 두는 것인지, 민족 속에 계급성을 두는 것인지, 계급성과 민족을 수평에 놓는 것인지, 이해하기가 모호했다.

횡계다리목에서 만난 세 사람은 율어를 향해 걷기 시작했다. 그들의 걸음걸이는 예사 빠르기가 아니었다. 안창민의 발걸음도 가볍고 빨랐다. 그는 야산투쟁을 통해서 하대치의 발빠르기에 결코 뒤지지 않을 만큼 다리가 단련되어 있었다. 그는 산에서 내려와서 얼마 동안 발이 허공에 뜨거나 헛놓이는 착각 속에서 몸이 자꾸 뒤뚱거리는 것 같은 혼란을 겪었고, 요즈음도 가끔 그런 기분이 스치고 지나가곤 했다. 산만 오르내리는 데 익숙해진 다리가 평지를 걷게 되자 적응이 안 되었던 것이다. "다리가 영판 요상허시제라? 한식경 지내야 지대로 자리럴 잡을 것잉마요." 하대치가 경력자답게 넌지시 한 말이었다.

"의용군사령관 김태규 동무 집이 율업니다."

염상진이 말을 꺼냈다.

"그렇다고 들었소."

염상진은 맥이 빠졌다. 그 말을 고리 삼아 이야기를 자연스럽게 풀어가려 했는데 벌써 알고 있었던 것이다. 그러나 염상진은 곧 자신을 비웃었다. 김범준의 입장에서 호남지구 의용군사령관 김태규에 대한 신상파악이 안 되었을 리가 없었다. 자신의 생각이 너무 단순했던 것이다. 김태규 선배는 자신이 예감하고 있었던 것처럼 북쪽에 건재하고 있다가 봉건시대 용어로 금의환향했던 것이다. 그는 직책 그대로 의용군들을 모아가지고 전선으로 갔다. 그의 출현은 김범준에 비하면 아무것도 아니었지만 그래도 읍내사람들의 이목을 집중시키기에 충분했다.

"여쭤봐도 괜찮을지 모르겠습니다만, 전황의 전망은 어떻게 되겠는지요?"

안창민은 김태규의 이름을 듣자 가슴에 묻어두고 있는 불안스러움과 궁금증이 한꺼번에 일어나 그 말을 묻지 않을 수가 없었다.

"글쎄에…… 전황의 전망이라……."

김범준은 고개를 젖혀 하늘을 올려다보았다. 그리고 담뱃갑을 꺼냈다. 염상진이 성냥을 켰다. 그는 담배에 불을 붙이느라고 잠깐 걸음을 멈추었고, 담배를 빨면서 한동안 걸어가기만 할 뿐 말이 없었다.

"미군이…… 미군이 문제요."

마침내 김범준이 한 말이었다. 된 신음이라도 하는 것 같은 목소리였다.

안창민은 염상진의 눈길을 느꼈다. 염상진의 눈은 더 묻지 말라는 말을 하고 있었다. 염상진의 눈길이 아니었어도 안창민은 무슨 말을 더 연결할 기분이 아니었던 것이다. 그만큼 김범준은 대답하기 곤혹스러워했을 뿐만 아니라 그의 짧은 대답은 다른 말을 더 물을 필요 없이 많은 의미를 함축하고 있었다.

하늘에도, 산에도, 들녘에도 가을이 깃들고 있었다. 하늘의 빛이며, 산의 모습이며, 들녘의 색깔에서 가을냄새가 묻어나기 시작하고 있었다. 그들은 걷기에만 열중했다. 주리재까지 한달음에 치올랐다.

마치 속보경주라도 하는 것 같았고, 그 누구도 뒤처지지 않는 걸음이었다.

"잠시 쉬시겠습니까?"

주리재마루에서 염상진이 말했다.

"괜찮소."

김범준의 표정 없는 대꾸였다.

산으로 에워싸인 율어면이 언제나처럼 한눈에 내려다보였다. 언제 보아도 가관의 경치였다. 김범준은 걸음을 멈추듯 하며 담배를 꺼냈다.

염상진이 빠른 동작으로 성냥을 그었다.

"저도 피워도 되겠습니까?"

염상진의 말이었다.

"아, 괘념치 마시오."

김범준이 재빨리 담뱃갑을 꺼내 염상진 앞으로 내밀었다.

"저한테 있습니다."

"어서 뽑으시오."

김범준이 염상진을 쳐다보며 그윽하게 웃고 있었다.

두 사람이 내뿜는 담배연기가 바람결을 타고 어지러이 흩어지고 있었다. 두어 걸음쯤 뒤따라 걸으며 그 상큼한 냄새를 맡고 있는 안창민은 담배를 피워도 괜찮겠다고 생각하고 있었다.

"전에 민족에 대해서 강조하셨는데…… 그게 어떤 뜻인지요?"

염상진은 신중하게 말을 꺼냈다. 내리막길이라서 걸음은 한결 더 빨라져 있었다.

"아, 그 생각을 지금까지 하고 있소?" 김범준은 염상진을 옆눈길로 보고는, "계급혁명을 전제로 한 공산주의 운동에 있어서 민족문제를 어떻게 다루고, 또 얼마만한 비중을 두어야 할 것인가…… 하는 문제는 아주 심각하고 그리고…… 중대한 문제가 아닌가 싶소. 그러니까, 중국공산당이 혁명에 성공한 것은 여러 가지 요인이 작용한 것인데…… 거기에 민족문제는 얼마나, 어떻게 작용했는지를 따져볼 필요가 있을 것이오. 중국공산당은 처음부터 마르크스·레닌주의에 입각하되 민족자주적 혁명, 민족주체적 혁명을 분명히 했던 것이오. 그러니까 중국인의 힘으로 중국민족을 위한 공산주의 계급혁명을 추진한다는 노선이오. 그 노선에 따라 모든 전략·전술은 수립되고 추진되었소. 코민테른의 지시 거부도, 부르주아 혁명 단계를 생략하고 농민 프롤레타리아를 혁명의 주체로 삼은 것도, 어제까지 적이었던 국민당과의 투쟁을 중지하고 일본놈들을 내몰기 위해 팔로군으로 국민당군에 편입된 것도, 그리고 우리가 공산혁명을 하는 것은 중국과 중국민족을 쏘련에 넘겨주거나 예속되기 위해서가 아니라는 말을 모택동 주석이 공개적으로 했던 것도, 다 그 노선에 근거한 것이었소. 계급은 사회의 수평적 인식이고 민족은 수직적 인식인데, 그건 베짜기의 날줄과 씨줄 같은 것이오. 어느 하나가 없어서는 베가 짜질 리가 없지 않소. 그런데 조선공산당은…… 어찌 되었소. 민족반역세력에게 '민족'을 도용당하다니…… 그자들이 어찌 감히 '민족진영'이란 말을 쓸 수 있느냔 말이오. 그건…… 그자들이 뻔뻔스럽고 교활한 데도 원인이 있지만, 그보다는 먼저 조선공산당이 민족을 등한히한 데 문제가 있을 것이오. 공산당 쪽에서 계급과 함께 민족을 내세웠다면 그자들이 어찌 민족을 도용할 수 있었겠소. 고유한 문화전통과 생활풍습을 가진 사회집단일수록…… 계급보다는 민족에 더 호응한다는 사실을 간과한 결과요. 그 연장선상에서 찬탁이 나왔고, 찬탁 때문에 '조국을 쏘련에 팔아넘기려 한다'는 결정적 모함을 당했고, 그러고도 그 모함을 깨끗이 척결할 만한 시원한 대안을 인민 앞에 제시하지 못했소. 그리고 더 중요한 문제는…… 공산주의 이념 아래 세계인민의 해방을 주창해 온 쏘련이 조선문제를 놓고 제국주의자 미국과 한 탁상에 앉아 신탁통치안을 만들었다는 사실이오. 그건 쏘련이 저지른…… 분명한 오류며 모순이고, 조선공산당은 조선민족의 이름으로써 그 모순을 지적하고…… 그 오류를 시정하게 했어야 하는 거요. 그런데…… 찬탁을 했소. 중국공산당과 조선공산당의 차이가 여기에 있소. 인간이 지역적으로 집단을 이루며 종족이 다르게, 말도 다르게 살아온 역사가 수만 년을 헤아리는 이상 계급혁명의 통

일로만 살아질 수 없다는 그 근원적인 문제를 제대로 파악해야 하는 것이오. 그 파악 위에서 중국공산당은 붉은 깃발을 내리고 국민당과 연합해서 일본도 물리치고 혁명도 성취시켰는데……."

김범준은 깊은 한숨을 쉬었다. 염상진은 충격에 부딪쳤다. 충격을 받기는 안창민도 마찬가지였다. 두 사람은 당혹스런 얼굴로 서로를 잠시 맞쳐다보았다. 김범준이 생략해 버린 말이 그들의 의식 속에서는 이미 정리되어 있었다. 그의 말은 자신들이 여태껏 생각해 보지 않았던 문제였고, 비판이었다. 그의 안목이 크고 예리함에도 놀랐지만, 그런 위험천만한 비판을 가하는 데 더욱 놀란 염상진과 안창민은 할 말을 잊고 있었다.

분주소에 도착할 때까지 아무도 더는 말이 없었다.

세 사람 앞에 이근술이 끌려나왔다. 바람이라고는 통하지 않는 헛간 뒷구석에 갇혀 한여름의 무더위에 시달리며 먹는 것도 부실했던 데다가, 오랫동안 햇볕마저 못 보고 불안스럽게 지내온 이근술의 얼굴은 뼈가 있는 대로 다 드러나도록 삐쩍 마른 채 피부는 희끄므리하게 변색되어 있었다. 그래서 긴 얼굴은 더 길어 보였고, 부르튼 입술 언저리엔 수염이 더부룩한 데다 머리칼까지 길어 모습이 사람꼴이 아니었다.

"그 걸상에 앉으시오."

염상진의 말에 따라 이근술이 퀭한 눈을 껌뻑이며 걸상에 앉았다.

"이분은 지구사령관이시고, 난 군당위원장이오. 그리고 이분은 부위원장이오." 염상진이 앉은 순서대로 신분을 밝히고는, "지금부터 당신을 취조하겠소. 묻는 바에 대해 명료하게 사실대로 대답하기 바라오. 불필요한 거짓말이나 위장술을 쓰려고 해서 우리가 경찰 간부인 당신에게 갖추고자 하는 예우가 깨지게 되는 일이 없도록 해주시오." 그는 이근술의 눈을 주시하며 엄격한 어조로 말했고, 이근술은 멍한 듯한 눈으로 염상진을 바라보고 있었다.

"경찰들은 단체로 일시에 후퇴를 했는데 왜 당신 혼자만 남아 있었소?"

"금메 말이요, 워쩐 일인지 여그 지서에는 아무 연락도 없이 그런 일이 일어났구만요."

"그게 도대체 무슨 소리요. 그럼 당신 부하들은 어떻게 되었다는 거요?"

"긍께 들어보시게라. 아무 연락도 못 받고 태평허니 시무나흗날을 보내고 시무닷새가 되얐는디 차석이 워디서 알아왔는지, 온 경찰이 전날 후퇴해 뿔고 인자 인민군이 코앞에 닥쳤다고 보고럴 허드랑께요. 하도 말 같지 않은 소리라 믿지 않음시로 본서로 전화를 건다 어쩐다 험서 알아봉께 고것이 사실이드랑께라. 부하 셋을 불러 기술껏 암디로나 피허라고 앞질러 보내놓고, 나 혼자서 문서 챙기고 어쩌고 험서 하룻밤을 보내고 봉께 워디로 피헐 도리가 읎이 시상이 달라지고 말았드만요. 그려서 가차운 디로 숨은 것이제라."

"우리가 알고자 하는 건 왜 이곳에만 연락이 취해지지 않았느냐 하는 점이오."

"나도 날이 날마동 쪼글치고 앉어갖고 그 이유럴 캐낼라고 애럴

썼는디, 맘에 짚이는 것은 본서 서장허고 한바탕 다툰 건이 있기는 있었구만요. 허나, 고것도 나 혼자 추측이제 사실여부야 알 도리가 없는 일이제라. 나가 생각허는 상식으로는 그 다툰 일로 작전지시럴 중단헌다는 것은 있을 수 없는 일잉께요."

"그 다툰 일이 뭐요?"

"긍께, 예비검속 때 여그서만 총질이 없었는디, 그 일로 서장이 나헌테 책임추궁을 혔제라. 그러다 봉께 말쌈이 벌어졌는디, 서장은 무조건 시행명령이라고 혔고, 나넌 현지 책임자의 판단권한이라고 혔고, 쪼깐 고약시런 일이었제라."

"이 지서장은 그때 왜 처형을 하지 않았소?"

염상진은 '당신'을 '이 지서장'으로 바꾸고 있었다. 그는 이근술이 그 일로 보복을 당했을지도 모른다는 심증을 굳히고 있었다.

"진작에 서장헌테도 입에 춤이 보트게 헌 말인디, 진짜배기 좌익이야 다 산에 있고, 그 사람덜이야 인자 땅이나 파묵음스로 사는디다가, 모이라먼 모이고 가라먼 가는 그 순헌 사람덜이 좌익이 아니란 것을 뻔허게 암스로 워찌 총질을 허겄는게라. 그것뿐이구만요."

"됐습니다, 조사 다 끝났습니다. 들어가 조금 쉬고 계십시요."

무표정하게 의자에서 일어서는 이근술을 대기하고 있던 두 청년이 양쪽에서 붙들었다.

"어떻게 생각하십니까?"

염상진이 김범준에게 물었다.

"진실한 사람이오."

"어떻게 생각하시오?"

염상진이 안창민에게 물었다.

"거짓말이 없는 것 같습니다."

"더 확실히 하기 위해서 저 사람을 숨겨주었던 집주인을 불러 보충조사를 해보는 게 어떻겠습니까?"

염상진이 다시 김범준에게 물었다. 김범준은 그저 고개를 끄덕였다.

이근술을 숨겨준 집주인은 예비검속에서 살아난 사람들 중의 하나였다. 그 사람의 말을 통해서도 이근술이 숨어 있는 동안 의심받을 만한 행동을 한 일은 없었다.

이근술이 다시 불려나왔다.

"면인민 전체의 뜻을 존중하여 이 지서장의 석방을 결정하는 바이오."

염상진의 말이었다.

이근술은 무표정하게 앉아 있었다.

면민 200여 명이 오래전부터 분주소에서 멀찌감치 떨어진 나무그늘 아래 말없이 모여 서 있었다.

인천은 불바다라고 했다. 상륙을 시도하기 위한 무차별 함포사격으로 인천시내는 불바다만이 아니라 피바다를 이루어가고 있다고 했다. 신문사 안은 그런 소식들로 술렁거리며 흔들리고 있었다.

"이거 어드렇게 된 기야, 이거."

"내래 어찌 알갔소. 베락 맞기야 마찬가지디."

"어드렇게 요런 일이 벌어질 수 있갔시오. 우리 정보대는 낮잠만 자고 있었다는 결론 아니갔소."

"허를 찔려도 이륵케 찔릴 수가 있갔소. 이거 앞으로 어찌해야 되는 기요?"

당황과 두려움으로 더욱 억양이 거세진 이북말들이 신문사 안을 어지럽게 날아다니고 있었다.

이학송은 담배만 피우며 혼자 책상에 앉아 있었다. 그 사태는 그야말로 돌발적이었다. 그러나 그건 이쪽 입장일 뿐이었다. 적들은 벌써 오래전에 계획한 작전일 것이었다. 동해안의 어느 지점에 상륙하려 한다면 또 모른다. 그런데 적은 분명 인천을 공격해 대고 있는 것이다. 그럼, 배들은 부산 쪽에서 출발해서 남해안을 거쳐 서해안을 따라 인천 앞바다에 이른 것이다. 그 이동기간만 해도 며칠이 걸렸을 것이다. 그런데 이쪽에서는 그 움직임을 까마득하게 모르고 있었다. 해군력이 전무한 상태니까 당연한 결과였다. 육군·공군에서 미국은 마침내 해군까지 동원한 것이다. 육·해·공군의 삼면 입체작전 앞에 이쪽은 육군밖에 없는 것이다. 김범우의 말이 머릿속을 어지럽히고 있었다. 이학송은 눈을 감았다.

"이 선배요, 눈 좀 뜨이소."

낮고 급한 목소리에 이학송은 더디게 눈을 떴다. 《국도신문》에서 함께 일했던 유재웅이었다.

"이기 우째 된 일인교?"

이학송은 고개를 저었다. 유재웅의 표정이 아니더라도 거침없이 사투리를 쓰는 것으로 보아 그의 감정상태가 어떤지 짐작할 수가 있었다.

"이 선배는 우째 그리 태연할 수 있는교?"

"내가 태연해 보이오? 그럼 다행이군."

이학송은 피식 웃으며 자리를 고쳐 앉았다.

"앞으로 우째 될 것 같습니꺼?"

"여기서 함부로 할 말 아니잖겠소?"

이학송이 눈총을 주었다.

"기얀습니더. 서로 정신없이 떠드니라꼬 우리 말 엿들을 사람 없임더. 그라고 목소리를 요리 쪼맨허게 내니께요."

"내 생각으론 어려울 것 같소, 막아내기가."

"그렇겠지요? 군대란 군대가 다 낙동강 전선으로 몰렸이니 언제와 막아내겠는교. 군대가 오는 동안에 양키들이 서울을 치고 들낀데요."

"형편이 그리 돼 있소."

"그리 되면 우찌 되는 기요?"

유재웅의 목소리가 더 낮아졌다.

"후퇴밖에 더 있겠소?"

"후퇴요? 이북으로 간다 그 말입니꺼?"

"그만합시다."

"이 선배는 이북으로 갈 깁니꺼?"

"어허, 그만하라니까."

이학송은 자리에서 일어서버렸다.

이학송은 변소로 가서 또 담배를 빼들었다. 담배에 불을 붙이고 변기 앞에 섰다. 소변이 나오지 않았다. 요의를 느껴서 변소로 온 것은 아니었지만 보통 때 같았으면 소변이 안 나올 리 없는 일이었다. 제길, 똥줄이 탄다더니 오줌줄이 타는 모양이군. 그는 씁쓰레하게 웃으며 창밖으로 눈길을 보냈다. 네모난 하늘에서 문득 가을이 느껴졌다. 아, 벌써…… 반사적 감상을 느끼며 그는 오늘이 9월도 반으로 접힌 16일이라는 것을 떠올렸다. 가슴이 답답하고 무거웠다. 전쟁이 어떻게 되어갈 것인지 갈피를 잡을 수가 없었다. 미군이 상륙작전을 감행한 이상 성공을 목표로 화력도 병력도 최대한으로 확보했을 것이다. 승리를 위해서 화력은 물론이고 병력손실도 개의치 않을 것이다. 상륙작전이라는 것 자체가 병력손실을 전제로 해서 적진으로 뛰어드는 무모하고도 과감한 작전이었다. 미군은 이미 상륙작전에 재미를 붙인 군대였다. 2차대전 때 노르망디 상륙작전으로 승리의 결정적 계기를 만들었던 것이다. 그 경력을 재현하고자 하는 미군을 현실적으로 막아낼 도리가 없는 일이었다. 그런 조짐은 벌써 낙동강 연변에서 전선이 고착되면서 생기기 시작했었다. 김범우의 예상은 여러 면에서 들어맞은 셈이었다. 후퇴를 하게 되면…… 어찌할 것인가. 아내와 세 아이들의 모습이 떠올랐다. 개인행동이 용납되지 않겠지만, 만약에…… 그럴 기회가 온다면…… 군인과 경찰이 다시 서울을 차지하게 되면 공산주의자는 물론이고 부역자들의 색출이 대대적으로 벌어질 것은 자명한 일이었다. 그 어디고 발붙일 곳이 없을 것이다. ……후회하는가? 그렇지는 않다. 정당한 역사행위라고 판단했다. 그래서 선택했다. 그 판단에는 변함이 없다. 올바른 선택이었다. 그러니까 후회가 없다. 그럼 함께 후퇴를 해야 하겠지? 처자는 어떻게 되지? 후퇴가 영원한 이별은 아니니까…… 당분간 고생이야 어쩔 도리가 없지. 그래, 후퇴를 하면 함께 따라가야지…… 선택한 길인데! 이학송은 마음을 결정했다. 조금 가슴이 트이는 기분이었다.

"뭘 그리 생각하고 있소?"

누군가가 큰 소리로 말했다.

"아, 예예……."

이학송은 말한 사람을 보지 않고 황급히 아래를 내려다보았다. 자신은 그때까지 오줌도 나오지 않는 물건을 잡고 있었던 것이다. 여전히 오줌은 나올 기미가 없고, 물건은 볼품없이 맥이 빠져 있었다. 자신은 그 볼품없는 자신의 뿌리를 붙들고 서서 자신의 중대문제를 결정한 것이었다. 이학송은 멋쩍은 웃음을 흘렸다.

"아니 이 기자, 어디 갔었소? 한참이나 찾았는데."

취재부장이 서둘러대는 몸짓으로 책망했다.

"변소에 있었습니다. 무슨 일 있습니까?"

"배 아프시오?"

"아닙니다."

"됐소 그럼. 취재진을 짰으니까 빨리 인천으로 떠날 준비하시오."

"알겠습니다."

이학송은 바지춤을 추켜올렸다. 그건 기다리고 있었던 일이었다. 인천을 통해 또다시 허리를 자르려고 드는 미군의 그 무모하고도 과감한 상륙작전의 현장을 확인하고 싶었던 것이다.

항구도시 인천은 갈가리 찢기고 불타면서 죽어가고 있었다. 바다 쪽에서 꼬리에 꼬리를 물고 날아오는 폭탄들은 아무 데나 가리지 않고 곤두박이며 불길을 토해냈다. 검은 연기와 함께 시가지 여기저기는 불타고 있었고, 새로운 폭탄이 터질 때마다 새 불길이 번지고 있었다. 연이어 터지는 폭음에 휩싸여 사람의 비명이나 아우성은 들릴 리가 없었다. 폭탄이 쉴 새 없이 터져오르고 있는 시가지에는 아예 접근할 수가 없었다. 이학송 일행은 야산 마루에서 무자비한 폭격에 찢기고 터지고 불타면서 죽어가고 있는 도시의 처참한 몸부림을 지켜보고 있을 뿐이었다. 폭탄은 참으로 빗발치듯이 쏟아지며 폭음과 불길을 토해내고 있었다. 폭탄 한 발이 터질 때마다 사람이 하나씩만 죽어간다 해도 인천시민은 한 사람도 살아남기가 어려울 지경이었다. 바다 쪽에서는 숨 막히도록 폭탄이 날아오는데 이쪽에서 바다 쪽으로 날아가는 폭탄은 없었다. 저 어지러운 난장판 속에서 얼마나 많은 사람이 죽어가고 있을 것인가……. 이학송은 어금니를 맞물었다. 저건 민간인들마저 적으로 취급해 버리는 초토화작전이었다. 풍부한 물량을 이용해 모든 것을 불 질러 태워 가루로 만들고, 재로 만들어버리는 작전—인천은 위로 불바다가, 아래로는 피바다가 되지 않을 수 없었다.

전쟁은 명분으로 시작되어 광적인 살인과 파괴를 거친 다음 잿더미로 끝난다……. 이학송의 머리에 모아진 생각이었다. 사회주의 리얼리즘으로 나는 무슨 기사를 쓸 수 있을 것인가……. 이학송은 눈을 감았다. 시내로 들어가지 못할 바에는 이 산마루에 더 있을 필요가 없었다. 로마 시를 불 질러놓고 그 구경을 하면서 시상을 얻는 기발한 천재시인 네로가 아닌 이상 무차별 폭격 아래 무방비 상태로 불붙어 재로 변해가는 도시를 바라보고만 있는 것은 비감과 분노만을 키울 뿐이었다. 그러나 이학송은 그만 돌아가자는 말을 먼저 꺼내지는 않았다. 적을 손수 무찌르지는 못하더라도 적에 대한 분노나마 키우는 것이 기자의 몫일지도 모른다는 생각이 한편에 있었던 까닭이다.

"분빠바 분빠바 잘이헌다아, 부분분빠 잘이헌다아—하먼, 하먼, 막 퍼붓어, 퍼붓어뿌러! 괴뢰군놈덜 씨도 안 남게 더 씨게씨게 퍼붓어뿌는 것이여!"

현오봉은 고개를 뒤로 발딱 젖혀 하늘을 올려다본 채 신바람이 나고 있었다. 그는 소대장이라는 체신도 잊어버리고 자신이 뽑아대는 가락에 따라 팔다리까지 꺼떡거렸던 것이다.

"오이야, 진작에 그리 했어야제 지끔꺼지 머 허고 있었드노?"

"옳지러, 자알한다 마. 괴뢰군눔덜 카악 다 뭉카뿌러라."

"웜메 씨언허니 깔겨대는거. 괴뢰군놈덜 좆 빠지게 생겼다."

소대장을 따라 소대원들도 하늘을 올려다보며 마음대로 떠들어대고 있었다.

강 건너편의 하늘에는 B29 수십 대가 떠서 폭탄을 줄줄이 쏟아내고 있었다. 비행기들이 지나간 뒤쪽에서는 먼저 떨어져 내린 폭탄들이 일정한 간격으로 연쇄폭발을 일으키고 있었다. 몸집이 큰 만큼 날개도 긴 B29 수십 대가 한꺼번에 날게 되자 갑자기 하늘이 좁아졌다. 그 쇠로 된 새들은 별로 높이 뜨지도 않아서 쌕쌔기라고 부르는 전투기에 비해 몇 배나 커 보였다. 하늘을 덮듯이 한 B29들은 강변을 따라 묵직하고 느리게 날아가며 끝없이 폭탄을 떨어뜨리고 있었다. 바로 융단폭격이었다. 일정한 간격으로 폭탄을 촘촘히 떨어뜨려 적에게 치명상을 입히는 폭격법이었다. 조준도 명중확인도 필요 없는 그 폭격은 전쟁물자가 많지 않고서는 해낼 수 없는 또 하나의 물량작전이었다. 폭탄을 줄줄이 쏟아내는 그 폭격은 한 차례로 끝나지 않았다. 처음의 비행기떼가 사라지면 다른 비행기떼가 뒤를 이어 나타나 똑같은 방법으로 폭격을 해댔고 그것이 사라지면 새로운 비행기떼가 나타나고는 했다.

"다들 들어라. 저 삐이십구 폭격이 끝나고 나면 우리는 강을 건너서 진격이다. 적들은 지금 저 폭탄세례를 받고 수없이 죽어가고 있다. 저 폭탄 터지는 소리 때문에 괴뢰군들이 죽어가면서 지르는 소리가 들리지 않을 뿐이다. 너희들은 저 폭탄 터지는 소리가 바로 적들이 죽어가면서 지르는 소리라는 것을 알아야 한다. 저렇게 쑥밭을 만들어대는데 살아남을 놈들은 얼마 되지 않는다. 그 남은 놈들을 우리가 밀어붙이는 것이다. 이미 알려준 것처럼 위에서 인천상륙작전이 성공해서 밀어붙이고 있고, 아래서는 우리가 밀어붙이고 올라가면 괴뢰군들 꼴은 어떻게 되겠는가? 바로 독 안에 든 쥐다! 앞으로는 그 쥐를 때려잡는 일만 남았다. 이번 전쟁의 승리는 바로 우리의 것이다. 진격을 앞두고 다들 각오를 단단히 하도록. 알겠나!"

"예엣!"

"원기 부족, 알겠나아!"

"예에엣!"

"쭈우아, 각자 위치."

빠른 움직임으로 흩어지는 소대원들을 바라보며 현오봉은 느긋하게 웃고 있었다. 그는 언제부턴가 전쟁터에 대한 공포감에서 서서히 벗어나기 시작해서 이제는 부하들에게 정신교육을 시킬 때도 자신감에 차서 말을 하게 되었다. 그는 시체 썩는 냄새에 속이 뒤집히지 않았고, 두 눈알이 없어져버린 채 입에 구더기를 가득 물고 썩어가는 시체를 예사로 보아넘겼으며, 폭탄이 머리 위를 날아다니는 속에서도 밥을 먹을 수 있게 되었다. 그런 변화와 함께 그의 마음속에는 미군에 대한 신뢰가 차츰 넓게 자리 잡아가고 있었다. 그동안 미군의 줄기찬 지원폭격이 아니었더라면 도강해 오는 적들을 막지 못하고 전선은 벌써 뚫리고 말았을 것을 그는 직접 겪어서 알았다. 미군의 그 막강한 힘이 전선을 지키게 했다는 것에 앞서 자신의 목숨을 보존시켜 주었다는 구체적 실감은 바로 미군에 대한 신뢰로 바뀌었다. 그런데 마침내 총반격이 개시되면서 B29들이 날개를 나란히 맞춰가며 적진을 맹타하는 것을 보게 되자 미군은 역시 세계 최강의 군대, 위대한 군대라는 사실을 실감하지 않을 수가 없었다.

"거 참 근사허다. 공군이 육군보다 훨씬 멋떨어진다니까."

현오봉은 새로 나타난 B29들이 토끼똥 싸듯 폭탄들을 쏟아내고 있는 것을 바라보며 신명나고 있었다.

"참 폭탄도 많기도 하군요. 언제까지 저렇게 퍼부어댈 거죠?"

옆에서 선임하사가 말했다.

"왜? 선임하산 폭격하는 게 싫은가!"

현오봉은 선임하사 쪽으로 고개를 획 돌렸다.

"아닙니다."

선임하사가 당황한 얼굴이 되었다.

"그런데 왜 그렇게 들리지?"

"아닙니다, 하도 끝이 없어서 그냥 한 말입니다."

"틀림없나?"

"틀림없습니다."

"말조심하게. 내가 선임하사를 의심해서가 아니라 혹시 방첩대원 앞에서 그런 투로 말했다간 골로 가는 날이니까 내가 미리 주의시키는 거야."

"예, 조심하겠습니다."

선임하사는 예의 바른 태도를 취해 보였다. 그러나 속으로는, 하드런 놈, 외다리 게다짝 하나 붙였다고 나이도 새파란 새끼 좆같이 놀고 있네. 이새끼야, 사람 무더기로 죽이자고 폭탄 저리 쏟아붓는 게 뭐가 그리 근사하고 재미난 구경거리냐. 네놈이 저쪽에 있다고 생각해 봐, 참 근사하기도 하겠다. 그러고 말야, 저 폭탄 속에서 죽어가고 있는 게 따지고 보면 다 우리 동포야, 동포. 원 개새끼, 드러워서 못 참겠네. 그는 되는대로 욕질을 해대고 있었다.

20

소용돌이

자개박이로 호사스럽게 치장된 술상에는 가지가지 생선회를 담은 커다란 접시를 중심으로 여러 가지 안주가 그득하게 차 있었다. 마주 보고 앉은 것이 두 사람뿐인 것에 비해 술상은 너무 컸고, 안주도 너무 많았다.

"그러니까 내 말은 다른 말이 아니라, 툭 까놓고 얘기해서 그 물건들이 니 것이냐 내 것이냐 그것이오. 그것들이 우리나라 것인데 손을 대자면 그것이야 말할 것도 없이 반역자지요. 허나, 물자가 남고 처져 주체를 못하는 사람들 물건인데 무슨 상관이 있겠어요. 막말로, 사람들은 들끓지, 물자는 부족하지, 이런 부산바닥에서 그런 물자라도 캐내서 사람들 살아가게 만드는 것이 애국애족 아니겠소? 그 물건들을 도둑질하는 것도 아닌데 말이오. 그러니까 대장님한테 부탁하는 건 뭐 어려운 것도, 무리한 것도 아닙니다. 일을 수

월하게 하기 위해서 관할구역 내에서 검문만 하지 말고 모른 척 눈 감아달라는 겁니다."

"글쎄요, 그러다가 나한테 불똥이 튀면 어쩝니까."

"아하, 일을 어디 그리 허술하게 합니까? 다 연줄연줄 얽어져 있으니 그럴 염려는 절대로 없어요. 박 대위만 앞길이 창창하고 난 앞길이 캄캄한 줄 아시오? 나도 앞으로 정치인생이 창창한 사람이오. 한마디로 내 정치야심은 태평양보다 넓소. 그런 내가 이런 일을 허술하게 해서 얼굴에 똥칠할 것 같소? 아무 염려 말고 나하고 인연을 맺어보시오. 당장 보는 이득도 이득이지만 앞으로 군대생활하는 데 두고두고 이득을 보게 될 거요."

"예, 무슨 말씀인지 알겠습니다만…… 사실 세상이 엉망진창이긴 한데…… 그래도 그게 좀……."

"박 대위, 내 말 똑똑히 들으시오. 지금 우리가 전쟁을 하는 통에 전쟁물자 대면서 신바람나게 재미보고 있는 놈들이 누군지 알지요?"

"일본놈들 아닙니까."

"그거요. 일본놈들은 지금 미국에서 미리 주는 딸라를 받아가면서 문 닫아걸었던 군수물자공장들을 돌리기 시작했고, 소고기다, 닭이다, 밀가루다, 하다못해 계란까지, 미군식당에서 쓰는 물건들을 다 팔아먹고 있소. 그런데 우린 뭐요. 재미보는 것 아무것도 없잖소? 터놓고 얘기해서 미국이 즈이 좋아서 하는 전쟁이고, 물자를 많이 없앨수록 경제가 잘 돌아가는 부자나라 덕을 우리도 이번 기회에 좀 보자 그거요. 그런데 말이오, 박 대위도 잘 알겠지만 미국이 총반격전을 개시한 지금부터가 절호의 기회요. 매일 물자가 산더미로 들어오고 있잖소? 어차피 전쟁에서 써없앨 물건, 먼저 먹는 게 임자요. 그리고 이런 기회는 그리 쉽게 오는 게 아니오. 박 대위, 돈은 정치하는 데만 필요한 게 아니오. 계급이 높아질수록 군인생활에도 돈은 필수조건이오. 어떻소, 날 도와주시겠지요!"

"돕게 된다면 그 다음은……."

"좋소, 잘 생각하셨소. 건마다 1할씩 현찰로 미리 드리겠소."

"……."

"왜, 적어서 그러시오?"

"그게 아니고…… 총액을 모르는 1할이라는 게 좀……."

"어허허…… 박 대위는 역시 헌병장교답소. 난 또 무슨 일인가 했소. 그건 아무 염려 마시오. 건마다 총액을 밝힐 거고, 필요하면 언제든지 비밀장부를 보여드리겠소. 그리고 솔직하게 말하는데, 1할 분빠이는 굉장히 큰 거요. 대강 눈치는 채겠지만 걸리는 데가 박 대위만이 아니기 때문이오. 누구하고 손을 잡아도 이런 분빠이는 어렵다는 거나 알아줬으면 좋겠소."

"그런데, 내 일만 하면 확실히 안전한 겁니까?"

"아하, 그거야 털끝만치도 걱정하지 마시라니까."

"일이 잘못되는 날에는 내 일생에 금이 갈지도 모를 일입니다."

"이거 참 답답해서, 속을 다 털어놓을 수도 없는 일이고. 일생에 금이 가는 게 아니라 일생이 훤히 열릴 기회가 될 테니 제발 걱정하지 마시오. 아까도 말했지만 내가 정치야망을 버리지 않는 이상, 막말로 나하고 박 대위하고 사회적 비중을 따질 때, 만약에 일이 잘못됐다고 치고, 누가 더 손해를 보겠소?"

"알겠습니다. 모든 걸 최 의원님만 믿겠습니다."

"고맙소, 잘해봅시다."

남자가 박 대위에게 팔을 내밀었다. 두 사람의 손이 술상 위에서 마주 잡혔다. 그 남자는 다름 아닌 최익승이었다.

"자아, 우리 지금부터 색시들 불러앉히고 술 한번 기분 좋게 마셔봅시다."

최익승이 껄껄대고 웃으며 손바닥을 딱 딱 딱 맞때렸다.

"저어, 국회의원을 지내시기 전에는 사업을 하셨던 모양이지요?"

사복 차림인 박 대위란 사람이 세모꼴을 거꾸로 세운 것 같은 얼굴에 약간 비굴기 서린 웃음을 피우며 물었다.

"난 일정시대부터 사업과 정치에 함께 뜻을 둔 사람이었소. 헌데, 일제치하에서 사업을 한다는 건 민족자본을 형성시킨다는 떳떳하고 당당한 명분이 있는 일이었지만, 정치를 한다는 것은 바로 친일파 노릇을 하는 민족반역행위가 아니겠소. 그래서 난 정치는 포기하고 사업에만 열중했던 것이오. 그래서 어느 정도 성공을 거둬 민족자본 형성에 미력을 보탠 셈이었지요. 그런데 해방이 되지 않았겠소. 바야흐로 새 세상이 오고 새 나라가 서는데 일제치하에서 보류해 두었던 정치의 꿈을 펼치지 않을 수 있어야지요. 민족을 위해 새 나라에서 내 한 몸을 바치자! 그런 각오로 국회의원에 출마하게 됐던 것이오. 내 그런 뜻이 유권자들에게 받아들여져 난 당선됐고, 신성한 제헌국회에서 우리의 조국 대한민국을 건국하는 데 일익을 담당하게 되었던 것이오."

최익승은 자기 소개가 필요할 때면 언제나 써먹는 말을 그 거창한 내용에 걸맞은 근엄한 얼굴로 아무 거리낌 없이 해대고 있었다. 박 대위는 연방 고개를 주억거리면서도, 너야말로 아구가 제대로 맞는 정상배로구나. 나도 일본군에 붙어먹은 뒤가 구린 놈이다만 그래도 네놈보다는 나은 것 같다. 미군물건 해먹자고 덤비질 말든지, 뻔뻔스런 소릴 지껄이질 말든지, 좌우지간 다 그렇고 그런 놈에 세상이니까 어디 똥창 한번 맞춰보자, 그는 상대방의 속을 확대경으로 들여다보고 있었다.

"그런데 어쩌시다가……."

"부르시었습니까아—."

문밖에서 들려온 조심스러운 여자의 목소리에 박 대위는 말을 끊었다.

"엉, 들어오너라, 어서."

최익승의 목청을 가다듬은 말이었다. 방문이 옆으로 밀리며 한복 차림의 앳된 여자 둘이 옆걸음질을 치면서 들어왔다.

"해연이라 하옵니다. 나누신 말씀들은 잘되셨는지요."

엷은 옥빛 치마저고리를 입은 아가씨가 나붓이 절을 하고 나서 말했다.

"그래, 잘되었다. 해연이라?"

최익승이 비릿하게 웃었다.

"예, 바다 해에 제비 연잡니다."

"허, 바다제비라!"

"전 해산이라 하옵니다. 즐겁게 많이 드십시오."

분홍색 치마저고리를 입은 아가씨의 인사였다.

"해산이라니? 바다산이면 섬이란 말이냐?"

최익승이 아는 체를 했다.

"아닙니다, 바다 해에 산호 산잡니다."

"허 이거, 바다산호라? 그래, 산호야 다 바다에 있지 육지에도 있더냐. 제비야 육지에도 바다에도 따로따로 있으니 해연이가 말이 된다만 해산이야 꼬감접말이다. 어떤 놈이 한문자 좀 안다고 식자우환이로구나. 어쨌거나 부산이라고 너희들이 다 해자돌림으로 개명을 했구나. 그래 좋다, 술을 마시자. 박 대위……."

최익승이 눈짓을 했다.

"아닙니다, 먼저……."

"어허, 오늘은 박 대위가 주빈이오."

박 대위는 바다제비를 골랐다.

아가씨들이 자리 잡고 술잔이 본격적으로 돌기 시작했다.

남보다 많은 돈을 내고 배를 구해 한강을 건넌 최익승은 일단 고향으로 내려왔다가 사태가 점점 불리해지는 걸 보면서 몸 피할 데를 찾고 있었다. 사촌인 최익달은 벌써 안전한 섬을 물색해 놓았으니 아무 염려 말라고 했지만 그는 그 말을 귓등으로 흘려버렸다.

아무리 섬이라고 해도 사람이 사는 한 육지의 정치바람이 안 미칠 리 없을 것이고, 연고가 없는 그런 데서 험한 꼴 당하면 그야말로 속수무책일 수밖에 없었다. 그래서 그가 은밀하게 살핀 것이 정부의 이전과 현지경찰의 움직임이었다. 정부만 따라다니면 거기가 제일 안전한 피난처였고, 현지경찰이 움직일 때가 위험을 피하는 막바지라는 걸 그는 알고 있었다. 그런데 정부가 대전에서 대구로 옮겨앉더니만 뒤따라 광주와 목포가 같은 날 점령당하고 말았다. 피할 때가 되었음을 직감한 그는 미리 대고 있던 선에 연락을 해서 경찰이 부산 쪽으로 빠진다는 것을 알아냈다. 그는 현지경찰보다 하루 먼저 여수로 내달았다. 거기서 배를 구해 부산에 도착하기는 한강을 건너는 것보다 훨씬 쉬웠다. 그는 부산에 도착하자마자 돈벌이를 찾아 여기저기 훑고 다녔다. 대동아전쟁이 시작되면서 톡톡히 재미를 보았던 그는 전시경기라는 것이 있다는 것을 누구보다 잘 알고 있었던 것이다. 인플레와 함께 일어나는 전시경기의 물결을 타면 그것처럼 손쉬운 돈벌이가 없었다. 그의 눈에 잡힌 것은 사람들로 넘쳐나는 부산이었다. 그 많은 사람들에게 가장 시급한 것은 먹는 일이었다. 그는 쌀장사를 결정했다. 물론 됫박질을 하는 소매상이 아니라 어디까지나 사업으로서의 쌀장사였다. 창고를 빌려 무조건 쌀을 사 쟁이기만 하면 되는 일이었다. 그런 다음 동업자 몇 명이 짜고 쌀을 슬슬 풀어놓기만 하면 돈은 벌리게 되어 있었다. 그는 지체 없이 쌀장사, 아니 쌀사업을 하기 시작했다. 그의 예측대로 쌀값은 날이 날마다 솟겨갔다. 그는 땀 흘릴 것 없이 돈을 벌어들이게 되었다. 그러나 그는 쌀장사만으로는 만족할 수가 없었다. 미군의 총반격이 있기 전에 벌써 부산항에는 수많은 미군들과 함께 어마어마한 전쟁물자가 쌓이기 시작했던 것이다. 다 써서 없앨 그 물건들에 그는 눈독을 들이게 되었다. 그러나 그는 그 일에 직접 개입하는 것은 애써 참았다. 돈이 아무리 좋다지만 자칫 잘못하면 생명의 위험까지 있는 군수물자 취급에 직접 뛰어들 필요가 없었던 것이다. 위험을 피하면서 자본도 대지 않고 돈을 버는 방법을 택했다. 뒤에 멀찍이 물러나앉아 다리를 놓아주고, 만일의 사태에 뒷수습을 해주는 조건으로 이익배당을 받기로 한 것이다. 정부가 부산으로 옮겨진 상태에서 그의 국회의원 경력은 마침내 날개를 달기 시작했다. 그가 언제나 지니고 다니는 명함에는 '제헌 국회의원'이란 경력이 뚜렷하게 박혀 있었다.

"너희들 둘 다 서울말씬데, 집들이 서울 어디냐?"

최익승이 술기운 퍼지고 있는 눈으로 두 아가씨를 훑으며 담뱃갑을 집어들었다. 그건 등에 혹을 달고 서 있는 낙타가 그려진 미국담배 카멜이었다. 상 위에 올려진 술병도 미국 것인 켄터키위스키였다.

"서울이란 것만 아시고 동은 묻지 마셨으면 합니다."

바다제비의 대꾸였다.

"왜, 신분이 노출될까 봐 무서워서 그러느냐? 그게 아니면 서울 생각하면 서러워서 그러느냐?"

"맞아요, 서러워서 그래요. 우리 서럽게 만들지 마시고 술이나 맛있게 드세요."

최익승 옆의 바다산호가 눈웃음치며 말했다.

"어허, 너희들을 서럽게 만든 건 빨갱이놈들이지 내가 아니다."

"그렇지만 불난 집에 부채질이죠."

바다제비의 재빠른 응수였다.

"어허허허…… 그게 그리 되나? 하여튼 불을 지른 건 빨갱이놈들이니까 너희들 원수는 빨갱이로구나."

"그래요, 빨갱이들은 우리 원수예요."

바다산호의 맞장구였다.

"빨갱이라면 지긋지긋해요."

바다제비의 앙칼진 소리였다.

"이거 술자리가 아니라 빨갱이척결 궐기대횐가?"

박 대위가 얼굴을 찌푸렸다.

"야 이년들아, 빨갱이 소리 그만들 하고 요새 유행하는 노래나 하나씩 뽑아봐라."

최익승이 팔을 내저으며 말했다.

"아닙니다. 아까 여쭤보다가 애들이 들어오는 바람에 말이 끊어졌는데요, 저어…… 어쩌시다가 2대선거에선 실패를 하시게 됐는지 궁금해서요."

박 대위가 바다제비 치마 속으로 손을 디밀며 묻고 있었다.

"아, 마침 잘 물었소. 내가 참고로 그 얘길 해둘 필요가 있소." 최익승은 얼굴빛이 달라지며 몸을 바로잡고는, "내가 당할 걸 당한 게 아니오. 결론부터 말하자면 좌익세들의 농간과 협잡 때문에 다 받아놓은 밥상이 엎어진 것이오. 이게 무슨 말인고 하니, 내 발판을 딛고 당선이 된 그 새파란 안창배라는 놈이 사상이 불온한 데다가, 선거운동도 좌익사상을 가지고 있는 놈이 도맡아서 귀가 여린 농민들을 회유했다 그 말이오. 순서를 잡아 말하자면, 안창배라는 놈은 나이도 새파란 데다가 고향을 떠나 광주에서 변호사질을 하고 있어서 고향에는 아무 발판도 없는 놈이었소. 그런데 그놈이 서민영이라고 하는 좌익사상을 가진 놈하고 야합을 한 것이오. 그 서민영이란 어떤 놈인가 하면, 일정 때부터 좌익사상을 가지고 선생질을 하면서 학생들을 조직해 가지고 독서회니 야학이니 해서 위장활동을 하다가 감옥살이를 했고, 해방이 되고는 제놈 농토를 소작인들과 함께 지어먹는다는 '공동농장'을 만들었는데, 그게 쏘련에서 하고 있는 '집단농장'에서 앞대가리 글자 둘만 바꾼 것이지 내용이야 다를 게 뭐가 있소. 그놈이 그런 순 좌익인데도 살아남아 있는 건 그게 예수꾼인 데다가, 미꾸라지처럼 남로당조직에는 가담하지 않기 때문이오. 문제는 그놈이 경영하는 공동농장인데, 그놈 하는 짓이 다른 일반 지주들과 비교돼서 그놈이 아주 양심적이고 인격자인 것처럼 보이고, 무식한 농꾼들은 그놈을 떠받들면서 그 공동농장을 한없이 부러워하는 형편이오. 그런 서민영이란 놈이 제자인 안창배의 선거운동을 하고 나섰단 말이오. 물론 내가 서민영이한테 먼저 손을 안 뻗친 게 아니오. 그런데 그놈은 지주라고 하면 무조건 배척을 하는 놈이오. 박 대위, 문제는 서민영이가 아니라 안창배라는 놈이오. 그놈이 어떤 놈인가 하면 광주에서 변호사질을 할 때부터 좌익을 편들었던 좌익사상을 가진 놈이오. 서민영하고 야합이 된 것도 사제지간이란 것은 제2의 조건이고, 첫 번째가 서로 생각이 같은 좌익이라는 것 때문이었소. 안창배라는 놈이 변호사질을 하면서 무슨 짓을 했는고 하니, 이덕우라는 변호사와 친하게 지내면서 좌익들에게 유리한 변론을 했소. 그럼 이덕우는 누구냐! 그놈은 전라도에서 소문이 뜨르르한 좌익변호사요. 그놈은 제주도 4·3사건의 좌익폭도들 변론을 도맡고 나서서, 그놈들이 진정한 민족주의자니 애국자니 하고 떠들어댄 놈이오. 안창배는 바로 그런 놈하고 한통속을 이루고 지내면서 그놈 행동에 동조한 놈이오. 이덕우란 놈은 이번 난리가 나고 예비검속 때 처단됐는데, 그놈이 글쎄 경찰서에서 실려나가 도라꾸가 시내 큰길을 지나게 되자 느닷없이 길 가는 사람들을 향해, 오늘이 이덕우 죽는 날이다, 오늘이 이덕우 제삿날이다, 고래고래 소리를 질러댔고, 그것만이 아니라 발바닥에다 제놈 죽는 날짜를 써놓고 죽은 독종이오. 그런데 문제는, 안창배란 놈이 미리 국회의원에 당선이 돼가지고 예비검속도 피해버리고, 그런 과거 싹 위장한 채 신변보호까지 받아가며 이 부산바닥에서 국회의원 행세를 요러타께 하고 있다는 사실이오. 이런 모든 사실을 방첩대장한테는 벌써 다 얘기해 두었소. 박 대위도 직책상 참고로 알아둬서 나쁠 건 없을 것이오."

"아하, 사정이 그리 된 일이구만요. 안창배, 안창배라……."

박 대위는 눈빛이 이상스럽게 변하며 고개를 끄덕이고 있었다.

9월이 저물어가는 26일, 김범우와 손승호는 박두병의 집으로 아침밥을 먹으러 갔다. 추석이었던 것이다.

"이게 햅쌀밥이네. 어서들 들세. 전쟁으로 세상은 시끄러워도 나락은 변함없이 영글었네."

박두병의 말이었다. 그는 애써 웃음을 지으며 말했지만 침울한 기색은 그대로 남아 있었다. 그의 목소리에도 평소의 탄력이 없었다.

그 이유를 다 알고 있는 김범우와 손승호는 아무 말 없이 숟가락을 들었다. 일체의 통제를 하고 있었지만 도당 안에는 벌써 며칠 전부터 먹구름이 끼기 시작했다. 그 먹구름은 하루가 바뀔 때마다 검은 농도가 짙어갔다.

"추석을 타향에서 쇠게 돼서 안됐네. 많이들 먹게."

박두병은 말을 하고 싶은 심정이 아니면서도 주인 노릇을 안 할 수가 없었다. 두 사람을 굳이 청한 것도 타향에서 추석을 쇠게 된 기분을 위로하려는 것보다 예측할 수 없는 앞날을 두고 서로 마주 앉으려는 뜻이 더 컸다.

"사태가 어찌 돼가고 있는가."

김범우는 일부러 '어찌 될 것 같으냐'고 가정으로 묻지 않았다.

"이대로 견디기는 어려울 것 같네."

더 말이 이어지지 않았다. 김범우는 숟가락 가득가득 밥을 떠넣고 있었고, 손승호는 젓가락으로 밥알을 찍어올리고 있었고, 박두병은 토란국의 국물만 떠올리고 있었다.

"상륙작전에 걸려든 상태에서 후퇴를 한다면 어디로 한다는 것인가? 자네도 잘 알다시피 상륙작전은 차단작전이고 교란작전이네. 서울 쪽 중부는 이미 차단됐고, 해안이 완전 봉쇄된 상태에서 곧 교란작전이 시작될 거 아닌가."

김범우의 말이었다.

"그렇지. 거기에 맞는 대응책을 강구해야지."

또 말이 끊겼다. 김범우는, 후퇴날짜는 정해졌느냐고 물으려다가 그만두었다. 그건 최종순간까지 지켜야 될 비밀일지 몰랐기 때문이다. 박두병의 입장을 거북하게 해주고 싶지 않았고, 후퇴를 한다는 대원칙이 정해진 이상 날짜 같은 것은 그리 중요한 것이 아니라고 생각했다. 오늘로 3개월이구나……. '해방전쟁'은 '3개월전쟁'으로 해방이 무산되어 가고 있었다. 김범우는 자신이 염려했던 예상이 현실로 다가온 것이 허망하고도 안타까웠다. 미국은 결국 막강한 화력을 동원해 한 민족이 스스로의 삶을 위해 가려고 하는 길을 자기네들의 이익을 위해 가로막고, 동강내고, 좌절시키고 있었다.

"후퇴는 일시적이네. 미국이 이런 식으로 만행을 부린 이상 쏘련이나 중국도 가만있지는 않을 테니까."

박두병이 얼굴을 찡그린 채 강한 어조로 말했다.

"미안하네만, 그게 당의 견해인가, 자네 개인적인 생각인가?"

김범우가 박두병을 주시했다.

"그야 나 혼자 생각이지."

"그렇다면, 이것도 나 혼자 생각인데, 그런 기대는 안 하는 게 좋지 않을까? 그렇게 되면 한 민족문제의 전쟁이 국제전으로 확대되는 건데, 쏘련이나 중국이 미국을 상대로 그리 쉽게 전쟁을 벌이려고 할 것 같은가? 간단하게 말해서 미국은 지금 현재 세계에서 유일하게 원자폭탄을 가진 나라네."

눈을 내리깐 박두병은 아무 대꾸가 없었다.

"그만 일어나세. 출근시간 다 됐네."

손승호가 시계를 들여다보았다.

"벌써 그리 됐나. 이거 명절날도 쉬지 못하고…… 먼저들 나가게. 난 어디 좀 들를 데가 있네."

박두병도 시계를 보며 말했다.

길거리에는 이상한 느낌 전혀 없이 명절기분이 완연했다. 전쟁으로 세상이 시끄러워도 나락은 영글듯이 전쟁은 전선에서 벌어지고 있을 뿐 사람들의 생활은 여전히 일정한 흐름을 유지하고 있었다.

"참, 아무리 생각해도 너무 허망해."

손승호는 또 같은 말을 무심결에 한숨 토하듯이 했다. 그는 요며칠 사이에 그 말을 질정 없이 하고 있었다.

"이 사람아, 이젠 그 소리 그만하고 정신 똑똑히 차려. 후퇴할 땐 누구나가 마음이 다급해져 소란이 벌어지고, 갈팡질팡하다가 자기 소속을 놓치기가 십상이니까. 그리고 앞으로 상황이 아주 어렵게 될 테니까 마음을 정리하고 각오를 단단히 하게. 허망한 건 이미 과거고, 전쟁 때는 그저 순간순간 대응하면서 앞만 내다보는 게 젤이네. 지난 일에 매달리다 보면 현실대응이 어려운 데다 상황판단이 빗나가게 되니까."

"그래야겠지. 살아 있다는 것 자체가 순간적인 거지만 전쟁터에선 그게 더 절박해질 테니까. 그런데 서울 이 선배는 어찌 됐는지 걱정이군."

손승호의 침울한 대꾸였다.

"서울이야 벌써 후퇴하지 않았겠나. 이 선배야 잘하고 있겠지. 의지력도 강하고 판단력도 정확하니까."

"자네 생각은 어떤가? 이번 후퇴가 일시적인 것 같은가?"

"그걸 어찌 알겠나만, 자네한테 한 가지 분명하게 말해 둘 게 있네. 내가 전부터 계속 말해 온 것인데 말야, 이 전쟁의 상황판단을 할 때는 언제나 미국을 중심에 놓고 하라는 것이네. 미국이 전쟁을 도맡고 나선 순간부터 계급혁명도 민족해방도 다 없어지고 미국과의 싸움판으로 변하고 말았으니까. 지금까지는 그래도 덜했지만 앞으론 그 양상이 본격화될 거네."

"자넨 지금 후회하고 있겠군."

손승호가 중얼거리듯이 말했다.

"그 무슨 섭섭한 소린가. 자네가 선택이었다면 나도 엄연한 선택이야. 시간만 다소 차이가 있었을 뿐이지. 내가 이 전쟁을 기피하고 싶었다면 시간도 방법도 얼마든지 있었어. 그걸 제일 잘 아는 자네가 어찌 그런 말을 할 수 있는가."

김범우는 정말 화가 나서 얼굴이 붉어지고 목소리가 커졌다.

"화내지 말게, 미안하네. 내가 그런 뜻으로 한 말이 아니고, 자네 예상이 다 들어맞는 것을 보면서, 자네 심정이 어떨까 생각하고 한 말일 뿐이네."

"바로 그런 생각을 이젠 집어치우란 말일세. 아까 상륙작전이 교란작전이라고 했는데, 앞으론 전선이 따로 없이 아무 데나 적이 나타나는 곳이 전선이 될 거네. 그런데 그런 생각이나 하고 있다가는 총알이 어디서 날아오는지, 포탄이 어디서 터지는지 알게 뭔가. 자네 목숨은 둘이 아니란 걸 명심해."

"알겠네, 실전경험이 많은 자네 꽁무니만 따라다니면 되겠지."

손승호가 씨익 웃었다.

"원, 사람 싱겁긴."

김범우도 웃었다. 손승호의 그 웃는 모습이 춥고 외로워 보였다.

사무실에 도착하자마자 일거리가 김범우를 기다리고 있었다.

"김 동무, 명절에 쉬지도 못하고 안됐소만 사태가 시급하니 이해하시오. 공작을 좀 나가야겠는데, 이리시당을 거쳐 군산까지 좀 다녀와야겠소. 발 빠른 김 동무가 적임자로 뽑힌 거니까 신속하게 다녀오도록 하시오. 전화로는 상황파악이 제대로 안 되니까 특히 군산 쪽 상황을 직접 확인할 겸 말이오. 최대한 빨리 돌아왔으면 좋겠소."

부장이 두툼한 편지봉투 두 개를 내밀었다.

"노력하겠습니다."

김범우는 사무실로 되돌아왔다. 손승호가 보이지 않았다. 그냥 나갈까 하다가 그는 옆사람에게 물었다.

"손 동무 어디 갔나요?"

"예, 방금 공작 나갔어요."

김범우는 바로 사무실을 나섰다. 분위기 때문에 밥맛은 없었지만 아침을 다 먹어치운 게 잘한 일이라고 생각하면서.

김범우는 잠시도 쉬지 않고 속보로 걸었다. 버마 전선에서 후퇴를 할 때의 기분이 되살아났다. 그러나 그때에 비하면 힘이 하나도 들지 않는 셈이었다. 바람이 선들거려 아무리 빨리 걸어도 땀이 나지 않았고, 돌이 툭툭 불거진 길이었지만 정글에 비하면 아스팔트였다. 위에서부터 누른빛으로 물들어내리면서 초록빛이 점차로 사위어지고 있는 넓고 넓은 들녘의 이중조화는 더없이 아름답고도 풍성함을 느끼게 하는 좋은 구경거리였다. 그러나 나락이 익어가고 있는 그 끝이 아슴한 들판은 지루함을 주지 않는 눈요깃감만은 아니었다. 쌀공장이라고 부를 수 있는 곡창지대 호남평야— 이곳은 수백 년에 걸친 삶의 투쟁장이었고, 저리 아름다운 모습으로 익어가고 있는 나락은 투쟁목적물이었다. 그건 자연이기에 앞서 인간의 생존의지의 응집물이었고, 또한 인간의 탐욕본능의 대상물이었다. 기존생존을 지키기 위해 그것을 빼앗기지 않으려는 다수와 탐욕본능을 채우기 위해 그것을 빼앗으려는 소수와의 끝없는 싸움, 그러나 다수는 소수에게 번번이 졌다. 다수가 소수에게 지는 싸움이 어떻게 있을 수 있는가. 그러나 인간사회에서만큼은 그런 싸움이 분명히 있었다. 자연법칙을 거역하고 인간이 만들어낸 제도라는 것이 그런 황당한 힘을 발휘해 냈다. 먹이를 제공하는 땅을 사이에 둔 다수와 소수의 싸움은 결국 모순된 제도를 없애려는 싸움과 옹호하려는 싸움이었다. 인간이 인간을 동물로 규정하는 계급제도를 지배도구로 삼아 다수의 삶을 속박하고 착취해 온 봉건주의는 마땅히 척결되어야 할 전 시대의 망령이고 인간의 수치였다. 땅이 기름지고 넓을수록 그 땅에서는 그만큼 싸움이 자주 일어날 수밖에 없고, 그 싸움 또한 처절하고 비참하지 않을 수가 없었다. 예로부터 이 땅의 7할의 쌀을 생산해 내 곡창지대라는 이름을 얻은 여기 호남평야에서 갑오년에 농민들의 전쟁이 대대적으로 일어난 것이 어찌 우연일 수 있을까. 그리고 일정시대에 3분의 2 이상의 소작쟁의가 이곳에서 줄기차게 일어났던 것도 어찌 우연일 수 있을까. 그 다수가 벌인 싸움은 기본생존권 투쟁인 동시에 역사전환을 꾀한 혁명투쟁이었다. 그러나 그들은 봉건주의 폭력 앞에 피만 뿌리고 좌절했고, 또 군국주의 폭력 앞에 피를 흘리며 죽어갔다. 해방이 되어 그들의 꿈은 부풀었지만 지주중심적으로 만들어진 농지개혁법에 그들은 결국 기만당했고, 마침내 그들은 그들이 원하는 바대로 농지를 무상으로 분배받아 열심히 농사를 지어 그 수확을 바로 눈앞에 둔 채로 다시 그 꿈이 깨질 위기를 맞고 있었다.

김범우는 담배연기를 길게 내뿜으며 먼 하늘을 바라보았다. 자신이 수백 리를 걸어다니며 인민의 불만실태를 현지조사했던 일이 더없이 허탈하게 느껴졌다. 단 한 번도 세금의 징수를 못한 채 전체 농민들에게 인식만 나쁘게 심어진 것이 그렇게 안타까울 수가 없었다. 사실을 사실대로 이해 납득시켜 그 인식을 바꿔놓지 못하고 후퇴를 한다는 것은 너무 큰 손상이었다. 그 사소한 방법적 실패는 곧 정치적 실패로 확대될 위험이 컸던 것이다.

"이거 추석인데 쉬지도 못하고 수고가 많으십니다."

선전과장이 문서접수증을 내밀며 말했다.

"피차일반이지요."

김범우가 접수증을 접으며 대꾸했다.

"도당은 지금 어쩌고들 있나요?"

선전과장은 불안한 기색을 감추지 못하고 있었다. 그 어감이 전라도사람 같지가 않았다.

"별 이상 없습니다. 전 또 갈 데가 있어서 이만 실례하겠습니다."

김범우는 자신의 임무 이외의 말은 하기 싫어 돌아서려고 했다.

"아니, 어딜 또 가는데요?"

"군산까지 갑니다."

"군산까지요?"

선전과장이 눈을 홉뜨며 놀랐다.

"아니, 왜 그리 놀라십니까? 그쪽에 무슨 변화가 있습니까?"

군산 쪽 상황을 직접 확인하는 것도 공작 목적이라던 부장의 말이 김범우의 뇌리를 스쳐갔다.

"아닙니다, 아직 완전히 확인한 건 아닙니다만, 해상에 좋지 않은 징조가 보이는 것 같습니다."

얼마든지 있을 수 있는 일이었다. 핵심지역의 상륙작전에 성공한 미국은 교란작전을 목적으로 요소요소의 항구를 골라 제2·제3의

상륙작전을 전개할 것은 당연한 일이었다. 인천에 뒤따라 군산·목포가 그 대상지로 꼽힐 것은 상식에 불과한 일이었다. 군산의 상륙은 충남·전북 일대를 장악하기 위한 것이고, 목포의 상륙은 전남 일대를 장악하기 위한 것이었다. 그렇게 되면 인천에 상륙한 병력이 서울을 장악하면서 북쪽을 차단하는 동시에 남쪽으로 밀고 내려오고, 낙동강 전선의 병력이 경남북 일대를 밀고 올라가게 되어 남한 전역은 포위상태에 빠지는 셈이었다. 이건 사흘 전 손승호와 함께 학생용 지도책을 펴놓고 예측해 보았던 작전상황이었다.

"그럼 실례하겠습니다."

김범우는 서둘러 사무실을 나왔다.

길에 정오의 가을빛이 가득했다. 이리는 전주와 군산의 중간지점이었다. 지금까지 걸어온 만큼의 거리가 남아 있었다. 김범우는 손가락 끝으로 배를 눌러보았다. 70리 길을 가자면 아무래도 배를 채워야 될 것 같았다. 배가 고파서는 어떤 일이고 제대로 하기가 어렵지만 특히 길을 빨리 걷기란 어려운 일이었다. 주머니에 돈도 넉넉하겠다, 밥을 굶을 필요는 없었다.

김범우는 군산 쪽으로 방향을 잡으며 음식점을 찾았다. 돈이 주머니에 언제나 넉넉한 것은 출장근무자에게 봉급의 50퍼센트를 더 지급하는 혜택을 받기 때문이었다. 손승호가 그 혜택을 받는 것이야 당연했지만, 자신이 그 혜택을 받게 된 것은 순전히 박두병이가 취한 조처였다. 봉급을 받고 나서 놀라자, "주는 건 무조건 받아둬. 자네 술 좋아하잖아" 하며 박두병은 무심한 척했던 것이다. 그건 박두병이 표현한 말없는 우정이었다.

명절날 밥을 얻어먹으러 다니는 거지는 있어도 밥을 사먹으러 다니는 멍청이는 없다는 말이 헛말이 아니었다. 문을 열어놓고 있는 밥집은 아무리 찾아도 없었다. 김범우는 어깨를 늘어뜨리고 길가에 섰다. 밥을 먹기로 작정했는데 먹을 수 없게 되자 갑자기 시장기가 몰려들었던 것이다. 남아 있는 길을 빨리 걷자면 무엇으로든 배를 채우기는 채워야 했으므로 그는 걸음을 옮기며 여기저기를 두리번거렸다. 마침 떡집 하나가 눈에 띄었다. 그는 떡을 별로 좋아하지 않았지만, 밥이나 떡이나, 하는 생각으로 그곳을 찾아들었다. 추석이라 했지만 아직 송편도 입에 넣어보지 못한 처지이기도 했다.

여러 가지 떡이 접시 가득 담겨 나왔고, 전라도식의 맑은 콩나물국이 곁들여 나왔다. 김범우는 콩나물국부터 한 숟가락 떠올렸다. 콩나물 냄새가 상큼하게 코끝을 스치는 순간 불현듯 어머니가 떠올랐다. 겨울이면 어머니는 거의 끼니때마다 콩나물국을 끓였다. 아버지가 콩나물국에 적시는 김쌈을 즐긴 탓이었다. 어머니의 모습을 따라 아내의 모습이며 아이들의 모습이 줄줄이 이어졌다. 갑작스럽게 밀려든 향수에 그는 콩나물가락이 늘어져 있는 숟가락을 든 채 멈춘 자세로 한참이나 앉아 있었다. 명절을 타향에서 맞는 축축한 기분과 좋지 않은 상황에서 느끼는 불안감이 의식의 밑바닥에 깔려 있다가 콩나물국 냄새에 자극되어 그런 감상을 일으킨 것인지도 몰랐다.

자리를 고쳐 앉은 김범우는 콩나물국을 후후 불어가며 속이 뜨끈해지도록 마신 다음 떡을 몰아넣기 시작했다.

군산에 도착한 것은 짧아지기 시작한 해가 떨어지고 어둑어둑해질 무렵이었다. 군산시당은 비상상태였다. 사무실의 짐은 모두 꾸려져 있었고, 사람들은 긴장된 얼굴로 우왕좌왕하고 있었다.

"어떻게 된 겁니까?"

미군함정들이 해상에 모습을 드러내기 시작했을 거라고 생각하며 김범우는 물었다.

"미국놈들이 가까운 섬에 배를 대기 시작했소."

얼굴이 일그러진 선전과장의 대답이었다.

"도당에 보고하셨습니까?"

"했소. 김 동무는 안 와도 되는 걸 그랬어요."

김범우는 온몸의 맥이 쑥 빠지는 걸 느꼈다.

"그럼, 지금 당장 후퇴합니까?"

"아닙니다, 상황을 좀더 살피라는 도당의 지십니다."

김범우는 등받이 뒤로 고개를 젖혔다. 눈을 감았다. 절망도, 슬픔도, 분노도, 괴로움도 아닌 그 무엇이 가슴을 덮쳐오고 있었다. 이렇게 전쟁은 끝나는 것인가…… 아무런 소득도 없이 전쟁은 이렇게 끝나는 것인가…… 수많은 사람들이 피만 흘리고 전쟁은 이렇게 끝나는 것인가…… 아아, 미국, 미국…… 돌아가야지, 도당으로 돌아가야지, 길은 하나, 도당과 함께 행동하는 것뿐이다…….
김범우의 머릿속에는 며칠 전 지도책에서 본 산맥들과 남원 쪽에서 바라보았던 우람한 지리산 줄기들이 겹쳐지고 있었다.

"저는 도당으로 돌아가야 되겠습니다."

몸을 바로잡은 김범우가 말했다.

"지금 말입니까? 그건 곤란합니다. 적의 선발대가 이미 침투되어 야간활동을 전개하고 있는지도 모릅니다. 그리고 긴장상태에 있는 우리 조직원들에게 오인되어 피해를 당할 위험도 큽니다. 야간보행은 절대 반댑니다. 우리와 함께 밤을 지내고 내일 일찍 떠나도록 하십시오. 김 동무 신상에 무슨 사고가 일어나는 것은 내 책임문제이기도 합니다."

선전과장의 태도는 완강했다.

"그럼 밥이나 좀 주십시오. 명절이 돼서 사먹을 데가 있어야지요."

김범우는 스스럼없이 말했다.

"아이고 이런, 아직 저녁을 못 잡수셨군요. 일어나시지요, 어서."

선전과장은 몹시 미안해하며 서둘러 일어났다.

김범우는 백사오십 리 길을 내달아온 피로감에 눌리면서도 사무실 구석자리에서 자다 깨다 하는 지루한 밤을 지새우고 있었다. 흐린 불빛 속에서 사람들은 계속 서성이거나 들락거렸고, 서로 무슨 말인가를 소곤거리고는 했다.

밤은 별일 없이 밝았다. 김범우는 이른 아침을 먹고 일부러 부두까지 나갔다. 물빛깔이 달라진 가을바다가 싸아한 냉기를 품고 펼쳐져 있을 뿐 군대의 움직임 같은 것은 찾을 수가 없었다. 그건 어차피 육안으로 될 일이 아니었다. 그 정도나마 상황을 살피고 군산을 무사히 떠나게 되어 사무실에서 하룻밤 보낸 것이 이래저래 잘 한 일이라는 생각이 들었다.

길 걷기는 어제와는 사뭇 달랐다. 어제 너무 무리를 한 데다 밤잠까지 설친 탓인지 다리가 무겁고 어깨가 처져내렸다. 몸이 풀릴 때까지 기다리기로 한 김범우는 걷기를 늦추었다. 간추릴 수 없는 생각들로 머릿속이 복잡했다. 현실의 전면에서 물러나앉은 법일, 서민영 선생은 어쩌고 있는지…… 염상진은 지금쯤 어떤 심정일까…… 참담하기는 해도 그는 그 순간 정신무장을 다시 갖추었을 것이다. 손승호, 그는 얼마나 괴로울까…… 그가 그런 선택을 한 것은 그를 몰아붙인 남쪽의 상황 탓이었다. 이학송은 후퇴를 하고 있을 것인가…… 전쟁은 속임수 없는 편 가르기를 해낸 것이었다. 다시 국방군과 경찰이 점령하게 되면…… 좌익이나 부역자 색출이 첫 일이 될 것이다. 그리고 인공 아래서 바뀐 모든 제도가 원점으로 돌아갈 것이다…….

30분 남짓 걷자 몸이 다소 풀렸다. 그러나 어제 같은 탄력이 살아나지는 않았다. 자주 목이 말라 김범우는 엉덩이를 하늘로 치켜들고 개울에 얼굴을 박아야 했다.

전주에 도착한 것은 밤 9시가 다 되어서였다. 시내로 들어서면서 김범우는 무슨 사태가 벌어지고 있는 것을 직감했다. 불빛 없는 어둠 속에서 움직이는 사람들의 수선스러움과 어디선가 끼쳐오는 섬뜩함이 그의 신경을 곤두세웠다. 그는 뛰기 시작했다. 후퇴가 시작됐구나! 그의 머리를 친 생각이었다. 낡은 트럭이 엔진소리를 요란하게 토해내며 어둠 속을 달려갔다. 시내는 완전한 혼란상태였다. 사람들이 떼지어 뛰어가고, 고함소리가 엇갈리고, 트럭이 달려가고, 무엇인지 알 수 없는 행렬이 지나가고, 대창을 든 사람들이 오락가락하고 있었다. 김범우는 도당 사무실까지 줄기차게 뛰어갔다.

도당 사무실은 텅 비어 있었다. 김범우는 무릎이 휘청 꺾이는 것을 느꼈다. 혹시나 해서 자기 책상으로 가보았다. 아무것도 남겨놓은 지시가 없었다. 손승호의 책상 쪽으로 가보았다. 역시 아무것도 없었다. 이럴 수가 있나! 김범우는 숨을 헉 토하며 의자에 주저앉았다. 정글 속에서 길을 잃어버리고 본대와 멀어졌을 때와 똑같은 암담한 절망감이 엄습해 왔다. 전쟁마당에서 소속을 잃어버리는 것은 상상하기 어려운 좌절적 공포감과 절망적 소외감에 빠지게 했다. 김범우는 땀이 뚝뚝 떨어지고 있는 것을 의식했다. 얼굴을 훔치고, 담배를 피워물었다. 올 줄 뻔히 알면서 왜 목적지를 몇 자 적지 않았을까. 그렇게들 정신이 없었단 말인가. 내가 돌아오는 동안 미군이 상륙했다는 연락을 받은 게 틀림없다. 정보누설 때문에 목적지를 적어놓지 못한 것일까. 그랬을지도 모른다. 그의 머리에는 두 군데가 떠올랐다. 하숙집과 박두병의 집이었다.

김범우는 다시 뛰기 시작했다.

그러나 하숙방에도 손승호가 남긴 글씨는 아무것도 없었다.

"이 손승호, 망할 자식!"

김범우는 방바닥에 나뒹그러져 있는 베개를 걷어찼다. 날씨는 서늘한데도 그의 얼굴은 땀범벅이었다.

그는 다시 박두병의 집으로 뛰었다.

"워디 그런 말 지헌테 허간디요."

박두병 아내의 느릿한 대답이었다.

김범우는 숨을 헉헉거리며 큰길로 나섰다. 가눌 수 없는 지경으로 몸이 처져내리고 있었다. 그는 어둠 속을 허우적거리며 걷다가 대창을 들고 서 있는 서너 명을 만났다.

"민청원들이오?"

"근디요."

"난 도당 문화선전부의 김범우란 사람이오. 공작을 나갔다 오니 도당이 다 비었는데, 혹시 어디로 간지 아시오?"

"체에, 고런 걸 알먼 민청원을 멀라고 허겄소?"

불뚱스럽게 내쏘는 말이었다.

김범우는 후적후적 걸어 하숙집으로 돌아왔다. 한 바가지 가득 찬물을 들이켜고 방바닥에 쓰러졌다.

김범우는 새벽녘에 잠이 깨었다. 속이 쓰리도록 배가 고팠다. 그제야 어제 저녁밥을 굶었다는 생각이 났다. 그는 몸을 일으켜 담배를 피워물었다. 연기를 깊이 빨아당기는데 문득 떠오른 생각이 있었다. 박두병이가 일부러 목적지를 안 밝힌 게 아닐까! 손승호는 그 의견에 동조하고……. 어쩌면 그랬을지도 모른다는 생각이 짙어졌다. 그렇지 않고서야 손승호까지 아무 흔적을 남기지 않았을 리가 없는 일이었다. 박두병은 그러는 것이 우정이라고 생각했을지도 모를 일이었다. 그렇다면 박두병이도 망할 자식이다! 그는 신경질적으로 담배를 잉끄렸다.

김범우는 고개를 떨구었다. 도당과 함께 행동하자고 했던 어제의 각오는 다 허물어지고, 이제 어떻게 해야 할 것인지 막막하기만 했다. 그는 오래도록 꼼짝을 하지 않고 앉아 있었다. 그는 깊은 잠에서 깨듯 천천히 고개를 들고 다시 담배에 불을 붙였다. 그리고 주머니에 든 것들을 다 털어냈다. 신분증과 통행증, 어제 받은 접수증을 차례로 찢기 시작했다. 그는 집으로 돌아가자고 결정했던 것이다.

만년필 펜촉 끝이 거칠고 거무튀튀한 종이 위에 '9月 29日'이라고 썼다. 그러고 나서 펜촉 끝은 더 이상의 글씨를 그려내지 않고 종이 위에 그대로 머물러 있었다.

이학송은 만년필을 든 채 생나무울타리를 따라 피어 있는 코스모스를 물끄러미 바라보고 있었다. 전쟁의 회오리에 산하는 찢겨지고, 선혈만 뿌리며 역사는 균열해도, 주인은 간 곳 없이 홀로 핀 가을꽃— 무심결에 시조형식으로 엮어진 생각이었다. 미친놈, 아직도 센티멘털이 덕지덕지 묻었군. 그따위 것 빨리 청산하고 사회주의 리얼리즘에 충실해야지! 그는 민망한 생각을 덮기라도 하듯 스스로를 자못 근엄하게 꾸짖었다. 어쩌자고 그런 생각이 3·4조의 율조로 엮어졌는지 모를 일이었다. 자신의 의식 속에 아직도 그 시절의 향수가 남아 있다는 것이 그는 부끄럽고 민망했다. 문학을 한다는 것이 능력에 못 미치는 과욕인 것을 깨닫고 단념한 이후 문학적 감상은 다 지워진 줄 알았는데, 분위기 탓인지 어쩐지, 기사를 쓰겠다고 종이를 펼쳐놓고 앉아 그런 엉뚱한 생각이 떠오른 것이었다. 어쩌면 마땅히 쓸 만한 기삿거리가 없어서 그런 생각이 떠올랐는지도 모를 일이었다.

후퇴의 행렬 속에서도《해방일보》는 매일 등사판으로 발간되고 있었다. 질이 나쁜 종이에 찍혀지는 한 장짜리 등사판신문을 후퇴하기에 바쁜 사람들이 몇이나 눈여겨볼 것인가. 그러나, '일보'로서 하루도 쉬지 않고 발간한다는 의미와, 그날그날의 후퇴상황이나 중요한 사건들을 기록한다는 의미는 결코 작은 것이 아니었다. 그런 의미와 함께 이학송이 놀라는 것은, 이런 정신없는 상황 속에서도 그 번거롭고 귀찮은 일을 묵묵하게 해내고 있는 공산주의자들의 조직성과 진정성에 대해서였다.

신문사로 수류탄 열댓 개와 창(槍)이 운반되어 온 것은 24일이었다. 그때 이미 신문사는 가회동으로 옮겨져 있었다. 서울이 위험하게 되자 20일을 전후로 하여 중요 기관들이 북쪽의 경복궁 언저리로 이동하게 되었던 것이다. 배당된 수류탄과 창은 직장을 사수해야 하는 무기였다. 그 무기를 받게 되자 기자들의 심정은 더욱 비감하고 암담하게 변하고 말았다.

시내의 요소요소에는 시가전 준비를 해놓고 있었다. 바리케이드가 쳐졌는가 하면, 모래가마니를 쌓아올려 전호를 구축해 놓기도 했다. 거리에 사람은 부쩍 줄어들었고, 김포 쪽에서 울려오는 포성은 시간이 지날수록 점점 가까워지고 있었다.

그런 상황 속에서 또 하루가 가고, 25일이 되었다. 신문사 일은 계속되고 있었다. 그런데 어둠이 깔리면서 드디어 포탄이 시내로 날아들기 시작했다. 인천에서 그랬던 것처럼 폭탄은 아무 데서나 날아와 터져올랐다. 이제 서울이 불바다가 될 차례였다. 신문사 이동지시가 내려왔다. '사업을 보장하기 위해서' 신문사를 성북동으로 옮기는 것이었다. 폭탄이 제멋대로 날아들어 터지고, 여기저기가 불타는 속에서 신문사는 옮겨지고 있었다. 밤이 늦어 이사를 끝낸 기자들의 손에는 인민군의 겨울솜옷 한 벌씩이 쥐어졌다.

26일 시내는 완전히 전쟁터로 변해 있었다. 기자들은 12시 전까지는 신문사로 돌아오라는 시간제한 속에 취재를 나서고 있었다. 일반인들은 완전히 통행금지 상태였다. 이학송은 다른 기자 둘과 함께 동대문 쪽으로 나갔다. 사람의 그림자라곤 찾을 수 없는 대낮의 적막 속에 동대문시장이 불타고 있었다. 폭탄에 상한 것이 분명한 시체들이 길거리에 널려 있었다. 이학송은 자꾸 신설동 쪽으로 고개를 돌렸다가는 시계를 보고는 했다. 며칠째 집에 들어가지 못했고, 눈치로 보아 아무래도 오늘이 서울의 마지막이 될 것만 같았던 것이다. 잠깐만이라도 집에 들르고 싶었다. 아내에게 꼭 해야 할 말이 있었다. 아이들 데리고 아무 데로나 피하라는 말을 해야 했던 것이다. 자신이 《해방일보》에서 일한다는 것은 동네가 다 아는 사실이었다. 그러나 이미 그럴 만한 시간이 없었다. 12시까지는 30여 분밖에 남지 않아 신문사로 돌아가기도 촉박한 시간이었다. 12시에 신문사 일행 42명은 말없이 신문사를 뒤로했다. 일행은 정릉의

천향원이란 별장 뒷숲에서 걸음을 멈추었다. 밤이 되어 쌀 한 말씩을 받아 짐을 꾸리고 이동이 시작되었다. 길은 의정부 쪽으로 잡혀 있었다. 바로 앞에는 서울시당이 가고 있었다. 적요하기 이를 데 없는 밤을 둥글고 둥근 추석달이 밝히고 있었다.

포천으로 가는 길은 제각기 무리를 지은 사람들로 가득 찼다. 비행기들의 폭격과 난사로 낮에는 걸을 수가 없었다. 낮에는 어디든 숨어 있다가 어둠이 내려서야 길을 잡았다. 포천으로 가는 길에는 사복 차림만 있는 것이 아니었다. 군인들이 수백 명씩 떼를 지어 가고 있었다. 당은 분명히 '모든 인민군부대는 편제를 유지해서 춘천으로 집결하라'고 명령을 내리고 있었다. 그런데 춘천과는 점점 멀어지는 길로 가고 있는 그들을 이학송은 이해할 수가 없었다. 그렇다고 당원인 기자 그 누구도 그 사실을 취재하려고 하지 않았다. 명령을 미처 못 들었거나, 어떤 다른 임무를 띠고 이동하는 것이겠지, 생각하고 말았다. 그들은 역시 군인답게 신속하게 움직여 자취를 감추고는 했다.

포천에는 27일 새벽, 날짜로는 28일에 도착했다. 주인 없는 빈집을 찾아들어 하루를 쉬기로 했다. 평소에 많이 걷는 생활을 하지 않은 일행은 꽤나 지쳐 있었고, 여자기자까지 끼여 있는 형편이었다.

"뭘 그리 넋 놓고 보고 계세요?"

"아 김 기자, 앉으시오. 쓸 거리가 마땅찮아서요……."

이학송은 김미선에게 자리를 권했다.

"그래서 코스모스에 대해 쓰시려구요?"

김미선이 옆에 앉으며 배시시 웃었다.

"들켰군."

이학송도 씨익 웃었다. 이제 김미선의 눈에는 서울을 떠나오던 날 계속 그렁거렸던 눈물은 없었다.

"제가 하나 가르쳐드릴까요?"

"좋습니다."

"공짜로는 안 되는데요?"

"좋습니다, 김 기자 짐을 져드리죠."

"그래요. 그게 뭔가 하면 말예요, 어제 그 군관 얘길 쓰세요."

"아 그 박 뭐라던!"

얼굴이 밝아진 이학송은 고개를 끄덕였다. 그건 기삿거리가 될 만한 일이었다.

"맘에 드세요?"

"예, 기삿거리가 돼요."

"그럼 짐을 반만 져주세요."

"아닙니다, 약속은 지켜야죠."

"아니에요, 그래야 또 기삿거릴 하나 더 제공할 수가 있죠."

"아, 그런가요?"

둘은 마주 보고 기분 좋게 웃었다.

전남여중을 나와 이화여전을 졸업한 김미선. 그녀는 두 아이의 어머니였고, 폐간되기까지 《해방일보》에 근무한 경력을 가진 당원이었다. 몸이 가냘픈 것만큼 작은 얼굴에 미모인 그녀는 진작 월북

했던 남로당 고급간부의 부인이라는 말도 있었다. 그녀는 두 아이의 어머니 같지 않은 모습이었고, 글솜씨보다는 말하는 재치가 언제나 신선했다. 그녀가 자신에게 친밀하게 대하는 건 고향이 같기 때문일 거라고 이학송은 생각했다.

어제의 일이었다. 무슨 용건이었는지는 모르지만 군관 한 사람이 두 전사를 데리고 자신들의 숙소로 찾아들었다. 그가 한 말 중에서 말썽이 된 것은, 어제 대한청년단원 20명을 처단했다는 대목이었다.

"군관 동무, 동무는 그걸 전과라고 자랑하고 있는 거요? 동무는, 반동을 색출 처벌하는 데 있어서 최대의 신중을 기하고, 경솔한 가혹행위를 절대로 금지한다는 당의 지시도 모르고 있소!"

이원조의 노기 서린 호통이었다. 과묵한 그가 화를 내는 것이었으므로 모든 기자들의 관심이 집중될 수밖에 없었다.

"알고 있습니다."

군관이 얼떨떨한 표정이었다.

"알고 있으면서 그런 짓을 했단 말이오?"

"청년단원들은 모두 악질반동들이고 우리 적입니다."

"청년단원들이 나쁜 짓을 많이 했다는 건 나도 잘 알고 있소. 묻겠는데, 그자들이 무장을 하고 우리 전사들의 생명을 노리거나 대항했소?"

"그렇진 않았습니다."

"또 하나 묻겠는데, 우리의 후퇴가 일시적이라고 생각하오, 아니면 항구적이라고 생각하오?"

"그야 분명히 일시적이오."

"군관 동무는 두 가지 답변으로 해당행위를 한 스스로의 과오를 완전하게 시인했소. 그자들이 무장을 하지 않았고, 전사를 가해하거나 대항할 의도가 없었으니까 전사의 적이 아니오. 그런 사람들에 대해선 반드시 당의 지시에 따라 신중한 조사를 한 다음 그 반동성에 맞도록 조처를 했어야 했소. 그런데 군관 동무는 바로 당이 절대 금지한 '경솔한 가혹행위'를 저지른 것이오. 뿐만 아니라, 우리의 후퇴가 일시적인 것이 분명한 것인 줄을 알면서도 당의 지시를 어겼다는 사실이 더욱 문제요. 우리가 여길 다시 해방시켰을 때 그 사건의 여파가 얼마나 크게 확산되어 있을 것인가를 군관 동무는 상상이나 해봤소? 첫째, 그 가족들은 물론이고 친척들까지도 반공주의자가 되어 있을 것이오. 한 사람을 잘못 처단해서 열 사람의 진짜 적을 만든 거란 말이오. 둘째, 해방전쟁을 원하지 않는 집단이 그 사건을 확대 과장해서 반공선전물로 이용해 먹게 될 것이오. 당의 지시는 이런 모든 점들을 고려해서 취해진 것인데, 군관 동무의 행위는 도대체 뭐요!"

당이론가요, 문학평론가요, 편집국장다운 분석이고 비판이라고 이학송은 생각했다.

"그 반동들을 그냥 풀어주면 결국 우리 등에 총질할 적으로 둔갑한다는 건 왜 생각 안 합니까?"

"과오를 시인하지 않고 그게 무슨 비겁한 변명이오. 반동성이 약한 자들에 대해선 용서를 전제로 한 세뇌공작을 펴서 우리 편으로 만들어야 한다는 전술은 어디다 써먹을 작정이오? 군관 동무 같은 경솔한 사람들이 화선일대에 많았다간 당사업은 어찌 되고, 이 해방전쟁은 또 어찌 되겠소. 이거야말로 크나큰 문제가 아닐 수 없소."

젊은 군관은 더 말을 못했다.

이학송은 당의 지시가 일선에서 제대로 지켜지지 않는 그 문제점을 기사화하려고 생각했다.

출발을 앞두고 작지 않은 사건이 발생했다. 인원점검을 하는데 다섯 사람의 모습이 보이지 않았다. 그들은 하나같이 집이 남쪽인 사람들이었다. 출발이 중지되고, 한동안 소란이 계속되었다.

"갑시다."

편집국장 이원조는 이 한마디를 하고 먼저 발을 내디뎠다. 더 열릴 것 같지 않게 입이 다물린 그의 얼굴은 딱딱할 정도로 무표정했다. 이학송은 자신도 모르게 고개를 떨구었다. 그를 대하기가 부끄럽고 면구스러웠던 것이다. 이제 남쪽 출신은 자신과 김미선 그리고……. 그는 얼른 계산을 해내지 못한 채 북쪽으로 향하는 걸음을 크게 떼어놓았다.

전선이 무너져 후퇴를 하기 시작한 적은 상대가 되지 않았다. 선발대로 낙동강을 건넌 현오봉은, 이런 싱거운 전쟁도 다 있나, 생각하며 헛웃음을 칠 정도로 적의 저항을 받지 않았다. 보병이면서 어떤 때는 트럭을 타고 100리 이상이나 북상 전진을 하기도 했다.

그도 그럴 것이 미군은 1차로 비행기를 동원해 인민군들의 퇴로를 맹타해 댔고, 2차로 탱크와 장갑차로 밀어붙이기를 했으며, 보병은 3차에 불과했던 것이다. 미군의 그 막대하게 증강된 화력 앞에서 인민군들은 저항을 시도하기는커녕 후퇴하기에도 다급한 형편이었다. 인민군은 비행기들의 폭격을 당해 부대가 분산되기 일쑤였고, 탱크나 장갑차들의 공격을 피해 산속으로 들어가지 않을 수가 없었다.

현오봉의 중대는 전투를 한다기보다 저항이 미약한 적을 뒤로 제쳐두고 전진하는 데 주력하고 있었다. 그러다가 낙오병들을 발견하게 되면 포위를 펴 포로로 잡는 작전을 주로 했다. 그러나 그것도 손쉬운 일은 아니었다. 아무리 사기가 떨어진 낙오병들이라고 하지만 그들은 총을 가지고 있어서 이쪽에 사상자가 생기기도 했다. 의외로 쉽게 손을 들어버리는 낙오병들이 있는가 하면, 어떤 경우에는 끝까지 저항하다 죽어가기도 했다. 현오봉은 얼마 동안은 그 차이를 구분하지 못했다. 그런데, 관심을 두고 보니 그 차이가 드러났다. 먼저, 장교가 있고 없는 것의 차이였다. 낙오병들 중에 장교가 없으면 총 몇 방 쏘다가 쉽게 손을 들어올렸고, 장교가 있을 경우에는 그 저항이 완강하게 마련이었다. 군대에서 장교라는 것이 왜 필요하며, 장교와 사병이 어떻게 다른가를 새롭게 느끼고 확인하는 계기가 되었다. 현오봉은 저항하다 죽어간 인민군 장교를 내려다보며, 나도 저렇게 죽어갈 수 있을 것인가를 자문해 보고는 했다. 그 다음이, 인민군과 의용군의 차이였다. 인민군들은 그래도 저항을 해보다가 손을 드는데, 의용군들은 거의가 그냥 항복을 하고 말았다. 현오봉은 정신무장을 강조하는 정훈교육이라는 것이 왜 필요한지를 거기서 다시 깨닫고 있었다. 사병들의 경우에 사역만큼 싫어하는 것이 정훈교육이었다.

점심을 먹고 난 현오봉은 바위에 기대 졸음졸음 졸고 있었다. 낙동강 전선에서는 일부러 눈을 붙이려 해도 오지 않던 잠이 전진을 시작하면서부터는 아무 데나 앉으면 몰려들었던 것이다. 생명의 위협에서 벗어나 긴장이 풀린 탓도 있었고, 살 오른 큰 몸집만큼 그는 잠이 많기도 했다. 남달리 많은 잠 때문에 통학열차에서 얼굴에 환칠을 당하거나 입에 파리를 담기도 여러 번이었다. 무슨 꿈인가를 꾸고 있던 현오봉은 왁자하게 떠드는 소리에 놀라 눈을 번쩍 떴다. 사병들이 나무 밑에 몰려들어 떠들어대고 있었다. 포로라도 잡았나 싶어 현오봉은 눈을 비비며 일어섰다. 가까이 가보니 포로가 아니라 무슨 헝겊조각을 펄럭여대며 왁자지껄했던 것이다.

"왜들 이렇게 떠드나! 최전선에서 이따위로 무질서하게 구는 게 군기 위반인 줄 모르나!"

현오봉의 호통에 사병들이 질겁을 하며 양쪽으로 비켜섰다.

"그게 뭐냐?"

현오봉은 단잠을 빼앗긴 짜증을 묻혀내고 있었다. 펄럭이던 헝겊을 뒤로 감춘 하사가 눈치를 살피며 어물거렸다.

"김 하사, 내 말 안 들리나!"

현오봉의 목소리가 더 커졌다.

"예…… 이걸 저쪽에서 주웠습니다."

하사가 내보인 건 그냥 헝겊이 아니라 인공기였다.

"이게 첨 보는 물건인가. 이까짓 걸 가지고 왜 떠들고 야단이야. 그렇게 할 일이 없어."

현오봉은 화가 터지고 말았다. 그는 언제나 인공기만 보면 기분이 상했다. 그런데 어디서 그걸 주워들고 와 무슨 자랑거리라고 펄럭여대는 놈은 뭐며, 또 그 짓이 무슨 구경거리라고 왁자지껄 떠들어대는 놈들은 뭐냐 싶었던 것이다.

"예 소대장님, 다른 것이 아니고 이 지역이 전부 괴뢰군들 밑에 있었으니까 다음 동네에 들어갈 때 이것을 꽂고 들어가 보면 어떻겠느냐는 말들을 한 겁니다. 사람들이 어떻게 나오나 보자는 것이었습니다. 규율을 어기고 떠들어 잘못했습니다."

하사 옆에 서 있던 이등중사가 대신 말했다.

"그래?" 현오봉은 고개를 갸웃하며 생각하다가, "사상조사를 하기에 그거 아주 괜찮은 방법인데. 그렇게 하도록 해봐!" 그는 꽤나 진지한 얼굴로 말했다. 사병들은 장난을 하자는 것이었는데 그의 생각은 '사상조사'로 비약하고 있었다.

현오봉의 소대는 행군을 시작했다. 후퇴가 아니라 진격이었으므로 분대마다 행군대형을 유지하며 사주경계를 폈다. 아무리 쫓기고 있는 적이라 하더라도 언제 어디서 총질을 가할지 모를 일이었다.

한 시간 남짓 행군을 했을 때 마을이 멀찍하게 나타났다.

"소오대 정지!"

현오봉이 손을 들어 보이며 멈춰섰다. 소대가 행군을 중지했다.

"선임하사, 깃대를 장만하시오."

현오봉의 명령을 받아 선임하사가 사병 둘을 옆의 산비탈로 올려보냈다.

얼마 지나지 않아 그들은 가늘고 긴 생나무를 잘라가지고 왔다.

"됐어, 거기에 인공기를 다는 거야."

현오봉의 말에 따라 두 사병이 얼룩지고 때가 묻은 인공기의 한쪽씩을 잡고 나무 끝에 묶었다.

"됐다, 출발!"

소대는 멀리 보이는 마을을 향해 나아갔다.

마을이 얼마 남지 않았을 때 선임하사가 말했다.

"소대장님, 인공기만 들어서 소용이 없잖습니까?"

"무슨 소리요?"

현오봉이 선임하사에게 고개를 돌렸다.

"복장이야 어쩔 수 없지만 철모야 벗어야 되지 않겠어요?"

"아, 그렇지. 괴뢰군들이야 철모가 없으니까. 다 벗어서 배낭 뒤에 매달도록 합시다."

선임하사의 지시에 따라 소대원들은 철모를 벗어 배낭 뒤에다 매달았다.

마을은 여섯 가구밖에 안 되었다. 두 개의 야산 사이에 여섯 채의 초가집이 감싸이듯 모여 있었다. 여섯 채의 집에 비해 당산나무가 너무 커 보였다. 그 우람한 당산나무는 그 작은 마을이 규모에 비해 오래되었음을 말해 주고 있었다.

소대는 마을로 접근하고 있었다. 마을사람 서넛이 움직이는 모습이 뚜렷하게 드러나는 지점에 이르렀을 때 개가 컹컹 짖어댔다. 뒤따라 사람들의 얼굴이 이쪽으로 돌려졌다. 그 얼굴들이 잠깐 멈추는가 싶더니 이내 돌려지면서 사람들은 부산스럽게 몸을 놀려 자취를 감추었다.

"도망가는 모양인가요?"

선임하사가 물었다.

"글쎄, 이렇게 가까운 거리에서 가면 어딜 가겠소."

말은 그렇게 하면서도 현오봉은 경계심이 일어났다.

"혹시 괴뢰군 잠복이 있는 건 아닐까요?"

선임하사의 긴장된 목소리였다.

그때 마을사람들이 모습을 나타냈다. 그들은 허겁지겁 당산나무쪽으로 몰려나왔다. 소대는 당산나무를 향해 가고 있었다.

"인공 만세에—."

"인민군 만세에—."

20명 남짓한 마을사람들이 당산나무 아래 한 줄로 늘어서서 목소리를 맞추어 외치는 소리였다.

"저, 저, 종자들 노는 꼴 봐라."

선임하사가 혀를 차댔고, 사병들 사이에서 키득키득 웃는 소리와 뭐라고 수군거리는 소리들이 들렸다. 그런데 현오봉은 전혀 반응을 보이지 않았다. 선임하사는 이상해서 소대장에게 눈을 돌렸다. 그는 주춤했다. 소대장의 벌겋게 달아오른 얼굴은 사납게 구겨지고 있었고, 부릅뜬 눈은 살기가 차 있었으며, 아랫입술이 물린 입 언저리는 떨리고 있었다.

"혁명적 인공 만세에—."

"영용한 인민군대 만세에—."

사람들은 두 팔을 들어올렸다 내렸다 하는 활갯짓을 열심으로 해대며 더욱 목청을 돋우고 있었다.

"시끄럿! 중지, 중지!"

선임하사가 소리쳤다.

"내버려두시오, 맘껏 하게."

현오봉의 말이었다.

"예?"

"마지막이니까 멋대로 떠들게 내버려두란 말이오."

"예?"

선임하사가 놀란 눈으로 소대장을 쳐다보았다.

"저것들은 모두 총살감이오!"

현오봉의 싸늘한 말이었다.

"소대 제자리에 섯!"

여느 때 없이 큰 현오봉의 구령이었다.

소대가 뚝 멈추었다. 그 위치는 바로 당산나무 앞이었다.

"그 깃발 가져와!"

현오봉이 명령했다.

맨 앞에 섰던 사병이 뛰어왔다. 인공기가 펄럭였다. 현오봉은 대검을 뽑아들었다. 그리고 인공기를 잡아 칼을 꽂더니 아래로 긁어 내렸다. 헝겊 찢어지는 소리가 짧고 둔하게 들렸다.

"구, 국방군이다!"

눈이 휘둥그레진 마을사람들 속에서 비명처럼 터져나온 소리였다.

"머시라고? 국방군!"

"아이고……."

"크, 큰일났네."

마을사람들이 연거푸 터뜨린 탄식 같은 소리였고, 가슴을 치는 사람도 있었고, 발을 구르는 사람도 있었고, 주저앉는 사람도 있었다.

현오봉은 그런 사람들은 거들떠보지도 않고 인공기에 계속 칼질을 해대며 북북 찢고 있었다.

"국방군 만세에—."

마을사람들 사이에서 누군가 소리쳤다. 군인들이 잠깐 멀뚱한 얼굴이 되었다.

"국방군 만세에—."

마을사람들의 팔이 일제히 올라가며 일어난 소리였다.

"대한민국 만세에—."

누군가가 선창했다.

"대한민국 만세에—."

마을사람 모두가 입을 합친 외침이었다.

"저 박쥐 같은 연놈들, 간에 붙었다 쓸개에 붙었다."

현오봉이 그들을 노려보며 침을 내뱉었다.

"소대 7보 뒤로, 일렬횡대로 헤쳐모여!"

현오봉이 구령했다.

소대원들이 기민한 동작으로 뒤로 물러서며 촘촘하게 일렬횡대로 늘어섰다.

"삼사분대 3보 뒤로!"

현오봉의 구령이 다시 내려졌다.

"간격을 조정하라!"

현오봉이 살벌하게 소리 질렀다.

"아이고 대장님, 대장님, 살려줍시유. 우리 속맘은 그렇지 않은디 어쩔 수가 없어서, 잘못 보고 그런 것이니 한번만 살려줍시유."

그때서야 사태를 알아챈 한 남자가 현오봉에게 매달렸다.

"요런 빨갱이새끼, 저리 비켜!"

현오봉의 발이 남자의 옆구리를 걷어찼다.

"어쿠쿠……."

남자의 몸이 달팽이가 되며 나뒹굴었다.

"일이분대, 거총!"

한 줄로 늘어선 18명의 군인이 일제히 총을 겨누었다.

당산나무 아래는 사람들이 엉킨 채 울음소리와 신음소리를 내고 있었다.

"발사!"

총소리와 비명소리가 한꺼번에 뒤엉켰다. 순간적으로 폭발한 그 소리는 순간적으로 사라졌다. 놀란 개가 도망치며 짖어대는 소리만이 다급하게 이어지고 있었다.

"모두들 수고했다. 행군대열을 갖춰라."

현오봉은 명령하고 담배를 피워물었다. 그는 하늘을 향해 담배연기를 소리 내서 내뿜었다. 아버지와 염상진의 얼굴이 떠올랐다. 염상진 네놈을 내 손으로 죽일 날이 있을 것이다……. 현오봉은 다시 담배를 깊이 빨았다가 내뿜었다.

"출발준비 완료했습니다."

선임하사가 보고했다.

"좋소, 출발하시오."

현오봉은 꽁초를 손가락 끝으로 튕기며 비식 웃음 지었다.

"소대, 전진 앞으로!"

선임하사의 구령에 따라 소대는 다시 북쪽으로 움직이기 시작했다. 현오봉은 그 뒤를 따라붙으며 당산나무를 힐끗 돌아다보았다. 그의 얼굴에는 여전히 웃음이 머물러 있었다.

염상진이 도당으로부터 후퇴에 관한 지령을 접수한 것은 추석 전날이었다. 첫째, 당을 지하당으로 개편할 것. 둘째, 입산투쟁에 대비할 것. 셋째, 해방구 확보계획을 세울 것. 넷째, 북으로의 후퇴계획을 세울 것. 그것은 놀라울 것도 없는, 며칠 전부터 각오하고 있었던 결과였다.

지하당으로의 개편은 재작년 10월처럼 거의 불가능한 일이었다.

후퇴라는 것을 예상하지 않고 두 달 동안 전개된 활동으로 조직은 완전히 노출되어 있었다. 둘째와 셋째 항목은 두말할 필요가 없었다. 그런데 넷째 항목이 문제였다. 그리고 도당이 지령하지 않은 또 하나의 문제가 있었다. 여맹이며 민청에서 활동한 그 많은 조직원들을 어떻게 할 것인가 하는 문제였다. 물론 그것을 둘째 조항에 포함시켜서 생각할 수도 있었다. 그것을 독립시키거나 어디에 포함시키거나 간에 문제는 똑같은 비중으로 남았다. 그 많은 수를 입산시켰을 때 첫째 식량조달이 문제였고, 둘째 투쟁효과가 문제였다. 그렇다고 선별입산을 시켰을 경우 남은 사람들에게 당장 닥칠 생명의 위협이 문제였다. 그의 고심은 해결되지 않았다. 군당 간부회의를 열었다.

역시 넷째 조항이 토론의 대상으로 떠올랐다.

"그건 별로 고려할 만한 문제가 못 된다고 생각합니다."

이해룡의 주저 없는 발언이었다.

"그것이야 북조선 동무들헌테나 해당되는 말 아니겄는가요? 쌈에서 밀고 밀리는 것이야 병가지상산디, 잠시 밀리면 또 심 모타서 밀어붙일 작정을 혀야제 북쪽으로 가먼 여그넌 워쩔 것이요. 말 씹힐 것도 없는 문제구만이라."

오판돌의 거침없는 발언이었다.

"북쪽으로 후퇴럴 헌다는 말이 나왔응께 속에 든 말 털어놓는 것인디, 우리가 다 암시로도 긁어 부시럼이고, 존 것이 존 일이다 생각험시로 덮어온 일로, 북조선 동무덜이 그동안에 을매나 잣지

받지허니 우리럴 눈 아래로 깔아보고, 큰방구 뀌고 그랬소. 지 땅지 마실에서도 그런 꼴 당혔는디 북쪽으로 가면 우리 꼬라지가 머시가 되겄소. 나가 이리 발언허는 것이 분파주의 조장이다, 지방주의 조장이다 허고 비판을 받을란지 몰르겄는디, 나넌 있는 그대로 겪은 그대로 말얼 허는 것잉께 비판을 허자면 북조선 동무덜부텀 먼첨 비판받어야 헐 것이요. 나가 기가 찬 것은 우리가 목심 내걸고 공산주의 허는 것은, 니나 나나 차등 없이 공평허니 사는 시상 맹글잔 것이었는디 정작 공산주의 허는 사람끼리 그 모냥이 되니께 무신 살맛이 나겄소. 허고, 북조선 동무덜이 남조선 해방시키니라고 고상혔지만, 우리도 두 손끝 맺고 논 것이 아니라 못 묵고, 못 입고, 동상 걸려감스로 목심 내놓고 투쟁혔다 그것이요. 우리가 그리 좆 빠지게, 아니 아니구만요, 요 말언 취소허고, 우리가 그리 쎄 빠지게 고상혀 갖고 그런 하대받을라고 고상혔습디여? 다른 사람 다 몰라도 나넌 북쪽으로 안 가겄구만요."

하대치의 막힘 없고 단호한 발언이었다. 고개를 약간 수그린 염상진의 입가에는 엷은 웃음이 어리고 있었다.

"하 동무의 발언 잘 들었습니다. 하 동무가 지적하신 사실은 당 전체가 유념하지 않으면 안 될 중대한 문제라고 생각합니다. 그러나 그 문제가 북으로 후퇴를 하지 않는 이유로 연결되는 것은 하 동무의 좀 지나친 감정표현이 아닌가 합니다. 문제점은 문제점으로 시정되어야 할 것이고, 북으로의 후퇴는 별개의 문제로서 당명이 내려지면 이의 없이 따라야 할 것입니다. 이에 대해 하 동무의 보충발언을 듣고자 합니다."

안창민이 지긋한 눈길로 하대치를 지켜보았다. 하대치는 안창민의 발언이 자신을 바람막이하고 있다는 것을 직감했다. 안창민의 말을 듣고 보니 자신의 발언은 많은 읍·면당위원장들에게 나쁘게 작용할 염려가 있었다.

"안 동무의 발언을 접수허고, 지 발언이 잘못된 것을 시인합니다. 당이 북으로 후퇴허라고 결정허면 그대로 딸컸고, 이 토의에서넌 지넌 반대구만요. 여그 인민덜얼 지켜야 헌께요."

하대치의 눈치 빠른 정정발언이었다.

"아직까지는 북으로의 후퇴가 당의 완전한 결정이 아닌 것은 전체적 상황으로 보아 북으로의 후퇴가 용이하지 않기 때문일 것입니다. 도당의 결정적 지시가 있을 때까지 상황을 보아가며 대처하는 것이 어떨까 합니다."

안창민의 신중론이었다.

조직원들의 입산문제에 대해서는 하나같이 '원하는 사람은 전부 데려가야 한다'는 것으로 의견이 모아졌다. 그 문제는 만장일치로 결정되었다. 다만 동요를 막기 위해 실행 전날까지 비밀에 부치기로 했다.

"미제국주의자들의 방해책동으로 우리의 해방전쟁은 전세가 다소 불리해져 일시적인 후퇴를 하지 않을 수 없게 되었습니다. 동무들! 우리는 이에 실망해서는 안 됩니다. 용기를 잃어서도 안 됩니다. 이런 때일수록 희망을 가져야 합니다. 용기를 가져야 합니다. 그래서 용감무쌍하게 일어서야 합니다. 우리는 앞서 죽어간 동지들의 피와 전사들의 피를 헛되게 할 수 없습니다. 그분들이 혁명을 위해 흘리고 죽어간 핏값을 우리가 혁명을 쟁취하는 것으로 값지게 해야 합니다. 혁명의 성공은 우리의 것입니다. 그 사실을 믿고 가슴에 새겨 우리 다 같이 새로운 용기를 가집시다. 새로운 투쟁을 향해 일어섭시다!"

누가 치기 시작했는지 모를 박수에 따라 회의장은 금방 열렬한 박수소리로 출렁거렸다. 염상진은 박수소리가 잦아들기를 기다려 다시 입을 열었다.

"우리에겐 시간이 없습니다. 그러나 시간이 허용할 때까지 오늘부터 극비리에 투쟁인민들을 확보토록 각 읍·면당은 최대의 노력을 기울이기 바랍니다. 투쟁인민의 확보는 앞으로 우리의 투쟁발판이 된다는 사실을 명심해야 합니다."

염상진의 마감발언이었다.

사흘 뒤인 28일 아침 도당이 광주시당과 함께 그 중추조직은 북으로 후퇴를 한다는 연락이 왔다. 아울러 군당의 핵심조직도 이에 따르라는 지시가 내려왔다. 염상진은 즉시 그날 밤을 출발예정으로 잡아 각 읍·면당에 후퇴준비를 지시했다. 군당의 전체조직부터 안전지대로 옮길 작정이었다.

읍내의 마을마다 동요가 일어났다. 각 조직을 통해 후퇴소식과 함께 원하는 사람은 당을 따라 입산하라는 지시가 전해졌던 것이다.

장면 ㄱ. 주막

김복동 : 자네 워쩔랑가?

마삼수 : 안 델꼬 간다고 혀도 따라나설 판인디 델꼬 간다는디야 얼씨구나 아니겄소? 성님언 안 가게라?

김복동 : 나 목심이 둘이간디?

마삼수 : 맞소. 앉어서 죽으나 입산혀서 한바탕 허고 죽으나 죽기사 매일반잉께요. 좆 달린 사내새끼 죽는 꼬라지가 어느 편짝이 낫겄소?

김복동 : 두말허면 잔소리제. 뜨도록 허세! (꽁초를 내던지며 벌떡 일어선다.)

장면 ㄴ. 강동기네 집

강동기 : 아, 친정으로 가 있으랑께! (버럭 소리 지른다.)

남양댁 : 성님도 간다는디 나도 델꼬 가주씨요.

강동기 : 머시여? 형수씨가 워째 따라나서고 그려?

남양댁 : 여맹서 일헌디다가, 산사람 돼갖고 냄편 웬수 갚는답디다.

강동기 : 허! 사람 칵 미치게 맹그네웨. 새끼덜언 워쩌고?

남양댁 : 친정에 맽긴다드만이라.

강동기 : 그려서 자네도 아새끼 친정에 맽기고 따라나설 챔인 것이여? 확 그냥, 찍소리 말고 싸게 친정으로 떠, 싸게! (강동기는 곧 주먹질을 할 기세고, 남양댁은 두 팔을 들어올려 옆걸음질로 피하며)

남양댁: 여맹서 일허라고 허덜 말든지, 일허라고 혔으면 델꼬 가기럴 허든지. 묵을 것도 없는 친정에 아새끼할라 델꼬 들이닥치면 에진간히 좋아라 허겄소. 혼자 맘대로 허는 성님(외서댁)이 부럽소.

강동기: 원족가는 것이 아닝께 시키는 대로 혀! (휙 돌아서 나간다.)

장면 ㄷ. 여맹 사무실

이지숙: 나랑 같이 가십시다, 고생은 되겠지만. 남아서 당하는 고초보다야 낫겠지요. (이지숙이 소화의 손을 다정하게 잡는다.)

소 화: 고초라면 당허기도 허겄제만…….

이지숙: 맞아요. 이젠 전하고 형편이 달라요. 예비검속한 걸 봐요, 그놈들은 다 죽일 거예요.

소 화: 지는 그분 만내기 전에는 죽을 수 없구만요. 지도 입산혀서 그분 몫아치럴 험스로 그분을 기둘릴랑마요.

이지숙: 아주 좋은 생각이에요. 빨리 가서 준비하세요. 치마 입지 마시고 몸뻬를 입고, 솜옷 서너 벌하고, 쌀을 챙기세요.

소 화: 알겄구만이라. (소화 총총히 사라진다.)

장면 ㄹ. 당산나무 아래

김종연: 성님, 정신 똑똑허니 채리씨요. 여그 있다가는 면장 아들 아니라 서장 아들이락도 삭신만 녹아내리는 것이 아

니라 카악이요, 카악! (김종연이 빳빳하게 편 손바닥으로 목 치는 시늉을 두 번 한다.)

유동수: 금메 말이여, 새끼덜이 우루루헌디 맥엄씨 민청서 설레발쳤능갑다.

서인출: 와따, 짜잔허게 인자 와서 뒤진 새끼 붕알 맨지는 소리넌 멀라고 허고 그요. 글먼 성님 혼자 남으씨요. (등을 돌리고 선다.)

유동수: 아니시, 아니시, 나도 갈라네.

장면 ㅁ. 하대치네 집

들몰댁: 넘덜맹키로 친정이 멀기럴 허니 친정으로나 피허겄는게라?

하대치: 금메 말시. 엎어지면 코 달 디라논께. (그는 짭짭 입맛을 다시며 고개를 젓는다.)

들몰댁: 요리 허먼 워쩔께라. 임시로 물러스는 것잉께 우선에 급헌 불부텀 끄게 아그덜 친정에 맡기고 지도 따라나스는 것이.

하대치: 글다가 질어지면 으쩔라고?

들몰댁: 그러기사 헐랍디여. 팔다리 묶이고 허는 쌈도 아닌디.

하대치: 허기넌 그려. 가세, 우선 뜨고, 판 돌아가는 것 봐감서 그때 가서 워찌 허드락도.

어둠이 감기기 시작하면서 전에 읍사무소였던 인민위원회 앞으로 사람들이 몰려들었다. 모두들 큼지막한 짐들을 이고 지고 있었다. 짐에 매달린 바가지도 보였고, 지게 뒤에 묶은 솥도 보였다. 그런데 아이들을 데리고 나온 집안도 서넛이나 되었다. 염상진은 착잡한 심정으로 사람들을 눈어림하고 있었다. 줄잡아 300명이 넘었고, 여자가 4분의 1 정도를 차지하고 있었다.

염상진이 시계를 가까이 들여다보았다. 하대치가 다가서며 말했다.

"다 온 것 같구만이라."

"알겠소."

염상진이 고개를 끄덕이며 왼쪽으로 걸어갔다. 거기에는 군내의 내무서나 분주소에 배치되었던 인민군들과 몇 안 되는 당일꾼이 모여 있었다.

"우린 곧 떠나겠습니다. 앞서 떠나도록 하시지요. 그동안 수고들 참 많이 하셨습니다. 가시다가 사정이 여의치 않으면 곧 돌아오십시오. 언제든지 환대하겠습니다. 장흥 유치지구나 화순 백아산지구, 아무 데나 형편 닿는 데로 합류해서 우리 군당을 찾으면 언제나 선이 닿을 겁니다." 염상진은 모두를 향해 말하고, "이것 받으십시오. 우리 군당이 드리는 노잡니다. 혹시 돈이 떨어지게 되면 쓰시라고 금반지 몇 개를 준비했습니다." 그는 목소리를 낮추어 말하며 인솔자에게 작은 주머니를 내밀었다.

"이거 참, 이거……."

인솔자는 당황해했고, 염상진은 그의 손을 끌어잡아 주머니를 쥐여주었다.

"그럼 전사 동무들, 편히 가십시오!"

염상진이 소리 높여 외쳤다. 그 목소리가 떨렸다.

누군가가 박수를 쳤다. 박수소리가 번져나가기 시작했다. "동무들, 조심혀서 가씨요이—." 누군가가 소리쳤다. "잘들 계시라요." 움직이기 시작한 인민군 대열에서 보내는 화답이었다. "사우 삼을라고 혔는디 워찌 그리 허망허니 가뿌까이. 참말로 무사허니 가씨요오." 어떤 여자의 외침이었다. "고맙시요, 또 만나자요." 박수소리 속에서 들려온 화답이었다. 인민군들은 역 쪽의 어둠 속으로 빠르게 사라져갔다.

염상진은 사람들 앞에 섰다.

"여러분, 우린 지금 단순히 피난을 떠나는 것이 아닙니다. 앞으로 형편이 어렵게 되면 산에서 싸워야 합니다. 그러니까 산은 피난처가 아니라 전쟁터가 되는 겁니다. 그런데 애들까지 데리고 나오면 어떻게 됩니까. 애들을 데리고 나오신 분들은 왼쪽으로 따로 나오십시오. 앞으로 세 시간 여유를 드릴 테니 애들을 어디다 맡기든지, 무슨 해결을 해야 합니다."

"암 디도 맡길 디가 읎는디라."

어떤 여자의 다급한 외침이었다. 염상진은 더 말이 없었다.

아이들을 데리고 나온 사람들을 구분해 내고 조편성이 시작되었다. 한 조를 30명으로 해서 세 명씩 가로세우기를 한 다음 앞뒤에 인솔자를 배치시켰다. 조편성이 끝나자 곧 행렬이 움직이기 시작했다. 행렬은 들몰 쪽으로 방향을 잡았다.

염상진은 각 읍·면의 입산자들을 옥산 너머 골짜기로 집결시키도록 지시했다. 율어로 할까 했지만 밀려들 적의 병력도 화력도 모르는 상태에서 공격당할 위험이 컸다. 징광산도 퇴로를 차단당할 위험은 마찬가지였다. 거리가 조금 먼 그 골짜기에서 안전을 유지하며 각 읍과 면의 무장투쟁조직을 짤 시간이 필요했던 것이다.

짐들을 이고 진 300명이 넘는 행렬은 어둠 속의 횡계다리를 건너 낙안 쪽으로 멀어져가고 있었다. 추석이 지난 가을밤의 대기는 싸늘하게 그 꼬리를 사렸다.

21

구빨치 그리고 신빨치

미군들이 논산에 들어왔다는 소식이 북소마을까지 전해져왔다. 둔덕을 사이에 두고 윗마을·아랫마을로 나뉘어 있는 북소는 둘 다 합해서 50가구 정도 되는 벽촌이었다. 뒤에 산을 등지고 옆으로 넓은 저수지를 낀 마을은 갑자기 소란스러워졌다. 붉은 완장을 찬 남녀가 이 고샅 저 고샅을 헐레벌떡 뛰어다녔고, 마을사람들은 숨을 죽인 채 그들의 질정 없는 움직임을 살피고만 있었다.

"군당이 허는 일이 요게 대체 머여유."

젊은이가 고샅을 뛰며 목 잠기는 소리를 질렀다.

"시끄럽네, 워낙에 궁벽허잖은감."

좀더 나이 많은 남자가 뒤따르며 말했다.

"아무리 끝머리에 붙었어두 그렇지유. 시상에 요런 법은 없는 법이에유."

"인자 타박해서 멀 혀. 얼마나 위급혔으면 그랬겄냐 이해허고, 인자부텀 방도를 찾으면 되잖은감."

"참말로 부처님 가운데 토막이구먼유."

스물네댓 명의 남녀가 크고 작은 짐들을 이고 지고 허겁지겁 뒷산을 넘어가는 것을 마을사람들은 망연히 바라보고 있었다. 그동안 한 번도 뗀 적이 없었던 붉은 완장은 이제 그들의 왼쪽 팔에 붙어 있지 않았다. 핏빛으로 붉은 그 완장은 어디서나 눈에 잘 띄었다. 특히 숲속에서나 논 가운데서 붉은 완장은 눈부시도록 선명하고 또렷했다. 그걸 남자가 차면 금방 기운 세게 보였고, 여자가 차면 갑자기 야무지게 보였다. 그건 분명히 붉은 물 들인 손바닥 넓이의 헝겊조각에 지나지 않았다. 그러나 그것을 헝겊조각으로 보는 사람은 아무도 없었다. 일본헌병이 찬 완장에서 대일본제국의 권위와 위압을 보았듯이 그 붉은 완장에서는 공산주의의 혁명과 투쟁을 보았다.

그들이 떠나게 되자 마을은 텅 빈 것 같은 적막 속에 놓이게 되었다. 사람들은 두 달 반 동안 그들이 차지하고 있었던 비중과 무게가 그렇게도 컸던가를 새삼스럽게 확인하고 있었다. 그들은 그동안 인민해방과 혁명투쟁을 위한 여러 가지 노래를 열심히 부르고 가르쳤으며, 혁명의 새 나라를 위해 이런저런 일들을 해가며 부지런히 뛰어다녔다. 그러나 이제 그들이 부르던 노래는 여음으로만 남고, 그들이 추진하던 일은 기억으로만 남겨지게 된 것이다.

"어디로들 저리 가는고…… 쯧쯧쯧쯧……."

뒷짐을 지고 선 이장이 길게 한숨을 쉬었다.

"무사하기나 해야 할 텐데요."

옆에 선 법일의 무거운 말이었다.

"딴 나라 사람들도 아니고 같은 동포끼리 서로가 못할 일입니다."

"부처님말씀으로 하자면 인생살이가 잠시잠깐인데 실제로는 굽이굽이거든요. 부처님말씀이 뜻 깊기는 하지만 현실이 고달픈 사람들에게는 귀에 닿지 않는 너무 먼 소리지요."

"그게 왜 그리 되는 겁니까? 가시지요, 가서 앉으십시다."

이장이 돌아섰다.

두 사람은 감나무 아래 놓인 평상에 앉았다. 아이들 손을 타지 않은 감나무에는 감들이 누릇누릇 익어가고 있었다.

"그게, 부처님은 깨달은 입장에서 사람을 삼라만상 중의 하나로 보신 것이고, 인간은 인간끼리만 보는 데서 오는 차이라 해야 할 것입니다. 그 차이는 아마 영원히 줄일 수 없을 것입니다. 인간세상에서 뺏고 뺏기는 일이 없어지지 않는 한 말입니다."

"그렇겠지요, 굶고 살아지는 목숨은 없는 법이니까요. 그 차이를 줄이자면 어쨌든 있는 사람들이 불심을 지니고 욕심을 덜 부려야 되지 않겠습니까."

"예, 바로 보셨습니다. 사람의 고통 중에서 제일 큰 고통이 죽는 고통일 것입니다. 그런데 죽는 데도 병들어 죽는 고통과 매 맞아 죽는 고통과 굶어서 죽는 고통이 있는데, 그중에서 아마 제일 서럽고 큰 고통이 굶어서 죽는 고통이 아닐까 합니다. 가난한 사람들이 평생을 산다는 것은 굶어서 죽는 고통의 연습이나 다름이 없습니다. 그 고통 앞에 부처님말씀이 아무리 좋다 한들 무슨 위안이 되겠습니까. 배부른 사람들은 사나흘만 굶어보면 배고픈 고통이 얼마나 큰 고통인지 금방 알게 될 것입니다. 그런 다음 마음을 고쳐먹어야 합니다. 그것이 불심이지 따로 불심이 어디 있는 겁니까. 나눌 수 있는 자가 욕심을 덜 갖고 나누려는 것이 해결방법이지, 아무것도 없는 사람들에게 가지려고 하지 말라는 것은 해결방법이 아닙니다. 서로 나누는 것, 그것이 서로가 화평을 누리며 서로 미워하지 않고 살 수 있는 세상 아닙니까. 자연의 섭리가 바로 화평이고 균등입니다. 물이 낮은 곳과 빈 곳을 채워 언제나 수평을 이루는 이치가 그것입니다. 그 원리가 깨짐으로 해서 빼앗긴 사람들은 빼앗은 사람들에게 대들 수밖에 없고, 있는 사람들이 서로 나누려는 마음을 갖지 않으면 결국에는 모든 것을, 목숨까지도 잃게 된다는 것을 명심해야 할 것입니다. 말이 길어졌습니다."

"아닙니다, 좋으신 설법이십니다."

"무슨 황송한 말씀을요."

다음날 새벽 북소마을은 완전히 뒤집혔다. 새벽 어스름을 밟고 우물로 나간 아낙네들이 질겁을 해서 물동이를 내동댕이치고 도망을 치거나, 비명을 지르며 고샅을 뛰는 소동이 벌어졌던 것이다. 새벽잠에 빠져 있던 남자들이 허둥지둥 우물로 모여들었다.

역시 여자들의 말대로 우물가에는 고무신이나 짚신들이 즐비하니 놓여 있었다. 그리고 우물 속에는 거꾸로 박힌 시체들이 뒤엉켜 있었다. 남자들은 여자들처럼 소란을 피우지는 않았지만 놀라기는 마찬가지였다.

"요것이 어떻게 된 일이여?"

"이 많은 사람들이 빠져 죽다니, 대체 누굴까유?"

"이 일을 어찌헌디여?"

남자들은 서로가 모르는 일을 물어대며 우왕좌왕하고 있었다.

"이러고들 있지 말고 어서 시신들을 끌어냅시다. 죽은 사람들이 누군지 알아야 죽은 이유도 알 게 아니겠소?"

이장의 말이었다.

우물은 두레박줄로 열 발 가까운 깊이였다. 담이 큰 두 남자가 팔다리를 버팅기며 아래로 내려갔다. 그리고 새끼줄을 네 겹으로 다시 꼬아 아래로 늘어뜨렸다.

"올려어, 끌어댕기어—."

아래에서 울림소리가 올라왔다.

굵은 새끼줄을 잡고 있던 남자들이 함께 기운을 썼다. 양쪽 겨드랑이에 새끼줄을 감은 시체가 모습을 드러냈다.

"이거 방앗간집 아들 영식이 아니라고?"

누군가가 소리쳤다.

"맞네, 영식이."

"어제 떠난 사람들이 어쩐 일이대여?"

사람들은 더 이상 말이 없었다. 그러나 모두는 알아차렸다. 어제 떠난 그들이 사방에 길이 다 막혀 되돌아와 어젯밤에 우물에 몸을 던졌다는 것을.

그 소식이 마을에 퍼지자 우물가는 금방 통곡으로 뒤덮였다. 시체가 하나씩 끌어올려질 때마다 기다리고 있던 가족들이 새로이 통곡을 터뜨렸다.

시체를 다 끌어올리는 데는 한나절이 걸렸다. 우물가에 즐비하게 눕혀진 시체는 모두 27구였다. 어제 떠난 숫자 그대로였다.

"흉사를 했으니 집으로 모실 수도 없는 일이고, 장례를 저저끔 치른다는 것도 번거로운 일이니, 묘는 따로따로 쓰더라도 장례만은 합동으로 치르는 것이 어떻겠는가요?"

이장이 의견을 내놓았다. 아무도 반대하는 가족이 없었다. 장례도 삼일장이니 뭐니 오래 끌 것 없이 하룻밤 새우고 다음날로 매장을 하자는 말이 나왔다. 시국이 뒤숭숭한데 혼풀이 했으면 됐지 오래 끌어 좋을 것 뭐 있느냐는 것이 이유였다. 그 말에도 유가족들은 순순히 따랐다.

그래서 우물가에는 차일이 쳐지고, 불이 밝혀졌다. 밤에도 불을 밝힐 수 있다는 것이 세상이 달라진 것을 실감하게 했다.

법일은 유가족들의 간청과 이장의 부탁으로 독경을 안 할 수가 없었다. 목탁은 없어서 요령만으로 독경을 시작했다. 공산주의자들의 죽음과 독경— 법일은 그 부조화를 내세워 독경을 거절할 수는 없었다. 장례라는 것은 어차피 산 사람들을 본위로 한 예식이었던 것이다. 물에 빠져 죽은 사람의 혼백을 건진다는 굿도, 망자의 왕생극락을 빈다는 불공도, 명당을 골라 묘를 쓴다는 풍수설도

다 산 사람들이 하는 자기 본위의 위안행위였던 것이다. 법일은 종교생활을 해왔지만 아직도 영혼에 대해서는 확신이 없었다. 영혼이 있는 것인지, 없는 것인지, 그 의문은 언제나 짙고 짙은 안개밭이었다. 불교에는 엄연히 내세관이 있었지만 그건 영혼의 존재문제에 대한 답이 아니었고, 모든 종교가 갖게 마련인 현실세계의 질서나 안녕을 유지시키기 위한 종교적 윤리·도덕률일 뿐이었다. 어느 종교나 사이비 종교인들은 그 내세관을 신도들에게 협박적으로 강조함으로써 종교를 돈에 팔아넘겨 타락시켰고, 신도들은 신도들대로 거기에 집착함으로써 돈으로 종교를 거래하는 이기적 맹신을 낳았던 것이다. 종교 중에서 신화적 부분이 없는 종교가 없는데, 그 부분을 확대하고 강조하는 종교일수록 야만적이고 비이성적 종교이며, 내세관을 과장하고 과신하게 하는 종교일수록 그만큼 부패하고 타락해 있었다. 모든 종교의 필요는, 첫째 자아 양심을 지키기 위해서, 둘째 동물적 탐욕을 없애기 위해서, 셋째 경전의 올바른 가르침을 실행하기 위해서일 뿐이었다. 내세관은 그 세 가지를 지키게 하는 보조장치에 불과했다. 저 우주적 시야에서 바라보면 인간은 분명 티끌이고, 일생 또한 찰나였다. 더욱이 목숨이 끊겨 흙 속에 묻히면 그것은 형체도 없이 사라지는 티끌이었다. 거기에서 영혼이 따로 분리되는가? 분리되어 그 가는 곳이 어디인가? 헤쳐도 헤쳐도 헤쳐지지 않는 그 안개밭. 거기를 헤치려 함이 어쩌면 부질없는 짓일지도 몰랐다. 법일은 이런 생각을 이어가며 불경 중의 불경인 『반야심경』을 되풀이 독경하고 있었다.

바로 『반야심경』에 그 의문과 해답이 고스란히 담긴 것을 새삼스럽게 느끼며.

면에서 경찰 두 명이 나온 것은 다음날 아침 일찍이었다. 마을사람들은 경찰을 보는 순간 모두 놀라고 긴장했다. 관을 장만하려고 어제 면에 나갔던 사람들의 입을 통해서 경찰이 들어왔다는 소식은 이미 알고 있었다. 그러나 그렇게 갑자기 나타나자 무슨 죄라도 진 것처럼 겁부터 났던 것이다. 사람들은 벌써 어젯밤에 차일 밑에 모여앉아 인공생활을 겪었다는 이유로 어떤 시달림을 받게 되지 않을까를 걱정했고, 스물일곱이 죽은 것으로 족하니 더 궂은일 당하는 일 없도록 서로 입조심하고 감싸야 한다고 이장을 중심으로 뜻을 모았던 것이다. 그런 심리적 불안감이 있는 데다, 자신들이 치르고 있는 장례가 경찰들 앞에서 결코 떳떳할 수 없는 것이기도 했다.

사실 경찰이 나타난 것은 바로 그 장례를 조사하기 위해서였다. 관을 한꺼번에 27개나 사갔다는 정보가 경찰의 의혹을 불러일으켰던 것이다.

"이거 빨갱이새끼들이 한 짓이지!"

경찰이 대뜸 다잡고 든 말이었다.

"아닙니다, 이 사람들이 인민위원회고 여맹에서 일했던 사람들인데 그저께 밤에 다 우물로 뛰어들어 자살을 한 것이지요."

이장이 나서서 대답했다.

"그게 정말이오?"

"예, 사실 그대롭니다."

"당신은 눈에 많이 익은데, 전에 뭘 했소?"

"예, 직업이야 농사고, 이장을 맡고 있었지요."

"뭐라고 이장? 아니 그런데……."

경찰의 얼굴색이 확 변하며 소리가 높아졌다. 그런데 옆에 선 경찰이 눈짓을 해서 말이 중단되었다.

"장례는 언제 치를 작정이오?"

"곧 출상할 작정입니다."

"중단하시오, 허락이 있을 때까지. 더 조사할 게 있으니까."

사람들이 모두 고개를 숙인 채 굳은 듯이 서 있었다.

"당신 우리와 함께 갑시다."

경찰이 이장을 향해 턱짓을 했다. 일제히 고개를 든 사람들의 얼굴은 당혹감에 차 있었다.

"갑시다, 빨리."

경찰들이 앞섰고, 이장이 그 뒤를 따라 발을 떼어놓았다.

이장은 그날 밤 돌아오지 않았고, 차일 밑에는 근심이 서렸다.

다음날 점심때가 지나 경찰이 다시 나타났다. 그들은 관에 들어 있는 시체들을 다 끌어내게 했다. 악취가 풍기는 남녀의 시체들이 즐비하게 놓여졌다. 경찰을 따라온 민간인이 사진을 찍었다.

"이제 내다 묻어도 좋소."

경찰이 말하고 돌아섰다.

"실례합니다, 이장님은 어찌 됐습니까?"

법일이 나서서 물었다.

"아직 조사 중이요."

경찰이 뒤도 돌아보지 않고 대꾸했다.

산은 커다란 모습, 억센 자태로 어디에나 있었다. 눈길을 가까이 머물게 해도 산이었고, 멀리 보내도 산이었으며, 눈을 감아도 사방은 산이었다. 눈길이 가까우면 산은 앞을 완강하게 막아서는 장벽이었고, 눈길이 멀면 산은 무거운 물결을 일구며 뻗어간 자연의 성벽이었다. 그리고 눈을 감아도 가슴 가득 들어차는 산은 달라진 현실을 일깨우는 거부할 수 없는 생존의 조건이었다.

손승호는 비로소 산이 '거기 있는' 막연한 존재가 아니라 앞으로의 자신의 삶을 의탁해야 하는 '여기 있는' 확실한 존재로 발견하고 있었다. 얼마 전까지만 해도 산은 있으되 마음의 간격이 멀어 경관적이고 추상적인 대상에 지나지 않았다. 그러나 이제 산은 자신이 그 품에 안겨야 하는 실재적이고 구체적인 대상이었다.

"산이란 거이 을매나 고마운 것인지 시나브로 알게 될 것이구만. 빨치산헌테 산은 아그헌테 엄니 품이나 같은겨. 근디, 경험 읎는 사람덜이 요것이 무신 말인지 알아묵어지겄어? 차차로 겪어감서 알게 될 일잉께 접어두고, 좌우당간 일단 산에 들었다 허먼 똑 한 가지 지킬 것은 있구만. 고것이 먼고 허니, 맥엄씨 산얼 무서바허고 겁묵을 일도 아니고, 글타고 시퍼보고 마구잽이로 뎀빌 일도 아니다 그것이여. 산이 첩첩이라고 타보도 않고 무서바혀뿔먼 산심에 눌려서나 끝꺼정 갱신얼 못허게 되고, 그 반대로 산얼 시퍼보고 뎀비면 지가 아무리 지랄발광을 혀도 산은 끄떡도 안 허는디다가 종당에는 지가 당허고 말제. 산이야 한 발 앞이 워찌 생겠는지 몰르게 골골이 같은 디가 하나또 읎응께. 글먼 워찌헐 것이냐, 겁묵지도 말고 시건방구지게 나대지도 말고, 그저 내 한 목심 보존시켜 주십소사 허는 맘으로 산허고 친해지는 것이여. 글먼 산타기도 몸에 쉴허게 익고, 산이 엄니 품이 돼야 목숨도 보존허게 되는 것이제. 긍께로 산이 엄니맹키로 보듬아주먼 이쪽에서는 순헌 애기맹키로 보듬낀다 그 말이여."

이미 전쟁 전부터 야산투쟁을 해왔다는 솥뚜껑의 말이었다. 다른 사람들은 어쩌는지 모르지만 손승호는 그의 말을 유심히 새겨듣고 마음에 담았다. 그의 나이는 스물대여섯밖에 안 되었지만 그 말은 경험이 바탕을 이루고 있을 뿐만 아니라 아주 논리적이면서도 심리적인 의미가 깊었던 것이다.

손승호는 자연히 그에게 호감을 갖고 가까이하게 되었다. 그러나 그는 자신이 머슴출신이라는 것은 거침없이 밝히면서도 이름은 말하지 않았다. 빨치산이면 됐지 무슨 이름이 더 필요하냐며, 그냥 솥뚜껑으로 부르라고 했다. 별명에 걸맞게 그의 두 손은 두껍고도 넓었다. 꼴머슴살이부터 했고, 그 손으로 꼰 새끼가 수천 리는 될 거라는 그의 출신성분을 유감없이 나타내고 있는 손이었다. 그런데 그는 놀랍게도 단출해 보이는 짐 속에 『조선공산당사』와 『천자문』을 가지고 있었다. 그는 좌익을 한 다음부터 한글을 완전히 깨쳤고, 이제 한문을 공부하는 중이라고 했다. 손승호는 자신의 손과 그의 손을 비교하며 죄의식을 느꼈고, 자신이 공부했던 환경과 그가 공부하고 있는 환경과를 비교하며 부끄러움을 느꼈다. 읽고 싶은 책을 제대로 살 수 없었던 자신의 환경은 김범우에게 비하면 갈 데 없는 천민의 그것이었다. 그러나 솥뚜껑과 비교해 보면 자신의 환경은 너무나 사치스럽고 귀족적이었다. 목숨을 내건 빨치산생활을 하면서 한글을 완전히 깨치고, 다시 빨치산생활이 시작되는데 한문공부를 하고 있는 그 열정 앞에 그저 머리가 숙여질 따름이었다. 산에 대한 그의 예사롭지 않았던 말도 경험만으로 나온 것이 아님을 알 수 있었다.

"구찮시럽겄지만 내 선상님이 잠 되야줄 수 있으시겄소?"

솥뚜껑이 어렵게 해온 말이었다.

"그러지요, 함께 공부하십시다."

손승호는 기다리기라도 한 것처럼 얼른 대답했다.

솥뚜껑이 누구 앞에서나 자랑스러워하는 건 자신이 '구빨치'라는 사실이었다. '구빨치'는 전쟁 전부터 야산투쟁을 전개해 온 사람들을 가리키는 것인데, 그들 사이에는 어떤 자격이나 능력을 구분짓는 뜻을 포함시켜 일상어로 쓰이고 있었다. 그 말은 '구빨치산'을 줄인 것이었고, '구'라는 글자는 구닥다리나 쓸모없음이란 의미는 전혀 없고 오히려 '혁혁한 투쟁경력'이나 '산 경험의 혁명전사'라는 뜻으로 빛을 발하고 있었다. 그러니까 이번 후퇴와 함께 새로 입산한 사람들은 자연히 '신빨치'일 수밖에 없었다. 신빨치로서 손승호는 솥뚜껑을 통해서 산생활을 익힐 작정을 하고 있었다. 솥뚜껑이 자신을 선생을 삼고자 했는데 자신이야말로 솥뚜껑을 선생으로 받들어야 할 필요성이 절실했던 것이다.

그 수가 얼마 안 되는 것에 비해 구빨치들이 그들 모두에게 미치는 영향력은 실로 대단했다. 도당조직을 그대로 옮겨놓은 그들의 인적 구성은 거의가 신빨치에다가 나머지는 북조선에서 내려온 당원들이었다. 신빨치들이 갑자기 산에 묻히게 되면서 당황하고 긴장하는 것은 더 말할 것 없었다. 그런데 북조선출신들이 그동안 가졌던 자신감과 거만스러움을 싹 잃어버리고 초조한 기색을 감추지 못하며 우왕좌왕하고, 불안한 마음을 삭이지 못하고 허둥거리는 모습은 보기에 민망했다. 물론 그들의 심정이 이해가 안 되는 건 아니었다. 승리를 확신했던 그들이 먼 타향에서 갑자기 고립상태에 빠지게 되었으니 그럴 만도 했던 것이다. 그런 그들과 구빨치는 좋은 대조를 이루고 있었다. 구빨치들은 오히려 물 만난 고기들처럼 생기가 나고 힘이 솟는 것 같았던 것이다. 그들은 마치 시범이라도 보이듯 소부대를 짜가지고 야간작전을 나가 전리품을 짊어지고 돌아왔다. 무기며 총알은 물론이었고 시레이션 상자들도 많았다. 굳이 그들의 설명을 듣지 않아도 미군을 무찔렀음을 그 노획물들이 입증하고 있었다. 그러나 그런 것만 있는 것이 아니었다. 그들은 화투짝만 한 흰 쇠판이 대롱대롱 매달린 쇠줄을 하나씩 가지고 있었다. 그건 다름 아닌 미군들의 목에서 벗겨낸 군번표지였다. 그건 상대방을 죽이지 않고는 빼앗을 수 없는 물건이었고, 상대방도

죽지 않고서는 빼앗길 수 없는 물건이었다. 그러나 그들은 무기노획에는 신바람나 했지만 군표의 수만큼 적을 없앤 것에 대해서는 무덤덤했다.

"우리가 전에 야산투쟁얼 헐 적에 군경은 우리럴 죽이고 귀때기럴 띠갔소. 고것이 실적보곤디, 귀때기가 워디 한나뿐이간디. 한 놈이 한 사람 것 두 개럴 띠갖고 가면 실적이 두 배로 늘어뿐다는 것을 멍청헌 웃놈덜이 한참 만에 알고는 귀때기 말고 코럴 띠와라 안혔겄소. 우리야 고런 악독헌 짓거리 시킬 사람도 없고, 그냥 요것이나 벗게 왔소. 그냥 오기 서운허고, 또 요 쇠줄이 요상시럽게 생긴 것이 워디 쓸 만헌 디가 있을랑가도 몰를 일 아니겄소?"

솥뚜껑이 시레이션의 통조림쇠고기를 우물거리며 심드렁하게 한 말이었다.

"손 동무도 한나 갖고 잡으먼 담에 구해다 줄 팅께, 으쩌요?"

솥뚜껑이 덧붙인 말이었다.

"아이고, 난 싫소. 거 징그럽고 재수 없어서……."

"죽은 놈 물건 지니먼 부적도 되는디라?"

솥뚜껑이 정색을 했다.

"공산주의자가 부적은 또 뭐요, 안 어울리게."

손승호는 웃으며 눈총을 쏘았다.

"말허자먼 글타 그것이요. 근디, 손 동무가 징허고 재수읎응께 요것얼 안 가질라는 것은 공산주의자허고 어울리는 것이요?"

손승호는 아이쿠 싶었다. 솥뚜껑은 그만큼 논리무장이 되어 있었던 것이다.

"피장파장이요."

손승호는 고개를 젖히며 웃었다.

"이 요상시럽게 생긴 쇠줄이 욕심 안 난단께 손 동무야 부처님인갑소."

솥뚜껑은 흰 쇠줄을 양쪽 검지손가락에 걸어 이쪽저쪽으로 돌려대며 서운해하는 기색이었다.

"아니오, 나도 하나 구해다 주시오."

받아서 버리더라도 그의 호의를 무시할 수가 없어서 손승호가 얼른 한 말이었다.

"하먼, 진작에 그래야제라."

솥뚜껑은 더없이 환하게 웃었다. 웃는데도 우수가 가시지 않는 그의 눈자위를 보며 손승호도 따라 웃었다. 그는 투박한 느낌의 별명과는 어울리지 않게 언제나 얼굴에 짙은 우수를 담고 있었다. 꼴머슴시절부터 구박과 천대를 받고 살아온 회한이 쌓이고 쌓여 그렇게 살갗으로 배어나오고 있는 것이라 싶었다. 그러고 보면 손생김에서 연유된 그 별명은 결국 마음의 상처로서 얼굴의 우수와도 이어지는 셈이었다.

흰 쇠줄은 그 생김이 누구나 신기하게 여길 만도 했다. 조알보다는 크고, 작은 이슬방울처럼 생긴 수백 개의 쇠구슬을 실낱같이 가늘고 짧은 쇠도막이 낱낱이 이어져 목에 걸 수 있는 길이의 쇠줄을 이루고 있었다. 그 쇠줄을 잃어버린 미군은 자기네 땅에 몇

뼘의 묘지도 차지하지 못한 채 영원히 이 땅에 남아 무명용사로 취급받게 될 터였다. 그의 몸뚱이가 썩어 형체를 알아볼 수 없게 되었을 때 그의 존재를 입증할 수 있는 유일한 물건이 그 쇠줄에 매달린 쇠판이었다. 그러나 손승호는 그 말을 솥뚜껑에게 하지 않았다. 그가 그 사실을 모를 것 같지 않았고, 모른다 해도 굳이 필요한 말이 아니었던 것이다.

솥뚜껑은 하루에 한두 자의 한자는 반드시 익혔고, 손승호는 그가 익힌 한자들을 상하는 물론이고 좌우로 연결시켜 단어를 만들어가며 뜻풀이를 해주었다. 그러다 보면 역사·문학·사회·정치 같은 것에 이야기가 걸쳐지게 되었다. 그는 우수에 찬 눈에 정기를 모으며 무슨 이야기든 자기 것으로 만들려는 열정을 보였다. 손승호는 그에게 사격술을 배웠다. 손승호가 성의를 다하는 것만큼 그도 자신이 알고 있는 것이면 무엇이든 다 가르쳐주려고 애썼다.

"시방 이 전쟁터에넌 일본놈덜 구구식 장총, 미국눔덜 에무왕에 카르빙, 쏘련제 따발총, 구구각색이요. 근디, 다른 것 싹 다 보덜 말고요 에무왕만 꼭 지니씨요. 요것을 쓰면 두 가지가 항꾼에 이문이요. 총 중에 성능이 질로 좋아 이문이고, 웬수덜 총으로 웬수럴 죽잉께 이문이요. 웬수덜 총으로 웬수럴 죽이는 고것이 을매나 재미지고 꼬신 일이요."

"그럼 총알이 문제 아니요?"

"어허, 고것도 웬수덜이 다 대주제라. 미국놈덜언 원체로 물자가 흔해논께 도망험시로 질로 먼첨 내뿌는 것이 총알이요. 무건께라.

앞으로 따발총 총알은 떨어질란지 몰라도 이 에무왕 총알이야 쏘고 잡은 대로 을매든지 뒷댈 것이요."

그래서 손승호는 다소 무거운 것을 개의치 않고 M1을 갖게 되었다. 입산 나흘 만이었다.

자기 총을 갖게 된 손승호는 여러 가지로 마음이 복잡했다. 그것은 자신이 마침내 빨치산이 되었다는 확인이었다. 염상진으로부터 서민영 선생, 이학송, 김범우 그리고 홀로 사는 어머니와 많은 동생들의 모습이 한 가닥씩의 생각을 이끌고 스쳐갔다.

"손 동무도 엠원이요? 어떻게 재수가 좋았습니다그려, 신빨치로서." 박두병은 멀리서 굳이 다가와 이렇게 말을 걸며 장난스럽게 웃고는, "김범우가 이 총을 제법 잘 쏘았지요. 나도 좀 쏜다고 쏘는데 김 형이 언제나 나보다 나았어요." 그러고는 먼 데로 눈길을 잠시 보내고 있다가, "손 형, 우리 함께 고생 좀 해봅시다. 이게 옳은 길 아니겠소?" 하며 손승호의 손을 잡았다.

"알겠습니다. 최선을 다하겠습니다."

손승호는 그가 '손 동무'가 아니라 '손 형'이라고 부르는 것에 가슴이 찡 울리는 것을 느끼며 그의 손을 맞잡았다. 그러면서 그의 왼손에도 M1이 들려 있는 것을 확인했다. "난 김 형 생각에 찬동하진 않지만 이해하고는 있소. 우리의 상황은 여러 갈래의 생각을 갖게 만들고 있지요. 김 형한테 선택의 기회를 주는 게 옳은 일일 것 같소." 후퇴하기 직전에 박두병이 했던 말이 문득 떠올랐다.

북한군 총사령관에게

그대의 군대와 잠재적 전투능력이 불원간 전면적으로 패배되고 완전히 파괴되는 것은 불가피한 것이다. 유엔의 결의가 최소한의 인명손실과 재산파괴를 요구하고 있으므로 본관은 유엔군 총사령관으로서 그대와 그대의 지휘하에 있는 군대가 한국의 어느 지점에서든지 본관이 지시할 군사적 감독하에 무장을 버리고 적대행위를 중지할 것을 요청하며 또한 그대의 지배하에 있는 유엔군 포로 전부 및 비전투원 억류자를 즉시 석방하여 보호와 가료와 급량을 가하여 본관이 지시하는 곳으로 즉시 수송할 것을 요구한다. 유엔군 사령부의 수중에 있는 포로를 포함한 북한군은 문명적인 습관에 의한 보호를 계속적으로 받을 것이며 가능한 한 조속히 그네들의 집으로 귀환하도록 허가할 것이다. 본관은 그대가 이 기회를 타서 장래의 불필요한 유혈과 재산파괴를 방지할 결심을 조속히 행할 것을 기대한다.

유엔군 총사령관 맥아더가 북한군 총사령관에게 보낸 항복권고문이었다. 손승호는 그 삐라를 찬찬히 다 읽었다. 그 내용에 잘 나타나 있는 맥아더의 안하무인과 오만방자함을 손승호는 경멸하고 비웃었다.

그날 밤 손승호에게 첫 번째 야간작전 출동명령이 내려졌다. 그는 M1총대를 잡은 손에 불끈 힘을 주었다. 그리고 대열을 따라 어둠 속을 걷기 시작했다. 10월 둘째 밤이 깊어가고 있었다.

22

너희들을 위한 전쟁

민기홍은 10월 2일에야 몸을 숨기고 있던 정릉에서 이화동의 집으로 돌아왔다. 원효로의 친정에 가 있던 아내가 두 아이를 데리고 집으로 들어간 다음날이었다.

"당신, 기자증 가지고 계시죠?"

미처 자리를 잡고 앉기도 전에 아내가 묻는 말이었다. 민기홍은 까닭 모를 짜증이 솟기는 걸 느꼈다. 그러나 마침 반갑게 매달리는 딸아이를 안으며 짜증을 눌렀다. 별다른 이유 없이 아내한테 짜증을 부릴 수가 없었고, 그동안의 피신처를 구해준 것도 처가인 데다가 아내는 아내대로 살얼음 밟듯 양쪽을 오가느라고 고생을 한 처지였다.

"내 수중에는 없지만, 버리지 않았으니 어디 있지 않겠소? 왜 그러오?"

민기홍은 껴안은 딸아이한테서 젖비린내 같은 아이들 특유의 체취를 맡으며 물었다.

"참 당신도, 어찌 아무것도 모르는 애들처럼 그렇게 말하세요? 지금 부역자들 색출하느라고 야단인 것 모르세요?"

아내가 어이없다는 얼굴로 눈을 흘겼다.

"엄마! 왜 아빠 보구 싫어하구선 금방 싸워."

딸아이가 제 엄마를 올려다보며 야무지게 내쏘았다. 그는 딸아이를 더 꼭 껴안으며, "아니다, 싸우는 게 아냐" 하면서 얼굴을 맞비볐다. 아내의 목소리는 딸아이의 오해를 살 만큼 다분히 시비조였다. 그만큼 부역자 색출은 또 하나의 새로운 현실로 닥쳐와 있었다.

"저 쪼그만 게 뭘 안다고, 그냥……."

아내는 딸아이를 쥐어박는 시늉을 하며 맥 빠지는 웃음을 흘렸다.

"부역을 안 했으면 그만이지 그게 꼭 필요하겠소? 기자증이 부역을 안 했다는 증명서도 아닌데."

민기홍은 심드렁하게 대꾸했다.

"그렇게 태평하게 말할 게 아니라구요. 이번에 부역한 사람들은 아주 본때를 보일 거라는 소문이에요. 날마나 사람들이 수없이 잡혀 들어가구 있구요. 이런 판국에 기자증을 가지고 있으면 훨씬 더 안전할 게 아녜요?"

"제기, 진짜는 다 떠나버렸는데 부역한 사람들만 잡아들이면 뭘해. 피할 시간이 충분했는데도 피하지 않고 그대로 남아 있는 부역자들이야 잡아들일 것도 없는 사람들이지."

민기홍은 다시 짜증이 솟기는 것을 느끼며 투덜거리듯 혼잣말을 했다.

"당신, 그런 말 아무렇게나 하지 말아요. 제 귀에도 꼭 그 사람들 편드는 것처럼 들리는데, 경찰이나 군인한테는 어떻게 들리겠어요? 얼마나 무서운 세상이라구요."

아내는 겁 질려 하고 있었다.

"알았소, 그런 말 그만합시다."

민기홍은 안고 있던 딸아이를 내려놓았다.

"저어…… 기자증 찾아가지고 좀 나가보시는 게 어때요? 신문사가 어떻게 되는지……."

"그게 무슨 소리요?"

민기홍은 역정을 내며 아내에게 눈길을 쏘았다. 아내의 말은 까닭 모르게 짜증이 일고 있는 심사를 뒤집고 말았다.

"이제 친정에도 남은 게 아무것도 없어요."

아내는 황급하게 말하며 고개를 떨구었다. 아 그렇지, 벌써 석 달간이나 처갓집 신세를 졌지. 민기홍은 자신이 가장이라는 사실과 함께 부양가족이 셋이라는 것을 떠올렸다. 자신은 꼬박 3개월 동안 휴식 아닌 휴식을 취하며 가족들의 생계를 처가에 떠넘기고 있었던 것이다. 이제 그건 당연히 되찾아와야 할 책임이고 권한이었다. 그는 새삼스러운 눈으로 고개를 떨군 아내의 옆얼굴을 바라보았다. 얼굴이 수척하게 말라 있었고, 입성도 꾀죄죄했다. 남편을 피신시키고 보낸 전시 3개월간의 고생살이가 역력하게 드러난 모습이었다.

"여보, 섭섭해하지 마오. 내가 딴생각하느라고 거기까진 미처 생각하지 못했소. 벌써 며칠이 지났으니 신문사가 다시 문을 열 준빌 하는지도 모를 일이요. 내가 나가보도록 하겠소."

민기홍은 아내한테 미안한 생각과 함께, 그러나 가망 없는 일이라 싶어 힘없는 소리로 말했다. 중학교 교사일 뿐인 장인에게 얹혀 그동안 연명한 것만도 면목 없고 송구스러운 일이었다.

민기홍은 줄기가 잡히지 않는 잡다한 생각들을 털어내며 기자증을 찾기 시작했다. 그것은 양복 주머니에도 없었고, 책상 서랍에도 없었다. 책갈피며, 아내의 경대 서랍까지 다 뒤졌지만 그것은 간데가 없었다. 소용이 닿을지 어쩔지 모르면서 그 손바닥 반만 한 크기의 쪽지를 찾아내려고 혈안이 되어 설쳐대고 있는 자신의 꼬라지에 그는 그만 혐오감이 솟고 말았다.

"에이 빌어먹을! 그 잘난 게 어디로 갔어그래."

그는 서랍을 부서져라 밀어붙이며 소리쳤다.

"됐어요, 됐어요. 그만 찾으세요. 제가 차근차근 다시 찾아보겠어요."

아내가 다급하게 말하며 그의 등을 떠밀었다. 그는 마루로 밀려나오며 아내의 집착을 막으려 하지 않았다. 그러나 그 쪽지는 찾아질 것 같지가 않았다. 그는 차라리 잘되었다는 생각을 얼핏 했다. 그 엉뚱한 생각은 자기 혐오감에서 벗어나고자 하는 반작용인지도 몰랐다. 무언가 모르게 짜증스러운 심사도 자신에 대한 못마

땅함에서 비롯되고 있었다. 3개월 동안 스스로 유폐시킨 토굴 속에 갇혀 있다가 무사하게 나왔는데도 어쩐 일인지 살아났다는 산뜻한 만족감을 느낄 수가 없었다. 이상한 일이었다. 토굴 속에서는 어쨌거나 이 전쟁이 빨리 끝나기만을 그리도 기다리지 않았던가. 그때는 하루라도 빨리 토굴을 벗어나는 것만이 유일한 목적이고 희망이었다. 그런데 막상 토굴을 벗어나고 보니 마음은 찜찜하고 칙칙했다. 28일에 서울을 완전하게 되찾고, 29일에 수도탈환식이라는 것을 했다는 걸 알면서도 그 집에 그냥 머물러 있었던 것은 아내의 말 때문만은 아니었다. 소심증이다 싶게 매사에 세심한 주의를 기울이는 아내는 며칠 더 형편 돌아가는 것을 보자며 움직이지 못하게 했던 것이다. 아내의 그런 말이 아니었더라도 그는 서둘러 집으로 돌아가고 싶은 생각이 별로 없었다. 전쟁이 완전히 끝나지 않아서 그러는 것일까? 그럴 수도 있었다. 전쟁이 끝나지 않은 상황 아래서는 어느 쪽이든 자신의 신변에 위험을 느끼기는 마찬가지였다. 전쟁터에 끌려나가야 하고, 죽음의 위협 속에 내던져져야 하는 것은 어느 쪽이나 똑같이 저지르는 작태였다. 그런 집단적 횡포를 그는 용납할 수도, 수긍할 수도 없었다. 그는 자신의 능력을 전부 동원해 그 횡포를 거부하고 피해야 된다고 생각했다. 그는 인간의 집단의식과 거기서 비롯되는 집단행동을 무엇보다 싫어하고 불신했다. 그래서 그는 그 대표적인 본보기인 정치조직을 경원했고, 정치행위를 멸시했다. 그 어떤 정치조직이든 대중선동적이고 대중최면적인 휘황찬란한 용어들을 내걸어 명분으로 삼게 마련이었고, 그것을 실천한다는 정치행위는 결국 자기네들의 지배욕구를 달성시키기 위한 사기성으로 변질하고 말았다. 그는 체질적으로 집단행동의 획일성이나 광분성을 싫어하는 데다가, 사회부 기자생활을 하면서 구체적으로 목격하게 된 정치행위의 허위성과 기만성에 넌덜머리가 나고 말았다. 복잡미묘한 구조로 얽혀 있는 사회와 대중이라는 것은 정치권력이 미화시키는 찬란한 명분과는 별도로 나날의 삶의 필요에 따라 자생적인 힘으로 꿈틀거리며 움직여 가고 있는 면적과 층이 의외로 넓고 두꺼웠던 것이다. 정치가 모든 것을 결정하고 해결하는 것처럼 과장하고 허풍 떠는 정치광적 인간들을 경멸하는 것도 그 까닭이었다. 세계 4대성인이니, 세계 4대종교니, 세계 4대문명의 발상지니 해서 온갖 것을 세계적인 단위로 분류 정리해 가며 밥 빌어먹고 사는 인간들 중에서 또 누군가 인간의 3대발명을 종교·정치·언어라고 한 모양이었지만 그는 그 분류 자체를 우습게 생각했다. 정치라는 것이 인간의 지배욕구의 산물인 것이 분명한데 발명일 수가 없는 것이고, 어떤 형태의 정치든 그 목적을 달성하기 위해서 허위조작이 필수적으로 따르게 되어 있는 한 정치는 그렇게 높은 자리에 올라갈 수 없는 추악한 것이었다. 그 분류자야말로 정치제도가 인간의 행복과 사회의 번성을 전적으로 창조해 낼 수 있다고 맹신하는 단견의 소유자였다.

정치는 필요악이라고 그는 규정하고 있었다. 경제라고 통칭되는 장사라는 것이 그러하듯이. 장사라는 것은 이윤추구를 정당한 윤리로 내세워놓고 끝없이 거짓말과 속임수를 쓰는 것이었고, 정치라는 것은 정의실현을 정당한 목표로 내걸어놓고 끝없이 정적을 살해하고 반대자들을 탄압하는 합리화의 행위에 지나지 않았다. 그래서 '정상배'라는 말은 필연적으로 생겨나게 되었는지도 모를 일이었다. 그는 종교의 기능은 어느 정도 믿었으되 정치의 효능은 아무것도 기대하지 않았다. 그는 인간의 어찌할 수 없는 이기적 속성을 사고의 출발점으로 잡고 있었다. 그래서 현실의 모순이나 문제점들을 논리화된 역사구조로 파악해 내고, 그 해결방법을 정치형태의 변화에서 찾아내려는 당위성 앞에서 그는 공허를 느낄 뿐이었다. 이학송이나 김범우 같은 사람들의 인식이나 논리에 부분적으로 동의하면서도 자주 만나는 것을 피하게 된 것도 그 공허감을 처리할 수 없어서였다.

그가 제일 싫어하는 것은, 무엇은 무엇이다 하는 직설적 속단이었다. 인간은 정치적 존재다. 이것이 포괄적 정의가 아니라 단편적 속단인 것은 인간은 그 외에도 더 많은 것들을 공유하고자 하는 다면적이고 복합적인 존재인 까닭이었다. 그래서 그는 공산주의 논리에 부분적으로는 동의할 수 있어도 전적인 찬동을 보낼 수는 없었다. 인공치하가 되고 곧 각 신문사 기자들을 대상으로 심사를 거쳐 채용한다는 공고가 나붙었다. 그는 아예 '심사'받기를 원하지 않았다. 이승만 정권에 그랬던 것처럼 공산주의 정권에도 기대치가 없었을 뿐만 아니라, 자신의 의식은 공산주의적 심사 자체를 거부했다. 그 다음에 남은 길은 무엇이었던가. 구조가 다른 두 정치체제가 맞서고 있는 싸움판은 철저한 편갈이만이 있을 뿐이었다. 그 싸움판에 어느 편에든 솔선해서 뛰어드느냐, 강제로 끌려 들어가느냐, 하는 것이었다. 그는 그 두 가지 다를 거부했다. 그래서 토굴 속에 스스로를 가둘 수밖에 없었다.

그런데 토굴을 벗어나게 되자 무사히 목숨을 부지했다는 생각에 앞서, 내 삶은 이게 무엇인가, 이게 제대로 되어가고 있는 꼴인가, 하는 물음이 생기면서 짜증이 꼬약꼬약 괴어올랐던 것이다. 물론 그 물음의 밑바닥에는 이학송·김범우·손승호 같은 존재들이 어떻게 되어 있을까 하는 의문도 도사리고 있었다.

민기홍은 별다른 목적지 없이 집을 나섰다. 그러나 발길은 자연히 종로5가 쪽으로 옮겨졌다. 정릉에서 돈암동을 거쳐 집에 다다를 때까지는 외관상으로 보아 전과 달라진 게 별로 없었다. 워낙 변두리고 북쪽이라서 전상을 입지 않은 것 같았다.

종로5가 네거리에 이르자 대뜸 눈에 띄는 것이 있었다. 불타버린 동대문시장이었다. 남대문시장과 함께 서울을 대표하던 동대문시장은 잿더미로 변해 있었다. 그 시장에는 언제나 번잡과 소란이 들끓어넘치고 있었다. 그런데 그 번잡은 무질서가 아니었고, 그 소란은 잡소리가 아니었다. 사람들이 겹겹이 얽히고설켜서 일어나는 그 분주스러움과 시끄러움은 언제나 싱싱한 생기고, 풋풋한 원기고, 펄펄한 활기로 살아가는 수많은 서민들의 건강한 모습이었다. 어쩌다가 그 속에 한바탕 휩쓸렸다가 나오면 초록빛 들판에서 끝없이 심호흡을 한 것 같고, 푸른 바다에서 욕심껏 수영을 한 것도 같은 시원하고 흡족한 기분이 넘치면서, 삶의 나태로 늘어진 팔다리에 탄력이 살아나는 것을 느끼고는 했었다. 시장이야말로 정치의 찬란한 명분과는 상관없이 원시적이고 자연적인 자생력으로 활기차게 살아가고 있는 서민들의 삶의 현장이고, 서민들의 삶의 상징이었다. 그런데 그런 시장이 정치의 명분으로 일어난 전쟁에 의해 산산이 박살나 있었다. 실패는 성공의 어머니고, 파괴는 건설의 어머니인가? 잿더미를 건너다보고 있는 민기홍의 입가에 쓴웃음이 어려 있었다.

광화문 네거리에 이르기까지 전쟁이 남긴 상처는 무질서하게 흩어져 있었다. 타다가 만 건물, 반쯤 부서진 건물, 유리창이 다 깨져나간 건물, 움푹움푹 패인 길바닥, 휘어지거나 동강난 전찻길, 전쟁이 휩쓸고 간 모습은 참담했다. 그러나 그가 참담함을 느끼는 것은 도시가 입고 있는 피해에 대해서가 아니었다. 도시가 저 지경이 되었을 때 사람들은 얼마나 많이 죽고 상했을 것인가를 생각하고 있었다. 저까짓 건물이나 길바닥은 고치고 땜질하면 그만이지만……. 그는 심한 목마름을 느끼며 길가에 망연히 서 있었다. 정치의 명분은 전쟁을 정당화시키고, 전쟁은 살인을 합리화시킨다. 그래서 사람을 많이 죽인 병사에게 훈장을 수여하고, 그런 부하를 많이 거느린 장군은 영웅으로 탄생된다. 이런 생각을 하고 있던 민기홍은 질겁을 하며 뒤로 물러섰다. 지프차 한 대가 바로 코앞으로 질주를 해갔던 것이다. 뒤로 물러남과 동시에 그의 눈길은 지프차로 날아갔다. 지프차에 탄 네 명의 군인은 분명히 웃어젖히고 있었다. 그런데 그들이 외국군인이라는 것도 한눈에 잡혔다. 백인 둘에

흑인 둘이었다.

"저런 망할 자식들!"

민기홍은 그들을 향해 내뱉었다. 왈칵 끼쳐온 모욕감을 털어내기라도 하듯이.

그는 멀어져가는 지프차를 응시하고 서서 그들이 인천상륙작전을 편 미군들이라는 것을 되씹고 있었다. 차를 인도에 바짝 붙여 질주시키며 사람을 놀라게 해놓고 재미있다고 웃어젖히는 그들의 행위에서 이번 전쟁의 양상을 실감하지 않을 수가 없었다. 미군이 서울거리를 활보한 것은 이미 5년 전부터였다. 그러나 지프차를 그런 식으로 몰아대며 장난질을 치지는 않았었다. 그때는 점령군이되 현지인의 눈치를 살피는 군대였는데 이제는 현지인의 눈치 같은 것은 볼 것 없는 싸우는 군대로 변해 있었다. 그때도 벌써 미군들이 일으키는 강간사건은 신문보도가 철저하게 봉쇄된 채로 소문에 의해 사회문제가 되고 있었다. 이제 싸움을 하는 군대로 변한 그들이 도처에서 얼마나 멋대로 나댈 것인지 두렵기만 했다. 미군과 남쪽정치와의 상관관계를 고상하게 논하기 전에 그에게 박힌 미군에 대한 인식은 두 가지였다. 첫째는 이 땅의 사람들을 철저하게 야만인이나 미개인 취급을 하며 상대적인 우월감과 자만심을 가지고 있다는 점이었다. 둘째는 매끼 육식을 해대서 넘쳐나는 정력을 주체하지 못해 여자를 찾아 허덕이는 동물적 인간들이라는 점이었다. 첫째의 것은 오키나와를 거쳐오면서 일본놈들이 제공한 자료에 따라 교육을 받아 머리에 심게 된 고정관념이라는 것을 확인할 수 있었고, 둘째의 것은 그들의 식생활에 따른 고질적인 측면과 성을 오락시하는 비윤리적 행태가 합해진 것임을 알아내게 되었다. 야만인의 땅에서 야만인들을 위해서 피 흘려 싸우는 그들의 우월감과 자만심은 더욱더 커져만 갈 것이고, 거기다가 보상심리까지 겹쳐지고, 전쟁터의 즉흥적인 야수성까지 한몫을 거들면 어떻게 될 것인가. 민기홍은 어깨가 처져내리도록 한숨을 쉬었다.

"그게 무슨 소리야. 저리 폭격을 해대지 않으면 그 지독한 빨갱이 놈들이 물러갔을 것 같애?"

"하긴 그렇지. 미군이 아니었으면 우리가 어디 이렇게 햇빛을 볼 수 있었겠어. 미군이 어련히 알아서 했을라고."

"두말하면 잔소리지. 자네 동네 부역자놈들 색출은 잘되고 있나?"

"응, 지금 한창 열이 올랐네."

두 남자가 지나가며 큰 소리로 나누는 말이었다. 어디로 가는지 팔들을 휘저으며 걸음을 서둘러대고 있는 두 남자의 뒷모습을 물끄러미 바라보고 선 민기홍은, 우익 아저씨들, 살판나겠구만. 잘들 해보셔, 하며 코웃음을 흘리고 있었다.

거리에는 군인들 차만 기세 좋게 쌩쌩거리며 오갈 뿐 사람들은 드문드문했다. 그는 무거운 발걸음을 신문사로 옮겼다. 신문사는 굳게 문이 닫혀 있었다.

최익달이 피난지에서 돌아왔다.

"워째 요리 굼벵이걸음이시요? 뻴건 물 안 튕길 디로 아조 멀찍허니 갔었등갑제라?"

먼저 돌아와 있던 윤삼걸이 목에 가시라도 걸린 듯한 삐딱한 어조로 한 말이었다.

"어허, 윤 부위원장은 토깽이걸음맨치로 빨르기도 허요이. 빨갱이 덜 전송헐라고 이리 바쁘게 돌아온 참이요?"

윤삼걸이 왜 그러는지 아는지라 최익달은 지지 않고 되받아치며 오금을 박았다. 일부러 '윤 부위원장'으로 부른 것도, 너는 내 밑이다, 하는 것을 강조하기 위해서였다.

"나 인자 부위원장이 아니요. 아무 실속도 없이 이름만 찌다란헌 그놈에 벌교·조성지구좌익척결위원회 부위원장 자리 때레치겄소."

윤삼걸이 눈을 디룩거리며 성질을 부렸다. 그는 여수에서 최익달 이놈이 한 짓을 생각하면 한시라도 그와 상판때기를 맞대하고 싶지가 않았다.

"허! 평양감사도 지 허기 싫으면 벨수 없는 일잉께. 허나, 남자 시상살이가 꼭 실속만으로 살아지는 것도 아닌 것이고. 그라고 남자가 지내간 일얼 술 한잔 묵고 툭툭 털어뿔지 못허고 꽁허니 가심에 담고 있는 것맨치로 짜잔헌 일도 없는 법잉께."

최익달은 턱을 치켜들고 먼산바라기를 한 채 윤삼걸의 약한 데를 쑤시는 한편 화해술 살 의사가 있음을 은근히 비추고 있었다.

"허 참, 말 한분 요상시럽게 비비 틀어 사내끼 꼬요이. 나도 요리 무사허니 돌아온 마당에 지낸 일 다 잊어뿔자 생각도 혔제만, 그냥 잊어뿔기로는 배창아리도 없는 것 겉고, 남자 오기가 탱자까시맹키로 창창헌 판이요."

윤삼걸도 감정을 한 매듭 꺾으며 말하고 있었다.

"되얏소, 괴기넌 씹어야 맛이고 말언 해야 맛인께로. 그놈에 탱자까시 오기 나가 술 한판 사서 노골노골허니 풀어야 쓰겄소. 그 잡녀러 빨갱이놈덜 통에 석 달간이나 가심 통게통게허고 잠자리 아실아실해감스로 술 한잔 푹허니 못 묵었응께 인자 골마리 풀어놓고 그간에 목에 찐 때 씻거내림시로 코가 삐틀어지게 한바탕 씨언허니 마셔뿝씨다!"

최익달은 더없이 호기를 부렸다.

"술얼 코가 삐틀어지든지 배가 터지든지 마시는 것이야 존디, 그간에 빨갱이덜이 농지개혁얼 싹 다 새시로 혔고, 아랫것덜이 고걸 고대로 믿고 뭉갤라고 허는 것을 알고는 기시요?"

"하, 가당찮다! 그려서, 지끔 와서도 그 권리주장얼 허겄다 고것이여? 고런 놈덜이 있으면 싹 다 싸게싸게 손 들고 앞으로 나오라고 혀. 고런 것덜이야 보나마나 시뻘건 빨갱잉께로 모다 총살감이여!"

얼굴이 벌겋게 달아오른 최익달은 마구 침을 튀겨대고 있었다.

"지 목심 귀헌 것이야 즘생도 아는디, 시상이 달라진 이 판에 고런 맘 묵고 있어도 권리주장허고 나설 멍텅구리가 워디 있겄소? 무담씨 빨갱이놈덜이 개지랄쳐 갖고 아랫것덜 배때지에 헛바람 너놨응께 겉으로야 표식 안 내제만 시상 속인심이 드럽게 변해 앞으로 우리 처신허기가 옷 속에 꺼시랭이 든 것맨치로 아조 고약시럽게 생겼다 그것이요."

"원 벨 걱정 다 허고 그요. 아랫것덜이야 원제라고 겉허고 속이 같을 때가 있었습디여? 면전에서야 죽는 디끼 허고 뒤돌아스면 욕얼 삼태기로 퍼붓는 놈덜이 그놈덜인디. 허기넌 요분참에 아랫것덜 대가리에 전보담 뻘건 물이 더 진허게 들고, 맘보도 솔찬허니 변혔을 것이요. 그리허나 걱정헐 것 아무것도 읎소. 즈그덜이 빨갱이 따라서 봇짐얼 싸지 않고 이 고장에 그냥 살기로 한 바에야 그 맘보 고쳐묵지 않고서야 워쩔 것이요. 허고, 아랫것덜이야 씨게 다룰수록 말 잘 듣는 법인디다가, 그 뻘건 물 든 맘보 싸게 고쳐묵게 허는 디도 씨게 다루는 방도밖에 읎소. 그 씨게 다루는 방도가 머시냐! 첫찌로 빨갱이놈덜헌테 부역헌 놈덜얼 싹 잡아내는 것이고, 두찌로 빨갱이놈덜이 그냥 맨손 털고 물러슨 것이 아닐 것잉께 표 안 내고 숨어 있는 빨갱이럴 싹 잡아내서 깨끔허니 처단혀뿔게 우리가 경찰을 왈겨야 허요, 아조 씨게!"

"고것이 빨갱이덜 뿌랑구 뽑고, 아랫것덜 겁믹이고 허는 양수겹장으로 질로 존 방도이기는 헌디, 말맹키로 쉴털 안 헌께 문제요."

"고것이야 걱정 안 해도 쓰요. 요분에 까딱 잘못혔드라면 나라럴 홀랑 다 뺏길 판이었는디, 고런 꼴 당허고도 빨갱이럴 그냥 두겄소? 군경이 전보담 훨씬 씨게 나올 것이고, 우리 좌익척결위원회도 인자 심지게 나서서 경찰이고 군에 빨갱이 소탕을 적극적으로 허라고 압력을 씨게씨게 가허는 것이 질 좋은 방도요."

"그러고 봉께 우리가 새시로 헐 일이 있구만이라잉."

"있는 것이 아니라 우리 임무가 중차대허요. 유 조합장도 무사허니 돌아왔당께 우리 위원회 회의도 헐 겸 그간 서로 안부도 들을 겸 혀서 오늘 밤에 술자리럴 맹글면 워쩌겄소?"

"그리 혀서 나쁠 것이야 읎제라."

윤삼걸은 마지못한 척 대꾸했다. 그만하면 서운한 기분도 풀린 셈이었고, 앞으로 살아가자면 최가와 이모저모로 손바닥장단을 맞추어야 할 입장이었다.

"되얐소, 유 조합장헌테넌 나가 연락얼 취해둘 것잉께, 이따가 저녁밥때 남원장에서 만냅시다."

최익달은 홀가분한 기분으로 말했다. 이런 식으로 얼렁뚱땅 윤삼걸의 감정을 풀게 된 것이 다행이라 싶었다. 지금 와서 생각해도 여수에서 그에게 한 처사는 아무래도 좀 모질었던 것이다.

최익달과 윤삼걸은 후퇴하는 경찰을 뒤따라잡아 여수까지는 사이좋게 갔었다. 그런데 문제는 여수에서 벌어졌다. 여수항은 후퇴하는 군경과 인근 지방에서 몰려든 피난민들로 난장판을 이루고 있었다. 군경은 진해니 부산 쪽으로 이동한다는 풍문이었는데, 그들은 피난민들을 아예 거들떠보지도 않았다. 피난민들 사이에서는 어디로 떠야 제일 안전한 것인가를 놓고 말들이 분분하게 오갔다. 그 많은 말들을 간추리면, 군경을 따라가는 것이 제일 안전하다는 것이었다. 그러나 그 자명한 이치 앞에서 문제가 되는 건 배였다. 쓸 만한 통통배들은 모두가 징발당한 형편이라서 아무리 큰 돈질을 한대도 배를 구할 수가 없었다. 그렇다고 돛단배에다 몸을 싣고 그 먼 뱃길을 갈 수도 없었다. 인민군들이 시시각각 밀려 내려온다는 소식은 다급해지지, 피난짐을 싼 그들은 인공치하에서는 하나같이 살아남을 가망이 없다는 것을 자신들이 먼저 아는 처지지, 그들은 차선의 방법으로 돛단배를 타고 갈 수 있는 안전한 피난지로 섬을 택하게 되었다. 그 바람이 불자 돛단배를 놓고 돈질이 시작되었다. 경쟁이 심해지니 뱃삯은 부르는 것이 값이었다. 돈푼을 손에 쥔 사람들이라 뱃삯은 자꾸만 치달아올랐다. 물론 섬이라고 해서 다 안전한 피난처는 아니었다. 인민군이 여수까지 밀어닥치더라도 그 영향을 받지 않을 섬이어야 했다. 그러자니 사람이 적게 사는, 거리가 먼 섬을 택할 수밖에 없었다.

최익달은 소리도로 가기로 하고 배를 한 척 구했다. 그런데 윤삼걸이 따라붙으려고 했다.

"아, 시방 정신이 있소, 없소! 우리 식구덜만 혀도 배가 까라앉을 판이요. 돈질만 크게 험사 배야 을매든지 있응께 윤 회장 일이야 윤 회장이 알아서 허씨요."

이렇게 내질러버린 것까지는 그래도 좋았다.

"가먼 워디로 가시요?"

"나도 잘 몰르겄소. 물개똥맹키로 쌔고 쌘 것이 섬잉께로 암 디나 닥치는 대로 가보는 것이요."

"그려라아? 조옿소, 그 심보!"

눈을 부릅뜬 윤삼걸이 찬바람을 일으키며 돌아섰다. 두 집 식구들이 탈 수 없도록 배가 작은 것은 사실이었지만, 목적지까지 감춘 것은 좀 안된 일이었다. 그러나 피난민이 한 가구라도 많아지면 그만큼 피난살이가 어렵게 될 것은 뻔한 일이었다.

소리도에서 피난살이는 지루했을 뿐 아무 어려움이 없었다. 날마다 나무그늘에서 낮잠을 자다가 그래도 해가 떨어지지 않으면 바다에 낚시를 던졌다. 그러나 마음까지 편한 것은 아니었다. 빨갱이놈들한테 나라를 다 빼앗겨버리면 어쩔 것인가 하는 불안감은 한시도 마음을 떠나지 않았다. 그런데 순전히 미국 덕으로 빨갱이들을 다시 몰아치게 되었으니 그 고마움이야 더 말할 것이 없었다. 그저 미군들은 은인이고, 미국은 받들어야 할 고마운 대국이라는 생각만이 그의 마음에 가득했다.

윤삼걸과 흡사한 꼴을 당해 그 유감을 뱀독처럼 품고 있는 사람이 있었다. 그는 청년단장 염상구였다. 재작년 여순사건에 이어 두 번이나 똑같은 꼴을 당하게 된 염상구는 이만저만 독이 오른 게 아니었다. 그때는 그나마 너무 엉겁결에 정신없이 당한 일이라 경찰과 미처 연락이 안 되어 그랬으리라고 이해할 만한 구석이나 있었다. 그런데 이번에 경찰에서 하는 짓을 보니 그때도 청년단을 고의적으로 따돌렸다는 것을 알게 되었다. 필요할 때는 부려먹고 다급할 때는 내던져버리는 것이 경찰의 행투라는 것을 알게 된 염상구는 3개월 동안 부하 서넛을 데리고 산을 옮겨다니며 이빨을 빠드득빠드득 갈아붙였던 것이다.

"씨부랄 놈덜, 우리가 똥 친 작대기라 그것이제. 워디 두고 보자."

그는 하루에 몇 번씩이나 부하들 앞에서 이 말을 질경질경 씹어 내뱉으며 마음에 독샘을 깊이 팠다. 후퇴를 앞두고 경찰서에서 당한 꼴을 생각하면 그는 분이 뻗쳐올라 온몸이 부들부들 떨리고는 했다.

"정신없는 소리 하질 마시오. 경찰들도 버리고 가야 할 형편이오."

경찰서장의 냉담한 말이었다.

"글먼, 좆나게 부레묵을 때넌 은제고, 인자 와서 느그넌 빨갱이 손에 잽혜 뒤져라 고것이요 시방?"

"어쨌거나 상부지시를 받지 않았으니 내 알 바 아니오."

경찰서장은 냉혹하게 얼굴을 돌려버렸다.

소화다리를 건너가는 그들의 등 뒤에다 대고 총을 갈겨버리고 싶은 충동을 억누르고 서 있을 때의 참담했던 심정을 염상구는 잊을래야 잊을 수가 없었다. 20명이 넘는 부하들을 다 데리고 갈 수가 없어 네 명만을 골라내고, 나머지는 각자가 요령껏 피했다가 다시 만나자는 말을 하면서 그는 눈물을 머금었다. 경찰한테 버림받음으로써 본의 아니게 부하들을 위험 속에다 분산시켜야 하는 아픔이 그의 가슴을 찔러댔던 것이다.

그는 벌교에서 멀리 떠나지 않으면서, 한곳에 오래 머물지 않는 방법으로 산을 타고 다녔다. 식량도 절대로 훔치지 않고 미리 준비한 돈으로 샀고, 신분도 거리가 좀 떨어진 지방의 민청원으로 위장했다. 그런 방법을 쓰니까 산 가까운 마을에 의심받지 않고 접근할 수 있었고, 인공치하가 돌아가고 있는 사정도 귀동냥할 수가 있었다.

그러다가 외서의 끝마을에서 마주치게 된 것이 최서학이었다.

"청년단장이시죠?"

최서학이 쪽에서 그를 먼저 알아보았다. 너무 느닷없는 일이라 그의 손은 옆구리로 먼저 갔다. 옷 속의 권총을 잡고 자신을 알아본 청년을 노려보았지만 그로서는 아는 얼굴이 아니었다. 역전 차부를 휩쓰는 주먹대장 염상구를 통학생인 최서학은 잘 알아도 염상구가 최서학을 알 리가 없기도 했지만, 더구나 최서학은 날로 심해지는 상처의 고통에 시달리느라고 얼굴에 뼈만 남아 있는 흉한 꼴을 하고 있었다.

"나럴 알아보는 니넌 뉘기여!"

염상구의 입에서 낮고 빠르게 튀어나간 소리였다.

"그전 세무서장 최익현 아시제라? 그 양반 큰아덜 최서학이구만요."

염상구에게 도움을 받을 수 있을 거라고 판단한 최서학은 자기를 알리는 가장 빠른 방법으로 아버지를 내세웠다.

"잉, 자네가 죽은 최익현 서장 큰아덜?" 염상구는 금방 알아듣고는, "근디, 요것이 워쩐 일이여?" 최서학의 몰골을 위아래로 훑었다.

최서학은 의용군에 끌려나가게 된 것에서부터 거기까지 오게 된 경위를 요약했다.

"허! 자네가 용감무쌍헌 반공투사시?"

염상구가 최서학의 눈을 빤히 들여다보며 진지한 얼굴이 되어 한 말이었다.

"은혜는 안 잊을 것잉께 지럴 잠 도와주시씨요. 인자 혼자서는 꼼짝을 헐 수가 없구만요."

최서학은 말라터진 입술에 침을 발라가며 간곡하게 말했다.

"은혜고 자시고 뒷전치고, 우리 편이 요리 쌩고상얼 허는디 워찌 몰른 칙끼 허겄어. 근디, 요 지독시런 냄새가 다리에서 나는 것 아니라고?"

염상구가 얼굴을 찡그리며 최서학의 다리로 눈을 돌렸다.

"그렇구만요."

최서학의 힘없는 대꾸였다.

"지기럴, 여름살에 부시럼이드라고, 총 맞은 자리럴 지대로 치료 못 혔응께 살이 푹푹 썩어드는 것이야 당연지사제. 병원은 빨갱이덜 속에 있고, 요것 참 복장 터져 죽을 환장헐 일이시웨."

염상구가 부하들을 둘러보며 안타깝게 한 말이었다.

최서학은 염상구한테 며칠을 업혀 다니다가 읍내에 제일 먼저 들어온 사람이 되었다.

"이거 조금만 늦었더라면 다리를 절단해야 할 뻔했군요."

고름투성이인 채로 검붉게 썩어들어가며 역한 냄새를 진동시키고 있는 다리를 내려다보며 전 원장이 혀를 찼다.

"원장님, 선상님, 싸게 치료 잠 혀주시씨요. 쟈덜 아부지가 당혀 시상얼 뜬 것만으로도 원통하고 절통헌디 쟈할라 또 저리 당혔으니 나가 워찌 살어야 허겄능가요."

최서학의 어머니가 눈물바람을 했다.

염상구는 경찰이 없는 경찰서를 차지하고 앉아서, 두고 떠난 부하들을 찾는 한편으로 차부며 장터거리에서 하늘에다 대고 괜한 권총질을 해댔다. 뜻 모르고 보는 사람들 눈에는 그건 천생 미친놈 짓이었지만 염상구로서는 몸을 숨기고 있을지 모를 좌익들에게 위협을 가하는 동시에 자신의 건재를 과시하고자 하는 의미 깊은 일이었다. 경찰이 들어오기까지 이틀간 그는 읍장이었고 경찰서장이었다.

"지 에미허고 붙어묵을 놈덜, 쨀 때넌 질로 먼첨 째고, 들올 때넌 질로 늦게 들오고, 요것이 무신 국립경찰이여, 국립경찰이! 다 내 좆만도 못헌 새끼덜이!"

염상구가 공포를 갈겨대며 경찰서로 밀려드는 경찰들을 향해 마구 퍼부어댄 욕이었다. 그의 살벌한 기세에 눌려 경찰들은 엉거주춤했고, 그 발악적인 행동의 의미가 무엇인지를 아는 권 서장은 그에게서 고개를 돌렸다.

그렇게 경찰서를 떠난 염상구는 청년단에 진을 치고 앉아 경찰서에는 얼굴 한 번 비치지 않았다. 권 서장은 이틀 만에 하는 수 없이 전화를 걸었다.

"잘난 경찰 혼자서 밥얼 몰아묵든지 죽얼 쒀묵든지 잘덜 혀묵어 봇씨요. 쥐좆도 아닌 청년단이야 붕알 맨짐스로 귀경이나 허고 앉었을랑께라."

염상구는 이렇게 지껄이고 일방적으로 전화를 끊어버렸다. 권 서장은 심한 모독감을 느꼈다. 첫 번째는 그러려니 하고 참아넘겼지만 두 번째 당하고 보니 심사가 뒤틀려올랐다. 권 서장은 그러나 한 번 더 참기로 했다. 그들을 떼쳐놓고 후퇴를 한 것이 공적으로야 어찌할 수 없는 일이었지만 사적으로는 면목 없는 일이 분명했고, 현실적으로 청년단의 뒷바라지는 시급한 형편이었다.

염상구는 서장에게 느긋하게 배짱을 부려가며 하루에 한 차례씩 병원으로 최서학을 찾아갔다. 그는 겉으로 태평스러웠지 속으로는 벌써 경찰 앞질러 각 마을마다 부하들을 풀어 그동안의 변동을 조사시키느라고 분주하게 돌아가고 있었다.

"단장님, 워째 우리 엄니 뜻을 퇴허셨는게라?"

최서학은 염상구를 보자마자 서운한 빛을 드러내며 물었다.

"나가 헌 말 엄니한테서 못 들었능가?"

염상구는 최서학의 옆에 앉으며 비식 웃었다.

"다 들었제라. 그려도 지나 엄니 맴이 그렇덜 않은께 서운허구만요."

이상하게도 염상구 앞에서는 표준말이라는 것을 흉내내면 안 될 것 같은 생각이 들어 최서학은 아주 진하게 고향말을 썼다. 어설프게 표준말을 흉내냈다가 금방, 야 니가 잠 배왔다고 쎗바닥얼 그리 놀리냐? 할 것만 같았던 것이다. 그런데 염상구는 어제 어머니가 적잖은 사례를 했는데 거절을 했다는 것이었다. 한편이니까 도운 것이지 답례를 받자고 도운 것이 아니라는 말을 하면서. 어머니한테 그 말을 듣고 나서 최서학은 너무 놀라지 않을 수 없었다. 주먹만 쓰고, 경찰에 빌붙어 좌익을 잡는 시늉이나 하면서 금품갈취를 일삼는 줄 알았는데 그건 전혀 새로운 면모였던 것이다.

"서운헐 것 하나또 읎네. 지금 급헌 것은 자네가 싸게 낫는 것이제 답례가 아니시. 아픈 것은 잠 워쩐가?"

"열도 내리고, 욱씬거리는 기도 가시고, 인자 살 만허구만요."

최서학은 염상구를 올려다보며 환하게 웃었다. 그는 자신을 구해준 것만이 아니라 날마다 병원을 찾아오기까지 하는 염상구에 대한 고마움을 마음 깊이 새기고 있었다.

"아조 자알 되얐네. 원장님 말씸이 새살이 돋자면 한참 걸릴 것이라고 헝께 몸보신헌다 택치고 푹 눠서 지내소. 날도 썬들썬들해지고 있응께 지낼 만헐 것이네."

염상구도 밝게 웃으며 말했다. 그는 최서학의 독기에 일종의 감동을 느끼고 있었다. 그가 좌익의 손에 죽은 최익현의 아들인 데다가, 의용군을 탈출해서 총상을 입고 그때까지 버텨왔다는 이야기를 들었을 때 그 용기와 독기에 놀란 한편 '니가 진짜배기 사내다!' 하는 감동이 가슴을 쳤던 것이다. 그리고 한편이라는 연대감은 그 다음에 생겨났다. 그러나 최서학에게도, 그의 어머니에게도 자신의 가슴에 담긴 감동을 이야기할 수는 없었다. 답례를 거절하고, 날마다 병원을 들여다보고 하는 이유가 분명 그것인데도 어쩐지 말로 하자니 제대로 말이 될 것 같지가 않았던 것이다.

순창과 담양 사이에서 미군들에게 붙들려 다시 전주로 돌아온 김범우는 다른 미군부대로 넘겨져 반감금상태에 있다가 나흘 만에 풀려났다. 아니, 정확하게 말하자면 반감금상태에서 풀려난 것뿐 오히려 그 풀려남은 꼼짝할 수 없는 올가미로 변해 있었다.

전주를 떠나 남쪽으로 길을 잡은 그가 미군의 장갑차와 마주친 것은 그날 저녁 순창에 못 미쳐서였다. 장갑차는 어두워지기 시작하는 길을 거침없이 달려 북쪽으로 가고 있었다. 그 방향으로 보아 목포 쪽에서 오는 것이 분명했다. 어둠 속으로 사라지는 장갑차를 멍하니 바라보고 서서 그는, 결국 전쟁은 이렇게 끝나는구나! 하고 생각했다. 그건 절망도 체념도 아니었다. 자신의 예상이 현실로 나타난 최초의 목격 앞에서 그의 감정은 이상스럽게 뒤엉켜들었다. 그건 허망한 것도, 허탈한 것도 아니고, 뭐라고 할까, 무엇엔지 모를 배반감이 치미는 그런 허탈이었다.

장갑차의 거침없는 질주가 가슴 한복판에 휑한 구멍을 뚫어놓고 있었다. 이제 나는 무엇인가, 조직에서 떨어져버리고, 입당을 하지 않았으니 공산주의자도 아니고, 그러나 엄연히 당사업에 협력했으니…… 부역자! 김범우는 어둠 속을 걸으며 쓰게 웃었다. 수많은 사람들이 어둠 속에서 갈팡질팡하던 전주의 모습이 떠올랐다. 앞으로 얼마나 많은 부역죄인들이 생길 것인가…… 그는 돌덩이를 매단 것처럼 마음이 가라앉아 가는 것을 느꼈다. 전쟁터에서 죽어간 사람들보다도 세상이 달라질 것을 믿으며 앞에 나섰다가 이제 부역죄로 당하게 될 수많은 사람들의 고통이 더 문제였다. 여순사건을 계기로 반공이 강화되었던 것처럼 이번 전쟁을 계기로 반공은 더욱더 강화될 것이 틀림없었다. 인공 3개월을 통해서 공산주의 의식은 급속하게 일반화되었던 것이다. 그 일소를 위해서도 부역자 처벌은 가차 없을 것이고, 반공의 강화는 필연적인 일이었다. 악순환이었다. 삶의 악순환이고 역사의 악순환이었다. 지긋지긋한 일제치하의 기억이 생생한 채로 다시 이념의 격랑에 정신없이 휘말리며 부서지고 깨지는 삶을 살아야 하는 것이 민중들이었다. 나는 이제 어찌해야 하는가……. 미군의 장갑차가 흩뿌리고 간 굉음이 아직도 귀에 쟁쟁했다. 김범우는 한층 구체적이고 절박하게 그 생각에 직면했다.

순창도 전주만큼 뒤죽박죽으로 엉켜 어지러웠다. 남자들이 몇 명씩 떼지어 소리치며 뛰고 있었고, 짐을 머리에 인 여자들이 우왕좌왕하고 있었고, 어디선가 총소리가 띄엄띄엄 울리고 있었다. 어떤 전쟁에서나 후퇴는 무질서하고 정신이 없었다. 순창이 이렇게 된 것은 미군장갑차의 출현 때문인 것을 짐작하기가 어렵지 않았다. 그리고 미군들이 어둠 속 어딘가에 진을 쳤는지도 모를 일이었다. 장갑차의 출현은 당원이나 그 동조자들에게는 자기네 땅이 적진이 되었음을 의미하는 동시에 포위상태를 뜻하는 것이기도 했다. 그러니 혼란상태에 빠지는 것은 당연한 일이었다.

김범우는 서둘러 밥집을 찾았다. 초저녁이니까 아직 문을 열어놓고 있는 밥집은 있으리라 싶었다. 밥도 밥이었지만 잠자리도 구해야 했다. 그런 소란스런 와중에서 질정 없이 헤매는 것은 현명한 일이 못 되었다. 한동안 불 밝힌 집들을 기웃거려 밥집을 찾아냈다.

"지금 밥 좀 먹을 수 있습니까?"

김범우는 문을 밀치고 들어가며 물었다.

"야아, 국밥뿐인디요."

불안스런 기색의 여자가 말했다.

"예, 그것 한 그릇 주세요."

김범우는 등받침이 없는 긴 걸상에 엉덩이를 걸쳤다. 갑자기 몸이 처져내리는 것 같은 피로감이 몰려들었다. 하루 종일 길을 걸은 피곤보다는 구덩이에 빠져버린 마음 탓이라고 생각했다. 그는 두 손바닥에 얼굴을 묻었다. 이학송, 손승호의 얼굴이 떠올랐다. 이학송은 어떻게 되고, 손승호는 어디로 갔을까…… 수십 번도 더한 생각을 그는 또 했다.

"얼굴을 봉께로 여그 분이 아니신디……."

주인여자가 국밥그릇을 옮겨놓으며 낮고 조심스럽게 말했다. 그 불안스러운 얼굴에 경계의 빛이 드러나 있었다.

"여그 사람은 아니라도 나도 전라도사람이오. 혹시 보성 옆에 벌교라고 아십니까?"

김범우는 숟가락을 국밥에 넣으며 주인여자를 쳐다보고 웃었다.

"그려라? 그 꼬막 맛내기로 유명헌 벌교, 알제라."

주인여자가 반색을 했다.

"여기 미국군인들이 들어왔나요?"

"야아, 요상시럽게 생긴 차 한 대가 여그럴 한바탕 갈고 댕기다가 어디로 핑허니 떠났는디, 거그에 미국군인덜이 탔드랑마요. 그래논께 저 난리판굿이 벌어졌구만이라. 인공사람덜이 정신읎이 보따리 짐얼 싸는디, 요것이 워찌 되는 판굿일께라?"

주인여자는 어느덧 맞은편 자리에 앉아 있었다.

"보시는 대로 인공이 싸움에 밀리고 있는 거지요."

김범우는 밥을 우물거리며 말했다.

"근디 워째 넘 나라 일에 미국군인덜이 쌈얼 걸고 뎀빌께라? 다 떠난지 알었등마."

"아주머니는 미군이 싫은 모양이군요?"

김범우는 주인여자를 건너다보며 흐리게 웃었다.

"한 분썩 쥐어본 사람이면 누가 좋아라 허겄소. 생김도 요상시럽게 우리허고 달버 징상시런디다가 또 그 행투할라 고약시런 사람덜 아니요?"

김범우는 고개만 끄덕이다가, "혹시 여기 여관 같은 거 있습니까?" 밥을 떠넣으려다 말고 물었다.

"요런 촌구석지에 무신 똑별난 여관이 있간디라. 쩌짝 군사무소 옆댕이로 가면 명색만 여관인 것이 있기넌 있제라."

주인여자가 자리에서 일어났다.

김범우는 다 헐어빠진 다다미방에 누웠지만 잠이 오지 않았다. 누웠다가 일어나 담배를 피우고, 또 누웠다가 일어나 담배를 피우고는 했다. 어디선가 환청처럼 총소리가 드문드문 들렸다. 무엇을 겨냥하는지 모를 그 총소리가 잠을 더 멀리 쫓고 있는 것 같기도 했다. 잠이 설핏 들면 종잡을 수 없는 꿈이 엮어졌고, 잠이 깨면 머리도 몸도 무거워 어떤 생각이 제대로 이어지지도 않았다. 잠을 자는 둥 마는 둥 밤을 보낸 김범우는 아침 일찍 길을 잡았다.

묽은 가을안개가 슬픔처럼 들녘 가득 잠겨 있었다. 부풀거리는 안개발 속으로 나락의 누른빛이 떠올라 보였다. 그 풍경은 꿈결인

양 환상적이고, 전쟁과는 거리가 먼 아늑함이었다. 자연과 인공이 조화를 이룬 아름다움이었다. 안개는 자연의 생성물이되 나락은 인간이 먹이를 구하기 위해서 노력을 바쳐 양식시킨 인공적인 자연이었다. 인공적인 자연? 이것도 말이 되나 싶어 김범우는 고개를 갸웃거렸다. 그런데…… 김범우는 새로운 생각에 부딪혔다. 아, 세금은 한 번도 거둬보지도 못하고 인심만 잃고 말았구나! 뒤늦게 날알세기 조사방법이 떠올랐던 것이다. 제길, 이런 게 오비이락인가? 김범우는 약간 상쾌해졌던 기분이 다시 칙칙해지는 걸 느꼈다.

두어 시간을 걸어 어느 마을 어귀에 들어섰을 때였다. 한눈에 잡힌 것은 총을 든 서너 명의 미군이었다. 반사적으로 걸음을 멈춘 그의 뇌리를 스친 것은 버마 전선이었다. 정글의 낯섦과 습기가 뒤섞여 끼쳐오던 그 야릇한 냄새와, 긴장된 두려움이 기억이 아닌 현실로 나타났다. 그는 몸을 피하고자 하는 순간적 충동을 억눌렀다. 의심받을 행동을 했다간 그들의 총이 불을 뿜게 되어 있었다. 자신의 몸에는 그들은 물론이고 군경에게 의심받을 만한 물건은 없었다. 미군에게는 평범한 한국인으로, 군경에게는 전쟁을 피해 고향으로 돌아가고 있는 사람으로 행세하면 그만이었다.

"헤이 조온, 와츠 매러(헤이 조온, 무슨 일이야)?"

어느 미군의 외침이었다.

그 소리를 듣자 김범우의 의식에는 산타카탈리나가 문득 떠올랐다. 오랫동안 지웠던 기억이었다. 청각이 되살린 기억이었고, 우리말보다는 영어를 더 많이 썼던 그때의 생활이 지금의 신경을 가라앉히고 있었다.

그는 마을을 향해 천천히 걷기 시작했다. 서넛씩 모둠한 초가집들이 20채 남짓한 마을이었다. 눈에 띄는 미군들은 네댓 명이었고, 여기저기 모여선 마을사람들은 어떤 행동통제를 받고 있는 것 같지는 않은데 쭈뼛거리고 불안해하고 있었다. 그는 걸음을 멈추지 않았는데 미군들은 자기네들끼리만 무슨 얘기를 하며 키들거릴 뿐 자신에게는 아무런 관심을 쓰지 않았다. 수색작전인지 휴식인지는 모르지만 엄연히 적진인데도 불구하고 그렇게 태평스러울 수 있는 그들의 뱃보가 커 보이기도 했고 규율이 해이한 것처럼 보이기도 했다. 그들의 방심은 거의 무저항상태에서 이루어지고 있는 진격 때문이라고 여겨졌다. 벌써 오래전부터 인민군의 거의 모든 병력은 낙동강 전투에 투입되어 있었고, 지방당들은 우선 조직을 옮기기에 바빴다.

김범우가 거의 마을의 끝머리에 이르고 있을 즈음이었다.

탕, 타앙—.

"워메 엄니이!"

두 발의 총소리와 여자의 찢어지는 비명이 동시에 울렸다. 바로 오른쪽 옆이었다. 김범우의 몸은 그쪽으로 튕겨지고 있었다.

탕, 따앙—.

"워메 나 죽네!"

우물가에서 물동이를 이고 돌아서던 여자의 물동이가 총소리와 함께 박살이 나고, 물이 쏟아져내리고, 여자가 비명을 지르며 주저

앉고 하는 것이 한순간에 일어나고 있는 것을 김범우는 보았다. 방금 주저앉은 여자 옆에 다른 여자 하나가 물을 뒤집어쓴 채 퍼질러 앉아 있었다. 극히 짧은 사이를 두고 터진 네 발의 총성이 그 상황을 충분히 설명하고 있었다.

이런 망할 자식들이 이거! 김범우가 열이 불끈 솟기는 것을 느꼈을 때였다.

"뷰리플, 뷰리플, 위 아 베스트 화이러(좋아, 좋아, 우린 최고 사격수야)."

"댓츠 잇(맞았어). 으하하하……."

"헤헤헤헤……."

미군 두 명이 둔덕 위로 올라서며 기분이 좋아 죽겠다는 듯 얼굴을 하늘로 들어 웃어젖히고 있었다. 그들이 둔덕에 기대고 물동이를 겨냥했음을 알아차릴 수 있었다.

웃음소리에 놀랐는지 두 여자가 황급히 일어나 우물을 벗어났다. 그리고 물 젖은 치마를 거머잡고 마을 쪽으로 이어진 좁은 길을 뛰기 시작했다. 한 여자는 낭자머리였고, 다른 여자는 땋아내린 머리가 길게 드리워져 있었다. 그런데 웃어대고 있던 미군 두 명이 뭐라고 주고받더니 여자들을 뒤쫓아 뛰었다. 여자들은 금방 미군들에게 잡혔고, 두 미군은 총을 던졌다. 그리고 두 여자가 길 옆 풀섶으로 내던져지듯 했다.

"웨러 미닛, 갓 뎀 지아이(멈춰라, 미군놈들아)!"

김범우는 고함치며 내달리고 있었다. 그는 달리던 기세 그대로 한 미군의 등짝을 걷어찼고, 벌떡 일어서는 다른 미군의 낯짝을 후려갈겼다. 두 여자가 재빠르게 기어서 몸을 피했다.

"보쉬(씨팔)!"

"썬 오브 비치(개새끼)!"

두 미군이 각기 욕을 내뱉으며 대검을 뽑아들고 다가들었다. 몸을 활처럼 구부린 김범우는 이를 앙다문 채 둘을 노려보며 조금씩 뒤로 물러서고 있었다. 그는 둘의 급소를 노리고 있었다. 동작만 크게 일으켜 공격을 해올 때에는 그때의 허점을 틈타 사타구니를 걷어올릴 참이었다. 그건 상처 하나 없이 상대방을 즉사시킬 수 있는 단 일발의 공격법이었다. 다리는 팔보다 길이가 두 배는 길면서, 힘은 네 배나 셌다. 그리고 불알은 남자의 치명적인 급소였다. 결투가 붙으면 누구나 몸의 중심을 잡기 위해 두 다리를 벌리게 마련이었다. 그리고 공격을 가할 때는 수비의 허점을 완전히 노출하게 되어 있었다. 가해져오는 공격을 좌우 45도 각도로 피하며 다리를 내뻗어 걷어올리면 백발백중 상대방의 부자지가 발등과 다리 사이목에 채이게 되어 있었다. 산타카탈리나에서 위기모면과 살인술의 하나로 익힌 방법이었다. 독립을 위해 일본놈들한테 써먹자고 미국땅에서 익힌 기술을 이 땅 여자의 정조를 지키고자 미군에게 써먹으려 하고 있었다.

"웨러 미닛, 웨러 미닛!"

미군 하나가 이쪽으로 달려오며 외치고 있었다. 그리고 권총을 들어 공포를 쏘아댔다. 그 뒤를 미군들이 우르르 따라오고 있었다.

김범우는 다잡고 있던 숨을 길게 내쉬었다. 두 미군도 욕을 씨부리며 공격태세를 풀었다.

"무슨 일인가? 공산주의잔가?"

소위가 권총을 김범우에게 겨누며 부하들에게 물었다.

"아니오, 당신 부하들이 저 여자들을 겁탈하려 했소."

김범우는 재빨리 말하며, 그때까지 웅크리고 서서 떨고 있는 두 여자를 가리켰다. 김범우는 옛날의 발음이 막힘 없이 되살아나는 것을 신통하게 생각하고 있었다.

"그게 사실인가?"

소위가 권총을 내리며 부하들에게 물었다.

"아닙니다. 그냥 장난을 했을 뿐입니다."

머리칼이 붉은 사병이 대답했다.

"총은 왜 쏜 건가?"

"사격연습이었습니다."

"장교님, 죄송합니다만 장교님의 부하는 장교님을 계속 속이고 있습니다. 난 미군장교는 국제적인 신사고, 미군은 정의롭고 용감한 군대라고 알고 있습니다. 안 그렇습니까?"

김범우는 소위를 보며 웃었다.

"그건 사실이오."

얼굴 갸름한 소위가 긴장의 빛을 띠며 고개를 끄덕였다.

"그런데, 상관을 속이는 저런 거짓말은 곤란하다고 생각합니다. 당신 부하의 말이 거짓말이라는 것은 충분한 증거를 댈 수 있습니다. 당신 부하가 무슨 짓을 했는지 내가 말해도 되겠습니까?"

김범우는 그들 예법을 갖춰가며 그들 방식으로 말하고 있었다.

"좋소, 말하시오."

"고맙습니다. 당신의 두 부하는 사격연습을 한 것이 아니라 우리나라 여자들이 식수를 담아 머리에 이고 다니는 질그릇을 향해 총을 쏘아 그릇을 깨뜨리고, 물이 쏟아져 저 여자들의 온몸을 젖게 하고, 총소리에 충격을 받아 놀라게 하는 야만적인 장난을 했습니다. 그 증거가 젖은 저 여자들의 옷이고, 저쪽 우물가에 깨진 그릇입니다. 그리고 당신 부하들은 그것도 모자라 놀라서 몸을 피하는 저 여자들을 겁탈하려고 바로 이 자리에다 쓰러뜨렸습니다. 난 더 참을 수가 없어서 그들을 뒤쫓아와 한 방씩 갈겼고, 그들이 대검을 뽑아 덤비는데 장교님이 오신 것입니다. 상황이 급한 김에 당신 부하들을 한 대씩 갈긴 것을 정식으로 사과합니다."

김범우는 말을 할수록 혀가 잘 돌아가는 것을 느끼며, 자기가 한 일을 사과하는 여유까지 보이고 있었다. 소위가 자신의 사과를 사과로 받아들이지 않을 것을 뻔히 알면서.

"지이저스 크라이스트(제기랄)!"

소위가 두 부하를 향해 내뱉었다.

"당신 영어를 너무 잘하는데, 직업이 뭐요?"

소위가 권총을 권총집에 넣으며 물었다.

"영어선생이오."

"영어선생? 여기서 말이오?"

"아니오, 서울이오."

"서울? 그런데 왜 여기 있소?"

소위의 눈빛이 달라졌다.

"전쟁을 피해 고향으로 가는 길이었소."

"고향이 어디요?"

"이름을 대도 모를 거고, 남쪽 끝이오."

"나하고 같이 좀 갑시다. 아무래도 이상한 게 있소."

소위는 엄지손가락을 세워 까딱거리며 고개도 함께 갸웃거렸다. 김범우의 뇌리에는 순간적으로 불길한 생각이 스쳐갔다.

"이상하긴 뭐가 이상하다는 거요?"

김범우는 걸음을 옮겨놓으며 불쾌하다는 감정을 일부러 드러내서 물었다.

소위는 아무 대꾸 없이 걷기만 했다. 이 젊은 친구가 무슨 생각을 하고 있는지 모르겠으나 자신이 어떤 의심을 받고 있음이 분명해 김범우는 입을 다물었다. 말을 많이 하는 건 의심을 키울 뿐이었다.

큰길에는 아까 보지 못했던 트럭이 서 있었다. 소위는 트럭 앞자리로 타라고 턱짓을 했다. 그 태도가 거만했고, 얼굴도 싸늘했다. 일이 더럽게 꼬여간다고 생각하며 김범우는 운전대 옆자리로 오를 수밖에 없었다. 사병들은 차 앞부분을 에워싸듯 하고 서 있었다. 운전석으로 소위가 올라왔다.

"당신 영어선생이란 건 거짓말이고, 적의 스파이지?"

소위가 쏘아보며 싸늘하게 말했다.

"그게 도대체 무슨 소리요? 스파이라면 암약을 해야지 두 여자 겁탈당하는 걸 막자고 그렇게 공개적인 행동을 할 리가 있소?"

"그럼 당신이 영어선생이란 증명을 하든지, 스파이가 아니라는 증명을 해."

김범우는 소위의 파란 눈을 맞쏘아보았다. 눈싸움에서부터 이겨야 했다.

"영어선생이란 증명은 내가 하는 영어로 충분하잖소."

"안 돼, 다른 증거를 대. 바로 당신의 그 유창한 영어가 스파이라는 증거야. 그 완벽한 미국식 영어로 우리 미군을 상대로 기밀을 탐지해 내는 스파이! 그렇지, 내 말이 맞지!"

소위는 삿대질을 하며 소리쳤다. 기초정보교육을 받은 장교다운 논리의 왜곡이고, 수사적 올가미였다. 잘못 어물거리다가는 꼼짝없이 스파이로 몰릴 판이었다. 스파이로 몰리면 그의 한 방 총으로 세상은 끝장이었다.

"말조심해! 당신이 유창하다고 인정하는 내 영어는 바로 당신네 육군이 막대한 정부 예산 들여가며 가르쳐준 거야. 내가 1945년 8월 15일까지 뭐였는지 알아? 바로 일본을 무찌르기 위한 미국의 스파이 OSS였다. 당신 OSS가 뭔지나 알아? 당신이 육군 소위가 되기 전에 벌써 내 신분은 당신네 정부와 육군이 보증했던 사람이라 그거야! 알겠어!"

김범우는 일부러 '정부'니 '육군'이니 하는 거창한 말을 끌어다붙이며 기세등등하게 소리쳤다. 일본놈들이 신사 앞에서 꼼짝을 못하듯이 미군들은 정부나 육군이라는 권위 앞에서 꼼짝을 못한다는 것을 알고 있었기 때문이다.

"그게 정말이오?"

소위는 파란 눈을 휘둥그렇게 떴다.

"틀림없소."

"이거 나로선 도무지 판단을 내릴 수가 없는 일이오. 어쨌거나 당신은 꽤 위험하고도 중요한 인물인 것 같은데, 당신에 대해 조사를 하는 건 보병인 나로선 능력 밖의 일이오. 당신을 상급기관에 넘길 수밖에 없소."

젠장, 골치 아프게 돼가네. 김범우는 어깨를 늘어뜨려버렸다.

그래서 전주로 다시 실려올 수밖에 없었다.

"오우, 그동안 수고가 많으셨소. 우리가 조회한 결과 당신의 진술은 모두 사실 그대로요. 반갑소, OSS대원 톰슨!"

분주스러운 몸짓을 해대던 소령이 손을 불쑥 내밀었다. 손등은 말할 것도 없고 손가락까지 털투성이의 손이었다. 김범우는 마지못해 그 손을 잡으며, 한대지방의 동물답군, 하고 생각했다. 구름이 1년에 200일 이상 끼어 햇볕을 제대로 못 받아 허옇게 설익은 피부, 긴 겨울의 추위를 이겨내기 위해 열량 높은 육식만을 해서 비대해진 체구, 얼어붙은 땅에서 살기에 지쳐 얼어붙지 않는 땅을 빼앗으러 나선 식민주의자들의 후손, 엄연히 주인이 있는 땅을 침략하고 강탈하면서 '발견'이니 '개척'이니 하는 말로 인류사를 왜곡한

자들, 아프리카·아시아·남북아메리카를 강탈하며 짐승을 사냥하던 총으로 원주민들을 무차별 사냥하면서 백인우월주의를 만들어내고 다시 그것을 자기들의 종교인 예수교로 합리화한 교활한 자들, 그러면서도 피지배민족들의 단합을 교란하고 해체시키기 위해 '인류의 자유와 평등·평화'라는 그럴듯하고도 혼란스러운 제국주의적 논리를 만들어낸 겹겹으로 교활한 자들……. 김범우는 살집 좋은 소령을 물끄러미 보며 쓰게 웃었다.

"자아, 앉읍시다. 할 얘기가 있소."

소령이 자리를 권하며 담배를 내밀었다. 검은 동그라미를 빨간 동그라미가 싸고 있는 럭키스트라이크였다. 김범우는 고개를 저었다.

"에에, 할 얘기란 다름이 아니라, 우린 지금 전쟁을 수행하는 데 있어서 여러 가지 어려움을 겪고 있소. 그중의 하나가 당신처럼 영어를 제대로 하는 사람의 절대수가 부족한 점이오. 그 문제점을 해결하기 위해서 맥아더 사령관께서는 카투사라는 미군에 배속된 한국군 특수부대를 만들기도 했는데, 어려움은 여전히 계속되고 있소. 그래서 하는 말인데, 당신이 우리와 함께 일해 주기를 바라고 있소."

소령은 자못 엄숙하게 말했다.

"제 능력을 인정해 줘서 고맙습니다만, 전 지금 고향으로 돌아가는 길이고, 거기서 할 일이 따로 있습니다."

김범우는 아주 부드럽게 웃어 보였다.

"그 일이 뭐요?"

소령의 낯빛이 달라졌다.

"선생을 계속하며 학생들을 가르쳐야 합니다."

"지금은 전시요. 그리고 이건 당신네들을 위한 전쟁이오. 공부는 전쟁을 끝내고도 얼마든지 할 수 있는 일이오. 지금 이 상황에서 어떤 것이 더 중요하오?"

"전쟁의 승리가 중요하다는 건 알고 있습니다. 그러나……."

"알았으면 됐소. 당신 일은 결정된 거요."

"아니, 그게 무슨 말입니까? 내 얘길 다 듣지도 않고."

"더 들을 필요 없소. 난 당신의 의사를 존중해야 하는 협의를 하는 게 아니라 명령을 하고 있는 거요. 당신도 당신 의사를 내세울 권리가 있는 게 아니라 내 명령을 수행해야 하는 의무만 있다는 걸 똑똑히 알아두시오."

"그런 강압적 월권이 어디 있소. 난 미국인이 아니라 한국인이오, 한국인!"

"그래요? 설마 이 전쟁의 작전권이 누구한테 있는지 아직까지 모르고 있진 않겠지요? 우린 언제든지 필요한 인력을 징집하고, 필요한 물건을 징발해서 쓸 수 있는 권한이 있다 그거요."

소령이 어떠냐는 듯 비웃는 것인지 야유하는 것인지 모를 웃음을 입가에 물고 있었다. 쌍놈에 영감탱이, 작전권까지 넘겨가지고……. 김범우는 담뱃갑을 와락 끌어잡았다.

23

몸씻기 마을굿

한탄강에 가을이 젖어들고 있었다. 찬 기운을 품은 물줄기는 투명하게 푸른 하늘을 담고 맑게 흘러가고 있었다. 강변에는 가을꽃 들국화가 연보라·진보라·적보랏빛의 무늬를 수놓으며 끝없이 피어 있었다. 그 위를 바람이 스쳐가면 강변은 서로 얼굴을 비벼대는 들국화들로 보랏빛 물결을 일구었다. 가을은 강 언저리에만 와 있지 않았다. 북녘으로 갈수록 억세고 강해지는 산줄기에도 가을은 황금빛 색조로 내리고 있었다. 산에 먼저 가을이 왔다는 것을 알리기라도 하는 듯 강물에는 어디에서부터 떠내려오기 시작했는지 모를 낙엽들이 드문드문 떠내려가고 있었다.

북쪽으로 북쪽으로 가고 있는 사람들은 으레 한탄강가에서 고단한 다리를 쉬어서 갔다. 엎드려 강물을 마시기도 하고, 먼지 낀 낯을 씻기도 하면서 시름없이 강물을 바라보고 앉았다가 떠나가고는 했다. 북으로 가고 있는 사람들은 수없이 많았지만 그 움직임에는 거의 소리가 없었다. 후퇴하는 사람들은 발만 놀렸지 입을 열지 않았던 것이다. 전쟁의 후퇴는 침묵을 낳았고, 후퇴의 침묵은 민첩성을 낳았다.

이학송 일행도 강가에서 다리를 쉬고 있었다. 그는 담배를 빨며 먼 산줄기를 바라보고 있었다. 가파르고 각이 진 산들이 첩첩이 이어지고 있었다. 북으로 올라올수록 산들은 많아져 앞에도 산, 뒤에도 산, 옆에도 산, 산들에 갇히고 산들에 파묻히는 기분이었다. 땅덩이의 7할이 산이라는 교과서적인 사실을 실감하지 않을 수가 없었다. 산 부자인 땅, 산 부자인 사람들. 넓지도 않은 땅에 산만 그리 많고, 나머지 3할인 평지에서 나는 곡식마저 고루 나눠진 게 아니라 세습지주들의 착복이 계속되었다. 그러니 이 땅의 서민들의 삶이 얼마나 배고프고 고달팠으랴. 1할도 못 되는 소수의 삶을 호화롭고 기름지게 하기 위하여 9할이 넘는 절대다수가 굶주리고 헐벗어야 하는 사회구조, 그게 어찌 인간세상일 수 있는가. 그 구조는 마땅히 뒤바꿔야 하고, 그런 계급은 마땅히 척결해야 한다. 그런데 나는, 아니 우리는 지금 어디로 가고 있는 것인가……. 이학송은 또 같은 생각에 빠져드는 것을 느끼며 얼른 담배를 입으로 가져갔다. 그 생각은 분노와 함께 절망감을 가져오기 때문에 가능하면 피하려고 했다. 다만, 이 길이 이것으로 끝나는 것이 아니라 다시 돌이키기 위한 준비라는 것을 믿고자 했다.

이학송은 담배를 끄려다가 왼쪽 옆으로 앉아 있는 김미선에게 눈길을 멈추었다. 그녀는 마치 굳어진 듯이 앉아 있었다. 그런데 선이 가늘고 섬세한 그녀의 얼굴에는 곧 눈물이 될 것만 같은 진한 슬픔이 담겨 있었다. 또 두고 온 아이들을 생각하는 것인가…… 이학송은 눈길을 약간 돌리며 생각했다. 당원의 마음과 어머니의 마음, 그녀는 남모르게 그 두 마음으로 갈등을 겪고 있었다. 그녀는 지나가는 소리처럼, "아이들이 눈에 밟혀요" 하고는 말에 어울리지 않게 환하게 웃어버렸다. 마치 백치와도 같던 그 환한 웃음이 얼마나 쓰라린 어머니의 마음인가를, 그리고 그 마음을 덮고자 하는 것이 얼마나 괴로운 노력인가를 헤아릴 수 있었다. 동대문에서 마지막 취재를 하면서 한사코 신설동 쪽으로 쏠려가던 자신의 마음으로 미루어 짐작하지 않더라도 그녀가 겪고 있는 갈등이 얼마나 아픈 것인지는 충분히 감지할 수 있었다. 그녀의 갈등은 자식들을 떼어놓고 서울을 떠나온 투철한 정신의 당원이기에 겪어야 하는 인간으로서의 아픔이기도 했다.

"김 동무, 무슨 생각을 그리 하십니까?"

이학송은 나직하게 그녀를 불렀다. 마음 갉아먹는 생각을 더 못하게 해주고 싶어서였다.

"아, 네에……" 그녀는 약간 당황한 빛을 보이더니 두 손으로 머리를 쓰다듬고는, "강도 꽃도 눈물나게 서럽네요" 하고는 엷게 웃었다. 그 웃음이 정말 서럽도록 외롭다고 이학송은 생각했다. 그리고 그녀가 '슬프다'고 하지 않고 '서럽다'고 한 것이 묘한 감정을 느끼게 했다. 그는 별다른 근거 없이 '슬프다'는 말은 서양 정서고 '서럽다'는 말이 우리의 정서라는 고정관념을 가지고 있었다.

"예, 해필 가을입니다."

이학송은 무심한 듯 대꾸했다.

"저어, 혁명의 색깔은 붉은색인데, 저 보라색은 무슨 색깔이면 좋을까요?"

살짝 턱을 받친 김미선은 들국화밭을 먼 눈길로 바라보고 있었다.

"글쎄요, 색깔이 곱긴 한데, 뭐랄까, 강렬성도 없고 너무 애상적이라서……."

"전 말예요, 혁명을 완수한 다음 목숨을 잃은 전사들을 추모하고 기념하는 색깔로 저걸 정했으면 좋겠어요."

"그 이유가 뭔가요?"

"저 색깔은 서럽고 한스럽거든요. 저 색깔은 억울한 일로 매를 맞은 사람의 피멍 같기도 하고, 한의 색깔이 저럴 것 같기도 하고 그래요. 당원으로서 안 어울리는 말인가요?"

"아니, 그렇지 않습니다. 헌데, 김 동무는 한의 색깔을 보랏빛이라고 생각하시는군요. 저는 흰빛일 거라고 생각하는데요."

"네, 그래요. 원통한 감정들이 쌓이고 또 쌓이다 보면 하얗게 될지도 모르겠네요. 허지만 한이란 게 무슨 형체가 있어야 말이죠. 이것도 다 괜한 소리죠."

김미선이 풀잎 하나를 뜯어 입술에다 물며 가느다랗게 한숨을 내쉬었다.

"그걸 꼭 그렇게 생각해 버릴 일이 아닙니다. 그럼, 정신이란 형체가 있는 것입니까? 또 사상이란 형체가 있는 것입니까? 그런 것들은 다만 우리가 형체가 있다고 믿자고 약속함으로써 형체가 있어지기 시작한 것입니다. 그 약속에 따라 사상이라는 체계를 만들어 먼저 정신적으로 결속하고, 다음으로 행동으로 실천에 옮기면 그때 사상은 구체적 형태를 드러내는 것 아닙니까? 한이란 무엇입니까? 아까 김 동무가 말한 대로 분하고, 억울하고, 원통한 감정들이 쌓이고 쌓인 것임이 틀림없습니다. 그건 다름 아닌 핍박받고 착취당하고 살아온 계급들의 체험이 응축된 수난사인 동시에 정신의 응결입니다. 그것은 다시 말해 지배받은 계급들끼리 통하는 사상입니다. 다만 그것이 정치 이데올로기와 다른 점은 분석적 이론화와 실천적 논리화가 안 되었다는 점입니다. 체험적 사상의 덩어리라고 해야 할 것입니다. 우리가 혁명을 실천하는 데 있어서 인민을 주체로 삼고, 특히 기본계급을 중시하는 것은 무엇 때문입니까? 바로 그 체험적 사상의 덩어리에 분석적 이론화를 가하고, 실천적 논리화를 가하면 그들이 누구보다도 투철하고 열렬한 혁명세력이 되기 때문이 아닌가요? 그것이 바로 응축된 한의 폭발력입니다. 그러니까 한은 역사전환의 원동력인 것입니다. 그 증거로 갑오년 농민봉기는 동학사상을 불씨로 일어났고, 쏘련과 중국의 혁명성취도 그 불씨만 다를 뿐 같은 맥락으로 파악하면 되지 않겠습니까. 그런데 한을 단순하게 '정서'라고 파악하고 정의해 버리는 게 소위 지식인들입니다. 그건 지식인들이 한의 생성과정과 그 본질을 모르고 그저 '감정적 문제'로만 피상적으로 보기 때문에 저지르는 오류니다. 그리고 그들이 그런 오류를 범하는 데는 그들 거의가 지배계급 출신이라는 점을 무시할 수 없을 것입니다."

이학송은 손승호의 말을 생각해 가며 맥을 잡아나갔다.

"어머, 굉장하시네요. 전 처음 듣는 얘기예요. 전 아무래도 엉터리 당원인가 봐요. 그런 논리를 세울 수가 없고, 그런 논리를 들으면 금방 믿어버리고는 반박거릴 찾지 못하거든요."

김미선이 스스럼없이 웃었다.

"원 별말씀을 다하십니다. 그냥 저 혼자 생각일 뿐인걸요."

이학송은 담배를 빼들었다. 그들의 뒤에서 이야기를 다 듣고 있던 이원조가 빙긋이 웃으며 고개를 끄덕이고 있는 것을 그는 모르고 있었다.

"어머, 저기 좀 보세요. 저 인민군 전사!"

밝은 음성의 김미선이 한곳을 가리켰다. 그녀가 가리킨 곳은 들국화밭이었는데, 한 인민군 전사가 들국화 한 송이를 꺾어 코에 대고 냄새를 맡고 있는 참이었다.

"어떠세요, 제 눈에는 참 좋아 보이는데요. 혹시 전사와 저 행동은 어울리지 않는다고 보는 견해도 있을까요?"

좀 엉뚱하다 싶은 김미선의 질문이었다.

"글쎄요, 저도 아주 좋아 보이는데요. 전사의 눈에도 아름다운 건 아름다운 거고, 예쁜 건 예쁜 게 아닐까요? 그런 걸 감상하는 건 전투의 긴장이나 피로를 풀기 위해 오히려 좋은 일이라고 생각합니다. 그리고 저 전사의 경우, 저 여유 있는 모습을 보니 제 마음이 다 든든합니다. 후퇴를 하면서도 저렇게 여유를 가질 수 있다는 건 우리를 얼마나 고무시킵니까. 저 여유는 단순한 꽃감상이 아니라 앞으로 얼마든지 싸울 수 있는 힘과 용기가 있다는 증거이기도 한 것 아닙니까? 만약 저 전사가 지금과는 반대로 꽃밭을 마구 짓밟으며 허겁지겁 강을 건너갔을 때, 우리는 그 겁에 질린 모습에서 뭘 느끼겠습니까."

"맞아요, 맞아요. 이 동무는 무슨 문제든 답을 술술 풀어내는 마술사예요."

김미선은 마치 소녀처럼 좋아했다.

"발은 좀 어떠십니까?"

"그냥 그렇지요 뭐."

김미선이 농구화를 만지며 얼굴을 찡그렸다.

"항공! 항공!"

다급한 외침이 터졌다. 강둑에 앉았던 사람들이 재빠르게 양쪽으로 흩어졌다. 억새풀숲으로, 들국화밭으로 사람들의 모습은 순식간에 사라졌다. 며칠 사이에 사람들의 행동은 비행기의 빠르기에 맞춰 그만큼 기민해져 있었다. 비행기 편대가 쇠가 맞갈리며 굴러가는 그 소름 끼치는 폭음을 남기고 북쪽으로 날아갔다. 사람들은 금방 일어서지 않고 한동안 그대로 엎드려 있었다. 또다른 편대가 나타날지 모르기 때문이었다. 그런 건 다 짧은 시간에 얻은 소중한 경험이었다.

"지금쯤 평양은 어찌 되고 있을까요?"

김미선이 엎드린 채로 들국화 가지들 사이로 이학송을 보며 낮게 속삭였다.

"글쎄요, 저 비행기들이 또 마구잡이로 폭격을 해대고 있잖겠어요?"

알싸할 만큼 진한 들국화 향기를 가슴에 담으며 이학송도 속삭이듯이 말했다.

"우리가 비행기 한 대도 없다는 걸 생각하면 조바심이 나고 분해서 미칠 것만 같아요."

"누구나 똑같은 심정이지요."

이학송은 김범우를 생각했다. 그는 어디서 무엇을 하고 있는지, 현재의 전쟁상황을 보며 무슨 생각을 할 것인지, 미국에 대한 그의 견해와 판단은 역시 남다른 것이었다.

사람들이 여기저기서 몸을 일으켰다.

이학송 일행은 다시 북으로 길을 잡아 강을 건너기 시작했다.

"왜 이름이 한탄강일까요?"

엉성하게 엮어진 부교를 건너며 김미선이 물었다.

"아마 무슨 연유가 있을 겁니다. 기구한 사연의 전설 같은 게."

"달래강처럼 말인가요?"

"그렇지요."

"그런데 꼭 우리를 놓고 붙여진 이름 같은 생각이 들어요."

"그런 생각을 하면서 이 강을 건넌 사람이 옛날부터 한둘이 아니었을 겁니다. 청상과부가 된 여자, 소박맞은 여자에서부터 과거에 낙방한 선비, 패주하던 의병, 체포된 독립투사…… 셀 수도 없이 많았겠지요."

"그렇겠네요."

강을 건넜고, 말은 더 이어지지 않았다. 길은 끝없이 뻗어가고, 걷기가 바빴던 것이다.

철원은 산산이 부서지고 갈가리 찢기면서 불타고 있었다. 짙은 안개가 퍼지듯 연기로 자욱한 시가지는 불길에 휩싸였고, 보따리를 이고 진 사람들은 서로 뒤엉키고 부딪치며 허둥지둥했고, 자지러지는 아이의 울음소리와 숨 넘어가는 비명과 서로를 외쳐 부르는 소리와 화염에 휩싸인 큰 건물 무너지는 소리와 쉴 새 없이 터지는 폭음이 뒤엉키고, 군인들이 떼지어 달려가고, 비행기들은 낮게 날며 숨 돌릴 겨를 없이 새하얀 로켓탄을 퍼부어대고 있었다.

다 허물어진 벽에는 '서울시 인민위원회 동무들은 철원인민학교로 집합하자' 하는 종이가 너풀거렸고, 전봇대마다 '××× 동무 ×××는 十月二日 철원을 지나 평양으로 갑니다' '×××가족은 흑교로 와주시오' '××야, 평양 대동강 다리에서 만나자' 하는 종이들이 붙어 있는가 하면, 여기저기에 급히 쓴 글씨로 '××연락소'라는 종이쪽들이 나붙어 있었다.

《해방일보》 일행은 겨우겨우 외곽으로 빠져나왔다. 북쪽 길목의 숲에 이르러 그들은 발길을 멈추어야 했다. 숲속에 은신한 군부대가 젊은 사람들을 가려내고 있었던 것이다. 병력보충이었다. 《해방일보》 일행도 한 줄로 서서 군인들 앞을 지나갔다. 군관의 손짓에 따라 젊은 기자들은 하나씩 줄을 벗어났다. 이학송은 여섯 번째로 줄을 벗어났다. "어머, 안 돼요" 하는 당황스런 여자의 목소리가 뒤에서 낮게 들렸다. 그는 김미선이라는 것을 알았다. 그러나 뒤돌아보지 않았다. 세 명이 더 줄을 벗어나고《해방일보》의 차례가 끝났다. 그때 한 사람이 군관 앞으로 다가갔다. 이원조였다. 그는 군관에게 신분증을 내보였다.

"저 기자는 보기보다 나이가 많소. 그리고 신문 발행에 없어서는 안 될 중요한 혁명일꾼이오. 군관 동무의 선처 있기를 바라오."

"기자 동무, 몇 살이오?"

"서른여섯입니다."

이학송은, 에라 모르겠다 싶어 세 살을 더 올려붙여버렸다. 마흔은 말이 안 되고, 서른여섯이면 마흔에 가깝다고 순간 판단했던 것이다.

"보기보단 그렇소." 군관은 이원조를 힐끗 보고는, "이쪽으로 나오시오." 이학송을 향해 고개를 까딱했다.

일행에서 떨어져나간 여덟 명의 기자들은 서울방위사단에 편입된다고 했다. 부대의 이름이 그렇듯이 그들은 진격해 오는 적을 막아야 하는 최전선 부대였던 것이다.

다시 길 걷기가 시작되었다. 누구도 말이 없었다. 일행 여덟을 전투부대로 떠나보낸 우울한 감정이 그들을 지배하고 있었다.

"전 이 동무가 곧이곧대로 나이를 댈까 봐 얼마나 가슴이 조마조마했는지 몰라요. 그런데 참 이상해요, 이 동무가 태연하게 서른여섯이라고 하는 순간 이 동무 얼굴이 정말 서른여섯 살처럼 보이는 거예요."

쉬게 되었을 때 김미선이 감정을 눌러가며 가만가만 한 말이었다.

"얼마든지 있을 수 있는 일이죠. 저는 나이 많이 들어 보이게 하려고 저도 모르게 순간적인 표정변화를 일으켰을 것이고, 김 동무 눈은 또 김 동무 눈대로 착시를 일으킬 충분한 준비가 되어 있었을 테니까요."

"그건 너무 멋없는 과학적 분석이에요. 그냥 신기한 일로 뒀으면 해요."

이학송은 고개를 끄덕이며 먼 하늘을 바라보았다. 노을이 물들고 있었다.

하루가 다르게 밤은 겨울로 치달아가고 있었다. 기온이 떨어지면서 매운 바람이 일어나는 밤길 걷기는 이중으로 고역스러웠다. 밤길을 찾기도 어려운 데다 걸을 때 난 땀이 쉴 때는 한기로 변했다. 강원도를 벗어나 황해도땅을 꼬박 사흘을 걸어 수안에 도착한 것이 10월 10일이었다. 수안도 중심가는 이미 불타버렸고 변두리의 오막살이들만 간신히 폭격을 면해 있었다. 크든 작든 간에 면단위 이상의 소재지는 비행기의 폭격으로 불타지 않은 곳이 없었다. 군사시설이고 민간인들의 집이고를 가리지 않는 인정사정없는 초토화작전이었다. 그들 일행은 행여나 하는 마음으로 인민위원회를 수소문해서 찾아갔다. 인민위원회는 텅 비어 있었고, 그들처럼 행여나 하고 찾아온 사람들이 실망스러운 빛으로 서성이고 있었다. 발길을 돌리는데 미군 정찰기 한 대가 제트기에 비해 너무 느리게 수안 상공을 날아다니고 있었다. 사람들은 정찰기를 보고도 땅에 엎드리거나 다투어 처마 밑으로 숨어들기에 정신이 없었다. 완전한 비행기공포증이었다. 그들은 어느 빈집에서 열 명 남짓한 부하들을 데리고 있는 군관을 만났다. 그에게서 벌써 오래전에 미군들이 원산과 진남포에 상륙했다는 말을 들었다. 그 말을 듣고 일행은 깊은 침묵 속으로 빠져들었다. 미군의 상륙은 곧 앞길의 차단을 의미했다. 말뜻 그대로 그야말로 진퇴양난이었다.

"동무들, 떠납시다, 북으로."

이원조의 말이었다. 그는 앞장을 섰다.

수안을 떠나 한 시간쯤 걸었을 때 길가에 질펀하게 널려 있는 시체들을 발견하게 되었다. 먼발치에서 볼 때는 후퇴하다 지쳐 죽어간 부상병들의 시체인 줄 알았다. 그런데 가까워져서 보니까 그건 미군들의 시체였다. 매복에 걸려 1개 소대가 몰살을 당한 것이 분명했다. 백인·흑인이 뒤섞여서 죽어 있는 모습을 그들은 말없이 지켜보고 있었다.

"흥, 꼴들 좋군."

누군가가 말했다.

"남의 땅에 왜 맘대로 들어와. 당해 싸지!"

여자의 차가운 목소리였다. 그게 김미선인 것은 보지 않고도 알 수 있었다. 이학송은 그녀가 당원이라는 사실을 문득, 그러나 처음으로 의식했다. 그는 굳이 그녀에게로 고개를 돌리지 않고 앞사람을 따라 걸음을 떼어놓았다.

염상진 일행 여섯은 옥산 뒤의 군당 집결지를 떠난 사흘 만에 담양 근방에서 북으로의 발길을 멈추어야 했다. 장성 갈재가 막히고, 순창 쪽의 길도 완전 차단되었던 것이다. 그 양쪽 길이 막혔다는 것은 북으로 갈 수 있는 길이 모두 봉쇄되어 버렸다는 의미였다. 물론 위급상황을 모면하기 위한 후퇴만을 목적으로 한다면 북으로 갈 수 있는 길은 얼마든지 있었다. 적이 제아무리 기동성을 발휘해 모든 길을 차단했다 하더라도 깊은 산길까지 장악한 건 아니었다. 그런데 발길을 돌리지 않을 수 없는 것은 도당이 후퇴를 중단하고 방향을 광주 쪽으로 되돌렸기 때문이었다. 30대 가까운 차량행렬이 방향을 되돌렸다는 정확한 정보를 입수하고 나서 한 걸음이라도 북쪽으로 발길을 옮겨서는 안 될 일이었다. 도당이 없는 군당이 있을 수 없고, 도당이 후퇴를 중단한 것은 모든 하부조직도 후퇴를 중단해야 한다는 뜻이었다. 그가 군당조직을 양분시키는 무리를 해가며 그 지점까지 온 것도 도당의 지시를 충실히 따르기 위해서였다. 이제 자신이 해야 할 일은 빨리 군당으로 되돌아가 미흡한 채로 남겨두고 온 입산자들의 조직화를 완결시키면서 도당의 새로운 지시를 기다리는 것이라고 염상진은 생각했다.

"군당으로 돌아가야 되지 않겠소."

염상진은 일부러 "군당으로 돌아갑시다" 하고 말하지 않았다.

"그래야지요. 서두르는 게 좋겠습니다."

안창민이 표정 없이 말했다. 그 옆에서 이해룡은 입술에 잔뜩 힘을 넣은 채 입을 다물고 있는 것이 꽤나 속이 상하다는 내색이었다. 강동기와 다른 두 사람은 그저 묵묵히 서 있었다.

군당 집결지를 떠날 때 안창민도 이해룡도 북으로의 후퇴를 마땅찮아했다. 하대치와 오판돌은 더 말할 것 없었다. 그러나 도당의 지시를 정면으로 어긴다는 것은 있을 수 없는 일이었고, 그렇다고 자기 혼자서 후퇴하는 도당을 따라갈 수도 없는 일이었다. 군당위원장 하나가 군당의 핵심조직일 수 없었다. 그래서 입산자들은 대충 읍·면단위로 분리해서 그 지휘책임을 하대치와 오판돌에게 맡겨놓고, 안창민과 이해룡을 나서게 했던 것이다. 다른 세 명을 더 붙인 것은 신변안전을 겸해 하대치 쪽과 선을 댈 필요에 대비한 것이었다.

염상진은 발길을 되돌려잡으며, 군당조직부터 신속하게 빼돌린 것을 무엇보다 다행으로 생각하고 있었다. 만약 그 조처를 하지 않고 떠났더라면 자신의 군당도 지금쯤 갈피를 못 잡고 분산되었을 것이 틀림없었다. 지역당들이 무질서하게 흩어져 있는 모습을 사방에서 목격할 수 있었던 것이다. 서너 명씩, 네댓 명씩 덩어리를 이루어 북쪽 방향으로 계속 가는가 하면, 방향을 돌려잡기도 했고, 또 어찌할 줄을 몰라 우왕좌왕하는 축들도 적지 않았다. 그는 그때마다 소속을 물었는데, 그들은 거의가 서로 다른 지역당이었고, 그렇다고 간부들도 아니었다. 소년티가 아직 남아 있는 10대 중반을 조금 넘겼을까 말까 한 젊은이들의 덩어리가 있는가 하면, 서너 가족들이 한 덩어리를 이루고 있기도 했다.

"이러고들 있지 말고 어서 소속 당을 찾아가시오."

염상진은 그런 사람들을 만날 때마다 같은 말을 되풀이했다.

"당에서 북쪽으로 가라고 혔는디요?"

"당도 떴는디, 워디 있는지 알아야제라."

"참말로 난리시, 앞질도 맥히고 뒷질도 맥히고. 인자 워째야 쓸까이."

모두가 이런 식의 대꾸였다. 그들은 선도 끈도 다 떨어진 상태였다.

염상진은 생각했다. 후퇴를 중단하고 발길을 되돌린 도당이 어디로 갔을 것인가를. 그건 결코 어려운 파악이 아니었다. 산이었다. 전쟁 이전의 상태로 환원하는 길밖에 없었던 것이다. 자신이 그때의 투쟁선에서 안전지대를 골라 조직을 이동시킨 것처럼. 그 예상을 입증하는 소문을 듣게 되었다. 광주에서 엄청난 살육전이 벌어졌다는 것이 그것이었다. 그것은 석방된 우익계와 후퇴한 시당조직 사이에서 벌어진 싸움이었다. 시당이 도당의 지시에 따라 그동안 가두어둔 우익계를 석방하고 후퇴했다는 것이다. 그 이유는, 일단 심사를 거쳐 처단에서 제외시킨 그들에게 후퇴를 한다고 해서 잔혹행위를 가해서는 안 되고, 불필요한 가해행위는 또다른 보복행위를 유발시킨다는 판단 아래 내려진 결정이라고 했다. 그런데 우익계는 풀려나자마자 그날 밤부터 보복행위를 시작했다는 것이다. 고급간부를 제외한 시당조직은 아직 멀리 가지 않고 무등산 골짜기에 머물러 있다가 곧바로 그 소식을 듣게 되었다고 했다. 자신들의 의도가 거꾸로 나타난 데 분개한 그들은 지체하지 않고 다시 시내로 들이닥쳤다고 했다. 아직 군경이 들어오지 않은 상태에서 그 싸움의 성패는 간단하게 가려진 셈이었다. 무장상태인 시당조직원들 앞에서 원시무장을 한 우익계가 당할 도리가 없는 일이었다. 도당과 시당의 조처와는 상관없이 우익계가 그동안 갇혀 고생한 것만으로도 보복을 해야 된다고 생각하고 행동을 서둘러댄 데서 비롯된 참극이었다. 이유야 어찌 됐든 간에 그 사건은 결과적으로 적들의 보복행위를 확대시킬 것이고, 또 이쪽에서 저지른 학살행위로 선전 이용될 것을 생각하며 염상진은 더없이 마음이 무거웠다. 그건 명분과는 별개로 빚어지고 있는 전쟁이 가진 광포성의 가속화였다. 그는 무등산으로 다시 물러갔다는 시당조직이 앞으로 어떻게 움직일 것인지에 대해서만 생각하려고 했다. 전에도 그랬듯이 시내가 너무 가까운 무등산에 도당이나 또는 많은 사람들이 오래 머무를 것 같지는 않았다. 무등산은 시내에서 너무 가깝다는 입지조건 외에도 산의 형태조건으로도 중요 조직이나 많은 투쟁력이 은신하기에는 적합하지 못했다. 무등산은 1천 미터가 넘는 높이로나, 넓게 자리 잡은 덩치로나, 온화하면서도 묵직한 생김으로나 이름 그대로 빼어난 산인 것만은 분명했다. 그러나 산의 구조가 단순해서 그 속에 샛가지 친 줄기들이 많지 않았고, 따라서 오밀조밀한 골짜기가 없었다. 거기다가 잡목이나 잡풀들마저 무성하지 않아서 어디에 비트 하나 안심하고 만들기가 어려운 형편이었다. 무등산에 비해 백운산은 그 입지조건이나 형태조건을 거의 완벽하게 갖추고 있었다. 전부터 도당이 백운산에 자리 잡았던 것은 결코 우연한 일이 아니었다. 도당은 다시 백운산으로 갈 것이 거의 틀림없었다.

염상진은 군경이 광주에 진입했다는 소식을 듣고 길을 버리고 산자락을 밟기 시작했다. 광주에 군경이 들어왔다는 것은 각 군단위에도 그들의 세력이 급속도로 확산될 거라는 의미였다. 자신이 확인한 바대로 무질서하게 흩어진 하부조직들이 그는 걱정스럽기만 했다. 각 군단위가 모두 군경에게 장악당하게 되면 조직을 잃은 사람들은 이중, 삼중의 포위에 갇히는 것이나 마찬가지였다. 그런 상태에서 우왕좌왕했다가는 개죽음을 당하기가 십상이었다.

"우선 산으로 들어가시오. 산에서 어떤 읍·면당이든지 조직을 찾아내도록 하세요. 그리고 그 조직을 통해서 당신네들 조직을 찾아가도록 해야 합니다."

염상진은 만나는 사람마다 붙들고 이렇게 강조했다. 그는 각 읍·면당에 한두 명씩은 박혀 있을 야산투쟁의 경험자들인 구빨치가 이미 산속에 거점을 확보하고 조직수습에 나서고 있을 것을 확신했다. 그들은 다시금 더욱 빛을 발하는 보석일 수밖에 없었다.

염상진 일행은 창평의 야산굽이에서 이상한 말다툼을 하고 있는 네 젊은이를 만났다. 하나는 인민군이었고, 셋은 학생 같았다. 그런데 이상한 건 인민군은 가슴에 ×모양으로 탄알꿰미를 걸었는데 총이 없었고, 정작 총을 들고 있는 것은 다른 셋 중의 하나였다. 그러고 있는 모양도 야릇한 데다가, 그들 사이에서 벌어지고 있는 시비에 인민군이 열세라는 것을 직감할 수가 있었다. 염상진은 걸음을 멈추지 않을 수 없었다. 그는 벌써, 셋이서 인민군의 총을 탈취한 것으로 단정하고 있었다.

"실례하겠소. 무슨 일이오?"

염상진의 목소리는 거칠고 위압적이었다.

"누군디, 왜 그요?"

총을 든 젊은이가 조금도 달라지는 기색 없이 염상진에게 눈길을 딱 고정시켰다. 그 당돌한 것 같기도 하고, 당당한 것 같기도 한 태도에 염상진은 어이가 없었다. 더욱이 그는 셋 중에 키나 몸집이 제일 작았고, 얼굴까지 하얘서 그런 태도가 영 어울리지 않았던 것이다. 그런데 그 눈만은 예사롭지 않게 총기가 서리고 날카로웠다.

"보아하니 학생 같은데, 그게 나이 든 사람한테 쓸 만한 말버릇이라고 생각하시나? 행장을 차린 걸 보니 후퇴하려고 나섰던 모양인데, 어느 지방당 소속이오?"

일본군 배낭을 옆구리에 차고 있는 그는 열일곱이나 여덟 정도밖에 안 되어 보였지만 염상진은 당규에 입각해서 존대를 쓰고 있었다.

"예, 광주시당인디요, 동무는 워디시다요?"

대답으로 끝나지 않고 되물어오는 그 다부진 태도가 눈 생긴 값을 한다 싶어 염상진은 빙긋 웃었다.

"난 보성군당위원장 염상진이라 하오."

"야아?" 젊은이는 눈을 크게 뜨고 놀라며, "그 모스코바 작은 스탈린으로 명난 염상진 위원장님이시라고라?" 믿을 수 없다는 듯 염상진을 올려다보았다.

"틀림없이 그분이시오."

염상진의 입장을 생각해서 안창민이 말했다.

"아이고메 요거 큰탈나부렀네. 버리장머리 없이 대헌 것 용서해 주시씨요. 지넌 서중학교 세포책 조원제라고 헙니다."

젊은이는 꾸벅 고개를 숙였다.

"괜찮소."

염상진은 여전히 웃음을 띤 얼굴로 젊은이를 내려다보며 '서중학교 세포책 조원제'를 되뇌고 있었다.

"같은 사업하든 동무들이구만요. 싸게 인사디려."

조원제는 다른 두 명을 인사시켰다. 하나는 "뵈어서 영광이구만요" 했고, 다른 하나는 "존경하고 있습니다" 했다.

염상진은 도무지 쑥스러워 얼굴을 들고 있기가 어려웠다.

"역시 위원장 동무께서는 보성 근방에서만 명이 난 것이 아니라 광주학생들한테까지도 유명하시군요."

흡족한 얼굴로 싱글거리며 이해룡이 말했다.

"그러먼이라. 화순군당위원장 먹장군 동무와 항꾼에 학생들 새에서는 너무 유명허시구만요. 화순군당의 그 역사 깊은 열렬헌 투쟁과 보성군당의 그 해방구럴 장악하고 벌인 치열한 투쟁은 학생덜의 투쟁의지럴 불타게 허고 강허게 맹그는 교훈이고 시범이었구만요."

조원제는 상기된 얼굴로 기운차게 말했다.

“그건 다 불필요한 소영웅주의의 발상이오.” 염상진은 자르듯이 말하고는, “그래, 인민군 전사와 무슨 문젯거리가 있소?” 그는 인민군을 쳐다보았다.

“예에, 이 총알은 중대장 동무께서 제게 맡기시문서 끝까지 잘 보관했다가 반환하라고 했댔시요. 어드케 일이 잘못돼서 부대가 분산됐는데, 중대장 동물 찾아댕기다가 저 동무들을 만나게 됐디요. 기런데, 저 동무래 하는 말이, 자기는 총이 있고 나는 총이 없이 알만 가지구 있으니끼니 총알을 자기한테 넘기라는 거야요. 나는 군관 동무의 명령을 받은 거니끼니 죽어두 안 된다구 허구, 저 동무들은 내놓으라 허구, 똑같은 입씨름을 하고 있었디요. 이 총알은 인민의 총알이니 내 맘대루 할 수 있는 개인소유가 아니지 않카시요?”

인민군은 또록또록하게 말했다.

“그게 사실이오?”

염상진은 조원제에게 물었다.

“예.”

“조 동무는 총알이 하나도 없소?”

“한 서른 발 있구만요.”

조원제는 씨익 웃었다. 자기 욕심을 시인하는 그 웃음이 어찌나 천진하고 솔직해 보이는지 염상진도 마주 웃음이 나오려는 것을 꾹 눌렀다.

“그것이면 우선 급한 대로 됐고, 차차 구해 쓰도록 하는 게 좋겠소. 저 전사 동무한테 무리하게 총알을 요구하는 건 저 전사 동무가 명령불이행 과오를 범하게 만드는 것 아니겠소? 어떻게 생각하오?"

"논리는 분명 그런디, 이 정신없는 판국에 중대장 동무를 찾으란 보장이 없고, 못 찾게 되면 저 총알은 무용지물잉께요."

"동무는 그런 걱정까지 마오. 내래 결사적으루 중대장 동물 찾아내고 말 테니끼니."

인민군 전사가 부르르 떨며 소리쳤다. 그가 총알을 빼앗길까 봐 그러기보다는 정말 중대장을 못 찾게 될까 봐 그런 거부감을 나타내는 것이라고 염상진은 생각했다.

"전사 동무의 말이 맞소. 꼭 중대장 동무를 찾아서 그 총알을 전하도록 하시오."

염상진의 말이었다.

"위원장 동무, 일을 공정하게 처리해 줘서 고맙시요. 안녕히 가시라요."

경례를 붙인 전사는 황급히 돌아서더니 뛰기 시작했다. 낙오된 저 젊은이가 낯선 땅에서 과연 중대장을 찾을 수 있을 것인가…… 염상진은 멀어져가는 전사의 뒷모습을 지켜보고 있었다.

"서중 몇 학년이오?"

이해룡이 조원제에게 물었다.

"4학년이구만요."

"흥, 4학년!" 이해룡은 어깨를 들먹하며 코웃음을 웃고는, "총 들고 그러지 말고 공부나 하는 게 어떻겠소?" 귀여운 아이 보듯 조원제를 쳐다보았다.

"날보고 그런 말허지 말고 동무나 총 우리헌테 넴기고 집에 가서 쉬는 것이 으쩌겄소? 빨치산 환갑나이 폴세 지낸 것 같은디."

조원제가 야무지게 쏘아붙였고, 그들 일행은 모두 웃음을 터뜨렸다. 특히 이해룡은 무색함을 면하려는지 누구보다 큰 소리로 웃고 있었다. 스물다섯 살 나이를 빨치산 환갑이라고들 했다.

"광주에 군경이 들어왔고, 시당이 무등산으로 빠졌다는 건 알고 있소?"

염상진이 정보제공을 겸해 확인하고 있었다.

"알고 있구만요."

조원제가 시무룩하게 대답했다.

"내 생각으론 도당은 백아산 쪽으로 이동할 것 같고, 시당에 선을 댈라면 우리가 가는 길목이니 동행해도 좋겠소."

염상진의 보호의식 발동이었다.

"말씀 고맙구만요. 근디 즈그덜언 딴 디로 붙었으면 쓰겄구만이라. 셋 다 집이 요 근방잉께요."

"그럼 그렇게 하시오. 연고지를 낀 투쟁이 불리할 때도 있지만 유리할 때가 더 많으니까."

"근디, 한 가지 의문이 있구만요. 공산당은 그 조직을 자랑허고, 조직 없는 공산당은 존재헐 수 없다고 알고 있는디, 요분 후퇴럴 당허고 봉께 선이란 선은 다 뒤죽박죽이 되어 끊기고 헝클어지고 혀서 혼란이 말이 아닌디, 대체 요것이 워치케 된 일이당가요?"

"그게 전쟁이라는 거요. 전쟁이 야기시키는 돌발상황은 조직을 얼마든지 혼란에 빠뜨릴 수 있는 일이오. 그걸 불가항력이라 하오. 그러나 조직의 힘은 그것으로 끝나는 게 아니라 그 혼란을 얼마나 신속하게 수습 정비하느냐 하는 문제로 연결되오. 불가항력적 상황에 부딪혀 일시적으로 혼란에 빠진 모양을 보고 우리 조직에 대해 회의할 게 아니라 그걸 수습 정비해 나가는 신속성을 보고 우리 조직이 불변하게 가지고 있는 위대성을 확인하도록 하시오. 현 상태의 혼란은 1단계로 열흘, 2단계로 닷새, 합해서 보름이면 완전히 수습될 것이오. 어디서든 내 말이 맞는지 틀리는지 주시해 보시오. 건투를 빌겠소."

염상진이 팔을 뻗쳤다.

"잘 알겠구만요. 작은 스탈린이라고들 혀서 키도 작으신 줄 알었등마……."

조원제는 악수를 하며 키가 큰 염상진을 새삼스러운 눈길로 올려다보고 있었다.

염상진 일행은 광주를 서쪽으로 두고 담양군 남면을 지나 무등산 뒷골인 화순군 이서면으로 접어들었다. 아직 치안대 청년들이 대창이나 낫을 들고 검문하는 마을들이 있었다. 그때마다 염상진은, 어서 산으로 들어가 당신들 조직을 찾으라는 말을 잊지 않았다. 머지않아 면단위까지 밀어닥칠 경찰병력을 앞에 두고 원시무장으로 검문을 하고 있다는 것은 부질없는 일이었다.

화순군으로 들어서자 지리가 환해 염상진은 걸음이 한결 수월해지는 느낌이었다. 조계산을 가운데 놓고 동으로 백운산, 서로 무등산, 남으로 모우산을 잇는 지역은 지난 야산투쟁의 중심지였다. 그 네 개의 점 안에 장흥군·화순군·보성군·승주군·광양군이 포함되었고, 구례군과 곡성군 일부분이 걸렸다. 도당이 후퇴를 중단하고 발길을 되돌린 이상 유격투쟁은 본격화될 수밖에 없었다. 그러면 다시 그 지역이 핵심투쟁지가 되는 거였다. 염상진은 숨을 있는껏 들이켠 채로 어금니를 맞물었다. 그리고 먼 하늘에 눈길을 고정시켰다.

"색씨, 아무리 생각해도 이러고 있을 일이 아니유. 동네 처녀들이 다 시집간 것 모양으로 낭자머리를 올린다고 허니 색씨도 그리 허고 봅시다."

주인아주머니가 마을 갔다 돌아오자마자 순덕이를 불러 말했다. 순덕이는 아주머니의 손에 나무비녀가 들려 있는 것을 보며 어색스럽게 웃었다.

"얼굴언 그대론디 낭자만 틀어올린다고 눈쇡임이 될께라?"

순덕이는 근심스럽게 말했다. 그러나 아주머니의 그런 마음씀이 더없이 따스하고 고마웠다.

"사람한테 치장이란 것은 묘해서 낭자머리를 틀면 우선에 10년은 더 나이 들어뵐 것이유. 그 서양 것들이 용하게도 처녀들만 골라낸다니, 고것이 머리 모양새 보고 그러는 것 아니겄수. 그 식별하는 것이야 애초에 못돼묵은 조선놈들이 가르쳐줬을 것이고. 그러니 좀 우습지만 깨끗헌 몸으로 심 중위님을 만나자면 낭자를 틀어야 될 것 아니유."

주인여자가 달래듯 하는 부드러운 눈으로 웃었다.

"그래야제라."

순덕이는 풀 죽은 소리로 말하며 고개를 숙였다. 심재모를 생각하자 또 눈물이 솟구쳤다. 그건 그리움의 눈물만이 아니었다. 서러움의 눈물이었다. 심재모가 말 한마디 없이 떠나버리고, 그 허망하고 야속함은 버림받았다는 비참한 서러움이 되었다. 그 뒤로 심재모만 생각하면 서러운 눈물이 지체 없이 솟기고는 했다. 그러나 그 서러움에는 자신의 신세 기구함에 대한 아픔이 있을 뿐 심재모에 대한 원망은 없었다. 심재모는, 다섯 장의 손수건과 함께 생전 처음 써서 보낸 연애편지의 내용처럼 변함없이 자신의 마음을 이끄는 '등대'였다.

"요거이 무슨 생판 난린지 모를 일이네. 사람들이 대중없이 죽고 다치는 난리에다가, 배곯고 애끓는 뒷난리 참아내기도 힘이 부치는 판에 요건 또 무슨 변고여. 인민군허고 싸우겠다고 이 땅에 들왔으면 쌈이나 고이 할 일이지 어째서 그 악독한 일본놈들도 안 하던 짓을 즈덜은 하는 것인지 몰라. 이 땅 여자들이 즈덜 첩도 아니고 종도 아닌 세상에."

머리를 빗질해서 몇 번이고 낭자를 틀었다 풀었다 하며 혼잣말을 하고 있는 아주머니의 말을 들으며 순덕이는 두려움과 분함을 함께 느끼고 있었다.

아주머니의 말은 틀림없는 말이었다. 그건 여자들이 치러야 하는 새로운 난리였다. 그 난리는 이틀 전에 한바탕 벌어졌다. 미군들이 지나가며 변두리 마을에서 분탕질을 쳐 여자들을 범한 사건이 생겼다. 그날 밤에 처녀 둘이 목을 매 죽어버렸다. 그래서 더 죽는 것을 막기 위해 다음날 '몸씻기 마을굿'을 벌인다는 소문이 퍼졌다. 그런데 이상한 것은 굿을 조용히 치른 것이 아니라 미리 소문을 내 여자들을 불러모았던 것이다. 다른 예삿굿도 아니고 그런 험한 꼴 당하고 이름조차 처음 듣는 굿을 한다는데 구경을 오지 말라고 해도 갈 판이었다. 순덕이도 주인아주머니와 함께 그 마을을 찾아갔다. 해가 뉘엿뉘엿해지는 속에 칠팔십 명의 여자들이 모여들었다.

'몸씻기 마을굿'은 어스름이 내리면서 쌍을 이루고 선 당산나무 아래서 시작되었다. 당산나무 주위에는 아이들은 물론이고 남자들의 모습은 하나도 보이지 않았다. 아니, 남자는 꼭 하나, 하얀 수염이 긴 영감님이 풀기 선 흰 두루마기에 망건을 쓰고 당산나무 밑에 꼿꼿하게 서 있었다.

무당이 요란한 풍악소리에 맞추어 춤을 한바탕 추었다. 그리고 돼지머리가 차려진 상 앞에서 짤막한 주문을 외었다. 그 많은 여자들이 당산나무 아래 둥그런 빈 터를 남기고 겹으로 에워싸고 있었지만 작은 소리 한 가닥 내지 않고 긴장되어 있었다.

"오너라, 나오너라, 죄 없이 벌받은 우리 불쌍헌 죄인들 나오너라아!"

무당이 컬컬한 소리로 외치며 큰 쥘부채로 하늘을 쳤다.

당산나무 가까운 집에서 여자들이 줄지어 나왔다. 당산나무를 겹으로 에워싸고 있던 여자들의 얼굴이 일제히 그쪽으로 돌려졌다. 그리고 모든 여자들이 다 함께 놀라는 소리들을 짧게 토했다. 한 줄로 서서 이쪽으로 걸어오고 있는 여자들은 모두 흰 치마저고리를 입었는데, 머리에는 삼베자루를 써 얼굴을 가리고 있었다. 삼베자루는 목 밑까지 내려왔고, 앞을 볼 수 있도록 작은 구멍 두 개씩이 뚫려 있었다.

소리 없이 걸어온 여자들은 당산나무 아래 줄을 맞춰 섰다. 모두 열아홉이었다. 그때까지 미동도 없이 서 있던 영감님이 느리게 몇 걸음을 옮겨 굿상 앞으로 나섰다.

"이 불초한 몸이 이 자리에 선 것은 학식이 많아서도 아니요 덕망이 높아서도 아니올씨다. 금번, 세월이 하 수상하고 어지러운 난중에 처하여 우리 마을이 당해서는 안 될 청천벽력 같은 우환을 당하매 나이 최연장자로서 그 책임을 면할 수 없는 죄를 대신하여 이 자리에 선 것이올씨다. 우리 마을이 당한 우환은 벌써 다 아시는 고로 재언할 필요가 없는 일이고, 오늘 이 기막히고 통분할 마을굿을 하지 아니치 못할 연고만 간명하게 말씀 올리고자 합니다. 자고로 남자는 지조요, 여자는 정절이라 하여 그것을 목숨처럼 존귀하게 보존하고 지켜야 하는 것이 우리네 법도요 미풍양속으로 귀히 여겨왔습니다. 하여, 정절을 함부로 더럽히는 방탕한 여자는 사람대접을 하지 않았던 것이 우리의 엄한 규범이올습니다.

음녀와 탕녀는 마을돌림으로 매타작을 당해 죽어야 했고, 그리 죽기가 무서우면 손수 목숨줄을 끊거나 야반도주를 했던 것은 모두가 두루 아는 사실인 것입니다. 그리허나, 정절이 더럽혀졌다고 하여 다 똑같은 것은 아니올씨다. 정절이 더럽혀졌되 거기에는 두 가지가 있는 법이니, 앞서 말한 인륜도덕을 깨치는 죄를 범하는 것인 줄 번연히 알면서도 음탕한 짓을 자행한 경우가 그 하나요, 다른 하나는 생명을 내걸고 정절을 지키려 했으나 여자의 힘으로는 도저히 이겨낼 도리가 없는 강압으로 정절을 더럽히게 된 경우올씨다. 이 두 가지는 천양지차라, 마땅히 구분되고 식별되어 다루어져야 하는 것인즉, 두 번째 일이 여자들의 본의로 저질러진 일이 아님에도 불구하고 여자들은 그 죄를 뒤집어쓰고 목숨을 끊는 것은, 그런 횡액을 당한 것만도 천추의 한인데 거기에 더하여 분통한 죽음까지 해야 함은 만고에 없는 억울함이고, 그런 비통함을 막지 않고 보고만 있는 것은 인륜에 어긋나는 만행이올씨다. 더욱이 금번 일은 난중에 일어난 난이라, 자고로 난은 남자들의 책임하에 있는 일이니 금번 당한 우환의 책임도 전적으로 남자들에게 있음을 부정치 못할 바이올씨다. 이치가 그러하매 남자들은 금번 당한 우환의 책임을 통감할 일이지 그 처의 정절이 더럽혀졌다 하여 하등의 시비를 할 명분도 이유도 없음입니다. 이에 함께 당한 우환은 함께 풀어 그 일을 잊는 것이 최선의 방책인즉, 오늘 이리 몸 씻는 마을굿을 함께 올려 천지신명께 죄를 빌고 그 용서를 받자와 우리 다 함께 우환으로 입은 상처가 덧나지 않고 아물어 새 광명으로 살기를 축수하려는 바이올씨다. 이러한 일은 이 불초한 몸의 생각이 아니오라 저 옛날부터 우리 조상님네들이 행해오신 방책인즉, 국난을 당할 때마다 무수한 인명이 상하는 참극 외에도 금번과 똑같은 우환을 여자들이 겪지 아니할 수 없었으매, 일찍이 임진왜란과 병자호란을 겪으면서 오늘과 같은 굿을 올렸던 것이올씨다. 오늘 여자분네들을 널리 오시게 한 소이는 이 기막히고 통분할 굿을 구경하라는 것이 아니라, 같은 여자분네로서 진정한 마음으로 위로를 하여주시옵는 한편 저분네들이 몸을 씻고 정절을 되찾는 증인이 되어달라는 뜻이올씁니다. 뿐만 아니라 아직도 난이 계속 중이오매 다 같이 경각심을 갖고 우환을 막고 피할 방책을 강구하라는 뜻도 합하여 있습니다. 이 불초한 몸은 여기서 말을 거둘까 합니다."

비장감이 서리고 분통함이 밴 노인의 말은 한 겹씩 내리고 있는 어둠을 뚫고 퍼졌고, 당산나무를 에워싼 많은 여자들은 그 말 한마디 한마디가 가슴에 박히는 것을 느끼며 자신들이 바로 삼베자루를 쓰고 있는 여자들로 변하고 있는 착각에 빠져들었다.

주문과 함께 무당의 춤이 한판 어우러졌다.

"어허어! 천지신명을 위시하야 우리를 지키시고 살피시는 제신들께 죄를 고하야 사함받을 몸씻기를 떠나는 판에, 모두모두 마음 정히 하여 내 뒤를 따르렷다!"

무당이 둘러선 여자들을 제압하듯 쥘부채를 휘둘러 둘러보면서 엄하게 목소리를 높였다.

"예에에—."

눈치 빠르고 비위 좋은 여자들이 대답을 길게 늘였다.

"어찌 이리 대답이 다 안 나오고 이런고! 마음 정히 하여 내 뒤를 따르렷다!"

무당의 힘찬 되풀이였다.

"예에에—."

여자들은 다 같이 입을 모았다. 무당은 숙달된 솜씨로 사람들의 마음을 한 묶음으로 엮고 있었고, 모든 여자들은 그 분위기에 휩쓸려 한 덩어리가 되어 있었다.

"가세가세 죄진 몸 씻으러, 천지신명 제왕제신 자비롭게 굽어살펴, 인간중생 온갖 죄를 용서하고 거두시니. 죄를 씻자 몸을 씻자 염수로 먼저 씻고 청정수로 거듭 씻자……."

무당이 앞장서가며 주문을 외었고, 삼베자루를 쓴 여자들은 합장을 하고 뒤를 따랐다. 이어서 그 뒤를 실이 풀려나가듯 여자들이 한 줄로 섰다. 그 긴 행렬은 발소리도 숨소리도 내지 않고 점점 진해지고 있는 어둠 속을 흘러가고 있었다.

마을을 감돌아흐르는 강가의 모래밭에서 무당의 발길이 멈추었다. 모래밭 건너편은 나지막한 등성이가 강물과 맞닿아 벽을 치듯하고 있었다. 그 지점에서 물길이 휘돌아흐르며 모래밭을 일구어놓고 있었다. 무당의 손짓에 따라 삼베자루를 쓴 여자들이 모래밭에 줄지어놓인 커다란 통들 앞으로 가서 섰다. 그 통들은 제각기 그 크기나 모양새가 좀 달랐다. 나무로 만든 것도 있었고, 양철로 만든 것도 있었다. 그 통들 옆에는 바가지가 두 개씩 놓여 있었다.

계속되는 무당의 손짓에 따라 뒤따라온 여자들이 모래밭에 반원을 그리며 겹으로 서나갔다. 마을을 등지고 선 여자들의 반원은 맞은편의 등성이와 함께 이어져 동그라미를 이루듯 하고 있었다. 여자들의 반원그리기가 끝나자 무당은 강물 앞으로 나섰다. 그리고 쥘부채를 활짝 펼치며 하늘을 향하며 두 팔을 벌렸다. 무당은 하늘을 우러르고 주문을 외기 시작했다. 무당의 고개가 하늘을 향하여 젖혀진 것과는 반대로 삼베자루를 쓴 여자들의 고개는 깊이 떨구어졌다. 어둠이 내리고 있는 저 먼 하늘에는 별들이 갓 돋아나기 시작했고, 강변에는 물 흐르는 소리만 어둠 저편에서 멀고 여리게 들리고 있었다.

주문을 끝낸 무당이 여자들 쪽으로 돌아섰다.

"천지신명을 위시하야 제왕제신께 아뢰온 바로 죄인들의 뜻을 가상히 여기사 면죄를 나리기로 하셨으니 죄인들은 천지신명과 제왕제신이 내려다보시는 가운데 정히 몸씻기를 시작하렷다!"

무당이 접은 쥘부채로 삼베자루 쓴 여자들을 한일 자 쓰듯 한 동작으로 가리키며 호령했다.

"소금을 통에 붓고, 물을 떠다 반씩 채울 일이다!"

무당의 지시에 따라 삼베자루 쓴 여자들이 일제히 바가지를 하나씩 들어올려 거기에 든 소금을 통에 쏟았다. 그리고 그녀들은 두 손에 바가지를 하나씩 들고 강가로 나갔다. 무당은 요령을 흔들며 낮은 소리로 주문을 외고, 여자들은 강물을 떠다가 통에 부었다. 한 번, 두 번, 세 번……. 여자들의 모래 밟는 소리가 그녀들의 흐느낌처럼 어둠에 스미고, 물 쏟아붓는 소리가 그녀들의 통곡처럼 어둠을 흔들었고, 요령소리와 주문은 그녀들을 어루만지고 쓰다듬듯 쉼없이 이어지고 있었다.

물 떠나르기가 열 번을 채웠을 때 무당의 요령이 요란하게 울리더니 뚝 멎었다.

"좌로 쉰네 번, 우로 쉰네 번, 합하여 백팔 번을 착실히 하여 염수를 만들렷다!"

무당의 요령소리가 다시 울리고, 삼베자루 쓴 여자들은 다 같이 허리 굽혀 통 속의 물을 왼쪽으로 휘저어 돌리기 시작했다. 어둠은 차츰차츰 짙어져가고, 통마다 물이 휘도는 소리가 그녀들의 울먹이는 기구처럼 어둠 속을 흐르고 있었다.

삼베자루를 쓴 여자들이 하나, 둘 허리를 펴기 시작했다. 무당의 요령소리와 주문이 한결 빨라졌다. 마지막 여자가 허리를 펴는 것과 함께 요령소리와 주문이 멎었다.

"염수에 몸씻기를 시작할 것인즉 속곳 입은 죄인은 없으렷다!"

무당의 호령에 삼베자루 쓴 열아홉 여자들이 허리를 반으로 굽혔다가 폈다.

"되었다, 통 안으로 얌전히 들어앉으렷다!"

열아홉 여자는 신들을 벗고 통 안으로 들어갔고, 소금물 속으로 몸을 앉혔다. 무당은 다시 쥘부채를 활짝 펼치며 하늘을 우러러 주문을 외기 시작했다. 그 목소리가 여느 때 없이 어기찼고, 가락의 폭이 높고 깊으면서도 애절감이 줄줄이 넘쳐흘렀다. 반원을 이루고 선 여자들은 그 뜨겁고 간절한 주문에 휘말리며 요행히 자기를 피해간 우환을 다행으로만 여기는 것이 아니라 삼베자루를 쓴 채 소금물 속에 들어앉아 있는 여자들의 분한 아픔을 가슴 저리게 느끼며 이 굿으로 그녀들이 마음병을 앓지 않기를 빌고 있었다.

"어허! 천지신명 제왕제신께서 굽어보시는 가운데 초벌죄는 씻었으니 다음은 청정수 씻기니, 통 안에서 나오렷다!"

열아홉의 여자들이 통 밖으로 벗어났다. 소금물에 흠뻑 젖은 치마들은 무겁게 처져내리며 그녀들의 아랫도리 부분부분에 달라붙고 있었다.

"청정수로 거듭 씻어 심신에 죄가 티끌로도 남지 않게 할 것이니, 물이 목에 찰 때까지 들어가고, 천지신명 제왕제신께 아뢰올 동안 머리까지 푹푹 세 번씩 담글 일이렷다!"

다시 울리기 시작한 요령소리를 따라 열아홉 여자가 강을 향해 걸음을 옮겼다. 어둠 속에 희끄무레하게 드러나는 그녀들의 모습이 시나브로 시나브로 물속으로 잠겨들어갔다.

요령소리가 급해지고 커지면서 주문이 시작되었다. 물이 목에까지 차오르는 지점은 물살이 제법 셌고, 물때가 낀 강바닥의 돌들은 맨발인 발바닥으로 밟기에는 미끄러웠다. 그러나 여자들은 온 힘을 다리와 발가락에 모아 똑바로 서려고 안간힘하며, 세게 흐르는 물살에 자신들의 몸에 묻은 그날의 더러움이 씻겨져나가고, 분함과 원통함도 씻겨져나가는 것을 느끼고 있었다. 여자들은 제각기 삼베자루 뒤집어쓴 머리들을 물속 깊이 넣었다. 그리고 숨이 차서 더는 견딜 수 없을 때까지 무엇인가를 질정 없이 그러나 간곡하게 빌고 있었다.

"어허어! 청정수로 머리끝부터 발끝까지 씻어내었으니 몸도 마음도 말끔하니 되살아났다. 나오너라, 당신(堂神)께 절 올리러 가자!"

무당이 요령을 경쾌하게 흔들었다. 주문도 신명나는 가락을 타고 있었다.

사람들은 강가로 나올 때처럼 무당을 따라 한 줄로 서서 당산나무로 돌아가고 있었다. 어둠은 짙을 대로 짙어져 있었다.

사람들은 다시 당산나무 아래 줄 맞춰 서고, 걸판진 풍악소리에 맞추어 무당의 신바람 도지는 춤이 한바탕 어우러졌다. 두 개의 촛불이 펄렁이다가 자지러들고, 다시 일어나 펄럭거렸다.

"천지신명과 제왕제신께서 죄를 말끔히 사하시와 새 몸과 새 마음을 나리시니 여기 읍한 열아홉 목숨은 그 뜻 높이 받자와 실하고도 실하게 살아가야 하렷다!"

온몸이 물에 젖은 채 합장을 하고 선 열아홉 여자는 일제히 허리를 깊이 숙였다. 무당은 상에 놓였던 사발을 왼손에 들고, 솔가지를 오른손에 들고 돌아섰다. 그리고 솔가지 끝에 사발의 물을 찍어 첫 번째 여자의 삼베자루 쓴 머리에 뿌리고, 다시 찍어 마주 댄 두 손바닥 위에 뿌렸다. 그 예식은 한 사람, 한 사람마다 차례로 치러졌다.

"새 몸과 새 마음을 나리신 천지신명과 제왕제신의 하해와 같은 은공 감읍하고 그 뜻을 귀히 받들 것을 약조드리는 뜻으로 사배를 올리렷다!"

열아홉 여자는 제각기 정성스러운 몸짓으로 큰절을 올리기 시작했다. 네 번씩의 큰절이 다 끝나자 다시 풍악이 울리고 무당이 춤을 추었다. 굿을 마감하는 춤이었다.

춤이 끝나자 삼베자루를 쓴 여자들은 처음처럼 줄지어 당산나무 아래를 떠났다. 그때 마침 순덕이는 길을 틔워주는 목에 서 있어서, 줄지어 지나가는 그녀들 사이에서 흘러나오는 흐느끼는 울음소리를 들었다. 그 억누른 울음소리가 느닷없이 가슴을 치며 울음을 솟기게 해 순덕이는 입술을 물고 그 울음을 코로 흘려내고 있었다. 열아홉 중에 처녀가 몇이고 부인네가 몇인지 알 수 없는 채로 생전 처음 본 그 굿이 그렇게 서럽고 기막힐 수 없어 집으로 돌아오는 길에 순덕이는 내내 울먹였다. 그리고 학처럼 생겼던 그 영감님의 말이 자꾸 귀에 맴돌았다.

"이만하면 낭자 모양은 됐으니, 어디 좀 봐유."

주인여자는 순덕이를 돌려앉혔다. 순덕이의 둥글넓적한 얼굴에 낭자머리는 어울렸고, 나이도 분명 더 들어 보였다.

"시집간 여자로 보이기는 해도 그 얼굴이 그래서는 색에 미친 그것들 눈 속이기가 쉽덜 않겠구먼유. 낭자도 머리 빗지 말고 멋대로 틀고, 얼굴에 검댕이도 좀 칠허고, 옷도 누데기를 입어 그놈들 눈에 정내미 떨어지게 허고 있는 수밖에 없을 것 같구먼, 생각이 어쩌요?"

순덕이는 이의 없이 고개를 끄덕거렸다. 삼베자루를 뒤집어쓰고 그런 굿을 당하고 싶지 않았고, 심 중위를 다시 만날 때까지는 무슨 짓을 해서라도 자신은 처녀를 지키고 있어야 했다.

심재모가 말 한마디 하지 않고 떠난 것은 전쟁이 너무 갑자기 터져 그럴 경황이 없었을 뿐이지 자신이 싫어서가 아니라고 순덕이는 굳게 믿었다. 그래서 전쟁이 끝나면 다시 돌아오리라는 것 또한 굳게 믿었다. 심재모가 떠나버린 것을 알았을 때 그 허망하고 막막함이란 말로 할 수가 없는 것이었다. 죽어버릴까도 몇 번 생각했다. 전쟁이 터지자 심재모는 집으로 돌아가라며 여비와 가는 길을 세세하게 가르쳐주었지만, 그건 심재모의 속 편한 소리였고 자신은 도저히 그냥 집으로 돌아갈 처지가 못 되었다. 심재모와 결혼을 해서 돌아가면 더없이 당당하겠지만 그냥 갔다가는 아버지한테 다리몽뎅이 부러지고 어머니한테 머리채 끄들릴 것은 말할 것도 없었고, 동네사람들 손가락질과 나쁜 소문으로 시집가기는 아예 틀린 일이었다. 그래서 주인아주머니에게 통사정을 하지 않을 수가 없었다. 심덕 좋은 주인아주머니는 점잖았던 심재모도 생각하고 해서 부엌일이나 거들며 함께 살아보자고 했던 것이다.

순덕이는 낭자머리를 한 거울 속의 자기 모습을 바라보며, 미친년, 천 리 밖 타향에서 요게 무신 천주악이여, 소리 없는 한숨을 내쉬었다.

24

냄편이고 아덜이고 열썩이라도 못 당허겄다,
요런 징글징글헌 놈에 시상!

마을마다 찬바람이 휩쓸고 있었다. 그것은 바뀌는 계절을 따라 불어오는 바람이 아니었다. 사람들이 사람들을 상대로 일으키는 바람이었다. 누구나 예상하고 있었듯이 제일 먼저 불어닥친 바람이 경찰의 바람이었다. 빨갱이와 부역자 색출이라는 그 바람은 마을을 차례로 휩쓸어갔다. 그러나 그 바람은 별로 거둬갈 만한 것이 없었다. 안창민네가 읍내로 들어오기 전에 지주나 유지들이 미리 피해버렸던 것과 똑같은 형국이었기 때문이다. 그래서 그 바람은 입산자 가족들을 몰아가는 수밖에 없었다. 조사결과 입산자들이 300을 넘는다는 사실에 경찰에서는 쓴 입맛을 다셨다. 그건 진짜 알맹이는 다 빠져나가버렸다는 뜻인 동시에 자기네들의 적이 전쟁 전보다 그만큼 늘어나 있다는 뜻이었다. 그들이 뒤늦게 놀란 것은 어떤 마을에서는 남자들이 절반이나 입산한 일이었다. 그 대표적인 마을이 들몰이었다. 들몰이 그렇게 된 것은 김종연과 서인출의 영향 탓이었다. 농지개혁을 앞두고 지주들이 자행하는 파렴치 행위를 막기 위해 집단시위를 벌였던 그들은 그때의 주동자 김종연과 서인출의 언행을 계속 믿고 따랐던 것이다. 경찰들이 다음으로 놀란 것은 여자 입산자들이 상상 외로 많았던 것이다. 누구보다도 놀란 것은 염상구였다. 외서댁의 입산 때문이었다. 쌀 열 가마니로 무슨 장사밑천을 삼아 장흥에서 애나 키우고 있는 줄 알았던 외서댁이 인공치하가 되자 굳이 벌교로 돌아와 여맹에서 날뛰다가 입산까지 해버렸다는 말을 들었을 때 염상구는 헛웃음이 나오기도 했고, 사기당한 기분이기도 했다. 그는 자신이 당한 꼴이 웃음거리가 될 것 같은 생각에 입을 다물고 말았다. "허! 그년 맘뽀가 꼭 지년 니노지맹키로 찰방지고 찔긴 모냥 아니라고? 허기야 저수지에 빠져 죽을라고 헌 독헌 년잉께. 그나저나 그 니노지가 아까와 어째야쓰까!" 그는 혼잣소리를 씨부리며 짭짭 입맛을 다셨다.

마을마다 두 번째로 불어닥친 바람은 지주들이 일으키는 바람이었다. 지주들은 이런저런 방법으로 농지개혁에서 빼돌린 자기네들 논을 일삼아 돌면서 헛기침을 해대고, 가래를 돋우어 내뱉고는 했다. 논에 나선 사람들은 그 속이 뻔한 시위를 애써 외면하려고 했다. 그들의 헛기침이나 가래 돋우는 소리가 '이놈들아 빨갱이들이 한 농지개혁은 다 무효야!' 하는 뜻인 것을 사람들은 다 알아들었던 것이다. 그 꼴들을 그냥 보기도 속이 꼬이는 판인데 인공의 농지개혁으로 자기 논이 된 줄 알고 열성으로 농사를 지었던 사람들은 속이 뒤집혀도 열 번 뒤집힐 일이었다. 결국 반농사를 지어준 꼴밖에 안 되었던 것이다. 그렇다고 소득을 반으로 나누자고 할 수도 없는 일이었고, 품삯을 내라고도 할 수 없는 일이었다. 어떤 사람이 그런 요구를 했다가 빨갱이로 몰려 경찰서까지 끌려가는 곤욕을 치른 소문이 이미 퍼져 있었던 것이다.

"이놈아, 누가 니보고 농사지라고 혔어! 니놈이 빨갱이법에 정신이 홀까닥혀서 내 논 공짜로 묵어칠라고 니놈 좋아서 진 농사제. 허고, 빨갱이놈덜이 달근마시허는 말에 잠시잠깐 고런 느자구없고 호로시런 맘 묵었드라도 다시 대한민국으로 시상이 달라졌으면 회개허고 그 못된 맘얼 고쳐묵는 것이 아니라 뎁되 반타작얼 해도라고? 고런 맘뽀가 무신 맘뽄지 아냐! 바로바로 빨갱이맘뽄 것이여! 니놈언 영축없이 빨갱이여, 빨갱이!"

이렇게 소리친 것도 모자라 지주는 그 사람을 경찰서에 고발했다는 것이었다.

그들의 후퇴가 시작될 때 벌써 사람들은 인공의 농지개혁이 전면무효화라는 것을 알았다. 그 허망함을 체념하면서 자신들의 헛고생도 체념했던 것이다. 다만 어떤 성질 급한 사람이 그 말을 참아내지 못해서 당한 욕이었다.

마을마다 세 번째로 불어닥친 바람은 역시 경찰의 바람이었다. 입산자 가족들을 상대로 한 조사에서 부역자 색출에 거의 효과를 보지 못한 경찰은 그 조사대상을 각 마을사람들로 바꾼 것이다.

"많이도 말고 한 사람만 대. 그럼 절대 비밀에 부쳐주고, 넌 살아나게 돼. 그렇지 않으면 넌 죽어."

"아 글씨, 부역헌 사람덜언 다 떠나뿌렀당께요."

"너 정말 죽고 싶어! 그럼, 네가 한 부역을 대!"

"아니어라, 지넌 암 일도 안 허고 아그덜 키우고 밥만 해묵었구만이라."

"닥쳐!"

이 대목에서 주먹이 날아가거나 몽둥이가 날아갔다. 그러나 입산자 가족들은 댈 만한 이름을 찾아내지 못했다. 사실 표나게 움직였던 사람들은 다 떠나버렸던 것이고, '부역했다'는 것이 어디까지를 말하는 것인지 그 범위가 모호했지만, 행동으로 협조를 하지 않았더라도 동조하는 마음까지 포함시킨다면 농지개혁을 열렬하게 환영한 소작인들 모두가 부역자였다.

"딱 한 사람만 대시오. 이건 당신과 나만 아는 절대 비밀이오. 협조하면 앞으로 많은 편리를 봐줄 거요."

"금메요, 부역헌 사람덜이야 다 뜨고 말었는디라이."

"그럴 리가 있소? 협조를 안 하면 앞으로 별로 좋잖을 것이오."

"아이고 참말로, 고런 사람이 있음사 금세 대제라. 워째 스지도 안 헌 애럴 낳라고 그러신당게라."

마을사람들을 상대로 한 이런 식의 조사도 별다른 효과를 보지 못했다. 사람들은 마땅하게 댈 만한 이름이 없었고, 그런 정신 오락가락하는 조사를 받으며 누가 자기 이름 댈까 봐 겁먹고 있었다. 역시 그 조사가 끝나고 엉뚱한 사람들이 끌려가는 소동이 이 마을, 저 마을에서 벌어졌다.

"역시 벌교가 제일 많군요. 이렇게 되면 우리 군에서만도 1,500이오. 군마다 이런 식이라면 도 전체를 따지면 2만이 될 판이오. 이거 보통 난리가 아니오."

남인태의 목소리가 전화 속에서 흥분기를 띠고 있었다. 무리가 아니었다. 입산자 집계결과에 자신도 놀라고 있는 참이었다. 권 서장은 숨을 들이켰다.

"사태가 예상보다 훨씬 심각하군요. 그런데, 도 전체의 수는 더 많아질지도 모릅니다. 화순이나 광양·구례 같은 군은 우리 군보다 더 좌익이 강세고, 순천·여수 같은 데가 또 있잖습니까?"

권 서장은 별로 내키지 않는 말이었지만 상황파악을 위한 예상정보가 될 수 있다는 생각에서 그렇게 말했다.

"그러고 보니 그렇소. 규모가 제일 큰 광주가 있고, 목포가 또 있잖소? 이거, 이렇게 계산하면 전국적으로는 그 수가 도대체 얼마나 되겠소? 이거, 이거, 몇십만이 되는 거 아니오? 가만있어 보시오, 만약 인천상륙작전을 안 하고 낙동강 전선에서 그대로 위로 밀어붙였더라면 그것들이 다 어떻게 됐겠소? 그대로 밀려 이북으로 갔을 게 아니겠소? 듣고 있소, 권 서장?"

"예, 보나마나 그리 됐겠지요."

"아하! 미군이 이거 큰 실수를 한 거요. 시간이 좀 걸리더라도 인천상륙작전을 하지 말았어야 하는 건데. 밑에서부터 차근차근 밀어올렸더라면 남한 빨갱이는 하나도 남지 않고 이북으로 넘어가서 남한은 빨갱이 대청소를 하는 건데. 그리 됐더라면 고분고분 말 잘 듣는 것들만 데리고 나라가 얼마나 편안해졌겠소. 괜히 그것들을 길목마다 고개마다 막아대니까 산속으로 기어들어간 것 아니겠소. 이거야 원, 우리 입장에서 보자면 전쟁이 끝나가는 게 아니라 이제부터 시작인 거요. 이거 참 골치 되게 아프게 생겨먹었소."

"그런데 한 가지 큰 의문이 있습니다. 겨울은 닥치는데 염상진은 어떻게 하려고 그 많은 사람들을 끌고 산으로 들어갔냐 하는 점입니다."

"글쎄…… 무슨 구체적인 계획이 있기야 했겠소. 다급한 김에 어중이떠중이 몰고 무작정 피하고 본 것 아니겠소?"

"뭐 그럴 수도 있었겠지요. 어쨌거나 우리 군의 입산자 수가 제일 많지나 말아야 할 텐데, 제일 많았다간 우리 싸움이 어려운 것이야 뒷전 치더라도 당장 창피스러운 노릇 아닙니까?"

"그 말도 맞소만, 우선 우리 군에선 한 부락 전부가 몽땅 입산해버린 일까지는 벌어지지 않았으니 그래도 창피는 면한 셈이오."

"아니, 그런 부락도 다 있나요? 참 별일이 다 많군요."

"나도 소문만 들어서 아직 그 부락이 어느 군에 있는 건지는 모르겠소만, 그런 기분 잡치는 일이 생긴 것만은 틀림없소."

"아이들까지 당성이 강해서 그랬을 리는 없고, 대체 그 원인이 뭘까요?"

"그야 보나마나 아니겠소? 도둑놈 제 발 저린다고 그렇게 내빼지 않고는 살아날 가망이 없을 만큼 부락민 전부가 적극적으로 부역질을 한 게 아니겠소?"

"글쎄요, 그게 뭐랄까…… 하여튼 앞으로가 큰일이군요."

권 서장은, 부역을 한 죄보다는 우리 경찰이 무서워 그런 건 아니겠느냐는 말을 입 안에서 죽여버렸다.

"권 서장, 큰일일 것 하나도 없소. 그전에 해왔던 방식대로 손 안에 든 것들은 막 눌러대고 조이고, 입산한 것들을 부락과 완전 차단시킨 상태에서 몰살작전으로 나가는 거요. 권 서장도 다 알고 있겠지만, 지금 남아 있는 것들을 절대 믿어서는 안 되오. 그것들이 모두 빨갱이물을 배가 터지게 먹은 것들이니까. 그 물을 빼자면 그것들을 빨갱이로 몰아치는 방법이 젤이오."

남인태의 목소리에서는 힘이 넘치고 있었다.

"예에…… 그런데, 율어지서장 문제는 어떻게 돼가고 있습니까?"

권 서장은 이야기를 돌렸다. 그에게 이근술의 문제는 단순한 흥밋거리일 수가 없었다.

"도경으로 불려갔으니까 무사하진 못할 거요."

"그럼, 무슨 처벌을 받게 된다는 겁니까?"

"자세한 건 두고 봐야 알 일이고, 경찰관이, 그것도 말단도 아닌 지서장이 빨갱이들 손에서 살아났는데, 그게 상식적으로 있을 수 있는 일이오? 무슨 야로가 있어도 크게 있었던 게 아니겠소?"

"글쎄요, 그 속을 당장 알기야 어렵겠지요. 다른 말씀 없으면 그만 전화 끊겠습니다."

권 서장은 더 전화를 끌고 싶은 생각이 없었다.

"그럽시다. 어쨌거나 야물딱지게 닦달하는 것 잊지 마시오."

남인태의 위압적인 목소리가 왈칵 쏟아지며 전화가 끊겼다. 권 서장은 귀에서 뗀 수화기를 멀뚱하게 쳐다보았다.

이근술 지서장에 관한 이야기는 그들이 읍내로 다시 들어와 며칠이 지나서 듣게 되었다. 그건 곧 모든 경찰관들의 관심거리가 되었다. 그가 어떻게 해서 살아날 수 있었는가에 대한 의견들이 분분하게 오갔다. 그 추측과 상상에 불과한 말들이 억측으로까지 변하면서 무성해진 데는 그럴 만한 이유가 있었다. 장본인이 일체 입을 열지 않았기 때문이다. 그러다가 그는 결국 도경의 호출을 당하게 된 것이다. 그러자 또 도경이 어떻게 그 일을 알게 되었느냐 하는 데로 관심이 쏠렸다. 그러나 그 관심은 곧 사그라들었다. 내부에서 누군가가 한 짓이라는 걸 알아차렸던 것이다. 경찰관들의 관심은 그가 어떻게 될 것인가로 옮겨졌다. 권 서장의 관심도 그 순서에서 별로 벗어나지 않았다. 다만 다른 것이 있다면, 그가 살아나기 위해서 어떤 이적행위 같은 것은 하지 않았을 거라는 나름대로의 확신을 가진 점이었다. 그 확신의 근거는 그가 자기 판단에 따라 예비검속을 명령대로 수행하지 않았다는 데 있었다. 명령의 타당성 여부를 따지기 전에 그의 행위는 엄연히 명령불복종이었다. 그것도 전시상황 아래서의. 그 명령 앞에서 이근술처럼 자기 판단에 따라 행동한 경찰 책임자가 전국적으로 몇이나 될 것인가를 권 서장은 자문하지 않을 수 없었다. 어쩌면 이근술이 유일한 사람일지도 모른다는 생각과 함께, 그가 엄청나게 용기 있는 사람이 아니면 바보처럼 단순한 기분파일 거라는 상반된 결론을 갖게 했다. 어찌 됐든 권 서장은 이근술의 그런 행동을 통해서 자기 마음속에 남아 있던 괴로움이 점점 커지는 것을 느꼈다. 그 행위의 후유증이 인공치하에서 여지없이 나타난 것을 생각하면 그것이 과연 옳은 일이었던가를 괴롭게 돌이키지 않을 수 없었다. 이근술의 행동은 그 명령의 부당성을 입증하는 것인 동시에 명령수행자들의 행위를 죄악시하는 것이었다.

도경에 불려간 이근술은 사찰과장에게 몇 마디 질문을 받고 자술서를 쓰게 되었다.

"같은 경찰관끼리 일일이 주고받고, 조사형식을 취한다는 게 서로 곤란한 문제니까 자술서를 쓰시오."

사찰과장의 말이었다. 이근술도 그게 속 편한 방법이라 고개를 끄덕였다.

이근술은 수사실 구석자리에 쪼그리고 앉아서 더 보태고 빼고 할 것도 없이 염상진에게 조사받았던 때의 응답과 똑같은 내용으로 자술서를 써내려가기 시작했다. 거짓말을 할 것도 없고, 꾸밀 대목도 없는 이야기라서 자술서는 그 길이에 비해 두어 시간 만에 끝내게 되었다.

"당신, 여기에 쓴 게 전부 사실 그대로요?"

자술서를 다 읽고 난 사찰과장이 물었다.

"그렇구만이라. 머시가 잘못 되얐는게라?"

이근술이 눈을 껌벅거렸다.

"그런 행동을 하기 전에 명령을 어긴다는 것에 대해선 생각하지 않았소?"

"그것이 긍께 남 서장님이 물었든 말이나 같은 것인디, 거그 쓴 그대로구만이라."

"그럼, 그때나 지금이나 똑같은 생각이다 그 말이오?"

사찰과장의 어조가 약간 달라졌다.

"하면 한 가지 일에 사람 맘이 같아야제 시간이 변허고 장소가 달라졌다고 이랬다저랬다 허면, 둘 중에 하나넌 그짓말 아니겄는게라?"

사찰과장은 어이없는 표정으로 이근술을 바라보다가 입을 열었다.

"그러면, 용공행위는 어떻소? 정말 아무것도 협조한 일 없이 살아났다 그 말이오?"

"멀 협조허란 말도 없었고, 무신 협조를 혀야만 살려준다고 혔으면 그리 근천시럽게 살아날라고도 안 혔을 것잉마요. 좌우당간에 요것도 거그 다 씨인 말잉께 여러 말 혀봤자 도로 그 말이 그 말이고, 그것대로 과장님이 알아서 생각허시면 좋겄구만이라."

"허 참, 알다가도 모를 일이오."

사찰과장이 짧은 헛웃음을 흘리며 자술서를 들고 일어났다. 그는, 당신 같은 사람이 어떻게 일정시대부터 경찰 노릇을 해먹었는지 모르겠소, 하는 말을 참아내고 있었다.

이근술은 버려진 듯 사무실 구석에서 하룻밤을 보내야 했다. '내일까지 여기서 대기하라'는 사찰과장의 한마디는 유치장에 넣지만 않았을 뿐 사람대접은 유치장에 넣은 것이나 마찬가지였다. 경찰국 밖으로 나갈 수 없다는 행동통제가 가해진 것이고, 반씩 교대근무를 하는 야간조가 충실한 감시역할을 담당했던 것이다. 이근술은 몹시 기분이 언짢았지만 꾹 눌러 참았다. 그건 자신에 대한 조사가 단순한 진상조사가 아니라는 낌새가 맞걸려 있었다.

다음날 경무부장을 만났다.

"이 주임에 대한 조사기록과 자술서를 읽었소. 그 내용을 다 사실이라 인정하고 생각한다 하더라도, 이 주임, 이 주임은 그자들의 손에서 살아났다는 사실을 어떻게 생각하시오?"

경무부장은 신중하게 말했다. 그래서 그런지 말이 아주 느렸다. 그런데 이근술은 그 느린 말이 무엇을 묻고 있는 것인지 선뜻 잡히지가 않았다.

"무, 무신 말씸이신가요?"

"아, 다시 말하자면 말이오…… 경찰의 신분으로서 그렇게 된 건 모든 경찰에 대한 체면손상이라고 생각지 않느냐 그런 뜻이오."

가만있거라, 요것이 워떻게 돌아가는 판국이냐, 이근술은 머리가 핑 도는 현기증을 느꼈다. 그렇게 살아난 것 자체가 문제가 되고 있었다. 경찰의 체면을 손상시키지 않았으려면 그때 자폭을 하든지, 자결을 하든지, 수류탄도 칼도 없었으니 혀를 깨물어서라도 경찰답게 죽었어야 한다는 결론이었다. 벗어날 수 없는 그물이 씌워지는 것을 느꼈다.

"그리 생각허자면 그럴 수도 있는 일이기는 허겄구만요."

이근술은 그물을 찢어발기는 기분으로 대들고 싶은 생각을 뚝 부러뜨렸다. 혼자의 힘으로는 찢어질 그물이 아니었던 것이다.

"본인의 생각도 그러하다면 이 일을 조용히 해결하는 방법은 찾아진 셈 아니겠소?"

고개를 숙임막한 경무부장이 눈동자를 밀어올려가지고 이근술을 쳐다보았다. 이근술은 그 눈동자가 요구하는 말에 밀리고 있었다. 그건 그물에 싸여 내던져지려는 순간이기도 했다.

"지가 사직서를 쓰면 되겄는가요?"

이근술의 입에서 나온 말이었다. 경무부장은 말없이 고개만 끄덕거렸다.

이근술은 창 쪽으로 고개를 돌렸다. 숨을 들이켰다가 내쉬었다. 자신은 이미 내던져져 있었다.

"종이럴 주씨요."

이근술은 만년필을 뽑아들었다.

한편, 권 서장은 별로 실효 없는 부역자 색출에 진을 빼가면서 읍사무소와 협조업무로 국민병징집에 뒤를 쫓기고 있었다. 경상남도에만 국한되어 그동안 병력충원에 애를 먹어온 정부에서는 전선이 전국적으로 확대되면서 병력확보가 더욱 시급하게 되자 징집을 밤낮없이 독촉해 대고 있었다. 일정한 시한도 없이 일을 몰아대는 것만이 어려운 게 아니었다. 현지사정을 전혀 고려하지 않고 징집자 수를 할당해 놓은 것이 더욱 어려운 일이었다. 어차피 징집이라는 것이 의무라는 이름을 앞세운 강제행위니까 해당자를 끌어가는 것이야 총부리 들이대면 별문제 아니었지만 머릿수를 채워야 하는 건 고역이 아닐 수 없었다. 거기다가 징집종류는 전투병력으로 끝나는 것이 아니었다. 전투병력을 뒷바라지할 노무자들도 뽑아내야 했다.

처음에 이틀이나 사흘을 앞두고 징집영장을 내보냈는데 사건이 발생했다. 몇몇이 그동안 어디론가 자취를 감추어버린 것이다. 집뒤짐 끝에 부모네들을 끌어다가 추궁했지만 별다른 효과가 없었다.

"고것덜이 가기넌 워디로 갔겄소. 날개가 있으니 하늘로 솟았겄소, 발톱이 씨니 땅으로 기들었겄소. 보나마나 두 다리 갖고 산으로 쨴 것이제라. 나한테 그것덜 조사럴 맡기면 요러타께 실토럴 받아낼 것인디 말여."

염상구의 비웃음 담긴 말이었다.

염상구의 말은 추측만이 아니었다. 그의 무작스럽고 다양한 매질 앞에서 부모네들은 자식들이 산으로 내뺀 것을 실토했던 것이다. 아직 영장을 받지도 않았는데 모습을 감춘 젊은이도 있었다. 그런 그들의 아버지는 쉰이 넘지 않은 이상 제1차로 노무자 대상이 되었다. 노무자 확보와 함께 입산도주 근절책이었다.

그 징집바람은 부역자 색출만큼 거세게 모든 마을을 휩쓸어대고 있었다.

"아이고메, 징허고 징헌 놈에 시상. 일정 때넌 일정 때라고 끌어가고, 인공 때넌 인공 때라고 끌어가고, 대한민국은 대한민국이라고 끌어가고, 나라라고 생긴 것은 해주는 것 암것도 없음시로 못

묵고 못 입고 보존해 온 생목심덜 끌어다가 쥑이는 일만 헌당께로. 냄편이고 아덜이고 열썩이라도 못 당허겄다, 요런 징글징글헌 놈에 시상!"

"살아도 살아도 요리도 미꼬미 없는 시상이 워디 또 있을꺼. 일정 때 징용 끌려가서 포도씨 살아와갖고 또 노무자로 끌려나가게 생겼시니, 남정네덜 살기만 팍팍허고 염병헐 놈에 시상이여."

나이 든 여인네들의 탄식이었다. 아들을 많이 둔 여자일수록 시름이 깊었다.

"아덜만 끌어가먼 되얐제 워째 남정네꺼지 끌어가는 거여. 한 집서 둘씩이나, 안 뒤여, 안 뒤여!"

회정리 3구의 왕주댁이 눈을 홉뜬 채 경찰 앞을 가로막고 섰다. 앞뒤를 잘 가리고, 감정을 드러내는 일이 없는 평소의 그녀 모습이 아니었다.

"시상에, 끌어가도 좋고 잡아가도 존께 타작이나 끝나먼 가게 혀 주씨요. 아무리 하품 나오는 농새라도 여자 혼자 심으로는 될 일이 아닌께라."

노덕보의 아내 조성댁이 경찰을 붙들고 늘어졌다. 김복동·마삼수가 강동기와 함께 입산을 할 때 못 본 척해버렸던 노덕보였다.

"고것이 독자여, 2대독자! 애비도 읎는 2대독자랑께로오!"

칠동에서 이름난 청상과부 진도댁이 눈물범벅이 되어 울부짖었다.

남자들은 젊으나 나이가 많으나 묵묵히 끌려갈 뿐이었고, 여자들의 숨 가쁜 소리들만 고샅고샅을 울리고 있었다.

피난에서 돌아온 송성일은 울적한 마음으로 병원을 찾아갔다.

"말 듣든 것보담 많이 아픈갑네이?"

송성일은 최서학의 핏기 없이 메말라 있는 모습을 보고 놀랐다.

"다 살아난 꼴 보고 그리 놀래는 것 봉께 읍내에 막 들어왔을 때 꼴 봤드라면 기절혔겄다. 앉어라, 목수가 진 집잉께."

최서학이 반가움이 넘쳐 목소리를 높였다.

둘이는 그동안 서로 지내온 이야기를 나누느라고 꽤나 긴 시간을 열기에 젖어들었다. 마치 무용담을 얘기하듯 하는 최서학의 열기는 송성일을 압도했다.

"근디 말이시, 징집영장은 나오고 엄니는 절대로 군대에 나가선 안 된다고 야단이고, 나는 새중간에서 똑 죽을 맛이시. 엄니는 돈으로 막겄다고 허지만 아부지도 안 계시는 살림에 언제까지 돈을 써야 할지도 몰르고……."

송성일은 기운 없는 소리로 말했다. 그의 마음이 울적한 것은 뭉텅뭉텅 들어가는 돈도 돈이었지만, 돈을 써가며 징병기피를 하는 것이 과연 있을 수 있는 일인가 하는 고민에 빠져 있었다.

"나야 괴뢰군복 입고 괴뢰군하고 싸운 반공상이용산께 해당무다마는 니넌 고민이 태산이겄다. 지금 군대 나갔다가는 다 개죽음잉께."

최서학은 파리한 얼굴에 냉정한 웃음을 흘리며 말했다.

"염병헐 놈에 것, 어째야 헐란지 환장허겄구만."

송성일은 신경질적으로 머리를 긁어댔다.

"니기럴, 간딴헌 방법이 있다. 둘째손꾸락을 작두에다 짤라뿌러라."

"머시여?"

송성일이 윗몸을 벌떡 세울 만큼 놀랐고, 최서학은 누운 채로 차갑게 웃고 있었다.

"그리 놀랠 것 없이 차근허게 생각혀서 헐 일이고, 옜다, 요것이나 똑똑허니 봐둬라."

최서학은 머리맡의 신문지를 집어 송성일에게로 던졌다.

"먼디?"

송성일이 시큰둥한 표정으로 신문을 끌어당겼다.

"거그 기맥힌 기사가 나왔다. 서울서 그동안에 잡아낸 부역자들이 9,900마리란다."

"머시여? 990이 아니고?"

송성일이 놀라며 다급하게 신문을 펼치고 있었다.

"자다가 봉창 뚜딜기지 말어. 9,900이여, 9,900! 도망갈 놈들은 도망을 가고도 그새끼덜이 그리 남아 있었으니 서울은 온통 빨갱이새끼덜 세상이었다 그것이여. 그새끼덜언 싹 다, 싹 다 총살시켜뿌러야 혀."

최서학은 증오에 찬 눈으로 천장을 쏘아본 채로 혼잣말을 하고 있었다.

"참말로 9,900이시. 요것이 그대로 부역헌 사람만 골라서 잡아딜인 것일랑가?"

송성일이 고개를 갸웃거렸다.

"니 시방 무신 잡소리 허고 있냐! 허먼, 우리 쪽이 생사람 잡아다가 부역자 맹글었다 그 말이냐!"

눈을 부릅뜨고 소리치는 최서학은 곧 일어나 앉을 기세로 몸을 들썩거렸다.

"형, 너무 흥분허덜 말어, 고런 뜻이 아닝께. 형이나 나나 공산당 싫어허기는 매일반인디, 아까 형이 헌 말대로 도망갈 놈들 다 도망가고도 남은 부역자들이 그리 많다는 것이 문제라 그것이시. 농사꾼들이 태반인 시골이야 농지문제가 걸렸은께 그렇다 허다라도 농사꾼들 없는 서울에서 공산당에 부역헌 사람덜이 그리 많다는 것은 한번 뒤집어 생각해 볼 필요가 있는 것 아니겄는가. 어째서 그리 됐는지 말이시."

"야, 야, 그까진 거 생각혀서 젯상에 올릴라고 그러냐. 일단 빨갱이들하고 죽기 살기로 맞붙은 이상 그새끼들은 잡는 족족 쳐죽이기만 하면 돼. 니가 아무리 뒤집어 생각허고 엎어서 생각허고 혀도 빨갱이새끼덜이 니 이뻐라 안 헐 것잉께 정신 똑똑허니 채려!"

최서학은 송성일을 노려보며 말했다. 송성일은 마음이 더 울적해지며 눈길을 신문으로 돌렸다. 사흘이 지난 10월 12일자 신문이었다.

이학송 일행은 대동강을 건넜다. 다리를 다 건넌 이학송은 무심코 시계를 들여다보았다. 8시였다. 그는 대동강을 되돌아보았다. 아침햇살이 가을빛 완연한 강 위에 내리고 있었다. 7년 전에 느꼈던 감회에 변함이 없었다.

"평양이군요. 오늘이 17일이죠?"

김미선은 다리를 절룩이면서도 목소리에는 감격을 담고 있었다.

"맞소, 17일. 평양이 처음이오?"

이학송은 앞만 보고 걸으며 물었다.

"네, 처음이에요. 진작 와보고 싶었었는데……."

평양도 역시 전쟁 속에 내던져진 도시였다. 폭격을 당해 불탄 건물들이 흉측스러운 모습을 하고 있었고, 거리에는 사람들마저 드문드문해서 썰렁한 적막감이 무슨 공포감처럼 섬뜩하게 끼쳐오는 것을 이학송은 느꼈다. 평양도 으레, 아니 더 심하게 상하고 다쳐 있을 것을 알았으면서도 어쩌면 마음 한 가닥은 어떤 기대를 했던 것일지도 몰랐다. 그것이 아니면, 평양이 후퇴의 목적지가 될 수 없다는 순간적인 판단에서 오는 낙망감인지도 몰랐다. 평양까지, 위험하고 먼 길을 걸어온 것이었다. 제대로 먹지 못하고, 제대로 자지 못하고 22일 동안 걸어서 다다른 곳, 공화국의 수도인 평양은 무의식중에 1차 목적지로 설정될 수밖에 없었던 것이다.

"어머 저것 좀 보세요!"

김미선은 무슨 감탄할 만한 것이라도 찾아낸 듯 건너편을 손가락질했다. 이학송의 눈길은 지체 없이 그녀의 손가락 끝을 따라 뻗어갔다.

"아니, 전차 첨 보시오?"

그녀의 손가락이 가리킨 곳에는 전차 한 대가 굴러가고 있을 뿐이었다.

"전차밖에 안 보이세요? 남자라서 그런가? 아닌데, 남자 눈에는 더 잘 띌 텐데요?"

"뭐가 말입니까?"

이학송은 전차와 김미선을 번갈아 보며 멍한 표정이었다.

"미제 양키들의 폭탄세례가 확실히 효과가 있는 모양인데요. 이 동무의 빠른 눈치까지 멍하게 만들었으니 말예요." 김미선은 입을 가리며 쿡쿡 웃고는, "저 전차 운전수가 안 보이세요?" 그녀는 다시 전차를 손가락질했다.

"아아, 저건 여자 아닙니까?"

이학송의 어감이 달라졌다.

"이제 보이세요?"

"예에, 여잔데 아주 젊어 보이는군요."

"그래요, 스물 안팎으로 처녀 같아요."

"사람도 몇 타지 않았는데…… 저러다가 폭격을 당하면 어쩔려고 저렇게 태연하게 운전을 하고 있는 걸까요?"

이학송은 멀어져가고 있는 전차를 바라보고 있었다.

"이제서야 이 동무 눈치가 제자리를 잡은 것 같네요. 제가 왜 놀란 줄 아세요?"

김미선이 이학송을 쳐다보았다. 이학송은 그녀에게 말을 양보하느라고 고개를 저었다.

"여자가 다 전차운전을 한다는 것하고요, 저런 젊은 여자가 이런 위험스런 상태에서도 자기가 맡은 바 책무를 유유하게 이행하고 있다는 점이에요."

이학송은 고개를 끄덕였다.

"공화국에서 진작부터 남녀평등의 노동법을 시행하고 있는 줄은 알았지만 저런 식으로까지 평등하게 사회진출이 이루어지고 있는지는 몰랐어요. 남쪽에선 꿈도 꾸지 못할 일 아녜요?"

"그렇지요, 남녀평등이라는 말조차 쓰길 꺼리는 형편이지요."

"그리고 말예요, 그 젊은 여성동무가 이런 위급한 속에서도 의연한 태도로 일을 하고 있는 모습이 절 감동시켰어요. 너무 멋있고 아름다워 보여요."

김미선의 눈과 얼굴에는 정말 꾸밈없는 기쁨의 빛이 내비치고 있었다. 그런 그녀의 모습은 역시 두 아이의 어머니 같지가 않았고, 저런 정열이 공산주의자가 될 수 있게 했구나 하고 이학송은 생각했다.

"저도 그 두 가지 점에 대해서 놀랐고, 김 동무와 동감이기도 합니다."

이학송은 분명 자신의 눈으로 보았으면서도 전차가 여자의 운전으로 움직인다는 사실이 감정에 밀착되지 않고 있었다.

"저기 빈대떡장수가 있네요."

김미선이 눈 빠르게 말했다.

"저 아주머닌 아까 그 여성 운전수보다 더 여유만만하군요. 기름 냄새가 시장기를 돋우는데, 드시겠어요?"

이학송은 주머니에 손을 넣었다.

"아녜요, 평양이 배부르게 해요."

김미선은 밝게 웃으며 고개를 저었다.

일행은 허술한 밥집을 찾아들어 아침밥을 시켰다. 거기서 평양의 사정을 대충 들을 수 있었다. 지난 11일에 당의 피난 권유가 있어서 많은 시민들이 피난을 떠났다고 했다. 그리고 서울 쪽에서 후퇴해 온 사람들은 모두 강계와 신의주 두 방향으로 떠났다는 것이다.

밥집을 나와 동평양으로 방향을 잡았다. 피난민들이 아까보다 더 많이 눈에 띄었다. 방금 도착하고 있는 사람들일 터였다. 흐트러진 피난민 사이를 대오를 갖춘 군인들이 소규모로 또는 분대규모로 뛰어서 지나가고는 했다. 시가지 여기저기에서는 바리케이드를 쌓고 있었다. 대동강의 변함없는 정취에 비해 시내는 살벌한 전쟁의 얼굴을 드러내고 있었다.

율리에 있는 로동신문사에 도착되었다. 신문사는 폭격의 피해를 당하지 않고 있었다. 시멘트 3층건물인 신문사의 규모와 시설을 둘러본 이학송은 자못 놀라지 않을 수 없었다. 남쪽의 그 어느 신문사 시설보다 나았던 것이다. 제작시설뿐만 아니라 2층에 자리 잡은 각 부서의 사무용품이나 소파 같은 것도 고급스러웠고, 3층에는 기자들의 휴식을 위한 넓은 댄스홀도 갖추어져 있었다. '신문은 조직자이며 선동자이다.' 그런 시설들을 살펴보며 이학송은 마르크스의 말을 상기하고 있었다.

《해방일보》 일행은 곧 평남도당의 지시를 받아 그날부터 도당

기관지인 《평남로동신문》을 발간하게 되었다. 이원조가 총책임인 주필이 되었다. 전시신문답게 타블로이드판이었다. 그들은 아무런 심적 부담 없이 그 신문을 만들어낼 수 있었다. 비록 등사판신문이나마 매일 몇십 장이고 《해방일보》를 만들어내고 있던 구성이라서 타블로이드판의 지면을 메우는 기사작성은 얼마든지 가능했던 것이다.

이학송은 기사를 쓰고 남는 시간에 평양거리를 배회했다. 공습의 위협 속에 후퇴하고 있는 기관사람들을 더러 볼 수 있었고, 일반인들의 모습은 전날보다 훨씬 줄어들어 있었다. 그와 반대로 바리케이드 수는 눈에 띄게 늘어나 있었다. 전쟁이 한 걸음 한 걸음 다가오고 있는 것을 여실하게 느낄 수가 있었다. 그런 급박한 변화를 전혀 느낄 수 없다는 듯 무표정하게 자리를 지키고 앉아 있는 사람들이 있었다. 여러 종류의 장사들이었다. 그들이 벌여놓고 있는 저잣거리만을 보자면 전투의 위협이 가까워지고 있는지 어쩐지 알 수 없을 지경이었다. 피난민들 상대라서 그런지 밥집이 많았고, 닥치는 겨울을 민감하게 의식한 상혼인지 겨울옷을 내다건 집들도 상당수였고, 후퇴해 가는 사람들에게 헐값으로 사들인 것이 분명한 시계들을 즐비하게 늘어놓고 있는 사람들이 있었고, 엉뚱하게 나무자루의 칫솔과 치분·홍남비누 같은 것을 차려놓고 앉은 사람도 있었다. 이학송은 50원을 내고 그 유명한 평양냉면 한 그릇을 사먹고 앉아, 목전에 닥친 생명의 위협에도 끄떡하지 않고 돈을 벌어들이고 있는 상인들의 그 지독스러움에 새삼 놀라는 한편 주눅이 드는 기분이었다. 인간이 갖는 삶의 치열성이라는 것의 한계가 어디까지인지 도무지 알 수가 없었던 것이다.

그러나 나중에 다시 평양을 거치면서 알게 된 일인데, 바로 그들이 국방군과 미군이 평양으로 밀려들었을 때 가장 먼저 태극기를 흔들며 길거리로 나왔다고 했다. 그리고 그들을 상대로 또 장사를 하고, 기관의 끄나풀 노릇까지 하다가 남쪽으로 짐을 챙겼다는 것이다. 이학송은 그때서야 비로소 상인들이 갖는 기회주의적 속성이 무엇인지를 실감나게 깨달을 수가 있었다. 공산주의가 노동자·농민은 믿되 왜 그들을 믿지 않는가도 구체적으로 납득할 수 있었다. 그들은 노동생산물의 이윤추구만을 일삼는 중간착취자일 뿐만 아니라, 그 목적달성을 위해 끝없이 거짓말을 하는 속에서 기회주의가 골수에 박혀버린 구제불능의 부류들이었던 것이다. 그들이 자본주의를 내세운 남쪽으로 짐을 챙겨 떠난 것은 너무나 당연한 결과였다.

19일이 시작되어 네 시간이 지난 새벽, 《해방일보》 일행은 잠이 덜 깬 채 베개 삼고 자던 짐들을 들고 신문사 마당으로 쏟아져나왔다. 어둠 속에서 포성이 멀게 그러나 자주 울려오고 있었다. 한 시간 뒤인 5시에 대동강 다리가 폭파될 거라는 말이 누군가의 입에서 흘러나와 서로 얼굴을 분간할 수 없도록 진한 어둠 속을 이리저리 떠다녔다. 그들은 앞사람의 옷자락을 줄줄이 잡고 새벽별빛만 유난히 반짝이는 어둠을 헤치며 다시 북쪽으로 걷기 시작했다.

평양을 벗어나 날이 밝자 이삼일 동안 뜸한 것 같았던 비행기들의 맹폭이 감행되었다. 네 대만이 아니라 여덟 대로 편대를 이룬 비행기들은 끔찍스럽게 폭탄을 퍼부어대고 있었다. 그들은 가을물이 들면서 헤성해지기 시작한 나무숲을 파고들어 또 억지 휴식을 취해야 했다. 아무 거칠 것 없이 멋대로 날아다니며 도시에는 폭탄을 퍼부어대고, 사람에게는 기총소사를 해대는 비행기들을 이학송은 망연히 올려다본 채, 저리도 끝없이 폭탄을 퍼부어댈 수 있는 미국이란 나라는 도대체 어떤 나라일까, 어마어마한 화력으로 무차별 공격을 가해 한 민족을 살해하고 그 땅을 황폐화시키면서 그 민족이 가고자 하는 역사를 가로막고 나선 저들은 도대체 무엇인가, 비감한 마음으로 같은 생각을 되씹어 삼키고 있었다.

"그 운전수 여성동무 무사히 피했는지 모르겠군요."

김미선이 갈대꽃을 꺾으며 조그만 소리로 말했다.

"우리가 피했으니 그 동무도 피했겠지요."

김미선의 평양 기억은 그 젊은 여자 운전수가 될 거라고 생각하며 이학송은 웃음 지었다. 그 웃음은 겨울숲만큼 썰렁했다.

비행기와 숨바꼭질을 해가며 산자락을 밟아 북행길을 재촉했다. 비행기가 나타나면 재빨리 나무 밑이고 바위 뒤로 몸을 감추어야 했고, 비행기가 사라지면 한 걸음이라도 더 걸어야 하는 애타는 발길이었다. 서울을 떠날 때처럼 낮에 쉬고 밤에 걷는 방법으로 할 수가 없는 것이 뒤쫓아오는 적과의 거리가 너무 가까웠던 것이다. 한 뼘 길이의 기관포탄이 박혀 있는 길바닥에는 으레 인민군들이나 피난민들의 시체가 널려 있었다. 터지고 찢어진 시체들은 제각기 다른 모습을 하고 있었다. 그 모습들은 비행기를 피하려던 마지막 동작들이었다. 어떤 시체는 머리를 풀숲에 감춘 채 기관포를 맞아 엉덩이가 파헤쳐져 있었다.

사인장을 거쳐 순천(順川)에 가까워지고 있었다. 시내로 들어가는 것은 위험할 뿐이어서 순천을 우회하기 위해 개천으로 빠지는 산길을 타고 내렸다. 산길을 막 돌아나서던 그들은 그만 얼어붙고 말았다. 맞은편 하늘이 은빛으로 뒤덮인 것처럼 수십 대의 비행기가 떠오고 있었던 것이다.

"피해요, 빨리!"

누군가가 소리쳤다. 그때서야 그들은 야산 다복솔 틈바구니로 머리부터 박으며 기어들었다.

"저 비행기는 소리도 모양도 이상하잖소?"

누군가가 숨 가쁜 소리로 말했다.

한결 가까워진 비행기들의 모양은 폭격기도 제트기도 아니었다. 몸체가 두 갈래로 갈라진 괴상한 생김이었다.

"아니, 저 막 쏟아지는 건 뭐요?"

"가만있자, 사람 같잖아?"

"맞아요, 낙하산, 낙하산부댑니다."

흰 버섯 모양의 낙하산들이 수십 개의 쥘부채를 빠르게 펼쳐대듯이 하늘에서 팍팍 펼쳐지고 있었다.

"순천에 낙하산부대가 떨어지는군."

누군가의 한숨 섞인 소리였다.

"순천은 20리밖에 안 돼요. 이러고 있다가는 꼼짝없이 포위당합니다. 빨리 떠야 해요."

이 말에 모두는 몸을 일으켰다. 그리고 다투어 산등성이를 내려 뛰기 시작했다. 그러나 그 성급한 행동이 그런 전쟁의 경험이 없는 사람들이 저지르는 무모함이라는 것을 그 다음에야 깨달았다. 낙하산부대가 투하되기 전에는 만일의 위험을 제거하기 위해 그 예정지역에 반드시 맹폭이 가해지고, 낙하산부대가 투하되면서는 외곽지역에서 가해오는 공격을 차단시켜 주기 위해 또 그 주변지역에 맹폭이 뒤따른다는 사실을 몰랐던 것이다. 그들은 급한 마음으로 큰길을 뛰기 시작했고 어디서 나타났는지 인민군 소대병력도 뛰고 있었고, 낮에는 절대로 이동이 금지되어 있는 트럭 한 대도 어디선가 느닷없이 나타나 달리고 있었다. 한 10여 분을 달렸을까. 뒤에서부터 기총소사가 가해져왔다. 이학송은 넘어짐과 동시에 길가 비탈을 뺑뺑이치며 굴러 논가 개굴창으로 처박혔다. 그는 정신이 아뜩해지는 걸 느꼈다. 어금니를 악물며 정신을 다잡으려고 부르르 떨었다. 그때 고막이 터져나가고 심장이 짓이겨지는 것 같은 비행기의 폭음과 콩 볶는 총소리가 덮쳐왔다. 그는 정신이 번쩍 돌아오는 것을 느꼈다. 그와 동시에 눈을 떴는데, 바로 자신을 향해 비행기 한 대가 곤두박질치며 달려들고 있었다. 그는 눈을 질끈 감았다. 죽는구나! 머리를 친 생각이었다. 그리고 조금 전 같은 폭음과 연발총소리가 또 휩쓸고 지나갔다. 그는 다시 눈을 부릅떴다. 또 비행기 한 대가 자신을 향해 곤두박여오고 있었다. 그는 다시 눈을 질끈 감았다. 그러면서 표적은 자신이 아니라 저 위쪽의 길이라는 것을 깨닫고 있었다. 그는 막힌 숨을 토해냈다. 미군이 그렇게 쉽게 이 땅에서 손을 뗄 것 같습니까? 김범우의 말이 문득 스치고 지나갔다. 아, 그는 지금 어디에 있을까…… 이학송은 김범우의 모습을 떠올리고 있었다.

한편, 평양을 향해 서울을 떠난 김범우는 그 시간에 개성을 지나고 있었다. 지프차의 뒷자락에 앉은 김범우는 미군복 차림이었다. 그러나 모자나 옷 어디에도 군인이라는 표지가 없었다. 같은 차림새인 미국사람 셋도 마찬가지였다. 차가 흔들리는 대로 몸을 내맡긴 김범우는 아무 표정 없는 얼굴로 스쳐지나가는 것들에 눈길을 보내고 있었다. 전투부대가 휩쓸고 지나간 이른바 평정지역을 뒤따르고 있는 그로서는 전쟁으로 파괴된 온갖 모습들을 보지 않으려야 보지 않을 수가 없었다.

"왜 그렇게 당신은 우울하고 언제나 말이 없소?"

옆에 앉은 심슨이 더는 못 참겠다는 듯 며칠 전에 한 말이었다.

"아니, 사람이 저렇게 마구 죽어가고 도시란 도시는 크나 작으나 다 파괴되고 있는데, 그럼 나더러 유쾌하게 웃으란 말이오?"

김범우는 쏴질러버렸다.

"이건 전쟁이오."

김범우는 더 대꾸하지 않고 픽 웃어버렸다. 그러나 너희 나라에서 이런 꼴이 벌어져도 넌 그렇게 말할 수 있겠어! 하는 말을 참아내고 있었다. 그나 그의 동료들은 말상대가 되지 않는 미국인들이었고 그리고 정보원들이었다. 그들에게 섣부르게 감정노출을 하는 것은 바보 같은 짓일 뿐이었다.

김범우는 전주에서 바로 서울로 보내졌다. 용산 어느 부대에서 발가벗겨져 목욕을 하고 신체검사를 받았다. 신체검사라는 것은 무조건 네 대의 주사를 찔러대는 것이었다. 그 행위는 버마 전선을 탈출해 영국군을 거쳐 미군에게 넘겨졌을 때와 어쩌면 그리도 변함없이 똑같은지 몰랐다. 그때는 말라리아나 풍토병 같은 것을 예방하기 위한 것으로 이해가 되었지만, 지금은 무조건 전염병보균자로 취급당하는 모독감을 지울 수가 없었다. 그러고 나서 팬티부터 손수건까지 미군 것으로 뒤집어써야 했다.

다시 지프차를 타고 효자동으로 옮겨갔다.

"우린 당신의 경력을 존중하고 믿는 바이오. 그 기대에 어긋나지 않게 협조해 주기 바라겠소. 당신이 맡을 임무는 통역이오. 충실하고 성실한 통역, 그것에만 전념하시오. 그리고 그 이외의 일에 대해선 알려고도 하지 말고, 관심 쓸 필요도 없소. 그 이유가 어디에 있는지는, 그리고 그것을 어겼을 때는 어찌 되는지는 OSS훈련을 거쳤으니 설명이 필요치 않으리라고 생각하오."

육중한 체구의 대머리는 손가락보다 더 굵고 긴 시가를 질겅거리며 말했다. 그래서 삐져나올 듯이 살이 찐 그의 얼굴에 묻어 있는 거만함보다 말이 더욱 거만하게 들렸다.

그곳은 짐작했던 대로 CIC의 분실이었다.

김범우는 전주로 실려가면서부터 지금까지, 두 여자가 당하게 된 것을 그냥 못 본 척해야 하지 않았을까 하는 생각과, 아니 그건 잘한 일이라는 생각을 수백 번도 더 엎었다 뒤집었다 해왔던 것이다. 그런데 CIC의 통역을 해야 한다고 결정이 나버리자 그때의 일이 엄청난 후회로 고정되어 버리고, 자신의 행동이 더없이 경솔했던 것으로 결말이 나고 말았다. 두 여자의 정조의 가치와, 정보통역으로 저질러야 하는 잘못과…… 그 일이 이런 결과를 가져올 줄 알았더라면 두 여자가 추행당하는 것을 단호히 외면했을 것이다. 김범우는 그동안 별 식욕이 없던 입맛을 완전히 잃었고, 잠도 제대로 자지 못했다.

다음날부터 시작된 통역 일은 예상대로 곤혹스럽기 짝이 없었다. 그곳에 붙들려온 사람들은 더 말할 것 없이 철저한 공산당원에다가 정보적 가치가 있는 직위에 있었거나 그런 직무를 맡은 사람들이었다. 그런 그들 앞에서 미군을 위해 통역을 한다는 것은 죽기보다 괴로운 일이었다. 그러나 김범우는 그런 내색을 전혀 보이지 않았다. 그리고 그들이 요구한 대로 충실하고 성실한 통역이 되도록 애썼다. 왜냐하면 자신은 시험대 위에 올려져 있다는 것을 망각해선 안 되었던 것이다. 미국인들은 의심이 많아 그들 나름의 몇 단계 시험을 거치지 않고는 국적이 다른 사람을 믿지 않으며, 특히 유색인종에게는 더 심하다고 하와이 포로수용소의 도라지가 귀띔해 주었던 것이다. 더구나 여기는 정보기관이었다. 자신의 옆에 앉은 서너 명 중에서 그 누가 우리말을 대충이나마 알아듣고 있는지 모를 일이었다. 우선 그들에게 신뢰를 받아야 했다.

그런데 나흘째 되는 날이었다. 그날 마주 앉은 남자는 마흔이 다 되어 보였는데, 얼굴에 고문당한 흔적을 상처와 멍으로 보여주고 있었다. 파삭 타서 갈가리 터진 입술에 실피를 물고 있는 그의 눈은 이상스러운 빛으로 이글거리고 있었다. 김범우는 그 사람과 마주 앉으면서부터 등줄기에 섬뜩하게 찬바람이 이는 것을 느꼈다.

"당신은 포로가 아니오. 비합법적인 방법으로 정보활동을 하다 체포되었으므로 당신의 생사여부는 곧 본 조사의 협조여부에 달렸소. 본 조사에 적극 협조함으로써 귀한 생명을 구하는 동시에 자유를 찾기를 우리는 진심으로 바라고 있소."

김범우가 막 통역을 마쳤을 때였다. 그 사람이 침을 뱉었다. 김범우가 반사적으로 얼굴을 가렸을 때는 이미 침이 얼굴에 달라붙은 다음이었다.

"이 개만도 못한 놈! 민족을 팔아먹는 똥만도 못한 놈!"

그 사람이 김범우를 노려보며 외친 소리였다. 그의 눈은 이글이글 타고 있었다. 김범우는 침을 닦지 않은 채 똑바로 앉아 그 사람의 눈을 맞쳐다보고 있었다.

"저 자식 끌어내!"

조장이 벌떡 몸을 일으키며 소리쳤다. 그 사람이 끌려나가고 나서 김범우는 천천히 침을 닦았다. 그리고 그들의 요구에 따라 그 사람이 남긴 말을 통역했다. 그러나 '민족을 팔아먹는'이란 부분은 통역하지 않았다. 자신의 감정을 위해서도, 미국인의 감정을 위해서도, 그리고 그 사람의 만일의 생존을 위해서도.

"왜 참았소, 한 대 갈길 줄 알았는데."

심슨이 야릇한 웃음을 흘리고 있었다.

"난 통역관일 뿐이오."

김범우는 잘라 말하며 의자에서 일어났다.

"당신은 잔인하도록 냉정한 사람이오. 그 인내에 놀랐소."

심슨이 뒤에서 말했다.

김범우는 가슴을 긁어내리는 고통에 신음하며 담배에 불을 붙였다.

반감금상태인 생활을 보내고 서울을 떠날 때쯤 해서 그들은 농담을 던질 정도로 친숙감을 나타냈다. 김범우는 그런 그들의 변화를 분명하게 의식해 나가고 있었다.

"평양여자들이 한국에서 제일 예쁘다면서?"

심슨이 심심해 죽겠다는 듯 말을 걸어왔다.

"나도 안 봐서 몰라."

김범우는 속으로, 개애새끼! 하면서도 대꾸는 아무렇지도 않은 듯 그렇게 했다.

지프차는 덜컹대면서도 평양을 향해 줄기차게 굴러가고 있었다.

25

우리 아부지가 하대치요

선우진은 순천경찰서에 사흘째 머무르고 있었다. 계급장 없는 군복을 입고 있는 그는 선생을 할 때의 모습과는 너무 달랐다. 그 변모는 군복과 평상복의 차이에서만 오는 것이 아니었다. 옷에 어울리도록 그의 말이나 행동이 달라져 있었다. 그는 예사로 욕이 섞이는 말을 내뱉었고, 행동도 그에 걸맞게 거칠었다. 그리고 얼굴에 찬 기운이 서린 가운데, 흰 창이 많은 눈에 독기를 품고 있었다. 변하지 않은 것이라고는 여자에게나 어울릴 것 같은 하야말쑥한 피부색이었다. 어쩌면 피부색깔 때문에 찬 기운이 서리는 그의 얼굴은 더 잔인해 보이는지도 몰랐다.

그가 순천에 와서 제일 먼저 한 일은 이미 색출된 부역자나 좌익들 중에서 순천중학생들과 선생들이 몇이나 되는지 파악하는 것이었다. 그 다음에 한 일은 그들을 직접 심문하는 것이었다. 그의 신분을 확인한 경찰에서는 그의 요구에 적극 협조했고, 그가 직접 심문에 나서는 것을 오히려 고마워했다. 경찰들은 무더기로 잡아들인 사람들을 심문하기에도 지쳐 있었던 것이다.

그는 사흘째 줄기차게 심문을 계속해 대고 있었다. 그동안 그의 앞을 거쳐간 학생들이 38명이었다. 그러나 그는 자신이 목적하는 바를 아직 달성하지 못하고 있었다. 날이 하루씩 지날수록 그의 감정은 차츰차츰 초조함 속에서 비비 틀려오르고 있었다. 그런 감정의 변화를 억누르며 심문을 해나가고 있는 그의 얼굴은 더 차갑게 변해갔고, 눈에 담긴 독기는 살기로 바뀌어가고 있었다. 그의 초조감은 날이 가기 때문에 생기는 것이 아니었다. 날이 갈수록 조사 대상자들이 자꾸 줄어드는데 아무런 단서도 잡히지 않는 데 원인이 있었다. 그러나 그는 아직도 34명이 남아 있다는 사실에 감정의 고삐를 매놓고 있었다. 그 34명 중에 선생은 여섯이었다. 그들은 학생들을 다 끝내고 심문할 작정이었다.

서른아홉 번째의 학생을 끌어오게 한 선우진은 만년필을 들어 서른여덟 번째 이름 앞에 가위표를 질렀다. 만약 이놈들을 다 조사해도 그놈들을 찾아내지 못하면 어쩌나…… 그는 남아 있는 이름들을 쏘아보면서 또 같은 생각을 되씹고 있었다. 아니야, 그 세 놈이 여기 들어 있지 않더라도 어떤 단서는 찾아낼 수 있을 거야. 그놈들이 아무리 비밀을 지킨다고 해도 한통속인 놈들이 모를 리가 없고, 그런 놈이 한 놈만 끼여 있으면 되는 것이다. 그놈들이 누군지 알아내기만 해도 일단 목적은 달성하는 것이다. 이름만 알아내면 추적은 그 다음에 하면 된다. 그놈들은 무슨 일이 있어도 찾아내야 된다. 셋인가, 넷인가, 전부를 잡지는 못하더라도 한둘만이라도 기어코 잡아내야 한다. 그놈들을 잡아내서…….

"여기 데려왔습니다."

굵은 목소리가 지하실을 울렸다.

명단에서 눈을 뗀 선우진은 문 쪽으로 고개를 느리게 돌렸다.

"아니! 서, 선우 선생님!"

학생이 소스라치게 놀라며 토해낸 소리였다.

학생이 한눈에 선우진을 알아볼 만큼 지하실의 전등불빛은 밝았다.

"이쪽으로 와서 앉어."

선우진은 턱짓을 했다. 학생의 놀람에 비해 그의 얼굴이나 말에는 아무런 감정도 묻어 있지 않았다. 그로서는 벌써 서른아홉 번째나 똑같은 장면을 목격하고 있을 뿐이었다. 학생은 그 냉담한 태도를 감지했음인지 쭈뼛거리며 그의 책상 앞에 놓인 의자에 엉거주춤 엉덩이를 걸쳤다. 교복 차림의 학생의 두 팔은 뒤로 묶여 있었다.

"김광식!"

"예에, 선생님……."

학생이 엉덩이를 들먹하며 다급하게 대답했다.

"똑똑히 들어라, 난 이제 선생이 아니다. 내가 뭘 하는 사람인지 알겠나!"

상체를 뒤로 젖히고 있는 선우진의 입가에는 쓴웃음이 어려 있었다.

"잘 모, 몰르겄는디요."

말을 더듬는 학생은 목이 늘어나도록 힘들게 마른침을 삼켰다. 그 불안에 떨고 있는 모습을 눈 아래로 깔아보며 선우진의 입가에 어린 쓴웃음은 한결 진해지고 있었다.

"난 특무대다!"

"야아!" 학생이 몸을 벌떡 일으켰다가 엉덩방아를 찧으며, "트, 특, 특……" 흡뜬 눈으로 선우진을 바라보면서 말을 잇지 못했다.

선우진의 입가에 어린 쓴웃음은 더욱 진해지면서 꾹 다물린 입술이 왼쪽으로 씰그러지고 있었다. 이놈들아, 내가 네놈들이 놓은 칼침이나 맞아가면서 죽으나 사나 선생질만 해먹을 줄 알았지? 어림 반 푼어치도 없는 생각 때려쳐라. 내가 네놈들 칼침 맞아 죽었을라면 애당초 삼팔선을 넘어오지 않았다. 네놈 빨갱이들, 씨를 말리고 말 거다! 그는 학생들이 질겁을 하고 놀랄 때마다 그 모습을 내리깔아보면서 자신의 선택에 만족을 느낌과 동시에 꿈틀꿈틀 살아올라오는 보복감정에 전신이 뻐근해지는 통쾌감을 느끼고는 했다.

"김광식!"

"예에……."

"내가 묻는 말은 한 번씩뿐이다. 절대 두 번 묻지 않는다. 물을 때마다 거짓말을 해선 안 된다. 만약 거짓말을 하면 참말을 하게 만들어준다. 그 맛이 어떤지 알고 싶으면 거짓말을 해도 좋다. 똑똑히 알아둘 것은 이젠 내가 너희들의 선생이 아니라는 사실이다. 괜히 어물거려 넘기려는 생각은 이 순간부터 싹 없애라. 여긴 적당히 넘어가는 교실이 아니고 경찰서 지하실이다. 그리고, 난 특무대고, 넌 빨갱이다."

선우진의 목소리는 책을 읽어나가는 것처럼 메마르면서도 나지막하게 흐르고 있었다. 학생은 그 말에 벌써 질렸는지 온몸을 부들부들 떨고 있었다.

"내 말대로 할 수 있겠나!"

"예에, 선생님……."

"조심해! 앞으론 다시 그놈의 선생님이란 소리 지껄이지 말앗. 알겠나!"

선우진은 느닷없이 책상을 내리치며 소리를 질렀다. 심문의 시작이었다.

"예에, 알겠습니다."

학생이 부들부들 떨리는 입술을 이빨로 물었다.

"고개를 똑바로 들어라."

선우진의 목소리는 다시 메마르고 낮아졌다. 학생이 고개를 치켜들며 자세를 고쳐잡았다.

"앞으로 절대 고개를 숙이지 말아라."

선우진의 독기 품은 눈이 학생의 겁 질린 눈을 쏘고 있었다.

"예에……."

"넌 언제부터 빨갱이질을 시작했나?"

"긍께…… 요분 난리가 일어나고부터구만요. 따른 것 똑별나게 헌 것은 없고, 소학생들헌테 노래 갤치는 일만 주로 했는디요."

김광식은 입에 붙은 '해방전쟁'이란 말을 애써 피하며 굳이 '난리'라고 했다.

"너 초장부터 그따위로 거짓말할 거야?"

"아니구만요. 선생…… 아니, 저어, 그짓말이 아니구만요."

"좋아, 너 그럼 난리가 나기 전부터 빨갱이질한 놈들을 알고는 있지?"

"예에, 다는 몰라도 몇몇은 알고 있구만요."

"넌 내가 빨갱이학생놈들한테 칼부림당한 일을 알고 있지?"

"예에……."

김광식은 기어드는 소리로 대답하며 고개를 떨구었다.

"고개 똑바로 들어라!"

선우진의 목소리가 약간 높아졌다. 그 말을 물을 때마다 학생들은 한결같이 고개를 떨구었다. 처음 몇 차례는 혐의를 품었지만 똑같은 반응이 되풀이되자 그것이 같은 입장으로서 갖게 되는 공통적 죄의식이라는 사실을 그는 깨닫게 되었다.

"너, 그 짓을 한 놈들이 누군지 대!"

"금메요, 고것은 몰르는디요."

마른침을 삼킨 김광식은 바싹 마른 입술에 침을 발랐다.

"같은 말 두 번 묻지 않는다는 말 잊었나! 누군지 대!"

"참말로 몰르는구만요. 그 일얼 학생덜이 저질렀다는 소문만 짜아혔제 고것이 누군지넌 꿩 꿔묵은 자리였당께요. 그때 들통이 나서 잽히면 영축없이 징역살이럴 헐 판인디, 비밀얼 철통겉이 지키지 안 혔겄는가요. 그러니 그때넌 좌익활동을 안 헌 지가 알 방도가 없는 일이제라."

"글쎄. 내 말은 그땔 말하는 게 아냐. 네 말대로 그땐 그랬다 치더라도, 빨갱이놈들 세상이 되고 나서는 그놈들이 공을 내세우느라고 그 말을 떠벌리고 다녔을 것 아니냔 말야. 그래도 거짓말하겠나. 어서 누군지 대!"

"예, 그럴 수도 있는 일이제만, 지넌 그런 소문 암것도 못 들었구만요."

"요런 쌍간나새끼, 너 진짜 말하게 만들어줄까!"

마침내 선우진의 입에서 욕이 튀어나왔다. 그의 얼굴이 싸늘하게 일그러지고, 눈에서는 살기가 피어올랐다.

"그짓말 아니구만요, 지넌 암것도 몰른당께요. 지가 헌 일도 아닌디 알먼 다 말허제 워째 그짓말허겄는게라."

"이새끼 개소리 치지 말고 아가리 닥치고, 일어나!"

선우진은 '일어나!'를 갑자기 소리치며 벌떡 몸을 일으켰다. 학생의 몸이 반사적으로 움츠러들었다. 선우진의 손이 우악스럽게 학생의 뒷덜미를 낚아챘다. 학생은 일으켜 세워지며 눈을 질끈 감았다. '삼팔따라지'라고도 했고, '식은 죽'이라고도 했던 선우진 선생이 몇 달 사이에 이렇게 무섭고 험악하게 변해버린 것을 학생은 도무지 믿을 수가 없었다.

선우진은 학생을 끌어다가 천장에 박힌 쇠고리에 늘어져 있는 동아줄 끝을 학생의 묶여 있는 손목 사이로 꿰었다. 그리고 동아줄을 사정없이 위로 치켜올렸다. 학생의 묶인 두 팔이 위로 휘어지며 어깨와 목은 앞으로 내뻗는 형국이 되었다. 동아줄 끝을 쇠고리에 꿴 선우진은 그 끝을 계속 아래로 잡아당겼다. 학생의 팔은 더욱 심하게 위로 휘어지며 몸도 따라 올라왔다. 학생의 발끝이 겨우 시멘트 바닥을 딛게 되자 선우진은 동아줄을 쇠고리에 고정시켰다. 고개를 길게 늘여 뺀 학생은 신음소리를 흘리고 있었다.

"자아, 지금도 늦지 않았다. 그놈들이 누군지 대라!"

여전히 메마르고 나지막한 선우진의 목소리였다.

"선생님, 참말이구만요. 지넌 암것도 몰른당께요. 살려주시씨요, 선생님."

고개를 치켜들고 애쓰는 학생의 목소리는 울먹이고 있었다.

"요런 간나새끼, 닥쳐라. 난 너 같은 빨갱이새끼들을 제자로 둔 일이 없다. 정 거짓말을 하겠다면 어디 맛 좀 봐라. 다 털어놓지 않곤 못 배길 테니."

선우진은 벽에 걸려 있는 전깃줄을 내렸다. 두 줄의 전깃줄 끝에는 가락지 모양의 철사가 달려 있었다. 그는 그 동그라미를 학생의 엄지손가락에 각각 끼웠다. 그리고 빠지지 않게 손가락 매듭 바로 윗부분에다가 동그라미 크기를 조정해서 고정시켰다.

책상으로 돌아와 앉은 선우진은 담배를 피워물었다. 두어 모금을 깊게 빨았다가 내뿜었다. 특무대에 몸담으면서부터 피우기 시작한 담배였다. 주량도 배 이상 늘어나 있었다.

"각오하라, 전기고문이다!"

선우진은 이 말을 내쏘는 것과 동시에 스위치를 접촉시켰다.

"악! 으아, 아으악, 우아아 우왁, 아우아, 으아와……."

학생은 비틀리고 막히고 말리는 온갖 비명을 토해내며 몸을 비비 꼬고 떨어대고 푸득거리는 몸부림을 쳐대고 있었다.

"어떤 놈들이냐, 빨리 불어!"

엉덩이를 빼서 상체를 뒤로 눕힌 자세로 앉은 선우진은 학생을 노려본 채 담배연기를 내뿜고 있었다.

"으아아, 아으, 아우크크, 아우와아……."

학생의 비명과 몸부림은 계속되고 있었다. 선우진은 스위치를 젖혔다. 거짓말처럼 비명과 몸부림이 뚝 멎었다. 학생의 몸이 처져내렸다.

"어떤 놈들이냐, 어서 대라!"

"차, 참말로 몰르는구만요. 참말이구만요, 참말이어라."

학생은 고개를 치켜들려고 안간힘하며 힘겹게 말을 토해내고 있었다. 눈은 풀려 있었고, 입꼬리로는 묽은 침이 흘러내리고 있었다.

"이새끼, 맛을 더 봐야 되겠다 그거지. 좋다, 얼마든지 보여주지."

아무런 감정의 동요를 보이지 않은 채 선우진은 다시 스위치를 접촉시켰다.

"우악!"

다시 비명이 지하실에 가득 차고, 몸부림치는 그림자가 뒷벽에 어지러운 무늬를 찍어대고 있었다. 선우진은 비스듬하게 앉은 자세로 담배연기를 느리게 날려보내고 있었다. 두 번째는 첫 번째보다 그 시간이 배는 길었다. 담배를 발로 잉끄린 그는 스위치의 접촉을 끊었다.

"어떠냐, 이래도 바른대로 안 댈 테냐!"

"지, 지넌…… 지넌 아는 것이…… 읎구만이라. 지가, 지가 잘못헌 것은 공화국 만세 불르고, 노래 갤치고, 글고…… 의용군에 지원혔다가 안직 어리다고 퇴짜맞은 것뿐이구만이라……."

묽은 침을 질질 흘려대며 학생은 횡설수설하고 있었다.

"요런 간나새끼, 무슨 쓸데없는 개소리 치고 있는 거야." 의자에서 더디게 일어나 학생에게로 다가간 선우진은, "네놈이 계속 거짓말을 하면 온몸의 피가 다 말라붙어 새까맣게 타죽게 된다. 어서 그놈들이 누군지 대!" 만년필 끝으로 학생의 턱을 걷어올리며 그는 싸늘하게 말하고 있었다.

"살려주시씨요, 참말로 암것도 모른당께라, 살려줏씨요……."

학생의 풀려버린 눈에서는 눈물이 흘러내리고 있었다.

"정신 똑바로 차리고 이걸 봐! 이 명단에서 혹시 그놈들이 들었으면 찍어내. 그리고 말야, 이중에서 그전부터 맹렬하게 활동한 놈들을 골라내."

선우진은 학생 앞에 종이를 펼쳐 보였다. 학생은 눈을 껌벅거려가며 목을 더 늘여뺐다. 학생의 눈길이 종이로 모아졌다.

"쩌그 저 홍성문이허고요, 윤태중이가 있구만요. 그 둘이는 전부텀 씨게 활동했구만이라."

학생은 무슨 구원이라도 받은 것처럼 생기가 도는 음성이었다.

선우진은 더 묻는 말 없이 종이를 접었다. 그 둘을 지적하는 것으로 더 취조할 필요는 느끼지 않은 것이다. 그 두 학생은 다른 학생의 취조를 통해서 공통점이 드러났던 것이고, 김광식은 다시 그들을 지적해 거짓말을 하고 있지 않다는 것을 입증한 셈이었다. 선우진은 동아줄을 풀었다. 매달리다시피 했던 학생은 갑자기 줄이 풀리는 바람에 몸의 중심을 잡지 못하고 비틀거리다가 겨우 제대로 섰다. 선우진은 숨을 깊이 들이켜며 벽에 붙은 초인종을 눌렀다. 또 한 가닥의 분함과 초조가 가슴에 감기는 것을 느꼈다.

"이리 나와!"

"선생님, 고맙구만이라."

아까의 형사가 다시 나타나 학생의 팔을 끌었고, 학생은 끌려가며 선우진을 향해 고개를 꾸벅했다. 그러나 선우진은 그쪽을 거들떠보지도 않았다. 그는 담배를 피워물었고, 만년필을 들어 다시 가위표를 질렀다. 그는 한풀 꺾이려는 마음을 다잡았다. 넌 그때 죽을 뻔했어! 그놈들은 너를 죽이려고 했어! 그는 냉정하게 자신에게 경고했다. 온몸을 난자당해 병원에서 두 달 동안 고통에 시달렸던 일이 현실로 펼쳐졌다. 그는 이를 부드득 갈았다. 그건 기억일 수가 없었다. 그건 지난 일일 수도 없었다. 공산주의를 척결하지 않는 한 그건 오로지 현실일 뿐이었다. 육체적 고통 위에 정신적 고통까지 겹쳐졌던 그때를 그는 절대로 과거라는 시간 속으로 흘려보내려고 하지 않았다. 그때를 현재로 잡아두기 위해서 교직을 버리고 특무대원이 된 것이었다.

온몸을 칼질당한 고통도 고통이었지만, 알몸으로 삼팔선을 쫓겨 넘어와서도 그런 꼴을 당했다는 것이 더 견디기 어려운 고통이었다. 이북공산당에게는 집안을 파괴당하고 재산을 탈취당했는데, 이남공산당에게는 마지막 남은 목숨까지 잃을 뻔했던 것이다. 삼팔선을 넘으며 품었던 원통함과 분함이 절망과 낙담으로 바뀌었다. 내가 살 수 있는 땅은 도대체 어디인가……. 그 어디에도 어둠뿐인 참담한 절망감에서 헤어날 길이 없었다. 그리고 공산주의자들에 대한 원한과 증오는 깊어질 뿐이었다. 그놈들에게 원수를 갚지 않고는 도저히 살아갈 수가 없는 심정이었다. 언제까지 당하고만 있을 수가 없는 노릇이었다. 그러나 그 방법이 문제였다. 김범우가 위문을 왔을 때, 월남해서 남들처럼 경찰이나 군대에 투신하지 않은 것을 후회했던 것도 결코 즉흥적인 말이 아니었던 것이다. 그때 김범우는 그 나름의 논리로 일언지하에 자신의 말을 묵살해 버렸던 것이다. 김범우의 말에 더 대꾸하지 않았던 것은 그의 말을 수긍해서가 아니었다. 몸이 너무 아팠던 것이고, 그와는 근본적으로 생각이 달라 더 말을 하고 싶지 않았던 것이다. 김범우는 아주 이해하기 곤란한 사람이었다. 공산주의 활동은 하지 않으면서 사고방식은 영락없이 공산주의자였다. 자본주의를 부정했으며, 지주계급의 몰락을 당연시했고, 월남민들의 행동방식을 비판했다. 다른 것들은 다 몰라도 월남민들에 대한 비판을 보면 그는 이북빨갱이들과 하나도 다를 게 없었다. 빨갱이들에게 온갖 피해 다 당하고 삼팔선을 넘어와 자유대한의 건설에 앞장서며 공산주의와 싸우고 있는 경찰과 군대 투신자들이나 서청단원 같은 열렬한 애국자들을 싸잡아서 그는 비판하고 들었다. 경찰과 군대 투신자들은 일제치하의 근무경력을 가진 민족반역자들이고, 서청은 개인적 감정 때문에 역사판단을 잘못한 채 미군정의 사병(私兵) 노릇이나 하는 반민족적 감정주의자들의 집단이라고 했다. 그는 거기서 그치지 않고 예수교에 대해서도 비판을 가했다. 미군정의 특혜 아래 교회를 무상으로 받거나, 자금지원으로 교회를 지어가며 친미주의를 확대생산하는 동시에 반공주의를 찬양해서 민족주의를 해체시키며 민족분단을 거들고 있다는 것이었다. 김범우의 논리대로 하자면 남쪽에서는 반공만 내세우면 안 될 일이 없고, 월남자의 태반은 거기에 편승한 감정적 이기주의자들이요, 반민족적 기회주의자들이 되는 셈이었다. 물론 자신은 김범우의 그런 악의적 궤변을 이해할 수도, 용납할 수도 없었다. 만약 김범우가 지금 눈앞에 나타난다면 그건 가차 없는 체포감이었다. 그가 비록 공산당 활동을 하지 않는다 하더라도 그런 사고방식을 가진 이상 불순분자가 아닐 수 없었다. 학식이 좀 들었다는 그런 불순한 부류들 때문에 사회혼란이 야기되고 정치불안이 조성되는 것이었다. 그런 부류들은 모두 잡아들여 정신개조를 시킬 필요가 있었다. 정신개조를 하지 않으면 그건 공산주의가 틀림없으니까 더 볼 것이 없었다.

상처들이 차츰 아물어가면서 붕대의 두께도 얇아져갔고, 변소길을 오갈 수 있도록 기동도 하게 되었다. 그즈음에 고향선배 송지운을 만나게 된 것은 참으로 꿈만 같은 일이었다. 서로 환자복을 입은 몸뚱이를 얼싸안다가 비명을 지르지 않을 수 없도록 반갑고 눈물겨운 만남이었다. 송지운은 서청단원으로 토벌작전에 참가하고 있다가 복부에 총상을 입고 입원 중이었다.

"아니, 이 꼴이 뭐야 이거! 칼질을 당한 게 한두 군데가 아니잖냐 말야. 이래가지구두 살아난 게 기맥히다야. 요런 빨갱이놈에 쌔끼들! 다 찢어죽여야 돼! 너, 선생질 당장 때려치우라우. 이 원수 갚게 날 따라나서. 우리가 요런 꼴 당할려고 삼팔선 넘어온 기야, 이거!"

송지운은 자기의 복부 상처를 내보이고 나서 굳이 자신의 상처도 보자고 했다. 어쩔 수 없이 위아래 환자복을 벗을 수밖에 없었고, 열 군데가 넘는 상처를 본 송지운은 흥분해서 마구 소리 질렀던 것이다. 그 흥분된 소리를 듣자 그동안에 쌓여온 외로움이 풀리는 것을 느꼈고, 그 참담했던 절망감이 걷혀가는 것을 느낄 수 있었다.

"나도 일선에서 공 세울 만큼 세웠으니 퇴원을 하면 서청을 떠나기로 돼 있어. 좀더 안전하고도 정식부대인 특무대로 가는 거야. 너도 맘 단단히 먹고 학교 때려칠 작정해야 돼. 원수도 갚을 겸 빨갱이들 씨도 말릴 겸 신변안전도 취할 겸, 일거양득이 아니라 일거삼득 아니냐 이거야. 빨갱이새끼들이 드글거리는 판에 다시 학교로 돌아갔다가는 언제 또 그런 꼴 당할지 모르잖나 말야. 그러다 팍 죽기라도 해봐, 그런 억울한 개죽음이 어딨어. 이남빨갱이들이 미군 다음으로 미워하는 게 우리 월남민들이라는 걸 똑똑히 알아두라고."

송지운이 심각하고 진지하게 한 말이었다.

"난 형 같은 공이 없는데……."

"그런 건 하나도 염려 말라구. 네가 입은 상처가 훌륭한 공적의 표시고, 특무대는 전투부대가 아니고 수사대니까 너 같은 학력 높은 사람을 환영하는 곳이야. 그리고 내가 추천서를 달면 너 하나쯤 문제없어야."

퇴원을 하고 한 달을 더 집에서 요양을 하면서도 마음의 결정을 내리지 못했다. 광주로 간 송 선배는 어서 결정을 내리라고 편지를 보내오고 있었다. 몸이 완치될 때까지 시간 여유를 달라는 답장을 보내며 머뭇거렸다. 그러다가 학교에 다시 나가게 되었다. 학교고 학생들이고 다 정이 떨어져버린 상태였지만 막상 떠난다는 결정은 쉽지가 않았다. 가슴에 돌로 굳어져 있는 공산주의자들에 대한 원한과 증오와는 별개로 군대조직에 들어가서 일을 해낼 만한 자신감이 서지 않았던 것이다. 차일피일하다가 반년이 지났고, 빨갱이들의 세력도 표나게 약해져가고 있었다. 그러는 사이에 송 선배가 여수분실로 자리를 옮겨왔다.

"너 때문에 억지로 좌천당해 왔어야."

술자리에서 송 선배가 한 말이었다. 그건 농담이었고, 그는 중간책임자가 되어 온 것이었다.

그가 가까이 있게 되자 마음이 한결 든든해졌고, 학교생활도 안정되는 것을 느꼈다. 송 선배는 자주 만나면서도 그 이야기는 차츰 입에 올리지 않게 되었다. 계엄령이 해제될 만큼 좌익세는 꺾여들었던 것이다.

그런데 전쟁이 일어났다.

"빨리 학교에서 빠져나와 경찰서로 가라우. 경찰서에 가서 내 이름 대고 그대로 기다리고 있어. 내가 곧 데리러 갈 테니까 말이야. 알겠어?"

송 선배가 전화통 속에서 소리쳤다. 그를 따라 진해로 갔고, 그가 떠미는 대로 특무대로 들어갔다. 칼질을 당한 흉터들은 특무대장을 감동시키기에 충분했다. 전선의 변동에 따라 부산까지 갔다가 광주로 이동하는 틈을 내어 굳이 순천에 들른 것이다. 순천에 머물 수 있는 시간은 닷새였다.

선우진은 상대를 취조할 때 결코 소리를 높이지 않았고, 주먹을 쓰지도 않았다. 소리를 지른다고 바른말을 할 공산주의자들이 아니었고, 주먹을 갈긴다고 비밀을 실토할 빨갱이들이 아니라고 결론짓고 있었다. 소리를 지르다 보면 이쪽 감정만 상하게 되고, 주먹을 휘두르게 되면 이쪽 주먹도 아프게 마련이었다. 빨갱이들을 상대로 그런 손해를 볼 필요도, 이유도 없었다. 고문을 하자면 그보다 효과적인 방법이 얼마든지 있었다. 그래서 그는 전기고문을 즐겨 사용하고 있었다. "넌 역시 머리가 잘 돌아. 선배보다 한발 앞서가는구나야." 송지운이 손바닥으로 제 이마를 치며 한 말이었다. 특무대의 일이라는 것은 생각보다 어렵거나 나쁘지가 않았다. 송지운이 말했던 일거삼득에다가 권력행사를 하는 맛까지 곁들여 있었던 것이다.

선우진은 명단을 다시 훑어내리다가 선생들 이름에서 눈을 고정시켰다. 이명준의 얼굴이 퍼뜩 떠올랐다. 그런데 그의 이름은 들어 있지 않다. 그는 민족정기니 사회개혁이니를 떠벌여대는, 김범우와 다를 게 없는 불순분자였다. 그놈이 벌써 처단을 당해 죽었을까? 글쎄에…… 선우진은 여순반란사건 직후에 그와 벌였던 말싸움을 생생하게 떠올리고 있었다.

“다음 놈 데려왔습니다.”

“아, 잠깐!” 선우진은 다급하게 팔을 들고 돌아앉으며, “미안하지만 순중에 이명준이란 자가 선생을 하고 있는지 어쩐지 좀 속히 알아봐주시겠소?” 왜 그동안 그놈 생각을 못했는지 모르겠다고 속상해하고 있는 그의 얼굴은 잔뜩 찌푸려져 있었다.

“알겠습니다. 당장 알아보죠.”

형사가 고개를 끄덕이며 돌아섰다.

“너, 이쪽으로 와서 앉어.”

선우진은 전번과 똑같은 어조로 말했고, 똑같이 턱짓을 했다.

“아이고메! 서, 선생님…….”

선우진의 얼굴을 알아본 학생도 앞의 학생과 똑같이 소스라치게 놀랐다.

“입 닫고 조용하게 앉아.”

선우진은 매서운 눈길로 학생을 훑고 담배에 불을 붙였다. 담배를 서너 모금 빨았을 때 형사가 나타났다.

"이명준은 현재 근무 중입니다."

"뭐라구!"

선우진은 벌떡 몸을 일으켰다. 그리고 소리쳤다.

"그자를 당장 체포하시오!"

"예! 무슨 혐의가 있습니까?"

형사가 눈을 껌벅였다.

"그자는 빨갱이요!"

"아 예, 알겠습니다."

형사가 고개를 꾸벅하고는 급히 돌아섰다.

선우진은 담배연기를 깊이 빨아들이며 천천히 의자에 앉고 있었다.

백남식은 벌교를 떠난 지 넉 달 만에 다시 돌아왔다. 부대가 다시 주둔하게 된 것이 아니고 개인적인 용무를 보기 위해서였다. 그런데 그의 행차는 요란했다. 그의 차림부터가 보통 군인들과는 달랐다. 그의 철모에는 '헌병'이라는 흰 글씨가 크게 박혀 있었고, 군복도 국방색이 아니라 카키색이었고, 왼쪽 어깨에는 금줄이 서너 겹으로 늘어져 있었고, 권총 손잡이 끝에도 금실타래가 흔들렸으며, 붉은 군화는 유난히 목이 긴 데다가 구두끈은 하얀 것이었다. 그는 그런 눈에 띄는 모습으로 지프차 앞자리에 버티고 앉아 횡계다리 쪽에서 나타났는데, 지프차는 거기서부터 읍사무소 앞까지 질주해 대며 줄곧 클랙슨을 울려댔던 것이다. 사람들은 질겁을 하며 차를 피했고, 대위 계급장을 단 그의 얼굴에는 만족스러운 웃음이 넘치고 있었다. 그의 뒷자리에는 총을 똑바로 세워 잡은 군인 하나가 너무 엄숙해서 화가 난 것 같은 얼굴을 하고 앉아 있었다.

읍사무소 앞에서 급정거를 한 지프차는 계속해 클랙슨 소리를 질러댔다.

"아, 됐어. 너희들은 여기서 대기하도록."

백남식은 차에서 뛰어내렸다.

"옛, 알겠습니다."

두 부하가 잽싸게 차에서 뛰어내려 절도 있는 거수경례를 그에게 올려붙였다.

백남식은 경찰서 쪽으로 기운차게 걸어들어갔다. 그때, 요란하게 울려댄 클랙슨 소리 때문에 문을 옆으로 밀치고 나오는 두 경찰과 마주쳤다.

"아니 백 사령관님 아니십니까? 안녕하십니까."

백남식을 알아본 두 경찰이 황급히 경례를 했다.

"어, 수고들 하시오."

계급이 높은 장교들일수록 사병의 경례를 받는 태도가 소홀해지듯이 백남식도 손조차 올리지 않고 고개만 까딱하고는 그들을 지나쳐버렸다.

"아니 이거 어쩐 일이십니까. 다시 주둔하게 되신 겁니까?"

권 서장은 반갑게 악수를 나누며 물었다. 함께 일을 할 때는 별로 마음에 들지 않았던 상대였지만 불시에 다시 만나게 되니 반가움이 앞섰던 것이다. 생존 그 자체가 소중할 수밖에 없는 전쟁상황이 만들어내는 감정이었다.

"아, 나는 개인용무차 온 것이오. 난 이제 그런 골치 아픈 일 할 필요가 없게 돼 있소."

백남식은 엄지손가락을 세워 자기 철모를 가리키며 거만스럽게 웃었다.

"아, 그렇군요. 진급도 하시고 병과도 바뀌셨군요."

권 서장은 그때서야 백남식의 변한 모습을 대충 훑어보았다.

"어쩌다 보니 그리 됐소."

"아주 잘되셨습니다. 여러모로 축하드립니다."

말은 그렇게 하면서도 권 서장은 속으로 코웃음을 치고 있었다.

어쩌다 보니 그리 된 게 아니라 재주를 넘어도 많이 넘으셨군. 진급만 한 게 아니고 병과까지 바꾸셨으니, 그게 돈힘이 아니고서야 될 법이나 한 일이냐. 돈힘이면 안 될 게 없는 세상이니까 잘해 보셔. 군정치하에서 만연된 관리사회의 부정부패가 전쟁이 나면서 군인사회로 옮겨간 것을 잘 알고 있는 권 서장으로서는 백남식의 거드름을 곱게 보아줄 도리가 없었다. 그리고 사적인 용무로 왔다면서 굳이 경찰서를 찾아든 행동에 비웃음이 날 뿐이었다. 자기의 출세를 과시하고자 하는 그 어린애 같은 유치한 속셈이 빤히 들여다보였던 것이다.

"사적인 용무라면 어떤 일이신지…… 제가 무슨 도울 일이라도 있습니까?"

권 서장이 담배를 권하며 물었다.

"아니오, 처가에 찾아오는 길이오."

백남식이 담배를 뽑으며 거침없이 말했다.

"처가요?"

너무 엉뚱한 말에 권 서장은 놀라움을 그대로 드러냈다.

"아 뭐, 그리 놀랄 것 없소. 내가 너무 급히 떠나느라고 미처 말을 못했었는데, 거 내가 하숙하던 집 있잖소. 그 집 셋째딸하고 연분을 맺은 사이요. 아직 혼례식만 못 올렸을 뿐이지."

백남식은 고개를 뒤로 젖히며 핫·핫·핫 괴상스럽게 웃어댔고, "아, 예에에…… 예에에……" 권 서장은 느린 소리에 보조를 맞추듯 느리게 고개를 끄덕거리고 있었다. 그래, 네가 출세한 돈줄이 바로 거기였구나, 그는 비로소 감을 잡고 있었다.

"며칠이나 계실 겁니까?"

권 서장은, 바쁜 일이 있어 그만 나가봐야 되겠다는 말을 하고 싶으면서도 일어날 채비를 위해 형식적인 예의를 갖추고 있었다.

"전시상황인데 헌병이 오래 있을 수 있겠소? 하룻밤만 자고 떠나야지."

백남식은 권총을 추스르며 굳이 '헌병'을 강조했다.

"그렇지요. 전 무슨 일이 생겨 보성경찰서에 가려던 참이었습니다. 이거 기차시간이 급해서 그러는데, 이따가 또 뵙도록 하지요."

권 서장은 거짓말을 지어내고 있었다.

"아, 마침 잘됐소. 내 처가도 그쪽으로 가는 길이니 역까지 내 차로 태워다주겠소."

백남식이 경박하리만큼 빠른 동작으로 일어났다. 순간 권 서장은 당황했지만 곧 그의 말을 받아넘겼다.

"고맙습니다."

권 서장은 지프차 뒷자리로 올라갔다. 백남식이 앞자리에 올라앉자 지프차는 몸이 출렁거릴 정도로 급하게 출발했다. 차는 급속력으로 달리며 클랙슨을 울려댔다. 곧 사람을 깔아뭉개거나 어디를 들이받을 것 같은 기세였다. 얼마 안 되는 거리를 그 지경으로 내달다 보니 역까지는 금방이었다.

"아이고, 정신이 하나도 없소."

권 서장은 차를 내리며 머리를 내둘렀다.

"그래야 차 타는 맛 나는 것 아니겠소?"

두 팔을 허리에 걸친 백남식은 또 핫핫거리며 웃어젖혔다.

"자 그럼 또 뵙겠습니다."

권 서장은 서둘러 역으로 돌아섰다. 일단 대합실로 들어섰다가 백남식이 떠나면 되돌아설 작정이었다.

백남식의 차는 클랙슨을 울려대며 곧 떠났다. 창밖으로 그 모습을 바라보며 권 서장은 고개를 젓고 있었다. 그의 활갯짓과 전쟁판이 제대로 어울린다 싶었던 것이다.

권 서장은 백남식의 생각을 털어내며, 이근술을 찾아가볼까 어쩔까 망설이고 있었다. 이근술이 사표를 쓰고 경찰복을 벗은 것도 마음 찜찜한 일이었는데, 그가 하필이면 읍내에 자리 잡은 것이다. 며칠 전에 그 소식을 듣고부터 그의 마음에 괴로움이 생기기 시작했다. 그 괴로움은 이중삼중으로 층이 쌓인 괴로움이었다. 예비검속은 과연 옳은 행위였던가 하는 되물음에서부터 시작해서, 그날 밤의 끔찍했던 장면들이 되살아나고, 그것이 무모하고 잔혹한 학살행위였다는 사실을 양심상 부인할 수 없는 한 그 명령을 그대로 따른 비겁과 죄의식은 점점 커졌으며, 그러면서도 이근술 앞에서 경찰복을 걸치고 살아가야 한다는 것이 적지 않은 괴로움이었다. 이근술이 읍내로만 생활터를 옮겨오지 않았더라도 억지로 잊기로 작정했던 그 일의 괴로움들이 새롭게 도지지는 않았을 것이다. 그렇다고 이근술을 원망할 수도 없는 노릇이었다. 그가 보성으로 가지 않고 벌교에 자리를 잡기로 한 것은 당연한 결과일 수밖에 없었다. 보성에 비해 규모가 배 이상 큰 벌교가 새 터전을 잡기에 그만큼 수월할 수 있었던 것이다. 그가 무엇을 하며 살아갈 것인지, 어떤 도움을 줄 만한 일은 없는 것인지, 계속 신경이 쓰이면서도 선뜻 발길을 내디딜 수가 없었다. 그냥 모른 척해버리자고 그의 다른 마음이 속삭이기도 했다. 그러나 그 힘은 층층이 쌓인 괴로움을 무너뜨리기에는 너무 미약했다. 그를 꼭 찾아가야 한다는 것은 강박감이 되어 있었다.

윤 부자네 대문 앞에 차를 정거시킨 백남식은 계속 클랙슨을 눌러대게 했다. 그 요란한 소리에 동네아이들이 몰려들고 있었다.

"그만할까요?"

운전병이 클랙슨에서 손을 떼며 물었다.

"더 눌러, 대문이 열릴 때까지."

백남식이 내쏘았고, 다시 클랙슨 소리는 짧게 빵빵거리기 시작했다.

"넘 집 앞에서 이 무신 난리판굿이여! 누구 귀창에 빵구 낼라고 작심혔다냐!"

여자의 이런 앙칼진 외침과 함께 대문이 벌컥 열렸다.

"귓구녕이 먹었다냐, 인자 대문 열게!"

백남식이 사투리를 흉내내며 맞쏘았다.

"워메! 요것이 누구다요." 일하는 아주머니가 화들짝 놀라고는, "우리 대장님 아니신게라" 하며 손바닥을 맞때렸다. 그리고 부리나케 돌아서며, "아짐씨이, 아짐씨이이, 대장님 오셔뿌렀소오." 목청을 뽑아늘이면서 안으로 내닫고 있었다.

백남식은 그때서야 느린 몸짓으로 차에서 내려섰다.

"그것 나눠들고 따라들어와."

그는 두 부하에게 턱짓을 하고 돌아섰다.

그가 대문을 들어서는데 송씨와 딸들이 우르르 마당을 가로질러오고 있었다. 그는 송씨와 연희를 한 눈길에 싸잡아넣으며 빙긋 웃음 지었다.

"어여 오시게. 무사혔었구만."

송씨는 반가움보다는 장모로서의 체통을 살리려고 애쓰며 말했다. 그런 그녀의 얼굴은 어색하면서도 찌푸러들고 있었다. 반가움을 못 이긴 딸이 어느새 백남식 앞으로 나서고 있었던 것이다.

“다들 무사했군요.”

백남식은 모두를 휘둘러보며 능청스럽게 웃고 있었다.

“대위님, 이거 어디다 놀까요?”

상자를 두 개씩 나눠 든 두 부하가 안으로 들어오며 물었다.

“어, 저 마루에 갖다 놔.”

백남식은 마루 쪽을 손가락질하고는 마치 자기 집이라도 되는 것처럼 송씨보다 먼저 걸음을 옮겨놓고 있었다.

“요것이 머시당가요, 대장님?”

하나뿐이면서 막내둥이인 아들이 호기심에 찬 눈으로 마루에 쌓인 상자들을 보며 물었다.

“응, 너 줄려고 가져온 선물이다. 뜯어서 먹어라.”

“야아, 우리 대장님 질이다!”

막내아들은 소리치며 상자들을 얼싸안았다. 그건 미군용 시레이션이었다.

백남식은 안방에서 송씨와 얼굴을 마주 대하고 앉게 되었다. 아무런 눈치를 모르는 연희는 백남식 쪽으로 치우치게 앉아 있었다.

“며칠이나 있을 것인가?”

송씨가 꺼낸 첫마디는 이랬다. 백남식은 이상한 느낌이 스쳐 송씨를 빤히 쳐다보았다.

“왜 앉자마자 그런 말을 물으시오?”

“그럴 일이 있네.”

송씨의 얼굴은 무겁고도 흐렸다.

"전쟁통인데 오래 있을 수야 없지요."

"쟈가 홀몸이 아니시."

"그래요?"

그건 분명 예상하지 못했던 놀라운 말이었지만 백남식은 짐짓 태연하게 대꾸했다.

"요분에 걸음헌 짐에 혼례식얼 올려야 쓰겄네."

송씨의 어조에 힘이 들어가 있었다.

"아니, 난 하룻밤 자고 내일 떠나야 하는데 그게 무슨 소리요? 그게 뭘 그리 급한 일이라고."

군살이라고는 하나도 없이 졸아붙여놓은 듯 강단지게 생긴 백남식의 얼굴에 노기가 드러났다. 그 얼굴이 차고도 고약스러워 보였다. 저놈이 무신 곤조 드러운 심뽀여. 송씨는 철렁 내려앉은 가슴을 떠받치며 마음을 추슬렀다.

"고것이 무신 기맥힌 소린가. 혼례식도 안 올린 처녀가 나날이 배불러지는 것맹키로 이 시상에서 더 다급헌 일이 워디 있다고 그런 태평시런 소리 허고 앉었능가 시방."

송씨의 얼굴도 백남식의 얼굴 못지않게 화가 맥질되어 있었다.

"아, 전쟁터에서는 날마다 사람들이 수도 없이 죽어 자빠져가고 있는 판인데 그까짓 혼례식이 그보다 더 급하고 중하단 말이오?"

"여그넌 전쟁터가 아니여. 그냥 사람 사는 시상이제. 애맨 소리 끌어다붙이지 말고, 자네 말투럴 가만히 보자니께 혼례식얼 올리고 잡덜 않은 모냥인디, 대체 워쩔 심판인지 똑떨어지게 말얼 혀보드라고."

송씨는 치맛귀를 잡아채서 야무지게 여미며 앉음새를 고쳤다. 방 안의 험악해지는 분위기와는 달리 마루에서는 시레이션을 놓고 서로 다투는 소리들이 왁자하게 들려오고 있었다. 연희는 고개만 푹 수그리고 앉아 있었다. 백남식은 송씨의 기세에 정면으로 맞설 필요가 없음을 느꼈다. 그래가지고는 손해만 볼 뿐 이익될 게 아무것도 없었다. 두고두고 챙겨야 할 큰 이익은 접어두더라도, 당장 해결해야 될 문제도 그르칠 판이었다. 그까짓 결혼식인지 혼례식인지 백 번인들 못하랴. 백남식은 재빨리 작전을 바꾸고 있었다.

"좋소, 내 맘을 딱 부러지게 말하자면, 혼례식을 안 올리겠다는 것이 아니고, 그 식이라는 것이 맨주먹으로 되는 일도 아니니 준비도 있어야 하고 할 텐데, 너무 갑자기 몰아대니 정신도 없고 시간도 없고 해서 좀 늦추자는 것뿐이지 다른 뜻은 없소."

"고것이 참말이여?"

눈을 똑바로 뜬 송씨의 다짐이었다.

"남자일언 중천금이요."

백남식이 점잖게 쓴 문자였다.

"그러면 되얐네. 나가 애시당초 자네 맨주먹인 거 다 알었응께 준비야 걱정할 것 없고, 혼례식 올리는 시간이야 반시간이면 넉넉허고, 워쩐가, 낼 점심 전에 식얼 올리는 것이."

송씨가 다잡고 들었다.

"아, 그리만 해준다면야 당연히 식을 올려야지요. 남자 체면이 좀 깎여서 탈이지만."

백남식은 선선하게 대답했다.

"되얐네, 결정났네."

송씨가 어깨숨을 쉬었다.

"그런데 한 가지 문제가 있소."

"무신?"

송씨는 제자리를 잡은 가슴이 또 철렁하는 것을 느꼈다.

"결혼은 해도 전쟁통이라 데려갈 수가 없소."

"아이고메, 속도 으지렁시럽기도 허시. 자네가 딜고 가겄다고 혀도 나가 안 보내. 난리 다 끝날 때꺼정 고이 맡어줄 팅께 고런 걱정은 말소."

송씨는 비로소 마음이 풀려 얼굴에 웃음이 피어났다. 고개를 든 연희도 안도하는 얼굴로 백남식을 곁눈질하고 있었다.

"자네넌 인자 쉬소. 말자야, 싸게 일나그라. 지금부터는 준비혀야 쓴께."

송씨는 치맛바람을 일으키며 일어났다.

"아니, 홀몸도 아닌 사람을 부려먹을라고 그러시오?"

백남식이 화를 내는 척 퉁명스럽게 말했다.

"아이고메 으짤끄나, 폴세부텀 각시 편역들고 나오는 것 잠 보소 웨. 일이야 다 사람 사서 헐 것이고, 야허고는 의논헐란 것잉께 속 태우덜 말드라고잉."

말에서 신명이 일고 있는 송씨의 얼굴은 꽃빛으로 환했다. 연희의 얼굴도 부끄러움과 기쁨으로 생기 넘치고 있었다.

"참, 밖에 있는 애들한테 방 하나 비워주시오."

백남식은 벌렁 드러누우며 말했다. 자신의 용건은 저녁이나 먹고 나서 꺼내놓기로 했다. 이제 그 일은 해결된 것이나 마찬가지니까 하나도 서두를 것이 없었다. 이미 지난번에 재산의 반의반을 자신의 몫으로 정해놓았던 것이고, 결혼식을 치르는 것은 그 말로 된 약속의 권리행사였다. 그는 느긋한 마음으로 눈을 감았다. 첩이야 많을수록 좋고, 재산까지 업고 오는 첩이야 더 말해 뭘 하나. 꿩 먹고 알 먹고가 바로 이런 것 아닌가. 이것도 다 능력 있는 사나이의 놀음인 거라. 흐흐흐흐…… 백남식은 소령·중령·대령을 거쳐 별을 단 자신의 모습을 삼삼하게 그려내고 있었다.

백남식은 늘어지게 한잠을 자고 나서 온갖 반찬으로 그득한 저녁밥상을 받았다. 매실주를 반주 삼아 숨길이 거북하도록 배를 채운 다음 슬슬 용건을 꺼냈다.

"장모님, 장모님 눈에는 내가 달라진 것이 안 보이시요?"

백남식이 송씨를 '장모님'이라고 부르며 비식이 웃고 있었다.

"잉, 채림이 전허고 달브기넌 달븐디 여자라논께 워찌 달븐지 알겄다고?"

송씨는 어색하고 당황스런 기분을 감추지 못하고 말을 얼버무리고 있었다. 사위를 만들려고 먼저 몸이 달았으면서도 막상 '장모님' 소리를 듣게 되자 송씨의 마음은 이상스럽게 헝클어졌다. 저것이

딸년까지 욕심내서 그렇지 한동안은 밤 새는 것이 아깝다 하고 얼크러지고 설크러진 사이였다. 깊어진 정을 더 어쩔 수 없어 한몸이 되기도 하지만, 몸이 품은 열을 풀어내자고 서로 몸을 섞어도 열만 풀리는 것이 아니라 열이 풀린 만큼 정이 생기게 마련이었다. 딸년과의 관계를 알았을 때 그 정은 다 끊었지만, 갑자기 '장모님' 소리를 듣게 되니 순간적으로 그 정이 되살아나며 가슴을 흔들었다. 문딩이, 나허고만 고이 정 통혔어도 그만헌 재산이야 띠줬을 것인디. 송씨는 이 느닷없는 생각을 어금니로 깨물었다.

"참, 군인 장모가 될려면 좀 알아두시오. 난 헌병이 된 데다가, 대위로 진급을 했소. 헌병이 뭐냐 하면, 간단하게 말해서, 군인들을 다루는 경찰이오. 그러니까 옛날처럼 앞장서서 싸우지 않아도 되는 거요."

"글먼 위태헌 것얼 면헌 것 아니라고? 영판 용허시."

송씨가 관심을 내보였다.

"맞어요, 그건 아무나 그렇게 되는 게 아니요."

"하먼, 넘덜보담 똑별나야겄제."

"근데, 그것만 가지고 되는 게 아니요. 군대도 사람 사는 세상이니까 요게 뒤를 밀어야 해요, 요게."

백남식은 엄지와 검지로 동그라미를 만들어 손을 흔들었다. 그 동그라미를 보는 송씨의 얼굴이 사르르 변했다. 백남식은 그 기색을 놓치지 않았다.

"아니, 장모님 얼굴색이 왜 변하지요? 내가 잘되는 것이 싫으시요?"

백남식은 총검술하는 기분으로 직선으로 찌르고 들었다.

"아니시, 아니시, 자네가 잘돼야 나도 좋제. 항, 나도 좋고말고."

송씨는 고개까지 저어대며 억지웃음을 피워내고 있었다.

"그리고 헌병이라고 다 안전한 게 아니오. 최전방에 투입되는 헌병도 얼마든지 있소. 안전하게 버티자면 다 요것 힘이오. 군인한테 전쟁은 한바탕 노름판인데, 개죽음을 하느냐 출세를 하느냐 하는 끗발은 바로 요것에 달렸소. 그래 내가 형편이 급해 요것을 미리 끌어다 썼으니 내일 떠나기 전까지 장만 좀 해줘야 되겠소."

"얼매럴?"

송씨는 얼굴이 싹 굳어졌다.

"엄니이, 사람 무색허라고 말얼 그리 물으먼 워쩐당가. 이따가 나가 엄니헌테 전헐라네."

연희가 화를 내며 불쑥 앞을 가로막고 나섰다. 아이고 이년아, 폴세부텀 서방눔 편역들고 나서냐. 송씨는 이래저래 기가 차서 자리를 박차고 일어나며 내질렀다.

"하이고 징허다, 니 알아서 해라."

송씨는 방문을 밀어치고 나갔다.

"그래, 그래, 우리 연희 최고다. 넌 장군 마누라 자격이 충분해."

백남식은 연희를 끌어당겨 한 팔로 안고, 다른 팔은 치마를 헤치며 흐흐거리고 있었다.

백남식은 다음날 사모관대를 점잖게 차려입고 결혼식을 올렸다. 그 갑작스러운 결혼식에 읍내의 기관장이며 유지들 거의가 얼굴을 내밀었다. 송씨의 성화로 백남식은 서장이나 읍장에게 전화를 걸지 않을 수 없었고, 그의 전화를 받은 그들은 언제 어떻게 될지 모르는 세상살이인지라 여기저기 연락을 하게 되었고, 연락을 받은 사람들 또한 울며 겨자 먹기로 돈봉투를 들고 얼굴을 디밀어야 했다. 다른 결혼식과는 달리 그 결혼식의 절정은 신랑 신부가 화합주 나누는 대목도 아니고, 맞절하는 대목도 아니고, 아홉 발의 공포를 쏘아올린 것이었다. 사람들이 제법 모여든 데다가 돈까지 들어오게 되자 백남식은 정말 장가를 드는 것처럼 기분이 달떠올라 즉흥적으로 '가보'를 생각해 내 예포 아닌 축총을 아홉 발 쏘게 한 것이다. 송씨는 그 느닷없는 예식을 누구보다 좋아했다. 결혼식을 마치고 몇 시간이 지나지 않아 백남식이 떠나게 되자 사람들은 그때서야 그들이 신랑 신부가 아니라 구랑 구부라고 입들을 모았다.

하대치의 두 아들 길남이와 종남이는 길가의 밭두렁을 지친 걸음으로 타박이며 걷고 있었다. 밭농사는 어느새 거지반 추수가 끝나 있었고, 마른 풀섶 사이사이에는 작은 가을꽃들이 피어나 있었다. 길남이는 오른손에 호미를, 왼손에는 테가 반이나 빠져 댓살이 멋대로 뻗치고 있는 헌 소쿠리를 들고 있었다. 소쿠리에는 이상하게 생긴 물건이 바닥에 깔려 있었다. 종남이는 찡등그린 얼굴로 형의 뒤를 따라 걷고 있었다. 그 칙칙 끌어대는 걸음걸음에는 얼굴에 내밴 것만큼 진한 짜증이 묻어나고 있었다. 길남이는 그런 동생의 기분을 아는지 모르는지 무엇인가를 찾아 연방 앞을 두리번거리고 있었다.

"성, 나 다리 아파 죽겄는디 쪼깐만 쉬다 가세. 고구마 묵음시로 말이시."

종남이는 참고 참았던 말을 더는 참을 수가 없어서 하고야 말았다. 길남이는 들은 척도 안 하고 걸음을 옮기기만 했다.

"서엉! 나 말 안 딛긴가. 나 다리 똑 뿌라질라고 헌단 말이시."

종남이는 바락 악을 썼다. 길남이는 동생의 마음을 환히 알고 있었다. 다리가 아프다는 것은 핑계고, 동생은 하나 남은 고구마를 마저 먹어치우고 싶어서 안달이었다. 동생은 자기가 엉뚱한 말을 꺼내어 얻은 고구마라서 더 당당하게 소리치는지도 몰랐다. 어차피 외갓집에 들어가기 전까지는 먹어치워야 할 고구마였다. 하나를 가지고 가보았자 외사촌들하고 쌈박질이나 하기가 쉬웠다. 그리고 종남이의 배고픈 욕심이 집에까지 가져가게 할 리도 없었다. 길남이는 걸음을 멈추고 동생을 돌아보았다.

"성, 나 말 들어줄란가?"

종남이의 얼굴이 활짝 밝아졌다. 길남이는 동생을 물끄러미 바라보며 고개를 끄덕였다. 동생의 삐쩍 마르고 희게 버짐이 핀 얼굴이 가엾었다. 어머니가 아버지를 따라 떠나버린 다음부터 동생은 부쩍 마르기 시작했다.

"앉어, 다리 아프담서."

길남이는 바지주머니에서 고구마를 꺼내며 동생에게 눈짓했다.

"잉, 똑겉이 갈라야 써!"

종남이는 앉을 생각도 하지 않고 눈길을 고구마에 박고 있었다.

"앉기나 혀."

길남이는 고구마를 옷에다 씩씩 문지르며 동생에게 눈을 흘겼다.

종남이는 형을 따라 앉았고, 길남이는 대못칼을 꺼내서 고구마 한가운데에 금을 그었다. 대못칼은 소화 아주머니네에 살 때 철길 위에 대못을 놓아 기차가 서너 번 갈고 지나가게 해서 납짝하게 한 다음, 숫돌에 갈아 날을 세운 칼이었다. 철길이 가까운 회정리나 칠동리 아이들은 그 대못칼을 거의가 갖고 있었다. 그것은 여러 가지로 요긴하게 쓰였다. 껍질이 엇물린 새꼬막을 까먹기가 좋았고, 나무나 책상에 이름 새기기가 그만이었고, 구슬치기에 구멍파기가 손쉬웠고, 밤껍질을 까고 나서, 떫은 속껍질을 속살 다치지 않게 살살 벗겨내는 데는 없어서는 안 될 물건이었다. 어떤 아이들은 싸움을 하다가 급해지면 그 칼을 불쑥 꺼내들기도 했다. 철길에서 멀리 사는 고읍들 여러 마을 아이들이나 장좌리 아이들은 그 칼을 먹을 것하고 바꿔야 했다. 사내아이들이면 누구나 그 칼을 갖고 싶어했다.

"이 금이면 되겄냐?"

길남이는 동생 앞으로 고구마를 내밀었다. 마음속으로는 동생을 더 크게 떼줘야 한다고 생각하면서도 금을 표시하게 되자 칼끝은 한가운데로 가고 말았다. 종남이는 형의 손바닥 위에 올려진 고구마를 눈 크게 뜨고 찬찬히 살폈다.

"성은 워떤 것 묵을라고?"

종남이는 어느 쪽이 더 큰지를 가려내기가 어려워 고개를 갸웃거리다가 결국 형한테 묻고 말았다. 형이 먼저 골라잡으면 떼를 써서 그것을 차지할 생각이었다.

"니 맘대로 니가 먼첨 골라."

길남이는 동생 덕에 얻게 된 것이니까 동생 마음대로 해주고 싶었던 것이다.

"아녀, 성은 성잉께 먼첨 골르소."

종남이는 속으로 혀를 낼름하면서도 말을 그렇게 했다.

"그려, 나넌 나 쪽에 것 묵제 머."

형의 말을 듣는 순간 종남이의 눈에는 형 쪽의 것이 더 크게 보였다. 그래서 종남이는 숨 가쁘게 소리쳤다.

"나가 고것얼 묵을라네!"

"니가? 그려 글먼."

길남이는 별다른 생각 없이 고개를 끄덕였다. 종남이는 혀끝을 조금 내밀며 씨익 웃었다. 제 꾀에 형이 속아넘어간 것이 고소하기도 했고, 약간은 미안하기도 했다.

"얼렁 짤르소."

종남이는 군침을 삼키며 마음이 바빴다. 길남이는 풀섶에 자리를 잡고 앉았다. 그리고 허벅지에 고구마를 올려놓고 칼질을 하기 시작했다.

동생과 함께 늦고구마 캐는 밭 옆을 지나고 있었다. 흙 속에서 불거져나오는 고구마를 보자 부치기 냄새 진동하는 잔칫집 대문 앞을 기웃거릴 때처럼 뱃속이 요동쳤다. 신 침이 지르르 흘러내리는 이빨을 맞물며 눈을 질끈 감았다. 그리고 밭 옆을 빨리 지나치려고 했다. 그때 뒤에서 들리는 목소리가 있었다.

"아짐씨, 우리가 한 고랑썩얼 맡어 캐디릴 팅께 고구마 한 개썩만 주실라요?"

그건 분명 동생의 목소리였다. 길남이는 후딱 뒤돌아섰다.

"잉, 니가 고구매가 묵고 잡은 모냥인디, 쪼깐헌 것이 공짜 안 바래고 고런 이견 내는 것이 똑똑타."

머릿수건을 쓴 아주머니가 팔을 들어 옆이마를 쓸며 말했다.

"허 그 자석, 뉘집 아덜인지 소견 한분 멀쩡허시. 그려, 욜로 들어서서 한 두둑썩 캐그라."

종남이가 '고랑'이라고 한 말을 아저씨는 '두둑'으로 고쳐 말하며 선선히 허락했다.

"참말이당가요, 아자씨?"

종남이는 신바람나게 밭으로 뛰어들고 있었다. 길남이는 그저 어리벙벙했다. 그런 엉뚱한 말을 비위 좋게 걸친 종남이도 어이없었고, 그 말을 선뜻 받아들여준 얼굴 모르는 아저씨와 아주머니도 별나게 느껴졌다. 길남이는 그런 생각을 하며 엉거주춤 밭으로 들어서고 있었다. 동생은 국민학생이 되고서도 배고픈 것은 여전히 참지 못했지만 비위가 좋고, 야무진 말 잘하기로는 자신이 당할 수가 없다는 것을 길남이는 알고 있었다.

"아서, 아서. 느그 그 새다리 겉은 폴로 무신 고구매럴 캐겄냐. 허고, 괭이질 서툴러서 고구매나 찍어놀 것잉께 그냥 하나씩 묵기나 혀라. 그 맘얼 일헌 것으로 쳐줄 팅께."

아주머니가 팔을 내저었고, 어느새 고구마줄기를 잡아뜯으려던 종남이는 허리를 펴고 있었다.

"멋이고 공짜럴 바래는 것은 도적놈허고 달븐 것이 없다고 우리 아부지가 갤차줬는디요."

종남이가 아주머니를 쳐다보며 또록또록하게 말했다. 아버지의 그 말을 길남이도 들은 바가 있었다.

"허, 갤차도 지대로 야물딱지게, 겁나게 잘 갤찼네그랴. 근디 느그 아부지가 누구냐?"

"하대치요."

길남이가 눈짓을 할 틈도 없이 종남이는 말해 버렸다.

"머시여, 하대치? 그 유명헌 땅딸보 하대치가 느그덜 아부지라고?"

아주머니가 눈을 휘둥그렇게 떴다.

"야아, 우리 아부지요."

종남이는 자랑스럽게 대답했다.

"아니, 느그 엄니가 들몰댁이고, 느그 외할메가 구산댁이란 것이여?"

아주머니가 다시 확인하고 있었다.

"글탕께라. 우리 엄니고, 외할메요."

"그려, 워쩐지 씨가 달브다 혔다." 허리를 펴고 선 아저씨가 고개를 끄덕였고, "금메 느그가 바로 그 집 자석덜이었고나." 아주머니도 일손을 놓고 짧고 빠르게 혀를 차댔다.

"되았다, 고구매 캘 것 없이 큰 놈으로 하나썩 골라묵어라."

아저씨마저도 그렇게 말했다. 그제야 길남이는 가슴이 가라앉는 것을 느꼈다. 아버지가 떠나고 난 다음부터 아버지는 그전처럼 잊은 척해야 하는 사람이었고, 더구나 남들 앞에서 아버지의 이름이나 이야기를 꺼내서는 안 되었다.

"아닌디요, 우리 아부지가 알면 큰탈날 것잉께. 글먼 쩌그 저 고구마줄거리라도 치울라요."

종남이는 생글거리며 말했다.

"고놈 참, 영축없이 즈그 아부지 탁했다. 그려, 정 그렇다면 고것이나 밭 구석뎅이로 치워라."

아저씨가 허허대고 웃었다.

길남이는 호미와 소쿠리를 밭두렁에 조심스럽게 놓고 동생과 함께 밭고랑에 널려진 고구마줄기들을 한 아름씩 안기 시작했다. 그것은 하나도 힘드는 일이 아니었다.

"하나썩이면 쪼깐 섭허고, 아나, 한 개 더 가지가그라."

아주머니는 고구마 세 개를 큰 것으로 골라주었다. 동생은 고구마를 받아들며 눈을 찡긋거렸고, 길남이는 쑥스러워 그러지 말라는 눈짓을 했다.

"야아덜아, 근디 느그 멋 허고 댕기냐?"

둘이서 군침을 삼키며 밭두렁으로 올라섰을 때 아주머니가 소리쳐 물었다.

"개똥 굿으로 댕기는디요."

종남이가 빠르게 몸을 돌려 대답했다.

"개똥? 누가 매타작당혔냐?"

"야아, 외숙모가 갱신얼 못허고 끙끙 앓아놨구만요."

"옳여, 서샌도 입산얼 혔제. 좌우당간 처남매부지간에 나섰다가 입산얼 해뿌렀이니 느그덜 집안이 안팎으로 풍지박산이고, 느그 외할메 애간장이 썩어내레앉겄다."

길남이와 종남이는 금방 기죽고 시무룩해졌다.

"혼자만 좋자고 헌 일도 아닌디, 염병헐 놈에 시상이여."

아저씨의 쿠렁하게 울리는 말이었다.

"야아덜아, 개똥물도 좋제만 똥물도 좋고, 동전 가리내서 막걸리에 타믹이는 것도 좋다고 외할메헌테 전혀, 알겄어?" 아주머니가 목청을 뽑았고, "와따, 실답잖케 말도 많네. 나이 잡순 노친네가 비문히 잘 알 것이라고 그리 새살 까고 그려! 싸게싸게 일이나 혀." 아저씨가 벌컥 화를 내며 소리쳤다.

아저씨가 화를 내는 것이 아주머니에게도, 자기들에게도 아니라는 것을 알면서도 길남이와 종남이는 주눅 든 기분으로 밭두렁을 빨리 걸었다.

외숙모가 잡혀갔다 며칠이 지나 돌아오자마자 외할머니는 한쪽에 작은 구멍을 뚫은 대통을 삼베로 싸서 똥통에 넣었다가 맑은

똥물을 받아냈다. 그러나 외숙모는 이를 옹등물고 그 똥물을 마시지 않았다. 평소에는 외할머니 말이면 그리도 고분고분 잘 듣던 외숙모가 그 말만은 절대로 듣지 않았다. 그래서 외할머니는 마른 개똥을 주워오라고 했다. 그날부터 외사촌들과 두 패로 갈려 마른 개똥을 찾아다녔다. 마른 개똥을 검게 볶은 겉보리에 섞어 달였다. 그 물은 진한 갈색이었다. 외숙모는 그것이 개똥물인지 아는지 모르는지 곧잘 받아마셨다. 외할머니가 시키지 않았지만 자기들이나 외사촌이나 그것이 개똥물이라는 것을 외숙모에게 말하지 않았다. 외숙모는 약이 되는 것이면 무엇이든 먹고 얼른 나아야 했다. 외할머니는 혼자서 나락을 베고, 밥을 해먹고 하느라고 죽을 고생을 하고 있었다. 개똥물은 볶은 겉보리를 섞어서 그런지 똥물처럼 지독스런 냄새가 나지 않았다.

"안 몰론 개똥은 흔헌디 워째 몰른 개똥은 그리 흔털 않으까?"

종남이는 고구마를 아껴먹으며 물었다.

"긍께 개똥도 약에 쓸라먼 없다고 어런덜이 안 그러디야."

"그 말언 나도 아는디, 워째서 그러냐니께."

"나가 고것얼 워치케 아냐. 다 개똥 지 맘이제."

"개똥이 사람이간디? 지 맘이게." 종남이는 입을 삐쭉하고는, "성, 엄니 아부지가 은제나 올란가?" 목소리를 낮추어 물었다.

"그 말 안 허기로 혔음스로!"

길남이는 고개를 홱 돌려 동생을 노려보았다.

"여그넌 아무도 없는디 워쩌."

"그려도 안 돼야. 지절로 오실 때꺼정 그런 생각 싹 다 잊어뿌러. 자꼬 생각허면 자꼬 말도 허고 잡아진께."

"성언 그리 된가? 나넌 하나또 안 되는디. 성언 꿈 안 꾼가? 나넌 밤마동 엄니꿈 꾸는디."

"낮에 자꼬 생각헌께 밤에 꿈이 꿔지제. 다 잊어뿌러. 니넌 인자 애기가 아니라 학생잉께 엄니 찾지 말어야 써."

"온 식구가 항꾼에 사는 인공 때가 참 좋았는디. 아부지가 높기도 혔고."

"니 참말로 미쳤냐! 고런 소리 허면 니 워찌 되는지 몰르냐?"

길남이는 질겁을 했다.

"성언 순 겁보여. 우리찌리도 아무 말도 못허게 잡지면 속 땁땁혀서 워찌 산당가. 성이 자꼬 이래쌓면 나 엄니 아부지 찾어 산으로 내빼뿔 것이여."

"야가 시방 참말로 미쳐뿌렀네. 종남이 니 나헌테 되게 한분 맞고 잡으냐!"

길남이는 정말 화가 나서 주먹을 부르쥐었다.

"아녀, 아녀. 그냥 혀본 소리여."

종남이는 손과 고개를 함께 저었다. 형은 순한 것 같았지만 한번 화가 났다 하면 아주 무서웠다.

"종남아, 나가 니 맘 다 알어. 성도 엄니가 보고 잡고 걱정되고, 아부지허고도 항꾼에 살고 잡고 그려. 꿈도 밤마동 꾸고. 근디도 그런 내색허면 워째 안 되는지 니 몰르냐? 시상이 달라진 것이여.

아그덜이 정신없이 인공 때 노래럴 허다가 그 아그덜 엄니 아부지가 안 잽혀가드냐. 긍께로 인공 때 일언 인자 싹 잊어뿌러야 혀. 그라고 말이여, 니허고 나허고는 딴 아그덜보담 훨썩 조심혀야 써."

"다 알어. 김일성 장군 노래 대신에 전우에 시체를 넘고 넘어럴 불러야 쓰고, 인공 만세 대신에 대한민국 만세럴 불러야 허는 것."

종남이가 앞만 보며 말했다.

학교에서는 진작부터 〈전우의 시체를 넘고 넘어〉를 가르치며 인공 때 노래를 절대 불러서는 안 된다고 반복했고, 극장의 확성기에서도 '전우의 시체는' 날이 날마다 흘러나오고 있었다. 아이들은 눈치 빠르게 노래를 바꿔불러야 했고, 종남이는 다른 아이들보다 더 눈치 빠르게 그것을 알아차렸다. 그러나 아이들은 무심결에 인공 때의 노래를 흥얼거리다가 소스라치고는 했다.

"그려, 그려, 아조 잘 안 것잉게 꼭 그리만 허면 되는겨."

"그런 것 다 알고 있응께로 걱정 말고 성허고 나허고 있을 때만 엄니 아부지 이약허잔 것이란 말이시."

길남이는 동생을 물끄러미 바라보았다. 입꼬리에 고구마진이 거무칙칙하게 말라붙어 있는 동생의 버짐 핀 얼굴이 추워 보였다. 자기도 동생의 나이 때부터 아버지 때문에 기를 펴지 못하고 살았지만 그때는 그래도 할아버지도 살아 계셨고, 어머니도 집을 떠난 일이 없었다. 그 생각을 하자 동생이 더없이 안쓰럽고 딱하게 여겨져 길남이는 목이 메었다.

"그려, 둘이 있을 때만 그리 혀."

"성, 참말? 글먼 걸어."

종남이는 새끼손가락을 세워 형 앞으로 내밀었다. 길남이는 제 새끼손가락으로 동생의 새끼손가락을 걸었다.

"가자, 할메가 기둘린다."

길남이는 동생의 손가락을 건 채로 걸음을 떼어놓았다. 종남이도 새끼손가락에 더 힘을 주었다.

26

압록강의 물을 마시며

양효석은 중위로 진급이 되었다. 그러나 그는 별로 달가워하지 않았다. 진급이 기분 나쁠 것은 없었지만 그를 흥겹게 하지 못한 데는 다른 이유가 작용하고 있었다. 그는 자기네 연대가 북상진격에서 제외된 것에 잔뜩 불만을 품고 있었던 것이다. 만약 북진을 하면서 진급을 했더라면 그는 더없이 흥겨워했을 것이다.

그의 부대는 낙동강 전선을 돌파하면서 북쪽으로 진격을 해올라갔다. 그런데 대구 가까이에서 그의 연대는 발이 묶이게 되었다. 퇴로를 차단당해 산속으로 들어간 적들과 싸워야 한다는 것이었다. 그때부터 그의 기분은 잡쳐지고 말았다. 낙동강을 건너 부대가 거침없이 진격을 감행하게 되자 선발부대라는 자랑스러움과, 삼팔선을 제일 먼저 넘어 이북땅을 맘껏 짓밟을 수 있다는 생각으로 그의 기분은 들뜨고 흥분되어 있었다. 그건 자신의 기분에도 맞는 일인 데다가 빨갱이들에게 원수를 갚는 데도 직성이 풀릴 일이었다. 그런데 진격중단은 그 기분을 산산조각 내고 말았다. 선발부대는 후방부대가 되어버렸고, 적지를 활보하며 통쾌한 보복감을 실컷 맛보고자 했던 기대는 후방의 패잔병들이나 뒤쫓아야 하는 꼴로 바뀐 것이다. 그런 맥 빠지는 형편에서 진급이 되었으니 그는 도무지 진급기분이 나지 않았다. 그리고 그가 더 기분이 상하는 것은, 후방부대라고 하면 전투나 하지 않아서 안전하고 편하다면 또 모르겠는데, 전투는 전투대로 해야 하는 후방부대였던 것이다. 기왕 싸울 바에는 선발대로 최전선에서 싸워야만 싸우는 기분도 나고, 공도 돋보일 것이다. 공이 돋보여야 진급 또한 쉬울 것은 자명한 이치였다. 진격중단은 이래저래 그의 기분을 잡칠 대로 잡쳐놓고 있었다. 그는 군대밥을 먹는 날이 늘어갈수록 생각이 달라져가고 있었다. 빨갱이들에게 원수를 갚겠다는 생각에다가 군인으로 출세를 해야겠다는 야심이 보태지게 되었다. 그건 자신의 기질이 군인에 어울린다는 자기 발견이기도 했고, 아버지처럼 살지 않겠다는 권력지향이기도 했다. 권력지향은 신분상승의식이기도 했다. 그는 중학교를 졸업할 때까지만 해도 그런 생각은 전혀 갖지 않았다. 쌀장사 포목장사를 겸해 악착같이 돈을 벌어 알부자 소리를 듣는 아버지에게 아무런 불만이 없었고, 아버지가 돈이 있으면서도 관공서의 높은 자리 사람들에게 꼼짝을 못하거나 유지행세를 못하는 것도 당연한 것으로 생각했다. 족보가 없는 집안이라는 그 당연한 생각은 족보가 두꺼운 최서학이나 다른 아이들과의 관계에서도 자연스럽게 한풀 꺾이게 만들었다. 그러나 군대생활을 하다 보니 군대라는 것이 싸우는 일만 하는 것이 아니라 사회적으로 권력행사를 할 수 있음과 동시에 당당한 사람대접을 받을 수 있다는 사실을 깨닫게 되었다. 전쟁 때에 행사하는 그 막강한 권한은 말할 것도 없었고, 전쟁 때가 아니더라도 장군을 무시할 수 있는 사람은 이 세상에 아무도 없다는 사실을 발견하게 된 것이다. 장군이야말로 그 별이 몇 개이든 간에 하급장교나 사병들에게는 어두운 하늘에 까마득하게 높이 뜬 별일 수밖에 없는 엄청난 존재인데다가, 그 앞에서 읍장이 당할 것인가, 군수가 당할 것인가. 도지사라면 몰라도 읍장이나 군수는 꼼짝달싹 못할 것이 분명했다. 최서학이가 판검사가 되겠다고? 그렇다면 난 장군으로 맞서겠다! 그는 구체적인 표적으로 최서학을 꼽았다. 최서학 정도는 한주먹으로 회를 칠 수 있으면서도 소학교 때부터 한풀 꺾이며 살아왔던 것이 뒤늦게 억울한 분노로 바뀌고 있었다. 그리고 그는 송경희가 할퀴어놓은 상처를 결코 잊지 않고 있었다. "송씨하고 양가하고 지체가 같다고 생각하나요?"

반도호텔 커피숍이라는 데서 당한 그 모멸감을 생각하기만 하면 가슴에서 전기가 일어났다. 그는 그때마다, 이년 두고 보자, 하며 부르르 떨고는 했다. 송경희 그년 때문에 장군은 되어야 했고, 그 모독적인 말에서 그는 아버지가 겪었을 괴로움을 헤아리게 되었고, 왜 아버지가 그리도 악착스럽게 돈을 벌어들였는지도 이해하게 되었다. 아버지는 돈으로 족보고 권세고 이기려 했음이 분명했다. 그런데 아버지는 돈만 벌다가 한 번도 이겨보지 못하고 세상을 떠났다. 이제 자신에게는 아버지가 벌어두고 간 돈은 있으니까, 장군이 되어 족보라는 것을 누를 수 있도록 당당해지는 것이 남은 일이었다. 그래서 최서학이도 당당하게 맞대거리하고, 송경희 같은 년은 코가 찌부러지게 짓밟아버려 '양씨'가 '송가'보다 높다는 것을 확인시킬 작정이었다.

낙동강 하류를 건너 적을 밀어붙이기 시작했을 때부터 벌써 양효석은 그 방향이 마음에 들지 않았다. 어떻게 된 것이 부대의 진격방향이 북쪽이 아니라 진주 쪽인 서쪽이었던 것이다. 그는 진주라고 하면 기분부터 나빴다. 초장에 참담하게 패하고 쫓기던 기억이 진주에 대한 인상일 뿐이었다. 그리고 진주가 빨갱이세가 강하다는 들은 풍월도 진주를 좋지 않게 보게 한 원인이 되었다. "아, 양 소위. 아무 걱정 마시오. 진격을 북쪽으로만 하는 게 진격이 아니오. 우리는 현재 전선을 사방으로 확대해야 하니까 서쪽으로 진군하는 것도 엄연히 전진이오. 서쪽에서 침략한 것은 일단 서쪽으로 밀어붙여놓고 북쪽으로 다시 진군하는 거요. 백두산까지 밀고 올라갈 테니까 너무 다급하게 생각하지 말고 기운이나 충분히 모아두시오." 대대장이 껄껄 웃으며 한 말이었다. 진주 근방까지 적을 뒤쫓아간 부대가 북쪽으로 방향을 돌렸을 때 과연 대대장의 말대로 되는 것이라고 믿었다. 그런데 거침없던 북상은 대구 근방에서 발이 묶이더니, 뒤따른 명령으로 부대의 움직임은 추풍령에서 고정되고 말았다.

연대장이나 대대장의 되풀이되는 상황설명에 따르면 추풍령의 전투는 작전상 이만저만 중대한 것이 아니었다. 추풍령은 태백산맥에서 몇백 리에 걸쳐 길고 길게 뻗어내리면서 경상남북도와 충청북도·전라남북도를 가르고 있는 소백산맥 줄기의 중앙지점이었고, 경북과 충북·전북 세 도를 잇는 유일한 통로였다. 그러니까 추풍령을 차단하는 것은 아군의 전면적인 상륙·포위 작전에 밀려 전라남북도와 경상남북도에서 산으로 쫓겨들어간 적들의 북상을 차단하는 것이었다. 추풍령의 남쪽으로 뻗어내리고 있는 소백산맥에는 대덕산, 덕유산, 전북 백운산, 지리산, 전남 백운산까지 큰 산들이 줄줄이 잇대어 있었고, 그 좌우로는 또 헤아릴 수 없이 많은 산들을 거느리고 있었다. 그 수많은 산들의 골짜기골짜기를 타고 숨어든 적들이 안전하게 북상을 시도할 수 있는 최단거리의 길은 소백산맥 줄기뿐이었다. 그 예상작전은 적중했다. 추풍령을 기점으로 하여 동서로 막강한 저지·공격선을 구축해 놓고 있는데 적의 패잔병들은 산발적이면서도 지속적으로 밀려들었다. 예비된 병력과 화력이 그들을 북쪽으로 넘어가게 할 리가 없었다. 승세를 탄 병력의 사기는 높았고, 작전이 중요한 만큼 화력은 충분했다. 이쪽의 전세를 모르고 무모하게 덤비는 적들은 모두 저세상으로 가야 했다. 그렇지 않은 적들은 왔던 길로 다시 되돌아서 도망을 쳐야 했다. 그들은 도망치는 적들을 굳이 뒤쫓을 필요가 없었다. 자신들이 수행하는 작전의 목적은 적의 북상저지였지 섬멸공격이 아니었던 것이다. 퇴로를 차단당하고 발길을 되돌린 적들의 입장에서 보면 그들은 다시 적진으로 들어간 셈이었다. 그들은 꼼짝없이 산속에 포위당한 상태였고, 그 섬멸작전은 그 다음의 문제였다. 자신들이 펼치고 있는 저지작전은 진지전이면서 화력전이었다. 그래서 안전한 반면에 전과가 컸다. 양효석은 선발대가 못 된 불만을 그것으로나마 해소할 수가 있었다. 이미 지휘체제가 무너진 적들에게 색다른 작전이 있을 리 없었다. 소대규모 또는 분대규모로 분산된 적들은 북상하는 데만 정신이 팔려 있었다. 그런 그들에게 집중적인 화력을 퍼부어 퇴로를 차단하기란 너무 쉬운 일이었다. 한바탕씩 저지공격을 퍼붓고 나서는 양효석은 전과를 거둬들이는 일을 잊지 않았다. 부하들을 진지 밖으로 내보내 사상자들을 확인할 겸 총을 수거해 오도록 했다. 연대본부의 전과 확인은 총이었다. 부상자에 대해서는 무조건 사살명령을 내렸다. 그런데 사망자는 있어도 부상자는 없다는 보고였다. 몇 번 되풀이되는 보고를 받고 나서야 적들이 부상자들을 데리고 도망친다는 것을 알게 되었다. 양효석이 맞이한 적으로 제일 규모가 큰 것이 남해여단이었다. 그들은 규모가 큰 만큼 저지선 돌파를 위한 공격이 집요했고, 작전도 조직적이었다. 서너 차례의 공방전이 벌어졌는데, 한 지점을 집중적으로 공격해 오는가 하면, 소단위로 분산공격을 시도했고, 서너 개의 지점을 띄엄띄엄 선택해서 유인·시차공격을 감행하기도 했다. 그러나 수류탄을 소총 쏘듯이 던져대고, 기관총을 분대단위로 배치해서 갈겨대는 데다, 소대마다 독립된 박격포 지원을 받고 있는 화력 앞에서 그들의 여러 가지 공격시도는 이쪽의 전과만 올려주고 끝났다.

남해여단도 피해만 입고 다시 남쪽으로 도망갔다. 남해여단은 남해로 빠져죽으러 갔다고 사병들은 키들거렸다. 남해여단의 북상을 막아낸 직후에 양효석은 중위 계급장을 달았다.

진급을 하고 나서부터 양효석은 차츰 심심하고 지루함을 느끼기 시작했다. 적들의 북상 시도가 현저하게 줄어들었던 것이다. 그동안의 북상 실패자들을 통해 소문이 퍼졌을 뿐만 아니라 특히 남해여단의 실패를 계기로 다른 적들도 북상을 포기하게 된 거라고 대대는 분석하고 있었다. 양효석은 그 분석을 그대로 믿었다. 그는 상부의 지시는 언제나 옳고, 상관들의 판단 또한 언제나 의심 없이 믿는 의식을 갖추고 있었다. 그 대신 그는 자기의 부하들도 자신을 그렇게 생각하고 받들기를 원했다. 그래서 그는 이미 무시무시한 소대장으로 중대는 물론 대대에까지 소문이 나 있었다. 그는 사병들 사이에서 '전독'이라는 별명으로 불렸다. 그건 '전라도 독사'라는 줄임말이었다. 통학열차를 주름잡던 주먹과 독기가 사병들을 다루는 데 유감없이 발휘되었던 것이다. 대령이 소령의 철모를 지휘봉으로 내려갈기고, 대위가 소위의 장딴지뼈를 연거푸 걷어차는 것이 예사로운 군대에서 장교가 사병들에게 행사하는 폭력은 폭력이 아니라 규율이었다. 그건 일본제국 군대의 '잔재'가 아니라 일본제국 군대 자체가 '생존'하고 있는 모습이었고, 일본 군대의 물이라고는 먹어본 일이 없으면서도 양효석은 선배장교들의 경력을 순식간에 전수한 모범이었다. 양효석은 사병들을 다루는 데 계급은 물론이고 소속부대도 가리지 않았다. 그의 눈에 거슬렸다 하면 상사까지도 가차없이 당했다. 어떤 상사 하나가 멋모르고 말대꾸를 하며 덤볐다가 혼쭐이 난 다음부터 그의 주먹의 위력과, 독기의 무차별함은 확고하게 자리 잡게 되었다. 그러나 아무리 장교들이 멋대로 폭력행사를 할 수 있다고 해도 사병들이 장교 모두를 무서워하는 건 아니었다. 매맛에 따라 그 평가와 등급이 매겨지게 마련이었다. 어설프게 폭력을 썼다가는 오히려 웃음거리가 되고 깔보이게 될 뿐이었다. 매라는 것은 맞는 쪽에서 그 맛을 생생하게 알게 마련인데, 양효석의 주먹맛을 본 사병들은 하나같이 첫 방을 맞는 순간 '아이고 죽는구나' 하는 생각이 들더라고 입을 모았다. 양효석은 주먹맛도 매웠지만 주먹을 휘두르는 솜씨도 남달라서 사병들은 '폼이 쪽 빠졌다'고 평가했고, 그 등급은 단연 1급으로 매겨졌다. 그렇게 되니 사병들은 양효석 앞에서 말 잘 듣는 종일 수밖에 없었고, 그는 자연히 주먹을 자주 휘두를 필요가 없게 되었다.

사병들은 그저 그의 소대원이 아닌 것만을 다행으로 여겼다. 그리고 그의 소대원들에게, 무서워서 어떻게 사느냐고 조심스럽게 묻고는 했다. 그러나 정작 그의 소대원들은, 별로 그렇지도 않다는 이해하기 곤란한 대꾸를 해서 다른 사병들을 어리둥절하게 만들었다. 그들은 결국, 무섭다고 사실대로 말했다가 그것이 소대장의 귀에 들어가면 뼈도 못 추리게 될 테니까 거짓말을 하는 것이라고 지레짐작해 버렸다. 소대장이 밤낮으로 무섭게 닦달을 하지 않고서야 그 소대가 언제나 전과를 많이 올릴 리가 없지 않겠느냐는 말까지 덧붙여지기도 했다. 양효석의 소대는 언제나 다른 소대보다

군가소리도 드높았고, 전과가 많은 것도 사실이었다. 그러나 양효석의 주먹이 무서워 그렇다는 것은 짐작이고 오해인 면이 더 컸다.

소대원들이 양효석의 주먹을 두려워하는 건 사실이었지만, 그는 자신이 내세우고 있는 것을 부하들이 제대로 따르기만 하면 결코 주먹을 쓰지 않았다. 그가 부하들에게 요구하는 것은 '언제나 씩씩하게, 언제나 용감하게'였다. 다른 소대에 비해 언제나 군가소리가 드높고, 전과가 많으며, 기마전에서도 이기고, 심지어 오락시간에까지 맹렬한 기세를 올리는 것은 바로 그 요구의 실천이었다. 그가 부하들에게 요구하고 있는 두 가지는 어느 군대에서나 필요로 하는, 군인으로서 당연하게 갖추어야 될 기본조건이면서도 막상 남달리 실천에 옮기기에는 그만큼 목숨의 위협을 무릅써야 하는 어려운 일이었다. 그런데도 그가 줄기차게 그 결과를 확인하고자 하는 데는 그 나름의 이유가 있었다. 어려서부터 싸우는 일에 져본 적이 없는 그는 자기 소대가 다른 소대보다 못하다는 것을 용납할 수가 없었고, 소대의 모든 활동결과가 곧 자신의 체면이고 군대생활 자체라고 믿고 있었다. 그렇다고 그가 공포 분위기로만 부하들을 다루는 것도 아니었다. 훈련을 겸한 중대 내의 약식 운동회에서 기마전에 이기거나 육박전에 이기면 자기 돈을 풀어 술을 사기도 했고, 오락시간에는 군가 일체금지의 원칙을 세워놓고 부하들이 맘껏 흥을 돋우게도 해주었다. 그는 주먹패의 의리라는 것이 주먹에서만 나오는 것이 아니라는 것을 일찍부터 체득하고 있었던 것이다.

그는 군인으로서 완제품에 가깝도록 흠잡을 데가 없었다. 그런데 주위사람들이 이해할 수 없는 한 가지 이상한 점이 있었다. 성이 '송가'면 무조건 싫어했고, 양반이니 족보니 따지는 것을 끔찍하게 싫어했다. 고향을 묻고, 성을 묻고, 성씨의 본을 묻고, 상반을 따지는 것은 처음 대면하는 사람끼리 으레 거치게 마련인 생활관습인데, 그런 말을 주고받다가 그에게 걸려 요절난 사병들이 한둘이 아니었다. 양가가 상놈은 상놈이고, 아마 송씨 집안에 호되게 당하며 살아온 모양이라고 사병들은 수군거렸다. 그런 그의 처사에 대해 사병들 사이에서는 두 가지 양상을 드러냈다. 족보를 가진 사병들은 불만을 품었고, 가문자랑을 할 것이 없는 병사들에게는 지지를 받았다. 결과적으로 그는 많은 지지자들을 확보하게 되어 있었다.

추풍령 주둔 한 달이 가까워지면서 적들의 북상 시도는 거의 끊기다시피 했다. 그와 함께 장교들 사이에 부대이동설이 떠돌기 시작했다. 국군이 평양을 지난 지는 이미 오래고, 곧 압록강까지 밀어붙일 거라는 소식이 들려오고 있는 마당에 그는 맥이 빠질 대로 빠져 부대가 어디로 이동을 하든 이제 관심이 없었다. 그는 가끔 현오봉을 생각했다. 어디쯤 있는 것인지, 소대장 노릇은 잘해나가고 있는지, 혹시 무슨 일은 당하지 않았는지, 이모저모 궁금하기만 했다.

마침내 부대이동 명령이 떨어졌다. 일단 대구로 빠진 다음, 산속에 박혀 있는 인민군들과 지방빨갱이들의 소탕작전에 투입될 것이라고 했다.

낙하산부대를 엄호하는 제트기들의 광포한 공격을 아슬아슬하게 피한 이학송은 사흘째 되는 날 아침 개천을 그냥 지나쳐 청천강을 건너게 되었다. 순천에 낙하산부대가 투하된 형편에 개천이라고 무사할 리 없었던 것이다. 그들의 일행은 셋으로 줄어들어 있었다. 나머지 두 사람은 김미선과 조판공인 박 영감이었다. 40여분에 이르는 제트기들의 맹공이 끝난 다음 이학송이 비탈을 기어올라가니 길바닥에는 피를 흘리고 있는 시체들만 즐비하니 널려있었고, 살아 있는 사람들의 모습은 하나도 보이지 않았다. 일행들이 다 죽었나 보다 싶어 그는 정신없이 시체들을 살피기 시작했다. 어스름이 깔리고 있었다. 기총소사를 당해 험상궂은 모습들로 숨이 끊어진 시체를 일일이 확인했지만 일행들은 끼여 있지 않았다. 다들 어디로 갔을까? 나만 혼자서 떨어지고 다들 한꺼번에 피한 것일까? 글쎄, 그 다급했던 형편에 단체행동이 가능했을까? 모두가 뿔뿔이 흩어져버린 건 아닐까? 그는 그런 생각들에 쫓기며 길 언저리의 산비탈로, 밭 사이로 허둥대고 다녔다. 어둠은 차츰 짙어져가고 있었다. 자신이 한 지점에서 꼼짝을 못하고 있는 동안 일행들은 위험을 피해 어디론가 움직인 것이 분명했다. 그는 혼자 떨어졌다고 생각하자 몸이 굳어지는 두려움에 휘말렸다. 앞이 콱 막혀버리는 그 두려움은 전에 한번도 경험한 적이 없는 막막함이고 무서움이었다. 이대로 끝날 수는 없다! 여기를 벗어나자! 일행을 찾아내자! 그는 자신을 채찍질했다. 그리고 고함을 쳤다.

"해방일보오! 해방일보오!"

그는 손나팔을 해붙여서 여기저기를 향해 있는 대로 소리를 지르며 짙어지고 있는 어둠을 발로 박찼다.

"해방일보오! 해방일보 어딨소오!"

그의 목소리는 떨리며 어둠 속을 퍼져나갔다. 그는 소리치면서, 강계까지 가야 된다고 목적지를 확인하고 있었다.

"해방일보오! 답하시요오, 해방일보오!"

소리치던 이학송은 얼핏 무슨 소리가 들리는 것 같아 걸음을 우뚝 세웠다.

"해방일보, 여기예요, 여기!"

왼쪽의 밭에서 들려오는 분명한 여자의 목소리였다.

"아니, 김미선 동무!"

이학송은 격하게 소리치며 밭으로 뛰어내렸다.

"어머, 이학송 동무!"

김미선이 뛰어오며 소리쳤고, 그 뒤의 수숫단 속에서 박 영감이 나오고 있었다.

"그렇잖아도 박 영감님하고 앞길을 걱정하고 있던 참이었어요."

두 손을 맞잡아 깍지 낀 김미선은 눈물이 글썽거렸다. 그 눈물 글썽거림이 여자이기 때문도, 감정의 과장도 아니라는 사실을 이학송은 충분히 수긍할 수 있었다. 자신을 꼼짝 못하게 속박해 왔던 그 두려움을 그녀도 느꼈을 것이기 때문이었다.

"됐습니다, 이렇게 만났으니. 가다 보면 또 만나게 될 테니까 어서 여길 뜹시다."

이학송은 기운차게 말했다. 조금 전까지 가슴을 채우고 있던 그 진한 두려움은 거짓말처럼 말끔히 사라지고 없었다. 참으로 이상하고, 알 수 없는 일이었다. 사람의 마음이란 이리도 약하고 간사스러운 것인가…… 위안이나 의지 없이는 사람은 살 수 없는 것인가…… 아니, 김미선이 무슨 위안이 되고, 박 영감이 무슨 의지가 되는가…… 두 사람 중에 하나가 지리에 밝은 것도 아니고, 짐이 되었으면 되었지 아무런 도움이 될 리가 없지 않은가…… 이성적으로 따져도 그렇고, 계산적으로 따져도 그런데 왜 마음은 이렇게 안정이 될까……. 이학송은 사람의 마음이라는 것에 또 하나의 물음표를 붙이고 있었다.

허리까지 차오르는 청천강의 물은 맑고도 시렸다. 겨울은 물속에 먼저 와 있었다.

물에 흠뻑 젖은 옷은 아랑곳하지 않고 눈에 띄는 민가를 찾아들기에 정신이 없었다. 사흘째를 내리 굶었던 것이다. 먹은 것은 물뿐이었다. 그들은 폭격을 맞아 뒤집어져 있던 군수품 수송 트럭에서 집어넣었던 비누 중에서 두 장을 내놓고 밥을 좀 달라고 했다. 집주인은 비누에 눈길을 보내면서도, 누런 옷을 입은 사람들이 집에 들어오는 것을 비행기에 들키기만 하면 폭격을 당한다고 어서 나가라며 벌벌 떨었다. 어디에서나 비행기공포증에 걸려 있었다. 사실 온 하늘을 멋대로 갈고 다니는 비행기들은 군복을 찾아내기만 하면 사생결단 기총소사를 퍼부어댔다. 그러나 그냥 물러날 수는 없었다. 아니, 일단 마음이 풀려버려 단 한 발짝도 움직일 수가 없었다. 세 사람은 통사정을 했고, 특히 박 영감은 허리를 굽히고 또 굽혔다. 주인도 어쩔 수 없게 되어 뜨거운 밥을 지어냈다. 사흘째 굶으며 걸은 배고픔은 밥맛을 식별하지 못했다.

"구장(球場)에 발써 코쟁이들이 들어왔시오."

주인의 힘없는 말에 세 사람의 가슴은 내려앉았다. 구장은 강계로 가자면 거치지 않을 수 없는 바로 이삼십 리 앞의 길목이었다. 서울을 떠난 다음 마침내 적진 속에 들어앉게 되고 말았다. 그건 두께를 알 수 없는 포위상태였다.

"이제 어떻게 해야 하나요?"

김미선이 절망스럽게 말했다.

"가야지요. 그놈들을 피해 가는 데까지 가야지요."

이학송이 단호하게 말했다. 얼굴이 상해가면서도 지워질 줄 모르던 웃음기는 간 곳이 없고 지금 그의 얼굴은 결연한 빛으로 굳어져 있었다.

"어디까지 말인가요?"

김미선은 이학송한테서 끼쳐오는 한기를 느꼈다. 그건 섬뜩한 느낌의 한기가 분명했는데, 그 한기로 콱 막혔던 가슴이 편안하게 풀리는 것을 느낄 수 있었다. 그리고 그녀는 전혀 딴 이학송을 보고 있었다.

"압록강까지! 갈 길은 얼마든지 있습니다."

이학송은 박 영감에게 손을 내밀었다. 박 영감이 얼른 지도를 꺼냈다. 박 영감은 교과서용 지도를 꼭꼭 접어서 가지고 있었는데, 그동안 벌써 몇 번을 펼쳐보며 길을 잡아왔던 것이다.

희천을 지나 강계로 가는 길을 버리고, 운산·온정을 거쳐 초산으로 가기로 목적지를 바꾸었다. 강계로 가는 길이 막힌 데다가, 적들을 피하자면 어차피 강계에서도 오래 머무를 수 없을 것이었다. 강계 그 다음의 목적지는 압록강변의 만포가 될 수밖에 없었다. 지도 위에 표시된 철도가 그것을 분명히 말해 주고 있었다. 일단 초산까지 가서 그 다음 상황에 대처하기로 했다. 전혀 장담할 수 없는 앞길이었지만 결단을 내리지 않을 수 없는 상황이었다. 다만 최선을 다한 판단이었고, 빗나갔을 때에는 원망도 후회도 할 데가 없는 결단이었다.

"갑시다. 앞으로 갈 길은 지금까지 온 길의 반의반도 안 남았소. 압록강물에 낯이나 시원하게 씻어봅시다."

이학송이 앞장서며 말했다. 그의 얼굴에는 다시 부드러운 웃음기가 살아나 있었다. 김미선은 발을 떼놓으며, 저 남자…… 하고 마음에 잡히는 색깔 다른 생각을 얼른 털어버렸다.

온몸이 물에 젖은 인민군 열댓 명을 만났다. 개천에 국방군 대부대가 어젯밤에 밀려들었고, 자기들은 방금 청천강을 건너왔다고 했다. 구장을 미군이 점령했다는 것을 그들에게 알려주었다. 그들은 당황하며 의논 끝에 군복을 벗었다. 내의바람이 된 그들은 민가가 나타나는 대로 옷을 구해 입겠다고 했다. 포위망을 벗어나자면 신분부터 감추고 피난민으로 위장하는 것이 지혜로운 방법이었다. 이학송 일행도 군복을 벗었다. 내의가 아닌, 서울을 떠나올 때 입었던 옷들이 드러났다. 밤추위를 견디기에는 어림도 없는 옷이었다. 그때까지 지녔던 신임장과 신분증명서도 찢었고, 줄이고 줄여 왔던 짐들도 마저 내버렸다.

길을 잃지 않으면서 비행기도 피해야 했기 때문에 국도를 옆에 두고 산자락을 타는 길걷기가 계속되었다. 운산이 가까운 어느 산비탈에서 헤드라이트 불빛이 줄을 잇는 차량행렬을 앞세워야 했다. 운산도 비껴지나 온정으로 발길을 잡았다. 북쪽으로 가는 사람들은 적지 않았지만 서로가 쫓기는 걸음들이라 무표정하게 스치고, 얼마 동안 동행이 되었다가 흩어지고는 했다. 더러 나타나는 민가들도 사람에 시달리기가 지쳤는지 밤이면 문을 열어주지 않고 기척도 없기가 예사였다. 밤길 야산을 넘고 넘어, 하루에 한끼를 겨우 먹으며 온정에 다다랐다.

아침이 좀 이르기는 했지만 어찌 된 일인지 온정의 거리에는 사람의 모습이라고는 전혀 보이지 않았다. 그 괴이쩍은 적막이 신경에 거슬려 그들은 서둘러 그곳을 벗어났다. 외곽도로로 나오자 미루나무처럼 키가 큰 하얀 나무들이 길 양쪽에 줄을 잇고 서 있었다. 백양나무들이었다. 미루나무는 잔가지가 많아 수선스러워 보이는 데 비해 백양나무는 잔가지라고는 없이 쭉쭉 뻗어오른 데다가 색깔까지 하얘서 단정하고도 우아해 보였다. 그 나무들이 길을 따라 두 줄로 뻗어나가고 있는 모습은 불안한 마음에도 퍽 인상적으로 느껴졌다.

"저 나무들은 꼭 잘생긴 젊은 남자들이 도열해 있는 것 같아요."

김미선은 소녀 적에 백양나무 등에 칼끝으로 소원을 새겼던 기억에 젖고 있었다.

"그렇군요. 남쪽에는 흔하지 않은 나문데, 나무를 보고 잘생겼다는 생각을 한 건 나도 첨입니다."

이학송은 고개를 끄덕이며 수긍했다.

"저 나무로 인데루(각목)를 만들면 최곱니다. 나무가 묘하게도 연하면서 탄력이 좋아 좌우 활자들을 잘 받쳐주는 게, 인쇄 효과가 아주 좋습니다."

박 영감이 생기 도는 목소리로 말했고, 이학송과 김미선은 한참이나 웃었다.

"영감님, 영감님, 출신성분은 못 속인다니까요. 너무하셨어요."

김미선은 오랜만에 유쾌하게 웃고 있었다. 박 영감은 그저 씨익 웃기만 하고 있었다.

백양나무길이 끝나고 얼마를 더 걸어 초산으로 가는 길로 접어들었다. 희천으로 해서 강계로 가는 길과는 완전히 멀어지게 되었다. 어느 길에서보다 인민군들을 많이 만나게 되었다. 모두가 초산으로 간다고 했다. 초산이 집결지였던 것이다. 그들과 섞이게 되자 한결 의지가 되고 기운이 났다.

그러나 앞을 가로막듯이 하며 이학송 일행을 맞이한 것은 자강도(慈江道)의 고원준령과 원시림이었다. 자강도는 조선인민공화국의 수립과 함께 도가 새로 분류되면서 붙여진 이름이었다. 자강고원은 초산의 서쪽을 흘러내려 아이진에서 압록강으로 합류하는 충만강과, 북동쪽으로 이어지는 위원강·독로강·자성강 사이에 형성되어 있는 평균 1천 미터를 헤아리는 원시림지대였다. 자강고원은 백두산 아래 펼쳐진 갑산고원과 어깨를 맞대고 있는 장진고원과 손을 맞잡으면서 개마고원을 형성하고 있었다. 백두산을 떠받치고 있는 하단부에 속하는 자강고원은 이 땅의 본래 모습을 가장 착실하게 지니고 있는 지역의 하나이면서, 가장 추운 지대이기도 했다. 초산은 그 고원을 넘어야만 갈 수 있는 압록강가에 있었다.

극성스럽고 잔인한 비행기들의 추격에서는 벗어날 수 있었지만 끊임없이 이어지는 고원의 산길은 굴곡이 심하고도 멀었다. 그나마 다행이라면 차가 한 대 정도는 다닐 수 있는 넓이로 길이 닦여 있었다. 그리고 고원은 이미 깊은 겨울이었다. 먼 백두산에서부터 휘몰아쳐오는 매서운 바람에 원시림의 가지들은 온갖 소리로 울어댔고, 굶주림에 지친 몸을 휘감아 꽁꽁 얼어붙게 했다.

"힘을 내십시요. 잠이 들면 얼어죽습니다. 이 고비만 넘기면 목적지는 얼마 남지 않았습니다."

이학송은 김미선을 잡아끌었고, 박 영감은 뒤에서 밀었다. 김미선만 탈진상태가 아니었다. 모두 주저앉으면 다시 일어날 수 없도록 기진맥진해 있었다. 이학송이 김미선에게 하는 말은 곧 자신에게 하는 말이기도 했다.

가도 가도 끝이 없는 원시림의 바다에는 바람과 추위뿐 화전민 하나 찾을 수가 없었다. 첫 번째 고개인 우현령을 하루 종일 걸어올라 넘어섰을 때 10월 스무나흗날이 저물고 있었다. 오르막길의 고통스러움이나 내리막길의 고통스러움은 마찬가지였다. 화전이 눈에 띄면서 그들 일행은 생기를 찾았고, 얼마 가지 않아 토담집 세 채를 발견하게 되었다. 그러나 그 낡은 집들마저 그들의 차지가 될 수 없었다. 먼저 온 인민군들과 일반인들이 뒤섞여 어느 집에도 비집고 들어갈 틈이 없었다. 굶주림에 지치고 추위에 시달린 사람들의 몰골은 말이 아니었다.

이학송은 이 집 저 집으로 뛰어다녀 부엌에다가 세 사람의 자리를 마련했다. 부엌이나마 차지한 것도 황감했다. 밤추위는 무서웠다. 부엌에 가득 찬 사람들은 서로 몸을 맞비비며 덜덜 떨었다. 이학송과 김미선도 어깨를 맞대고 앉아 살을 후벼파는 추위를 깨물고 또 깨물었다. 밤새껏 바람은 휘몰아쳤고, 원시림이 울어대는 괴기스런 소리는 추위와 함께 잠을 앗아갔다. 밤이 얼마나 깊었는지 모른다. 잔뜩 웅크린 채 잠이 들락 말락 하고 있던 이학송은 오른쪽 어깨에 무언가가 툭 얹혀오는 느낌에 눈을 번쩍 떴다. 이상한 예감대로 김미선의 몸이 맥없이 부려져 있었다. 그건 분명 잠에 곯아떨어진 모습이 아니었다. 그는 김미선을 얼른 안았다. 처져내리는 그녀의 몸에서는 섬뜩한 냉기가 느껴져왔다.

"영감님, 김 동무가 정신을 잃었어요. 물독에서 물 좀 떠오세요."

이학송이 윗옷을 벗으며 다급하게 말하고 있었다.

"야단났소. 저녁이라도 먹었으면 이리는 안 됐을 텐데."

박 영감이 허둥지둥 일어났다. 이학송은 벗은 옷으로 그녀의 몸을 덮었다.

"김 동무, 김 동무, 정신 차리시요."

박 영감이 찬물을 흘려넣은 다음 이학송은 그녀의 볼을 토닥였다.

"이게 다 이 늙은것이 잘못한 탓이오. 그저께 옷을 구할 때 한 벌을 더 구했어야 하는데, 김 동무가 됐다기에 돈이 남았는데도 된 줄만 알았지 뭐요."

박 영감은 윗옷을 벗어 김미선을 덮으며 안타깝게 말했다.

"그리 말씀하시면 제 잘못도 똑같습니다. 저한테도 돈이 조금 남았는데 옷을 더 구할 생각은 못했으니까요. 이리 된 게 옷 때문만은 아니니 너무 심려 마십시요."

이학송은 묽은 어둠에 잠긴 김미선의 얼굴을 하염없이 내려다보았다. 아니, 어둠이 어떤 빛 때문에 묽어진 게 아니라 눈이 어둠에 익어 그녀의 얼굴을 희미하게나마 알아보고 있었다. 그녀의 얼굴은 서울을 떠날 때의 얼굴이 아니었다. 야위고 거칠어지고 탈색되어 있었다. 굶주리며 잠 못 자며 걸어서 온 천 리 길의 고통이 고스란히 담긴 얼굴이었다.

여자의 몸으로 얼마나 힘들고 고달팠을까. 김미선이여, 정신을 차려라. 여기서 죽을 수는 없는 일 아닌가. 놓고 온 두 자식을 다시 만나야 할 것 아닌가. 두 자식을 놓아둔 채 그대를 여기까지 이끌어온 힘은 무엇인가. 혁명의 열정, 역사의 실천의식인가. 그렇다면 어서 깨어 일어나라. 혁명은 아직 이루어지지 않았고, 역사는 이제 실천을 기다리고 있다. 전라도 지주의 딸로 혁명의식을 가짐으로써 장한 탄생을 하고, 두 아이의 어머니로서 천 리 길 장정에 오름으로써 또다시 장한 탄생을 이룩한 여인이여. 태양처럼 뜨거운 혁명의 열정을 불붙여 어서 깨어나라. 압록강이 바로 눈앞이다. 그리고 혁명의 장정은 그대를 부른다. 그렇다, 그대와 내가, 그리고 우리 모두가 무차별한 비행기의 폭격을 무릅쓰고 뚫고 온 천 리 길은 패배의 길이 아니라 승리를 위한 장정이었다. 중국공산당이 5만 리 대장정에 오른 것이 패배가 아니었듯이. 중국공산당은 5만 리를 걸었다. 우리는 10만 리를 걸을 각오를 해야 한다. 중국공산당의 상대는 그래도 동족인 국민당이었지만, 우리의 상대는 외국인 미제국주의자들이 아닌가. 우리는 10만 리를 걷자고 해도 걸을 땅이 없다는 어리석은 소리는 하지 말자. 미제국주의자들을 완전히 몰아내고 혁명을 완수할 때까지, 같은 땅을 수백 바퀴 돌다 보면 어찌 10만 리만 되랴. 장한 여인이여, 어서 깨어나라. 혁명의 장정은 그대를 필요로 한다. 남자로 태어나서, 배우기까지 했다는 자들이 고의적인 역사배반을 일삼고, 기회주의적인 역사협잡을 일삼고, 방관적인 역사회피나 일삼는 속에서 그대는 얼마나 장한 존재인가.

이학송의 생각은 기사에 몰두했을 때처럼 풀려나가고 있었다.

"이 동무, 김 동무가 깨나오!"

박 영감의 뜨거운 목소리였다.

과연 김미선이 몸을 움직거리며 눈을 반쯤 떴다가 감고, 다시 뜨고 있었다.

"김 동무, 이제 정신이 드시오?"

이학송은 반갑게 말하며 고개를 숙였다.

"제가…… 제가, 어떻게 됐나요?"

김미선이 오른팔을 이불로 덮은 옷 속에서 빼내며 가느다랗게 말했다.

"별일 아니오. 잠시 정신을 잃었었소."

"제가 정신을...... 그랬었군요."

김미선의 의식에는 정신을 잃기 직전이 떠올랐다. 까마득한 벼랑 아래로 굴러떨어지며 이학송을 불러댔었다. 그녀는 그 말은 하지 않았고, 자신이 이학송에게 안겨 있다는 것을 알고는 벌떡 몸을 일으켰다. 그러나 그건 마음일 뿐 고개는 들리다가 말았다.

"괜찮아요, 좀더 누워 계세요."

이학송의 담담한 목소리였다.

"아니에요, 물을 좀 마시고 싶어요."

김미선은 반거짓말을 했다. 정신을 잃었을 때는 모르지만 정신이 멀쩡한 상태로 그의 두 다리를 침대 삼아 누워 있을 용기도 뻔뻔스러움도 없었다.

김미선은 일어나 앉아서야 박 영감과 이학송의 윗도리가 자신의 몸을 덥혔다는 것을 알았다.

"두 분 얼마나 추우셨겠어요. 어서어서 옷들 입으세요. 제가 괜히 말썽만 일으키고, 두 분한테 귀찮은 짐이군요."

"무슨 말씀입니까, 난 괜찮으니 그냥 걸치고 계세요." 이학송이 말했고, "그래요, 열 뺏기면 또 탈나요." 박 영감의 말이었다. 그러나 둘의 몸은 얼 대로 얼어 있었다.

"이러시다가 이젠 두 분이 정신을 잃으신다구요. 그럼 저 혼자 무서워서 어떡해요. 어서들 입으세요."

두어 차례 더 같은 말이 오갔다.

"그럼, 이러면 어떻겠소, 우리 동지끼리니까, 옷을 우리가 입기는 입되 단추를 잠그지 말고 김 동무를 가운데 앉혀 양쪽에서 싸는 것이. 다소 거북하더라도 이 밤을 무사히 넘겨얄 것 아니겠소?"

박 영감의 제의였다.

"나는 괜찮소만, 이건 김 동무가 결정할 문제요."

이학송의 지체 없는 말이었다. 여기서 얼어죽을 수는 없다는 것이 김미선의 머리에 떠오른 첫 번째 생각이었고, 벌써 안겨서 흉한 꼴 다 보였는데 뭘, 하는 것이 두 번째 생각이었다.

"박 영감님 말씀대로 하겠어요."

그래서 김미선의 양쪽 옆에 박 영감님과 이학송이 붙어앉아 옷깃으로 그녀의 몸을 반씩 덮었다.

"좀 거북하더라도 그저 애비거니 생각하시오."

박 영감이 고즈넉이 말했다.

"네에……."

몸을 바짝 웅크리고 무릎을 세워 얼굴을 박은 김미선이 대답했다.

"좀 거북하더라도 그저 오라비거니 생각하시오."

이학송이 박 영감의 말을 흉내냈고, 김미선이 푹 웃음을 터쳤다. 박 영감이 낮게 웃었고, 이학송도 따라 웃었다.

그렇게 서로의 몸으로 몸을 덥히며 깜빡 잠이 들었다가 깨고, 다시 잠에 잡혔다가 놓여나고는 했다. 북풍은 줄기차게 불어댔고, 고원의 원시림도 쉴 새 없이 울었다.

날이 밝아서 보니 두 개의 물독이 얼어터져 쩍 금이 가 있었다.

"두 분이 아니었으면 제가 저렇게 됐을 거예요."

김미선이 수줍은 웃음을 지으며 한 말이었다.

옥수수 다섯 개를 사서 구워먹고 또 길을 나섰다.

끝없는 오르막과 내리막의 연속인 길을 걷는 고달픔은 컸지만 무엇보다 속 시원한 것은 비행기의 습격에서 벗어난 일이었다. 쉴 때 편안히 쉬고, 낮에 걷고 밤에 잘 수 있다는 것은 생명의 위협이 없어진 것과 마찬가지로 통쾌하고 상쾌한 일이 아닐 수 없었다. 아무리 미국 비행기라 하더라도 고원의 원시림 앞에서는 꼼짝을 못했다. 편안한 마음으로 쉬며, 원시림 사이로 뚫린 하늘을 날아가는 비행기들을 올려다보면서 비웃어주는 맛은 보통이 아니었다.

"이 동무, 저 비행기들은 왜 자꾸 북쪽으로 날아가는 걸까요? 국경선이 얼마 안 남았는데 어디까지 가려는 걸까요?"

비행기를 올려다보며 김미선이 고개를 갸웃거렸다.

"글쎄요, 난 그 생각을 개천을 지나면서부터 하기 시작했어요."

이학송이 무슨 깊은 생각을 하는 얼굴로 말했다.

"혹시 저러다가 만주까지 넘어가는 거 아니에요?"

"나도 계속 그 생각을 해오고 있소. 소리보다 빠른 비행기가 저렇게 날아가다가 만주땅으로 넘어가지 않는다는 보장이 없소. 하늘에 담이 쳐진 것도 아니고, 압록강을 넘어 만주땅으로 들어가기는 눈 깜짝할 사이요. 그렇게 되면 그게 고의든 아니든 간에 중국에 대한 불법침략행위이고, 전쟁도발행위가 되는 것이오. 우리가 확인할 수 없어서 그렇지 벌써 만주땅을 넘나든 비행기들이 있을지도 모를 일이오."

"어머, 그렇게 되면 어떻게 되나요?"

김미선이 놀란 눈으로 바싹 다가앉았다.

"중국이 그런 주권침해와 영토침략을 당했다면 절대 좌시하지는 않을 것이오. 또, 좌시해서도 안 되는 일이오. 그걸 좌시하거나 침묵하는 건 세계적으로 미제국주의 만행을 합법행위로 인정하는 것이 되고, 또 세계적으로 국제공산주의의 패배가 되며, 그리고 세계적으로 혁명의 나라 중화민국의 허약을 입증하는 것일 뿐만 아니라, 결국은 미제국주의들의 본격적인 침략을 북경까지 불러들이는 결과가 될 것이오."

"어머, 너무 어마어마하고 무시무시해요. 그런데 말예요, 중국이 미국을 막으려고 나서면 어떻게 되나요. 우리 해방전쟁의 의미가 달라지잖아요?"

"민족해방전쟁이 국제전으로 본격화되는 거지요. 미국의 일방적 개입으로 벌써 반은 국제전이 되지 않았소?"

"그러면 말예요, 미국 비행기들이 단 한 대도 압록강을 넘지 않았다면 어떻게 되나요?"

"글쎄요…… 미국이 중국에게 양해를 얻지 않는 한 국경의 무력위협 책임을 져야 할 거요. 그러나 미국이 중국에게 양해를 구했을 리도 없고, 구했다고 해도 중국이 양해했을 리가 없소."

"그럼, 그 책임이라는 건 뭔가요?"

"그러니까…… 개인과 개인 간에도 공갈협박죄라는 게 있지 않습니까? 나라와 나라 사이에도 그와 똑같은 책임문제가 있게 마련이죠. 국경을 맞대고 있는 두 나라 사이에서 한 나라가 상대방의 국경을 침략하지는 않으면서 자꾸 무력을 동원해 위협하고 불안을 조성하고 해서 도저히 견딜 수 없게 된 상대국에서 전쟁을 일으켰을 때, 그 전쟁의 책임은 어느 나라에 있겠습니까? 그건 당연히 의도적으로 전쟁을 유발시킨 나라에 있습니다. 지금, 미국과 중국은 국경을 맞대고 있는 나라도 아니면서, 미국은 수만 리 밖에서 막대한 화력을 가져와 중국의 국경을 위협해 대고 있습니다. 그뿐만 아니라, 미국은 국민당을 지원해서 공산당을 말살하려고 했던 전력을 가진 나랍니다. 그러므로 중국이 느끼고 있는 위협은 아주 중대하고도 심각한 것입니다. 결론적으로 말해서, 만약 중국이 이 전쟁에 나서게 된다면 그 책임은 전적으로 미국이 져야 합니다. 미국이 그 책임을 지지 않게 되려면 북위 40도 선, 가만있자, 영감님 지도 좀 주세요. 예에, 여길 보세요, 최소한 이 40도 선, 그러니까 영변군·영원군 이상은 비행기를 띄우지 말았어야 합니다. 만약 미국이 그랬는데도 중국이 참전을 했다면, 그때는 중국의 과잉반응으로 책임문제가 달라지겠지요."

김미선은 무엇을 골똘히 생각하는 얼굴로 한동안 고개를 끄덕이고 있었다.

"그런데…… 한 가지 의문이 있어요. 이 동무는 너무 이론이 정연하고, 당사업에도 아주 열성인데 왜 당원이 아니시죠?"

김미선이 정색을 하고 물었다.

"갑자기 거 무슨……."

"갑자기가 아니에요. 서울서부터 한 생각이고, 갈수록 의문이 커져요."

"글쎄요…… 전쟁 전까지는 뭐랄까, 중도는 아니고, 이런 말이 통용될지 모르겠는데 굳이 이름 붙여보자면, 민족적 사회주의자 정도에 머물러 있었다고 할까요. 민족을 앞세웠던 건, 어떻게 해서든 외세에 의한 민족분단은 막아야 한다는 의미였고, 계급의 문제는 사회주의에 이미 포함된 것이었으니까요. 그런 상태에서 전쟁이 일어났으니까 선택은 간단했던 거죠."

"그랬었군요. 이제 입당할 의사 없으세요? 제가 추천인이 되어드릴께요."

김미선은 이학송을 응시했다. 이학송은 그 호의가 고마웠다. 입당추천이란 함부로 하는 것이 아닌 책임문제였고, 당원과 비당원의 차이를 잘 알기 때문이었다.

"고맙습니다. 차차 생각하도록 하지요."

"혹시, 제가 여자라서 마음에 걸리시면 이원조 동지께 부탁드릴 수도 있어요."

김미선이 재빨리 말했다.

"아닙니다, 그런 뜻이 아닙니다. 너무 갑작스러워 그런 것뿐이니 마음을 정하면 내가 먼저 부탁드리기로 하죠."

이학송은 그녀를 바라보며 조용히 웃었다.

"그러세요. 기왕 일하시는 거 당원으로 하시는 게 낫잖아요."

그녀의 나직한 말에 담긴 뜻을 이학송은 충분히 헤아릴 수가 있었다.

"고맙습니다. 오래 쉬었으니 또 걸어봅시다."

그들이 양강면에 다다랐을 때 그 소문은 앞질러 와 있었다. 초산길을 적이 뒤쫓아오고 있다는 것이었다. 그 외길을 적이 뒤쫓아오다니! 그들은 걸음을 서둘렀다. 사람들도 허둥거리며 짐들을 버리고 떠났다. 양강을 떠나 20리 정도 갔는데 양강에 밀어닥쳤다는 소식이 뒤따라오고, 풍장을 지나서 10리 남짓 갔는데 또 적들이 풍장에 들이닥쳤다는 소식이 따라왔다. 사생결단 걸을 수밖에 없었다.

고장(古場)이 20리 남았다는 지점에서 오른쪽이 바위절벽이고, 왼쪽은 까마득한 낭떠러지인 길을 만나게 되었다. 낭떠러지 아래로 굽이쳐 흘러가는 물줄기는 충만강 상류였다. 그 절벽길의 넓이가 갑자기 좁아져 보였다. 한쪽이 낭떠러지인 데다가, 마음이 급해진 수많은 사람들이 앞을 다투어 몰려든 때문이었다.

"밀지 마라, 떨어진다!"

"줄을 서, 줄! 떨어지면 즉사야!"

사람들은 고래고래 소리치며 절벽길을 가고 있었다.

이학송 일행이 절벽길로 접어들어 10여 분을 걸었을까. 뒤에서 갑자기 호루라기 소리가 찢어졌다. 그 소리는 모두에게 총소리로 들렸다. 사람들은 마구 뛰기 시작했다. 그런데 "아무 일도 아니오" "괜찮아요, 괜찮아!" 하는 서로 다른 남자들의 외침이 뒤에서 들려왔다. 사람들은 일제히 뛰기를 멈추고 뒤를 돌아보았다.

그때였다. 이상한 소리가 들려왔다. 그건 분명 자동차의 엔진소리였다.

사람들은 다시 뛰기 시작했다. 얼마를 뛰지 않아 오른쪽의 바위 절벽이 끝나면서 나무들이 선 비탈이 나타났다. 사람들은 그 비탈을 기어올랐다.

"힘내요, 살 수 있게 됐어요."

이학송은 헐떡거리는 김미선의 등을 밀었다.

이학송은 산비탈에 다다르게 되자 김미선의 팔을 덥석 잡았다. 그리고 허둥지둥 비탈을 치올랐다. 박 영감이 김미선을 밀어대고 있었다. 먼저 비탈을 오른 사람들의 모습은 보이지 않았다. 나무 많고 풀 많은 산은 그들을 감쪽같이 감추어준 것이었다. 이학송은 김미선의 손을 잡은 채 원시림 속으로 뛰었다.

길 쪽에서 자동차의 경적과 총소리와 사람들의 비명이 뒤범벅되어 들려왔다. 이학송은 풀숲에 엎드렸다. 그는 숨을 헉헉거리며, 이대로 끝나고 마는 것인가! 하고 절망을 씹었다. 적이 국경까지 와버리다니, 그는 가슴 무너져내리는 허탈에 빠져들었다. 그는 오늘이 며칠인지를 생각해 내려고 애를 썼다. 매일 간단간단하게 메모를 하기 때문에 날짜 가는 것은 환히 알고 있었다. 그런데 어찌 된 영문인지 머리가 하얗게 비어 있었다.

"오늘이 며칠이오?"

"이시입……, 육일이에요."

김미선이 별로 자신 없이 대답했다. 그렇지, 26일! 이학송은 그때서야 날짜를 생각해 낼 수 있었다. 시계를 들여다보았다. 오후 1시가 되어가고 있었다. 적들은 오늘 안으로 충분히 초산에 도착하리라고 그는 생각했다. 이제 우리는 어디로 가야 하는가…… 이 막막한 물음을 길 쪽에서 울려오는 차량의 소음들이 뭉개고 있었다.

길 쪽에 인적이 완전히 끊기게 되자 숨었던 사람들이 여기저기서 모습을 드러냈다. 그동안 일반인들과 섞여 걸었던 인민군들이 그때부터 앞으로 나섰다. 그들은 민첩하게 움직여 열 사람씩을 한 조로 편성했다. 그리고 재빠른 동작으로 산을 내려갔다.

초산으로 갈 수 없게 된 대열은 위원으로 빠지기 시작했다. 누구의 입에선가, 위원에서는 며칠 전부터 배로 사람들을 만주땅에 실어나르고 있다는 말이 퍼졌다. 인민군들이 이끄는 대열은 잠시의 쉴 틈도 없이 빨리 움직였다. 아슬아슬하게 위기를 벗어난 사람들도 다투어 걸었다.

위원은 적막했다. 타지에서 몰려든 사람들만 우왕좌왕할 뿐 시가지는 텅 비어 있었다. 시가지의 적막처럼 압록강이 소리 없이 흐르고 있었다.

국경선, 북쪽 땅의 끝— 이학송은 압록강을 바라보고 서 있었다. 백두산에서 발원하여 서쪽으로 700리를 흘러내리는 강, 단순히 물이 모아져서 흐르는 물길이 아니라 반도땅의 수만 년 세월과 역사를 간직하고 있는 강, 이 강 앞에 이런 암담한 심정으로 설 줄은 몰랐던 것이다.

이학송은 강가로 뚜벅뚜벅 걸어갔다. 김미선과 박 영감도 뒤따랐다. 이학송은 손을 물에 담갔다. 물빛만큼 차가운 냉기가 심장을 찔렀다. 손을 씻었다. 그리고 물을 마셨다. 두 손을 모아 바가지를 만들어 더는 마실 수 없을 때까지 물을 마셨다. 그 다음 얼굴을 씻었다. 김미선과 박 영감도 아무 말 없이 이학송처럼 했다.

"갑시다, 이제."

이학송이 돌아섰다.

그들이 강변을 따라 찾아간 곳은 경비사령부였다. 그러나 수십 명의 사람들이 웅성거리고 있을 뿐 마지막 배는 이미 떠난 뒤였다. 강 건너를 바라보며 사람들은 발을 굴렀고, 어떤 여자는 통곡을 하기도 했다.

"여기서 100리만 가면 인도교가 있으니 빨리빨리 그리들 가시오! 국방군은 오늘 저녁 안으로 여길 쳐들어옵니다!"

군관이 외치고 다녔다.

그들은 해가 기울고 있는 압록강변의 길을 따라 다시 걷기 시작했다. 길에는 2킬로미터마다 푯말이 서 있었다. 50여 리를 걸었을 때 어둠 속에서 방어선을 치고 있는 인민군들을 만나게 되었다.

"만포까진 얼마나 남았나요?"

김미선은 반가움을 나타내며 한 군인에게 물었다. 그런데 군인은 김미선을 멀뚱하게 바라보고만 있다가 슬그머니 돌아서 다시 일손을 잡았다.

"귀머거리나 벙어리가 군인이 됐을 리가 없는데, 참 이상한 사람이에요."

무안해진 김미선이 신경질을 부렸다.

"이 형편에 군인도 아무 말도 하고 싶지 않은 거요. 그 심정을 이해하도록 하시오."

이학송의 말이었다.

방어선을 구축하고 있는 군인들을 서너 곳에서 더 만났다. 그러나 더 말을 걸지 않고 그냥 지나쳤다.

그런데, 다시 한 군데를 막 지나쳤을 때였다.

"아니, 잠깐!"

이학송이 걸음을 우뚝 세웠다.

"김 동무, 저 소리를 들어보시오. 저건 분명 중국말이지요?"

이학송의 낮고 빠른 말이었다. 어둠 속에서 웅얼웅얼 말소리가 들리고 있었다.

"맞아요, 틀림없이 중국말이에요."

김미선이 확인했다. 그리고 처음의 군인이 왜 멀뚱히 쳐다보기만 하고 돌아섰는지를 그녀는 그제야 깨달았다.

"마침내 중국이 참전을 한 겁니다."

어둠 속에서 이학송이 말했다.

"이 동무 예상이 적중했어요. 우린 이제 희망이 있군요."

김미선의 목소리가 떨렸다.

"갑시다, 만포가 얼마 안 남았소."

감정을 느낄 수 없는 이학송의 말이었다.

만포를 10리 앞둔 별오리에 도착했다. 별오리에는 강 건너 지안까지 연결된 인도교가 놓여 있었다. 그러나 그 다리는 통행금지였다. 내무서를 찾아갔다. 만포에 군당부가 있으니 그리 가라고 내무서원이 알려주었다.

인도교를 뒤에 두고 가는 만포 10리 길은 더디고 지루했다. 마음이 인도교에 매달려 있는 데다, 좁은 신작로에는 중국군들의 행렬이 그들의 반대방향으로 계속 이어지고 있었던 것이다. 군인들에게 길을 내주고 가장자리를 타고 걷다 보면 어느 길목에서는 한참씩 걸음을 멈추어야 했다.

위원과는 달리 만포는 사람들로 넘치고 있었다. 시가지 사방에는 젊은이들을 소집하는 군사동원부의 벽보가 붙어 있었다. 이학송 일행은 로동신문사 연락소를 수소문해 찾아갔다. 군위원회 가까이 있는 연락소를 찾아갔을 때 뜻밖에도 순천에서 헤어지고 말았던 김주갑 기자가 서 있었다. 그들은 서로 얼싸안았다.

“지금 우리 해방일보 일행을 기다리느라고 일부러 나와 있는 겁니다. 어서 안으로 들어갑시다.”

안으로 들어간 그들은 또 한 사람과 감격을 나누지 않을 수가 없었다.

“이 선생니임!”

김미선이 제일 먼저 목메이는 외침을 끌며 내달았다.

“아아, 김 동무! 어서 오시오.”

두 팔을 활짝 벌리고 이쪽으로 오고 있는 사람은 이원조였다.

27

똥냄새 김치냄새의 나라

바람소리뿐이었다. 밤은 깊을 대로 깊어 있었다. 팔을 들어올렸다. 야광시침이 또렷하게 직각으로 꺾여 있었다. 3시를 가리키는 희푸름한 형광의 선명함은 어둠의 조작술이었다. 팔을 내렸다. 심장의 박동소리가 들려오고 있었다. 환청이 아니었다. 심장은 벌떡거리고 있었다. 숨을 들이켜며 윗몸을 일으켰다. 삐끄윽, 갑작스러운 소리에 흠칫 놀랐다. 그건 야전침대가 우는 소리였다. 그 소리 정도는 방 밖으로 나갈 리가 없었다. 나간다 해도 바람소리에 금방 잡아먹힐 것이다. 침대에서 내려섰다. 들이켰던 숨을 내쉬었다. 심장의 박동소리가 멀어져 있었다. 허리에 찬 칼을 만졌다. 손잡이가 잡히면서 쇠붙이의 견고하고 찬 감촉이 손아귀를 채운 손잡이의 부피감처럼 확실하게 느껴졌다. 칼을 뽑았다. 그것을 눈앞에 세웠다. 어둠 속에 칼의 형체가 드러났다. 손잡이보다 약간 더 긴 칼날.

왼손을 천천히 천천히 들었다. 그리고 칼날로 옮겼다. 손가락을 모아 칼날 앞뒤로 잡았다. 앞에 엄지손가락, 뒤에 네 개의 손가락이 닿았다. 손잡이를 잡았을 때보다 몇 갑절 강한 견고함과 싸늘함이 심장을 찔렀다. 다시 심장이 뛰는 소리가 기차바퀴 굴러가는 것처럼 격렬하게 울렸다. 숨을 들이켰다. 손가락을 천천히 위로 밀어올렸다. 칼날은 쇠붙이가 아니었다. 사람을 죽이는 도구였다. 다섯 개의 손가락 끝에 칼날의 생김이 선명하게 새겨지고 있었다. 앞뒷면에 파인 홈이 칼날의 임무와 효용성을 동시에 설명하고 있었다. 다섯 손가락은 반 타원을 이루고 있는 칼끝 부분을 지나 칼끝에서 합쳐졌다. 칼끝의 예리함을 손가락들이 예민하고 섬세하게 확인하고 있었다. 강도 높은 강철의 그 예리함은 수만 명의 가슴팍을 파고들 수 있다고 장담하고 있었다. 그런데 세 놈쯤이야, 당신이나 잘하라구. 칼끝이 거만을 떨고 있었다. 숨을 길게 내쉬었다. 세 놈은 술을 퍼마셨다. 바람까지 세차게 불고 있다. 더없이 좋은 기회다. 그러나 총을 사용할 수가 없다. 세 놈을 다 죽여야 하니까. 그리고 도주를 해야 하니까. 세 놈쯤 어려울 것 아무것도 없다. 침대의 위치를 환히 알고 있으니까 왼쪽 가슴만 찌르면 된다. 산돼지 50마리로 실습을 한 솜씨 아니냐. 그 감촉, 그 기분과 하나도 다를 게 없을 것이다. 그리고 달라서는 안 된다. 아니, 더 아무렇지도 않아야 한다. 돼지는 아무런 감정이 없는 관계였다. 죄 없는 돼지를 그놈들과 비교하는 것은 돼지에 대한 모독이다. 칼을 바꿔 들었다. 숨을 들이켜며 방문을 옆으로 밀었다. 방문이 소리 없이 밀려갔다. 찬 바람이 끼쳐왔다. 마루로 나섰다. 대문 쪽으로 눈길을 날렸다. 경비원의 기척은 들리지 않았다. 방은 오른쪽으로 두 개, 왼쪽으로 한 개였다. 오른쪽부터 해치우는 것이다. 벽에 등을 붙이고 한 발짝, 한 발짝 옮겼다. 여덟 발짝에 방문 앞에 이르렀다. 방 안에 귀를 기울였다. 아무 소리도 들리지 않았다. 방문의 잠금쇠가 안으로 어디에 붙어 있는지도 환했다. 그러나 그놈들은 경비원을 믿고 그걸 잠그지 않기가 예사였다. 그렇지만 야전침대 머리맡에 권총은 언제나 놓고 잤다. 안전장치까지 풀어놓고. 그러니까 비호 같은 일격이 아니면 안 된다. 숨을 들이켜며 방문을 약간 들었다. 그리고 옆으로 살며시 밀어보았다. 방문이 밀렸다. 술까지 마셨으니 역시 잠그지 않은 것이다. 방문을 밀었다. 몸을 옆으로 돌려 들어갈 정도로 민 다음 재빨리 방 안으로 몸을 디밀었다. 그리고 방구석으로 몸을 붙이며 침대 쪽을 경계하고, 방문을 서둘러 닫았다. 찬 바람으로 잠을 깰 우려가 있었다. 침대 쪽을 응시했다. 형체가 어렴풋이 드러났다. 창 쪽으로 머리를 두고 누웠으니 왼쪽 가슴은 이쪽에선 오른쪽이었다. 딱 찌르기 좋았다. 숨을 들이켜며 팔을 치켜올렸다. 그리고 침대로 들이닥치며 칼을 내리찍었다. ……! 칼끝의 감촉이 이상했다. 돼지를 찌를 때와는 너무 달랐다. 사람이라서? 너무 오래돼서? 일순간에 스친 생각이었다. 그러나 감촉의 이상함은 해명도 납득도 되지 않았다. 반사적으로 모포를 걷어치웠다. 아니! 침대에는 사람이 없었다. 사람 같았던 형체는 모포뭉치였다. 아니 이럴 수가! 뒤로 홱 돌아섰다. 그때 방문이 벌컥 열리며 불빛이 쏟아져 들어왔다. 눈을 가렸다. 칼이 손에서 떨어져내렸다. 거센 파도와 같은 현기증이 몰려들었다.

"김범우, 우린 네놈의 속셈을 다 알고 있었다. 우릴 그렇게 간단하게 보다니, 한국놈들은 역시 단순한 짐승들이야. 으하하하……."

여러 개의 웃음이 터져올랐다.

김범우는 천천히 손을 내렸다. 쏟아져오는 불빛 뒤에 웃어젖히고 있는 윌리엄스, 심슨, 암스트롱의 얼굴이 흐리게 보였다.

"이새끼, 감히 우릴 죽이려 하다니, 네놈은 가장 악질적인 한국놈으로 수많은 사람들 앞에서 시범적으로 처형될 것이다."

김범우는 눈을 질끈 감았다가 떴다. 그렇게 죽어갈 수는 없었다. 순식간에 방바닥에 떨어진 칼을 집어들었다. 그리고 앞으로 내달았다.

탕, 탕, 탕.

"이 양키새끼들아!"

김범우는 고꾸라지며 외치고 있었다.

김범우는 발버둥치다가 야전침대에서 굴러떨어졌다. 온몸이 땀으로 젖어 있었다. 바람소리만 세차고 방 안은 어두웠다. 그는 이마의 땀을 손바닥으로 훔쳤다. 목이 탔다. 시계를 들여다보았다. 꿈에서와는 달리 야광시침은 5시를 가리키고 있었다. 그는 야전침대에 머리를 기댔다. 평양에 온 뒤로 비슷비슷한 꿈을 거의 매일 밤 꾸고 있었다. "넌 전쟁이 그렇게 무서우냐? 네가 악몽에 시달리며 외치는 소리가 내 방에까지 들린다." 심슨의 말이었다. 그놈은 조금 전에 자신이 죽어가면서 외친 소리도 들었을지 모른다 싶었다. 머리가 혼탁하고 무거웠다. 꿈의 뒤끝이 끈적거리는 불쾌감으로 남아 있었다.

김범우는 침대 아래를 더듬거려 담배를 찾아냈다. 담배연기를 깊이 빨아들였다. 연기를 내뿜지 않고 서너 번을 빨아들이기만 했다. 정신이 아른해지면서 어깨의 긴장이 허물어져내렸다. 그들이 자신을 의심하지 않을지는 몰라도 전적으로 믿지 않고 있다는 사실만은 잘 알았다. 그건 그들의 생리에 의한 면도 있었고, 자신이 그렇게 만든 일면도 있었다. 자신의 감정을 드러내지 않으려고 신경을 썼지만 자신도 모르게 감정이 드러나 있고는 했다. 그럴 때마다 감정을 감추려고 억지웃음으로 얼버무리곤 했지만 소위 정보를 다룬다는 그들의 눈치 그물에 자신의 의식의 조각들이 걸리지 않았을 리가 없었다. 그러나 감정을 드러낸 것을 후회하지는 않았다. 그때마다 그러지 않을 수 없는 분위기가 되었고, 그들의 속마음까지는 어떤지 모르지만 효과가 전혀 없지도 않았기 때문이다. 아니…… 이쪽에서 효과라고 생각하는 그 대목이 오히려 그들이 갖는 경계고 의심일지도 모른다는 생각이 퍼뜩 떠올랐다. 김범우는 그 뒤늦은 깨달음에 신음을 물었다. 그들이 자신의 의도를 간파한 것은 아니었을까! 그는 완강하게 고개를 저었다. 자신이 그렇게 허술하게 행동한 것은 아니라는 확신이 있었다. 자신은 어디까지나 일반적이고 전체적인 문제에 대해 표피감정을 드러냈을 뿐이지 개별적이고 개인적인 문제에 대해 심층감정을 드러내서 마음속 저

밑바닥에 감추고 있는 계획을 탐지당할 만큼 어리석고 경솔하게 행동하지는 않았다.

그들과 보내는 나날은 여러 측면에서 괴롭고 고역스러웠다. 정보 통역이라는 일 자체가 갖는 민족 반역적 고통은 더 말할 것이 없었고, 그들이 인종적 우월감과 국가적 자만감으로 저질러대는 언행의 횡포는 견디어내기가 어려웠다. 인디언들을 멸종위기에 몰아넣을 정도로 잔인한 살육을 해가며 미합중국이라는 나라를 세우고, 수많은 흑인들을 잡아다가 노예로 혹독하게 부려 그 나라의 경제 기반을 구축해서 세계적인 강국이 된 그들은 자기들의 죄악으로 가득 찬 역사를 반성하거나 죄의식을 갖는 게 아니라 오히려 유색 인종에 대해 끝없는 우월감을 갖는 동시에 강대국 국민이라는 자만감에 도취되어 있었다. 그런 그들의 의식이 강한 것은 정의고, 어떤 방법으로든 이기는 자는 위대하다는 제국주의 가치를 만들어내고, 그 가치를 지배논리로 바꾸면서 그들은 제국주의 지배가 베푸는 혜택을 맘껏 향유하고 있었다. 인디언의 입장에서 보면 그들은 틀림없는 침략자들이면서 학살자들이었고, 흑인의 입장에서 보면 그들은 또한 확실한 생명강도들이면서 착취자들이었고, 진정한 의미의 인류라는 입장에서 보면 그들은 용서될 수 없는 종족살해범이면서 인간가학범들이었다. 그런 그들에게 한반도라는 좁은 땅은 그들의 국가적 자만심을, 그 땅에 사는 누런 사람들은 인종적 우월감을 충족시키기에 더없이 좋은 무대가 아닐 수 없었다.

"역시 한국에서 쓸 만한 건 딱 한 가지뿐이야. 여자의 성기 빼놓으면 너무 미개하고 야만적이라서 정나미가 떨어져."

심슨이 콧등을 찡그리고 입을 비틀어 비웃으며 지껄이는 말이었다.

"맞아, 흑인여자의 피부 탄력 하나는 아깝듯이 한국여자의 성기 하나는 기막히다구. 위치 정확하고, 구멍 작고, 흡입력 강하고, 아주 근사해. 흐흐흐흐……."

암스트롱의 흐물거리는 맞장구였다.

"그래, 그래, 그 일본군 장교 출신의 말이 틀림없어. 중국여자들은 아래쪽이 많고, 일본여자들은 위아래 없이 제멋대로고, 한국여자들이 제일 정확하게 가운데라던 말 말야. 그러니까 한국여자들하고 할 때는 베개를 받칠 필요도 없고, 뒤로 할 필요도 없고, 다리만 벌리게 하면 되니 그거 얼마나 좋아."

"하 좋지. 근데 말야, 일본여자들만 제멋대로가 아니라 우리나라 여자들도 제멋대로 달린 것은 마찬가진데, 흑인 피부를 탈색시키고, 한국여자들의 그것을 떼서 백인여자들한테 옮겨붙일 수는 없을까?"

"하아, 그것참 기막힌 생각이다. 그 아이디어를 빨리 하나님한테 알려줘라. 헤헤헤헤……."

"흐흐흐흐…… 근데 말야, 한 가지 영 틀려먹은 게 있어. 한국여자들은 성교를 할 줄 모르는 천치들이라구. 모두 딱딱한 나무토막이거든."

"그렇지, 쎅스 서비스를 전혀 모르지. 그건 여자들이 천치가 아니라 남자들이 천치기 때문이야. 능동적인 남자들이 길을 들여야 하는데, 그걸 못한 거지."

"그럼 한국남자들은 무슨 맛으로 쎅스를 하나?"

"그거야 단순한 동물적 종족보전행위로지. 그러니까 한국인들은 생활만 미개한 게 아니라 성도 개발하지 못하고 미개한 상태야."

"듣고 보니 그게 그렇군. 아이구, 한국인들 미개한 건 아프리카 수준이야. 그 변소를 좀 봐. 구더기가 드글드글한 게, 우엑!"

"변소는 아무것도 아냐. 그 똥으로 농사를 짓는단 말야. 논가에 커다란 똥구덩이를 봤잖아? 이들은 똥을 먹고 자란 쌀을 먹고, 오줌을 먹고 자란 채소를 먹는 야만인들이야. 이 나라에선 우리가 먹을 게 아무것도 없어. 아이구, 더럽고 징그러워!"

"맞아, 이 나라는 똥냄새와 김치냄새로 범벅이 된 나라야. 똥냄새도 지독하지만, 그 김치냄새! 그 숨 막히고 머리까지 띵한 그 썩는 냄새 나는 걸 매끼 먹고 살다니, 정말 야만인은 야만인들이야. 그들은 온몸으로 그 썩는 냄새를 풍겨대지 않느냔 말야."

"그러니까 일본에서 들었던 말이 하나도 틀리지 않아. 거 뭐랬지? 무지하고, 더럽고, 게으르고, 그리고……."

"거짓말 잘하고, 도둑질 잘하고, 그 담에가…… 응 그렇지 무질서하지."

"그래, 맞았어. 야만인의 조건은 골고루 다 갖춘 셈이지. 이런 땅에서 여자 성기마저 엉망이었다면 어떻게 살았을까?"

"누가 아니래? 우린 정부를 꽤나 원망했겠지."

김범우는 도저히 더는 참을 수가 없었다. 어떤 대사님은 여자들 앞에서도 옷을 훌렁훌렁 갈아입었고, 영국 귀부인들은 흑인 앞에서는 옷을 안 갈아입어도 황인종 앞에서는 거리낌없이 옷을 갈아입는다고 했다. 도를 통한 대사의 눈에는 여자가 여자로 보이지 않는 탓이었고, 영국 귀부인의 눈에는 노예인 흑인까지는 사람으로 보이는데 황인종은 아예 사람으로 보이지 않는 까닭이라고 했다. 심슨과 암스트롱은 바로 영국 귀부인들처럼 황인종인 자신의 존재 같은 것은 아예 무시해 버린 채 맘껏 지껄여대고 있었던 것이다. 그는 자리를 피할 수도 없고, 피하고 싶지도 않아 줄곧 감정을 억누르며 참아내고 있었다. 그러나 일본놈들이 가르쳐주었다는 그 여러 가지 악선전까지를 참아낼 수는 없었다. 그것은 일본놈들만 지껄여댄 소리가 아니라 황국신민·내선일체를 선봉장으로 부르짖어댄 소설가 이광수라는 자가 뻰질나게 글로 써댄 내용들이었다. 민족계몽이라는 미명을 내걸고 이광수가 저지른 그런 작태는 악의적으로 민족비하의 조항들을 나열한 것이었고, 상대적으로 일본놈들은 우리와 정반대라고 칭송하는 것이었으며, 그리하여 일본놈들이 전보다 더 우월감과 자만감을 갖게 하는 전기를 마련했고, 일본놈들이 우리 민족을 더욱더 맘 놓고 멸시하고 짓밟을 수 있는 근거를 제공했던 것이다. 그뿐만 아니라 그 사실을 일본놈들이 폭력적 관권을 행사하면서 끝없이 되풀이함으로써 그렇지 않아도 기죽고 주눅 든 조선인들의 의식 속에 자학적 자기비하가 뿌리박히게 했다. 그것은 개인적 열등감과 자신감 상실을 조성했으며, 전체적으로는 민족적 패배감과 민족의식 분열을 초래했다. 더구나 친일분자들이 일본놈들과 똑같이 '역시 조선놈들은 어쩔 수 없다니까' 하는 식의 말을 아무 거리낌 없이 해댐으로써 자기비하는 대중최면현상을 일으키며 사회적 고정관념이 되어갔다. 이광수는 거기서 그친 것이 아니라, 조선인 젊은이가 일본놈의 호의로 가정교사가 되는 것으로 소설 줄거리를 의도적으로 꾸며놓고는 그 일본놈 집안을 그려나가는데, 일본인들은 가족끼리도 인격적 예절을 빈틈없이 갖추고, 서로가 큰 소리로 떠드는 일이 없어 언제나 정숙을 유지하며, 집 안이 항상 청결하고, 부모가 자식들을 나무랄 때도 욕을 하는 일 없이 품격을 지키고, 온 식구들의 기상과 취침시간이 어김없이 잘 지켜지고, 음식을 위생적이고 영양가 있게 만들 뿐만 아니라, 어린아이들까지도 조선사람에게 예의 바른 친절을 잊지 않는다고 강조하고 있었다. 이광수는 또, 일본여자에 대해서는 '얼굴'이라고 쓰고, 조선여자에 대해서는 '낯바닥'이라고 구분해서 쓸 정도로 열렬한 친일을 솔선수범하고 있었던 것이다. 그런데 해방이 되고 사회적으로 친일파들을 처단해야 된다는 여론이 비등해지자 그는 '아직 독립도 되기 전에 남의 군정하에서 어떻게 친일파 숙청을 하느냐. 우리 정부가 선 후에 논의될 문제'라고 반대하는 글을 썼고, 대한민국 정부가 수립되고 국회에서 정식으로 반민법제정이 논의되니까 '해방이 된 지 4년이나 흘렀는데 이제 뒤늦게 무슨 놈의 친일파 숙청이냐'는 글을 썼다. 그리고 '아주 피와 살과 뼈가 일본인이 되어버려야' 조선인이 영생하는 유일한 길이라는 글을 쓴 사람이, 반민특위에 잡혀가서는 '나는 민족을 위해 친일했소' 했던 것이다. 그것만이 아니라 '저는 천황폐하의 적자입니다' 하며 눈물을 줄줄 흘렸다는 그는, 단독정부 수립에 앞서 '7월 17일 헌법 공포식/중계방송 듣고 흘린 감격의 눈물로 먹을 갈아/사는 날까지 조국 찬양의 노래를 쓰련다/그리고 독립국 자유민으로 눈감으련다' 하는 시를 썼다. 그런 이광수라는 자의 망령이 일본놈들이 아닌 미국놈들을 통해 또 나타나는 것을 김범우는 견딜 수가 없었다.

"그래, 너희들 말은 다 좋아. 그럼, 그런 야만인의 성기에다 물건을 집어넣고 쾌락을 즐기는 너희들은 뭐지? 야만인과 다를 게 뭐야?"

김범우는 감정을 드러내지 않기로 단단히 작정했으므로 웃음을 띠며 부드럽게 말했다. 예민한 편인 심슨은 당황한 얼굴이었고, 좀 둔한 암스트롱은 얼떨떨한 표정이었다.

"난 말야, 너희들이 우리 민족에 대해서 어떤 잘못된 선입관이나 편견을 가지고 있다고 해도 별로 신경 쓰진 않는다. 그러나 너희들이 일단 우리땅에 온 이상 우리 민족에 대해 알려면 똑바로 제대로 알아야 된다는 말만은 꼭 해두고 싶다. 너희들이 일본에서 들은 것들은 다 일본놈들이 악의적으로 조작한 모략이라는 걸 알아야 해. 일본놈들이 지금 가장 증오하고 있는 게 누군지 아나? 바로 너희들이야. 또 그놈들이 가장 억울해하는 게 뭔지 아나? 한반도를 지배할 수 없게 된 거야. 그놈들이 너희들한테 굽실거리고 꼼짝을 못하는 건 겉으로만 그러는 것뿐이지 속까지 그러는 게 아니라는 것쯤, 정보를 다루는 너희들은 알고 있어야 하지 않겠나? 우리 민족이 절대로 만만한 상대가 아니라는 건 일본놈들이 누구보다 잘 알고 있어. 우리가 얼마나 끈질긴 정신력으로 저항했고, 얼마나 지속적 행동력으로 투쟁했는지는 그놈들이 직접 경험했으니까. 그런데 왜 그놈들은 너희들한테 거짓말을 했을까? 그건 첫째, 너희들이 자기네를 대신해서 우릴 맘 놓고 짓밟아주기를 바라는 거지. 그리고 둘째, 그 결과로 너희들이 이 땅에서 실패하기를 바라는 거야. 너희들이 일본놈들의 그런 교활한 이중책략을 간파하지 못하고 그놈들이 꾸며댄 거짓말을 그대로 믿고 행동한다면 손해는 결국 너희들한테 돌아간다는 걸 명심해야 돼."

"거짓말이라니! 우리가 그동안 확인해 보니까 그것은 모두 사실이었어."

암스트롱이 퉁명스럽게 내쏘았다.

"손해라니? 우리가 도대체 무슨 손해를 본다는 거냐?"

심슨은 생김새대로 예민한 반응을 보였다. 비웃음을 흘리며.

"심슨 말부터 대답하지. 너희들이 우리와 다른 건, 너희들은 민족이 없고 우리는 민족이 있다는 점이다. 너희들은 여러 인종들이 모여들어 국가라는 조직을 만들었고, 우리들은 하나라는 민족의 토대 위에서 국가를 만들었지. 그 차이가 뭔가 하면, 너희들은 수평적 연결만 있지 수직적 유대가 없어. 그러나 우린 그 두 가지를 다 갖추고 있는 거야. 이게 무슨 말인가 하면, 너희들은 국가조직이 깨지면 산산이 흩어지게 돼 있어. 만약 너희들이 식민지지배를 받게 되어 미국이란 나라가 해체되면, 미국은 다시는 생겨날 수가 없어. 왜냐하면 너희들은 또다른 국가조직으로 재편성되어 살아가면 그만이니까. 그러나 우리는 달라. 국가라는 수평조직이 없어져도 민족이란 수직조직으로 한 덩어리를 이루며 절대로 흩어지지 않아. 그 좋은 예가 바로 일본 식민지 치하를 끈질기게 투쟁하며 견딘 거지. 일본이 100년 아니라 200년을 지배했어도 그 결과는 마찬가지야. 왜냐하면 우린 단일민족으로 5천 년을 살아온 역사전통이 있기 때문이지. 그런 민족일수록 그 민족 특유의 결속력과 고유의 정신력이 있게 마련이고, 자신들의 삶에 대한 방어력과 배타성도 그만큼 강하다는 걸 알아야 돼. 스테이트(State)란 말뜻만 알았지 네이션(Nation)이란 말뜻을 잘 모르는 너희들이 생각을 고쳐먹지 않고, 아까 말하는 식으로 계속해서 우릴 대했다간 너희들은 결국 배척당하고 말게 된다 그 말이야. 왜냐하면 너희들의 언행은 모두가 우리 민족의 자존심과 긍지감을 손상시키고 짓밟는 것인데, 우리 민족은 결코 그런 행위를 용납하지 않아. 너희들은 코웃음 칠지도 모르지, 너희들한테 무슨 자존심이나 긍지가 있느냐고. 간단하게 말하지. 우린 너희들과는 달리 우리의 고유한 말이 있고, 우리 민족이 발명해 낸 고유한 문자가 있어. 따라서 우리만의 개성적인 문화전통이 있고, 우리만의 독특한 생활풍습이 있지. 그런 것들이 모아져 우리 민족의 정신력을 형성하고, 결속력을 만들어내는 거야. 그걸 너희들이 무작정 무시하고 훼손하고 덤빈다면 가만히 있겠는지를 생각해 봐. 이번 전쟁도 너희들은 너희들 식의 국가개념으로 이데올로기 전쟁이라고만 생각하는데, 그건 한 면밖에 못 본 일방적 단순이지. 우린 이데올로기보다는 민족통일을 더 중시한다는 걸 알아야 해."

김범우는 말을 하는 동안 감정이 묻어나는 말이 나오려는 것을 몇 번이고 자제했다.

"하아, 5천 년의 역사를 가진 민족의 긍지가 똥으로 농사를 짓는 거냐?"

암스트롱이 코웃음을 날렸다.

"그래 말 잘했다. 암스트롱, 네가 우리나라 여자와 성교를 하고 나면 그 더럽고 지독한 똥냄새와 김치냄새가 네 물건에 묻을 텐데, 그걸 어쩌지?"

"야, 무식한 소리 하지 말어. 똥냄새는 똥에서 나고, 김치냄새는 입에서 나지, 그게 어째서 성기에서 난단 말이야. 그리고 샤워를 깨끗하게 하니까 아무 상관 없어."

"그래, 바로 그거야. 똥으로 아무리 농사를 지어도 쌀에는 똥성분이 하나도 없다는 걸 알아야 해. 그리고 똥으로 농사를 짓는 걸 미개고 야만이라고 생각하는 잘못된 시점이 문젠데, 똥은 인간이면 누구나 싸게 되어 있는 분비물이고, 인간은 누구나 자기가 먹은 음식물의 영양가를 30퍼센트 정도밖에 섭취하지 못하고 나머지는 배설해 버린다는 건 상식적인 사실이야. 나머지 70퍼센트의 영양을 농사의 비료로 사용하는 건 더없이 과학적이고 현명한 지혜가 아닐 수 없지. 그런데 말이야, 그 똥을 바로 쓰는 게 아니라, 아까 너희들이 말한 대로 논가에 커다란 똥구덩이들을 만들어 거기에 긴 기간 동안 똥을 채워놓고, 바람에 똥냄새와 함께 개스도 날려보내고, 빗물이 들어가 농도도 묽게 하고, 짚이나 풀을 섞어 그것들이 햇볕을 받으며 썩어 기름진 비료로 발효되는 과정을 거치는 거야. 그 비료가 논에 들어갈 때는 똥성분은 거의 없어지고, 성기에서는 김치냄새가 날 리가 없듯이 벼가 똥성분은 티끌만치도 받아들이지 않고 필요한 영양만 흡수해서 쌀을 만들어낸다 그 말이야. 그 똥비료는 너희들이 자랑하고 싶은 화학비료에 비해서 그 효과가 절대로 뒤지지 않아. 더구나 화학비료는 갈수록 농토를 황폐화시키는 결정적 단점을 가지고 있는데, 똥비료는 오히려 농토를 기름지게 하고 있다는 걸 알아야 해. 어디 그뿐인가? 똥을 비료로 사용함으로써 우린 자연이 베푸는 혜택을 아무런 낭비 없이 철저하게 이용 소화해서 자연을 아끼는 일까지 겸해서 하고 있는 거야. 이것이 어째서 미개고 야만인지 난 도무지 이해할 수가 없구나. 그리고 너희들의 사고방식에 대해서 한마디 안 할 수 없는데, 너희들은 눈앞에 보이는 것만 가지고 떠들지 그 이면에 대해선 전혀 생각이 없어. 너희들도 날마다 냄새 나는 똥을 누면서 전혀 똥을 안 누는 것처럼 야단을 떨어대는 자가당착은 차마 보기가 민망하거든. 너희들이 똥을 안 누고 사는 인간인 것처럼 너희들을 착각에 빠지게 만드는 그 수세식변소라는 것 말야, 물에 씻겨간 똥이 어디로 가지? 먼저 강으로 가고 그리고 바다 아닌가? 그런데, 강에서 바다에서 물고기 잡아먹으면 어떻게 되지? 수돗물이라는 것도 결국 강물일 뿐인데, 그걸 마시면 어떻게 되지? 물론, 소독을 했으니까 깨끗하다고 말하겠지. 우리의 똥비료도 햇볕에 발효시켰으니까 그 정도로는 깨끗해. 너희들은 바다물고기도 주로 큰 것을 좋아하는데, 바다에 조난당한 사람들을 무엇이 뜯어먹지? 이 세상에 수없이 많은 사람들이 낳고 죽어갔는데, 그 죽어간 사람들의 시체는 땅에서 썩어서 어떻게 됐지? 체액은 땅에 스며 물로도 흘러내리고 뼈와 살은 땅에 섞여 풀이나 나무의 거름이 되잖았나? 사람들은 그 물을 마시며 살고, 그 풀을 먹고 자란 소를 잡아먹으며 살지 않나? 인간만이 아니라 이 세상의 모든 생명 있는 것들은 동식물을 막론하고 서로서로를 먹고 사는 셈이지. 이게 새삼스럽게 말할 필요가 없는 자연법칙이고, 이런 순환에 대해서 우리 민족은 열 살이 넘으면서부터 차츰차츰 깨닫게 되지. 그 어려운 진리를 아무 어려움 없이 깨닫게 하는 힘은 천년이 넘게 우리 민족의 생활 속에 깊이 스며 있는 불교라는 종교전통에서 나오는 거야. 그런데도 우리 민족이 미개고 야만인가?"

김범우는 씁쓰레하게 웃으며 담배를 피워물었다.

"넌 언제나 말을 그럴듯하게 잘 꾸며대는 궤변론잔데, 어쨌든 너희들이 우리보다 과학이 발달하지 못하고, 비위생적이고, 가난한 건 엄연한 사실 아닌가? 그래서 자력으로 적을 막아낼 수 없으니까 우리가 도와주러 와서 이 고생 아니냔 말야. 그런데 너희들은 날마다 군수품이나 도둑질해 대고 있어. 내 말이 거짓말인지 당장 부산에를 가봐!"

심슨이 눈을 부라리며 공박하고 들었다. 그의 목소리에는 열기가 묻어 있었다. 김범우는 이쯤에서 말을 끝내야 한다고 생각했다. 언제나 정치문제로 이야기가 연결되면 입을 다물어야 했다. 그들은 자기네가 독립을 시켜주었고, 정부를 세워주었으며, 또 공산 침략에서 보호해 주기 위해서 희생하고 있다고 철석같이 믿고 있었다. 해방으로부터 시작되는 그 복잡한 정치문제를 이야기하자면 끝이 없는 일이었고, 이야기를 한다 해도 그들은 끝내 자기네 나라의 잘못을 이해하거나 납득하지 않을 것이고, 오히려 자신의 속마음만 드러내는 것이라는 사실을 김범우는 잘 알고 있었다. 그들과의 사이에는 서로 건너지 못할 강이 가로놓여 있었다. 이새끼야, 너희들하고 쏘련이 우릴 갈라놓지만 않았다면 군수품 따윌 훔칠 일도 생기지 않았어. 우리가 네놈들한테 입은 피해에 비하면 그따위 군수품 좀 훔치는 게 뭐 어떻다는 거냐. 그게 골고루 나눠지지 못하고 몇몇 모리배놈들의 배를 채우게 되는 게 문제일 뿐이지.

"됐어, 그만하자. 서로 피곤한 일이니까."

김범우는 아주 호의적인 웃음을 지어 보이며 자리를 털고 일어섰다.

"넌 언제나 네 말만 설교하듯 하고 정작 토론이 본격적으로 시작되려고 하면 얘기를 끝내버리는 못된 버릇이 있어."

심슨이 의심쩍은 눈으로 쏘아보며 말했다.

"미안하군. 미개하고 야만인이라서 그래."

김범우는 픽 웃었고, 심슨은 그동안 익힌 어설픈 솜씨로 감자를 먹여대는 손짓을 하며 국산욕을 내뱉었다.

"시발노마!"

날이 밝아오고 있었다. 김범우는 더 잠을 자지 못하고 야전침대 목에 등을 기대고 앉아 아침을 맞았다.

"헤이 킴, 빨리 일어나. 이동이다!"

윌리엄스의 다급한 목소리와 함께 방문이 거칠게 흔들렸다.

"알았소."

김범우는 몸을 일으키며 생각했다. 어디로 가는 것일까…….

개인장비를 꾸린 다음 아침식사를 했다.

"갑자기 어디로 이동입니까?"

암스트롱이 마땅찮은 듯 물었다.

"북쪽으로."

윌리엄스가 뚝뚝하게 대꾸했다.

"무슨 일인지 알면 안 됩니까?"

심슨이 눈을 치켜뜨며 물었다.

"상관없어. 며칠 전부터 상부에서 신경을 써온 문젠데, 중공군의 참전 여부를 신속히 알아내야 하게 생겼어."

윌리엄스의 말이 끝나기도 전에 암스트롱이 놀라서 소리쳤다.

"중공군이 참전을 해요?"

"그걸 알아내려면 북쪽으로 이동을 하긴 해야겠군요." 심슨은 포크를 든 채 눈을 깜박거리더니, "그럴 확률은 충분히 있습니다만, 정말 참전을 하면 어떻게 되는 거지요?" 심각한 표정이었다.

"그야 아주 곤란한 문제지. 다 이겨놓은 전쟁인데 다시 또 시작해야 하니까 말야. 겨울은 닥치고, 골치 아프게 생겼어."

윌리엄스가 '갓뎀'을 '아멘' 소리처럼 낮게 흘렸다.

김범우는 고깃덩이만 입에다 몰아넣고 있었다. 이새끼들 똥은 우리 똥보다 훨씬 영양이 많을 거야. 하지만 동물성이니까 식물의 비료로는 안 맞을지도 모르겠군. 그는 짐짓 엉뚱한 생각을 끌어당기고 있었다.

지프차는 북풍을 맞받으며 출발했다. 김범우는 구름 낀 북녘 하늘만 멀리 바라보고 앉아 있었다.

밤은 바람과 함께 왔다. 어쩌면 그것은 착각일지도 몰랐다. 밤은 낮과는 달리 여러 가지로 착각을 일으키게 했다. 어둠으로는 눈이 착각을 일으키는 것부터 시작해서, 시야가 차단되면서 과민해진 귀가 착각을 일으켰고, 해가 떨어져 추위가 심해지더니 피부까지 착각을 일으켰다. 어둠이 바람을 몰아온다는 생각은 시각·청각·촉각이 한꺼번에 작용해서 일으키는 착각인지도 몰랐다. 거기에 전쟁터의 육감까지 가세해 밤이면 바람이 더 많이 분다는 사실은 굳어지게 되었는지도 모른다. 모두는 그렇게 믿었고, 그들은 하나같이 바람을 싫어했다. 그들은 하루하루 심해져가는 추위도 싫어했지만 바람을 더 싫어했다. 좀더 정확하게 말해서 그들이 싫어하는 건 바람이 아니라 바람소리였다. 세차고 거칠게 몰아치는 바람은 살갗을 찢어대거나 후벼파는 것 같은 추위를 내쏘고 있었다. 그러나 그건 참아내면 되었다. 그런데 세차게 몰아치는 바람이 산들을 휩쓸면서 일으키는 그 기묘하고 괴상스러운 소리는 어찌할 방법이 없었다. 그 해괴망측한 바람소리들은 청각을 완전히 혼란에 빠뜨렸다. 그들은 순전히 바람소리 때문에 자신들이 당했다고 생각하고 있었다. 그것도 한 번도 아니고 두 번이나.

"아따, 무신 바람이 저리 날이 날마다 몰아때리고 그라노. 맵기는 와 이리 고칫가리 맛이고. 십일월이 발씨러 이러믄 일이월은 우예 살겠노. 내사마 요런 지독스런 추위는 생전에 첨이네."

김 하사가 건빵을 우물거리며 부르르 몸서리를 쳤다.

"니나 나나 출신이 남쪽잉께 고것이야 당연지사 아니라고? 아니시, 요리 말허고 봉께 쪼깐 요상허시. 우리 군대가 거지반 남쪽사람덜이제 북쪽사람덜이야 가물에 콩나듯 혔을 것잉께, 우리 군대 전부가 첨 당허는 추위 아니겄능가?"

허 하사가 대검을 총 끝에 고쳐 꽂으며 말했다.

"그 말 맞네. 그란데 말이다, 십일월 추위가 이리 지독시러 남쪽 일이월 추위 쩜쪄묵을라카고, 다 압록강에 빠져죽은 줄 알았든 괴뢰군놈덜이 되치고 나오는 판인데 우리 군대는 우짤라는 판인고?"

"긍께 말이시. 와따 인자 쌈에 이게뿔고 참말로 백두산 영봉에 태극기 꽂을 일만 남었는갑다 혔등마, 워메, 우당탕탕 베락치기로 두 분이나 당험스로 뒤로 밀리고 봉께, 고것이 을매 안 물러슨 것이라고는 혀도 맴이 영판 지랄 같단께로. 날이 요리 추워지는 것도, 지리에 안 붉은 것도, 적헌테만 좋았지 우리헌테 이문될 것은 하나또 없다니께."

"그 이바구 공자님 말씸이네. 니 말대로 고향집에 가는 일만 남은 줄 알았다가 갑작시리 당해서 을매나 시겁했노. 헌데 안 있나, 그리 좆 빠지게 삼십육계 놓든 괴뢰군덜이 우짠 일로 그리 용감해져 뿌렀노?"

"아, 고것이야 당연지사 아니겄어? 쥐도 앞이 맥히면 괭이헌테 뎀빈다는 말 안 있드라고? 괴뢰군덜도 쥐가 아닌 분명 사람인디, 막판얼 그냥 넴기겄어? 고것덜이 따라잡기가 에롭게 내뺐든 것도 다 야로가 있었든 것이여. 막판쌈 준비헐라고 그렸든 것이여. 근디 우리가 멋몰르고 짐칫국 먼첨 마신 것이제."

"맞다 아이가. 괴뢰군덜이 그리 나오면 을매나 씰랑공?"

"지집이야 이불 속에 품어봐야 맛얼 알고, 쌈이야 붙어봐야 누가 씬지 알 것 아니겄어? 맘으로야 적이 약허기럴 바라제만."

"거야 허나마나 한 소리고, 장교덜 눈치를 이레저레 살피바도 우째 겁묵는 것맹키고, 기분이 마 영 찜찜한 기라."

"니미럴, 날언 춥제, 바람언 불제, 적언 막판보자고 뎀비제, 집언 멀고 멀제, 기분 찜찜 안 허고 맘 껄쩍찌근 안 헌 사람이야 우리 부대에 하나또 없을 것잉만. 좌우당간 싸워서 이길 생각만 허드라고."

허 하사가 총을 겨드랑이에 낀 채 눈을 감았다. 경계근무 교대가 오기 전에 잠깐이라도 눈을 붙이려는 것이었다. 갑작스러운 적의 공격을 받게 되면서 야간보초근무가 분대별 경계근무로 강화되었다. 잠자는 시간이 대폭 줄어든 것보다는 공격에서 방어로 바뀐 전투양상이 기분을 언짢게 했다. 사병들은 두셋씩 모여앉으면 으레 조심조심 그 이야기를 꺼내놓고는 했다.

현오봉은 어둠 속을 응시한 채 귀로는 바람소리를 잡고 있었다. 적들은 두 번 다 야간기습을 해왔다. 적들의 최후반격이 있으리라는 것은 이미 예비하고 있었던 것이고, 야간작전을 펼 것이라는 점도 예상했던 바였다. 그러나 예상에서 빗나간 것은 세 가지였다. 첫째, 반격시기가 의외로 빨랐고, 둘째 포위작전을 감행할 정도로 수가 많고 과감했으며, 셋째, 그 많은 병력이동에 감쪽같이 속은 점이었다. 그 세 가지는 곧 결정적 허점을 찔린 것이었다. 어이없게도 그러나 어쩔 수 없이 연대는 일단 뒤로 물러날 수밖에 없었다. 그런데 적은 다음날 밤에 다시 기습을 가해왔다. 승세를 이용한 밀어붙이기 적극작전이었다. 연대는 다시 뒤로 밀리면서 초긴장상태가 되었다. 사병들은 그동안의 먼 북진에 지쳐 있기도 했고, 저항이 미약한 전진에 해이해져 있기도 했다. 사단에서는 더 이상 후퇴 불허, 조속한 시간 내에 원상회복이라는 명령이 떨어졌다. 중대마다 정찰조가 강화되었고, 소대마다 후퇴 없는 반격전을 위해 참호를 구축했다. 그러나 적은 하룻밤을 그냥 넘기더니, 이틀 밤째가 자정이 되어가는데도 아무런 움직임이 없었다. 그런데 문제는 중대단위로 정찰조를 띄웠지만 그 어떤 정찰조에서도 적의 흔적을 찾아내지 못했다는 점이었다. 적이 또다른 부대를 공격하기 위해 이동했거나, 정찰조들이 정찰을 잘못했거나, 둘 중의 하나였다. 그러나 그 어떤 것이라고 확정을 내릴 수 없는 것이 또 문제였다. 상황이 막바지에 몰린 적들이 기동성을 최대한 살려 여러 부대를 상대로 기습·교란작전을 할 수도 있었다. 그러나 그건 추측일 뿐 확실한 정보에 따른 적의 위치, 동태파악 같은 것이 안 된 상태로 원상회복을 위한 전진은 할 수가 없는 일이었다. 만약 정찰조들이 적의 완전 은폐를 발견하지 못했거나, 기만술에 속아넘어간 것이라면 무작정 전진은 치명적인 덫에 걸려드는 어리석음이었다. 연대에서는 그 판단을 내리지 못해 계속적인 전투태세를 명령했다.

현오봉은 벌써 며칠 밤째 잠을 설치면서 낙동강 전선 때를 생각하지 않을 수 없었다. 소위 계급장만 달았지 전쟁에 대한 시커먼 공포감에서 밤낮으로 헤어날 수가 없었다. 그때, 코에서 진동하는 시체 썩는 냄새로 속이 뒤집혀 밥을 먹지 못하면서 자신의 큰 허우대가 점점 졸아드는 착각을 떼칠 수가 없었다. 그런 공포감은 곧 잠 안 오는 불면제였다. 이제 적과는 그때의 입장이 반대로 바뀌어 있었다. 이쪽에서 그랬던 것처럼 적은 마지막 저지선을 확보하려고 발버둥을 치고 있었다. 다른 점이 있다면 이쪽은 강을 사이에 두고 저지선을 구축했는데, 적은 나무가 많은 앞산들을 이용해 저지선을 구축하려 하고 있었다. 그러나 현오봉은 적의 그러한 시도에 대해서 별로 큰 신경을 쓰지 않았다. 밤잠을 설치며 경계에 임하는 것도 상사와 교대하는 소대장의 임무수행이었지 그때와 같은 불면제 탓이 아니었다. 그는 시체 썩는 냄새에 둔감해지고, 선혈 솟구치는 것을 예사로 보아넘기게 되면서 자신의 큰 허우대가 제대로의 크기로 느껴졌고, 소대장으로서의 체모도 의젓하게 갖추는 한편 자신의 허우대에는 소위 계급장보다는 중위 계급장이 더 잘 어울린다는 은근한 욕심도 품게 되었다. 그런 자신감과 아울러 그가 굳게 믿고 있는 것은 미군의 막강하고도 또 막강한 화력이었다. 낙동강 전선에서 미군의 위력을 직접 목격하고 경험한 그로서는 그저 경이롭고 경탄이 나올 뿐이었다. 그 경이와 경탄은 상대적으로 열등감과 존경감과 신뢰감 같은 것으로 뒤죽박죽되어 때와 장소에 따라 다르게 나타났는데, 어쨌거나 낙동강 전선을 격파한 미군이 있는 한 적들의 최후의 발악쯤은 하등의 문제 없이 쓸어버릴 수 있다는 것을 그는 확고하게 믿었다.

"소대장님, 교대하시지요."

낮은 목소리에 현오봉은 고개를 돌렸다. 선임하사가 손바닥으로 얼굴을 훔치고 있었다.

"벌써 시간이 됐소?"

현오봉은 소매 끝을 밀어올리고 시계를 보았다. 야광바늘은 12시 10분쯤을 가리키고 있었다.

"더 자도록 하시오. 아직 50분이 남았소."

"어째서 잠이 안 오는데요. 제가 지금부터 지킬 테니 주무십시요. 지금까지 아무 이상이 없는 걸 보면 오늘 밤도 그냥 넘기는 것 아니겠습니까?"

선임하사가 선하품을 했다.

"글쎄에, 그건 안심할 수 없소. 적들은 바로 그 방심을 노릴 수도 있소."

선임하사는 그만 찔끔해졌다. 군대는 역시 계급장이 좋기는 좋

아. 저게 인자 제법 계급장 값을 한다니까. 그는 입맛을 쩝쩝 다시며 그때의 일을 생각했다. 그때 얻어맞아 부러진 이빨이 갈수록 시큰거려 밥을 먹을 때마다 애를 먹고 있었다. 그러나 소대장 앞에서는 그런 눈치를 내색조차 할 수 없는 일이었다. 그저 그때 맞아죽지 않고, 총살당해 죽지 않은 것만이 다행이었다. 즉결처분권을 가진 그가 방아쇠를 당겨버렸으면 그만인 일이었다. 그가 그 일을 그렇게까지 무섭게 다룰지는 모두 생각조차 못했었다. 소대장이 공산당이라면 치를 떨었고, 공산주의는 물론이고 그 동조자들도 가차 없이 처단해 버리는 것을 보아온 터라, 그 용의자들도 어차피 죽을 바에는, 하는 생각으로 저지른 일이었다. 그 처녀들을 그냥 죽이기에는 너무 젊고 아까웠다. 그래서 일본군에서 하던 식대로 승리와 진격의 기분에 들떠 그 여자들을 분대장들한테까지 선심을 썼던 것이다. 그래도 양심은 있어서 소대장의 몫은 제일 예쁜 여자로 남겨놓지 않았던가. 그런데 그런 성의도 몰라준 채 그리도 무지막지하게 매타작을 놓다니. 그 몸집이 예사롭지 않게 크다 했더니, 그 골격이 그냥 타고난 것만이 아니고, 그 살이 그냥 비지살만은 아니었던 것이다. 다섯을 세워놓고 메다꽂고, 업어치고, 들어던지고, 그것으로 모자랐던지 군홧발로 옆구리고 가슴팍이고 닥치는 대로 걷어찼는데, 그 힘이라니, 옆구리를 걷어채이면 배가 터지는 것 같았고, 가슴팍을 걷어채이면 핏덩이가 솟아나오는 것 같았다. 그래도 분이 안 풀리는지 그는 사병의 M1을 낚아채서 개머리판으로 매타작을 시작했다. "이새끼들아, 뭐가 어쩌고 어째! 어

차피 죽을 거라서 그 짓을 했다고? 공산당 죽이는 것하고 강간하는 것하고 누가 같다고 했어, 누가! 이새끼들아, 군인이라고 전쟁터에선 멋대로 해도 되는 줄 알아. 네놈들 같은 개새끼들 때문에 군대가 개판이 돼!" 그는 개머리판을 내려칠 때마다 기합이라도 넣듯 소리 질렀던 것이다. 그대로 맞아죽고 말 것 같아 다섯은 체면이고 뭐고 없이 살려달라고 빌었던 것이다. 그 뒤로 소대원들은 여자를 보되 부처님이 여자 보듯 해야 했다. 아직 나이 어려 여자 맛을 몰라서 그런 거지— 터지고 멍든 얼굴들을 한 분대장들이 모여앉아 내린 결론이었다. 그리고 자신들의 수가 많아 그나마 죽음을 면하게 된 것이라는 말도 뒤따랐다. 어쨌거나 그는 그 뒤로 완전무결한 소대장으로 군림하게 되었다.

"이거 원, 북청 추위가 오줌발을 고드름 만든다는 말은 들었지만 이렇게 추운 줄은 몰랐습니다. 이렇게 하루가 다르게 추워지다간 작전에도 문제가 생기는 것 아니겠습니까?"

선임하사가 부르르 어깨를 떨었다.

"춥기는 서로가 매일반이오."

현오봉의 무표정한 대꾸였다.

"적들이야 단련된 추위지만 우리 쪽이야 거의가 첨 당하는 추위 아니겠습니까?"

"그렇기는 하오만, 추위는 견디면 그뿐이오. 전쟁은 화력이니까."

현오봉의 눈길은 어둠의 지점, 지점을 옮겨가고 있었다.

삐이, 삐이, 삐이.

바로 옆의 무전기가 울었다. 현오봉의 손이 무전병의 손보다 빠르게 송수화기를 잡았다.

"여기는 독수리, 여기는 독수리, 까마귀 나오라, 오바."

"여기는 까마귀, 여기는 까마귀."

"소대장 바꿔라!"

"소대장이다, 말하라."

"어, 소대장이 직접 받았군. 나 중대장이다. 전방에 적정이 나타났다, 전원 전투준비! 오늘 밤은 완전 박살이다, 알겠나?"

"알겠습니다!"

"수고하게, 오바!"

"수고하십시오, 오바."

현오봉은 송수화기를 건네주며 선임하사에게 말했다.

"적이다, 전원 전투준비!"

"옛 알겠습니다."

선임하사가 들고 있던 철모를 눌러쓰며 돌아섰다.

오늘 밤은 제대로 한판 붙겠군. 기습을 탐지해 낸 걸 보니 정찰조가 배치돼 있었군. 적은 또 기습인 줄 알겠지만 탐지된 기습은 기습이 아니다. 어디, 한판 붙어보자. 현오봉은 철모의 턱끈을 조였다.

"준비완료했습니다."

선임하사가 보고했다. 현오봉은 좌우를 살펴보았다. 소대원들이 각자 위치를 찾아 전투태세를 갖추고 있었다.

"모두 그대로 들어라. 오늘 밤은 절대 후퇴가 없다. 원상회복을 위한 전투다. 전원 각오하도록!"

현오봉의 목소리는 낮았지만 힘이 뻗치고 있었다.

바람은 줄기차게 불고 있었다. 어둠은 짙었다. 현오봉은 눈을 부릅뜨고 전방의 어둠 속을 응시했다. 바람소리에 인기척이 섞이는 것 같았다. 그리고 그 소리들이 차츰 확실해지면서 어둠 속을 움직이는 물체들이 포착되었다. 현오봉은 팔을 들어올렸다. 분대장들에게 보내는 사격준비 신호였다.

전방의 그림자들은 빠른 움직임으로 가까워지고 있었다. 현오봉이 치켜들고 있던 팔을 내리며 사격명령을 내릴까 말까 하고 있을 때였다.

좌측 3소대 쪽에서 총소리가 터져올랐다.

"사격억 개시!"

현오봉은 팔로 허공을 내리치며 외쳤다. 총들이 다투어 불꽃을 물었다. 그는 전방의 어둠에서 눈을 떼지 않고 있었다. 적진에서도 응사를 시작했다.

"낮게 갈겨라, 낮게!"

허리를 굽힌 그는 부하들 뒤를 재빠르게 오가며 명령했다. 그때 좌우측에서 조명탄이 그 현란한 불꽃을 터뜨렸다.

"조명탄 사수, 발사하라!"

현오봉은 숨 가쁘게 명령했다.

어두운 하늘에 조명탄들이 잇따라 터져오르고, 그 환상적인 희푸름한 불빛들이 퍼지며 어둠이 밀려났다. 그 불빛 아래 적들의 모습이 노출되었다. 산개한 적들은 50미터 전방까지 접근해 있었는데, 조명탄도 아랑곳하지 않는 듯 낮은 자세로 전진을 계속하고 있었다.

"적을 보면서 낮게 사격하라! 총구를 낮추라니까!"

현오봉이 소리쳤고, 선임하사가 반대쪽으로 가며 복창했다.

적들이 가끔 쓰러지는 것이 보였다. 그런데도 적들은 똑같은 자세로 전진해 오고 있었다. 산개한 적들의 수는 생각보다 많지 않았다. 그래, 조금만 더 오너라, 몰살을 시켜줄 테니까. 현오봉은 자기가 먼저 수류탄을 집어들며 외쳤다.

"각 분대 홀수번호, 수류탄 투척 준비!"

사병들이 한 사람 건너씩 총을 옆에 세우고 수류탄을 떼들었다. 적들은 무모하게도 수류탄 투척거리 안으로 들어서고 있었다. 저것들이 겁도 없이 돌격을 하겠다 그거지. 현오봉은 침을 꿀떡 삼키고는 소리 높이 외쳤다.

"수류우타안, 투척!"

한꺼번에 날아간 수류탄들이 사방으로 찢어지는 수많은 불꽃을 흩뿌리며 폭음을 일으켰다. 양쪽 옆소대에서도 수류탄을 던져 그 폭음들이 먼 어둠과 먼 산을 뒤흔들었다. 적들의 몸뚱이가 날아오르고, 총이 내던져지고 하는 것이 똑똑하게 보였다. 그리고 적들이 소리 지르며 돌아서서 뛰기 시작했다. 갈팡질팡 달아나고 있는 적들의 모습이 사위어들고 있는 조명탄 불빛 속에서 멀어지고 있었다.

"사겨억 중지!"

현오봉은 느릿하게 명령하며 시계를 보았다. 15분 정도 지나 있었다.

"이거 너무 싱겁잖아요? 어린애 장난도 아니고."

선임하사가 철모를 벗으며 싱긋 웃었다.

"글쎄, 숫자도 전보다 적고, 좀 이상하긴 하오."

현오봉은 턱끈을 풀며 맞웃었다.

다시 사방은 어둠으로 차고, 총소리에 밀려났던 바람소리가 또 제모습을 드러냈다. 언제 총질을 하고 수류탄을 던지며 싸웠나 싶게 어둠 속 여기저기에서 코 고는 소리가 들렸다. 현오봉도 선임하사와 교대를 하고 구석에 웅크리고 앉으며 담요를 뒤집어썼다.

현오봉이 잠이 들락 말락 할 때였다.

"소대장님, 소대장님! 적입니다, 적!"

선임하사가 거칠게 흔들었고, 현오봉은 튕겨 일어섰다. 벌써 조명탄이 터져오르고 있었다.

"조명타안 발사!"

현오봉은 철모를 쓰며 소리쳤다.

"아니, 저게 뭐야?"

전방을 바라보고 있는 현오봉의 눈은 휘둥그렇게 크게 뜨여 있었다. 그리고 눈을 껌벅여 다시 뜨고, 또 껌벅여 다시 떴다. 그러나 적의 수는 아까보다 분명 배 이상 많아 보였다.

"소대장님, 이거 이상합니다. 제 눈에는 적이 훨씬 많아 보이는데, 소대장님 눈에는 어떻습니까?"

선임하사가 쫓아와서 물었다.

"마침 부르려던 참이었소. 내 눈에도 그렇게 보이는데, 그렇다면 불어난 게 틀림없소."

"참 희한한 일이군요. 이런 일은 생전 처음 봅니다."

선임하사가 안 좋은 기색으로 고개를 갸웃갸웃했다. 그때 무전기가 울었다.

"적이 배 이상 늘어났다. 부하들 동요하지 않게 지휘 잘하도록."

중대장의 말이었다.

"전 소대원 들어라. 적들의 수가 불어났다. 그러나 걱정할 건 하나도 없다. 아까처럼 정위치 고수하면서 침착하게 명령만 따르면 된다. 소대원, 알겠나아!"

"네엣!"

"좋아, 소대원 사격억 준비!"

처음보다 훨씬 치열한 전투가 벌어졌다. 시간도 40여 분을 끌어 적을 물리쳤다. 그러고 나서 20여 분이 지났을까. 적들이 또 공격을 감행해 왔다. 그런데 그 수가 두 번째의 배로 늘어나 있었다. 현오봉도 당혹감을 감추지 못했고, 사병들은 완연히 동요하고 있었다. 갈수록 늘어나는 숫자도 사람의 정신을 혼란하게 만들고 마음을 흔들리게 했지만, 두 차례의 방어로 화력도 거의 소모상태였던 것이다.

"동요를 막아라. 저건 기만술일 뿐이다."

중대장의 당황스런 외침이었다.

두 번째보다 전투는 더 치열해졌고, 이쪽에서도 사상자를 내며 한 시간이 넘게 싸워 적들을 가까스로 밀어냈다. 그러나 전투는 그것으로 끝난 것이 아니었다. 적들은 다시 몰려왔는데, 적들은 세 번째보다 배로 불어나 있었다.

"세상에 이럴 수가 있나……."

이미 조명탄은 바닥이 났고, 희부유스름하게 깨어나기 시작하는 어둠을 헤치며 몰려오고 있는 수많은 적들을 멍하니 바라보며 현오봉은 헛소리하듯 하고 있었다. 마치 무엇에 홀리고 있는 기분이었고, 헛것을 보고 있는 기분이었다. 적들의 그런 공격법은 이쪽의 화력을 모두 소모시켜 버리는 한편으로 심리적 교란까지 일으키게 하는 이중적인 것임을 그는 뒤늦게 깨닫고 있었다. 그 천만뜻밖의 전술에 말려들지 않았으려면 첫 번째와 두 번째 방어에서 화력을 아꼈어야 했다. 그러나 때는 이미 늦어 있었다.

"사격억 개시!"

현오봉은 발악적으로 소리 질렀다. 적들은 와와 소리치며 몰려왔고, 앞사람이 쓰러지면 뒷사람이 그 총을 집어들고 달려왔고 그 사람이 쓰러지면 다시 그 뒷사람이 총을 집어들었다. 소리소리 지르며 끝도 없이 몰려드는 저것들이 사람이 아니라 무슨 짐승들이라는 착각에 휘말리며 현오봉은 가슴을 싸잡고 나뒹그러졌다. 그리고 자신을 짓밟고 지나가는 무수한 발들을 희미하게 의식했다.

"아부지……."

현오봉의 입에 물린 마지막 소리였다.

현오봉의 연대가 전멸한 이틀 뒤에 UN군사령관 맥아더가 '중공군의 월경 성명'을 발표했다.

〈제4부 「전쟁과 분단」, 8권에 계속〉

태백산맥 7

제1판 1쇄 / 1988년 12월 7일
제1판 36쇄 / 1994년 10월 13일
제2판 1쇄 / 1995년 1월 15일
제2판 39쇄 / 2001년 6월 10일
제3판 1쇄 / 2001년 10월 10일
제3판 39쇄 / 2006년 12월 20일
제4판 1쇄 / 2007년 1월 30일
제4판 67쇄 / 2020년 5월 5일
제5판 1쇄 / 2020년 10월 15일
제5판 8쇄 / 2024년 6월 30일

저자 / 조정래
발행인 / 송영석

발행처 / (株)해냄출판사
등록번호 / 제10-229호
등록일자 / 1988년 5월 11일(설립일자 | 1983년 6월 24일)

04042 서울시 마포구 잔다리로 30 해냄빌딩 5·6층
대표전화 / 326-1600 팩스 / 326-1624
홈페이지 / www.hainaim.com

ISBN 978-89-6574-927-1
ISBN 978-89-6574-920-2(세트)

파본은 본사나 구입하신 서점에서 교환하여 드립니다.